MATTHIAS FISCHER

TÖDLICHE VERWANDLUNG

Roman

vmn
Verlag M. Naumann

5. Auflage 2013
ISBN 978-3-940168-30-6

Gesamtherstellung:
AALEXX Buchproduktion GmbH, Großburgwedel

Umschlagabbildung: Udo Heise, Albig

Bibliografische Information Der Deutschen Bibliothek
Die Deutsche Bibliothek verzeichnet diese Publikation in der Deutschen Nationalbibliografie; detaillierte bibliografische Daten sind im Internet über http://dnb.ddb.de abrufbar.

vmn

Dem Großmeister und Philanthrop
Hanshi Roland Habersetzer,
zu seinem fünfzigjährigen Karate-Jubiläum.

Die Heilige, verehrt von diesem Teufel,
Hat keine Ahnung seiner falschen Glut;
Nicht leicht fasst reine Seelen böser Zweifel,
Nur Vögel, schon geleimt, sind auf der Hut.

(William Shakespeare, Lucretia, Strophe 13)

Prolog

ALLEIN. NORMAN KLING GENOSS DIE RUHE, als er durch den Ostpark in Frankfurts Stadtteil Bornheim lief. Keine Menschenseele weit und breit an diesem Sonntag im März. Nur er war dort, ganz bei sich selbst, auf den Rhythmus seiner Schritte und seines Atems achtend. Er war ein Nachtmensch. Seine biologische Uhr tickte anders als bei den meisten Menschen. Seine kreative Phase hatte er in den letzten Stunden zwischen zehn Uhr abends und vier Uhr morgens gehabt. Jetzt brauchte er eine Stunde Jogging, um den ganzen überflüssigen Müll aus seinem Kopf zu werfen. Danach würde er müde genug sein, um schlafen zu können. Ihm war es recht. Als Musikproduzent musste er auf keinen Kollegen oder Chef Rücksicht nehmen. Er konnte arbeiten, auf welche Weise, wo und wie lange er wollte – Hauptsache er war erfolgreich. ›Erfolgreich! Im Leben bin ich wahrscheinlich ein Versager‹, schoss es ihm durch den Kopf. Wie anders ließ es sich erklären, dass er nicht in der Lage war, bei den Menschen zu bleiben, die ihm etwas bedeuteten. Etwas, das er nicht kannte, trieb ihn immer wieder weg. Die Liebe, die er erfuhr, trat er am Ende mit Füßen. Kling hätte sich selbst gute Argumente vorhalten können, warum es mit den Frauen nicht funktioniert hatte, mit denen er zusammen gewesen war. Aber das war Selbstbetrug. Der wahre Grund lag in seiner Bindungsunfähigkeit. Das wusste er. Und er hasste sich selbst dafür. Am meisten schmerzte ihn die letzte Trennung. Die Frau, auf die er immer gewartet hatte. Was von ihrer Beziehung übrig geblieben war, hatte sie in Worte gefasst, die zu lesen ihm einen körperlichen Schmerz bereitet hatte. Die Musik dafür zu schreiben war für ihn ein Ausdruck seines hilflosen Bedauerns gewesen.

Während er lief, überfielen ihn ihre Worte wie eine Brandungswelle, vor der man sich zu spät in Sicherheit bringt.

Auf einem großen Blumenbeet, an dem er vorbeilief, war der Krokus erblüht und erfüllte die Luft mit frühlingshaftem Duft. Kling war so in seine Gedanken versunken, dass er diesen Geruch gar nicht wahrnahm, ebenso wenig wie den Jogger, der ihm entgegen gelaufen kam. Erst spät bemerkte er den Mann. Als er fast auf gleicher Höhe mit ihm war, schnellte der Arm des Fremden nach oben. Kling sah ein langes, schlankes Messer in der Hand des anderen, dann spürte er einen brennenden Schmerz an seiner Kehle. Er hielt sich erschrocken die Hand an den Hals und begann zu taumeln. Verstört sah er den Mann an, der ihn verwundet hatte. Eine tiefe Genugtuung lag in den Augen des Unbekannten. Kling spürte, wie ihm die Beine wegsackten. Ein Gefühl von Panik ergriff ihn. Sollte sein Leben wirklich schon vorbei sein?

Als er jede Kontrolle über seinen Körper verloren hatte, fiel er in das Blumenbeet. Die Verwandlung des strahlenden Weiß der Krokusblüten in das tiefe Rot seines Blutes war das Letzte, was er in seinem Leben wahrnahm.

Kapitel I

Er war der Richtige! Caspari war sich sicher, den Mörder endlich gefasst zu haben. Ihm gegenüber saß ein völlig unauffällig wirkender Mann, der mit seiner Verlobten ein zurückgezogenes Leben führte, einen sicheren Arbeitsplatz hatte und seine Nachbarn freundlich grüßte. Das hatte ihn aber nicht daran gehindert, vier Frauen zu ermorden und dann zu missbrauchen. Bei dem Gedanken an die Leichenfundorte meldete sich Casparis Mittagessen. In einem Zug leerte er das Glas Wasser, das vor ihm stand. Dieses Verhör war eine Herausforderung für ihn. In den zurückliegenden Tagen hatte der Mann alles abgestritten und sich selbst als unbescholtenen Bürger bezeichnet. Doch seit einer Stunde begann die Mauer, die er um sich herum aufgezogen hatte, zu bröckeln. Die psychische Belastung der täglichen Verhöre war ihm anzumerken. Seine Konzentration ließ allmählich nach. Caspari und seine Mitarbeiter nahmen ihn in einem neuen Anlauf in die Zange.

»Wie erklären Sie sich Ihre DNA-Spuren an jedem Tatort? Wie kommt es, dass Sie immer beruflich gerade in der Gegend zu tun hatten, in der die Frauen ermordet wurden?«, fragte Caspari in gereiztem Tonfall. Dieselben Fragen, dieselbe Prozedur.

»Das haben Sie mich in den vergangenen drei Tagen doch immer wieder gefragt. Ich habe Ihnen darauf meine Antwort gegeben«, erwiderte der Tatverdächtige.

»Ich möchte Ihre Antwort noch einmal hören. Die Erinnerung spielt uns manchmal einen Streich. Man muss ein Ereignis im Kopf mehrmals rekonstruieren, damit man sich an jedes Detail erinnert«, meinte Caspari ironisch.

»Ich bestreite ja gar nicht, dass ich Leichen gesehen habe.

Es war wie verhext. Immer wenn ich irgendwo spazieren ging, stieß ich auf eine.«

»Warum haben Sie nie die Polizei gerufen?«, hakte Caspari nach, der an den Lügenbaron Münchhausen denken musste.

»Ich hatte Angst, selbst verdächtigt zu werden. Mit einem Mord will man doch nicht in Verbindung gebracht werden. Sie waren ja ohnehin schon tot.«

»Davon haben Sie sich dann noch schnell überzeugt, indem Sie die Toten im Schambereich begrabscht haben«, entgegnete Casparis Mitarbeiterin Tina mit sarkastischem Unterton. »Denn in diesem Körperbereich der Frauen haben wir Ihre DNA gefunden.«

Sie hatte sich vor dem Mann aufgebaut. Caspari betrachtete sie von der Seite. Mit verschränkten Armen und einem strengen Blick taxierte sie den Verdächtigen. Ihre Stimme wurde hart.

»Hören Sie endlich auf, uns mit diesem Mist vollzukübeln. Wir wissen, dass Sie es waren. Wir wissen, wie Sie es getan haben. Aus der Nummer kommen Sie nicht mehr heraus!«

Mario, der Dritte in Casparis Gespann, sprach mit ruhiger Stimme weiter.

»Wissen Sie, wir haben bisher jeden gefasst, den wir gejagt haben. Wir würden jetzt gern von Ihnen erfahren, was Sie dazu getrieben hat, diese Frauen zu töten. Ich verstehe, dass es Ihnen unangenehm ist, über solche intimen Dinge zu reden. Sie tun sich selbst allerdings keinen Gefallen, wenn Sie schweigen. Je mehr wir über Ihre Motive wissen, umso leichter wird es dem Richter fallen, ein faires Urteil zu sprechen.«

Caspari arbeitete schon einige Jahre eng mit Mario zusammen. Trotzdem konnte der ihn immer noch mit einer Ernsthaftigkeit und Ruhe überraschen, die Caspari nur schwer mit der ansonsten südländischen Leichtigkeit seines Mitarbeiters zusammenbrachte. Ruhig schob er die Tatortfotos über den Tisch zu dem Mann hin.

»Zuerst erwürgen Sie die Frauen, dann haben Sie Sexualverkehr mit den Leichen. Zum Schluss werden die Toten von Ihnen gekämmt, mit Lippenstift und Rouge geschminkt und schließlich so hingelegt als schliefen sie. Ich möchte verstehen, warum Sie so vorgegangen sind. Was hat Sie dabei angetrieben, was bewegt?«, fragte Caspari mit ruhiger, fast gedämpfter Stimme.

Die Dreierkette, wie er ihre Verhörtechnik nannte, erwies sich auch dieses Mal wieder als erfolgreich. Der Mann gab seine Widerstände endlich auf und begann, sie zu den Abgründen seiner Existenz zu führen. Tief in der Nacht beendete Caspari das Verhör. Der Täter hatte nichts Neues mehr zu erzählen.

Erschöpft machten er, Tina und Mario sich auf den Weg zu ihrem Hotel. Die Minibar in seinem Zimmer beherbergte zwei Bierflaschen, deren Inhalt so kalt war, dass Caspari den Geschmack nur erahnen konnte. Er setzte sich Kopfhörer auf, legte in den Walkman die CD von Mozarts Oper ›Die Entführung aus dem Serail‹ ein und drehte die Lautstärke bei der Arie des Osmin auf. Leise summte er mit und dachte dabei an den Mörder und die Frauen, die ihm zum Opfer gefallen waren.

Ha, wie will ich triumphieren,
Wenn sie euch zum Richtplatz führen
Und die Hälse schnüren zu!
Hüpfen will ich, lachen, springen
Und ein Freudenliedchen singen,
Denn nun hab' ich vor euch Ruh …

Nein, nach triumphieren war Caspari nicht zumute. Er dachte an die Familien der ermordeten Frauen, an die Eltern, die Partner, die Kinder. Aber er empfand eine Genugtuung darüber, dass es ihm wieder einmal gelungen war, einen psychisch zutiefst gestörten Mann daran zu hindern, seine Blutspur weiter zu ziehen.

Bevor er einschlief, wanderten seine Gedanken zu Lukas, seinen Sohn. Der Kleine brauchte ihn mehr als er in den letzten Wochen Zeit für ihn gehabt hatte. Außerdem befürchtete Caspari, dass sich seine häufige Abwesenheit negativ auf seine Beziehung zu Clara auswirken könnte. Er musste dringend mit dem Präsidenten des Landeskriminalamtes sprechen. Die Arbeitsbelastung war für ihn wie für Tina und Mario zu hoch. Seit dem vergangenen halben Jahr, in dem Clara und er nun zusammen waren, hatten mehr Polizeistellen in ganz Hessen die Unterstützung des Landeskriminalamtes angefordert als in all den Jahren zuvor. Serien- und Ritualmorde waren sein Spezialgebiet. Die Zahl der Delikte nahm in diesem Bereich zu. Casparis Abteilung im Landeskriminalamt bestand nur aus Tina, Mario und ihm. Gemessen an der Zahl der Anfragen waren sie völlig unterbesetzt. Erst, als er sich eine Strategie für das Gespräch mit dem Präsidenten zurechtgelegt hatte, breitete der Schlaf seinen Mantel über ihm aus.

Tina und Mario sahen übernächtigt aus, als Caspari sie am nächsten Morgen beim Frühstück traf.

»Am liebsten würde ich gleich jetzt nach Hause fahren und Bericht Bericht sein lassen«, nörgelte Tina.

»Geht mir genauso«, gestand Caspari. »Aber es hilft nichts. Je frischer die Erinnerung an das Verhör ist, umso besser. Das minimiert die Gedächtnislücken.«

»Madonna«, maulte Mario, »das Schlimme ist, dass Sie mit Ihrer deutschen Gründlichkeit ja recht haben.«

Caspari sah seinen Mitarbeiter amüsiert an und entdeckte in dessen Gesicht ein verstohlenes Grinsen.

»Wie werden Sie beide das Wochenende verbringen, nachdem wir seit Ewigkeiten wieder einmal frei haben?«, lenkte er das Gespräch auf ein anderes Thema.

»Was mich betrifft«, antwortete Mario, »so werde ich mich von einer feurigen Rothaarigen auf jede nur erdenkliche Art verwöhnen lassen.«

Caspari brach in schallendes Gelächter aus und sah Tina an, die »Idiot« knurrte und Mario einen Rippenstoß versetzte, wobei ihr eine Strähne ihres kupferroten Haares in die Stirn fiel. Beide waren schon ein Paar, als sie Casparis Abteilung zugeteilt wurden. Allerdings wusste niemand außer ihm davon.

Nachdem sie die Berichte im Polizeirevier fertig geschrieben hatten, verabschiedeten sie sich voneinander. Caspari sah Tina und Mario nach, wie sie gemeinsam in ihren Wagen stiegen. Er fuhr nun die Strecke von Heppenheim nach Wächtersbach allein, ohne Clara, deren Gegenwart er vermisste. Er gab auf der Tastatur seines Autoradios eine Nummer ein. Der CD-Wechsler surrte. Kurz darauf erfüllte die Melodie des ›Adagio allegro‹ der Prager Symphonie den Volvo Kombi. Erwartungsvoll wählte er Claras Nummer. Ihre Stimme drang verzerrt durch die Freisprechanlage seines Mobiltelefons. Er bemerkte es kaum, so sehr freute es ihn, dass er sich nach dem Waten durch die Abgründe menschlichen Lebens wieder dem zuwenden konnte, was sein Leben reich und hell machte.

»Hallo Großer, gibt es dich auch noch? Ich hatte schon befürchtet, du würdest dich gar nicht mehr melden.«

Mit knapp zwei Metern Körpergröße und seinem wuchtigen Körperbau war Caspari ein Hüne. Allerdings litt er mehr unter seinem äußeren Erscheinungsbild, als dass er sich etwas darauf eingebildet hätte. Um zu erklären, warum er in den vergangenen drei Tagen nicht angerufen hatte, erzählte Caspari ihr von der Überführung und dem Verhör.

»Du kannst dir nicht vorstellen, wie ich mich nach diesen Tagen auf Lukas und dich freue. Kommst du heute Abend zu mir? Wir könnten mit dem Kleinen Uno spielen und uns einen gemütlichen Abend machen, wenn er im Bett ist«, fragte Caspari in froher Erwartung.

»Daraus wird leider nichts«, entgegnete Clara, »du bist nicht der Einzige, der arbeiten muss. Außerdem bist du mit einer Pfarrerin liiert, die halt oft auch am Abend Termine hat. Um fünf Uhr habe ich ein Beerdigungsgespräch und um acht Uhr muss ich zur Kirchenvorstandssitzung.«

»Ich glaube fast, die evangelische Kirchengemeinde Gelnhausen hat etwas dagegen, dass wir zusammen sind«, maulte Caspari. »Wenn ich mal Zeit habe, musst du arbeiten.«

»Dasselbe könnte ich über das Landeskriminalamt sagen«, erwiderte Clara. »Glaub bloß nicht, ich sitze den ganzen Tag brav zu Hause, während du geisteskranke Killer fängst, und rolle dann den roten Teppich aus, wenn der Held dann wieder zurückkehrt.«

»So habe ich es doch nicht gemeint«, brummte Caspari.

»So hat es sich aber angehört«, entgegnete sie.

»Dann lass uns doch morgen Abend ins ›La Grotta‹ essen gehen, falls du keine Termine hast.«

»Morgen Abend passt sehr gut«, stimmte sie zu.

»Gut, dann …«, stolperte er über seine eigenen Worte. »Ich …«

»Ich freue mich auch auf dich, Großer«, antwortete sie.

Kapitel 2

Er hatte alles gründlich geplant und durchdacht. Es gab nichts, das schief gehen konnte. Er war ein Schatten, zu jeder Wandlung fähig. Auf seine Verkleidung als Fahrradbote hätte er selbst hereinfallen können. Mit einer unnatürlichen Ruhe betrachtete er die Fassade der Villa, vor der er stand. Entschlossen drückte er den Klingelknopf neben der Haustür. Es dauerte eine Weile, bis sich eine Stimme über die Gegensprechanlage meldete.

»Ja bitte?«

»Guten Tag. Kurierdienst ›Main-Radler‹. Ich habe ein Päckchen für Sie.«

»Legen Sie es vor die Tür, ich hole es nachher hinein«, brummte die Stimme durch den kleinen Lautsprecher unwillig.

»Das geht leider nicht, Sie müssen mir den Empfang bestätigen«, entgegnete er.

Dass der Mann so reagieren würde, hatte er vorausgesehen. Nach einer Weile hörte er ein Schlurfen im Flur. Der Mann, der ihm öffnete, war mit einem weißen Bademantel bekleidet und trug Badeschlappen.

»Sind Sie Herr Sauter?«, fragte er den Mann im Bademantel zum Schein. Er wusste ohnehin, dass er den Richtigen vor sich hatte.

»Ja. Sagen Sie mal, ist das nicht ein ziemlich großes Päckchen für einen Fahrradkurier?«

Das waren die letzten Worte, die er dem Mann noch zugestand. Sauter durfte nicht misstrauisch werden. Das passte nicht in seinen Plan. Selbstsicher lächelte er.

»Wenn Sie wüssten, was wir alles überbringen müssen …«, entgegnete er gelassen und gab Sauter das Päckchen. Als dieser es in den Händen hielt, betrachtete er es von allen Seiten.

»Hier steht ja kein Absender«, bemerkte Sauter erstaunt, während er es genauer untersuchte.

Auf diesen Moment der Ablenkung hatte sein Gegenüber gewartet. Ohne Hast zog der Mann den Elektroschocker aus der Rückentasche seines Radlerhemdes. Als Sauter aufblickte, traf ihn ein Stromschlag, der ihn erzittern und nach hinten taumeln ließ. Der Schatten folgte ihm in den Flur, schloss ruhig die Tür und sah mit einem Gefühl des Triumphes, wie Sauter ohnmächtig zusammensackte. Lange hatte dieser neureiche Prolet ihm den Weg versperrt. Jetzt würde er ihn verwandeln – für immer.

Der Kleine kam in der Frühe jammernd zu ihm ins Bett gekrochen. Lukas klagte über furchtbare Ohrenschmerzen und hatte offensichtlich Fieber. Caspari verpasste ihm ein Zäpfchen und einen Zwiebelumschlag auf das entzündete Ohr. Es dauerte eine halbe Stunde, bis der Junge wieder eingeschlafen war. Mit Mühe schaffte es Caspari, um acht Uhr aus dem Bett zu kommen. Die vergangenen Wochen steckten ihm noch in den Gliedern. Ausgerechnet in der Zeit, in der er sich zu erholen gehofft hatte, wurde sein Sohn krank. Eine Weile betrachtete er den Kleinen, wie er in seinem Bett schlief. Welch ein unglaublich großes Geschenk war dieses Kind. Wie wenig Zeit hatte er im zurückliegenden Jahr für Lukas aufbringen können. Ohne die Hilfe seiner Eltern hätte er die Aufgaben eines alleinerziehenden Vaters nie bewältigt. Elke, seine Ex-Frau, war seit Jahren glücklich mit seinem ehemals besten Freund verheiratet. Sein schmales Gesicht hatte Lukas von ihr, seine rotblonden Haare und die überdurchschnittlichen Körpermaße von seinem Vater. Es fiel Caspari schwer, dieses so friedlich schlafende Kind zu wecken, aber es half nichts. Lukas musste dringend zum Kinderarzt.

Die Diagnose hatte Caspari bereits befürchtet: Lukas hatte eine Mittelohrentzündung. In einem solchen Zustand brauchte er seinen Vater ganz und gar. Caspari dachte verzweifelt an seine Verabredung mit Clara. Sie war neben Lukas der andere Mensch, den er vernachlässigt hatte und dem er nicht gerecht geworden war. Mit dem Essen im ›La Grotta‹ hatte Caspari ein Signal für Clara setzen wollen. Er wollte ihr klar machen, wie wichtig sie ihm war. Doch leider wurde nun nichts aus dem Essen in ungestörter Zweisamkeit.

Nachdem Caspari die Medikamente für Lukas aus der Apotheke geholt hatte, fuhr er zum Restaurant. Ohne Hetze stellte er ein üppiges Menü zusammen und bat den Wirt, das Essen zu ihm auf den Hof zu liefern.

Während der Fahrt von Wächtersbach den Berg hinauf nach Wittgenborn brach Lukas sein Schweigen.

»Papa«, begann er, »das ist doch voll doof! Endlich hast du mal Zeit und dann werde ich krank.«

»Tja, Kleiner, da kann man nichts machen. Aber bald geht es dir ja wieder besser. Bis dahin werden wir uns auf Vorlesen, Uno- und Mensch-ärgere-dich-nicht-Spielen beschränken müssen. Was machen denn die Ohrenschmerzen?«

»Die sind besser wegen den blöden Zäpfchen«, antwortete Lukas missmutig.

»Das heißt, wegen der Zäpfchen«, verbesserte ihn sein Vater. »Ich glaube dir, dass es unangenehm ist, wenn man die eingeführt bekommt. Aber sie lindern die Schmerzen. Bis die Antibiotika ihre Wirkung zeigen, werde ich dir noch ein oder zwei verabreichen müssen.«

»O Mann, das ist gemein!«, brummte Lukas und verfiel wieder in Schweigen, während sie über die Straße durch den dichten Laubwald fuhren, dessen Blattwerk und das dazwischen hindurchscheinende Sonnenlicht ein unglaublich schönes Schauspiel boten. Caspari gab auf den Tasten seines Autoradios eine Zahlenkombination ein. Der CD-Wechsler im Kofferraum summte und kurz darauf drangen die Klänge von Mozarts ›Haffner Sinfonie‹ aus den Lautsprechern des Volvo. Während sie von Wittgenborn Richtung Waldensberg fuhren, schlief Lukas ein. Kurz vor Waldensberg bog Caspari in eine schmale Seitenstraße ab, die zu dem Hof führte, auf dem er lebte. Als er selbst noch ein Kind war, hatten seine Eltern das heruntergekommene Anwesen gekauft und in jahrelanger Arbeit liebevoll renoviert. Caspari lebte in einem Teil des Wohntraktes, im anderen seine Eltern.

Lukas war so fest eingeschlafen, dass ihn selbst die Fahrt über den Kopfstein, mit dem der Innenhof des U-förmig angelegten Anwesens gepflastert war, nicht aufweckte. Caspari trug ihn hinein und legte ihn in sein Bett. Danach wählte er Claras Nummer.

»Hallo, hier ist Christoph. Wir müssen umdisponieren!«

»Sag jetzt bloß nicht, du hast dienstliche Verpflichtungen.« Claras Stimme hatte einen drohenden Unterton.

Tiziana ging in ihrer Garderobe unruhig auf und ab. Wo war Hagen bloß? Solch einen Lapsus hatte er sich noch nie geleistet. Ihr Manager war wie vom Erdboden verschluckt. Er reagierte nicht auf ihrer Telefonanrufe, beantwortete keine E-Mails und war augenscheinlich nicht zu Hause. In zehn Minuten musste Tiziana den Journalisten Rede und Antwort stehen. Musste zeigen, dass sie den Tod ihres Ex-Geliebten und Produzenten Norman Kling gut verkraftet hatte. Ihre neue CD sollte morgen auf den Markt kommen, eine Deutschlandtournee stand bevor. Was hatte Hagen geritten, sie gerade in dieser Situation hängen zu lassen? Toni, ihr Bodyguard, redete ihr gut zu.

»Komm Tiziana. Du schaffst das auch ohne diesen Dandy. Überleg doch mal, wie viele Menschen du bei deinen Konzerten begeistert hast. Die Journalistenmeute da draußen schaffst du doch mit links.«

»Du hast wahrscheinlich recht, Toni. Es ist halt einfach schöner, wenn man weiß, der Manager hält einem den Rücken frei, während man Interviews gibt.«

»Darf ich dich etwas fragen?«, wechselte Toni das Thema. »Warum Hanau, warum die August-Schärtner-Halle? Du füllst problemlos die Hallen in den Metropolen.«

»Weil hier alles angefangen hat. Ich komme aus Hanau und ich schätze das Lebensgefühl hier. Die Menschen hier haben mich von Anfang an unterstützt. Sie haben es verdient, dass ich ihnen auf diese Weise ›Danke‹ sage.«

Sven, der Schlagzeuger, steckte seinen Kopf durch die Tür.

»Hallöchen. In fünf Minuten geht es los. Die anderen sind schon ganz ungeduldig. Da draußen wartet eine ganze Menge Journalisten. Einer vom ›Rolling Stone‹ soll auch dabei sein. Sag mal, wo ist eigentlich Hagen?«

Tiziana blickte zu Toni. Der breitschultrige Bodyguard nickte ihr aufmunternd zu.

»Ich habe keine Ahnung. Wir machen unsere Songs nun schon lange genug, da müssten wir auch einmal ohne Kindermädchen auskommen«, antwortete sie mit selbstbewusster Stimme. Trotzdem begann sie sich langsam Sorgen um ihren Manager zu machen.

Aufgeregt betrat sie zusammen mit der Band die Bühne. Dieses Publikum war anders als die Fans, die zu Tausenden die Hallen bevölkerten, wenn sie rappte. Dieses Publikum war hier, um sie öffentlich zu bewerten. Falls Normans Musik nicht dem entsprach, was die Journalisten unter HipHop und Rap verstanden, würden sie Tiziana in den kommenden Tagen in den Medien verreißen. Dasselbe galt für die Texte, die sie geschrieben hatte. Glaubwürdig und authentisch mussten sie sein, sonst fielen sie durch. Tiziana machte sich keine Illusionen. Wenn sie diesen Test nicht bestand, war ihr Comeback geplatzt. Ihre Tournee war zwar vollkommen ausverkauft, aber bei schlechten Kritiken würde niemand ihre neue CD kaufen. Sie musste diese Gedanken beiseite schieben, sonst würde dieser Auftritt ein Flop werden. Das Schlagzeug und der Bass begannen zu hämmern. Jetzt blieb ihr nichts mehr übrig, als darauf zu vertrauen, dass alles gut werden würde.

Clara freute sich darauf, den Rest eines arbeitsreichen Tages auf dem Hof zu verbringen. Sie hatte Sehnsucht nach Caspari und nach Lukas. Als sie ihren Wagen im Hof parkte, flog eine der Eingangstüren auf und der Kleine kam herausgestürzt. Sie war eben gerade aus dem Auto gestiegen, da umfingen sie schon seine Arme und er drückte seinen Kopf fest gegen ihren Bauch.

»Lukas, ich denke, du bist krank«, keuchte sie atemlos.

»Der Papa gibt mir ekliche Zäpfchen, da merke ich kaum noch etwas.«

»Glaub ihm kein Wort. Vor fünf Minuten hat er noch gejammert, wie sehr ihm die Ohren wehtun und wie schlapp er sich fühlt«, meinte Caspari lachend.

Clara fuhr Lukas durch das dichte Haar und hielt ihre Hand an seine Stirn. Der Junge blickte zu ihr hoch. Sein getrübter Blick, die roten Wangen und die Körpertemperatur unterstrichen Casparis Bemerkung. Lukas schien sie indessen nicht loslassen zu wollen. Als sie Caspari küsste, stand sein Sohn zwischen ihnen. Ihr war es recht. Auf diese Weise schuf der Kleine unbeabsichtigt eine Distanz zwischen ihr und Caspari, die sie brauchte, um sich ihm nach den Wochen, in denen sie sich kaum gesehen hatten, wieder zu nähern. Langsam löste sie sich von Lukas, holte ihre Reisetasche vom Beifahrersitz und gab sie Caspari.

»Clara, ich habe mir ein Märchen ausgesucht, das du mir vorlesen sollst!«

Trotz seiner Krankheit schien Lukas sehr darauf bedacht, das übliche Maß an Zuwendung von ihr zu bekommen. Sie lächelte und drückte ihm einen Kuss auf seine heiße Wange.

»Du Schlingel!«

Sie wandte sich Caspari zu.

»Was tust du, während ich vorlese?«

»Ich setze mich daneben und höre dir aufmerksam bei der Tätigkeit zu, die ich schon eine geschlagene Stunde ausgeübt habe«, erwiderte Caspari grinsend.

Nachdem Lukas erschöpft im Bett lag, kam die Lieferung aus dem ›La Grotta‹. Gemeinsam genossen sie das vorzügliche mediterrane Essen. Caspari wirkte, als läge ihm etwas auf der Seele. Erwartungsvoll sah Clara ihn an.

»Am Montag werde ich gleich zum Präsidenten gehen und eine personelle Aufstockung unserer Abteilung fordern«, begann er.

Clara legte ihre Hand auf seine. Er wirkte ausgelaugt.

»Ich finde, es ist an der Zeit, dass du das tust. Gott weiß, wie lange du diese berufliche Belastung noch durchhalten wirst. Ich mache mir Sorgen um dich. Du watest wie kaum ein anderer Polizist durch den allertiefsten Morast menschlicher Abartigkeiten. Man lässt dir keine Zeit, die Erfahrungen und Eindrücke seelisch zu verdauen.«

»Ich weiß, ich spüre das ja selber«, entgegnete er. »Deshalb will ich dem Präsidenten vorschlagen, die Abteilung um zwei weitere Teams zu vergrößern. Bisher konnten wir uns gar nicht aller Anfragen der lokalen Polizeibehörden annehmen. Die weniger dramatischen haben wir an andere Abteilungen in unserem Haus weitergeleitet. Damit muss jetzt Schluss sein. Die Kollegen vor Ort haben das Recht auf eine fachgerechte Beratung und Hilfe. Die Personalaufstockung ist genau genommen unumgänglich, wenn wir im LKA erfolgreiche Arbeit leisten wollen.«

»Und du meinst, du wirst Erfolg mit deinem Anliegen haben?«, fragte Clara.

»Ich habe keine Ahnung. Falls er sich nicht darauf einlässt, dann suche ich mir einen Platz in der Forschung«, antwortete er fest entschlossen.

»Aber was wird dann aus Tina und Mario? Die beiden hängen so an dir.«

»Ich weiß es nicht. Allerdings weiß ich, dass ich so nicht mehr weitermachen kann. Und ich möchte dich nicht verlieren!«

»Wie meinst du das?«, fragte Clara, obwohl sie ihn genau verstanden hatte. Im Grunde wollte sie nur noch einmal hören, was er für sie empfand.

»Glaubst du, ich hätte deine Distanz vorhin nicht bemerkt?«, fragte er leise. »Eine Frau, die mir sehr viel bedeutet hat, habe ich schon verloren. Ein zweites Mal muss ich das nicht haben.«

Clara sah ihn lange schweigend an. Er begegnete ihrem Blick. Nach einer Weile hatte sie das Bedürfnis, ihn zu küssen. Eng umschlungen saßen sie auf der Eckbank in der Küche, tranken Piemonter Rotwein und redeten über die vergangenen Wochen. Als ihnen die Worte ausgegangen waren, küsste Clara ihn und strich ihm über seinen roten Vollbart.

»Da wäre noch etwas, das in den vergangenen Wochen deutlich zu kurz gekommen ist«, hauchte sie ihm ins Ohr.

Mit einem Gefühl des Triumphes kam Tiziana in ihre Garderobe. Toni reichte ihr ein frisches Handtuch.

»Na also, ich habe dir doch gesagt, dass du das auch ohne Hagen Sauter packst.«

Sie grinste und legte sich das Frotteetuch um den Hals. Als sie die Wasserflasche vom Tisch nahm, sah sie einen Brief dort liegen. Toni folgte ihrem Blick.

»Ach ja. Während du draußen warst, kam ein Kurier mit diesem Brief für dich.«

Tiziana nahm ihn in die Hand und betrachtete ihn von allen Seiten. Er sah anders als die typische Fanpost aus. Der Umschlag hatte ein größeres Format und war hellbraun wie die Post von Ämtern und Behörden. Der Absender war nirgendwo zu finden. Wer mochte ihr einen Brief durch einen Kurierdienst zugesandt haben? Tiziana widerstand der Versuchung, ihn gleich zu öffnen. Falls etwas Unerfreuliches darin stand, würde es ihre gute Laune nach dieser erfolgreichen Präsentation zunichte machen. Sie ließ den Brief auf den Tisch fallen.

»Ich gehe erst einmal duschen. Der Brief kann warten!«, sagte sie zu Toni.

»Das Duschen kann erst einmal warten. Jetzt musst du mit uns eine kleine Runde abfeiern!«, rief Maik, ihr Keyboarder, der mit den anderen Bandmitgliedern in die Garderobe kam.

»Die lange Probenzeit hat sich gelohnt«, meinte Sven. »Das würde nicht mit rechten Dingen zugehen, wenn wir die Journalisten nicht überzeugt hätten.«

Nachdem die beiden Sektflaschen geleert und die vier Bandmitglieder schon etwas angeheitert waren, schickte Tiziana sie aus ihrer Garderobe hinaus.

»Ich will jetzt wirklich duschen. Das solltet ihr übrigens auch tun. Lasst uns doch im Anschluss noch in den ›Culture Club‹ fahren und richtig feiern.«

Die Jungs stimmten gut gelaunt zu. Während sie nach ihrem Kulturbeutel griff, fiel ihr Blick wieder auf den Brief. Wer mochte ihn wohl geschrieben haben? Sie zwang sich, unter die Dusche zu gehen. Als sie mit feuchtem Haar wiederkam, meldete sich ihr Mobiltelefon. Hastig ließ sie ihre Sachen auf den Tisch fallen und griff danach in der Hoffnung, dass Hagen sich endlich meldete. Am anderen Ende war der Geschäftsführer ihrer Plattenfirma. Er gratulierte ihr zu der gelungenen ›Performance‹. Er war sich sicher, dass die zu erwartenden positiven Kritiken den Umsatz in die Höhe treiben würden. Als Tiziana das Gespräch beendet hatte, klopfte Maik an die Tür.

»Tiziana, bist du fertig parfümiert, hast du dein Haar ordentlich onduliert, die Nägel bunt lackiert? Wir sind zu viert und wir haben Durst!«

»In Ordnung, ich komme ja«, entgegnete sie lachend. Schnell warf sie ihre Sachen in die Reisetasche und gab Toni mit einem Kopfnicken zu verstehen, dass sie aufbrechen konnten.

»Hast du nicht etwas vergessen?«, fragte er.

»Was denn?«, fragte sie irritiert.

»Den Brief! Wenn ihn schon ein Kurier hierher bringt, solltest du ihn vielleicht lesen, ehe wir Party machen!«

Er hörte sich an wie ihr großer Bruder. Tiziana liebte diesen stillen, starken Mann. Er war einer der wenigen Menschen, denen sie vertraute.

»Sehr wohl. In Ordnung. Wird sofort erledigt«, frozzelte sie und machte dabei einen Diener. Lachend setzte sie sich an den Tisch, riss das Couvert auf und schüttelte den Inhalt heraus. Was sich auf dem Tisch ergoss, ließ ihr Lachen sofort gefrieren. Ihr Mund öffnete sich zu einem stummen Schrei des Entsetzens.

»Christoph!?«

Caspari schreckte aus dem Schlaf.

»Christoph!?«

Mit Bedauern löste er sich aus Claras Umarmung und dekkte sie sanft wieder zu. Er betrachtete sie noch einmal und fuhr ihr zärtlich über die Wange. Widerwillig stand er auf, zog seinen Bademantel über und ging die Treppe hinunter. Sein Vater stand in der Verbindungstür zu seiner Wohnung.

»Mensch, Vater, was ist denn los? Ist was passiert?« Caspari war alarmiert. Seine Eltern respektierten seine Privatsphäre. Die Verbindungstür nutzten sie nur in Ausnahmefällen.

»Der Präsident des LKA rief eben bei uns an«, erklärte sein Vater. „Er bat mich, dir auszurichten, dass du sofort dein Mobiltelefon anschalten sollst.«

»Einen Teufel werde ich tun!«, entgegnete Caspari ungehalten. »Vor Montag bin ich nicht im Dienst.«

»Diese Reaktion scheint er wohl vorausgesehen zu haben«, meinte sein Vater. „Das sei eine dienstliche Anordnung, hat er gesagt.«

Widerwillig bedankte Caspari sich bei ihm, wünschte noch eine gute Nacht und ging zornig in sein Arbeitszimmer, wo sein Mobiltelefon auf dem Schreibtisch lag. Kaum hatte er es aktiviert, da klingelte es schon. Er widerstand dem Drang, es an die Wand zu werfen und nahm das Gespräch an.

»Ich höre!«

»Caspari, sind Sie noch zu retten?«, polterte der Präsident los. »Auf dem Festnetz läuft Ihr Anrufbeantworter, Ihr Handy ist ausgeschaltet … Was um alles in der Welt soll das?«

»Das kann ich Ihnen sagen: Ich verbringe seit etlichen Wochen wieder einmal das erste komplett freie Wochenende mit meiner Familie«, erwiderte Caspari gereizt.

»Das ist ab jetzt beendet!«

»Das kommt überhaupt nicht in Frage. Mein Sohn ist krank und braucht mich, und meine Lebensgefährtin hat sich sehr auf dieses Wochenende gefreut.«

Caspari nahm im Augenwinkel eine Bewegung wahr. Er blickte zur Seite und sah Clara verschlafen in der Tür stehen.

»Das tut mir leid für Sie, aber ich kann es nicht ändern. Der Manager einer international bekannten Rapperin ist ermordet in seiner Villa in Bergen-Enkheim aufgefunden worden.«

»Die Frankfurter Polizei hat eine sehr kompetente Mordkommission«, wiegelte Caspari ab. »Warum soll ich mich darum kümmern?«

»Erstens, weil es nach einer Mordserie aussieht. Zweitens, weil der Sohn des Innenministers ein enger Freund der jungen Dame und der Schlagzeuger der Band ist. Der Minister hat mich vor einer halben Stunde angerufen und darauf bestanden, dass unser Haus sich in diesen Fall einschaltet. Sie fahren jetzt sofort zum Tatort. Das ist ein Befehl! Ihre beiden Mitarbeiter sind schon unterwegs. Von ihnen erfahren Sie, wo die Leiche gefunden wurde.«

»Na prima!«, knurrte Caspari wütend und beendete grußlos das Gespräch. Enttäuscht blickte er zu Clara.

»Ich kanns nicht glauben! Weil eine Hupfdohle mit dem Sohn des hessischen Innenministers befreundet ist, muss ich mich um ihren toten Manager kümmern. ›Das ist ein Befehl‹, hat dieser … gesagt.«

Caspari sank auf einen Stuhl und starrte ins Leere. Ihm war nach Heulen zumute. Doch er war nicht in der Position, sich einer Dienstanweisung des LKA-Präsidenten zu widersetzen.

Clara schien seine Verzweiflung zu spüren. Sie kniete sich vor ihn, umfing ihn mit ihren Armen und rieb ihre Nase an seiner Brust.

»Es ist nicht zu ändern«, sagte sie. »Fahr zum Tatort und versuch, bald wieder hier zu sein. Ich passe so lange auf Lukas auf.«

Auf der Fahrt zum Tatort verwandelte sich Casparis Verzweiflung in Wut. Dem Uniformierten, der ihn in der Hofeinfahrt grüßte, nickte er wortlos zu. Als er die Villa betrat, hörte er eilige Schritte hinter sich. Er blickte über die Schulter und sah Tina und Mario auf sich zukommen.

»Na Cheffe, wie geht's?«, fragte Mario mit einem ironischen Unterton.

»Genauso miserabel wie Sie aussehen«, knurrte er. Tina gab ihm einen müden Klaps auf die Schulter.

Im Flur empfing sie ein Mittfünfziger, der einen geschmackvollen Leinenanzug trug. Er machte einen agilen, wachen Eindruck. Ruhig und konzentriert dirigierte er die Untersuchungen. Allein seine Bartstoppeln und sein ungekämmtes Haar verrieten, dass er aus dem Bett geholt worden war. Als er Caspari, Tina und Mario sah, kam er mit einem freundlichen Lächeln auf sie zu.

»Hauptkommissar Ludwig, guten Abend – oder sollte ich besser ›Guten Morgen‹ sagen?«

Caspari stellte mit knappen Worten sich und seine Mitarbeiter vor.

»Es tut mir leid, dass Sie in diesen Fall involviert wurden. Ich hörte schon, dass Sie einige sehr anstrengende Wochen an der Bergstraße hinter sich haben«, begann Ludwig.

»Wir wollen das nicht vertiefen«, erwiderte Caspari gereizt. »Was wissen Sie bis jetzt über den Tathergang?«

Ludwig forderte sie auf, ihm zu folgen. Er führte sie eine breite, mit Terrakotta geflieste Treppe hinunter durch einen Sauna- und Solariumbereich. Den Mittelpunkt bildete ein großzügig bemessener Whirlpool. Eine Glastür führte zum Dampfbad, auf der gegenüberliegenden Seite drang heiße Luft aus einer offenen Saunatür. Caspari warf einen Blick in einen Seitenraum. Er war mit fünf Entspannungsliegen und einigen modernen Fitnessgeräten ausgestattet.

Ludwig brach das Schweigen. »Der Tote hat – wie sagt man heutzutage? – viel Wert auf Wellness gelegt.«

»So etwas würde ich mir auch gefallen lassen«, antwortete Mario.

»Da bist du in der falschen Gehaltsstufe, mein Lieber!«, entgegnete Tina.

Ludwig öffnete eine breite Holztür. Vor ihnen lag ein Swimmingpool. Auf dem Wasser trieb ein bizarr gekleideter Leichnam mit dem Gesicht nach unten. Der Tote wirkte auf den ersten Blick wie ein zu groß geratener Wasservogel. Seine Hosen und das langärmelige Hemd waren vollkommen mit Federn besetzt, die Arme als Schwingen gestaltet. Die Füße waren zusammengebunden, die Hände vom Körper weggestreckt. Stricke, die am einen Ende an den Gelenken des

Opfers und am anderen am Schwimmbeckenrand befestigt waren, hielten den Toten wie einen Gekreuzigten in seiner Position.

»Warum haben Sie ihn noch nicht aus dem Wasser geholt?«, fragte Caspari irritiert.

»Zum einen, um besser Spuren um das Schwimmbecken herum sichern zu können. Zum anderen wollte ich, dass Sie ihn so sehen. So etwas ist mir bisher noch nicht untergekommen.«

Mario begann, die ersten Fotos zu schießen, während Polizeitaucher ins Wasser gingen, die Fesseln durchtrennten und den Leichnam aus dem Wasser zogen. Caspari bat den Gerichtsmediziner, ihn einen Blick auf den Toten werfen zu lassen, der jetzt bäuchlings auf den Fliesen lag. Caspari fiel auf, dass die Federn an einigen Stellen angesengt waren. Vorsichtig drehte er den Toten herum. Bei dem Anblick, der sich ihm bot, schreckte er zurück. Das Federkleid war auf der Unterseite völlig verbrannt. Das Gesicht des Mannes war von Blasen überzogen, die Augenbrauen waren versengt. Die schwarzen, verkohlten Augäpfel und die fehlenden Lider entstellten das Gesicht zu einer bizarren Fratze. Caspari spürte ein Schnaufen hinter sich. Als er sich umwandte, blickte er Tina in die Augen.

»Bei jedem Fall denke ich, es kann nicht schlimmer kommen – und werde beim nächsten Mal eines Besseren belehrt.«

Caspari spürte Übelkeit in sich aufsteigen. Er erhob sich und nickte dem Gerichtsmediziner zu. Dann packte er den Griff einer großen Schiebetür, die zur Terasse führte, und zog sie weit auf. Die sommerlich-milde, klare Nachtluft drang in den mit Chlorgeruch geschwängerten Raum ein.

»Wer hat Sie informiert?«, fragte er den Kriminalbeamten.

»Tiziana.«

»Und wer bitte ist das?«, hakte er nach.

»Sie kennen nicht diese Rapperin aus Hanau? Die feiert doch mittlerweile internationale Erfolge«, antwortete Ludwig verständnislos.

Caspari sah aus dem Augenwinkel, wie Tina und Mario sich ein Grinsen verkniffen.

»Entschuldigung. Mit dieser speziellen Form der Geräuscherzeugung kenne ich mich nicht aus.«

»Hören Sie kein Radio?« Ludwig war sichtlich irritiert. In Caspari erwachte Unmut.

»Auf den Sendern, die ich bevorzuge, wird dieses unmusikalische Gegrunze nicht gespielt.«

»Mein Geschmack ist das auch nicht. Aber ich habe schon einmal in einem der Boulevard-Blätter beim Friseur etwas über Tiziana gelesen. An Ihnen geht so etwas völlig vorbei?«, fragte Ludwig, als könne er es nicht glauben.

»Ich finde die neue Musikszene so spannend wie eine ausgebrannte Wellblechhütte!«, entgegnete Caspari trotzig und wandte sich an Mario und Tina.

»Kennen Sie diese Tiziana?«

»Chef, seitdem wir mit Ihnen zusammenarbeiten, kennen wir uns bestens aus, was die Musik von der Gregorianik bis Furtwängler betrifft. Und doch können wir uns eines gelegentlichen Ausbruchsversuchs in Richtung neue Musik nicht erwehren«, meinte Tina und grinste ihn an.

»Sie müssen es ihm nachsehen«, sagte Mario zu Ludwig. »Für einen Kulturkritiker wie ihn kommt ein Ausflug in den Hip-Hop und Rap nicht in Frage.«

»Was brauchst du Feinde, wenn du solche Freunde hast?«, wehrte sich Caspari halbherzig. »Dürfte ich jetzt trotzdem die Einzelheiten erfahren?«

Ludwig zog ein Foto aus seinem Sakko und reichte es Caspari. Darauf war der Tote in der Position abgelichtet, in der ihn Caspari beim Betreten des Schwimmbadraumes gesehen hatte. Allerdings war das Foto unter Wasser aufgenommen worden. Das im Wasser liegende, gebrannmarkte Gesicht starrte ihn an.

»Dieses Foto wurde Tiziana in einem Briefumschlag von einem Kurierdienst zugestellt, während sie der Presse in Hanau ihr neues Album vorstellte. Sie hat das Couvert allerdings erst nach der Show geöffnet.«

»Haben Sie die Dame schon vernommen?«, fragte Mario.

»Das war leider nicht möglich. Sie bekam einen Schock

und wird zurzeit im Krankenhaus behandelt. Frühestens morgen Vormittag ist sie in der Lage, uns Auskunft zu geben«, antwortete Ludwig.

»Schrecklich!«, meinte Tina. »Ich möchte nicht in ihrer Haut stecken. Man bekommt einen Brief, denkt an nichts Böses und sieht dann dieses Bild.«

»Zumal es nicht das erste Mal ist, dass jemand aus Tizianas Umfeld auf, wie soll ich sagen, ungewöhnliche Weise ums Leben kommt«, sagte Ludwig. »Vor ein paar Monaten wurde ihr Produzent Norman Kling ebenfalls umgebracht. Jemand lauerte ihm beim Joggen auf, durchschnitt seine Kehle und ließ ihn in einem Krokusfeld verbluten. Der Täter legte die Leiche genauso wie den Toten hier auf die Blumen. Es erinnerte an eine Kreuzigung.«

»Das kann auf denselben Täter hinweisen. Möglich wäre aber auch, dass es ein reiner Zufall ist, oder dass hier ein Trittbrettfahrer am Werk war«, meinte Tina nachdenklich.

»Da ist noch etwas«, fuhr Ludwig fort und deutete auf einen roten Strich am anderen Ende der Glasfront. »Er hat an beiden Tatorten einen Buchstaben hinterlassen.«

Als Clara erwachte, spürte sie Caspari neben sich liegen. Der letzte Abend ging ihr noch einmal durch den Kopf. Nach einem holprigen Anlauf hatte sie die Stunden genossen. Die Gespräche mit ihm und die Zärtlichkeit, mit der er ihr nahe war, erfüllten sie auf eine nie gekannte Weise. Wenn er sie in den Arm nahm, konnte sie alles um sich herum vergessen. Dann dachte sie an die Störung durch Casparis Vorgesetzten. Zorn stieg in ihr auf. Sie sah noch einmal die Verzweiflung und das stumme Flehen in Casparis Augen. Er wusste, was es bedeutete, wenn ihn wieder ein Fall ganz und gar verschlang.

Lukas steckte seinen Kopf durch die Tür und lächelte.

»Du siehst aus, als ginge es dir besser«, stellte Clara fest.

»Die Ohren tun nicht mehr weh, und mein Kopf ist auch nicht mehr so heiß«, bestätigte der Kleine.

»Das freut mich. Komm, lass uns den Frühstückstisch decken.«

»Was ist mit Papa?«, fragte Lukas. »Wieso wird der nicht wach, wenn wir uns unterhalten?«

»Dein Papa hatte eine anstrengende Nacht. Er wurde zu einem Einsatz gerufen«, erklärte Clara.

Lukas machte ein enttäuschtes Gesicht.

»Dann wird er heute keine Zeit für mich haben.«

»Warte doch erst einmal ab. Vielleicht muss er ja heute nicht arbeiten«, versuchte sie den Jungen zu trösten.

Gemeinsam deckten sie den Tisch in der Küche. Lukas stellte sich auf einen Stuhl und begann eifrig, den Sendersuchlauf des Radio- und CD-Spielers zu bearbeiten. Laut dröhnte die Stimme der Rocksängerin Anastacia durch die Lautsprecher.

»Man muss die Gelegenheit nutzen, wenn Papa mal nicht in der Nähe ist!«, meinte Lukas grinsend und nickte rhythmisch mit dem Kopf, während er die Servietten auf den Tisch legte. Clara musste lachen, als sie den Sechsjährigen auf seine kindliche Art durch die Küche tanzen sah.

Als sie mit den Brötchen wiederkam, die der Bäcker unter das Vordach gelegt hatte, saß Caspari mit zerzausten Haaren am Tisch und sah schmunzelnd auf seinen Sohn.

»Wehe, wenn sie losgelassen …«, sagte er und rieb seine dunkel umrandeten Augen. »Ich nehme es als Zeichen dafür, dass er wieder auf dem Damm ist.«

»Was man von dir nicht gerade behaupten kann«, entgegnete Clara. »Du machst heute Morgen jeder Vogelscheuche Konkurrenz.«

»Was soll ich machen«, meinte er schulterzuckend, »du hast ja selbst miterlebt, was los war.«

Er stand auf, ging an den Besteckkasten und holte ein Kindermesser heraus.

»So, mein Lieber«, sagte er zu Lukas und legte es ihm neben den Teller, »in zweieinhalb Monaten kommst du in die Schule. Es wird Zeit, dass du lernst, dir selbst die Brötchen zu schmieren.«

Clara genoss die Rolle der stillen Betrachterin, während Caspari mit Lukas das Hantieren mit dem Messer übte.

Während der Kleine genüsslich sein Marmeladenbrötchen kaute, wandte sich sein Vater ihr zu und brachte ein müdes Lächeln zustande.

»Wie ist es heute Nacht gelaufen?«, fragte sie in der Hoffnung, er hätte den Fall vielleicht der Frankfurter Kriminalpolizei überlassen können.

»Die schlechte Nachricht ist, dass es ganz nach einer Serie aussieht. Alles deutet auf ein Ritual hin, dass wir entschlüsseln müssen. Die gute Nachricht ist, dass ich heute nur ein paar Stunden in diesem Fall unterwegs bin. Heute Nachmittag haben wir Zeit füreinander.«

Clara versuchte, sich ihre Enttäuschung nicht anmerken zu lassen. »Das ist ja alles ganz gut und schön«, begann sie vorsichtig. »Aber erstens besteht ein freies Wochenende nicht nur aus ein paar Stunden am Nachmittag. Und zweitens habe ich ab halb drei ein Treffen meines Religionskurses zur Vorbereitung unseres Projektes auf dem Hessentag.«

»Ihr habt ein Projekt?«, fragte Caspari erstaunt.

»Ja, ich hatte noch keine Gelegenheit, dir davon zu erzählen«, erwiderte Clara.

»Das stimmt«, sagte Caspari kleinlaut. »Ich habe mich in letzter Zeit wenig um deine Arbeit gekümmert. Es tut mir leid. Glaub mir, ich werde das ändern …«

Clara zuckte mit den Schultern. Sie liebte diesen Mann sehr und hatte doch das Gefühl, dass er da mehr versprach, als er halten konnte.

»Ach Christoph, wenn es doch nur wahr werden könnte …«

Das Kind kauerte sich im Bett zusammen. Seine Mutter war im unteren Stockwerk. Sie hatte dem Jungen eines seiner Lieblingsmärchen vorgelesen, hatte ihn zu Bett gebracht, ihn umarmt und ihm einen Kuss auf die Wange gegeben. Mama roch immer so gut, besonders wenn Papa nicht zuhause war. ›Mein kleiner Schatz‹, waren ihre Worte gewesen, bevor sie das Kinderzimmer verließ. Dann war ein fremder Mann gekommen, der ihr einen Blumenstrauß mitbrachte. Der Junge hatte seine Mutter unten lachen hören. Er war heimlich aufgestanden und hatte im Dunkeln des Treppenhauses alles beobachtet.

Jetzt lachte seine Mutter nicht mehr. Die Geräusche, die aus dem Wohnzimmer zu ihm drangen, waren ihm fremd. Es war ein Keuchen, das sich mit dem Schnaufen des Mannes zu einer grauenvollen Melodie verband. Der Junge konnte sie nicht ertragen. Er kniff die Augen zusammen und hielt sich die Ohren zu.

»Wir haben alles gründlich durchsucht. Sogar den Schwimmbadfilter haben wir auf Haare hin untersucht. Nichts!«

Hauptkommissar Ludwig fasste nüchtern die Ergebnisse der Spurensicherung zusammen, während Caspari vor der Glaswand im Besprechungszimmer der Mordkommission stand, an der die Tatortfotografien hingen. Mit einer Lupe suchte er nach Details auf den Bildern, die sie vielleicht übersehen hatten. Tina und Mario saßen am großen Tisch und tranken Kaffee.

»Es hat keinen Zweck!«, meinte Tina mit müder Stimme. »Die Fotos sehen wir uns seit einer halben Stunde wieder und wieder an und finden doch nichts.«

Caspari wandte sich um. Beim Anblick seiner beiden Mitarbeiter erfüllte ihn Scham. Wenn er dem Präsidenten nicht die Stirn bot, würden diese beiden wunderbaren Menschen verheizt werden.

»Ja, Sie haben recht«, gab er kleinlaut zu. »Ich hatte die stille Hoffnung, doch noch einen kleinen Mosaikstein zu finden, der uns weiterbringen könnte.«

Er deutete auf eine Fotografie, auf der ein Teil der großen Glasfront des Schwimmbadbereiches abgebildet war. Groß und rot prangte darauf der Buchstabe I.

»Das ist tatsächlich das Einzige, was uns der Mörder hinterlassen hat.«

Danach wandte er sich den Tatortfotos vom Mordfall Kling zu, die Ludwig daneben gehängt hatte. Warum konnte er auf den Bildern nichts entdecken, das ihm half, klarer zu sehen? War er mittlerweile schon so ausgebrannt, dass er die kleinen Details nicht mehr sah?

»Ich stochere mit langen Stangen im dichten Nebel«, meinte er resigniert. »Zwei unterschiedliche Vorgehensweisen, zwei unterschiedliche Orte für die Inszenierung der Tat, das Schwimmbad und das Blumenbeet im Park. Doch in beiden Fällen ist es ein und dieselbe Handschrift. In beiden Mordfällen handelt es sich um dasselbe Ritual. Nach der Tötung wird die Leiche mit ausgestreckten Armen und geschlossenen Beinen bäuchlings hingelegt. Dann hinterlässt der Täter an beiden Tatorten einen Buchstaben. Auf der weißen Sportjacke von Kling den Buchstaben V, bei Sauter ein I. Doch wofür stehen sie? Sind es die Großbuchstaben aus dem Alphabet oder irgendwelche kryptischen Zeichen?«

»Vielleicht sind es lateinische Zahlzeichen, die der Täter verwendet«, warf Tina ein.

»Möglich. Der Großbuchstabe V ist im Lateinischen die Zahl quinque, fünf. I könnte unus, also eins bedeuten, aber das ergibt keinen Sinn! Wenn der Täter seine Opfer zählen wollte, hätte er bei Kling mit I angefangen und bei Sauter mit II weitergemacht.«

»Woher wissen wir eigentlich, dass es sich um einen Täter handelt?«, merkte Mario an. »Ich erinnere mich an die Satanistenmorde vor zwei Jahren. Damals hatten wir es mit einem Pärchen zu tun.«

Caspari war ihm für diesen Einwand dankbar. Mario war ein Querdenker, dessen Sichtweise sie schon oft auf die richtige Fährte geführt hatte. Ludwig schüttelte den Kopf.

»Den Mordfall Kling konnten wir bisher nicht aufklären. Dabei haben wir jeden Stein mehrmals umgedreht, das Umfeld von Kling und der Rapperin mehr als gründlich überprüft. Nichts! Das Einzige, was wir durch Zeugenaussagen wissen, ist, dass ein Mann den Ostpark kurz nach dem Mord verlassen hat. Er kam an der Stelle heraus, an der Kling hineingelaufen war. Im Fall Sauter sah eine Nachbarin am frühen Nachmittag einen Fahrradkurier an der Haustür klingeln.«

»Konnte sie den Mann erkennen?«, fragte Tina neugierig.

»Nein, sie fuhr mit dem Auto vorbei und konnte ihn nur kurz von hinten sehen. Einzig seine Weste erkannte sie. Er trug eine des Kurierdienstes ›Main-Radler‹. Da Sauter oft von solchen Kurieren Post aus den Studios und von den Plattenfirmen bekam, dachte sie sich nichts dabei.«

»Haben Ihre Leute diesen Kurierdienst überprüft?«, fragte Caspari. Im Grunde glaubte er nicht daran, dass dabei etwas herausgekommen würde.

»Natürlich haben wir das«, erwiderte Ludwig. »In der vorletzten Nacht ist dort eingebrochen worden. Die Firma hat das ordnungsgemäß gemeldet. Interessant war allerdings, dass außer einer Weste mit dem Firmenlogo und einem Helm nichts gestohlen wurde. Die Kollegen vom Einbruchsdezernat konnten keinerlei Spuren finden.«

»Was ist mit den versengten Federn und dem verbrannten Gesicht?«, hakte Caspari nach. »Hat die Spurensicherung das Gerät gefunden, mit dem er das getan hat?«

»Wir haben es in einer der Mülltonnen gefunden. Es ist eine kleine Gaskartusche mit einem Aufsatz. So was verwendet man beim Camping zum Kochen. Das bringt uns aber nicht weiter. So ein Gerät ist in jedem Baumarkt zu bekommen. Fingerabdrücke waren keine darauf«, meinte Ludwig.

»Dann können wir uns warm anziehen!«, brummte Mario.

Caspari nickte stumm und sah dabei zu Tina, die immer mehr in sich zusammensank.

»O nein, nicht schon wieder so einen Mörder«, stöhnte sie. »Ich brauche dringend eine Pause von so etwas.«

Caspari bemerkte, dass Hauptkommissar Ludwig ihn irritiert ansah.

»Was meint Frau Hergenrath?«

Statt auf die Frage einzugehen, fasste Caspari zusammen, was sie bis jetzt über den Täter sagen konnten: »Wir haben es hier mit einem sehr intelligenten, gebildeten Mann zu tun, der seine Taten ganz genau und akribisch plant. Er ist körperlich stark, sonst wäre er zu den beiden Morden nicht in der Lage gewesen. Seine Vorgehensweise ist absolut präzise. Alle

Eventualitäten plant er im Voraus ein. Durch die Buchstaben oder Zahlzeichen und die Stellung der Leichen hinterlässt er Botschaften, die wir entschlüsseln sollen. Außerdem ist er arrogant, denn er traut uns nicht zu, seine Handschrift lesen zu können.«

»Was führt Sie denn zu diesem Schluss?«, fragte Ludwig.

»Seine Perfektion«, erwiderte Caspari. »Und für den Moment hat er recht! Bisher fehlt mir jeder Ansatz, dieses Ritual zu entschlüsseln. Ist es etwas Religiöses? Die Stellung der Leichen könnte darauf hindeuten. Vielleicht sollen sie Engel symbolisieren oder Novizen vor ihrem Gelübde. Oder er will den Gekreuzigten verspotten. Doch was hat das mit den Zeichen zu tun. VI oder IV wie Victor? Sieht er sich als Sieger über Jesus oder über alle, die an ihn glauben? Das alles ergibt bisher noch keinen rechten Sinn. Wir werden Engelnamen recherchieren müssen. Außerdem bleibt noch die Frage offen, wie diese … – wie hieß sie doch gleich? – ins Spiel passt. Sie hat eine Schlüsselrolle, die wir noch verstehen müssen!«

»Sie heißt Tiziana!«, unterbrach ihn Ludwig.

»Da ist noch etwas«, Caspari schauderte bei diesen Worten. »Er ist noch nicht am Ziel!«

Tiziana fühlte sich müde und ausgelaugt, als sie an Tonis Seite das Krankenhaus verließ. Sie wollte in ihr Haus, in ihre eigenen vier Wände, die ihr Sicherheit gaben. Erholen würde sie sich dort von dem Schock allerdings auch nicht. Dieser Hauptkommissar Ludwig hatte angekündigt, dass er sie mit weiteren Kollegen in Kürze aufsuchen und befragen wollte. Sie hatte Angst vor diesem Gespräch. Es würde den Moment wieder lebendig werden lassen, in dem sie das Couvert geöffnet und die großformatige Fotografie herausgeholt hatte, auf der das Entsetzlichste abgebildet war, das sie jemals in ihrem Leben gesehen hatte. Dieses mit Blasen überzogene Gesicht hatte grauenvoll ausgesehen. Die Augen schienen sie anzustarren, obwohl sie verbrannt waren. Sie hatten sie trotz des Beruhigungsmittels, das ihr im Krankenhaus verabreicht worden war, bis in ihre Träume verfolgt. Ohne Toni hätte sie diesen Schock nicht überstanden. Die ganze Zeit hatte er stumm an ihrem Bett gesessen und ihre Hand gehalten.

Endlich zu Hause, stellte Toni ihr eine Tasse Tee auf den Tisch, an dem sie in sich zusammengesunken saß. Dankbar sah sie ihn an. Sein Gesicht war blass, seine Augen müde. Die Ereignisse des vergangenen Abends waren auch an ihm nicht spurlos vorübergegangen.

Schrill zerriss die Türglocke die Ruhe, die beide geteilt hatten. Toni brummte missmutig und öffnete die Tür. Hinter Hauptkommissar Ludwig, den sie schon von den Ermittlungen des Mordes an Norman kannte, kam ein Mann ins Zimmer, der ihn um Haupteslänge überragte. Seine breiten Schultern und sein wuchtiger Körperbau ließen ihn hünenhaft wirken. Zuletzt betraten ein gutaussehender, südländisch wirkender Mann und eine Frau mit roter Löwenmähne den Raum.

»Entschuldigen Sie, dass wir jetzt mit Ihnen reden müssen«, meinte Ludwig. »Ich weiß, dass Sie eine schwere Zeit durchmachen. Aber die Angelegenheit duldet keinen Aufschub. Je schneller wir dem Mörder das Handwerk legen, umso besser.«

Tiziana wollte niemanden sehen und mit keinem außer Toni reden. Aber sie wusste, dass Ludwig Recht hatte. Sie ergab sich in ihr Schicksal und nickte zaghaft. Dann blickte sie zu den drei anderen. Der Hüne wirkte mit seinem breiten Gesicht und dem roten Bart wie der Prototyp eines Holzfällers. Ernst blickte er sie an. Tiziana spürte in seinem Blick eine Mischung aus Mitlied und Ablehnung.

Ludwig beeilte sich, die drei Fremden vorzustellen.

»Das ist Doktor Caspari vom Landeskriminalamt. Hauptkommissarin Hergenrath und Hauptkommissar Bartoldi sind seine Mitarbeiter.«

Tiziana war überrascht.

»Sie haben das Landeskriminalamt hinzugezogen? Was bedeutet das?«, fraget sie ängstlich.

»Es bedeutet, dass wir es hier nicht mit einem gewöhnlichen Mörder zu tun haben«, erklärte der Hüne sachlich.

Die Kommissarin sah Tiziana freundlich an.

»Dürfen wir uns setzen?«, fragte sie.

Tiziana errötete. Sie fühlte sich zwar innerlich völlig taub, wollte aber deswegen nicht unhöflich sein.

»O ja, natürlich. Bitte entschuldigen Sie.«

Der große Mann setzte sich auf den Stuhl, der ihr am nächsten stand.

»Ich weiß, dass die Fragen, die wir Ihnen jetzt stellen, Dinge anrühren, die Sie am liebsten vergessen möchten. Aber wir brauchen irgendeinen Ansatz, einen Anhaltspunkt, von dem aus wir ermitteln können«, sagte er mit ruhiger Stimme.

Tiziana schüttelte den Kopf.

»Ich kann Ihnen doch auch nicht viel sagen. Dasselbe haben wir doch beim Mord an Norman durchgekaut. Es ist mir völlig unverständlich, wie jemand die beiden so grausam umbringen konnte.«

»Wissen Sie, ob Hagen Sauter Feinde hatte?«, fragte der Südländer.

»Hagen war so ein väterlicher Typ, nicht nur mir gegenüber. Ich kann mir nicht vorstellen, dass ihn jemand so gehasst hat, dass er ihm das antun konnte.«

»Der Mörder wollte mit der Position, in die er beide gelegt hat, etwas ausdrücken. Können Sie damit etwas anfangen?«

Tiziana sah vor ihrem inneren Auge die Tatortfotos von Norman Kling und das Foto von Hagen im Swimmingpool. Tränen schossen ihr in die Augen. Der Hüne reichte ihr ein Taschentuch.

»Nein, sorry.«

»Haben Sie vielleicht in einem Ihrer Lieder das Neue Testament oder Engelgeschichten thematisch verarbeitet?«, fragte die Rothaarige.

Tiziana dachte nach. Im Moment konnte sie sich selbst an ihre vertrauten Liedtexte nur mit Mühe erinnern. Nach einer Weile verneinte sie.

»Auf Klings Jacke hatte der Mörder mit dem Blut seines Opfers ein V geschrieben. An der Glasfront in Sauters Poolbereich befand sich ein rotes I. Fällt Ihnen etwas ein, das diese Buchstaben erklären könnte?«, wollte der Hüne von ihr wissen.

»Ich weiß es wirklich nicht. Meine Fantasie reicht nicht aus, um mir die Gedankengänge eines so kranken Hirns vorzustellen.«

Tiziana war am Ende ihrer Kräfte. Sie begann zu zittern und konnte die Tränen nicht zurückhalten.

»Lassen Sie Tiziana endlich in Ruhe!«, hörte sie Toni sagen. »Sie sehen doch, dass sie nicht mehr kann.«

»Es tut mir leid«, erwiderte Caspari. »Ich muss sehr schnell so viele Informationen wie möglich sammeln. Seit gestern Abend zählt jede Minute.«

»Weil Ihnen der Kerl sonst wieder durch die Lappen geht?« fragte Toni mit Bitterkeit in der Stimme.

»Nein. Weil es sich hier mit großer Sicherheit um einen Serientäter handelt, der seinen nächsten Mord wahrscheinlich schon vorbereitet«, antwortete der Kommissar mit eisiger Stimme.

»Wir müssen davon ausgehen«, fuhr er fort und blickte dabei zu Tiziana, »dass die Taten in irgendeiner Verbindung zu Ihnen stehen. Anders lässt es sich nicht erklären, dass der Mörder Ihnen diese abscheuliche Fotographie zugeschickt hat. Deshalb muss ich Ihnen noch eine letzte Frage stellen: Wurden Sie jemals von einem Stalker belästigt?«

Tiziana überlegte eine Weile. In ihren Gedanken ging sie die vergangenen Jahre durch, von den Anfängen im Hip-Hop-Workshop an der Universität bis in die Gegenwart. Doch so intensiv sie auch überlegte, sie konnte sich an keinen aufdringlichen Bewunderer erinnern.

»Wirklich nicht«, antwortete sie. »Von solchen Belästigungen bin ich bisher verschont geblieben.«

Der Hüne nickte und erhob sich.

»Mehr werden wir Sie heute nicht fragen«, sagte er. »Alle Mitglieder Ihrer Kapelle haben seit gestern Abend Polizeischutz. Ein Wagen mit zwei Beamten steht auch vor Ihrer Tür.«

»Der Kerl kommt nicht an sie heran. Da muss er erst einmal an mir vorbei!«, knurrte Toni.

»Jeder findet einmal seinen Meister«, entgegnete Caspari und klopfte ihm dabei auf die Schulter. »Glauben Sie mir, ich weiß, wovon ich rede!«

Die Polizisten verabschiedeten sich und gingen. Dann war es wieder still. Zu still, dachte Tiziana.

»Oh, meine Tat ist faul, sie stinkt zum Himmel.«

Clara stand, tief in Gedanken versunken, vor dem Plakat, das eine Arbeitsgruppe entworfen hatte. Die Idee, eine Dokumentation zu den Zehn Geboten mit diesem Zitat aus dem Drama ›Hamlet, Prinz von Dänemark‹ einzuleiten, fand sie interessant. Sie bat Kai, ein Mitglied der Gruppe, dem Kurs die Einleitung vorzustellen.

»Wir haben im vergangenen Halbjahr das Drama im Religionsunterricht unter dem Aspekt bearbeitet, wie Shakespeare die Themen von Schuld, Vergebung und Sühne verarbeitet«, referierte der Schüler. »Hamlets Onkel, der seinen Bruder vergiftete, um auf Dänemarks Thron zu steigen, hat ein schlechtes Gewissen. Das heißt, er kennt die Zehn Gebote, er weiß, dass er gegen das Fünfte Gebot ›Du sollst nicht töten‹ verstoßen und sich vor Gott schuldig gemacht hat. Mit dem Zitat wollen wir darauf hinweisen, dass jedem diese Regeln des Zusammenlebens auf irgendeine Weise bekannt sind, so dass sich das Gewissen meldet, wenn man dagegen verstößt.«

Nach zwei Stunden beendete Clara das Vorbereitungstreffen. Sie war sehr zufrieden mit den Leistungen der Schüler. Der ›Zehn Gebote Parcours‹ würde ein Erfolg werden. Die Jugendlichen mussten nur noch an einigen Stellen nacharbeiten und verbessern. Mit sich selbst war Clara allerdings nicht zufrieden. Es war nur der hohen Motivation der Schüler zu verdanken, dass sie so zielstrebig gearbeitet hatten. Clara hatte sich bisweilen dabei ertappt, nicht ganz bei der Sache zu sein. Immer wieder waren ihre Gedanken bei Caspari gewesen. Einerseits war sie enttäuscht darüber, dass sie nicht mehr Zeit miteinander verbringen konnten. Auf der anderen Seite sah sie die Belastung, der er ausgesetzt war.

Mit dem Gefühl, weder Caspari noch den Schülern gerecht geworden zu sein, ging sie zum nahe gelegenen Pfarrhaus in der Oberen Haitzer Gasse. Während sie die Tür aufschloss, sprach sie ein Mann an.

»Entschuldigung, sind Sie die Pfarrerin?«, fragte er unsicher.

Clara musterte ihn. Sie schätzte den Mann auf Mitte fünfzig. Er trug Jeans, ein Sommerhemd und Sandalen. Seine Bewegungen vermittelten eine innere Unruhe, sein Blick wirkte gehetzt. Sie musste ihn irgendwo schon einmal gesehen haben. Er kam ihr bekannt vor.

»Ja, ich bin Pfarrerin Frank«, antwortete Clara, die gar nicht erst fragte, was den Mann zu ihr geführt hatte. Sie ahnte schon, was er wollte.

»Kann ich Sie sprechen? Ich weiß, es ist Samstagnachmittag. Sie haben bestimmt noch etwas anderes vor. Aber es ist dringend!«

Clara nickte ihm aufmunternd zu. Sie setzte ein Lächeln auf, das vertuschen sollte, dass sie sich nach dem anstrengenden Vorbereitungstreffen auf eine Stunde Entspannung bei einer Tasse Kaffee gefreut hatte. In ihrem Amtszimmer stellte sie ihre schwere Tasche mit den Unterrichtsmaterialien ab und wies ihm einen Platz auf der Couch. Sie selbst setzte sich in den Sessel.

»Frau Pfarrerin, die Leute halten mich für verrückt, weil ich sage, dass jemand ständig in mein Haus geht. Dabei ist es die Wahrheit!«

Der Mann schoss vom Sofa hoch, lief unruhig durch das Zimmer und fuhr fort: »Ich weiß nicht, wer die sind und was die wollen. Aber sie sind immer da. Ich traue mich gar nicht mehr aus dem Haus. Vielleicht haben sie schon überall Wanzen angebracht und hören mich ab. Dann wissen sie, dass ich im Augenblick gar nicht da bin und sie ungestört wieder in den Zimmern stöbern können.«

»Wissen Sie denn, was ›die‹ in ihrem Haus wollen?«, fragte Clara ruhig.

»Ich habe keine Ahnung. Wenn ich verrückt wäre, würde ich vielleicht etwas von Außerirdischen faseln oder von irgendeinem dubiosen Geheimdienst. Aber ich bin normal.«

»Haben Sie die Polizei informiert?«

»Ja, aber die konnten keinen Hinweis auf einen Einbruch finden. Als ich dann noch einmal angerufen habe, meinten die bloß, sie könnten mir nicht helfen. Da müsse ich schon zu einem Arzt gehen.«

Clara tastete sich langsam heran.

»Fehlt denn irgendetwas in dem Haus?«

»Nein!«, erwiderte er barsch, worauf er sich gleich entschuldigte. »Das ist ja gerade das Furchtbare. Die laufen nur durch alle Zimmer und durchstöbern alles, als würden sie nach etwas suchen und es nicht finden. Die Radioprogramme haben sie schon öfter verstellt und die Fernbedienung des Fernsehers lag auch an Stellen, wo ich sie zuvor nicht hingelegt habe. Das Lesezeichen ist oft an Stellen im Buch, an denen ich gar nicht aufgehört hatte zu lesen. Sagen Sie, halten Sie mich für verrückt?«

Aber er ließ Clara nicht zu Wort kommen.

»Und dann sind da nachts diese Geräusche, die mich nicht mehr schlafen lassen.«

»Welche Geräusche?« fragte Clara, die sich immer sicherer wurde, dass sie es mit einem schizophrenen und paranoiden Menschen zu tun hatte.

»Sehen Sie«, rief er aufgeregt. »Ich wusste, dass diese Geräusche nicht normal sind. Sie hören sie nicht, meine Nachbarn hören sie auch nicht. Nur ich höre sie. Das ist doch der Beweis, dass die in meine Wohnung kommen.«

Clara versuchte sich vorzustellen, welche Panik dieser Mann haben musste.

»Es tut mir leid, dass Sie diese Erlebnisse haben.«

»Alle halten mich für geisteskrank. Jemand muss mir doch glauben!«

»Ich glaube Ihnen, dass Sie diese Eindrücke haben«, antwortete Clara. »Doch ich glaube nicht, dass sie für alle anderen Menschen existent sind.«

»Ich bin nicht krank«, erwiderte der Mann gereizt. »Vor ein paar Jahren, nach dem Tod meiner Frau, ging es mir nicht gut. Damals war ich in Behandlung. Aber seit über einem Jahr geht es mir wieder gut!«

»Was erwarten Sie von mir?«, fragte Clara. Sie wusste, dass sich das Gespräch im Kreis drehen würde, wenn er diese Frage nicht beantwortete.

»Sie müssen zu mir nach Hause kommen.«

»Ich bezweifle, dass Ihnen das helfen wird.«

Clara war nicht gerade begeistert von der Idee, allein einen wildfremden, psychisch kranken Mann in sein Haus zu begleiten.

»Das würde denen zeigen, dass jemand mir glaubt. Das hält die davon ab, ihr Spiel weiter zu treiben.«

»Es tut mir leid. Das geht leider nicht«, sagte Clara mit Bestimmtheit.

»Sie sind doch eine Pfarrerin, Sie müssen mir helfen!«, forderte er.

»Ich bin da, um Ihnen zuzuhören und Sie zu beraten. Aber ich werde heute nicht mit Ihnen nach Hause gehen«, sagte Clara ruhig.

»Na gut!«, rief er erregt. »Dann gehe ich jetzt. Ich werde wohl allein ertragen müssen, was die mit mir machen.«

Clara versuchte, das Gespräch einigermaßen versöhnlich zu beenden.

»Sie können gern wiederkommen.«

Der Mann hatte es wohl aufgegeben. Resigniert gab er Clara die Hand, bevor er aus dem Haus trat und in einer kleinen Gasse verschwand.

Unzufrieden mit dem Verlauf des Gespräches brühte Clara einen Kaffee und setzte sich auf die Terrasse, um sich im Sonnenschein dieses Frühsommertages auszuruhen. Doch offensichtlich war ihr keine Ruhe vergönnt. Kaum hatte sie den ersten Schluck getrunken, meldete sich ihr Diensttelefon mit der ›Miss Marple‹-Melodie. Sie überlegte, ob sie den Anruf ignorieren sollte. Doch ihr Pflichtbewusstsein gewann die Oberhand. Widerwillig drückte sie die Taste auf dem schnurlosen Telefon, das sie mit ins Freie genommen hatte. Zu ihrer Überraschung meldete sich ihre Mutter.

»Hallo Liebes. Dass man dich einmal erreicht, grenzt an ein Wunder. Ich versuche es schon den ganzen Tag«, sagte sie in ihrem immer noch irisch eingefärbten Deutsch.

Clara verdrehte die Augen.

»Hast du deshalb auf der Dienstleitung angerufen?«

»Natürlich Herzchen. Unter deiner Privatnummer erreicht man dich ja nicht.«

»Mama, ich war deshalb nicht zu erreichen, weil ich gearbeitet habe.«

»Kind, du kannst doch nicht immer nur arbeiten. Das ist nicht gut!«

»Ja, Mama«, antwortete Clara genervt und versuchte, das Thema zu wechseln. »Was ist denn so dringend?«

»Was dringend ist? Also wirklich, Liebes! Ich möchte mich gern mit meiner Tochter unterhalten, die sich seit Wochen nicht mehr gemeldet hat.«

Das war es also. Ihre Mutter verstand es, Clara ein schlechtes Gewissen zu machen. Sie konnte sich tausendmal klarmachen, dass sie mittlerweile erwachsen war, dass ihr Beruf sie sehr in Anspruch nahm und dass sie versuchte, mit Caspari ihr eigenes Leben zu leben. Doch all diese Argumente lösten sich bei den Telefonaten mit ihrer Mutter regelmäßig in Luft auf. Loreena Frank würde ihre Tochter immer wie das Nesthäkchen behandeln, egal, wie alt sie war.

»Was ist der Grund deines Anrufes, Mama?«, setzte Clara noch einmal an.

»Dein Vater und ich möchten dich besuchen und deinen, wie sagt man, ›Lebensgefährten‹ kennenlernen.«

»Freund trifft es eher«, erwiderte Clara. »Lebensgefährten haben einen gemeinsamen Haushalt. Soweit sind wir noch nicht.«

»Wie dem auch sei«, fuhr ihre Mutter unbeeindruckt fort. »Wir möchten gern wissen, wer der Mann ist, den du seit über einem halben Jahr vor uns versteckst. Wenn uns dein Bruder nichts von ihm erzählt hätte, wüssten wir noch gar nichts.«

»Das ist gerade eine ganz schlechte Zeit für ein Treffen«, blockte Clara ab.

»Sind wir dir peinlich?«, fragte ihre Mutter gekränkt. »Oder ist dieser starke Mann dir peinlich? Kommt er aus einer unmöglichen Familie? Oder welchen Grund hast du, uns einander nicht vorzustellen?«

»Nein, das ist es nicht«, versuchte Clara zu beschwichtigen. »In zwei Wochen beginnt der Hessentag in Gelnhausen. Die Schule, an der ich unterrichte, und die Kirchengemeinde sind sehr stark eingebunden. Ich stecke bis über beide Ohren in den Vorbereitungen und habe am Hessentag selbst auch alle Hände voll zu tun.«

»Außerdem«, fügte sie hinzu, »ist Christoph in die Fahndung nach einem sehr gefährlichen Täter eingebunden und hat kaum eine frei Minute.«

»Nun gut«, sagte ihre Mutter. »Dieses Mal lassen wir uns noch abwimmeln. Aber wenn ich das nächste Mal anrufe, möchte ich konkrete Terminvorschläge von dir hören und keine Ausreden!«

»Ja, Mama«, antwortete Clara erleichtert. »Grüß bitte Papa ganz lieb von mir.«

Nachdem das Gespräch beendet war, horchte Clara in sich hinein. War der Mangel an Zeit der wirkliche Grund dafür, dass sie Christoph noch nicht ihren Eltern vorgestellt hatte? Oder lag es daran, dass sie sich in den tiefsten Schichten ihrer Seele vielleicht nicht sicher war, ob diese Beziehung gut gehen würde? Die Liebe dieses Mannes berührte sie auf eine Weise, die sie nie zuvor gekannt hatte. Seine Einfühlsamkeit und die Ruhe, die er ausstrahlte, gaben ihr Geborgenheit. Sein Intellekt und seine Kraft gefielen ihr, auch wenn sie zugeben musste, dass ihrer beider Erscheinung für einen Außenstehenden nicht so recht zusammenzupassen schien. Und doch waren irgendwo im Irrgarten ihres Unterbewusstseins Zweifel, die sie selbst nicht recht in Worte und Gedanken fassen konnte und noch viel weniger verstand.

Das Geläut der Marienkirche riss Clara aus ihren trüben Gedanken. Widerwillig ging sie in ihr Arbeitszimmer und begann, den Entwurf für den Gottesdienst am kommenden Tag noch einmal durchzuarbeiten.

An einem Sonntagmorgen fiel ein gestohlener Wagen nicht auf. Auch sein Fahrer nicht, der mit einer blonden Perücke und einem fast echt wirkenden blonden Vollbart darin saß. Er hatte das Auto am Straßenrand geparkt und wartete. Serge musste jeden Moment kommen. Er kam immer sonntags um diese Zeit. Der Mann öffnete den Aktenkoffer, der auf dem Beifahrersitz lag und kontrollierte dessen Inhalt. Nichts fehlte. Er hatte an alles gedacht. Als ein Auto an ihm vorbeifuhr, hob er ohne Hast den Kopf. Serge fuhr zu seinem Studio, das in einer alten Fabrik an der Hanauer Rosenau lag. Der Mann atmete tief durch. Er würde Serge noch zehn Minuten geben. Zehn Minuten zu leben waren nicht viel. Genau genommen waren sie nichts für einen Mann, der nicht einmal wusste, dass er an diesem sonnigen Vormittag sterben würde.

Der Mann im Wagen sah sich unauffällig nach allen Seiten um. Niemand war auf dem Gehsteig zu sehen. Kein Auto war in Sicht. Bedächtig entnahm er dem Koffer eine kleine Schachtel und hob den bunten Deckel ab. In Watte gepolstert lag ein kleiner Pfeil darin. Vorsichtig griff er nach dem Schaft und nahm ihn heraus. Andächtig hielt er ihn hoch und betrachtete die kaum sichtbare dunkle Masse, die an dem scharfen Stahl klebte. Mit ruhiger Hand steckte er den Pfeil in ein kurzes Blasrohr. Dann legte er alles in den ausgepolsterten Aktenkoffer zurück. Bevor er den Motor startete, prüfte er im Rückspiegel, ob seine Maskerade einer oberflächlichen Betrachtung standhielt. Dann fuhr er durch eine schmale Einfahrt in den Hof, an dessen Ende das alte Fabrikgebäude stand. Wieder blickte er sich unauffällig um, als er ausstieg. Die untere Eingangstür war wie immer, wenn Serge allein trainierte, unverschlossen. Eine Nachlässigkeit, die ihm das Leben kosten sollte. Mit dem Aktenkoffer in der Hand stieg er die Treppe hinauf. Schon auf dem ersten Absatz schallten ihm südamerikanische Rhythmen entgegen.

Vor der schweren eisernen Brandschutztür blieb er stehen. Wie um sicherzugehen, dass er sich nicht in der Adresse geirrt hatte, blickte er auf das große Schild, das an der Wand hing: ›Studio Serge, Institut für Jazzdance und Modern-Dance‹. Er öffnete seinen Koffer und holte vorsichtig das Blasrohr heraus. Lange drückte er den Klingelknopf. Obwohl das Läuten durch die laute Musik hindurch deutlich zu hören war, reagierte niemand. Damit war zu rechnen gewesen. An den Sonntagen wollte Serge ungestört sein. Er klingelte noch einmal. Die Musik wurde leiser gestellt. Schritte näherten sich der Tür. Er setzte das Blasrohr an den Mund.

»Wir haben heute geschlossen. Kommen Sie morgen zu den Öffnungszeiten!«, ließ sich eine ungehaltene Stimme durch die Eisentür vernehmen.

»Polizei, tut mir leid«, erwiderte er. »Es geht um den Mordfall Hagen Sauter. Wir müssen Ihnen einige Fragen stellen.«

»Wenn es unbedingt sein muss.«

Als er hörte, wie aufgeschlossen wurde, setzte er sein Blasrohr wieder an die Lippen. Dann wurde die Tür nach außen geöffnet. Als Serge ungläubig in den Lauf des Rohres sah, traf ihn der Pfeil direkt neben dem Kehlkopf am Hals. Er fasste sich an die Stelle, aber es war zu spät. Das Serum war schon in das Gewebe eingedrungen. Mit eisiger Ruhe betrachtete der Mann, wie Serge starr vor Schreck vor ihm stand. Bevor der Tanzlehrer sein Reaktionsvermögen wiederfinden konnte, stieß er ihm das Blasrohr aus Aluminium gegen die Stirn. Serge taumelte nach hinten und fiel auf das dunkle Parkett. Ruhig ging er ihm nach und schloss hinter sich die Tür. Der Tanzlehrer versuchte, wieder aufzustehen, doch sein Körper schien ihm den Dienst zu verweigern. Das Serum begann zu wirken. Serges Glieder fingen an zu zucken, mehr und mehr wurde er von Krämpfen geschüttelt. Der Mann sah ruhig zu, wie der Atem des am Boden Liegenden immer langsamer ging und flacher wurde. Die Verwandlung hatte begonnen.

Kapitel 3

»NADELSTREIFEN«, DACHTE CASPARI, der Martin Schlüter, dem Präsidenten des Landeskriminalamtes gegenübersaß. Sein Blick biss sich an Schlüters anthrazitfarbenem Anzug fest. Caspari hatte es immer abgelehnt, Nadelstreifen zu tragen. Sie engten ihn ein. Die breiten, dunkleren Felder zwängten die helleren ein, bis sie auf Streifenbreite geschrumpft waren.

Caspari musste sich mit Gewalt von dem Eindruck losreißen, den Schlüters Anzug auf ihn hatte. Die breiten Felder zerdrückten seine Rebellion, noch bevor sie ihren Anfang genommen hatte. Er atmete tief durch und richtete sich in seinem Stuhl auf. Langsam begann der Mann ihm gegenüber zu schrumpfen. Selbst die dunklen Felder zogen sich aus Respekt vor Casparis beeindruckenden Körpermaßen zusammen und ließen den hellen Streifen Luft zum Atmen. Er hatte dem LKA-Präsidenten einen Rapport gegeben und setzte nun an, die personelle Unterbesetzung seiner Abteilung anzusprechen. Dass es der schwierigste Teil des Gespräches mit Schlüter werden würde, war ihm bewusst. Caspari bemühte sich, sein inneres Gleichgewicht nicht auf Nadelstreifenbreite pressen zu lassen. ›Angriff ist die beste Verteidigung‹, dachte er und hob an.

»Ich muss an dieser Stelle die Überlastung meiner Abteilung ansprechen«, sagte er und schob seinem Vorgesetzten eine Statistik über den Schreibtisch. Das ohnehin schon zerfurchte Gesicht des Mittfünfzigers wurde bei Casparis Worten einer alten, zerknitterten Landkarte immer ähnlicher.

»Wie Sie der Aufstellung entnehmen können, haben die Anfragen der örtlichen Polizeireviere in den vergangenen achtzehn Monaten um über hundert Prozent zugenommen. Wir waren an der Aufklärung von mehr als doppelt so vielen

Fällen beteiligt als noch in den Vorjahren. Die Zahl der Tötungsdelikte mit einem krankhaft psychischen Hintergrund ist sprunghaft gestiegen. Die Abteilung ist mit uns dreien hoffnungslos unterbesetzt. Wenn nicht die Kollegen der anderen Abteilungen vieles von der sogenannten klassischen Polizeiarbeit übernehmen würden, hätten wir schon längst die Fahnen strecken müssen.«

»Doktor Caspari«, setzte Schlüter an, »ich weiß wirklich nicht, wie ich Ihnen weiterhelfen …«

Caspari schnitt ihm das Wort ab. Er hatte sich warm geredet und war nicht bereit, sich ausbremsen zu lassen, bevor er seine Kritik und seine Änderungswünsche vorgetragen hatte.

»Wir brauchen unbedingt eine personelle Aufstockung. Ich schlage Bartoldi und Hergenrath als meine Stellvertreter vor. Die beiden belegen schon seit etlichen Semestern einen Fernstudiengang in Kriminalpsychologie, den sie im übernächsten Jahr abschließen. Ihre Arbeit mit mir wird als Praktikum anerkannt. Zudem brauchen wir sehr schnell mindestens sechs Kriminalbeamte in der Abteilung, damit wir problemlos zwei bis drei Gruppen bilden können, die eigenständig arbeiten, wenn wir mehrere Fälle auf einmal aufklären müssen.«

»Wie stellen Sie sich das bei unserem Budget vor, Doktor Caspari?«, antwortete Schlüter ungehalten. »Das meiste Geld fließt in die Terrorismusbekämpfung.«

»Das ist doch vornehmlich das Revier des Verfassungsschutzes und des Bundeskriminalamtes«, erwiderte Caspari. »Dem hessischen Innenminister kann doch nicht daran gelegen sein, dass psychisch Kranke in unserem Land Serientaten begehen, während das Landeskriminalamt wegen Überlastung nur noch zuschauen und nicht mehr handeln kann.«

»Dem Innenminister ist vornehmlich daran gelegen, dass sich ein Terroranschlag wie der am 11. September in New York nicht in Frankfurt ereignet. Die Zahl der Toten wäre dabei ungleich höher als die der Opfer von Serientätern. Wie gesagt, unser Budget ist mit der Terrorbekämpfung ausgereizt. Für Ihre Abteilung habe ich keinen Spielraum mehr!«

Die breiten Felder des Anzugs begannen, die Streifen wieder einzuzwängen. Caspari schickte seine in vielen Jahren unermüdlichen Aikido-Trainings erworbene Ruhe zum Teufel und polterte los: »Das Budget ist nicht mein Thema, sondern Ihres! Mein Thema ist die völlige Erschöpfung meiner Kollegen. Ich selbst fühle mich total ausgebrannt. Meine Familie beginnt mittlerweile zu streiken. Von Privatleben kann bei Hergenrath und Bartoli auch keine Rede mehr sein. Sie haben eine Fürsorgepflicht uns gegenüber, verdammt noch mal!«

Schlüters Miene verfinsterte sich. Die dunklen Felder hingegen begannen zu schrumpfen. Das war ein gutes Zeichen. Zumindest würde er Caspari nicht rauswerfen.

»Ich muss doch sehr bitten!«, sagte er mit autoritärer Stimme. Dann lenkte er ein.

»Also gut, ich rede mit dem Innenminister und zeige ihm Ihre Statistik. An der Terrorfront scheint es sich ein wenig zu beruhigen. Vielleicht kann ich eine Aufstockung unserer Finanzen durchsetzen. Allerdings«, fügte er hinzu, »liegt es hauptsächlich an Ihnen. Je schneller Sie den Serienmörder fassen, der die Menschen im Umfeld dieser Rapperin bedroht, desto bessere Argumente habe ich.«

Caspari ging mit unterdrücktem Zorn in sein Büro. Tina und Mario saßen noch nicht an ihren Schreibtischen im Nebenzimmer. ›Nach den anstrengenden Wochen an der Bergstraße werden sie es wohl ein wenig ruhiger angehen‹, dachte er. ›Recht haben sie! Irgendwie müssen die beiden trotz der hohen Arbeitsbelastung ihr Fernstudium ordentlich absolvieren.‹ Caspari nahm sich vor, in Zukunft mehr darauf zu achten, dass die beiden neben ihrem Dienst noch einen Rest Freizeit für sich selbst und ihr Studium hatten. Trotz des begrenzten Budgets. Das Budget. Er ließ das Gespräch mit dem Präsidenten noch einmal Revue passieren. Zu Schlüter hatte er noch nie ein enges Verhältnis gehabt. Der Leiter des LKA ließ ihm freie Hand bei seinen Ermittlungen. Caspari legte immer einen detaillierten Bericht vor, wenn der Täter gefasst war und wurde in der Regel von Schlüter für die gute

Arbeit gelobt. Der Präsident schien in den letzten Jahren den Eindruck gewonnen zu haben, dass die Abteilung für Serien- und Ritualmorde ohne großes Aufsehen ihre Aufgaben erfüllte und gut ausgestattet sei. Caspari wurde bewusst, dass es sein Fehler gewesen war, Schlüter nicht schon früher auf den immensen Zuwachs an Arbeit hingewiesen und um mehr Personal gebeten zu haben.

Der Präsident hatte versucht, sich Casparis Forderungen vom Leib zu halten. Das Budget! Erneut stieg Wut in ihm hoch. Die Verantwortung dafür, ob die Abteilung personell erweitert werden könne, hatte Schlüter ganz elegant an ihn zurückgegeben.

»Je schneller Sie den Serientäter fassen, der die Menschen im Umfeld dieser Rapperin bedroht, desto bessere Argumente habe ich.«

Der Präsident sollte sich für seine Mitarbeiter einsetzen und ihnen den Rücken freihalten, statt ihnen in selbigen zu fallen. Caspari unterdrückte den Impuls, mit seiner Faust auf den Schreibtisch zu hauen. Beim letzten Mal hatte er sich dabei seine Hand geprellt und nur schwer erklären können, warum sein Schreibtisch in zwei Teile zerbrochen war. Um seinem Zorn ein Ventil zu geben, das deutlich weniger schmerzhaft und peinlich war, legte er eine CD mit Kanons von Mozart in das Gerät auf seinem Aktenschrank und drehte die Lautstärke bei dem Lied ›O du eselhafter Martin‹ auf.

O du eselhafter Martin,
O du martinischer Esel,
Du bist so faul als wie ein Gaul,
Der weder Kopf noch Haxen hat.
Mit dir ist gar nichts anzufangen,
Ich seh dich noch am Galgen hangen.
Du dummer Paul, halt du das Maul,
Ich scheiß dir aufs Maul,
So hoff ich, wirst du erwachen.
O lieber Martin, ich bitte dir recht sehr,
O leck mich doch geschwind,

Geschwind im Arsch.
O lieber Freund, verzeihe mir,
Den Arsch, den Arsch petschier ich dir,
Martin, Martin, verzeihe mir!

Tina und Mario kamen in ihr Büro und lugten durch die Verbindungstür. Als Caspari die beiden wahrnahm, drehte er die Lautstärke herunter.

»Wenn ich mir den Gesang anhöre, brauche ich nicht zu fragen, wie das Gespräch mit unserem großen Buana gelaufen ist«, meinte Tina sarkastisch.

Caspari erzählte ihnen von dessen Verlauf.

»Wir sind im Grunde unbedeutend. Aber weil der Bub vom Innenminister in Tizianas Band das Schlagzeug bearbeitet, können wir von uns reden machen und unsere Situation verbessern«, konstatierte Mario.

»So ungefähr sieht es aus. Wenn wir eine bessere Ausstattung unserer Abteilung wollen, müssen wir bei den richtigen Leuten Eindruck schinden.«

In Casparis Stimme schwang Bitterkeit.

»Es hat keinen Zweck, über die Ungerechtigkeit der Welt im Allgemeinen und im LKA im Besonderen zu jammern!«, meinte Tina. »Lasst uns unser Bestes geben, damit wir den Herren an den Schalthebeln der Macht die Bedeutung unserer Arbeit klar machen. Anders scheinen die es ja nicht zu merken, diese …«

»Nadelstreifenträger«, ergänzte Caspari.

Das schrille Klingeln des Telefons beendete ihr Gespräch. Doktor Michel, der Leiter der Gerichtsmedizin meldete sich:

»Ein herzliches ›Grüß Gott‹ aus der Gruft. Kommen Sie mal runter, Caspari. Und bringen sie Bonny und Clyde auch gleich mit. Ich bin mit meinem Obduktionsbericht über die Leiche von Hagen Sauter fertig.«

Gemeinsam gingen sie zum Fahrstuhl und fuhren in den Keller. Doktor Michel stand vor dem Seziertisch, auf dem der Tote unter einem grünen Tuch lag, und grinste schelmisch.

»Ich frage mich, wie man bei einem solchen Beruf eine derart gute Laune haben kann«, bemerkte Tina.

Das Grinsen des Gerichtsmediziners wurde noch breiter.

»Das liegt an dem sprichwörtlichen Galgenhumor, der meinem Stand zu eigen ist«, entgegnete er. Dann wurde er ernst und schlug das grüne Tuch zurück. Vor ihnen lag Hagen Sauter. Die langen Schnitte, die das Skalpell während der Obduktion auf dem Leichnam hinterlassen hatte, konnten nicht vom entstellten Gesicht ablenken.

»Eine ausgesprochen interessante Art, jemanden ins Jenseits zu befördern«, meinte Michel einleitend. »Zunächst legte der Mörder sein Opfer mit einem Elektroschock-Gerät lahm.«

Er zeigte auf zwei dunkelrote Stellen im Brustbereich des Toten. »Selbst einen so kräftigen Mann haut das sprichwörtlich aus den Schuhen. Das ist bis jetzt noch nichts Außergewöhnliches. Aber jetzt wird es wahrhaft exotisch. So etwas sieht man nicht alle Tage!«

Der Gerichtsmediziner machte ein Gesicht wie ein Teenager, der gerade den ersten Platz bei ›Jugend forscht‹ gewonnen hat.

»Nachdem er Sauter den Stromstoß versetzt hatte, injizierte ihm der Täter Tubocurarin in das Muskelgewebe.«

Michel drehte den rechten Arm der Leiche nach außen und deutete auf einen Einstich an der Innenseite des Unterarmes.

»Brücke an Spock: Können Sie uns Zurückgebliebenen eine genauere Beschreibung ihrer Entdeckung geben?«, mischte sich Mario ein.

»Turbocurarin ist ein Pfeilgift, das die Indios in Südamerika aus den Wurzeln einer Lianenart, der Chondrodendron tomentosum, gewinnen. Diese Pflanze ist von Panama bis Bolivien und Brasilien verbreitet. Die Wirkung dieses Giftes lässt sich für Laien mit einem Wort beschreiben: Muskellähmung. Es wirkt tödlich, weil es auch die Atemmuskulatur und das Herz befällt. Unser Toxikologe erzählte mir, dass Angehörige eines Indiostammes Blasrohre und

Pfeile, die mit diesem Gift präpariert sind, an Souvenirsammler verkaufen.«

Caspari versuchte, das Gespräch wieder auf Sauter zu lenken.

»Dieser Einstich stammt aber von einer ganz ordinären Nadel.«

Das Glänzen in Michels Augen wurde schwächer. Nüchtern setzte er seinen Vortrag fort.

»Wir müssen davon ausgehen, dass der Täter pharmakologische Kenntnisse besitzt. Er kennt sich mit diesem Gift nicht nur sehr gut aus, er kann es auch für seine Bedürfnisse sehr genau dosieren. Die Dosis war exakt so bemessen, dass die Atemlähmung und der Herzstillstand nicht sofort eintraten. Der Mörder hatte noch Zeit, sein Opfer als sterbenden Schwan zu verkleiden und ihn bei lebendigem Leib zu versengen. Sauter hat Verbrennungen dritten Grades im Gesicht und an dem Armen. Die Augenlider sind völlig weggeschmort, die Augäpfel verbrannt. Wir können davon ausgehen, dass Sauter dieses Martyrium bei vollem Bewusstsein erlebt hat. Sein Körper war durch das Pfeilgift bewegungsunfähig, so dass er sich gegen diese barbarische Folter nicht wehren konnte. Der Stress, dem der Körper durch die unglaublichen Schmerzen ausgesetzt war, beschleunigte dann die Wirkung des Turbocurarin. Sauter starb an Herz- und Atemstillstand.«

Tina hakte nach: »Sauter wurde mit dem Gesicht nach unten in das Schwimmbecken gelegt. Ist es vielleicht möglich, dass er zu dieser Zeit noch gelebt hat. Ich möchte sicher gehen, dass der Mörder das Gift nicht nur benutzt hat, um ihn ohne Gegenwehr zu foltern.«

»Das können wir mit absoluter Sicherheit ausschließen«, erwiderte Michel. »Wie ich schon sagte, die Dosis des Pfeilgiftes war in Verbindung mit den Körperreaktionen auf die Folter tödlich. Außerdem fand sich kein Wasser in der Lunge. Sauter kann daher nicht ertrunken sein.«

Stumm und in Gedanken versunken stand Caspari im Fahrstuhl, der sie wieder in das Reich der Lebenden beförderte. Seine Mitarbeiter waren ebenfalls alles andere als redselig. Es war Tina, die die Stille beendete.

»Der Mörder will mit uns spielen. Ich habe keinen blassen Schimmer, wo wir ansetzen müssen, um die Nachrichten, die er hinterlässt, zu entschlüsseln.«

Caspari blickte plötzlich auf. Während Tina geredet hatte, war irgendwo in seinem Gedächtnis eine Tür aufgegangen. Doch sie war nur schemenhaft zu erkennen.

»Sagen Sie das noch einmal!«, forderte er Tina auf.

»Was?«, fragte sie ihn ungläubig.

»Na, was Sie eben gerade gesagt haben.«

»Ich sagte, dass ich keine Idee habe, wie wir seine Nachrichten entschlüsseln sollen.«

Jetzt hatte Caspari die Tür gefunden.

»Entschlüsseln. Das ist das richtige Wort. Beim Bundeskriminalamt arbeitet ein unglaublich guter Kryptologe. Doktor Enzbach. Ich habe ihn bei einem Kongress kennengelernt. Sein Vortrag über die Dechiffrierung von Nachrichten war phänomenal. Ich muss ihn sofort anrufen. Vielleicht bringt er uns auf eine Spur.«

Der Kryptologe hörte Caspari konzentriert zu und betrachtete schweigend die Bilder.

»Eine harte Nuss, die Sie hier zu knacken haben«, sagte er schließlich. »Mit zwei Buchstaben oder Zahlen lässt sich auf den ersten Blick noch nicht so viel anfangen. Lassen Sie mir das Material hier, ich werde versuchen, etwas dazu herauszufinden.«

Caspari war sich im Klaren darüber, dass er von dem Wissenschaftler keine Wunder erwarten konnte. Enzbach brauchte Zeit, um die Botschaft zu entschlüsseln, wenn es ihm überhaupt gelang. Aber im Stillen hatte er doch darauf gehofft, dass ihm der Kryptologe zumindest einen Hinweis geben konnte.

Unzufrieden mit sich und der Welt ging Caspari zum Fahrstuhl.

»Ach, Doktor Caspari. Das ist aber ein Zufall!«

Überrascht drehte er sich herum. Ein Mann kam auf ihn zu. Caspari konnte ihn zuerst nicht erkennen. Die Sonne schien durch die Fenster und hüllte den anderen in gleißendes Licht. Mit zusammengekniffenen Augen versuchte Caspari, ihn zu erkennen. Der Gang, der an einen Seemann erinnerte, kam ihm bekannt vor. Ebenso das Geschmeidige, das in den Bewegungen lag. Als der Mann aus dem Licht in das Halbdunkel des Flures trat, erkannte er ihn. Johann Fuhr, der zweithöchste Mann im Bundeskriminalamt. Mit einem breiten Lächeln begrüßte ihn der Bereichsleiter.

»Gut, dass ich Sie sehe. Das erspart mir einen Anruf.«

Caspari sah Fuhr neugierig an. Sie hatten sich zweimal am Rande von Fortbildungen unterhalten, die er für Polizisten aus dem gesamten Bundesgebiet gehalten hatte. Fuhr war mit einigen Beamten aus seinem Haus unter den Teilnehmern gewesen. Mehr hatte er mit diesem Polizisten bisher nicht zu tun gehabt. Fuhr schüttelte ihm die Hand.

»Haben Sie einen Moment Zeit? Ich würde gern mit Ihnen sprechen.«

Zeit war etwas, das Caspari seit einigen Monaten wahrlich nicht im Überfluss hatte. Andererseits war er gespannt darauf zu erfahren, was dieser hochrangige Beamte von ihm wollte. Er willigte ein.

Fuhrs Büro passte zu ihm, fand Caspari. Es drückte Flexibilität und vielseitiges Interesse aus. Neben den obligatorischen Aktenschränken bevölkerten großformatige Fotografien der Alhambra und einer alten Kreuzfahrer-Burg in Syrien ebenso die Wand, wie ein Kunstdruck von Paul Klee.

Fuhr bot Caspari den Stuhl vor seinem Schreibtisch an.

»Ich habe Ihre Fahndungsarbeit in Heppenheim mit Interesse verfolgt«, eröffnete er das Gespräch. »Meinen Glückwunsch zu Ihrem Erfolg.«

Caspari bedankte sich, während seine Gedanken noch immer um die Frage kreisten, warum Fuhr ihn sprechen wollte.

»Sie sind einer der Besten auf Ihrem Gebiet«, fuhr der BKA-Mann fort. »Ihre Seminare waren für meine Leute und mich sehr lehrreich.«

Fuhr beugte sich nach vorn und stützte seine Unterarme auf den Schreibtisch.

»Das Bundeskriminalamt beobachtet seit einiger Zeit die Zunahme an Serienmorden in Deutschland. Uns ist aufgefallen, dass die Täter sich immer weniger an Landesgrenzen halten. Mord kennt eben keinen Föderalismus. Der Bundesinnenminister wird seinen Kollegen auf der nächsten gemeinsamen Sitzung vorschlagen, eine hoch spezialisierte Abteilung im BKA aufzubauen, die sich auf diese wachsende Form von Verbrechen konzentriert. Damit sollen die Landeskriminalämter und die örtlichen Polizeibehörden entlastet werden. Das Bundeskriminalamt braucht einen Polizeipsychologen und Kriminologen. Wir sind uns hier im Haus einig, dass Sie unser Wunschkandidat als Leiter dieser Einheit sind!«

Caspari schlug das Herz bis zum Hals. Er war sprachlos. In all den Jahren hatte er beim Landeskriminalamt sein Bestes gegeben, ohne dass man mehr als nur Notiz davon genommen hatte. Zum ersten Mal seit Jahren hörte er eine Bewertung seiner Arbeit, die ihm nicht im Traum eingefallen wäre.

Fuhr lächelte ihn an.

»Ich weiß, das kommt sehr überraschend für Sie. Niemand erwartet, dass Sie sich in den nächsten Tagen schon entscheiden. Ein solcher Schritt will wohl überlegt sein.«

Allmählich ordnete Caspari seine Gedanken, die wie ein Wirbelsturm durch seinen Kopf sausten. Bei genauerer Betrachtung erschien ihm dieses Angebot verdächtig. Es kam wie ein lange erwarteter Regen nach einer Trockenperiode.

»Wie kommen Sie darauf, dass ich meine bisherige Dienststelle verlassen könnte?«, fragte er ohne Umschweife.

»Ich will nicht um den heißen Brei herumreden«, antwortete Fuhr, immer noch lächelnd. »Das Landeskriminalamt liegt ja nicht allzu weit von diesem Gebäude entfernt. Man kennt sich. Ich bin sehr wohl im Bilde darüber, dass Ihre Abteilung ihr Dasein im Schatten der Terroristenfahndung und der Jagd auf das organisierte Verbrechen fristet. Die Kollegen haben bisher offensichtlich weder den Wert noch die Bedeutung Ihrer Arbeit erkannt. Seit einiger Zeit schon beobachte ich Sie. Ich kann mir keinen Besseren als Sie für diese Aufgabe vorstellen.«

In Casparis Kopf schellte eine Warnglocke. ›Man kennt sich‹. Er musste auf der Hut sein und durfte sich in diesem Gespräch nur vorsichtig bewegen. Der Informationsfluss konnte leicht in die entgegengesetzte Richtung laufen.

»Was bieten Sie mir, das das LKA nicht hat?«, fragte er unverfänglich.

»Vor allem einen großen Mitarbeiterstab«, erwiderte Fuhr. »Das heißt auch, mehr Zeit für Privatleben.« Dabei sah er Caspari verschwörerisch an.

›Vermintes Feld!‹, schoss es Caspari durch den Kopf. ›Eine falsche Bemerkung, und du gehst hoch!‹ Fieberhaft überlegte er, was er sagen könnte, um sein Interesse anzudeuten ohne dabei zu viel von seiner Frustration über die Arbeitsbedingungen im Landeskriminalamt zu verraten.

»Nehmen wir einmal an, ich gehe auf Ihr Angebot ein – wie steht es mit meinen Mitarbeitern? Haben die beiden auch einen Platz in Ihrer Planung?«

Fuhr nickte bedächtig.

»Selbstverständlich habe mich auch über Frau Hergenrath und Herrn Bartoldi informiert. Ich bin darüber im Bilde, dass Sie ein eingespieltes Team sind. Natürlich gehören die beiden zu unserer Planung – sofern sie wollen.«

»Lassen Sie mich die Standortfrage ansprechen«, meinte Caspari, der eine Hintertüre suchte, durch die er notfalls entschlüpfen konnte. »Die Hälfte des BKA wurde ja bereits nach Berlin verlegt.«

»Eine Verlegung der übrigen Abteilungen halte ich für unwahrscheinlich. Wiesbaden liegt sehr zentral in Deutschland. Außerdem sind wir hier in der Nähe zum Frankfurter Flughafen, dem Drehkreuz Europas, das auch vom internationalen Verbrechen genutzt wird. Das sind Standortvorteile, die niemand übersehen kann. Eine Gewähr kann Ihnen allerdings niemand dafür geben, dass Sie bis zu Ihrer Pensionierung in Wiesbaden bleiben können.«

Caspari nickte zufrieden. Er hatte die Hintertüre gefunden.

»Ihr Angebot ist ausgesprochen interessant«, sagte er. »Ich werde gründlich darüber nachdenken und mich natürlich auch mit meiner Familie darüber beraten.«

»Selbstverständlich«, erwiderte Fuhr. »Hergenrath und Bartoldi werden Sie auch in Ihre Überlegungen einbeziehen wollen. Da auf der Innenministerkonferenz noch nichts entschieden ist, bitte ich Sie um die gebotene Diskretion.«

Fuhr stand auf, das Gespräch war beendet. Als Caspari von ihm hinausbegleitet wurde, hatte er den Eindruck, dass der BKA-Mann noch etwas für das Ende des Gesprächs aufgehoben hatte. Während er zur Tür ging, fragte er sich, ob der Nachtisch eher einer Mousse au chocolat oder nur einem Wassereis gleichen würde. Als sie am Fahrstuhl angekommen waren, gab Fuhr ihm zum Abschied die Hand.

»Hatte ich vergessen zu erwähnen, dass Sie in unserer Abteilung den Rang des Kriminalrats innehätten, Doktor Caspari?«

Caspari grinste. Das also war der Nachtisch. Mousse au chocolade.

»Das haben Sie, Herr Fuhr.«

»Auf die Ausstellung Ihrer Schüler in der Marienkirche bin ich gespannt!«

Clara war sich sicher, dass Erhard Karlstein, der Bürgermeister von Gelnhausen, es ehrlich meinte. Gerade eben hatte er eine großzügige finanzielle Unterstützung der Stadt für das Projekt zugesagt. Gemeinsam mit Dekan Kern saß sie in Karlsteins Büro. Letzte Absprachen für die Aktionen auf dem Ober- und dem Untermarkt zum Hessentag mussten getroffen werden. Kern blickte auf die Uhr.

»Ich denke, wir haben alle noch offenen Punkte durchgesprochen. Leider muss ich meinerseits das Gespräch beenden. In einer halben Stunde werde ich eine Sitzung im Dekanat leiten.«

Der Bürgermeister geleitete beide zur Tür. Clara gab ihm zum Abschied die Hand, drehte sich herum und wollte in den

Flur treten, um Kern nicht im Weg zu stehen. Dabei prallte sie mit jemandem zusammen. Ihrem Gegenüber fiel eine Mappe aus der Hand, deren Inhalt sich über den Boden ergoss. Clara entschuldigte sich und bückte sich hastig, um dem Mann beim Einsammeln zu helfen. Dabei stieß sie mit seinem Kopf zusammen. Dekan Kern schaute sie verwundert an. Offensichtlich war er so viel Tollpatschigkeit nicht von Clara gewohnt. Sie selbst auch nicht.

»Geht es Ihnen gut, Frau Frank?«, fragte er besorgt.

Bevor sie antworten konnte, meldete sich der Mann zu Wort, der sich mit der Hand die Stirn rieb.

»Frank? Clara Frank?«

Erst jetzt nahm sie sich die Zeit, den Mann anzusehen, der Bekanntschaft mit ihrem irischen Dickschädel gemacht hatte. Neben ihr erhob sich ein gut aussehender, schlanker Mann in einem tadellos sitzenden, anthrazitfarbenen Anzug. Das schmale Gesicht mit dem Grübchen am Kinn und den dunklen Augen, die dichten schwarzen Haare hatte sie irgendwann schon einmal gesehen. Einen Augenblick lang suchte sie verzweifelt nach dem Namen, der zu diesem Gesicht passte. Irgendwo in weiter Ferne lag er jenseits einer Nebelbank, die sie nicht zu durchdringen vermochte. Ihr Gegenüber schien allerdings sehr wohl etwas mit ihrem Namen anfangen zu können. Bürgermeister Karlstein kam ihr zur Hilfe.

»Das ist Doktor Carstens. Er ist Staatssekretär im hessischen Innenministerium und für die Planung und Koordination der Sicherheitsmaßnahmen während des Hessentags zuständig«, erklärte Karlstein,

Oliver Carstens. Clara war durch die Nebelbank hindurch getreten und sah Ira, ihre Zimmernachbarin in der Studenten-WG in Mainz. Die verrückte Biologiestudentin, die eines Nachts vom Campusfest mit einem Jura-Referendar zurückgekehrt war, den sie am anderen Morgen verkatert als ihren Freund Oliver vorstellte.

»Oliver?«, fragte Clara, die es noch gar nicht recht fassen konnte, dass sie diesem Mann ausgerechnet im Gelnhäuser Rathaus wieder begegnete.

»Sie kennen sich?«, fragte Dekan Kern verwundert.

»Wir kennen uns aus Studienzeiten«, erklärte Clara.

»Und haben uns seither aus den Augen verloren«, ergänzte Carstens, der Clara die Hand gab.

»Na, dann ist der kleine Zusammenstoß ja so etwas wie ein erfreuliches Ereignis«, meinte Kern, der sich kurz vorstellte, ehe er zu seinem Termin eilte.

»Das ist wirklich eine Überraschung, dich hier zu treffen«, sagte Clara, der nichts Besseres einfiel.

»Eine angenehme Überraschung!« antwortete Carstens lächelnd. »Die Theologiestudentin von damals ist heute Pfarrerin in Gelnhausen. Was für ein Zufall.«

»Der Sprung vom Referendar zum Staatssekretär ist aber auch nicht schlecht«, entgegnete Clara.

Carstens blickte in Karlsteins Büro, in das der Bürgermeister sich diskret zurückgezogen hatte, und wandte sich dann wieder ihr zu: »Bis zur Mittagszeit habe ich noch etliche Gespräche. Wollen wir nachher essen gehen? Dann könnten wir in Ruhe über die alten Zeiten reden.«

Clara nickte und zog mit linkischen Bewegungen eine Visitenkarte hervor, die sie ihm in die Hand drückte.

»Ja, gern! Ruf mich an, wenn du soweit bist.«

»Also, bis nachher!«, sagte er und winkte noch einmal im Gehen. Clara ertappte sich dabei, dass sie ihm nachsah, bis er die Tür des Bürgermeisterzimmers hinter sich geschlossen hatte. Oliver sah noch genauso gut aus wie früher. Er war der Typ Mann, auf den die Frauen flogen. ›Anders als Christoph‹, ging es ihr durch den Kopf, ohne dass sie wusste, was dieser Gedanke zu bedeuten hatte.

Schon als Erwin Dauner die Haustür aufschloss, spürte er, dass wieder jemand hier gewesen war. Sie hinterließen keine großen Spuren. Es waren vielmehr kleine Dinge, die nur er kannte, von denen nur er wusste, wie etwas gelegen oder gestanden hatte, bevor er das Haus verlassen hatte. Die Kaffeetasse hatte er auf dem Esstisch stehen lassen. Nun stand sie im Spülbecken. Was wollten die nur von ihm.

Warum verfolgten und belauerten sie ihn und trieben ihn damit in den Wahnsinn? Hatten sie ihn denn noch nicht genug gepiesackt? War er nicht schon über Gebühr vom Leben gebeutelt? Was sollte er nur tun? Das Schlimmste war, dass ihm keiner glaubte. Für seine Umwelt war er einfach nur psychisch labil, psychotisch, paranoid, schizophren. Selbst die junge Pfarrerin nahm sein Problem nicht ernst. Dabei konnte er es ihr nicht einmal verübeln. Sie brauchte nicht zu wissen, dass er ein halbes Jahr seines Lebens in der Psychiatrie zugebracht hatte. Seine Geschichte war für Außenstehende auch so schon hanebüchen genug. Er musste unbedingt den nächsten Termin bei Doktor Gesenius wahrnehmen. Der glaubte ihm zwar nicht, würde ihm aber wenigstens die Tabletten verschreiben, die seine Angst betäubten. Vielleicht war es ja das, was sie durch ihr Eindringen in sein Haus, in sein Leben erreichen wollten: dass er vor lauter Angst durchdrehte. Doch er würde sich nicht kampflos ergeben. Er würde seinen Willen mobilisieren und sich ihnen widersetzen. Noch während er darüber nachdachte, kamen ihm Zweifel. Erschöpft sank er in seinem Sessel zusammen. Wie lange konnte er dieser subtilen psychischen Folter noch standhalten?

»Gut, dass du dich nicht versteckst.«

Toni, der Tiziana zum Training fuhr, gab sich alle erdenkliche Mühe, sie wieder aufzubauen. Der Schock, den sie beim Anblick der Fotografie erlitten hatte, steckte ihr noch in den Gliedern. Nach dem Besuch des großen Polizisten hatte sie alle Hilfe bekommen, die sie sich nur hätte wünschen können. Es war Tonis Fürsorge zu verdanken, dass ihre Familie gekommen war. Und Sam. Ach ja, Sam. Der Gedanke an ihn erfüllte sie mit Wehmut. Sie fühlte sich wieder wie der Teenager von damals, der den Freund des großen Bruders anhimmelte. Doch Sam war für sie der ewig Unerreichbare, damals wie heute. Trotzdem verband sie eine intensive Freundschaft.

Toni fuhr den Mercedes auf den Hof. Serges Wagen stand

schon dort. Typisch Serge. Immer überpünktlich, immer korrekt, immer perfektionistisch. Tiziana gingen die endlosen Stunden durch den Kopf, in denen sie mit Serge an sich gearbeitet hatte. Zu Beginn ihrer Karriere hatte sie wie angewurzelt auf der Bühne gestanden. Ihm verdankte sie es, dass die Fans nicht nur auf die Texte und die Musik hörten, sondern auch die Art beklatschten, wie sie sich bei ihren Shows bewegte.

Bevor Tiziana ausstieg, sah sich Toni nach allen Seiten um. Als sie schließlich die Tür zum Treppenaufgang öffnete, schlug ihr eine ungewöhnliche Stille entgegen. Normalerweise wurde sie schon am Treppenabsatz mit lauter Latinomusik begrüßt. Toni, der vorweg ging, drehte sich herum und sah sie fragend an. Tiziana zuckte mit den Schultern. Irgendetwas stimmte hier nicht. Leise gingen sie die Treppe hinauf. Mit jeder Stufe, die sie in Richtung Tanzstudio nahmen, verstärkte sich eine dunkle Vorahnung.

Die Tür war nicht verschlossen. Das war sie nie, wenn Tiziana ihre Privatstunden bei Serge hatte. Toni deutete ihr an, hinter ihm zu bleiben. Dann öffnete er langsam die Tür und sah durch einen Spalt hinein. Niemand schien da zu sein. Vorsichtig steckte der Bodyguard seinen Kopf durch die Tür und blickte nach allen Seiten. Sie durchquerten das menschenleere Foyer. Tizianas Blick wanderte durch den Raum. Von Serge keine Spur. Toni wandte sich dem Trainingsraum zu. Gemeinsam sahen sie durch die Glastür in den verspiegelten, großzügig bemessenen Saal. Tizianas Bewegungen gefroren von einem Augenblick zum nächsten zu Eis. Paralysiert starrte sie auf eine Stelle an der Spiegelfront: Ein großes, rotes X prangte darauf. Darunter lag Serges lebloser Körper auf dem Boden. Seine Haltung erinnerte an einen Gekreuzigten, nur das der Tanzlehrer auf dem Bauch lag und nicht an Holzbalken hing.

Leise wimmernd sank Tiziana zu Boden. Bevor sie ihr Bewusstsein verlor, sah sie noch, wie Toni sein Mobiltelefon aus der Innentasche seines Sakkos hervorholte.

Caspari überlegte auf dem Weg zur Kantine, wie er Mario und Tina in Fuhrs Pläne einweihen sollte. Beide gingen vor ihm her und waren in ein Gespräch über den verkochten Rosenkohl vertieft, der ihnen das letzte Kantinenessen gründlich verdorben hatte. Caspari lachte in sich hinein, als er seine Mitarbeiter beobachtete. Die beiden passten in ihrer Unterschiedlichkeit unglaublich gut zusammen und ergänzten sich auf einmalige Weise. Marios südländische Leichtigkeit glich Tinas dynamische Art aus. Tina dagegen sorgte dafür, dass Mario mit beiden Beinen auf dem Boden blieb. Er liebte die Umwege, war ein Spezialist darin, jeden Stein umzudrehen und jedes noch so kleine Detail mikroskopisch genau zu untersuchen. Sie übernahm dafür den Part der strukturierten Denkerin, die alle Fakten betrachten, sortieren und die Zusammenhänge logisch nachvollziehen konnte.

Caspari fragte sich, ob er sich eine Arbeit ohne die beiden vorstellen konnte. Er brauchte nicht lange zu überlegen. Tina und Mario waren mehr als nur Mitarbeiter. Sie waren seine Freunde. Die besten, die er hatte. Sie waren mit ihm in den vergangenen Jahren durch dick und dünn gegangen, nicht nur in beruflicher Hinsicht.

Sein Mobiltelefon riss ihn aus den Grüblereien. Unwillig blieb er stehen und zog es aus seiner Sakkotasche. Er hatte heute schon genug Gespräche geführt. Mario und Tina bedeutete er, schon vorauszugehen.

Eine Hauptkommissarin Metzler aus Hanau meldete sich. Was sie erzählte, schob augenblicklich Casparis Unmut beiseite. Eilig ging er in die Kantine, wo sich seine Mitarbeiter bereits ihre Tabletts wie Schutzschilde gegen lieblos zubereitetes Essen vor den Körper hielten.

»Wir müssen unsere Nahrungsaufnahme auf später verschieben!«, rief er ihnen zu.

Tina und Mario legten die nutzlos gewordenen Schilde wieder ab und beeilten sich, zu ihm zu kommen.

»Nicht, dass es mir schwer fällt, auf dieses Essen zu verzichten«, meinte Tina. »Aber ich habe ein zartes Hungergefühl.«

»Was ist denn los?«, fragte Mario.

»Eine Kollegin aus Hanau rief mich gerade an. Der Tanztrainer von Tiziana ist ermordet aufgefunden worden«, erklärte Caspari.

»Lassen Sie mich raten«, meinte Tina, „die Todesart ist ungewöhnlich, und in der Nähe der Leiche hat der Täter einen roten Buchstaben hinterlassen.«

Sie fuhren mit zwei Autos. Caspari rechnete nicht damit, dass sie noch am Nachmittag in Hanau fertig werden würden. Er hatte sich fest vorgenommen, mit Lukas noch ein wenig Zeit zu verbringen, bis der Kleine ins Bett musste. Tina und Mario, die in Wiesbaden wohnten, fuhren mit dem Passat hinter ihm her. Er versuchte, sich auf den Fall zu konzentrieren, doch er erwischte sich dabei, dass seine Gedanken immer wieder zu Clara wanderten. Vor einem halben Jahr waren sie sich begegnet. Caspari erinnerte sich wieder an den Kloß, der ihm damals im Hals gesteckt hatte. Warum, verdammt noch mal, war er bloß so schüchtern? Der allmorgendliche Blick in den Wandspiegel war Antwort genug. Darin sah er einen zu groß und zu bullig geratenen Kerl mit einem breiten Gesicht. Vor Zeiten hatten Typen wie er vielleicht als Schönheitsideal gegolten. Doch in einer Welt der Metromänner, der David Beckhams und wie diese Magermilchausgaben sonst noch hießen, galten Menschen wie er als genau so attraktiv wie Neandertaler. Trotzdem wurde er von Clara geliebt. Diese wunderbare, hübsche, intelligente, burschikose Frau hatte ihre Arme um ihn geschlungen und ihn seither nicht mehr losgelassen. Warum? Wie konnte ausgerechnet er so viel Glück haben? Elke, seine geschiedene Frau, hatte ihm irgendwann einmal gesagt, dass er eine ungewöhnliche Schönheit besäße. Eine Schönheit, die jenseits der Schönheit läge. Er hatte diese Worte nie verstanden. Ein Jahr später verließ sie ihn wegen eines Beaus. Der hieß Jürgen Jungmann und war bis zu diesem Zeitpunkt sein bester Freund gewesen.

Plötzlich stand er da und grüßte Caspari. Dieser brustenthaarte Schönling mit dem Waschbrettbauch, der ihn mit einem überlegenen Lächeln übergroß von der Plakatwand anglotzte und dabei noch Werbung für Herrenunterhosen machte. Seine Botschaft war klar: ›Neben mir hast du keine Chance, Grizzly. Du bist out, ich bin gefragt. So ist das eben. Was meinst du, wie lange sie das Märchen von der Schönen und dem Biest noch mit dir spielt?‹

»Götz von Berlichingen, du halbes Hemd!«, knurrte Caspari zurück. Dann war er an der Plakatwand vorbeigefahren.

Clara saß im kleinen italienischen Restaurant ›Sale e Pepe‹ Oliver Carstens gegenüber. Was für ein schöner Mann! Schon damals hatte er ihr gut gefallen. Doch er war Iras Freund gewesen. Den Liebhaber einer Freundin anzubaggern war für sie seit jeher tabu.

»Mensch, das ist ja eine halbe Ewigkeit her, seit wir uns das letzte Mal gesehen haben«, sinnierte Carstens.

»Zehn Jahre«, bestätigte Clara. »Ihr beide seid nach Marburg gegangen und habt nichts mehr von euch hören lassen.«

»Ira musste sich an der neuen Universität erst einmal zurechtfinden, und mein Einstieg bei der Staatsanwaltschaft in Gießen war auch alles andere als ein Spaziergang auf Rosen. Wir hatten einfach kaum Zeit zur Pflege von Kontakten«, rechtfertigte sich Carstens.

»Mach es nicht so dramatisch«, erwiderte Clara. »Wenigstens eure neue Adresse hättet ihr mir dalassen können.«

»Wie geht es eigentlich Ira? Entschuldige die direkte Frage: Seid ihr noch zusammen?«

»Du brauchst dich nicht zu entschuldigen. Es ist völlig normal, dass du nach einer alten Freundin fragst. Ein halbes Jahr nach dem Umzug lag unsere Beziehung in Scherben. In Marburg hatten wir beide kaum noch Zeit füreinander. Wir hatten uns, wie man heute so schön sagt, auseinander gelebt. Soweit ich weiß, ist Ira verheiratet und lebt in Schweden. Und wie erging es dir seither?«

Clara grinste. Carstens hatte ganz elegant und mit viel Charme den Spieß herumgedreht. Nun sollte sie selbst ihre Geschichte preisgeben. Fast so wie in einem Verhör. Nur wechselten dort nicht die Rollen des Polizisten und des Verdächtigen.

»Die zweite Hälfte meines Studiums verbrachte ich in Erlangen. Nach dem ersten Examen kam das Vikariat in Darmstadt.«

»Was genau ist das, Vikariat?«, fragte Carstens.

»Das Vikariat dient dazu, innerhalb von zwei Jahren mit Hilfe eines Pfarrers als Mentor und des Predigerseminars nach dem Studium in den praktischen Dienst des Pfarramtes eingearbeitet zu werden. Nachdem meine Zeit als Vikarin vorüber war, gab es in der Landeskirche von Hessen-Nassau, zu der ich gehörte, keine freien Pfarrstellen. Zwei Jahre arbeitete ich als Übersetzerin bei einem Verlag in Frankfurt. Du erinnerst dich vielleicht noch daran, dass ich meine Kindheit und einen Teil meiner Jugend in Argentinien gelebt habe. Spanisch ist meine zweite Muttersprache. Gelegentlich hielt ich vertretungsweise Gottesdienste oder machte mich auf andere Weise in der Kirchengemeinde meiner Eltern nützlich, als ehrenamtliche Pfarrerin, versteht sich. Vor einem Jahr bewarb ich mich dann bei der Evangelischen Landeskirche von Kurhessen-Waldeck. Ich hatte Glück und wurde genommen. So kam ich nach Gelnhausen.«

»Und der Tatsache, dass du ohne lange zu überlegen den Vorschlag, gemeinsam essen zu gehen, angenommen hast, entnehme ich, dass du nicht verheiratet bist.«

Clara stutzte einen Moment. Was sollte sie auf diese direkte Frage antworten? Eheähnlich war ihre Beziehung zu Christoph nicht. Aber auch nicht eine lose Verbindung, die Raum für Freiheiten ließ. Sollte sie Carstens überhaupt etwas von Christoph erzählen? Sie saß in einem Restaurant mit einem Mann, den sie seit zehn Jahren nicht mehr gesehen hatte. Geschichten über Beziehungslust und Beziehungsfrust waren hier fehl am Platz.

»Dasselbe könnte ich über dich mutmaßen«, konterte sie. »Ich habe einen Freund. Wir kennen uns noch nicht sehr lange und leben deshalb nicht zusammen.«

»Entschuldige meine direkte Art. Das ist wohl eine Folge

meines Berufes. Klare Verhältnisse und Absprachen sind im Ministerium unverzichtbar. Und«, beeilte sich Carstens anzufügen, »bevor du fragst, ich habe keine Partnerin. Dafür ist zurzeit kein Platz in meinem Leben.«

Clara konnte nicht verstehen, dass ein so attraktiver Mann sein Leben ganz und gar der Karriere widmete und freiwillig Single blieb. Allerdings wollte sie nicht näher darauf eingehen und wechselte das Thema.

»Ich war vorhin überrascht zu hören, dass die Sicherheitsmaßnahmen auf dem Hessentag so umfangreich sind, dass sogar ein Staatssekretär aus dem Innenministerium als Koordinator eingesetzt wird.«

»Seit dem 11. September 2001 herrscht bei Großveranstaltungen wie diesen die höchste Sicherheitsstufe«, erklärte Carstens. »Die gesamte hessische Polit-Prominenz besucht den Hessentag. Daneben gibt es einige Konzerte mit bekannten Rock- und Popgrößen. Für die Sicherheit der Besucher, der Politiker und der Stars zu sorgen, ist eine wahre Sisyphosleistung. Unser Planungsstab hat in den vergangenen Monaten, Gott sei Dank, bereits so gründlich gearbeitet, dass unser Konzept nun steht. In den kommenden Tagen werden nur noch Konferenzen mit den Einsatzleitern gehalten, bei denen jedem sein Aufgabenbereich haarklein dargelegt wird. Ich habe zurzeit also so etwas wie eine kleine Verschnaufpause vor dem großen Ansturm.«

›Du bist Single und hast Zeit‹, dachte Clara, ›und ich habe gerade ein paar Beziehungsturbulenzen. Eine gefährliche Mischung!‹ Sie dachte an Christoph und hörte die Alarmglocke in ihrem Kopf läuten. Eigentlich sollte sie jetzt auf die Uhr sehen, erschreckt tun, weil es schon so spät war, und das Gespräch beenden. Eigentlich. Das war sie Christoph schuldig. Doch sie drehte die Sicherung der Glocke heraus und blieb.

Das Knurren im Magen war verflogen, als sie den Tatort erreichten. Eine Woge Adrenalin ergoss sich in Casparis Blutkreislauf. Noch immer, obwohl er in den zurückliegenden Jahren viele Leichen gesehen hatte, die auf irgendeine kranke Art ermordet worden waren. ›Niemand mutet sich gern einen solchen Anblick zu‹, ging es ihm durch den Kopf. Als er in Marios angespannte Miene blickte, wusste er, dass es ihm genauso ging.

Energischen Schrittes gingen sie die Treppe hinauf. Auf dem Absatz erwartete sie eine Frau, schätzungsweise Mitte dreißig. Ihre wachen, blauen Augen taxierten Caspari. Die blonde Strubbelfrisur verlieh ihr etwas Freches.

»Doktor Caspari, nehme ich an. Ich habe schon viel von Ihnen gehört!«

Sie reichte Ihm zur Begrüßung die Hand. Caspari war die forsche Art der Kollegin sympathisch. Er beeilte sich, Tina und Mario vorzustellen. Danach unterrichtete die Hauptkommissarin sie über die Einzelheiten.

»Laut dem Gerichtsmediziner ist der Mann mit an Sicherheit grenzender Wahrscheinlichkeit gestern Vormittag gestorben. Sonntags trainierte er immer allein. Das sagen jedenfalls die beiden Zeugen, die ihn vorhin hier gefunden haben. Nach unserer Rekonstruktion muss es ungefähr so abgelaufen sein: Serge, der bürgerlich Ralf Kirschner heißt, kam in sein Studio. Er setzte einen Kaffee auf und stellte sich eine Tasse zurecht. Als wir heute Morgen hierher kamen, war die Kaffeemaschine noch angestellt und die Tasse unbenutzt. Danach zog er sich um. Bevor er mit seinem Training beginnen konnte, muss er seinem Mörder begegnet sein. An der Stahltür am Eingang fanden wir keine Einbruchspuren. Wir gehen davon aus, dass Kirschner selbst dem Täter aufgemacht hat. Danach muss alles sehr schnell gegangen sein. Das Opfer starb im Eingangsbereich unweit des Tresens. Anhand der Spuren konnten wir feststellen, dass Kirschner nach Eintritt des Todes in den Tanzraum geschleift wurde. Der Täter fasste ihn dabei an den Fußgelenken. Danach hinterließ er auf der Spiegelwand ein rotes X. Dazu wird er wahrscheinlich eine Sprayflasche benutzt haben. Zeugen waren übrigens keine zu finden. Am Sonntag gehen die Leute aus diesem beschaulichen Viertel Hanaus entweder in die

Kirche oder sie bleiben im Bett. In der direkten Nachbarschaft befinden sich keine Wohnungen. Auf der gegenüber liegenden Straßenseite sind keine Häuser. Dieses alte Fabrikgebäude liegt etwas zurückgesetzt. Deshalb hat niemand irgendetwas gesehen. Gefunden haben den Toten diese Rapperin und ihr Bodyguard. Sie nahm immer Privatstunden bei Serge.«

Beim Aussprechen des Künstlernamens verzog sie das Gesicht.

»Wie man sich freiwillig so nennen kann, ist mir unbegreiflich. Aber auch da muss wohl jeder nach seiner Fasson glücklich werden. Auf die Idee, Sie zu benachrichtigen, hat uns übrigens der Bodyguard gebracht. Er sagte, es habe schon zwei ähnliche Fälle in der Umgebung seines Schützlings gegeben. Den Kollegen Ludwig informierten wir darauf hin auch. Er ist schon da.«

»Wie ist Serge denn gestorben?«, fragte Tina.

»Das fragen Sie besser den Gerichtsmediziner. Der ist aber auch noch unschlüssig«, antwortete Metzler und drückte die schwere Eingangstür auf.

Casparis erster Blick fiel auf Tiziana, die an einer Säule gelehnt auf dem Parkett im Eingangsbereich saß. Obwohl sie in Casparis Augen daran schuld war, dass ihm dieser Fall aufgedrückt worden war, tat ihm die junge Frau leid. Ihr Gesicht war aschfahl, ihr Blick apathisch. Drei Menschen aus dem eigenen Umfeld ermordet zu sehen war mehr, als ein Mensch ertragen konnte. Ein Arzt gab ihr eine Spritze. Müde legte sie sich auf die Trage, die zwei Sanitäter neben sie gelegt hatten. Toni kniete bei ihr und streichelte ihr über das Haar. Als die Sanitäter die Trage hochhoben, stand er auf. Caspari hielt ihn an.

»Wie geht es ihr?«, fragte er und blickte dabei in das sorgenvolle Gesicht des breitschultrigen Aufpassers.

»Miserabel! Wie soll sie das nur verkraften? Sie müssen dieses Monster schnell finden, bevor noch mehr Menschen, die Tiziana lieb und teuer sind, sterben.«

Caspari zuckte mit den Schultern.

»Wir können nicht zaubern, aber wir arbeiten hart daran! Der Polizeischutz wird auf einen größeren Personenkreis ausgeweitet. Ab sofort passen wir übrigens mit Ihnen zusammen auf Ihren Schützling auf.«

Toni nickte und trottete dem Notarzt hinterher.

Caspari schlängelte sich an den Polizeitechnikern vorbei, die in ihren weißen Anzügen durch das gesamte Studio glitten. Im Tanzraum, den er eher als Saal bezeichnet hätte, waren Mario und Tina bereits neben dem Gerichtsmediziner in die Hocke gegangen und betrachteten den Toten. Ludwig stand mit Metzler daneben. Mit raumgreifenden Schritten war Caspari, der nichts von den Ausführungen des Arztes versäumen wollte, bei ihnen und kniete sich vor den toten Ralf Kirschner, der Serge heißen wollte. Die Hanauer Kollegin stellte ihm den Gerichtsmediziner vor, der Meyer hieß. Wie durchschnittlich doch Menschen hießen und aussahen, die ungewöhnliche Berufe ausübten.

»In welcher Haltung lag er, als die beiden ihn fanden?«, fragte Caspari

»Er lag bäuchlings«, erklärte der Arzt. »Die Arme waren vom Körper weggestreckt, die Beine waren gerade und geschlossen. Ungefähr so, wie ein Novize, bevor er die Ordensgelübde ablegt. Was ich auf den ersten Blick sagen kann«, führte er weiter aus, »ist, dass der Mann vor Eintritt des Todes einen krampfartigen Anfall hatte. Todesursache ist auf den ersten Blick ein Stillstand von Herz und Atmungsorganen. Der Tote hat eine cirka fünf Zentimeter breite Schnittwunde am Hals, etwa zehn Zentimeter tief. Dieser Schnitt hat zwar stark geblutet, war aber an und für sich nicht tödlich, da er nur Muskelgewebe verletzte. Ob er in direkter Verbindung zum Tod steht, kann ich jetzt noch nicht sagen. Das muss eine gründliche Obduktion ergeben.«

Casparis Blick verweilte auf dem Toten. Das Gesicht strahlte nichts von der Gelöstheit aus, die dem eines friedlich gestorbenen Menschen innewohnte. Er sah einen Gesichtsausdruck, der über den Tod hinaus noch angespannt war. Gern hätte er ihm die Lider über den gebrochenen Augen geschlossen. Doch dagegen würde Doktor Michel, der Gerichtsmediziner, etwas haben. Caspari wandte seinen Blick ab, dankte dem Arzt und erhob sich wieder. Ludwig zeigte auf den roten Buchstaben auf dem Spiegel.

»Ich fresse einen Besen, wenn das nicht derselbe Täter ist wie bei Kling und Sauter. Diese Handschrift ist unverkennbar.«

Stumm blieb Caspari vor dem Spiegel stehen. Was wollte der Mörder ihnen mit der Reihenfolge der Buchstaben sagen? Welche Verbindung gab es zwischen den unterschiedlichen Arten zu töten und den Buchstaben? Caspari suchte nach einer Tür in seinem Gehirn, die aufgehen und ihm den Weg zu dem Raum öffnen würde, in dem die Lösung lag. Doch er fand keine. Alles lag noch im Nebel, der so dicht war, dass man darin nicht einmal die Hand vor Augen sah.

Ludwig riss ihn aus seinen Gedanken.

»Wissen Sie schon etwas über die Buchstaben?«

»Nein, noch nicht einmal der Kryptologe hatte eine zündende Idee.«

»Und die Engelnamen?«, hakte Ludwig nach.

»Das Internet bietet eine unglaubliche Zahl von Sites an, auf denen etwas darüber steht«, antwortete Mario. »Ich habe mir das meiste angesehen. Das war nicht sonderlich ergiebig. Viele Sites gehen in den Bereich der Esoterik, etliches darunter ist eher für schlichte Gemüter. Bisher war noch nichts dabei, was auf einen so intelligenten wie präzise arbeitenden Täter passen würde. Aber ich bin noch nicht ganz durch.«

»Haben Sie sonst irgendwelche Spuren?«, fragte Hauptkommissarin Metzler.

»Nein, bisher ist die Inszenierung der Opfer der einzige Anhaltspunkt«, meinte Ludwig mit Resignation in der Stimme.

»Sie könnten prüfen, ob Serge außer Tiziana noch andere Kontakte zur Musikbranche hatte«, sagte Caspari, froh darüber, der Energie sprühenden Kollegin eine Aufgabe geben zu können. »Wenn wir dort keine Anhaltspunkte finden, sind wir wieder beim Umfeld dieser bedauernswerten jungen Frau.«

»Das sind wir doch schon bei Kling durchgegangen!«, protestierte Ludwig.

»Vielleicht haben die damaligen Fakten und Erkenntnisse noch nicht ausgereicht, eine Verbindung zu einem der Bekannten oder Verwandten von Tiziana zu finden«, konterte Caspari.

»Nebenbei gefragt – heißt sie wirklich so?«

»Wie?«, fragte die Hanauer Kollegin.

»Na, Tiziana.«

»Tiziana Huber. So steht es jedenfalls in ihrem Pass. Mutter Sizilianerin, Vater Deutscher«, erläuterte Metzler.

»Wir brauchen Polizeischutz für sie, und zwar rund um die Uhr«, meinte Caspari zu Tina gewandt. »Auch für ihren Bodyguard. Denn der denkt an nichts anderes als an ihren Schutz und merkt gar nicht, wie gefährdet er selbst ist. Jeder, der mit Tiziana zu tun hat, ist potenziell bedroht!«

»Ich habe ihn vorhin im Landeskriminalamt durchgecheckt«, antwortete Tina. »Bis Mitte letzten Jahres war er noch beim Kommando Spezialkräfte der Bundeswehr. Ein Elitesoldat. Er kennt Tiziana seit der Grundschule. Das erklärt wohl ihren vertrauten Umgangston.«

»Wenn ich mich auf den Schutz eines anderen konzentriere, dann vernachlässige ich meine eigene Sicherheit. Ich nehme sogar in Kauf, dass es mich statt meines Schützlings erwischt. Dieses Prinzip gilt auch für Elitesoldaten«, entgegnete Caspari.

»Da wäre noch etwas«, fuhr er fort und sah dabei Hauptkommissarin Metzler mit einem Blick an, der kein Widerwort duldete, »der Leichnam wird vom Gerichtsmediziner des Landeskriminalamtes obduziert.«

»Erlauben Sie mir eine Frage«, hakte die Hanauer Kollegin nach. »Woher wissen wir eigentlich, dass nicht Tiziana selbst das Monster ist, das wir suchen?«

Der Junge hörte seine Eltern streiten. Oft taten sie das. Nie waren sie laut dabei. Er sollte nichts mitbekommen. Als ob er eine geflüsterte Beleidigung nicht hören würde. Es waren ihre Gedanken, die er wahrnehmen konnte. Sie waren so laut in seinem Kopf, dass er sich die Fäuste auf die Schläfen presste, damit er es ertragen konnte.

»Von welchem deiner sogenannten Parteifreunde hast du dich letztens wieder flachlegen lassen?«

»Du bist ein elender, eifersüchtiger Jammerlappen! Du siehst Dinge, die gar nicht existieren.«

»Von wegen. Ich wage gar nicht mehr, abends aus dem Haus zu gehen, weil ich fürchten muss, dass du mich betrügst. Wem gehörte denn der rote Wagen, der gestern Abend vor unserem Haus bis halb eins stand? Alle wissen, dass du es mit jedem treibst, der dich anmacht. Meine Familie weiß es.«

»Du und deine Familie! Die haben mich noch nie gemocht. Denen war ich nicht gut genug für dich. Nur des Kindes wegen bin ich hier geduldet.«

»Jetzt fang doch nicht damit schon wieder an. Das ist völlig aus der Luft gegriffen.«

›Hört auf, hört doch auf!‹, schrie er stumm. Das Flüstern seiner Eltern hämmerte unerträglich in seinem Kopf, ihm wurde übel. Alles drehte sich um ihn. Er taumelte in den Flur, wo er sich übergab, bevor er das Bewusstsein verlor.

Was Clara im Augenblick brauchte, war Bewegung, um ungestört die Gedanken und Gefühle sortieren zu können und wieder einen klaren Kopf zu bekommen. Sie zog ihre Sportsachen und die Laufschuhe an. Die Luft an diesem Frühsommernachmittag roch nach Bäumen, Gras und Blumen, die ihren Duft verschwenderisch verströmten. Rasch überquerte sie die Obere Haitzer Gasse und ging mit schnellem Schritt in die verwinkelte Gasse mit dem klangvollen Namen ›Am steinernen Brunnen‹. Zwischen zwei der alten Häuser sah sie die schmale Treppe, die zum höher gelegenen Stadtgarten führte. Etwas hielt sie ab, dort hinauf zu gehen. Ein Mann stand vor einer Haustür und winkte sie zu sich. ›Als Pfarrerin ist man doch immer im Dienst!‹ dachte Clara, während sie auf ihn zuging. Der Mann kam ihr bekannt vor. Sie hatte ihn gelegentlich im Gottesdienst und bei Beerdigungen gesehen. Clara glaubte sich daran zu erinnern, dass er Rentner war. Sein kahler Kopf glänzte in der Nachmittagssonne. Seine Hände und das T-Shirt waren mit Erde verschmiert.

»Frau Pfarrer, bitte entschuldigen Sie, dass ich Sie vom Sport abhalte. Ich war gerade im Garten, da sah ich Sie kommen. Es ist wegen meines Nachbarn, dem Herrn Dauner.«

Clara sah ihn fragend an.

»Na, der verwirrte Mann, der am Samstag bei Ihnen war. Wir kamen gerade mit dem Auto vom Einkaufen und fuhren am Pfarramt vorbei. Da sagte meine Frau: ›Guck doch mal! Das ist doch der Dauner neben der Pfarrerin.‹«

Clara nickte.

»Das ist richtig. Er bat mich um ein Gespräch. Ich wusste allerdings seinen Namen nicht.«

»Ich dachte, ich erzähle Ihnen etwas über ihn, damit Sie ein Bild von dem Mann bekommen, mit dem Sie es zu tun haben. Der Herr Dauner ist ein ganz armer Mensch, müssen Sie wissen«, fuhr der Mann fort, während er die Handflächen aneinander rieb. Ein wenig getrocknete Erde fiel auf das Pflaster.

»Dem hat das Leben ganz übel mitgespielt. Seine Frau und er hatten zwei Kinder. Das jüngste starb schon früh an Krebs. An dieser furchtbaren Krankheit ist auch seine Frau vor ungefähr sechs Jahren gestorben. Damit ist der arme Kerl nicht fertig geworden. Er war Lehrer an der Realschule. Die Jugendlichen können ja die reinsten Bestien sein. Die wussten zwar nicht, dass seine Frau nicht mehr lebte, aber die hatten schnell raus, dass er angeschlagen war. Das war wohl wie im Raubtierkäfig. Herr Dauner wurde von denen ziemlich fertig gemacht und landete zum Schluss in der Psychiatrie. Danach wurde er Frührentner. Erholt hat er sich davon nie mehr. Früher war er ganz anders, fröhlich, hat gern gelacht, war leutselig. Als er aus der Klinik kam, war er nicht mehr derselbe. Sein Sohn konnte das nicht ertragen. Der ging fort. Er arbeitet als Geologe im Ausland. Meine Frau und ich haben versucht, uns ein bisschen um den armen Mann zu kümmern. Aber es wird von Tag zu Tag schwieriger. Er lässt keinen an sich ran.«

Der Rentner schob mit seinem erdigen Finger die Brille auf der Nase wieder nach oben.

»Ich mische mich sonst nicht in anderer Leute Angelegenheiten. Aber ich denke, es hilft Ihnen, wenn Sie wissen, warum der Herr Dauner so durch den Wind ist.«

Clara empfand diese Information als hilfreich und war im Grunde dankbar dafür. Trotzdem verspürte sie den Wunsch, weiterzugehen, um endlich am Blockhaus anzukommen, von wo aus sie joggen wollte. Mühsam suchte sie nach einem Satz oder einer Bemerkung, mit der sie die Unterhaltung beenden konnte.

»Danke, das ist wirklich sehr nett von Ihnen«, sagte sie. Es fühlte sich sehr floskelhaft an. So konnte sie nicht guten Gewissens gehen.

»Kümmern Sie sich bitte weiterhin um ihn, auch wenn er Sie abzuwimmeln versucht. Herr Dauner braucht Ihre Hilfe.«

Sie nickte dem Mann zu und hoffte, dass er mit dem guten Gefühl, etwas für einen anderen Menschen getan zu haben, seine Hände wieder in die Erde stecken konnte.

Nachdem sie die Treppe erklommen hatte, stand sie im Inneren des Halbmondes. Aus der Vogelperspektive sah dieses Gemäuer wie ein Wehrturm aus, der halbiert worden war. Einmal mehr war Clara fasziniert von den mittelalterlichen Wehranlagen rund um die Altstadt. Über eine enge Sandsteintreppe stieg sie den Halbmond hinauf. Als sie oben angekommen war, sah sie auf Gelnhausen und das Kinzigtal. Der Anblick war von atemberaubender Schönheit. Nur mit Mühe konnte Clara sich davon losreißen und das tun, wozu sie eigentlich gekommen war. Sie wollte laufen, um sich darüber klar zu werden, warum es ihr Oliver Carstens so sehr angetan hatte, dass es ihr schwer gefallen war, gleich nach dem Mittagessen wieder zu gehen. Waren ihre früheren Erfahrungen mit schönen Managertypen nicht genug? Sie erinnerte sich nur allzu gut an all jene Verflossenen, die sich selbst für die Sonne hielten, um die alle andere Menschen als Planeten und Trabanten zu kreisen hatten. Clara inbegriffen. Wie wohltuend anders doch ihre Beziehung mit Christoph war. Er nahm sie ernst, fragte immer nach ihren Vorstellungen und Wünschen, bevor er Entscheidungen traf. Er war unglaublich stark und gleichzeitig auf eine Weise zärtlich, die sie nie zuvor erlebt hatte. Warum also um alles in der Welt fühlte sie sich von Oliver so angezogen, den sie vor Jahren einmal gekannt hatte?

Ihr Blick ging über das Gemäuer nach unten. ›Wer hier herunterstürzt, der fällt tief‹, ging es ihr durch den Kopf.

Sie durchquerte den Stadtgarten und ging den Kapellenweg entlang, ließ das äußere Holztor links liegen und bog in den Hohlweg zum Blockhaus ab. Dort begann sie wie eine Getriebene zu laufen. Als wollte sie etwas loswerden, das sie verfolgte.

Erschöpft stand sie eine Stunde später unter der Dusche. Ruhe hatte sie keine in ihr Gefühlschaos bringen können, aber wenigstens hatte sie wieder einmal etwas für sich getan. Während sie ihr brünettes Haar mit dem Handtuch trocken rieb, warf sie einen Blick in ihren Terminkalender. Montag, ›Pfarrersonntag‹, wie man in Kollegenkreisen meist sagte. Wenigstens an diesem Tag sollten Pfarrerinnen und Pfarrer ausspannen können, für die ansonsten die sieben-Tage-Woche galt. Heute war also eigentlich ihr freier Tag. Eigentlich. Bei bevorstehenden Ereignissen wie dem Hessentag musste sie Termine wie das Gespräch mit dem Bürgermeister auch am Pfarrersonntag hinnehmen, ebenso wie Beerdigungen, von denen sie schon einige an Montagen gehalten hatte. ›Im Grunde genommen bin ich nicht besser als Christoph, was meine Freizeit betrifft. Und doch ärgert es mich bei ihm mehr als bei mir selbst‹, ging es ihr durch den Kopf. Unruhig streifte sie durch ihre Wohnung. Was sie jetzt brauchte, war ein fester Dreh- und Angelpunkt. Vielleicht war Christoph dieser ruhende Pol, nach dem sie sich ausrichten konnte. Kurzentschlossen legte sie ein paar Kleidungsstücke in ihre Reisetasche, stieg in ihren Wagen und fuhr los. Während der Fahrt ließ sie das Fenster herunter. Das grüne Blätterdach des Waldes, durch den sie von Wächtersbach nach Wittgenborn fuhr, badete im Sonnenschein und ließ das Licht hindurch scheinen.

Nachdem sie drei Kilometer hinter Wittgenborn auf der Spielberger Platte gefahren war, sah sie den Weiher, in dessen Nähe der Hof der Familie Caspari lag. Clara bog auf den Schotterweg ab und fuhr zu dem Anwesen, das ihr mittlerweile so vertraut war. Als sie ausstieg, hörte sie Lukas lachen. Sie ging zum Weg seitlich des Hofes. Dort sah sie Caspari und seinen Sohn vom Weiher kommen. Lukas versuchte seinen Vater zu fangen, der es ihm nicht gerade leicht machte. Trotz seiner hünenhaften Erscheinung war Caspari mit einer Behändigkeit ausgestattet, die Clara immer wieder erstaunte. Er war der Mann, den sie liebte und in dessen Gegenwart es ihr gut ging. Doch war er alles, was sie erwarten konnte? Als sie sich ihrer Gedanken bewusst wurde, schämte sie sich. Sie gab sich alle Mühe, einen fröhlichen und unbefangenen Eindruck zu machen. Doch als sich ihre und Casparis Blicke trafen, wusste sie, dass es ihr nur mäßig gelungen war. Clara ging auf ihn zu, umarmte ihn und vergrub mit einer Mischung aus Verzweiflung und Sehnsucht ihr Gesicht in seiner Brust.

Caspari ging in die Hocke, um sich im Flur des Kindergartens von Lukas zu verabschieden. Lange hielten sie sich innig aneinander fest. Lukas flüsterte ihm ins Ohr: »Papa, wann wird die Clara denn für immer bei uns wohnen?«

»Ich glaube, darauf werden wir noch eine Weile warten müssen, mein Kleiner!«, antwortete Caspari und strich seinem Sohn durch das rotblonde Haar.

Auf dem Weg zum Auto ging ihm der letzte Abend noch einmal durch den Kopf. Er konnte Clara ansehen, dass sie mit irgendetwas innerlich rang. Hatte es mit einem anderen Mann zu tun? Caspari machte sich nichts vor. Er war gewiss nicht der Einzige, der in Clara eine junge, attraktive und gebildete Frau sah. Ihr Blick am vergangenen Nachmittag hatte etwas Verzweifeltes gehabt. Auch ihre Suche nach Zärtlichkeiten und die fast übertriebene Intensität, mit der sie im Bett mit ihm eins zu werden versuchte hatte, machten ihm bewusst, dass ihre Beziehung in Gefahr war. Wenn sie Angst hatte, ihn zu verlieren, dann konnte das bei ihr nur ein irisches Gefühlschaos bedeuten. Ein anderer Mann musste ihr begegnet sein, der ihre Beziehung genauso ins Wanken brachte, wie ein Erdbeben die Säulen eines römischen Tempels.

Würde ein Wechsel zum Bundeskriminalamt verhindern können, dass ihre Liebe zerbrach? Bevor er sich selbst eine Antwort darauf geben konnte, meldete sich sein Mobiltelefon mit durchdringendem Klingelton. Mario meldete sich in der gewohnten italienischen Leichtigkeit des Seins.

»Buon giorno, Don Caspari!«

Caspari schob seine schweren Gedanken beiseite und lachte herzlich.

»Was täten wir nur ohne Ihren Humor?«

»Wahrscheinlich so grau werden wie eine Betonfassade aus den frühen Sechzigern«, scherzte Mario. »Die Kollegen aus Hanau und Frankfurt waren sehr fleißig. Die haben das gesamte Umfeld Serges links gemacht. Da kommt keiner für den Mord an dem Tanzlehrer oder an den anderen beiden Opfern infrage. Entweder haben die Familienangehörigen, die Freunde und Bekannten ein Alibi, oder sie haben schlicht und einfach keinen Grund, Kling und Sauter umzubringen, weil sie die beiden nicht kannten. Tiziana war Serges einzige Bekanntschaft aus der Musikbranche. In dieser Szene brauchen wir nicht weiterzusuchen. Auch was die Engel betrifft, kommen wir nicht weiter. Da gibt es zwar Interessantes auf seriösen Internet-Seiten. Das hat nach meinem Dafürhalten aber nichts mit der Lage der Leichen und der Papageno-Nummer von Sauter zu tun.«

»Ich lasse es mir nachher von Ihnen trotzdem erklären«, erwiderte Caspari.

»Beim Recherchieren bin ich übrigens auf einen interessanten Engelnamen gestoßen«, fuhr Mario fort. Caspari konnte die Heiterkeit in der Stimme seines Mitarbeiters hören.

»Kabniel. Dieser Engel wird geholt, um Dummheit zu heilen.«

»Wer diesen Götterboten wohl braucht?«, scherzte Caspari, wurde aber schnell wieder ernst.

»Hat Michel sich schon gemeldet?«

»Nein«, schaltete sich die Stimme von Tina zu. »Er hat sich sehr theatralisch angehört, als er mir sagte, es seien unerwartete Entdeckungen an dem Toten gemacht worden, deren Auswertung noch einige Zeit in Anspruch nehmen würde.«

»In Ordnung«, meinte Caspari. »Dann müssen wir uns ein wenig in Geduld üben. Vielleicht führt uns ja diese Entdeckung zum Täter. Ich werde zusammen mit der Hanauer Kollegin die Rapperin befragen. Die junge Frau steht allerdings noch sehr unter Schock. Der Psychiater macht sich heute Morgen ein Bild davon, ob diese Tiziana überhaupt vernehmungsfähig ist. Sobald wir grünes Licht haben, fahren wir ins Krankenhaus.«

»Wann werden Sie im LKA sein?«, fragte Tina.

»Ich rechne mit dem frühen Nachmittag.«

»Und was sollen wir bis dahin tun?«, jammerte Mario.

»Tun Sie etwas gegen das Macho-Image, das den südländischen Männern im Allgemeinen noch anhaftet! Machen Sie sich nützlich! Räumen Sie die Spülmaschine in der Gemeinschaftsküche aus«, frozzelte Caspari. Tinas Gelächter drang durch sein Mobiltelefon.

Caspari selbst gönnte sich seit Wochen wieder einmal eine Trainingsrunde beim alten Seydel. Als Kinder hatten er und sein Cousin Benny bei dem Polizeiausbilder für Selbstverteidigung mit der japanischen Kampfkunst Aikido begonnen. Seither war das Training ein wichtiger Bestandteil in ihrer beider Leben. Nach seiner Zeit bei der Polizei hatte Seydel in Wächtersbach das Fitnesscenter ›Get Fit‹ eröffnet, in dem er seine Aikido-Schule führte. Caspari und Benny waren seine Meisterschüler, die seit zwei Jahren den vierten Dan trugen.

Caspari war froh, dass Benny sich an diesem Vormittag Zeit für das Training hatte nehmen können. Als Freiberufler konnte er seine Zeit flexibel einteilen. Gemeinsam mit Casparis jüngster Schwester Iris betrieb er ein gut gehendes Büro für Statik. Allerdings verband nicht nur das berufliche Interesse die beiden. Seit zwölf Jahren waren Iris und Benny nun schon ein Paar. Obwohl manche Freunde spöttisch meinten, die beiden würden noch als unverheiratete Greise in ein Seniorenwohnheim ziehen, hatte ihre Beziehung Casparis Ehe überdauert.

Als er das Dojo betrat, schüttelte er allen seelischen Ballast von sich ab.

Zwei Stunden später trank er gierig eine Apfelschorle am Tresen im Fitnessbereich. Benny, der genauso durchgeschwitzt war wie er, klopfte ihm auf die Schulter.

»Das Training mit dir hat mir gefehlt. Die anderen sind keine rechte Herausforderung. Wenn ich mit dir trainiere, muss ich mich mehr anstrengen.«

Caspari zuckte mit den Schultern.

»Du bist nicht der Einzige, der den Mangel meiner Präsenz beklagt. Ich hoffe, es wird demnächst besser.«

Als Benny zu einer Antwort ansetzte, klingelte Casparis Mobiltelefon. Hauptkommissarin Metzler meldete sich und teilte ihm mit, dass sie Tiziana um zwölf Uhr befragen konnten. Er verabredete sich mit ihr vor dem Pförtnerhäuschen des Stadtkrankenhauses. Danach gönnte er sich noch eine halbe Stunde Zeit mit seinem Cousin und ihrem gemeinsamen Meister.

»Ich möchte die Arbeitsgruppe wechseln!«

Clara sah die Schülerin an, die vor ihrem Lehrerpult stand. Das Mädchen hatte die Arme vor der Brust verschränkt und sah sie mit einem durchdringenden Blick an.

»Ist das der Grund, warum du am Samstag dem Vorbereitungstreffen ferngeblieben bist?«, fragte Clara ruhig.

»Ja. Ich kann mich mit der Interpretation der Gruppe nicht identifizieren!«

»Wenn ich mich recht erinnere, wolltest du doch unbedingt in diese Gruppe«, erwiderte Clara. »Warum kommst du erst jetzt zu mir, wo ihr doch schon seit einigen Wochen daran arbeitet? Was ist schief gelaufen?«

»Die gesamte Arbeitsgruppe ist bei dem Gebot, die Eltern zu ehren, total auf die Darstellung und Dokumentation von Fällen fixiert, in denen Leute ihre pflegebedürftigen Eltern misshandelt oder sogar wegen des Erbes umgebracht haben.«

»In den letzten zwei Jahren gab es einige traurige Fälle, wo genau das passiert ist. Was ist falsch an dieser Darstellung?«, fragte Clara.

»Das ist mir zu einseitig. Was ist mit den Fällen, in denen Eltern ihre Kinder misshandeln oder sogar töten? Gilt das vierte Gebot auch für misshandelte Kinder? Diese Frage muss in der Dokumentation des Gebotes auch diskutiert werden. Die anderen meinen, das sprenge den Rahmen. Wir sollten uns lieber auf eine Problematik konzentrieren und eine einprägsame, wachrüttelnde Präsentation bieten. Ich beiße mit meinem Anliegen in dieser Gruppe auf Granit.«

Clara ging zur Arbeitsgruppe und versuchte das Problem zu lösen, ohne dass Kathrin ausstieg.

»Wir verstehen Kathrins Einwände, ehrlich!«, erklärte Stefan, der Klassenprimus. »Das ist ein wichtiger Ansatz, sich mit dem vierten Gebot auseinander zu setzen. Nur schaffen wir eine Ausweitung der Präsentation weder zeitlich, noch haben wir dafür Stellflächen übrig.«

Clara wandte sich wieder Kathrin zu.

»So kurz vor Abschluss der Vorbereitungen kann ich dich nicht in eine andere Gruppe wechseln lassen. Du musst in dieser Gruppe bleiben, zumal du mit den anderen ja auch befreundet bist. Allerdings nehme ich deinen Einwand ernst. Wäre es ein Kompromiss für dich, wenn du mit einem Mitglied deiner Gruppe in den verbleibenden Tagen an dieser Fragestellung arbeitest und eine kleinere Darstellung dieser Problematik zusammenstellst?«

Kathrins Gesicht verlor den Ausdruck von Anspannung. Sie nickte zufrieden.

Tiziana fühlte sich wie ausgehöhlt. In ihr war alles dumpf und grau. Wieder sah sie die schreckliche Fotografie des toten Hagen Sauter vor sich. Dazwischen schob sich immer stärker das Bild ihres Tanztrainers. Der arme Serge. Sein einziges Verbrechen war seine Bekanntschaft zu ihr gewesen. Wie viele ihrer Freunde würde der Mörder noch töten?

Toni stand am Fenster und beobachtete den Publikumsverkehr auf dem Gelände des Stadtkrankenhauses. Er wirkte müde, aber hoch konzentriert. Falls dieser grausame Unbekannte die beiden Polizisten vor ihrer Zimmertür ausschalten würde, musste er erst an Toni vorbeikommen, um sie in seine Gewalt zu bringen. Tiziana wusste nicht viel über seine Zeit bei der Bundeswehr. Er hatte nur in Andeutungen davon erzählt. Aber sie wusste, dass er kein gewöhnlicher Soldat gewesen war. Ihn zu überlisten war, so glaubte sie, ein schweres Unterfangen.

Es klopfte an der Tür. Sie zuckte zusammen und sah Toni an. Er nickte beruhigend.

»Das sind die Leute von der Polizei. Ich habe sie vor wenigen Minuten gesehen, als sie sich vor dem Pförtnerhäuschen getroffen haben.«

Tiziana versuchte sich zu beruhigen. Toni ging an die Tür und öffnete. Die forsche Polizistin mit der Strubbelfrisur und der Hüne betraten den Raum. Der LKA-Mann begrüßte sie und begann das Gespräch ohne große Umschweife.

»Wir wollen Sie nicht länger strapazieren als unbedingt nötig. Aber wir müssen Ihnen einige Fragen stellen.«

»Haben Sie immer noch keine Spur oder wenigstens einen Anhaltspunkt?«, fragte sie mit zitternder Stimme.

»Ich bin ganz ehrlich«, erwiderte der Hüne. »Was die Ermittlungen anbelangt, stehen wir in dichtem Nebel. Es fehlen uns die Anhaltspunkte. Deshalb müssen wir immer wieder fragen – manchmal auch dasselbe – bis wir etwas finden, das uns auf die Spur des Täters bringt.«

»Bringen wir es hinter uns«, sagte sie leise.

»Wo waren Sie beide am Sonntagvormittag?«, preschte die Polizistin vor.

Tiziana sah Tonis vorwurfsvollen Blick, der die Frau traf.

»Entschuldigung, aber das müssen wir fragen. Reine Routine!«, fügte die Kommissarin hinzu.

»Wir waren auf dem Geburtstagbrunch meines Bruders in Bruchköbel«, erklärte Tiziana. »Er feierte in seinem Garten. Dort haben wir fast den ganzen Tag zugebracht. Das kann meine gesamte Familie bezeugen.«

»Ab wann waren Sie dort?«, hakte die Polizistin nach.

»Ungefähr ab neun Uhr. Ich hatte ihm versprochen, bei den Vorbereitungen zu helfen.«

»Hatte Serge außer Ihnen noch irgendwelche anderen Kontakte zur Musikszene?«, wollte der Hüne wissen.

Tiziana überlegte. Wen hatte dieser diszipliniert arbeitende Tanztrainer außer ihr noch aus dem Business gekannt?

»Meines Wissens niemanden«, antwortete sie, »vielen wäre er als Trainer wahrscheinlich zu fordernd gewesen. Er wollte Leistung und Bereitschaft zum Einsatz bis an die Grenzen. Das war ihm wichtiger als das Geld der Promis. Eine derartige Trainingsphilosophie ist nicht jedermanns Ding.«

»Haben Sie sich gut mit ihm verstanden?«

»Ja, er war ein sehr liebenswerter und einfühlsamer Mensch, wie die meisten Schwulen, die ich kenne.«

»Der Täter hat ein großes rotes X auf die Spiegelwand gemalt«, schaltete sich die Polizistin wieder ein. »Kommt Ihnen das irgendwie bekannt vor?«

»Ich habe nicht die geringste Ahnung«, sagte sie nachdenklich. »Bei den beiden anderen Morden hinterließ der Täter auch Buchstaben«, erinnerte sie der LKA-Mann. »Ein V und ein I. Jetzt fanden wir dieses X. Kennen Sie eine Abkürzung, ein Schimpfwort oder etwas in der Art, was sich von diesen drei Buchstaben ableiten ließe?«

Tiziana versuchte, die drei Buchstaben zu einem Wort oder wenigstens einer sinnvollen Kombination zusammenzusetzen. Es gelang ihr nicht.

»Alles, was ich dabei herausbekomme, sind lateinische Zahlen«, gab sie zu. »In der Rapperszene haben diese Buchstaben keinerlei Bedeutung.«

Der Mann nickte. Tiziana brannte noch eine Frage auf der Seele. Bisher hatte sie sich nicht getraut, sie zu stellen. Zu groß war die Furcht, eine Antwort zu bekommen, die sie nicht ertragen konnte. Doch nun brauchte sie Gewissheit, wie dünn das Eis war.

»Doktor Caspari, darf ich Sie etwas fragen?«

Der Hüne nickte.

»Warum tut dieser Mensch das? Ich meine, warum bringt er Menschen aus meiner Umgebung um?«

Caspari atmete tief durch, bevor er antwortete. Tiziana spürte, dass er seine Worte gut überlegte.

»Wir haben noch kein genaues Muster. Er wechselt die Tötungsarten. Das macht es uns schwer, ein Psychogramm von ihm zu erstellen. Was ich jetzt sage, ist meine Vermutung, nicht mehr. Ich glaube, er will Sie. Er will Sie für sich allein. Deshalb räumt er alle Menschen, mit denen Sie Zeit verbringen, aus dem Weg. Ihre Bekannten sind für ihn potentielle Rivalen, die Sie davon abhalten, Ihr Leben ganz nach ihm auszurichten. In seiner Vorstellung sind Sie nur für ihn da.«

Tiziana ließ die Worte auf sich wirken. Ein Alptraum drängte mit Macht in ihr Bewusstsein. Sie sah sich selbst ganz allein auf einer beleuchteten Bühne in einem sonst tiefdunklen Konzertsaal. Sie rief in die Finsternis, rief die Namen ihrer Freunde, ihrer Familie, bat die Fans um Applaus. Doch der Saal war in eine Stille gehüllt, die so eisig war, dass sie vor Kälte mit den Zähnen klapperte. Aus der Dunkelheit kam ein Kichern, das ihr einen neuen Schauer über den Rücken jagte.

»Du brauchst sie nicht zu rufen«, zischte eine heisere Stimme. »Es gibt sie nicht mehr. Nur wir zwei sind noch übrig, du und ich – für immer.«

Tiziana zuckte zusammen, als der Eishauch dieser Stimme sie streifte. Sie riss sich zusammen. Vielleicht konnte der Hüne noch etwas Tröstliches, Hoffnung stiftendes sagen.

»Wenn er mich ganz für sich haben will, ist es vielleicht gut, wenn ich mich jetzt nicht zurückziehe, sondern durch meine Präsenz zeige, dass ich mich nicht einschüchtern lasse?«, fragte sie vorsichtig nach.

Caspari nickte. Tiziana wollte mehr von ihm wissen. Aber er war mit seinen Antworten sehr zurückhaltend. Sie bohrte weiter.

»Was schlagen Sie vor, wie ich mich verhalten soll?«

»Das ist schwer zu sagen. Er sieht in den Menschen, die Ihnen nahe stehen, Störfaktoren zwischen ihm und Ihnen. Ich befürchte, er wird alles versuchen, diese Störfaktoren zu beseitigen.«

Tiziana fühlte die Last der Verantwortung, die sich wie ein Fels auf ihren Brustkorb legte und sie zu erdrücken schien. Heiser fragte sie weiter.

»Gibt es etwas, das ich tun kann, um diesem Wahnsinn ein Ende zu bereiten?«

Caspari blickte sie einen unerträglich langen Augenblick schweigend an. Wieder schien er seine Antwort genau zu überlegen.

»Ich würde Ihnen jetzt gern sagen: ›Tun Sie dies, lassen Sie das, dann hört es auf‹«, sagte er endlich. »Aber mit den bewährten Mitteln aus der Hausapotheke des zwischenmenschlichen Umgangs kommen wir bei diesem Täter nicht weiter. Er hat eine Sicht der Welt, der Menschen, seines Lebens, die keiner von uns kennt, geschweige denn nachvollziehen kann. Wir haben es mit einem kranken Hirn und einem absolut entarteten Seelenleben zu tun. Der Mann lebt in einem Kosmos, den er sich selbst geschaffen hat. Das macht es auch so schwer, ihn zu fassen. Wir müssen ihn verstehen lernen. Es ist von eminenter Bedeutung, dass wir seine Botschaften entschlüsseln, die er an den Tatorten hinterlässt. Die roten Buchstaben, die Lage der Leichen, die Art des Todes, all das ist so etwas wie eine Geheimsprache, die es zu entschlüsseln gilt. Bisher fehlt uns allerdings noch die Möglichkeit der Übersetzung.«

»Es bringt also gar nichts, wenn ich den Kontakt zu meiner Familie und meinen Freunden meide?«, fragte Tiziana hilflos.

»Ich gehe davon aus, dass er systematisch vorgeht und nicht im Affekt handelt. Sein erstes Opfer, Norman Kling, stand ganz oben auf seiner Liste, obwohl Sie die Liaison mit ihm beendet hatten.«

Norman. Als sie seinen Namen hörte, tat sich wieder der Abgrund auf, der sie bei seinem Tod verschlungen hatte. ›Nein‹, sagte sie sich, ›ein zweites Mal fällst du nicht dort hinein. Es hat dich genug Kraft gekostet, dich wieder herauszuarbeiten.‹ Sie konzentrierte sich auf die Zukunft.

»Werde ich Konzerte geben können, ohne andere zu gefährden?«

»Sie bringen die Menschen damit nicht mehr und nicht weniger in Gefahr. Es wird für uns allerdings schwer, Sie selbst dabei zu schützen.«

In Tiziana meldete sich Trotz. Sie wollte keinem Menschen so viel Macht über ihr Leben geben. Dieser Mörder sollte nicht die Genugtuung bekommen, ihr Comeback sabotiert zu haben.

»Dieses Risiko nehme ich auf mich!«, sagte sie mit fester Stimme. »Ich werde mich von diesem Mann nicht in die Isolation drängen lassen.«

Der Hüne nickte. Durch seinen Bart schimmerte ein Lächeln. Zum ersten Mal nahm sie wahr, dass ihr dieser Polizist sympathisch war.

Caspari kam mit einem monströsen Hunger in sein Büro. Die Metzgerei neben dem Landeskriminalamt hatte Betriebsferien. Die belegten Brötchen, die er schon vor seinem geistigen Auge auf dem Schreibtisch ausgepackt hatte, zerplatzen wie Seifenblasen. Tina bot ihm einen ihrer Joghurts aus dem Kühlschrank an. Dankbar löffelte er das große Glas mit Heißhunger aus. Mario spähte durch die Verbindungstür.

»Wenn Sie Ihre Fastenspeise beendet haben, habe ich etwas für Sie.«

Neugierig ging Caspari in das Büro seiner beiden Mitarbeiter, wo Mario am Computer saß und Tina telefonierte.

»Das war die Stimme aus der Gruft«, sagte sie, nachdem sie das Gespräch beendet hatte. »Doktor Michel lässt ausrichten, dass die Obduktion abgeschlossen ist. Er war ganz aus dem Häuschen wegen der – wie nannte er es? – extraordinären Entdeckungen, die seine Mannschaft und er gemacht haben.«

»Bevor wir Doktor Frankenburger besuchen, möchte ich allerdings loswerden, was ich über Engelnamen in Erfahrung gebracht habe«, maulte Mario.

Das klang alles andere als vielversprechend.

»Auf einer seriösen Homepage habe ich folgendes gefunden: Die Bibel kennt nur drei Engelnamen, Michael, Gabriel und Rafael. Sie sind die drei bedeutendsten Erzengel. Im apokryphen Hennochbuch sind allerdings ›sieben heilige Engel, die allzeit wachen‹, erwähnt: Uriel, ›der über der Welt und dem Abgrund steht‹, dann Raphael, ›der den Menschengeistern vorsteht‹, Raguel, ›der über der Lichtwelt wacht‹, Michael, ›der über das heilige Volk Israel und über das Chaos gesetzt ist‹, Sariel, der ›über die Geister, die die anderen Geister zur Sünde veranlassen‹ herrscht. Gabriel, der ›dem Paradies, den Schlangen und den Cherubim‹ vorsteht, schließlich Remiel, auch Jeremiel genannt, der als Engel der Auferstehung die Seelen der Gerechten nach dem Tod bis zum Eingang ins Himmelreich behütet. Bei dem großen Theologen des Mittelalters, Thomas von Aquin, stehen die Erzengel in der Hierarchie etwas weiter unten«, dozierte Mario. »Interessant ist, dass die Kirche bereits sehr früh einen Engelskult abgelehnt hat. 1516 fand man allerdings bei Renovierungsarbeiten in einer Kirche in Palermo ein Fresko, das die sieben Engelfürsten abbildete. Die Beinamen sind interessant, die man den Erzengeln gegeben hatte. Michael wurde auch ›Victoriosus‹, der Sieghafte, genannt. Gabriel hieß ›Nuncius‹, der Bote. Er war es auch, der Maria die Nachricht über die bevorstehende Geburt Jesu brachte. Rafael wird auch der ›Medicus‹ genannt, der Arzt. Vielleicht sind die roten Buchstaben den Namen oder Beinamen der Erzengel entlehnt? Das X stört allerdings bisher in diesem Erklärungsversuch. Alle anderen Erzengel und deren Namen sind übrigens für unseren Fall unwesentlich.«

Caspari dachte nach. Gab es eine Verbindung zwischen den Buchstaben und den Beinamen der Engel?

»Ein V und ein I. Das könnte die Abkürzung von Victoriosus sein. Mit den anderen Namen kann ich auf Anhieb nichts anfangen. Wir behalten das aber im Hinterkopf«, bestimmte er.

Ein hastiges Klopfen an seiner Bürotür riss Caspari aus seinen Überlegungen. Ein Gedanke, der gerade zu reifen begonnen hatte, verschwand wie ein zarter Keim, den ein unsensibler Wanderer mit seinem Stiefel in die Erde trat. Mürrisch rief Caspari »Herein!«. Als er einen Sakkoärmel mit Nadelstreifen sah, wusste er, dass es Schlüter war, der mit energischem Schritt das Zimmer betrat. Der Präsident machte eine strenge Miene. Nach einem kurzen Brummen, das man als Begrüßung interpretieren konnte, kam er gleich zur Sache.

»Ich möchte mich persönlich über den Stand ihrer Ermittlungen informieren. Nachdem es einen weiteren Toten gegeben hat, rennen mir die Journalisten die Tür ein.«

»Wir haben leider noch nicht viel«, antwortete Caspari. »Die berühmte klassische Polizeiarbeit brachte bisher nichts Verwertbares. Der Mörder ist in der Wahl seiner Tötungsarten kreativ. Welchem Muster er dabei folgt, wissen wir noch nicht. Er hinterlässt Botschaften am Tatort. Es ist uns noch nicht gelungen, sie zu entschlüsseln.«

Er berichtete seinem Vorgesetzten von den Details ihrer Ermittlung.

»Na ja, das ist nicht gerade sehr ergiebig!«, monierte Schlüter.

»Der Täter kommt nicht aus Tizianas Umfeld, das haben die Kollegen aus Hanau und Frankfurt gründlich unter die Lupe genommen«, erklärte Mario, dessen umbrische Leichtigkeit einem kaum wahrnehmbaren genervten Unterton gewichen war. »Es kommt im Grunde jeder Fan infrage. Davon gibt es viele, glaubt man den Verkaufszahlen der letzten drei Alben.«

»Was ist mit diesem Leibwächter? Hat den schon einmal jemand unter die Lupe genommen?«

»Natürlich haben wir das!«, erwiderte Caspari. »Für die Tatzeiten hat er ein Alibi, gemeinsam mit seinem Schützling.

Während des letzten Mordes war er bei einem Gabelfrühstück anlässlich des Geburtstages von Tizianas Bruder. Dafür hat er gleich zwanzig Zeugen.«

»Wo war er?«, fragte Schlüter, dem man es ansehen konnte, dass er sich verschaukelt fühlte.

Caspari sah im Augenwinkel, wie Tina krampfhaft versuchte, ein Lachen zu unterdrücken.

»Beim Gabelfrühstück«, antwortete Caspari ruhig. »So nannte man früher die Kombination aus Frühstück und Mittagessen. Heute, wo jeder nach Belieben unreflektiert Anglizismen in die deutsche Sprache einstreut, sagt man dazu wohl ›Brunch‹.«

Schlüter starrte ihn mit einer Mischung aus Verärgerung und Bewunderung an. Dann fing er sich wieder.

»Wir brauchen Ergebnisse, und zwar möglichst bald. Diese Rapperin ist der absolute Höhepunkt der Konzerte während des Hessentages. Carstens, ein Staatssekretär aus dem hessischen Innenministerium liegt mir schon seit der Sauter-Sache in den Ohren. Er will, dass wir den Mörder noch vor dem Großereignis in Gelnhausen schnappen. Diese Tiziana ist seiner Meinung nach ein starkes Zugpferd für Jugendliche, zum Hessentag zu kommen. Der Täter ist ein sehr ernstes Sicherheitsrisiko für das gesamte Fest.«

»Ich bezweifle, dass er sich an den Fans vergreift. Er sucht nicht die Aufmerksamkeit der breiten Masse. Ihm geht es nur um diese Rapperin. Dieser Staatssekretär braucht sich keine Gedanken um ein mögliches Attentat zu machen, das unser Mann ausüben könnte. Das Einzige, was ihm wirklich Sorgen bereiten sollte, ist die Frage, wie Tiziana bei diesem Volksauflauf effektiv geschützt werden kann.«

Schlüter räusperte sich.

»Nun gut, dann verfassen Sie nachher einen Bericht über den bisherigen Stand der Ermittlungen. Nur für den Fall, dass dieser Carstens anruft.«

»Nein!«, sagte Caspari mit einer Bestimmtheit, die ihn selbst wunderte. Warum war er seit kurzem so undiplomatisch?

»Wie darf ich das verstehen, Doktor Caspari?«, fragte Schlüter verärgert.

»Wie Sie wissen, ist meine Abteilung deutlich unterbesetzt. Ich habe zurzeit Wichtigeres zu tun, als Berichte für einen übereifrigen Staatssekretär zu schreiben. Wir sind hinter einem Serientäter her, der seine Opfer in immer kürzer werdenden Abständen umbringt. Wenn sich dieser Carstens informieren will, soll er selbst vorbeikommen.«

»Eine Konfrontation mit dem Innenministerium tut Ihrer Karriere nicht sonderlich gut«, mahnte Schlüter, der Tina und Mario schnell zunickte und dann das Büro verließ.

Tina atmete erleichtert auf. »Von ihm erwarte ich mehr Stehvermögen dem Innenministerium gegenüber. Er sollte sich vor uns stellen, damit wir unsere Arbeit tun können. Stattdessen fällt er Ihnen in den Rücken.«

Caspari zuckte mit den Schultern. Er hatte still und heimlich beschlossen, Schlüter nicht mehr ernst zu nehmen. Mit einem Angebot vom Bundeskriminalamt in der Tasche konnte er sich sehr gelassen fühlen und hier und da etwas deutlicher werden.

»Wie hieß noch einmal der Engel, der Dummheit heilt?«

»Kabniel«, antwortete Mario und begann zu lachen.

Gemeinsam stiegen sie in den Fahrstuhl, der sie in einer weiß gekachelten Vorhölle ausspuckte. Das Sonnenlicht, das sich durch die Fenster ergoss, verbreitete eine freundliche Atmosphäre, die nach Casparis Empfinden nicht recht zur gerichtsmedizinischen Abteilung passte. Andererseits mussten sich die Wissenschaftler, die hier arbeiteten, nicht wie in einem Sakopharg fühlen, nur weil sie Leichen untersuchten.

Doktor Michel kam mit einer Aktenmappe in der Hand aus seinem Büro.

»Sie glauben gar nicht, welche detektivische Leistung hinter dieser Obduktion steht!«, sagte er und führte sie in einen Raum, an dessen Stirnseite sich die Kühlkammern befanden. Michel öffnete eine der Türen und zog die Bahre heraus, auf der Serges Leichnam lag.

»Die Verletzung wurde durch eine Pfeilspitze zugefügt«, erklärte er, wobei er auf die Wunde am Hals deutete. »Wir haben mit Hilfe des Computers ein Modell des Pfeils erstellt.«

Michel schlug die Mappe auf und hielt ihnen ein Blatt mit einer Zeichnung hin, die eine schlanke, kleine Pfeilspitze darstellte.

»Diese Form passt nicht zu der Sorte, die mit einem Bogen abgeschossen wird. Ich habe das höchstpersönlich recherchiert. Es handelt sich eindeutig um einen Blasrohrpfeil. Ein Bogenpfeil hätte den Hals durchbohrt. Der Blasrohrpfeil sollte verletzen, um zu vergiften. Womit wir bei dem Gift wären. Unser Toxikologe hat sich die vergangene Nacht mit der Analyse der Substanz um die Ohren geschlagen. Bevor Sie nun ein schlechtes Gewissen bekommen, darf ich Ihnen verraten, dass es nichts Schöneres als eine solche Recherche für ihn gibt.«

Wie um die Spannung zu steigern, hielt Michel inne. Caspari fühlte sich an den Moment bei der Oskarverleihung erinnert, in dem der Laudator einige Sekunden verstreichen lässt, bis er den Namen des Gewinners vorliest.

»Nun machen Sie es nicht so spannend!«, mahnte er den Gerichtsmediziner.

»Der Pfeil war mit dem Sekret der giftigsten Art der Baumsteigerfrösche bestrichen, die es gibt«, dozierte Michel.

»Was um alles in der Welt sind Baumsteigerfrösche?«, entfuhr es Mario.

»Das sind die giftigsten Landlebewesen, die wir kennen«, erklärte Michel. »Der gefährlichste unter ihnen ist der Schreckliche Giftfrosch, auf lateinisch Phyllobates terribilis. Das sind etwa viereinhalb bis fünf Zentimeter große Frösche, deren Farbe goldgelb oder mint sein kann. Diese Gattung lebt in einem kleinen Gebiet in Kolumbien. Das Gift von nur einem dieser Viecher reicht aus, um 20.000 Labormäuse zu töten. Oder zehn ausgewachsene Menschen. Die Indios benutzen das Gift dieser Frösche genauso wie das Curare als Pfeilgift. Die Wirkung ist dieselbe, nur etwas intensiver.«

»Wir haben es hier also mit einem Mann zu tun, der sich im südamerikanischen Urwald auskennt oder zu Hause ein Terrarium besitzt«, konstatierte Tina.

»Das Terrarium würde ich ausschließen«, entgegnete Michel, wobei er die Hände in die Taschen seines weißen Kittels steckte.

»Man ist dem Gift mittlerweile auf die Schliche gekommen – wenn ich mich so ausdrücken darf. Es handelt sich hierbei um Alkaloide, die die Frösche durch Beutetiere, wie spezielle Ameisen- und Käferarten, aufnehmen und in Form von Hautsekreten absondern. Der europäische Terrarienfreund verfügt nicht über das Nahrungsangebot des südamerikanischen Urwalds. In der Gefangenschaft verlieren diese Frösche nach und nach ihre Giftigkeit. Nachzuchten sind ganz und gar ungiftig.«

»Das heißt«, fasste Caspari zusammen, »der Mörder muss das Gift aus Südamerika mitgebracht haben.«

»Santa Maria!«, stöhnte Mario. »Was waren das noch für herrliche Zeiten, als die Todesursache ganz banal war. Da wurde noch mit dem Revolver, dem Messer oder dem Beil gemordet. Der Fall war meistens klar. Fingerabdrücke auf der Tatwaffe, Verhöre bis zum Kollaps und dann das Geständnis. Warum muss heutzutage so kompliziert gemordet werden? Wo sind die guten alten Zeiten, in denen man mit der klassischen Polizeiarbeit auskam?«

»Für klassische Polizeiarbeit gibt es nach dieser Diagnose viel Raum«, sagte Caspari und klopfte Mario dabei auf die Schulter. »Sie telefonieren mit dem Kollegen Ludwig und der Kollegin Metzler. Sie sollen die Personen in Tizianas Umfeld darauf überprüfen, ob sie schon einmal in Südamerika waren.«

»Das Umfeld wurde doch schon zweimal durchleuchtet!«, intervenierte Tina.

»Wir haben jetzt eine andere Situation. Der Mörder bediente sich zum zweiten Mal eines Pfeilgiftes der Indios. Derart ausgefallene Varianten zu morden wählt man nicht aus heiterem Himmel.«

»Ich rede mit den Kollegen. Einen Versuch ist es wert«, stimmte Mario zu.

Caspari nickte, dann sah er zu Tina hinüber.

»Bitte rufen Sie Doktor Enzbach, den Kryptologen an. Vielleicht weiß er mittlerweile, was die Buchstaben in Verbindung mit der Lage der Toten bedeuten. Auf jeden Fall müssen Sie ihn auf den neuesten Stand bringen. Danach telefonieren Sie mit der Rapperin. Es ist möglich, dass sie eine Person in ihrem Umfeld kennt, die in irgendeiner Verbindung zu Südamerika steht. Erwähnen Sie aber nichts von Indios oder Pfeilgift. Das ist zu speziell und lenkt sie eventuell von einer spontanen Idee ab. Ich spreche mit dem forensischen Psychiater, der uns vor einem halben Jahr beraten hat.«

Mühsam verdrängte Bilder von einer Mordserie an Ärzten und der gefährlichen Jagd nach dem Täter im Großraum Gelnhausen schlugen sich eine Bahn in Casparis Bewusstsein. Ein kalter Schauer jagte ihm über den Rücken. Er fühlte sich wie ein Bergsteiger, der erst im Rückblick die gefährlichen Momente beim Aufstieg erkennt und begreift, dass sein Leben an einem seidenen Faden hing. ›Denk an Clara!‹, schoss es ihm durch den Kopf. Ohne diesen Fall wäre er ihr wahrscheinlich nie begegnet. Vor seinem inneren Auge kam sie noch einmal im Garten des Hexenturmes auf ihn zu. Caspari klammerte sich an diese Erinnerung, die stark genug war, seine Dämonen zu vertreiben.

Tina sah ihn von der Seite an.

»Sie werden die Erlebnisse der Jagd auf den Chirurgen auch nicht mehr los, Christoph«, flüsterte sie und legte Caspari die Hand auf die Schulter.

Im Foyer des Landeskriminalamtes wartete der Psychiater bereits auf ihn. Caspari war froh, ihn zu sehen. Wann immer er beim Eintauchen in die Psyche eines Serientäters an seine Grenzen gekommen war, hatte sich Professor Marx als eine große Hilfe erwiesen. Er kannte sich wie kein anderer in den Parallelwelten der Serientäter aus und war als Gutachter bei Gericht sehr geschätzt.

In seinem Büro erzählte Caspari dem Wissenschaftler alle Details. Er zeigte ihm die Fotos und die Berichte. Lange saß Marx schweigend in die Fotos vertieft an Casparis Schreibtisch.

»Mit meiner Kriminalpsychologie komme ich bei diesen Fällen nicht weiter«, gestand Caspari und zerriss damit die Stille, die in dem Raum geherrscht hatte. Fast ein wenig wehmütig sah ihn der Professor an.

»Nun stellen Sie mal nicht ihr Licht unter den Scheffel, mein lieber Doktor Caspari!«, entgegnete Marx, wobei er ihn aufmunternd anlächelte. »Diese Fälle sind ausgesprochen harte Nüsse, die es zu knacken gilt. Ich bin überzeugt, dass Sie auf dem richtigen Weg sind. Die richtigen Schlüsse aufgrund der bisherigen Indizienlage haben Sie schon gezogen. Was haben wir bisher? Drei Tote, die auf verschiedene Weise umgebracht wurden. Doch es ist in allen Fällen dieselbe Handschrift. Was fehlt, sind Verbindungsteile, die ein Gesamtbild ergeben. Das sind die Buchstaben und die Lage der Opfer. Die Toten lagen bäuchlings auf dem Boden, beziehungsweise im Wasser. Auf was deutet diese Lage hin?«

»Es könnte ein Sturz sein«, unterbrach ihn Caspari. »Vielleicht will er uns sagen, dass die drei abgestürzt sind. Sie sind gefallen. Gefallene Engel!«

»Ich sehe das genauso«, bestätigte der Psychiater. »Machen Sie weiter!«

»In Tiziana oder in ihrer Musik sieht unser Mann vielleicht etwas Göttliches, etwas Unerreichbares. Niemand darf sich ungestraft der Gottheit nähern. Nichts darf sie berühren, weil sie rein bleiben muss. Allein ihm ist es vorbehalten, ihr nahe zu kommen. Er ist dazu bestimmt, sie von allem Irdischen zu befreien, das sie im Hier und Jetzt gefangen hält.«

»Sie brauchen mich gar nicht«, sagte Marx mit einem Augenzwinkern. »Viel mehr als das, was Sie gerade eben entwickelt haben, kann ich Ihnen auch nicht sagen.«

»Ich brauchte einen Wegweiser, der mir die eingeschlagene Richtung bestätigt. Das haben Sie getan«, erwiderte Caspari.

Er war diesem kleinen Mann mit dem kurzärmeligen Hemd und der dezenten Fliege sehr dankbar.

Marx verabschiedete sich.

»Machen Sie es gut! Und passen Sie auf diese Rapperin auf. Sie schwebt in Lebensgefahr.«

Caspari öffnete sein Fenster, genoss die warme Juniluft und das fröhliche Gezwitscher der Vögel. Er schloss die Augen und meditierte über die Beschreibung der Motivation des Täters, die Marx allein durch seine Anwesenheit aus ihm herausgeholt hatte. Bevor er Freude über seine Entdeckung empfinden konnte, schoss ihm ein ernüchternder Gedanke durch den Kopf. Der Personenkreis, in dem er den Täter suchen musste, war riesig. Im Grunde kam jeder Fan in Betracht.

»Ist Propeller-Man schon wieder gegangen?«, frozzelte Mario, der seinen Kopf durch die Verbindungstür steckte.

Caspari nickte. Er bat seine beiden Mitarbeiter herein und erzählte ihnen von seinen neuesten Erkenntnissen.

»Das klingt alles plausibel«, meinte Mario. »Allerdings brauchen wir einen oder mehrere Verdächtige, an denen wir Ihre Theorie erproben können.«

»Einen hätte ich anzubieten!«, schaltete Tina sich ein. »Das Telefonat mit Tiziana war sehr ergiebig. Für ihr letztes Album, das im vergangenen Jahr erschienen ist, hat sie mit dem Ethnologen und Fotografen Kai-Uwe Peters zusammengearbeitet. Die Lieder auf der Platte befassen sich alle mit den Naturvölkern Südamerikas und dem schleichenden Untergang ihrer Lebensformen. Peters ist Spezialist für die Indios im Regenwald. Er hat Tiziana beraten und etliche seiner Fotos für den ›Beipackzettel‹ der CD und für Tizianas Homepage zur Verfügung gestellt. Gegen ein ordentliches Honorar, versteht sich.«

»Dann sollten wir unbedingt ein Gespräch mit diesem Mann führen!«, meinte Caspari.

»Das dürfte im Moment etwas schwierig werden«, erwiderte Tina. »Ende vorletzter Woche wurde er als vermisst gemeldet.«

Caspari sah Tina fragend an.

»Er arbeitet als Assistent und Doktorand eines Professor Friedhard Weber an der Universität in Mainz. Dort versetzte er die Studenten, die sein Proseminar besuchen wollten. Auch zu den Besprechungen mit seinem Doktorvater tauchte er nicht auf. Weber machte sich Sorgen, weil Peters auch telefonisch nicht zu erreichen war. Auch seine Eltern waren beunruhigt. So kam es zu einer Vermisstenanzeige.«

Caspari war abgelenkt. Ein Name war gefallen, bei dem es in seinem Kopf klingelte.

»Wie hieß der Professor?«

»Friedhard Weber.«

»Ich fasse es nicht! Freitag ist Professor!«, rief er, ließ sich auf seinen Stuhl fallen und lachte aus vollem Herzen.

»Che?«, fragte Mario verwundert.

Caspari wusste, dass sein Heiterkeitsausbruch gänzlich unangemessen war. Aber der Lachanfall wollte nicht enden. Er fing Tinas und Marios belustigte Blicke ein und bezwang mühsam sein Gelächter.

»Ich kenne ihn von früher. Wir trafen uns auf großen, bundesweiten Aikido-Lehrgängen. Friedhard war ein herrlicher Chaot und ein unglaublicher Alleinunterhalter. Sie können sich nicht vorstellen, wie der uns zum Lachen gebracht hat. Außerdem hatte er ein unmenschliches Fassungsvermögen, was Bier betraf. Wenn andere schon ihre Muttersprache verloren hatten, machte Friedhard sich noch eine Flasche auf und ließ den nächsten Witz los, ohne zu lallen. Und der ist jetzt Professor. Ich kanns nicht glauben.«

»Ordentlicher Professor für Ethnologie an der Universität Mainz«, versicherte Tina. »Wie kommt der denn zu diesem Spitznamen Freitag?«

»Friedhard konnte einen alten Robinson Crusoe-Film herrlich parodieren, besonders die Szenen, in denen Crusoe dem Eingeborenen Freitag die englische Sprache beibringt. Friedhard spielte diese Stücke in einer Ein-Mann-Show so lustig nach, dass wir Tränen gelacht haben. Und der vermisst nun also einen Mitarbeiter«, sagte Caspari halblaut zu sich selbst. »Dann ist es an der Zeit, dass wir uns mit ihm unterhalten. Ich rufe in der Universität an und vereinbare einen Termin.«

»Das habe ich schon erledigt«, entgegnete Tina. »Ich war so frei, uns nach seiner Sprechstunde anzumelden. Die Mainzer Kollegen sind über unseren Ausflug nach Rheinland-Pfalz ebenfalls informiert. Ich dachte, das gehört sich so, wenn man in einem anderen Bundesland ermitteln muss.«

»Ich bin beeindruckt«, sagte Caspari mit einem Augenzwinkern. Er konnte sich immer darauf verlassen, dass sie zielgerichtet und vorausschauend eine Aufgabe anging. Tina und Mario wussten, wie er dachte und welche Schritte er als nächstes tun würde. Deshalb war eine Arbeit oft schon erledigt oder ein verdächtiges Detail in einem Fall noch einmal unter die Lupe genommen, ehe er den Auftrag dazu erteilen konnte.

»Wann müssen wir an der Universität sein?«

»In einer halben Stunde«, antwortete Tina.

»Es ist Berufsverkehr!«, intervenierte Mario. »Das könnte knapp werden.«

»Ich dachte immer, das sei für dich kein Problem«, erwiderte Tina mit einem Grinsen. »Mit deinem italienischen Temperament, dem Blaulicht auf dem Dach und dem Martinshorn ausgestattet, dürfte es dir keine Schwierigkeiten bereiten, rechtzeitig da zu sein!«

Caspari liebte es, wenn die beiden sich ein bisschen kabbelten. Lachend schaltete er seinen Computer aus, griff nach seinem Sakko und ging zur Bürotür.

»Na gut! Dann mal an die Arbeit!«

Beim Passat, den seine Mitarbeiter fuhren, angekommen, machte Caspari Anstalten, sich auf die Rückbank zu zwängen. Im Stillen hoffte er darauf, dass Tina sich seiner erbarmen würde, was sie dann auch prompt tat.

»Nee, Christoph, lassen Sie mal. Der Wagen ist zwar auch hinten sehr geräumig, aber für so eine wandelnde Eiche wie Sie ist das doch nur eine Quälerei. Nehmen Sie den Beifahrersitz. Ich mache es mir hinten bequem.«

Mühsam quälten sie sich durch den Wiesbadener Berufsverkehr. Caspari konnte an der Röte, die Mario langsam den Hals höher stieg, abschätzen, wie lange es dauern würde, bis das berühmte italienische Temperament durchbrechen und Mario zum Blaulicht oder drastischeren Maßnahmen greifen würde. Als ein anthrazitfarbener Porsche Cayenne sich mit Nachdruck zwischen den Passat und den Wagen vor ihnen drängte, war es nach Casparis Einschätzung soweit. Der Hals war dunkelrot. Mario donnerte durch das herunter gedrehte Fenster eine Reihe von italienischen Flüchen. Dann griff er nach dem Blaulicht, setzte es auf das Dach, schaltete das Martinshorn ein und gab Gas. Der Luxus-Geländewagen war plötzlich nicht mehr zu sehen.

»Dieser Großstadtindianer«, knurrte Mario. »Diesem Bastardo werde ich es zeigen! Hast du die Nummer, mia cara?«

»Na klar«, erwiderte Tina. »Das Kennzeichen war ja deutlich zu sehen. Das übliche Programm?«

»Si, per favore!«

Tina hängte sich an ihr Mobiltelefon und begann, den Kollegen der Verkehrswacht das Kennzeichen durchzugeben.

Caspari dirigierte Mario derweil durch Mainz bis zur Einfahrt der Universität.

»Woher kennen Sie sich so gut hier aus?«, fragte Tina. »Haben Sie nicht in Frankfurt studiert?«

»In der Anfangszeit beim LKA hielt ich ein Semester lang an dieser Universität Gastvorlesungen«, erklärte er.

Tina sah ihn überrascht an.

»Bevor Sie beide ihren Fuß in mein Büro und damit in mein Leben gesetzt haben, hatte ich noch Zeit für so etwas.«

Tina sah ihn mit gespielter Entrüstung im Rückspiegel an.

»Im Ernst«, fuhr Caspari fort. »Elke hatte mich gerade verlassen und unseren Sohn mitgenommen, um mit meinem damals besten Freund zusammenzuziehen.« Caspari spürte immer noch einen leisen Stich. ›Eigentlich dürfte es doch gar nicht mehr wehtun!‹, schoss es ihm durch den Kopf. »Lukas lebt seit drei Jahren wieder bei mir. Ich habe in Clara eine wunderbare Frau gefunden und mit Elke sogar nach den vielen Jahren wieder Frieden geschlossen.‹

»Die Rolle als Gastdozent musste ich allerdings wieder ablegen. Allmählich hatte sich herumgesprochen, dass es beim LKA eine Anlaufstelle für Serienmorde gibt. Ich konnte die Arbeit nicht allein bewältigen. So wurde aus einem Ein-Mann-Unternehmen eine Abteilung, in die Sie beide hineingekommen sind.«

Caspari dachte an seine Aufbauarbeit im LKA, um nicht länger über seine Scheidung grübeln zu müssen.

Vor einem in die Breite gezogenen Betonbau hielten sie.

»Ist das schön hier!«, rief Tina begeistert, als sie ausstiegen.

»Ja, echt schön! Beton, sechziger Jahre, Stil: industrieller Frühbarock, schätze ich. Gebäudetyp Toastscheibe«, meinte Mario grinsend.

»Doch nicht das Gebäude, du Trottel!«, konterte Tina. »Ich meine das viele Grün auf dem gesamte Universitätsgelände, die Bäume und die gepflegten Anlagen. Außerdem sind ja auch nicht alle Gebäude hier solche nichtssagenden Zweckbauten. Die Mensa im Pagodenstil sieht doch interessant aus.«

»Die älteren Gebäude müssten Sie erst einmal sehen«, schaltete sich Caspari ein. »Die Theologen zum Beispiel arbeiten in herrlich restaurierten Altbauten.«

Der Weg zum Büro von Professor Friedhard Weber war trotz der Beschreibung, die Mario von dessen Sekretärin bekommen hatte, nicht leicht zu finden.

»Und ich glaubte immer, die Ausschilderung im LKA sei unübersichtlich«, nörgelte Tina.

Sie waren überrascht, als sie plötzlich doch vor der Tür des Professors standen. Bevor einer von ihnen klopfen konnte, wurde sie geöffnet. Ein hagerer junger Mann mit Rastalocken und einem Spitzbärtchen kam aus dem Büro. Er war derart in Gedanken versunken, dass er beinahe mit Caspari zusammengestoßen wäre, vielmehr mit dessen Brust. Der Student war nicht nur viel zierlicher als Caspari, sondern auch um einiges kleiner. Verwundert hob der junge Mann seinen

Kopf und sah Caspari an, murmelte eine Entschuldigung und schob sich an ihnen vorbei.

»Nee, oder?«, rief eine Stimme aus dem Büro. »Christoph, alter Schwede! Was machst du denn hier?«

Der Mann, zu dem die Stimme gehörte, kam mit schwungvollen Schritten auf ihn zugelaufen. Caspari drehte in Gedanken die Zeit um fünfzehn Jahre zurück. Friedhard Weber hatte sich kaum verändert. Abgesehen davon, dass sein langes, wallendes Haar nicht mehr schwarz, sondern fast gänzlich grau war. Daneben verrieten Falten in den Mundwinkeln, dass der Professor kein Berufsjugendlicher war.

»Freitag!«, grüßte Caspari grinsend und reichte ihm die Hand. Danach stellte er Tina und Mario vor. Weber führte sie in einen reichlich bemessenen Raum. Neben einem Schreibtisch und einer Sitzgruppe aus Kiefernholz war das Büro vollgestellt mit Vitrinenschränken, in denen Exponate von Forschungsreisen lagen.

Eine große, gerahmte Fotografie weckte Casparis Interesse. Sie zeigte Weber und einen jüngeren Mann, die gemeinsam mit zwei Eingeborenen vor einer Urwaldsiedlung standen.

Ein Klopfen auf seine Schulter riss ihn aus seinen Betrachtungen. Weber lächelte ihn an.

»Seit einer halben Ewigkeit haben wir uns nicht mehr gesehen. Mensch, Christoph, du bist bei der Polizei? Wie geht es dir?«

Caspari nahm sich die Zeit, Weber eine Zusammenfassung der vergangenen fünfzehn Jahre zu geben, wobei er auf die Details seiner Ehe- und Scheidungsgeschichte verzichtete.

»Was macht das Aikido?«, fragte Weber abschließend.

»Ich bin immer noch am Ball, soweit das der Beruf und mein Sohn zulassen«, antwortete Caspari. »Wie sieht es mit dem ›Freitagstraining‹ aus?«

Weber kicherte.

»Das geschieht eher sporadisch. Familie habe ich zwar keine, aber einen sehr anspruchsvollen Beruf, der mit vielen Reisen verbunden ist.«

»Deswegen sind wir hier«, schaltete sich Tina in das Gespräch ein. Caspari hätte gern noch mit Weber einige Erinnerungen aufgefrischt. Doch Tina hatte Recht, indem sie drängte.

»Ihr Assistent hat Sie dabei begleitet. Seit zwei Wochen ist er verschwunden.«

»Kai-Uwe, ja«, sagte Weber. »Ich verstehe das nicht. Er ist einer der zuverlässigsten Menschen, die ich kenne. Einfach zu verschwinden, passt nicht zu ihm.«

Mario zeigte auf die Fotografie an der Wand.

»Ist er das neben Ihnen?«

»Das ist Peters«, bestätigte der Professor. »Warum interessiert sich das LKA für ihn?«

»Das ist eine komplizierte Geschichte«, entgegnete Caspari. Er wollte erst Informationen über den Verschwundenen, bevor er Weber die Zusammenhänge erklärte.

»Ich werde sie dir gleich erklären. Lass uns aber zuerst einige Frage stellen. Wo haben euch eure Forschungsreisen in Südamerika hingeführt?«

»Wir untersuchten während unserer letzten vier Reisen das leise Sterben der althergebrachten Lebensweise der Ureinwohner im kolumbianischen Dschungel. Kai-Uwe war nicht nur als wissenschaftlicher Mitarbeiter mit von der Partie. Als Berufsfotograf konnte er das Leben der Menschen dort in einer so außergewöhnlichen Qualität dokumentieren, wie man sie als leidlicher Hobbyfotograf nie erreicht. Die meisten der Video- und Tonaufnahmen sind ebenfalls von ihm.«

»Wie intensiv war Peters Kontakt zu den Indios?«

»Für diese Menschen war er ein Phänomen. Kai-Uwe ist flachsblond. Diese Haarfarbe bekommt ein Mensch aus dem Urwald kaum zu sehen. Sie wollten immer wieder seine Haare berühren. Darüber hinaus hatte er sich ihren Dialekt angeeignet und unterhielt sich oft mit ihnen.«

»Kam er auch mit Pfeilgiften in Berührung?«, fragte Tina.

»Ja, natürlich, wir alle, die gesamte Forschungsgruppe. Die Indios zeigten uns, wie sie das Gift aus den Pflanzen und von den Baumsteigerfröschen gewinnen.«

»Kann es sein, dass Peters etwas davon mit nach Hause genommen hat?«

»Eigentlich müsste ich jetzt die Aussage verweigern, um Kai-Uwe nicht in Schwierigkeiten zu bringen. Aber unter den gegebenen Umständen ist es wohl besser, alles zu erzählen. Zum einen nahmen wir davon Proben zu wissenschaftlichen Zwecken mit. Das Zeug wurde von den Kollegen aus der chemischen Fakultät analysiert und liegt seither unter Verschluss. Die Indios schenkten ihm allerdings zum Abschied ein Blasrohr und einen Köcher, in dem Pfeile steckten, die mit diesen Giften präpariert waren. Die Zöllner am Frankfurter Flughafen ließen sie als Souvenir passieren, weil sie keine Ahnung von der Giftigkeit der Exponate hatten. Die Einfuhr von solchen Substanzen ist, wie Sie wissen, strafbar.«

Caspari sah zu Tina herüber, die ihm zufrieden zuzwinkerte.

»Kai-Uwe legte sie in den verschließbaren Vitrinenschrank in seinem Büro. Ich bin mir sicher, dass er sie nur als Erinnerungsstücke aufbewahrt hat«, meinte Weber.

»Wie kam der Kontakt zu der Rapperin Tiziana zustande?«, mischte Mario sich in das Gespräch ein.

»Für ein solches Unternehmen braucht man Sponsoren. Die herkömmlichen staatlichen Forschungsgelder sind dafür zu knapp. Unser Hauptsponsor war das ›National Geographic Magazine‹. Kai-Uwe schrieb für das Magazin eine Dokumentation, die er mit seinen Bildern anreicherte. Diese Rapperin las diese Ausgabe und war wohl so begeistert, dass sie mit Kai-Uwe Kontakt aufnahm. Kai-Uwe schenkte mir eine CD. Ist sehr interessant gemacht, das muss ich schon sagen, obwohl ich ansonsten nicht gerade ein Freund dieser Musik bin.«

Caspari brummte zustimmend. Er konnte ohnehin nicht verstehen, warum dieses mit Rhythmus und schrägen Tonfolgen unterlegte Geschwätz als Musik galt.

»Wie war das Verhältnis zwischen deinem Assistenten und Tiziana?«, fragte er Weber.

»Sehr gut, so wie er erzählte. Sie soll an seiner Arbeit sehr interessiert gewesen sein. Er half ihr, sich ein Bild von den südamerikanischen Menschen und ihrem Leben zu machen. Seine Tonaufnahmen flossen in ihre Lieder ein. An der Gestaltung des Covers ließ die Plattenfirma ihn auch mitarbeiten. Er verdiente eine Menge Geld bei diesem Projekt.«

»Wissen Sie, ob er mit der Rapperin ein Verhältnis hatte?«, fragte Tina.

»Kai-Uwe? Nein, wirklich nicht. Das war ein rein professionelles Verhältnis.«

»Was macht Sie so sicher?«, hakte Tina nach.

»Er ist seit drei Jahren in festen Händen und treu. Na ja, bei einer so wunderbaren Frau fällt das wohl auch nicht sonderlich schwer. Karen heißt sie. Die beiden haben sich erst kürzlich verlobt, bevor sie für ein Semester nach New York gegangen ist. Sie promoviert in Politologie und leistet dort gerade ein Praktikum bei der Uno ab. Jeden Tag ruft sie an. Natürlich ist sie sehr besorgt. Ich konnte sie mit Mühe davon abhalten, ihre Stelle dort abzubrechen. Hier kann sie ja doch nichts tun, außer zu warten, bis Kai-Uwe wieder auftaucht.«

Webers sonst so fröhlich wirkendes Gesicht bekam plötzlich tiefe Falten.

»Aber jetzt mal raus mit der Sprache! Warum wollen Sie das so genau wissen?«

Caspari setzte gerade an, als die Sekretärin mit einem Tablett hereinkam. Sie verteilte die Tassen und schenkte jedem von ihnen Kaffee ein. Als sie gegangen war, begann Caspari den Grund ihrer Fragen zu erklären.

»Wir untersuchen eine Mordserie im Umfeld der Rapperin. Der Täter tötete bisher drei Menschen, zwei davon mit Pfeilgift aus dem kolumbianischen Urwald«, beschrieb Caspari dem Professor die Situation. »Man muss nicht besonders kriminalistisch begabt sein, um eine Verbindung zu Peters zu sehen.«

»Aber du meinst doch nicht allen Ernstes, mein Assistent könnte …«

»Ich halte nichts von Schnellschüssen«, schnitt ihm Caspari das Wort ab. »Ich bin nur auf der Suche nach Hinweisen.

Wenn ich welche finde, analysiere ich sie und versuche, sie in Beziehung zueinander zu setzen. Peters ist für uns zunächst nur ein Verbindungsstück, ein wichtiges Teilchen in einem noch unüberschaubaren Puzzle.«

»Gab es in dieser Fakultät in den vergangenen Monaten einmal einen Einbruch?«, fragte Mario. Caspari war ihm für diese Frage dankbar und schalt sich, weil er nicht selbst darauf gekommen war.

»Nein, nicht dass ich wüsste«, erwiderte der Professor. »Allerdings fragte mich Kai-Uwe kurz vor seinem Verschwinden, ob ich noch genau wüsste, wie viele Pfeile in dem Köcher waren, den die Indios ihm geschenkt haben.«

»Wusstest du es?«, fragte Caspari.

»Nein, natürlich nicht. Ich hatte genug mit meinen eigenen Sachen zu tun.«

»Hat er Ihnen gesagt, warum er diese Frage stellte?«, wollte Mario wissen.

»Nein. Als ich ihn das fragte, meinte er nur, es sei nicht so wichtig.«

»Wir würden uns gern sein Zimmer ansehen«, meinte Caspari, der mit dem viel zu stark geratenen Kaffee rang. Mittlerweile war das schwarze Gebräu derartig übersüßt, dass er glaubte, der Löffel würde in der Tasse stehen bleiben, wenn er ihn losließe. Angewidert kippte er das Ergebnis seiner Verschlimmbesserung herunter und schüttelte sich.

»Haben die Sekretärinnen dieses Fachbereichs den Auftrag, den Kaffee so stark zu machen, dass die Professoren noch vor dem Erreichen des Pensionsalters einen Herzinfarkt erleiden?«, fragte er mit verzogener Miene.

Weber lachte. »So trinke ich den immer. Den Kaffee beziehe ich privat aus Südamerika. Ist eine alte Sorte, die heute kaum noch angebaut wird.«

»Sorte ›Kabelbrand im Herzschrittmacher‹«, brummte Caspari, der sich ein scharfes Mentholbonbon in den Mund steckte, um den extrem bittersüßen Geschmack loszuwerden.

Weber stand lachend auf, ging zum Schreibtisch und holte einen Schlüsselbund aus der Schublade.

Peters Büro glich dem von Weber, mit der Ausnahme, dass es kleiner war. Auch hier dominierten Vitrinenschränke die Einrichtung. Caspari, Tina und Mario zogen sich Vinylhandschuhe an und begannen, das Büro nach brauchbaren Hinweisen zu durchforsten. Tina saß hinter dem Schreibtisch und studierte die Unterlagen aus den Schubladen. Caspari stand vor dem Bücherregal und las andächtig die Titel auf den Buchrücken. Hin und wieder nahm er ein Exemplar heraus und blätterte darin. Mario inspizierte die Vitrinenschränke. Der Professor erklärte ihm einzelne Gegenstände, die ihm unbekannt waren. Als Caspari hörte, dass sie über die Giftpfeile sprachen, drehte er sich zu ihnen um. Tina war vom Schreibtischstuhl aufgestanden und kam ebenfalls zu Mario und Professor Weber.

»Ich kann mir den Köcher sooft ansehen, wie ich will. Ob etwas fehlt, weiß ich wirklich nicht«, erklärte Weber.

Mario hatte indessen seinen Blick von den Giftpfeilen hinter dem Glas abgewandt. Caspari beobachtete ihn, wie er den Holzrahmen der Tür und das Zylinderschloss betrachtete.

»An diesem Schloss hat sich jemand versucht, der keinen Schlüssel besaß«, sagte Mario schließlich mit dem Brustton der Überzeugung.

Caspari staunte über die Fähigkeit seines Mitarbeiters, dem Schloss das ablesen zu können.

»Was macht Sie so sicher?«, fragte er interessiert.

»Zwei kleine Kratzer und winzige Deformationen. Auf den ersten Blick könnte man es für Abnutzungserscheinungen durch häufiges Auf- und Zuschließen halten. Ein Schlüsselbart hinterlässt allerdings nicht solche Spuren. Das sieht eher nach einem mittelmäßigen Dietrich aus.«

»Das haben die Mainzer Polizisten überhaupt nicht bemerkt, als die das Büro untersuchten«, meinte Weber.

»Denen hast du wahrscheinlich nichts über das Pfeilgift erzählt«, erwiderte Caspari. »Außerdem hatten die keine Anhaltspunkte, wonach sie suchen sollten.«

»Ich wusste gar nicht, dass du dich mit aufgebrochenen Schlössern auskennst«, stellte Tina überrascht fest.

»Hatte ich dir nicht erzählt, dass ich zu Beginn meiner Karriere beim Einbruchsdezernat in Frankfurt gearbeitet habe?«, antwortete Mario mit seinem schönsten italienischen Lächeln.

Caspari bat ihn, einige Fotos von dem Schloss zu machen.

»Ich schätze, wir müssen die Kriminaltechniker aus unserem Haus hierher schicken. Die müssen das Büro noch einmal komplett umkrempeln. Mehr können wir im Augenblick hier nicht tun. Aber das verschwommene Bild bekommt ganz langsam Konturen.«

Weber sah ihn entgeistert an.

»Wie meinst du das?«

»Nach meiner momentanen Einschätzung kommt Peters als Mörder nicht infrage.«

»Das ist beruhigend zu hören. Aber wie kommst du darauf?«, hakte der Professor nach.

»Ein Mann, der über Pfeilgift verfügt, muss seinen eigenen Schrank nicht aufbrechen, um daran zu kommen, oder?«

Der Professor nickte stumm. Caspari wollte das Büro verlassen. Sie hatten mehr in Erfahrung bringen können, als er gehofft hatte. Auf dem Weg zur Tür hielt er inne. Eine Frage hatte er noch nicht gestellt. Eine Frage, deren Antwort vielleicht einen Hinweis darauf liefern könnte, dass Peters noch lebte.

»Sag mal, gab es in den Fluren, in den Vorlesungs- oder Seminarräumen, in der Bibliothek oder an anderen Orten, an denen sich dein Assistent aufhielt, zur Zeit seines Verschwindens irgendwelche Schmierereien an den Wänden?«

Der Professor hielt inne und überlegte.

»Die üblichen Kritzeleien auf den Tischen. Die Außenwände des Gebäudes sind mit den üblichen Graphitti-Schmierereien verziert. Ansonsten ist mir nichts bekannt. An was genau denkst du?«

»An einen Buchstaben, der in roter Farbe aufgesprüht wurde.«

»Nein, so etwas gab es die letzten zwei Wochen nicht. Ist das ein gutes oder ein schlechtes Zeichen?«

Caspari bemerkte die Unruhe, die Weber ausstrahlte. Das Gesicht bekam wieder Sorgenfalten.

»Falls sich unsere Vermutung bestätigt und der Täter sich seiner bemächtigt hat, um an das Gift heranzukommen, erhöht es auf jeden Fall die Chance, dass er noch lebt. Unser Mann hinterließ bisher bei allen Opfern einen signalroten Buchstaben.«

Sie liefen durch die Flure zum Ausgang. Weber hatte den Blick auf den Boden gerichtet.

»Ich weiß wirklich nicht, wie ich Karen das beibringen soll.«

»Am besten sagst du nichts darüber. Es ist noch zu früh, um Panik oder Hoffnung zu schüren. Die Wahrscheinlichkeit, dass dein Assistent noch lebt, liegt gegenwärtig bei fünfzig Prozent. Ich weiß, dass die Zeit bis zur Aufklärung seines Schicksals schlimm ist. Ein Auf und Ab der Gefühle.«

Weber tat ihm leid. Gern hätte er ihm bessere oder zumindest eine eindeutigere Auskunft gegeben. Das wäre allerdings beim derzeitigen Ermittlungsstand fahrlässig gewesen.

Als sie wieder ins Freie traten, standen sie noch eine Weile schweigend beieinander. Caspari ließ sich von der Nachmittagssonne wärmen. Der Gedanke an die präzise und von langer Hand vorbereitete Mordserie war ihm in Peters Büro wie Eiswasser den Rücken herunter gelaufen. Langsam schlenderten sie zum Wagen.

»Wir müssen die Mainzer Kollegen um Amtshilfe bitten, den kriminaltechnischen Dienst im LKA informieren und uns bei den Eltern von Peters ankündigen«, fasste Caspari die anstehende Arbeit zusammen.

Träge schlängelte sich der Feierabendverkehr hin. Mario war versucht, wieder zum Blaulicht zu greifen, aber Caspari hielt ihn davon ab.

»Das bringt uns nur ein paar Minuten. Bei dieser Verkehrsdichte kommen wir mit Martinshorn und Blaulicht nur unwesentlich schneller durch.«

Während Mario sich seinem Schicksal ergab und durch Wiesbaden kroch, benutzten Caspari und Tina ihre Mobiltelefone, um die notwendigen Gespräche zu führen.

Auf dem Parkplatz des Landeskriminalamts angekommen, schälte sich Caspari müde aus dem Passat, verabschiedete sich von den beiden Kollegen und stieg in seinen Volvo, um sich ein weiteres Mal dem Berufsverkehr auszuliefern. Er freute sich auf Lukas und eine Runde Schwimmen im Weiher.

Als er nach eineinhalb Stunden das Auto im Hof des Anwesens abstellte, steckte Lukas bereits im Schlafanzug und sah sich mit seiner Oma das Sandmännchen im Fernsehen an. Caspari ließ sich erschöpft in den Sessel neben der Couch fallen. Schweigend betrachtete er seinen Sohn, der gebannt die Geschichte auf dem Bildschirm verfolgte. Vieles an Lukas erinnerte ihn an Elke. Das schmale Gesicht und die Stupsnase hatte der Kleine von ihr geerbt. Die rotblonden Haare und die Körpergröße stammten aus seiner Erbmasse. Caspari hoffte, dabei würde es bleiben. Er wollte dem Jungen das Schicksal ersparen, sich im eigenen Körper unwohl zu fühlen. Seine hünenhafte Erscheinung hatte er selbst eher als Stigma denn als Segen empfunden. Den anderen war er in der Schule zwar immer an Kraft und Größe überlegen gewesen, aber eine schlanke Taille und definierte Bauchmuskeln hatte ihm Mutter Natur nicht mitgegeben. Jahrelang war er eine beliebte Zielscheibe für Hänseleien gewesen. Seine Eltern hatten ihm damals geraten, die bösartigen Kommentare zu ignorieren oder ebenso kränkend zu antworten. Doch seine gespielte Ignoranz hatte die anderen noch mehr angestachelt, und über seine Antworten hatten sie nur gelacht. Benny und Jürgen waren die Einzigen gewesen, die zu ihm hielten. Sein Cousin und sein Spielkamerad hatten ihn auch nicht im Stich gelassen, als ihm der Kragen geplatzt war und er seinem Furor freien Lauf gelassen hatte. Mit viel Mühe hatte sein Vater die Schulleitung davon überzeugen können, das Trio Infernale nicht von der Schule zu verweisen. Während die Lästerer ihre gebrochenen Nasen, die angeknacksten Rippen und die Prellungen behandeln ließen, hatten die drei sogenannte Sozialstunden ableisten müssen. Danach hatte der alte Caspari sie zu seinem Bekannten Seydel gebracht, der sie in Aikido unterwies, das wie alle traditionellen japanischen Kampfkünste nicht nur die Fähigkeit zur Selbstverteidigung vermittelte, sondern auch einen Weg zur Persönlichkeitsbildung bedeutete.

Lukas riss Caspari aus seinen Grübeleien, indem er ihm um den Hals fiel. Hastig erzählte er seinem Vater, was er an diesem Tag erlebt hatte.

»Und, Papa«, setzte der Kleine erneut an, »die Mama hat bei der Oma angerufen und gefragt, ob sie mich morgen besuchen darf.«

Caspari blickte seine Mutter überrascht und fragend an.

»Sie sagte, sie habe mehrmals erfolglos versucht, dich auf deinem Mobiltelefon zu erreichen. Deshalb rief sie bei uns an.«

Caspari erinnerte sich, dass er sein Telefon beim Gespräch mit Tiziana und während des Aufenthaltes in Mainz ausgeschaltet hatte. Er bat Lukas, schon ins Bad vorauszugehen und mit dem Zähneputzen zu beginnen. Als der Kleine die Treppe hinauf ging, wandte er sich seiner Mutter zu.

»Was hast du ihr gesagt?«, fragte er.

»Dass du sicher nichts dagegen hast«, antwortete seine Mutter, wobei sie ihn streng anblickte. »Es wird Zeit, dass Lukas wieder ein normales Verhältnis zu seiner Mutter aufbaut.«

Caspari spürte Angst in sich aufsteigen. Er hatte Lukas schon einmal verloren, als Elke vor fünf Jahren aus seinem Leben trat, um mit Jürgen ein neues zu beginnen. Zwei Jahre später bekam er Lukas wieder zurück, allerdings schwer traumatisiert. Der damals fast Dreijährige hatte sich nach der Geburt seiner Schwester vernachlässigt gefühlt und das Baby in einem unbeobachteten Augenblick gewürgt. Jungmann, der frischgebackene Vater, hatte es gerade noch rechtzeitig bemerkt und Lukas in einer Reflexbewegung so heftig zur Seite gestoßen, dass dieser gegen die Heizung geprallt war. Nach seinem Aufenthalt im Krankenhaus war der Kleine zu Caspari gekommen und hatte sich lange Zeit gegen Kontakte zu seiner Mutter und besonders zu deren Mann gesträubt.

Erst vor einem halben Jahr, nachdem sich Caspari und Elke ausgesprochen hatten, hatte sich das Verhältnis entspannt. Elke schrieb seither regelmäßig Briefe an Lukas, die Caspari seinem Sohn vorlas. Vor einigen Monaten hatte sie noch ein Mädchen zur Welt gebracht. Oft lagen deshalb auch Fotografien von Lukas' beiden Halbschwestern in den Briefen.

»Ich weiß, dass du Angst hast, mein Junge«, sagte Casparis Mutter. »Aber wenn du ihm nicht vertraust und ihn nicht loslassen kannst, wirst du ihn verlieren.«

»Ja, ich weiß!«, antwortete er mit rauer Stimme. »Doch nach allem, was geschehen ist, musst du mir eine Schrecksekunde zubilligen.«

»Natürlich. Aber nur, wenn es bei der Sekunde bleibt!«

Seine Mutter stand vom Sofa auf, klopfte ihm auf die Schulter, rief Lukas »Gute Nacht« zu und ging durch die Verbindungstür in den Gebäudetrakt, den sie und ihr Mann bewohnten.

Als Caspari sich vom Sessel erhob, spürte er das harte Training des Vormittags. Schweren Schrittes ging er die Treppe hinauf in das Bad, wo Lukas sich gerade den Mund ausspülte. Nun lag noch eine Viertelstunde vor ihm, in der er Lukas von Wicki und den starken Männern vorlesen musste, bevor er im Weiher schwimmen und sich anschließend mit einem Glas Wein und einer guten Zigarre auf seine Terrasse setzen konnte.

Etwas lag in der Luft. Etwas, das nicht ausgesprochen werden wollte. Clara saß am Küchentisch im Haus eines Verstorbenen. Zwischen ihr, der Witwe und den erwachsenen Kindern des Toten stand eine unsichtbare Wand. Jede ihrer Fragen wurde mit kurzen Bemerkungen oder stereotypen Aussagen beantwortet. Clara ließ sich mit ihrer nächsten Frage Zeit. Sie war bereit, die Stille auszuhalten. Währenddessen ließ sie ihre Blicke durch die Küche und den Flur schweifen. Das Haus kam ihr auf unangenehme Weise aseptisch vor. Wie die Ausstellungsräume eines Musterhauses, das kurz vor der Besichtigung bis in jeden Winkel gereinigt worden war. Hier fühlte sie sich nicht wohl. Weder ein Fleckenrand einer Kaffeetasse, noch irgendwelches Geschirr in einem Abtropfständer waren in der Küche zu sehen. Nicht der Anflug eines verräterischen Geruchs gab Auskunft darüber, was zuletzt auf dem Herd gekocht worden war. Nicht einmal eine Obstschale gab einen Hinweis darauf, dass hier gelebt wurde. So steril wie das Haus waren auch die Antworten der Familie. Clara konnte sich kein Bild von dem Verstorbenen machen. Ein Allerweltsmensch mit einem Allerweltsnamen, mit Allerweltsgewohnheiten. Die Stimmung am Küchentisch wirkte bedrückt, jedoch nicht traurig. Die Witwe starrte auf das Papiertaschentuch, das sie zwischen ihren Fingern knetete. Die Blicke der beiden Söhne gingen ins Leere. Die Tochter machte auf Clara den Eindruck, als würde sie jeden Moment explodieren. Jetzt war der Zeitpunkt gekommen, einen neuen Vorstoß zu unternehmen.

»Woran hing denn sein Herz?«

»An der Firma«, antwortete die Witwe. »Wir haben ganz klein angefangen, wissen Sie. Das war schon immer sein Traum gewesen. Nach der Meisterprüfung hat er als Ein-Mann-Betrieb begonnen. Es gab zwar damals schon einige Malerbetriebe im Kinzigtal. Aber er hatte eine Zusatzausbildung als Restaurator und Stuckateur. So fing das damals an. Heute leiten meine Söhne die Firma mit fünfzehn Malern. In den letzten Jahren ging es meinem Mann nicht so gut. Deshalb gab er die Geschäftsführung ab. Aber er hat bis zum Schluss mitgearbeitet.«

Da war sie, die Lücke in der Mauer.

»Darf ich fragen, was ihm fehlte?«, fragte Clara.

»Eine hartnäckige Krankheit, die er nicht wieder losgeworden ist«, antwortete der älteste Sohn schnell, während seine Mutter ihr Taschentuch noch intensiver als bisher knetete. Die Tochter sprang energisch auf und verließ wortlos die Küche.

»Sie müssen meine Tochter entschuldigen. Das geht ihr doch sehr nahe«, sagte die Witwe leise, ohne ihren Blick von dem Taschentuch abzuwenden.

»War er ein Familienmensch?«, fragte Clara und tastete sich weiter vor.

»Er war ein Mensch, der seine Gefühle nicht so gut zeigen konnte. Die Firma hat ihm auch viel abverlangt. Aber ich glaube, er hat uns lieb gehabt«, antwortete der jüngere Sohn.

Clara spürte, dass sie von den Angehörigen nicht mehr über den Toten erfahren konnte. Die Beerdigungspredigt würde von dem leben müssen, was die Trauergemeinde zwischen den Zeilen heraushören konnte. Nachdem sie den Ablauf der Beerdigung und weitere Details mit der Familie besprochen hatte, machte sie sich auf den Weg zu ihrem Pfarrhaus. Als sie die Haustür aufschloss, hörte sie die Melodie ihres Privat-Telefons. Hastig rannte sie die Treppe hinauf und riss das schnurlose Telefon aus seiner Station. Am anderen Ende meldete sich Christoph. Mit dem Hörer in der Hand ließ sie sich auf das Sofa fallen.

»Hallo Großer. Schön, deine Stimme zu hören«, begann sie das Gespräch.

Durch die Leitung hörte sie im Hintergrund ein helles Klingeln.

»Sag mal, wo bist du gerade?«

»Ich sitze auf der Terrasse. Ein Glas Rotwein steht auf dem Tisch. Ein milder Sommerwind kommt vom Weiher her und bewegt das Glockenspiel. In meiner Hand halte ich eine Bock Churchill.«

»Was hältst du in deiner Hand?«, fragte sie irritiert.

»Eine dominikanische Zigarre, die nach dem englischen Politiker benannt wurde und aus einer Manufaktur stammt, die von einem deutschen Auswanderer namens Gustav Bock gegründet wurde.«

»Ah ja.«

»Das Einzige, was jetzt noch fehlt, bist du!«

»Als ich dich kennen lernte, wusste ich nicht, dass ich als Zuckerguss auf deiner Sommernachtsstimmung enden würde«, antwortete sie mit gespielter Entrüstung.

»Nun sei doch nicht so! Du weißt doch, wie ich es meine«,

erwiderte er. »Aber erzähl doch mal was von dir! Wie war dein Tag?«

»Ich hatte vorhin ein merkwürdiges Beerdigungsgespräch«, erzählte sie. »Was würdest du sagen, wenn du auf deine Fragen danach, was für ein Mensch denn der Verstorbene war, nur einsilbige Antworten bekommst. Als ich fragte, woran sein Herz hing, wurde nur sein Betrieb genannt. Sein Verhältnis zu seinen Kindern und seiner Frau wurde überhaupt nicht erwähnt, weder im Guten noch im Bösen.«

Clara erzählte ihm detailgetreu den Verlauf des Gespräches, wobei sie peinlich darauf achtete, dass sie keine Namen nannte. Die Verschwiegenheit in ihrem Beruf war ihr wichtig, auch wenn kein Beichtsiegel auf einem Gespräch lag.

»Ich würde denken, dass man mir gegenüber die Fassade einer intakten Familie und das Trugbild eines guten Ehemanns und Vaters aufrecht erhalten will. Außerdem würde ich vermuten, dass er ein grenzüberschreitendes Verhalten hatte«, sagte Caspari nach einer Weile.

»Diesen Eindruck hatte ich auch«, bestätigte Clara. »Ich frage mich, wie ich auf der Grundlage dessen eine Beerdigungspredigt schreiben und halten soll. Über den Mann weiß ich im Grunde gar nichts, außer dass er eine Firma gegründet hat und dass er durch einen Unfall ums Leben gekommen ist. Ob seine Frau und seine Kinder trauern, weiß ich ebenfalls nicht. Ihr Verhalten heute Abend war schon sehr auffällig. Also kann ich weder bei der Trauer der Angehörigen noch bei ihm als Mensch ansetzen.«

Caspari schwieg sie eine Weile durch das Telefon an. Clara sah ihn vor sich, wie er intensiv nachdachte. Sie war froh, einen Menschen an ihrer Seite zu haben, dem sie ihre Probleme nicht lang und breit erklären musste, sondern der sie gleich verstand.

»Manchmal sagt man mit dem, was man nicht sagt, mehr als mit tausend Worten«, erklärte Caspari. »Ich kann mir vorstellen, dass du die Predigt allgemein halten und mehr auf sein Engagement in seiner Firma eingehen wirst.«

»Ja, du hast recht«, antwortete sie. »Darauf wird es wohl

hinauslaufen. Dabei mache ich das sehr ungern. Ich kann mir auch schon die Nörgler vorstellen, die dann meinen, die Predigt hätte überhaupt keinen Bezug zum Verstorbenen und sei nur wieder so ein Missionierungsversuch.«

»Besser so, als dass sie behaupten, es werde nirgendwo mehr gelogen als am Grab!«, erwiderte er.

»Es tut gut, mit dir zu reden«, sagte sie dankbar.

»Es tut gut, dir zuzuhören«, erwiderte er.

»Kann ich dich in einer anderen Sache um Rat fragen?«

»Ich bin ganz Ohr«, antwortete er neugierig.

»Letzte Woche kam ein Mann zu mir, der sehr verängstigt schien«, begann sie. Dann erzählte sie ihm von der Begegnung mit Erwin Dauner, der in dem Glauben lebte, Fremde gingen in seinem Haus aus und ein. Auch von dem zufälligen Gespräch mit dessen Nachbarn berichtete sie Caspari.

»Zuerst kann ich dich beruhigen. Du hast richtig gehandelt. Ich wäre an deiner Stelle auch nicht mit zu ihm nach Hause gegangen«, beruhigte er sie. »Ich halte ihn nach dem, was du erzählst, zwar nicht für gefährlich, aber manchmal sind solche Menschen schwer berechenbar. Deiner Einschätzung über seine Erkrankung kann ich gut folgen. Ich halte ihn auch für paranoid. Diese Angst, von etwas oder jemandem verfolgt zu werden, ist offensichtlich. Die Paranoia geht meist mit Schizophrenie einher, auch in seinem Fall. Er hört Geräusche, vielleicht sind es auch Stimmen. Tatsächlich kommen sie aus einem Teil seines Bewusstseins, der von seinen übrigen Bewusstseinsanteilen abgespalten ist. Daher auch die Bezeichnung Schizophrenie, Persönlichkeitsspaltung.«

»Welche Behandlungsformen gibt es für diese Krankheit?«, fragte Clara.

»Im Grunde hat man nur die Möglichkeit, einen solchen Patienten medikamentös in Verbindung mit Gesprächstherapie zu behandeln. Allerdings ist es meines Wissens nicht gänzlich heilbar. Ein Psychiater kann diese Krankheitsform auf einen niedrigen Status einstellen, mit dem der Patient relativ gut leben kann.«

»Ich kann ihm nur das Gefühl geben, dass ihm jemand zuhört und seine Angst ernst nimmt«, konstatierte sie.

»Und ihm eine psychiatrische Behandlung nahe legen.«

»So wie wir es in der Seelsorgeausbildung gelernt haben.«

»Hast du noch mehr solcher ›interessanter‹ Menschen in der letzten Zeit kennen gelernt?«, fragte Caspari neugierig.

Clara überlegte kurz, ob sie ihm von Oliver Carstens erzählen sollte. Aber gleich darauf verwarf sie diesen Gedanken. Was sollte sie Caspari schon von ihm erzählen? Eigentlich war da nichts, außer dass sie einen alten Bekannten zufällig wieder getroffen hatte. Oder machte sie sich etwas vor? Auf alle Fälle wollte sie den sensiblen Caspari nicht unnötig beunruhigen.

»Nein, dieser Mann und die Angehörigen des Toten sind seelsorgerische Herausforderung genug«, erwiderte sie. »Was gibt es bei deiner Mörderjagd Neues?«

Kapitel 4

Sam war so etwas wie ihr direkter Draht zu Gott. Eigentlich hieß er Samuel, aber alle Welt nannte ihn nur Sam. Tiziana saß in Gedanken versunken auf dem Beifahrersitz ihres Wagens, den Toni fuhr. Sam und ihre ältere Schwester waren ein Paar gewesen, bevor er sich entschloss, Priester zu werden. Damals trug sie noch eine Zahnspange und himmelte ihn an. Im Laufe der Jahre war eine Freundschaft daraus gewachsen, die an Tiefe und gegenseitigem Verständnis ihresgleichen suchte.

Sam studierte in Mainz und lebte dort im bischöflichen Priesterseminar in einer Seitenstraße neben dem Dom. Wenn es jemanden gab, der Tiziana helfen konnte, all das Schreckliche zu bewältigen, dann war er es.

Nach längerem Suchen fand Toni einen Parkplatz in der Altstadt. Gemeinsam gingen sie in die ›Eisgrub‹, einem Lokal, in dem selbstgebrautes Bier ausgeschenkt wurde. Sam saß an einem Tisch und erwartete sie bereits. Tiziana umarmte ihn.

»Tut gut, dich zu sehen, Sam«, sagte sie, nachdem sie sich wieder von ihm gelöst hatte. Sie hatte sich vorgenommen, nicht zu weinen. Aber nun rann eine salzige Flut ihr Gesicht herab.

Sam fischte ein Papiertaschentuch aus seiner Hosentasche und trocknete ihr damit die Tränen.

Dann setzten sie sich.

»Lass uns etwas essen und trinken!«, sagte er mit dem Tonfall eines Arztes, der einem Patienten erklärt, wie er sich bei seinem Krankheitsbild verhalten müsse.

Schweigend blätterte sie in der Speisekarte, während sie immer wieder zu einem der Nachbartische hinüber sah, um sich selbst zu versichern, dass das Pärchen, das für sie als Polizeischutz abgestellt war, noch dort saß. Als sie ihre Wahl getroffen und bestellt hatten, nahm Sam den Gesprächsfaden wieder auf.

»Ich habe in der Presse verfolgt, was geschehen ist«, sagte er. »Das muss schrecklich für dich sein. Weiß man schon etwas genaues?«

»Bisher noch zu wenig, um sich ein Bild von dem Täter machen zu können«, berichtete Tiziana. »Allerdings beschrieb mir der Chefermittler sehr deutlich, wie dieser Mann tickt. Das macht wenig Hoffnung.«

Sie erzählte ihm ausführlich über Casparis vorläufige Analyse und über ihren Entschluss, trotzdem Konzerte zu geben.

»Meinst du, das ist unverantwortlich von mir?«, fragte sie unsicher.

»Ich soll dir sagen, ob du die Tournee absagen oder jetzt erst recht auftreten sollst«, fasste Sam zusammen. »Was hat dich denn bewogen, die Entscheidung zu treffen, dich nicht ins Bockshorn jagen zu lassen?«

»Ich wollte niemandem das Recht einräumen, so viel Macht über mein Leben zu haben.«

»Das ist eine gesunde Einstellung. Ich denke, dieser Mann hat gewonnen, wenn du dich aus Angst vollkommen zurückziehst.«

»Befürchtest du nicht, nach dem, was ich dir erzählt habe, selbst ein potenzielles Opfer zu sein?«, fragte Tiziana, nachdem sie eine Weile schweigend in ihr Weinglas gesehen hatte. Sie wollte Sam einerseits nicht beunruhigen, andererseits war es aber durchaus möglich, dass er auf der Liste des Serientäters stand.

Sam lächelte, während er sie mit ruhigem Blick ansah.

»Nein. Ich halte mich nicht für gefährdet. Wenn wir auch eine große Verbundenheit zueinander haben, sehen wir uns zu selten, als dass ein Dritter mich als Bedrohung empfinden würde. Außerdem bin ich als angehender Priester ohnehin aus dem Rennen.«

»O Sam! Ich verstehe bis heute noch nicht, wie ein so

attraktiver und liebenswerter Mann wie du sich zum Leben im Zölibat entscheiden konnte.«

Tiziana atmete tief durch. Ein Teil ihrer jugendlichen Schwärmerei für Sam war ihr über die Jahre geblieben. In Augenblicken wie diesen meldete sie sich zurück.

»Müssen wir darüber reden, Tiziana?«, fragte der Seminarist. »Lass es doch einfach so wie es ist. Ich werde meinen Entschluss, dieser Berufung zu folgen, nicht revidieren. Zumindest verspüre ich zurzeit kein Verlangen danach.«

Tiziana nickte langsam. Sie wusste, dass es aussichtslos war, Sam von seinem Entschluss abzubringen. Sie lenkte ein.

»Und schließlich bist du ja mein heißer Draht zum alten Herrn da oben.«

»Der allerdings nicht die Kommunikation mit ihm ersetzt«, bemerkte Sam mit gespielter Strenge.

Tiziana wurde wieder ernst. Ihr Ausflug in das unbeschwerte freundschaftliche Gespräch brach abrupt ab. Die düsteren Bilder und Eindrücke der letzten Tage breiteten sich wieder aus.

»Warum, Sam? Warum lässt er das zu. Es kann doch nicht sein Wille sein, dass ein Dämon hinter mir her ist und alle Menschen jagt, die mit mir Kontakt haben.«

»›Meine Gedanken sind nicht eure Gedanken, und eure Wege sind nicht meine Wege, spricht der Herr, sondern so viel der Himmel höher ist als die Erde, so sind auch meine Wege höher als eure Wege und meine Gedanken als eure Gedanken.‹ Diese Worte stehen zwar in einem anderen Zusammenhang in der Bibel, aber sie machen sehr anschaulich, dass man Gott nicht erklären kann. Gott gibt uns keine Antwort auf die Frage nach dem Leid. Die Bibel beinhaltet genug Geschichten, in denen davon die Rede ist. Der Prophet Jeremia wurde verfolgt und misshandelt, weil er Gottes Wort verkündete, das seinen Zeitgenossen zu unbequem war. Immer wieder kommt die Klage in seinem Buch zu Wort. Er hat mit Gott regelrecht in seinem Leid gerungen«, antwortete Sam.

»Martin Luther schrieb einmal, dass wir uns nicht an dieser uns abgewandten Seite Gottes, die Leid zulässt, abarbeiten sollen. Vielmehr sollen wir uns mit dem Wesen Gottes beschäftigen, der Liebe, der Seite, die uns zugewandt ist. Der Verzweifelte und Leidende kann sein ganzes Elend Gott regelrecht vor die Füße werfen und ihn anklagen. Weil Gott selbst in Jesus auf die Menschen zugegangen ist und gelitten hat, gibt er Trost und Kraft, den Schmerz zu überwinden. Ich weiß nicht, ob dir das weiter hilft. Wirf dich mit deinem ganzen Leid, ja mit deiner ganzen Existenz in Gottes Arme. Etwas anderes kann ich dir nicht raten. Aber es ist mehr, als es auf den ersten Blick scheint.«

»Wenn es doch nur so einfach wäre. Ich habe nicht den kirchlichen Hintergrund wie du. Vieles ist mir fremd, was dir eine Heimat ist«, erwiderte Tiziana.

»Beten lernt man durch Beten! Fang einfach an und sprich immer wieder mit ihm. Alles andere ergibt sich von selbst.«

Tiziana fühlte sich an ein Gespräch mit Xavier erinnert. Der hatte ihr bei Normans Beerdigung dasselbe gesagt.

Lange redeten sie miteinander und versuchten die dunklen Schatten zu vertreiben, die Tiziana verfolgten. Spät am Abend trennten sie sich mit einer innigen Umarmung voneinander. Sie sah ihm nach, wie er in Richtung Dom lief. Mit einem kurzen Blick zur Seite versicherte sie sich ihrer Leibwache, die mit Toni zusammenstand und sich unterhielt.

Wie ein Schatten des Todes stand er im Dunkeln und beobachtete den Seminaristen, der ahnungslos in seinen Tod lief. War es Fügung, dass er den Tod dieses Mannes für den Tag vorbereitet hatte, an dem er sich mit ihr getroffen hatte? Die Umarmung der beiden war die letzte Bestätigung für ihn, dass er mit der Verwandlung des Theologiestudenten die richtige Entscheidung getroffen hatte. Auch als angehender Priester konnte er dem Schatten gefährlich werden. Nichts durfte zwischen ihm und seiner Liebe stehen, nicht einmal ein Geistlicher.

Er folgte dem jungen Mann, der zielstrebig auf das Priesterseminar zuging. An einer Ecke zur Augustinerstraße, einer der großen Fußgängerzonen in Mainz, überholte er ihn. Der Student war stehen geblieben und unterhielt sich mit drei Kommilitonen, die er getroffen hatte.

Unauffällig postierte sich der Schatten in der Nähe der Eingangstür des Seminars am Verkaufstresen einer Pizzeria. Von drinnen drang der Lärm von heiteren Gesprächen der Studenten, die das Lokal bevölkerten. Ohne Hast bestellte er eine Pizza. Das Geld legte er abgezählt auf den Tresen. Sein Blick wanderte zur Fassade der Augustinerkirche und der Tür des angegliederten Seminars auf der anderen Seite der Fußgängerzone. In seiner Jackentasche umfasste er die Fernsteuerung. Alles hing jetzt davon ab, dass er sie rechtzeitig betätigte. Im Licht, das von den Kneipen und Lokalen auf die Fußgängerzone fiel, sah er den Seminaristen kommen. Vor der Tür blieb er stehen und kramte aus seiner Hosentasche einen Schlüsselbund hervor. Jetzt galt es für den Schatten, die Nerven zu bewahren. Nur nicht zu früh reagieren. Der Schlüssel wurde ins Schloss geschoben, der Theologiestudent langte mit seiner Hand zur Türklinke. Endlich war der Augenblick gekommen. Fest drückte der Daumen des Schattens den Schalter. Der Empfänger reagierte sofort. Strom wurde von einer Leitung auf eine andere geleitet, die nur zu einem Zweck verlegt worden war: um zu töten.

Als der Seminarist den Türgriff anfasste, begann sein Körper heftig zu zucken. Eine Gruppe von lachenden jungen Leuten, die gerade aus einer der Kneipen gekommen war, blieb wie angewurzelt stehen und verstummte. Eine Gestalt löste sich aus der Gruppe, hechtete mit einem gewaltigen Satz zu dem zuckenden Mann und riss ihn mit sich auf das Pflaster.

Die Gespräche in der Pizzeria erstarben augenblicklich. Gäste rannten an die Fenster und liefen auf die Straße. Jetzt wurde es für den Schatten Zeit, zu verschwinden. Niemand achtete auf ihn, auch der Pizzaverkäufer war abgelenkt. Mit einer flinken Bewegung nahm er sein Geld vom Tresen, drehte sich um und ging an der Menschentraube vorbei, die sich um die beiden auf dem Pflaster liegenden Männer gebildet hatte. Nach einigen Metern blickte er sich nach allen Seiten um. Niemand schien ihn zu beachten. Alle Blicke waren auf den Eingang des Priesterseminars gerichtet. Der Schatten musste noch seine Botschaft hinterlassen. Unauffällig zog er eine kleine Tube aus der Innentasche seiner Jacke. Schnell schraubte er den Verschluss ab und drückte sie aus, während er seine Nachricht an die Wand der Augustinerkirche, vor der sein Opfer auf der Straße lag, schrieb.

Clara stand verblüfft vor der professionell gestalteten Themenwand. Kathrin stand mit verschränkten Armen daneben und wartete mit einem fast trotzigen Gesichtsausdruck auf ihre Reaktion. Eine komplette und gut aufbereitete Dokumentation war innerhalb der vergangenen zwei Tage entstanden. Kathrin hatte gemeinsam mit ihrer Freundin Conni Fälle zusammengetragen, die in der jüngsten Vergangenheit die Öffentlichkeit bewegt hatten. Medienberichte über belgische Eltern, die ihre Kinder in einem Pädophilen-Netzwerk zum Missbrauch angeboten hatten, waren ebenso zusammengetragen, wie die Berichte über Kleinkinder, die von ihren Eltern umgebracht und deren Leichen anschließend in der Gefriertruhe versteckt wurden. Der Satz ›Verdienen diese Eltern die Achtung ihrer Kinder?‹ prangte in großen Buchstaben als Überschrift darüber.

»Ich bin ehrlich überrascht, dass ihr seit Montag diese Dokumentation auf die Beine gestellt habt. Das ist eine ausgezeichnete Arbeit«, lobte Clara.

»Das ist hauptsächliche Kathrins Verdienst«, erwiderte Conni. »Sie hatte fast alles schon zusammengetragen. Wir mussten das Material nur noch gemeinsam strukturieren. Bei der Präsentation hat uns mein Freund geholfen.«

»Sehr gut«, meinte Clara und betrachtete Kathrins Reaktion. Das Mädchen rang sich ein Lächeln ab.

»Bist du zufrieden, Kathrin?«

»Ja, so habe ich es mir vorgestellt.«

Irgendetwas stimmte nicht mit dieser Schülerin. Ihre Körpersprache drückte Verschlossenheit aus. Ihre Mimik wirkte nie gelöst, sondern meist kontrolliert, so als müsse sie ständig darauf achten, nichts von sich preis zu geben. Clara nahm einen Anlauf, um sie aus der Reserve zu locken.

»Du musst diese Präsentation zusammen mit Conni deinen Mitschülern vorstellen. Das müsst ihr noch schriftlich formulieren. Wichtig ist dabei auch, dass du deine Motivation dafür herausarbeitest, warum du das Gebot, die Eltern zu ehren, gerade unter diesem Aspekt kritisch beleuchtest. Genau das werden dich einige der Besucher auch fragen.«

Kathrins Lächeln wich einer undurchdringlichen Fassade. Sie nickte stumm und ging mit ihrer Freundin an die Arbeit.

Nach der Doppelstunde ging Clara in die ›Ansprechbar‹. Dieser Raum war Bestandteil der Schulseelsorge. Gemeinsam mit dem Jugenddiakon und einigen Schülern hatte sie ihn vor einem halben Jahr eingerichtet. In einer Ecke stand ein kleiner Tisch als Altar. In den Sitzgruppen konnten die Schüler ungestört Hausaufgaben machen, sich bei einer Tasse Tee ausruhen, oder ein Gespräch mit ihr oder dem Diakon führen.

Clara stand am Fenster und blickte auf den Schulhof hinaus, der in der Pause von einer wogenden Masse von Kindern und Jugendlichen eingenommen war.

»Frau Frank.«

Erstaunt drehte sie sich herum. Vor ihr stand Conni.

»Kann ich Sie mal sprechen?«

Clara nickte. Sie zogen sich in einen Winkel des Raumes zurück, wo sie ungestört reden konnten. Nervös rieb das Mädchen den Anhänger seiner Halskette zwischen den Fingern. Clara ließ ihr Zeit, einen Einstieg zu finden.

»Es ist wegen Kathrin, wissen Sie«, begann Conni zögerlich. »Sie ist seit einiger Zeit so anders als früher, total verschlossen. Man kommt gar nicht mehr an sie heran. Kathrin kapselt sich immer mehr ab. Ich bin die Einzige, zu der sie noch Kontakt hat.«

»Weißt du, woran das liegen könnte?«, fragte Clara.

»Nee. Ich habe sie auch schon mal gefragt, was denn los ist. Aber sie hat mich total abblitzen lassen. Dabei konnten wir doch früher immer über alles reden.«

Clara war sich sicher, dass das nicht alles war, was Conni zu sagen hatte.

»Aber du hast eine Idee, was Kathrins Problem sein könnte?«

»Na ja, ich glaube, es hat mit ihren Eltern zu tun. Die sind wahnsinnig streng. Kathrin darf kaum etwas. Dabei ist sie doch fast achtzehn. Wenn wir auf einer Party sind, ist sie die erste, die abgeholt wird. Ich glaube, sie hat auch deswegen noch nie einen Freund gehabt, weil ihre Eltern das nicht wollen.«

»Was erwartest du nun von mir?«, fragte Clara. »Soll ich sie einmal direkt auf ihr verschlossenes Wesen ansprechen? Glaubst du, sie vertraut sich mir an?«

»Nee, bloß nicht! Kathrin wird sofort wissen, dass ich mit Ihnen gesprochen habe.«

Conni überlegte einen Augenblick.

»Ich musste einfach mal mit jemandem darüber reden, der Kathrin auch kennt. Und der es auch für sich behält.«

»Was du mir erzählt hast, unterliegt dem Beichtgeheimnis«, versicherte Clara der Schülerin.

Nachdem sie zwei weitere Stunden mit Schülern des neunten Schuljahres die Reformation behandelt hatte, schwang sie sich auf ihr Fahrrad. Sie war begierig nach Bewegung und musste fest in die Pedale treten, um zum Pfarrhaus in die Obere Haitzer Gasse zu gelangen. Schnaufend hielt sie vor der Haustür. Während sie das Fahrrad in den Hausflur schob, freute sie sich auf eine Tasse Kaffee. Doch das Schellen der Klingel ließ diese Vision wie eine Seifenblase zerplatzen. Innerlich seufzend öffnete sie die Tür. Vor ihr standen Sabine und Gernot Bienlein, die Tochter und der jüngste Sohn des verstorbenen Malermeisters.

»Entschuldigen Sie, dass wir Sie stören. Wir müssen noch einmal mit Ihnen reden«, sagte die junge Frau.

Clara bat beide herein und führte sie in ihr Amtszimmer. Nachdem sie Platz genommen hatten, sprudelte es aus dem Sohn heraus.

»Alle Welt weiß, wie unser Vater gestorben ist. In ganz Gelnhausen spricht man seit Tagen davon.«

Clara sah ihn fragend an.

»Mit mir hat noch niemand über den Unfall Ihres Vaters gesprochen«, erwiderte sie.

»Es ist nur eine Frage der Zeit, bis das auch an Ihr Ohr dringt«, meinte die Tochter. »Es ist so: Mein Vater war Alkoholiker.«

Das war also die lange Krankheit, von der im Beerdigungsgespräch die Rede war.

»Das ist auch der Grund, warum mein Bruder und ich die Firma seit einigen Jahren leiten. Unser Vater hätte sie damals beinahe in den Ruin gefahren, weil er wegen seiner Trinkerei die Buchführung und die ganze andere Büroarbeit absolut vernachlässigt hat.«

»Er war nicht mehr der Mensch, den wir als Kinder gekannt hatten«, fuhr seine Schwester fort. »Die Alkoholsucht veränderte ihn so sehr, dass man sich schwer tat, in ihm den Vater zu erkennen, den man einst geliebt hat.«

»Wie kam es, dass Ihr Vater mit dem Trinken begann?«, fragte Clara. Die Mauer, die zwischen ihr und der Familie beim Beerdigungsgespräch gestanden hatte, begann zu bröckeln.

»Wir waren vier Kinder«, erzählte die junge Frau. »Nach mir kam noch ein Junge, unser Nesthäckchen. Mein Bruder begleitete meinen Vater in den Schulferien immer auf die Baustellen. Er fand das toll. Vor sieben Jahren war er wieder mit dabei. Mein Vater vergaß einen Augenblick lang, nach ihm zu sehen, weil der Bauherr sich mit ihm unterhielt. Unser Jüngster stürzte vom Gerüst, auf das er geklettert war und fiel zwei Stockwerke tief. Er war sofort tot. Vati war außer sich vor Schmerz. Weil er nicht aufgepasst hatte, gab er sich die Schuld für diesen Unfall. Nichts konnte ihn mehr trösten. Er war ein gebrochener Mann. In dieser Zeit begann er zu trinken.«

»Das tut mir sehr leid für Sie«, sagte Clara aufrichtig.

»Der Alkohol veränderte immer mehr seine Persönlichkeit«, fuhr der Sohn fort. »Aus einem gutmütigen Mann wurde ein launischer, leicht reizbarer Mensch. Meine Mutter hat viel mitgemacht. Manchmal schlug er auch nach ihr. In der letzten Zeit begann er sogar zu halluzinieren. Er starb, weil er weiße Mäuse sah, die er aus dem Haus treiben wollte. Er stürzte auf der Treppe und fiel sie der Länge nach herunter. Dabei brach er sich das Genick.«

Clara empfand Mitleid für diesen Mann, der an seinem Schicksal zerbrochen war. Einem so intensiv erfahrenen Leid konnte sie mit einer allgemein gehaltenen Predigt nicht gerecht werden. Eine Frage drängte sich ihr auf.

»Bitte verstehen Sie es nicht als Vorwurf: Warum haben Sie das nicht beim Beerdigungsgespräch erzählt?«

»An meiner Reaktion merkten Sie sicherlich, dass etwas nicht stimmte«, antwortete die Tochter.

Clara nickte. Sie erinnerte sich daran, dass sie aufgesprungen war und wortlos die Küche verlassen hatte.

»Unser Bruder und meine Mutter möchten nicht, dass die Alkoholsucht meines Vaters und deren Auslöser bei der Beerdigung zum Thema werden. Die Leute reden ohnehin schon zu viel darüber.«

»Wenn ich Sie und Ihre Anwesenheit recht verstehe, sind Sie beide allerdings anderer Meinung«, stellte Clara fest.

»Natürlich möchten wir nicht, dass es in der Predigt allzu breit getreten wird«, erklärte Bienlein Junior. »Totschweigen kann man es aber auch nicht, da es, wie gesagt, schon Stadtgespräch ist.«

»Wie möchten Sie, dass ich nun damit umgehe?«, fragte Clara so vorsichtig und einfühlsam wie möglich.

»Wir beide sind uns einig, dass der Tratsch erst recht Nahrung bekommt, wenn in der Predigt kein Wort darüber fällt. Der Tod unseres jüngsten Bruders und die Folgen für unseren Vater müssen bei der Beerdigung erwähnt werden. Alles andere würde Vati nicht gerecht. Wir trauen Ihnen zu, dass Sie es mit Einfühlungsvermögen anschneiden.«

»Haben Sie mit Ihrem Bruder und Ihrer Mutter darüber gesprochen, dass Sie mit diesem Anliegen zu mir kommen?«, wollte Clara wissen.

»Ja, natürlich. Aber die beiden waren alles andere als begeistert«, antwortete der junge Mann. »Meine Schwester und ich glauben aber, dass es den beiden letztendlich auch mit einer Predigt besser geht, die das Kind beim Namen nennt, statt es totzuschweigen.«

Clara wurde die Last der Verantwortung langsam bewusst, die das Geschwisterpaar auf ihre Schultern legte. Sie atmete tief durch.

»In Ordnung. Ich tue, was ich kann, um Ihrem Vater gerecht zu werden.«

Mit einem dumpfen Gefühl im Magen brachte Caspari seinen Sohn zum Kindergarten. Urängste stiegen in ihm hoch, ohne dass er sich gegen sie wehren konnte. Elke würde heute Lukas besuchen. Der Hof, auf dem sie früher gelebt hatte, sollte die Begegnungsstätte für Mutter und Sohn sein. Was würde daraus werden? Caspari hatte zu lange zugesehen, wie Lukas den Kontakt mit der Familie seiner Mutter verweigerte. Elke hatte ihn nur gelegentlich samstags für ein paar Stunden in Gelnhausen bei Iris und Benny treffen dürfen. Zu mehr war der Junge nicht bereit gewesen. Umso enger war Lukas' Bindung zu Caspari und dessen Eltern. Es hatte in der Vergangenheit gute Gründe gegeben, diesen status quo zu wahren. Caspari konnte sich jedoch nicht davon freisprechen, dass ihm Lukas' ablehnende Haltung Elkes Familie gegenüber im Grunde recht war. Denn sie schweißte Vater und Sohn noch enger zusammen. War die Angst, die ihm jetzt den Nacken hinauf kroch, die gerechte Strafe dafür?

Lange umarmten er und Lukas sich im Flur des Kindergartens. Er zwang sich, ihm einen schönen Nachmittag mit seiner Mutter zu wünschen.

In dunkle Gedanken versunken fuhr er auf die Autobahn Richtung Hanau. Er brauchte jetzt etwas Lebensbejahendes, Fröhliches, das ihm die depressive Stimmung vertrieb. Er gab am Autoradio eine Zahlenkombination ein. Der CD-Wechsler surrte und kurz darauf vertrieben Mozarts Märsche Casparis Dämonen.

Nachdem er in Rodenbach angekommen war, suchte er

verzweifelt einen Parkplatz für seinen Volvo. Die Straßen des alten Ortskerns waren sehr eng, die herrlich restaurierten Häuser drängten sich dicht aneinander, und die Parkplätze waren rar. Nachdem er zum dritten Mal die Runde gedreht hatte, fand er endlich eine Parklücke. Eilig lief er zum Haus der Familie Peters. Es lag in einer Seitengasse in der Nähe der Kirche. Eine alte hohe Mauer und ein großes Holztor schirmten den Innenhof vor allzu neugierigen Blicken ab. Peters Senior öffnete ihm die in das Tor eingelassene Eingangstür. Der alte Herr wirkte auf den ersten Blick rüstig. Doch bei näherem Hinsehen blickte Caspari in einen Abgrund großer Verzweiflung. Nachdem er sich vorgestellt hatte, gingen sie schweigend ins Haus. Dort erwartete sie die Mutter von Kai-Uwe Peters, die mit einer Kanne Kaffee aus der Küche kam. Sie bot Caspari einen Platz am Esstisch an und schenkte ihm eine Tasse ein. Die bedrückende Atmosphäre, die in diesem Haus herrschte, war mit Händen zu greifen. ›Kein Wunder‹, dachte er, ›mir ginge es nicht anders, wenn mein Sohn schon seit zwei Wochen wie vom Erdboden verschluckt wäre.‹

»Vielen Dank, dass Sie sich die Zeit nehmen, mir einige Fragen zu beantworten«, sagte er einleitend.

»Wir tun alles, was dazu beiträgt, unseren Sohn wieder heil zurück zu bekommen«, sagte Peters Senior.

»Ich weiß, dass Sie der Hanauer Kriminalpolizei schon viele Fragen beantwortet haben. Dennoch brauche ich jedes noch so kleine Detail, das mir einen möglichen Grund für das Verschwinden Ihres Sohnes nennt«, erklärte er.

»Haben Sie denn neue Erkenntnisse?«, fragte Frau Peters, während sie eine Locke ihres grau-blonden Haares aus der Stirn strich.

»Ich bin kein Freund von Schnellschüssen«, antwortete Caspari. »Es könnte allerdings sein, dass das Verschwinden Ihres Sohnes mit einem anderen Fall in Zusammenhang steht.«

»Also gut! Was wollen Sie wissen?«, preschte Peters vor.

Caspari warf alle Fragen, die er sich während der Fahrt

überlegt hatte, über Bord. Im Augenblick schienen sie ihm zu plump. Er suchte einen neuen Ansatz.

»Erzählen Sie mir von den letzten Tagen vor seinem Verschwinden«, forderte er das Ehepaar auf.

»Da gibt es nicht viel zu erzählen«, meinte Peters. »Kai-Uwe fuhr wie immer zur Uni, hielt eine Vorlesung, arbeitete an seiner Promotion, übernachtete dort und kam am folgenden Abend nicht mehr zurück.«

»Gab es irgendetwas, das ihn beunruhigte oder an ihm anders als sonst war?«, fragte Caspari weiter, ohne sich entmutigen zu lassen.

»Nein. Alles war wie sonst auch.«

»Hat er vielleicht einmal erwähnt, dass er sich verfolgt oder beobachtet fühlt?«, fragte Caspari geduldig weiter.

»Nicht mit einer Silbe.«

»Gibt es denn nichts, was Ihnen vor oder nach dem Verschwinden Ihres Sohnes auffiel?«

»Wenn sie mich so fragen – da gibt es etwas. Nicht dass Sie denken, wir würden im Privatbereich unseres Sohnes herumschnüffeln, Herr Kommissar«, brummte Peters. »Er hat seine eigene Wohnung. Dieses Haus ist ja groß genug. Zu groß für uns beide allein. Das Obergeschoss bewohnt er. Wir sind da nur manchmal zum Blumengießen … Ich fand es verwunderlich, dass Kai-Uwe einen Teil seiner Fotoausrüstung mitgenommen hat. An der Uni braucht er die doch nun wirklich nicht.«

Caspari wurde hellhörig. Kai-Uwe Peters' Assistentenstelle an der Mainzer Universität brachte es mit sich, dass er öfter dort übernachten musste. Nichts war ungewöhnlich daran, dass er mit einer Reisetasche das Haus verließ, um ein oder zwei Tage später wieder zu kommen. Caspari sah einen jungen Mann vor sich, der gut gelaunt und ohne böse Vorahnung seine Wohnung verließ und danach verschwand. Die fehlenden Fotosachen passten nicht ins Bild.

»Haben Sie ihn gefragt, was er damit vorhat?«

»Nein. Wir haben es ja erst gemerkt, als er bereits verschwunden war.«

»Hat er im vergangenen Jahr mit Ihnen über seine Mitarbeit an einer Musik-CD gesprochen?«

»Ja, wir redeten oft darüber«, antwortete Frau Peters. »Kai-Uwe war sehr stolz, dass er an diesem Projekt mitarbeiten konnte.«

»Sprach er dabei auch über sein Verhältnis zur Künstlerin?«, fragte Caspari.

»Er verstand sich sehr gut mit ihr. Sie war sehr interessiert an seiner Arbeit über die Urwaldindianer.«

»Hatten Sie den Eindruck, da wäre mehr als Sympathie zwischen den beiden gewesen?«

»Uns gegenüber erwähnte Kai-Uwe das jedenfalls nie. Ich glaube, es war für ihn ein kameradschaftliches Verhältnis, das auch nur aufgrund der Schallplattenproduktion zustande gekommen war«, sagte Peters Senior in nüchternem Tonfall. »Aber dazu müssten Sie vielleicht mit unserem jüngsten Sohn reden. Kai-Uwe und Malte haben schon von klein auf zusammengehalten wie Pech und Schwefel. Wenn zwischen ihm und dieser Tiziana doch mehr gewesen sein sollte, dann ist Malte wahrscheinlich der einzige Mensch, dem sich Kai-Uwe anvertraut hätte.«

»Wo kann ich ihn antreffen?«, fragte Caspari.

»Wahrscheinlich im Bett«, antwortete Peters knapp.

»Ist er krank?«

Frau Peters grinste müde.

»Nein. Er ist der Inhaber einer Disco in Gründau-Lieblos. ›Danceclub Agostea‹. Oft muss er nachts bis in die frühen Morgenstunden arbeiten.«

»Als könnte man mit einem Diplom in BWL nichts Vernünftigeres anfangen«, brummte ihr Mann.

Caspari versprach sich nicht allzu viel von einer Fortsetzung der Unterhaltung mit den Eltern des Verschwundenen. Er bat sie, ihm die Wohnung ihres Sohnes zu zeigen.

Kai-Uwe Peters hatte sich ein helles, Licht durchflutetes Zuhause geschaffen. An den Wänden hingen Bilder von seinen Exkursionen in den Urwald. Exponate, wie sie in seinem Büro in der Universität lagen, fehlten hier gänzlich. Dafür schufen die Zimmerpflanzen in ihrer Größe und Üppigkeit ein regelrechtes Dschungelambiente.

»Hatten Sie seit dem Verschwinden ihres Sohnes den Eindruck, es sei jemand in dieser Wohnung gewesen?«, fragte Caspari die Eltern.

»Wir beide haben uns von unserem Hausarzt kurz nachdem unser Sohn verschwunden war ein Beruhigungsmittel geben lassen. Das lässt uns sehr tief und traumlos schlafen«, antwortete Frau Peters.

»Wir haben wirklich nichts mitgekriegt«, bestätigte ihr Mann.

»Zeigen Sie mir bitte den Platz, an dem Ihr Sohn seine Fotoausrüstung aufbewahrt«, bat Caspari.

Peters führte ihn in einen Raum, der mit wissenschaftlichen Büchern vollgestellt war. Der Schreibtisch war wie leergefegt. Weder ein Blatt noch ein Stift lagen darauf. Peters Senior öffnete einen Stahlschrank, der verdeckt hinter der Tür stand.

»Die Regale hier drin waren vor dem Verschwinden unseres Sohnes mit allem bedeckt, was ein Profifotograf braucht. Es gab kein einziges freies Fleckchen darauf. Wie Sie unschwer erkennen können, ist das mittlere Regal nun leer.«

»Wie haben Sie bemerkt, dass etwas darin fehlt?«

»Als wir hier nach seinem Adressbuch suchten, um auch seine Freunde anzurufen nachdem wir die Polizei eingeschaltet hatten, fiel uns auf, dass der Schrank sperrangelweit offenstand.«

»Wissen Sie im Detail, was fehlt?«, fragte Caspari. Was um alles in der Welt wollte der Mann, der hinter Tiziana her war, mit einer Fotoausrüstung?

»Kai-Uwe kaufte sich von einem Teil des Geldes, das er für seine Mitwirkung an der Platte bekommen hatte, ein paar neue Geräte. Ich kann mich noch erinnern, wie er sie mir zeigte«, meinte Peters. »Es fehlt die neue digitale Spiegelreflexkamera, dann noch eine kleine Unterwasserkamera. Auf die war er ganz besonders stolz. Damit wollte er die Indios beim Fischen fotografieren. Zudem fehlen noch ein oder zwei Autofocuskameras und die entsprechenden Fototaschen.«

»Haben Sie eine Ahnung, wozu er diese Apparate mitgenommen haben könnte?«, fragte Caspari.

»Wenn Sie mich fragen, das war nicht er!«, entgegnete Frau Peters.

»Wie darf ich das verstehen?«

»Mein Sohn ist sehr genau, fast schon penibel, wenn es um seine Fotoausrüstung geht. Er hätte nie den Schrank offenstehen und damit die Geräte einstauben lassen.«

Nachdenklich fuhr Caspari nach seinem Besuch bei den Eltern des verschwundenen Ethnologen auf die Autobahn 3. Es bedurfte nicht viel Phantasie, einen Zusammenhang zwischen den fehlenden Fotoapparaten und der Entstehung des Unterwasserbildes vom toten Hagen Sauter herzustellen. Diese neuen Informationen musste er mit Tina und Mario in das bisher undurchschaubare Mosaik einfügen. Das schrille Klingeln seines Mobiltelefons riss ihn aus seinen Gedanken. Tina meldete sich am anderen Ende der Leitung.

»Hallo Christoph«, grüßte sie ernst. »Unser Mann hat wieder zugeschlagen.«

Caspari war hellwach wie nach einer eiskalten Dusche.

»Erzählen Sie!«

»Die Kollegen aus Mainz haben gerade bei uns angerufen. Ein Student des katholischen Priesterseminars hatte gestern Abend in Mainz eine Verabredung mit Tiziana. Danach traf ihn ein starker Stromstoß, als er die Eingangstür des Seminars öffnen wollte. Nachdem die Mainzer Kollegen über sein Treffen mit Tiziana informiert waren, setzten sie sich mit der Kollegin Metzler aus Hanau in Verbindung. Die verwies sie dann auf uns.«

Tina schwieg einen Moment. Caspari hatte den Eindruck, dass sie das Beste für den Schluss aufbewahrte.

»Dann wäre da noch etwas«, sagte sie. »Ein wichtiges Detail. An der Mauer der Augustinerkirche, an die das Priesterseminar angegliedert ist, prangt ein roter Buchstabe.«

Eine halbe Stunde später traf sich Caspari mit Tina und

Mario auf dem Marktplatz vor dem Dom. In den Cafés herrschte schon reges Treiben. Neben ihnen stand ein Mann, den er auf Mitte dreißig schätzte. Mit seiner legeren Sommerkleidung und der modernen Sonnenbrille hätte man ihn auf den ersten Blick für einen ewigen Studenten halten können. Er stellte sich als Kommissar Werner von der Kripo Mainz vor. Gemeinsam gingen sie am Dom vorbei zur Augustinerstraße.

»Das war schon ein spektakulärer Mordanschlag«, begann Werner zu erzählen. »Zudem noch von langer Hand vorbereitet. Vorletzte Nacht wurde einem Angestellten der Mainzer Stadtwerke der Servicewagen vor der Haustür gestohlen. Vorhin fanden ihn Kollegen in der Generaloberst-Beck-Straße in Hechtsheim. Die Spurensicherung ist noch dabei, eventuelle Fingerabdrücke zu suchen. Gestern früh meldete sich ein vermeintlicher Techniker der Stadtwerke beim Hausmeister des Seminars. Er behauptete, er müsse die Leitungen in dem alten Gebäude überprüfen. In Wahrheit überbrückte er die Sicherung, die den Bereich in Flur und Treppenhaus schützt. Dann setzte er die Leitung des automatischen Türöffners unter Dauerstrom, den er mit einem ferngesteuerten Zwischenschalter blockierte, so dass sich die Tür auch weiterhin problemlos über die Gegensprechanlage öffnen ließ. Als der betreffende Student gestern Abend um elf Uhr die Tür öffnen wollte, löste der Täter über eine Fernsteuerung die Blockade, so dass der junge Mann einem permanenten Stromstoß ausgesetzt war.«

Sie waren am Portal des Seminars angekommen, wo ein Elektriker mit Leitungsdrähten beschäftigt war. Werner stellte Caspari, Tina und Mario den Hausmeister vor, der dem Fachmann zur Hand ging.

»Sie haben mit dem Mann gesprochen, der sich als Angehöriger der Stadtwerke ausgegeben hat?«, fragte Caspari.

»Aijo. Ich hab den Kerl scho gesehe. Der hot so en Blaumann ogehabt un e Kapp off.«

Caspari sah amüsiert Marios fragenden Gesichtsausdruck. Werner schien es auch bemerkt zu haben und übertrug die Worte des Hausmeisters ins Hochdeutsche.

»Er meint, der Mann hätte genauso ausgesehen, wie eben ein Techniker der Stadtwerke ausschaut. Der Phantomzeichner verbrachte mit dem Hausmeister heute Morgen eineinhalb Stunden. Eine Kopie des Bildes habe ich mitgebracht.«

Er schlug die Aktenmappe auf, die er die ganze Zeit unauffällig unter den Arm geklemmt hatte und zog ein Blatt heraus. Das Bild darauf würde sie nicht weiterbringen. Das war Caspari sofort klar. Von dem Gesicht sah man kaum etwas. Es war völlig überdeckt von dichtem Haar und Vollbart. Wenn der Mann sich maskiert hatte, wovon Caspari ausging, dann konnten sie sich die Arbeit sparen, mit diesem Bild an die Öffentlichkeit zu gehen.

»Welche Haarfarbe hatte der Mann?«, fragte er den Hausmeister.

»Blond, würd ich sache«, antwortete der.

Das passte zu den Spuren am Tatort in Serges Tanzschule. Die dort gefundenen Haare waren zwar ebenfalls blond, gehörten allerdings zu einer richtig gut gemachten Perücke.

»Hat die Kriminaltechnik schon ein passendes Haar entdecken können?«

»Zwei blonde Haare im Bereich des Sicherungskastens konnten die Kollegen sicherstellen. Das Labor kümmert sich zurzeit darum. Außerdem nehmen sie den Überbrückungsschalter auseinander. Auf dem ließ der Täter allerdings keine Fingerabdrücke zurück.«

»Lassen Sie uns den gestrigen Abend noch einmal durchgehen«, bat Caspari. »Der Theologiestudent kam die Augustinerstraße entlang und wollte in das Seminar. Wurde das beobachtet?«

»Ja, Sportstudenten, die gerade ein Lokal verließen, sahen, wie er in der Hosentasche nach seinem Schlüssel kramte. Er zog ihn heraus, steckte ihn ins Schloss und umfasste den Türknauf, als er aufschließen wollte. In diesem Moment traf ihn der Stromschlag.«

»Moment!«, unterbrach Tina. »Verstehe ich Sie richtig? Der Stromstoß kam noch nicht, als der Schlüssel ins Schloss gesteckt wurde, sondern erst, als der Seminarist den Knauf umfasste?«

»So haben es die Zeugen ausgesagt«, bestätigte Werner.

»Das bedeutet, dass der Täter in unmittelbarer Nähe gewesen sein muss, um im rechten Augenblick die Sperre mit einer Fernsteuerung zu lösen.«

«Völlig richtig«, meinte der Mainzer Kollege. »Ein weiterer Zeuge beobachtete einen Mann mit blonden Haaren, der sich auffällig verhielt.«

»Inwiefern?«

»Er bestellte eine Pizza am Tresen für den Straßenverkauf gegenüber. Laut dem Verkäufer legte er das Geld gleich abgezählt hin. Der Mann habe immer wieder zum gegenüberliegenden Portal der Augustinerkirche hinübergestarrt, sagt der Pizzabäcker. Als der die Schreie der Passanten gehört habe, hätte er sich vom Ofen abgewandt und wieder zum Tresen gesehen. Da wäre der Mann bereits verschwunden gewesen. Das Geld ebenfalls. Der Zeuge beschrieb den Mann übrigens ähnlich wie der Hausmeister.«

»Er wartet also in aller Ruhe, bis sein Opfer den Knauf anfasst, betätigt dann die Fernbedienung und sieht eiskalt zu, wie der Seminarist zuckend stirbt«, fasste Caspari zusammen.

»Völlig korrekt«, meinte Werner. »Bis auf ein kleines Detail. Das Opfer stirbt nicht! Samuel König, so heißt der Seminarist, hatte Glück im Unglück. Ein beherzter Mann aus der Gruppe der Sportstudenten sprang ihn seitlich an und riss ihn dabei von der Tür weg. König überlebte den Anschlag, jedenfalls bisher.«

»Was meinen Sie damit, er hätte ihn ›bisher‹ überlebt?«, wollte Mario wissen.

»Er liegt auf der Intensivstation der Universitätsklinik und ringt zurzeit noch mit dem Tod. Ob er es schafft, können die Ärzte nicht sagen.«

Caspari spürte eine ungeheure Wut auf den Mann, dessen Fährte er aufgenommen hatte. Kaltblütig zerstörte er das Leben anderer Menschen und stürzte Tiziana in einen dunklen, eisigen Abgrund. Er riss sich zusammen und konzentrierte sich wieder auf die Auswertung des Tathergangs.

»Sie sagten meiner Kollegin am Telefon, es gäbe einen roten Buchstaben an der Wand.«

»Ja, natürlich. Wir waren vorhin so in das Gespräch vertieft, dass wir daran vorbeigelaufen sind«, sagte Werner entschuldigend und zeigte in die Richtung, aus der sie gekommen waren. »Er befindet sich an der Fassade der Augustinerkirche.«

Caspari war gespannt, den Buchstaben zu sehen, der ihnen eine neue Botschaft übergeben würde. Eiligen Schrittes folgten er, Tina und Mario dem Mainzer Kollegen. Als sie an der betreffenden Stelle vor der Fassade standen, stutzte er.

»Was immer es auch ist«, meinte Mario, der als erster seine Sprache wieder fand, »es ist kein lateinischer Buchstabe.«

Vor ihnen leuchtete rot und dick aufgetragen ein φ.

»Das ist ein griechischer Buchstabe, das Phi«, sagte eine sonore Stimme hinter ihnen. Überrascht drehte Caspari sich um. Vor ihm stand ein hagerer Mann mit exakt gezogenem Scheitel, dunklem Anzug und einem Priesterkragen.

»Das ist Regens Walter, der Leiter des Priesterseminars«, erklärte Werner.

Caspari brauchte eine Schrecksekunde, um sich von der Erkenntnis zu erholen, dass sie die ganze Zeit über mit einem zu engen Focus auf die Botschaften gestarrt hatten. Der Mörder hatte sich ihnen über das griechische Alphabet mitgeteilt. Er stellte Tina, Mario und sich dem Geistlichen vor.

»Wir untersuchen eine Mordserie, zu der auch dieser Anschlag gehört«, sagte er. »Dabei hinterlässt der Täter immer einen roten Buchstaben am Tatort. Bisher sind wir von lateinischen ausgegangen. Dieser griechische Buchstabe stellt das Ganze natürlich in ein neues Licht.

Vielleicht können Sie uns weiterhelfen. Bei einem der Opfer fanden wir einen Buchstaben, der wie ein I aussieht, bei einem anderen einen, der wie ein V aussieht.«

»Ein Iota und ein Ny«, antwortete der Leiter des Priesterseminars. »Das griechische Pendant zum I und zum N«, fügte er erklärend hinzu.

»Wie dem auch sei«, schaltete Werner sich wieder ein. »Dieser Buchstabe ist nicht wie die anderen mit einem Farbspray aufgetragen worden, sondern mit Ölfarbe, wie sie Maler verwenden.«

»Ein weiterer Hinweis, dass unser Mann sein Ritual den jeweiligen Gegebenheiten anpasst«, stellte Mario fest. »Er besorgt sich eine Tube roter Farbe, wie sie Maler auf ihre Palette tun, und drückt die Farbe direkt auf der Wand aus.«

»Das ist unauffälliger und geht schneller, als eine Sprühflasche erst einmal zu schütteln und dann den Buchstaben aufzusprühen«, meinte Tina.

Nachdem sie sich von dem Mainzer Kollegen verabschiedet hatten, fuhren sie zum Landeskriminalamt nach Wiesbaden. Mario fütterte seinen Computer mit den neuesten Informationen, Caspari stand am Fenster und blickte auf den Parkplatz hinaus. Wieder einmal überkam ihn das unbestimmte Gefühl, dass ihn die Buchstaben und die unterschiedliche Art und Weise, wie die Opfer den Tod gefunden hatten, an irgendetwas erinnerten. Langsam begann sich die kleine Tür in irgendeinem Winkel seines Gehirns zu öffnen. Just in diesem Augenblick betrat Schlüter mit finsterer Miene das Büro, ohne vorher angeklopft zu haben. Die Tür in seinem Gehirn, durch die ein schwacher Lichtstrahl gefallen war, schloss sich wieder wie von Geisterhand. Caspari fühlte Ärger aufziehen. Aber das war ihm völlig egal. Schlüter hatte sich für ihn in eine Gestalt verwandelt, die immer blasser wurde, bis sie sich selbst irgendwann einmal auflösen würde.

»Nun haben wir schon wieder ein Opfer. Caspari, Sie müssen das in den Griff bekommen!«

»Wir kommen nur dann weiter, wenn wir das System, nach dem er mordet, verstehen«, erwiderte er. »Mit seiner neuen Botschaft hat er uns vielleicht mehr verraten als er wollte.«

»Wie meinen Sie das?«

»Er hinterlässt griechische Buchstaben. Wir müssen jetzt die einzelnen Buchstaben mit der jeweiligen Form der Ermordung in Verbindung bringen, dann bekommen wir ihn zu fassen.«

»Sie sind mir dabei zu langsam! Ich erwarte zeitnah Ergebnisse. Wir können es uns nicht leisten, dass er noch einen Bekannten aus dem Umfeld dieser Rapperin umbringt.«

»Die Menschen, mit denen sie am häufigsten Umgang hat, stehen unter Polizeischutz. Wir können aber nicht jede Person bewachen, mit der Tiziana alle halbe Jahre einmal Kontakt hat!«, konterte Caspari.

»Und was sage ich den Journalisten, die nach dem Anschlag in Mainz fragen?«, fragte Schlüter ärgerlich.

»Gar nichts«, antwortete Caspari. Das Gespräch ging ihm auf die Nerven, und er hatte keine Lust mehr, diese Tatsache zu verbergen.

»Wie darf ich denn das verstehen?«

»Wir haben mit den Mainzer Kollegen verabredet, dass gegenüber den Medien die Verbindung des Theologiestudenten zur Rapperin verschwiegen wird. Die offizielle Aussage ist die, dass man noch nicht wisse, ob der Anschlag dem jungen Mann oder der Institution galt. Der Mörder will Tiziana isolieren. Er nutzt die Berichterstattung und das Interesse, das diese Morde in der Öffentlichkeit wecken, um sie mürbe zu machen. Den Gefallen tun wir ihm dieses Mal nicht!«

»Die Journalisten sind nicht auf den Kopf gefallen. Die werden diesen Buchstaben schnell entdecken«, wandte Schlüter ein.

»Der Pedell begann in unserem Beisein, die Farbe von der Wand zu entfernen. Er hat den Auftrag, es als Graphitti-Schmierereien abzutun.«

»Von wem reden Sie?«, fragte Schlüter irritiert.

Caspari verspürte den unstillbaren Drang, Schlüter wieder einmal vorzuführen.

»Der Pedell, lateinisch Pedellus, Dienstbezeichnung des Hausmeisters einer Universität oder Hochschule.«

Schlüter bekam einen feuerroten Kopf. Mario, der hinter ihm stand, wandte sich schnell ab und starrte zum Fenster. Tina hatte mehr Erfolg, ihre Gesichtszüge in den Griff zu bekommen.

»Ich erwarte Sie in fünf Minuten in meinem Büro«, stieß Schlüter zornig hervor.

Ohne ein weiteres Wort verließ er das Zimmer.

»Ist es gut, ihn so zu verärgern?«, fragte Tina nachdenklich.

»Es ist mir egal!», antwortete Caspari trotzig. »Er ist ein Windei. Wenn er meinen Respekt haben will, muss er etwas dafür tun. Wir konzentrieren uns jetzt auf die neuen Erkenntnisse. Tina, Sie setzen sich mit dem Kryptologen in Verbindung. Sie beide durchforsten das Internet und, wenn es sein muss, auch alle möglichen Bibliotheken, um irgendeinen Zusammenhang zu finden. Gute alte Polizeiarbeit, Mario!«

Caspari klopfte seinem Mitarbeiter auf die Schulter, der sich gerade die heimlich vergossenen Lachtränen aus den Augen wischte.

»Ich werde nach dem Gespräch mit Schlüter den guten alten Freitag nach etwaigen Griechischkenntnissen seines Assistenten fragen und Tiziana anschließend die Nachricht von dem Mordversuch überbringen. Vielleicht fällt ihr etwas zum griechischen Alphabet ein.«

Schließlich aus Zorn und Gleichgültigkeit ging er zu Schlüter. Nachdem Schlüters Sekretärin ihn in dessen Büro geführt und die Tür hinter sich geschlossen hatte, wies Schlüter ihm den Stuhl vor dem Schreibtisch. Er saß kaum darauf, da machte der Präsident seinem Unmut Luft.

»Um gleich auf den Punkt zu kommen: Ihr Ton passt mir nicht, Doktor Caspari!«

Caspari blickte seinen Vorgesetzten ruhig an.

»Aha!«

»Mehr haben Sie dazu nicht zu sagen?«

»Ich habe eine ganze Menge zu sagen, allerdings nicht zu meinem Ton, sondern zu der Art, wie Sie mit meiner Abteilung und letztlich auch mit mir umgehen.«

»Was erlauben Sie sich!« rief Schlüter erregt.

»Wir sind, wie Sie wissen, hoffnungslos unterbesetzt«, fuhr Caspari unbeirrt fort. »Statt sich für eine personelle Aufstockung einzusetzen, fällt Ihnen nichts Besseres ein, als uns zu empfehlen, wir müssten eben durch unsere Arbeit auf uns aufmerksam machen. Ich möchte den Boden der guten Umgangsformen nicht verlassen, sonst würde ich Ihnen sagen, was ich davon halte.«

Schlüter holte Luft, doch Caspari ließ ihm keine Gelegenheit zu einer lautstarken Erwiderung.

»Nein, jetzt bin ich an der Reihe!«, sagte er. »Während wir uns die Beine ausreißen, fällt Ihnen nichts anderes ein, als einen Wichtigtuer aus dem Innenministerium mit Informationen zu versorgen und sich Gedanken darüber zu machen, wie Sie die Mordserie der Presse verkaufen können. Ich hätte erwartet, dass Sie zumindest ein paar Kollegen aus anderen Abteilungen zu unserer Unterstützung abziehen. Wir haben Resturlaub, von dem wir gar nicht wissen, wann wir ihn nehmen sollen. Noch nicht einmal ein paar freie Tage zum Überstundenabbau sind drin. Sie sollten uns motivieren, statt noch mehr Druck auszuüben.«

»So reden Sie nicht mit mir!«, stieß der Präsident heiser hervor.

»Ach, und warum nicht? Wen wollen Sie denn auf den Fall ansetzen, wenn Sie mich suspendieren? Und wie wollen Sie das dem Innenminister erklären? Sie können mir nicht drohen, glauben Sie mir! Für mich ist das Maß nicht mehr nur voll, es läuft seit einiger Zeit über. Meinen Sie denn, das LKA wäre der einzige Platz auf der Welt, an dem ich arbeiten könnte? Wo Sie meine Arbeit ohnehin nicht für voll nehmen! Als einer der wenigen Beamten mit akademischem Grad und Promotion, krebse ich immer noch als leitender Hauptkommissar herum, wo andere schon lange den Grad des Kriminalrats innehaben. Seit einer ganzen Weile trage ich mich mit dem Gedanken, den Personalrat aufzusuchen. Aber selbst dafür fehlt mir die Zeit.«

Schlüter wurde bleich im Gesicht.

»Aber … was wollen Sie denn sonst …«

»Seit einem Jahr liegt meine Habilitation fast fertig in der Schulbade«, unterbrach ihn Caspari ein weiters Mal. »Es gibt genug Universitäten mit einem Lehrstuhl für Kriminalpsychologie.«

»Sie werden doch diese Rapperin nicht hängen lassen. Das passt nicht zu Ihnen!«, erwiderte Schlüter, der seine Stimme und seinen Faden wieder gefunden zu haben schien.

»Wenn Sie wollen, dass wir diese Mordserie aufklären, dann halten Sie uns den Rücken frei. Das ist wohl nicht zu viel verlangt«, konterte Caspari, stand auf und verließ ohne ein weiteres Wort das Büro.

Tina und Mario erwarteten ihn schon gespannt, als er das Zimmer betrat.

»Wie ist es gelaufen?«, fragte Tina fast flüsternd.

»Ich habe ihn nicht zu Wort kommen lassen«, erzählte er. »Ich weiß nicht, ob ihm jemals ein Kollege derart die Meinung gegeigt hat.«

»Sie riskieren einen Rauswurf!«, warnte Mario.

»Das glaube ich nicht. Er braucht mich, damit ich gemeinsam mit Ihnen diesen Fall löse«, erklärte er und legte sich seine Worte sorgfältig zurecht. »Außerdem gibt es noch andere Behörden, die sich für meine, für unsere Arbeit interessieren. Was ich Ihnen jetzt sage, ist streng vertraulich. Das Bundeskriminalamt hat mir ein Angebot gemacht, das ausgesprochen reizvoll ist. Am reizvollsten ist allerdings, dass die Verantwortlichen sich wünschen, dass wir drei gemeinsam die Abteilung aufbauen.«

»Das BKA umwirbt uns. Wer hätte das gedacht?«, sagte Mario überrascht.

»Es soll eine Abteilung sein, die personell und materiell sehr gut ausgestattet ist. Sie beiden wären Gruppenleiter, ich Abteilungsleiter. Höhere Dienstgrade sind inbegriffen, genauso wie mehr Freizeit als bisher. Der stellvertretende BKA-Präsident Fuhr unterbreitete mir höchstpersönlich dieses Angebot und autorisierte mich, Sie einzubinden.«

»Hört sich verlockend an«, meinte Tina.

»Wie kommt der denn darauf, dass wir wechseln würden?«, fragte Mario skeptisch.

»Man weiß im BKA um unsere Situation hier. Des Weiteren bewertet man die Zunahme an Serienmorden dort anders als im Landeskriminalamt Hessen«, erklärte Caspari und begann zu grinsen. »Außerdem eilt uns unser Ruf voraus. Man hält uns für die Besten.«

Tina und Mario sahen sich eine Weile wortlos an.

»Ich glaube, darüber müssen wir noch eine Weile nachdenken«, sagte Tina schließlich. »Wie steht es denn mit Ihnen, Christoph?«

»Ich habe keine Lust mehr, so weiter zu machen wie bisher. Das ruiniert meine Gesundheit, mein Familienleben, einfach alles, was mir neben meinem Beruf noch wichtig ist. Allerdings habe ich bisher noch keine Entscheidung treffen können, allenfalls zeichnet sich eine Tendenz ab. Die zeigt von Tag zu Tag immer mehr in die Richtung des Bundeskriminalamtes. Kurzum, das LKA muss sich schon kräftig Mühe geben, wenn ich hier bleiben soll.«

Schweigend gingen sie auseinander, jeder an seinen Schreibtisch. Caspari telefonierte einige Male mit dem Personenschutz, bis er wusste, wo Tiziana sich gerade aufhielt. Als er losfuhr, war es bereits drei Uhr am Nachmittag. Dieses Mal würde er von Wiesbaden über das Frankfurter Kreuz ohne den üblichen Feierabendverkehr kommen. Als er in Höhe des Flughafens war, sah er gerade eine Maschine in den Himmel steigen. Wehmütig dachte er bei diesem Anblick an Urlaub und schalt sich einen Esel, dass er mit Clara immer noch nicht darüber gesprochen hatte, ihn gemeinsam zu verbringen.

Caspari traf Tiziana auf einem der Aussiedlerhöfe zwischen Bruchköbel und Erlensee. Der Landwirt war der Onkel des Bassisten der Band. Da sich niemand gefunden hatte, der den Hof übernehmen wollte, hatte er bereits vor Jahren die Landwirtschaft aufgegeben. Tiziana und ›ihre Jungs‹ hatten die Viehställe angemietet und zu einem Probenraum mit integriertem Tonstudio umbauen lassen. Caspari stieg aus dem Wagen, als der alte Bauer Toni und den Personenschützern gerade Kaffee und Kuchen kredenzte. Zwölf Männer und eine Frau saßen unter einer großen Kastanie auf Bierzeltgarnituren.

»Bei Lichte betrachtet hat der Personenschutz durchaus

angenehme Seiten«, meinte Caspari grinsend. Er gönnte sich selbst einen Kaffee, bevor er mit der Hiobsbotschaft zu Tiziana gehen wollte. Während er ihn in langsamen Schlucken trank, erzählte er Toni von den Ereignissen der vergangenen Nacht. Der schüttelte ungläubig den Kopf.

»Ich dachte immer, seit der Zeit beim KSK wäre ich abgebrüht. Aber dieser Mörder macht uns mit seinem bösen Spiel total fertig.«

Aus dem sorgfältig schallgedämpften Gebäude wehte Musik herüber. Caspari nahm sich vor, seine Abneigung gegen diesen Musikstil einmal beiseite zu schieben und hinzuhören.

Nach einer Weile zuckte Caspari mit den Schultern. Diese Musik war nicht seine Welt. Aber er hatte wenigstens versucht, sich mit ihr auseinanderzusetzen. Doch es gab offensichtlich Dinge, die sich nicht erzwingen ließen.

Schließlich kamen Tiziana und die Bandmitglieder aus der Tür und atmeten gierig die warme Sommerluft ein. Als die Rapperin Caspari entdeckte, schien sie zusammenzuzucken. Sie kam ihm vor wie eine Kinobesucherin, die nach dem Abspann des Films plötzlich wieder im richtigen Leben ankommt. Ihre Schritte wirkten ängstlich, als sie auf ihn zugelaufen kam.

»Ihrem Gesichtsausdruck nach zu urteilen, haben Sie eine neue Hiobsbotschaft für mich«, sagte sie. »Wer ist es denn diesmal?«

Toni stand auf und nötigte sie, sich zu setzen.

»Sie haben recht«, begann Caspari. »Aber es handelt sich nicht um Mord, sondern um einen Mordversuch. Gestern Abend versuchte unser Mann, ihren Freund, den Theologiestudenten umzubringen.«

Tiziana wurde kreidebleich.

»Sam«, sagte sie mit gebrochener Stimme. »Ich habe mich gestern noch mit ihm getroffen. Sie sagten mir, dass es meine Freunde nicht in zusätzliche Gefahr bringt, wenn ich mich mit ihnen treffe. Ich habe Ihnen und Ihrem Wort vertraut. Und nun hat es Sam erwischt.«

»Ich kann Ihre Befürchtungen gut verstehen«, sagte Caspari ruhig. Dann erzählte er, was geschehen war.

»Der Anschlag wurde unabhängig von Ihrem Treffen ausgeübt. Der Täter hatte ihn bereits vor zwei Tagen vorbereitet. Haben Sie zu diesem Zeitpunkt schon an eine Verabredung mit diesem Sam gedacht?«

»Nein, das war eher eine spontane Aktion«, gab Tiziana zu. »Wie geht es Sam jetzt?«

»Er lebt. Das ist zunächst das Wichtigste. Die Ärzte haben ihn in ein künstliches Koma versetzt, damit er seinen Zustand nicht wahrnimmt und sein Körper sich besser erholen kann. Mehr kann ich zum gegenwärtigen Zeitpunkt nicht sagen.«

»Was soll ich nur machen?«, fragte Tiziana, während ihr Tränen über die Wangen liefen.

Caspari nahm sich zum ersten Mal die Zeit, sie genauer anzusehen. Das schwarze Haar und der dunkle Teint verrieten das sizilianische Erbe ihrer Mutter. Der schlanke Körper und die scharf geschnittenen Gesichtszüge rundeten den Gesamteindruck einer schönen Frau ab. Caspari fühlte sich in der Gegenwart gut aussehender Frauen immer ein wenig unwohl. Er kam sich daneben hässlich, körperlich missraten und unvollkommen vor. Allerdings war dies kein guter Zeitpunkt, sich über die Schönheit dieser Frau Gedanken zu machen. Er musste ihr professionell begegnen, um sie vor einem Wahnsinnigen beschützen zu können. Er war froh, sich auf diese Ebene konzentrieren zu müssen. Das ersparte ihm einen seiner Schüchternheitsanfälle mit dem berühmten Kloß im Hals und dem roten Kopf.

»Ich muss Sie leider noch mit Fragen belästigen«, sagte er. »Aber wir brauchen weitere Anhaltspunkte. Fällt Ihnen etwas zu Griechenland ein, zu griechischen Buchstaben oder ähnlichem?«

Sie überlegte eine Weile. Caspari sah, wie sehr sie sich anstrengte, irgendeinen Bezug zu finden.

»Nein, mir fällt überhaupt nichts ein.«

»Was ist denn mit deinem heimlichen Verehrer?«, fragte Toni. »Hieß der nicht Stavros oder so ähnlich?«

Caspari war augenblicklich hellwach. Das konnte die erste heiße Spur sein.

»Erzählen Sie. Was ist vorgefallen?«

»Eigentlich war es ziemlich harmlos. Deshalb dachte ich auch nicht mehr daran. Als wir im vergangenen Jahr in Normans Studio am Album ›Ethno‹ arbeiteten, bekam ich regelmäßig Blumen dorthin geschickt. Danach war Ruhe. Vor einem Monat beteiligten wir uns an einem Benefiz-Konzert für das Flüchtlingshilfswerk der UNO in der Frankfurter Festhalle. Dorthin wurde dann wieder ein Strauß für mich geliefert. Es ist immer ein Stavros, der auf den Karten unterschreibt. Ansonsten stehen keine Nachrichten oder Grüße darauf.«

»Wissen Sie, wie er mit Nachnamen heißt?«

»Nein, leider nicht.«

»Können Sie sich vielleicht noch an den Blumenladen erinnern, der den Strauß lieferte? Auf der Folie klebt doch meistens ein Etikett des Floristen.«

Caspari hoffte inständig auf eine positive Antwort.

»Den habe ich mir nicht gemerkt.«

»Ich hatte mir erlaubt, einen Blick darauf zu werfen«, meldete sich Toni zu Wort. »An den Namen erinnere ich mich zwar nicht mehr. Aber ich weiß, dass es eine Floristenkette aus dem Rhein-Main-Gebiet war.«

»Na gut, das ist ja schon mal etwas«, sagte Caspari und versuchte dabei zuversichtlich zu klingen. Er bat Tiziana um die Adresse von Norman Klings Tonstudio. Danach verabschiedete er sich und ging zu seinem Wagen. Von dort aus sprach er in einer Telefonkonferenz mit Hauptkommissarin Metzler aus Hanau und Hauptkommissar Ludwig aus Frankfurt. Die beiden mussten unbedingt über den neuesten Stand der Ermittlungen informiert werden.

Weder Ludwig noch Metzler waren besonders erfreut darüber, dass Caspari die Suche nach dem Laden, in dem dieser Stavros die Blumenlieferungen an Tiziana aufgegeben hatte, an sie delegierte. Es kostete ihn einige Minuten Überzeugungsarbeit, bis die beiden dann doch zustimmten. Anschließend rief er im Landeskriminalamt an. Tina und Mario waren noch da. Während er nach Gelnhausen fuhr, besprach er mit beiden die neuesten Informationen.

»Wurde ja auch mal Zeit, dass sich der Nebel lichtet«, meinte Mario. »So gerissen wie er tut ist er dann doch wohl nicht, wenngleich ich zugeben muss, dass ich bei der Frage nach der Bedeutung der Buchstaben nach wie vor im Dunkeln tappe.«

»Das Telefonat mit Professor Weber habe ich Ihnen abgenommen«, schaltete Tina sich ein. »Er konnte mir glaubhaft versichern, dass ihm Griechischkenntnisse seines Assistenten nicht bekannt seien.«

»Ich denke, die Buchstaben kommen nicht von Peters«, meinte Caspari. »Er ist wahrscheinlich selbst ein Opfer, das der Täter benutzt hat, um an das Pfeilgift und die Fotoausrüstung heranzukommen.«

Kurz bevor er auf dem Parkplatz vor Claras Pfarrhaus hielt, beendete Caspari das Gespräch mit der Dienstanweisung an Tina und Mario, nach Hause zu gehen und sich auszuruhen. Mit gemischten Gefühlen stieg er aus. Eigentlich hätte er jetzt an seinem Schreibtisch oder auf dem Hof sitzen und so lange recherchieren müssen, bis er die Bedeutung der Buchstaben entschlüsselt hatte. Aber er hatte sich fest vorgenommen, sich mehr Zeit für Clara und Lukas zu nehmen. Das Treffen seines Sohnes mit Elke fühlte sich an wie eine existentielle Bedrohung. Da konnte er noch so gute Argumente dafür finden, dass es ein wichtiger Schritt zu einem normalen Verhältnis zwischen Mutter und Kind war.

Vom Parkplatz aus ging er durch den Garten. Clara saß auf der Terrasse und arbeitete am Notebook, das auf dem Tisch stand. Er küsste sie innig und strich ihr durchs Haar. Sie lächelte ihn an.

»Gib mir noch fünf Minuten«, bat sie. »Ich schreibe gerade die letzten Sätze der Beerdigungspredigt.«

»Der alkoholkranke Firmengründer?«, fragte er.

»Ja, der.«

»In Ordnung. Ich gehe solange hoch und koche uns einen Kaffee.«

»Ach, das wäre schön. Den habe ich mir redlich verdient«, sagte Clara und nickte.

Als er nach einer Weile mit einem Tablett herunterkam, hatte sie das Notebook bereits zugeklappt und ins Amtszimmer gebracht. Schweigend tranken sie den Kaffee und genossen das Spiel der Nachmittagssonne, deren Strahlen durch die Blätter der alten Eiche tanzten.

»Wie war dein Tag?«, fragte Clara, während sie ihre Hand auf seine legte. Caspari überlegte noch, wo er anfangen sollte, als die Klingel des Pfarramtes schellte.

»O nein!«, stöhnte Clara und stand widerwillig auf. Er blikkte ihr nach, wie sie durch die Waschküche in den Flur und dort zur Eingangstür ging. Ein Mann bat um ein Gespräch. Clara gab sich Mühe, mit ihm einen Termin auszumachen, aber sie schien dabei nicht erfolgreich zu sein. Wenig später kam sie auf die Terrasse.

»Es tut mir leid«, sagte sie resigniert. »Manche Dinge dulden offensichtlich keinen Aufschub.«

»Der paranoide Mann?«, riet Caspari.

»Ja, genau der«, antwortete sie. »Ich versuche, es kurz zu machen. Er muss sich an Absprachen halten. Eine davon lautet, dass er nicht unangemeldet zu jeder Tageszeit auf ein Gespräch bestehen kann. Wir haben das zwar erst heute Morgen ausgehandelt, aber es scheint sich bei ihm noch nicht gesetzt zu haben. Mach du es dir wenigstens ein bisschen nett, während ich mit ihm rede.«

Caspari stand auf und gab ihr einen Kuss, bevor sie die Terrasse wieder verließ. Dann ging er zu seinem Wagen und holte eine Bolivar aus seiner Tasche. Genüsslich zündete er die Zigarre an und sah den Rauchkringeln nach, die er in die Luft blies. Plötzlich zog ein eigenartiger Lärm seine Aufmerksamkeit auf sich. Er blickte auf und sah eine Taube, die einem Turmfalken zu entkommen versuchte. Sie hatte keine Chance. Der Raubvogel flog schneller und wendiger als sie. Obwohl er nicht größer als die Taube war, riss der Falke sie zu Boden. Er saß förmlich auf ihr und begann auf seine Beute einzuhacken. Die Taube streckte ihre Flügel von sich und versuchte verzweifelt, sich frei zu strampeln, was ihr jedoch nicht gelang. Unbarmherzig hackte der Raubvogel auf sie ein, bis sie sich nicht mehr regte. Caspari fiel beim Anblick der Taube die Haltung der drei Leichen ein. Kling, Sauter und Serge lagen ausgestreckt mit dem Gesicht auf dem Boden, die Beine zusammen, die Arme abgespreizt. Was war, wenn der Täter sie gar nicht als Engel darstellen wollte, sondern als die von ihm erlegte Beute?

»Frau Pfarrerin Frank, halten Sie mich denn auch für verrückt?«

Erwin Dauner sprang wieder von einem Thema zum nächsten, ohne ihre Antwort abzuwarten. Es war, als hörte er sie gar nicht.

»Ich glaube, Sie brauchen Hilfe«, erwiderte sie.

»Gibt es einen Gott?«

»Davon bin ich überzeugt.«

»Ich glaube, ich muss hier raus. Ich mache es wie Reinhold Messner. Mit dem Schlitten durch die Arktis. Vielleicht begegne ich dort meinem Sohn.«

»Dem Geologen?«, fragte Clara.

»Meine Frau ist schon viele Jahre tot. Wie lange eigentlich? Ich habe das Zeitgefühl verloren.«

»Der Tod Ihrer Frau hat eine große Lücke in Ihrem Leben hinterlassen«, stellte Clara fest.

»Jeden Tag und jede Nacht sind sie da. Immer zu anderen Zeiten. Ihr Geflüster wird immer schlimmer. Das treibt den gesündesten Menschen in den Wahnsinn! Bin ich wahnsinnig, Frau Frank?«

»Ist es von Bedeutung, was ich denke?«, fragte Clara, die einen Ausgang aus diesem Gespräch suchte, das eher einem Ein-Mann-Stück glich, bei dem sich der Schauspieler nicht an den Text hielt, den ihm die Souffleuse zuflüsterte. Wieder ging Dauner nicht auf ihre Antwort ein.

»Am besten wird es sein, ich erfriere in der Arktis. Dann muss ich die Stimmen nicht mehr hören.«

»Herr Dauner, ich möchte das Gespräch jetzt beenden!«

»Können Sie mir etwas zu essen kaufen und vorbeibringen?«

»Nein, ich möchte das Gespräch beenden!«

Clara stand auf und ging zur Tür. Dauner schien noch zwischen Protest und Resignation hin und her gerissen zu sein. Eine Weile stand er mit starrem Blick im Büro, dann ging er ohne Abschiedsgruß an ihr vorbei zur Haustür hinaus.

Clara atmete tief durch, nachdem sie die Tür geschlossen hatte und ging wieder auf die Terrasse, wo Caspari gebannt in den Garten starrte. Seine Zigarre, die er in der Hand hielt, qualmte vernachlässigt.

»Welcher Hypnotiseur ist dir denn über den Weg gelaufen?«, fragte sie neugierig.

»Ein Turmfalke, der deinen Garten gerade in ein Schlachtfeld verwandelt hat«, erwiderte er ungerührt.

Vorsichtig schielte sie in die Richtung, in die er seinen Blick gerichtet hielt und sah gleich darauf angewidert weg.

»Das fasziniert dich so sehr, dass du wie paralysiert darauf starrst?«, fragte sie.

Caspari erklärte ihr seine Entdeckung.

»Was du sagst, klingt plausibel«, sagte sie. »Die Annahme, es sei ein Hinweis auf Engel, halte ich ohnehin für falsch.«

»Warum?«, fragte er neugierig.

»Weil Engel in den klassischen Darstellungen keine Federn an den Armen haben. Es sind richtige Flügel, die ihnen aus dem Rücken heraus gewachsen sind.«

Caspari schaute sie an, als sei er ein dem Mittelalter entsprungener Mann, dem man erklärte, dass die Erde keine Scheibe war. Mit der flachen Hand schlug er sich gegen seine Stirn.

»Ja, natürlich. Wie konnten wir das übersehen?«

Clara musste über sein verdutztes Gesicht lachen. Sanft fuhr sie ihm durch den Bart und sah ihn nachdenklich an. Wollten sie heute nicht gemeinsam den Abend und die Nacht auf dem Hof verbringen? Warum hatte er vorhin Kaffee gekocht und den Versuch unternommen, gemeinsam mit ihr die Seele im Pfarrgarten baumeln zu lassen, während Lukas wahrscheinlich zu Hause auf sie beide wartete?

»Ich bin etwas erstaunt, dass es dich heute so gar nicht zu deinem Sohn zieht.«

»Ich will ihm so viel Zeit wie möglich mit seiner Mutter geben.«

»Hätte er die nicht auch, wenn du in seiner Nähe wärst?«

»Vielleicht«, antwortete er ausweichend.

»Ich glaube eher, dass du dich nicht nach Hause traust, weil du Angst davor hast, dass ihm dieser Nachmittag sehr gut gefallen hat.«

»Du kennst mich, als wären wir schon eine Ewigkeit zusammen«, sagte er und grinste verstohlen. »Ich bekomme die Angst, ihn zu verlieren, nicht in den Griff. Es hilft einfach nicht, wenn ich mir immer wieder sage, dass sie unbegründet und ganz und gar unvernünftig ist.«

»Ich kann dich verstehen«, sagte Clara liebevoll. »Aber ich glaube, da musst du durch. Und vor allem darfst du Lukas nichts davon merken lassen. Es wäre schlimm, wenn deine Angst sein Verhältnis zu Elke belasten würde.«

Sie gab ihm einen Klaps auf die Schulter.

»So, mein Großer, und jetzt fahren wir zu eurem Hof. Ich habe große Lust, im Weiher zu schwimmen. Meine Reisetasche steht schon gepackt im Flur. Es gibt also keinen Aufschub mehr!«

Caspari lächelte verlegen. Als sie ihn ansah, durchflutete sie ein warmes Gefühl.

Auf der Fahrt von Gelnhausen über Wächtersbach und Wittgenborn zum Hof am Weiher klang aus den Lautsprechern natürlich wieder klassische Musik. Clara ließ Caspari gewähren. Diese Marotte war wenigstens eine angenehme. Sie hatte schon Männer gekannt, deren Eigenheiten sie als wesentlich störender empfunden hatte.

»Welche Götterklänge hören wir denn?«, fragte sie mit einem Augenzwinkern.

»Ein Klavierkonzert von Wolfgang Amadeus Mozart, Köchelverzeichnis 107. Wahrhaftige Götterklänge!«, antwortete er verträumt.

Als sie auf den Hof fuhren, sah sie Lukas mit seiner jüngeren Schwester unter der Linde spielen, während seine Mutter mit den alten Casparis auf der Bank saß und ihrem jüngsten Kind die Brust gab. Clara spürte Unruhe von Caspari ausgehen. Lukas kam zum Wagen gelaufen und riss die Fahrertür auf.

»Papa, die Elli ist meine kleine Schwester.«

Hinter Lukas schielte ein kleines Mädchen mit strohblonden Zöpfen zu ihnen herüber.

»Die ist voll lustig!«, plapperte Lukas fröhlich weiter, gab seinem Vater einen Kuss noch bevor der ausgestiegen war und setzte sein Spiel mit Elli lachend fort. Caspari grüßte seine Eltern und seine Ex-Frau. Clara schloss sich ihm an.

»Na, wie ist es bisher gelaufen?«, fragte er in einem Tonfall, der ein Quäntchen zu gelassen klang.

»Sehr unkompliziert«, antwortete Elke leise, um den Säugling an ihrer Brust nicht zu erschrecken. »Lukas bringt die unselige Geschichte Gott sei Dank nicht mit Elena in Verbindung. Schließlich hat er sie damals als Baby gewürgt, weil er sich vernachlässigt fühlte und ihr die Schuld dafür gab.«

Clara dachte an die Ereignisse, von denen ihr Caspari erzählt hatte. Es war allen Beteiligten nur zu wünschen, dass sich die Verhältnisse wieder annähernd normalisierten.

»Wie heißt denn die Kleine?«, fragte sie, um das Thema zu wechseln.

»Verena«, antwortete die zierliche blonde Frau, die vor ihr auf der Bank saß.

»Das ist ein schöner Name«, meinte Clara aufrichtig.

»Wie war dein Tag, mein Sohn?«, fragte Caspari Senior.

Clara überlegte, was sie an Casparis Stelle antworten würde. Die Kriminalität, mit der er von Berufs wegen zu tun hatte, war so etwas wie eine Parallelwelt, die ein Außenstehender kaum nachvollziehen konnte. Von dem, was ihm während seiner Arbeit begegnete, konnte er nur in homöopathischen Dosen erzählen. Auch seinen Eltern.

»Er war sehr aufschlussreich«, antwortete Christoph vielsagend.

»Habt ihr euren Mörder?«, bohrte Caspari Senior weiter.

»Noch nicht. Aber wir beginnen ihn zu begreifen und sind ihm dicht auf den Fersen. Er hinterlässt Botschaften in Form von griechischen Buchstaben«, Caspari hielt inne. »Mist. Ich habe mir nicht alle übersetzen lassen.«

Clara sah ihn grinsend an. Er schien das Naheliegende nicht zu sehen.

»Tja, mal überlegen, wen du auf die Schnelle fragen könntest. Vielleicht jemanden, der Theologie studiert hat?«

Begriffsstutzig sah er sie an. Clara amüsierte es zu sehen, wie sehr er mit dem Groschen rang, der partout nicht fallen wollte. Plötzlich kniff er die Augen zusammen und schüttelte den Kopf.

»Allem Anschein nach stehe ich heute auf dem Schlauch. Natürlich beherrschst du als studierte Theologin die altgriechische Sprache. Der Buchstabe, dessen Bedeutung ich suche, sieht wie ein X aus.«

»Das Chi. Es entspricht dem ch im Deutschen.«

»Nun kennen wir die Buchstaben, wissen aber noch immer nicht, was sie bedeuten. Sie stehen auf jeden Fall in Verbindung mit der jeweiligen Art der Ermordung. Einige Male meinte ich, die Lösung direkt vor Augen zu haben, aber der Schleier wollte sich nicht lüften lassen.«

Clara hielt sich meist von der Welt fern, in die ihn sein Beruf führte. Allerdings liebte sie es, knifflige Rätsel zu lösen. Vielleicht würde sie dieses Mal eine Ausnahme machen. Caspari hingegen hatte genug über das gesprochen, was ihn die meiste Zeit des Tages beschäftigte. Er versuchte, sich einem anderen Thema zuzuwenden.

»Wie geht es deinem Vater und deinem Mann?«, fragte er zu Elke gewandt. Ihr Vater, Heinz Bertram, war der Leiter des Gelnhäuser Polizeireviers. Caspari hatte sich immer gut mit ihm verstanden. Bertrams Einfluss war es letzten Endes zu verdanken, dass er bei der Polizei gelandet war, genauso wie sein ehemals bester Freund, Jürgen Jungmann – Elkes Ehemann.

»Du weißt ja, dass der Hessentag vor der Tür steht. Über eine Woche Ausnahmezustand in Gelnhausen. Die beiden können vor Arbeit kaum noch aus den Augen gucken. Ein Staatssekretär aus dem hessischen Innenministerium koordiniert die Sicherheitsmaßnahmen. Das muss der reinste Sklaventreiber sein. Ich höre zu Hause nur noch den Namen Carstens. Papa und Jürgen sind nicht besonders gut auf ihn zu sprechen.«

Clara musste sich beherrschen, um bei der Erwähnung von Oliver nicht zusammenzuzucken. Dieser Name hatte auf diesem Hof nichts verloren. Hier war Christophs und ihr Refugium. Ein Mann, dessen Erscheinung ihr gefiel und dessen körperliche Präsenz sie elektrisierte, gehörte nicht hierher. Auch nicht in ihren Gedanken.

»Ich glaube, wir alle machen drei rote Kreuze in den Kalender, wenn dieses Spektakel vorbei ist«, meinte sie.

In ihr wuchs der Drang, das Gespräch zu beenden und auf andere Gedanken zu kommen.

»Wollen wir nicht eine Runde im Weiher schwimmen, bevor die Sonne untergeht?«, fragte sie Caspari. »Denk dran, du hast es versprochen!«

»Ja, sicher, machen wir«, antwortete er.

Sie verabschiedeten sich von Elke, zogen sich im Haus um und schlenderten zu dem Steg der Familie Caspari am Weiher.

Ausgiebig schwammen sie im warmen Wasser. Am gegenüberliegenden Ufer sahen sie einige FKK-Jünger in den geschützten kleinen Buchten liegen. Clara, die zum ersten Mal in dem Weiher schwamm, konnte gar nicht genug bekommen. Die Sonne verschwand bereits am Horizont, als sie aus dem Wasser stiegen.

Während Clara sich abtrocknete, ließ sie ihren Blick noch einmal über das Wasser und den angrenzenden Wald schweifen.

»Warum wird das Gewässer eigentlich als Weiher bezeichnet? Von der Größe her ist es doch ein See«, meinte sie.

Caspari wusste darauf keine Antwort.

»Wie dem auch sei«, meinte er. »Auf jeden Fall ist es ein traumhaftes Fleckchen Erde hier.«

Er nahm ihre Hand und sie gingen über den Schotterweg zurück zum Hof, wo Lukas sie erwartete.

»Der Opa ist böse!«, meinte er trotzig. »Der hat mir nicht erlaubt, euch hinterher zu laufen und auch im Weiher zu schwimmen.«

»Du weißt, mein Lieber, dass deine Mittelohrentzündung noch nicht allzu lange zurückliegt. Noch darfst du nicht schwimmen gehen. Darauf müssen wir noch ein paar Tage warten«, erklärte sein Vater. »So schlimm ist das aber auch nicht. Der Sommer hat ja gerade erst angefangen.«

Nachdem sie zu Abend gegessen und Lukas ins Bett gebracht hatten, kamen Clara noch einmal Casparis rätselhafte Morde in den Sinn.

»Was hältst du davon, wenn ich mir mal ansehe, was ihr zu den Mordfällen zusammengetragen habt?« fragte sie.

»Ich weiß nicht …«

»Ich behandle es vertraulich«, versprach sie.

»Darum geht es nicht. Ich weiß, dass ich mich dabei auf dich verlassen kann. Es sind die Bilder von den Tatorten und den Toten. Die sind alles andere als appetitlich.«

»Ich würde mir das Material trotzdem gern einmal ansehen. Auf eigene Verantwortung.«

Er nickte nachdenklich. Dann stand er auf und kam mit seinem Notebook und einer CD-Rom wieder zurück. Nachdem er das Gerät auf den Küchentisch gelegt und angeschaltet hatte, holte er zwei Flaschen des naturtrüben Wächtersbacher Jubiläumsbieres, öffnete sie und schenkte ihr ein.

Die Bilder von der CD ließen Clara den Atem stocken. Nachdem sie das Betrachten der Getöteten als notwendiges Übel beim Knacken des Rätsels akzeptiert hatte, konnte sie sich auf die Details konzentrieren.

»Es ist schrecklich zu sehen, wozu Menschen fähig sind«, fand sie. Dann klickte sie sich wieder durch die Tatortfotos. Beim dritten Durchgang wusste sie, woran sie diese Bilder erinnerten.

»Spontan fällt mir der Griechischunterricht an der Universität ein«, meinte sie.

»War der so grausam?«, fragte Caspari ironisch.

Sie knuffte ihn zärtlich.

»Trottel!«

Dann wurde sie wieder ernst.

»Es geht um die Texte, die wir übersetzen mussten. Griechische Sagen! Beim Betrachten der Fotos von dem Toten im Swimmingpool habe ich verstanden, was der Mörder sagen will. An der Glasfront hinterließ der Täter ein Iota. Der Tote trägt ein Flügelkleid und hat Verbrennungen. Es wundert mich, dass du nicht selbst darauf gekommen bist.«

Casparis Blick ging ins Leere. Er schien etwas aus seiner Erinnerung hervorzuholen.

»Das ist es!«, rief er. »Ein paar Mal stand ich kurz davor, es zu sehen. Jedes Mal wurde ich gestört. Ikaros!«

»Sohn des genialen Daidalos«, stimmte sie zu. »Daidalos will von der Insel Kreta fliehen, wo er vom König Minos festgehalten wird. Weil er keine Möglichkeit sieht, auf dem Seeweg zu entkommen, baut er für seinen Sohn und sich Flügel, mit denen sie in den Himmel aufsteigen. Daidalos warnt seinen Sohn, der Sonne nicht zu nahe zu kommen. Die Federn sind mit Wachs aneinander befestigt. Durch die Wärme der Sonne würde es schmelzen und die Flügel zerfallen. Ikaros ist jedoch so sehr von dem Anblick der Sonne fasziniert, dass er die Warnung des Vaters vergisst und immer höher fliegt, bis das Wachs schmilzt. Er stürzt aus großer Höhe ins Meer und stirbt.«

»Der Tote im Blumenbeet …«

»… ist Narcissos, Sohn einer Wassernixe und eines Flussgottes. Er ist so schön, dass alle, die ihm begegnen, sich in ihn verlieben. Er hingegen erwidert die ihm entgegengebrachte Liebe nicht. Deshalb wird er verflucht. Er verliebt sich in sein Spiegelbild, das er in einem Bach sieht. Ein Spiegelbild ersetzt allerdings nicht ein reales Gegenüber. Narcissos stirbt aus Trauer darüber und vergeht zu einer Blume.«

»Der Narzisse«, fuhr Caspari fort.

»Der tote Tanzlehrer soll Cheiron darstellen. Er war ein Zentaur, ein Mischwesen aus Mensch und Pferd. Cheiron war der Lehrer des Achilleus. Herakles verletzt ihn ohne eigene Schuld mit einem Pfeil. Als Zentaur ist er unsterblich, so tötet ihn das Geschoß nicht. Aber die Verletzung heilt nie. Die Schmerzen sind für Cheiron so unerträglich, dass er seine Unsterblichkeit aufgibt und lieber stirbt, als sich weiter zu quälen. Von Zeus wurde er in das Sternbild des Schützen verwandelt.«

»Bleibt nur noch das Phi«, meinte Caspari.

»Welche Person in den griechischen Sagen wurde von einem Stromschlag getötet?«

»Von einem Stromschlag niemand«, antwortete Clara. »Allerdings wurde Phaetons Sonnenwagen von Zeus durch einen Blitz zerstört, und Phaeton stürzte ab.«

»Ich erinnere mich dunkel«, meinte Caspari. »Mein Vater brummte uns früher die griechischen Sagen als Zusatzprogramm zur Schule auf. War das nicht der Sohn des Helios, des Sonnengottes?«

»Richtig. Sein Vater gewährt ihm einen Wunsch, egal was es ist. Daraufhin wünscht sich der junge Mann, den Sonnenwagen zu lenken. Helios versucht, ihn von diesem Vorhaben abzubringen. Außer ihm, dem Sonnengott, ist niemand in der Lage, die feurigen Rösser zu führen und den Wagen zu lenken. Aber Phaeton besteht darauf. Versprochen ist ja bekanntlich versprochen, auch bei Göttern.«

»Schweren Herzens erlaubt es ihm der Vater. Die Katastrophe beginnt. Phaeton ist den Pferden nicht gewachsen. Er verliert die Kontrolle über den Sonnenwagen und reißt eine Wunde in den Himmel, aus der die Milchstraße entsteht. Durch den Schlingerkurs der Sonne beginnt die Erde zu brennen.«

»Zeus, der Göttervater muss nun noch schlimmeres verhindern. Er schleudert einen Blitz auf Phaeton, der den jungen Mann sofort tötet und lässt die Pferde einfangen.«

»Hast du schon mal daran gedacht, bei der Polizei anzufangen?«, fragte Caspari scherzhaft.

»Seitdem ich dich kenne, bin ich doch schon dabei«, sagte Clara mit einem Augenzwinkern. Dann wurde sie wieder ernst. Es genügte ihr plötzlich nicht mehr, mit ihm die Hinweise des Täters zu entschlüsseln. Sie wollte auch dahinter kommen, was der Mörder mit der Anlehnung an die griechische Mythologie beabsichtigte.

»Hast du schon eine Idee, was euer Mann damit sagen will?«

»Ja«, sagte er nachdenklich. »Aber meine Überlegungen sind zunächst natürlich rein spekulativer Natur.«

»Natürlich«, erwiderte sie grinsend. »Du alter Untertreiber.«

»Norman Kling, der Tote im Blumenbeet«, begann er seine Analyse, »war ein Mann, der unfähig war, feste Bindungen auf längere Zeit einzugehen. Aufgrund seiner Position und seiner Erscheinung mangelte es ihm natürlich nicht an Angeboten von jungen Damen, die über ihn an eine große Karriere kommen wollten. Tiziana war bereits eine bekannte Rapperin, als sie mit ihm anbandelte. Aus dem, was man mir erzählte, entnehme ich, dass sie sehr verliebt gewesen sein muss. Aber auch ihr war er nicht treu. Nachdem die Presse beide als das Traumpaar der Musikbranche gefeiert hatte, brach er aus der Beziehung aus. Tiziana zog sich ein halbes Jahr zurück, um sich von diesem Schlag zu erholen. Ich denke, der Mörder meinte, er müsste Kling sowohl dafür bestrafen, dass Tiziana sich in ihn verliebt hat, als auch dafür, dass er sie offensichtlich derartig verletzt hat.«

»Klingt plausibel«, meinte Clara. »Doch dieser verbrannte Tote im Schwimmbecken. Was hat der mit Ikaros zu tun?«

»Er ist der Sonne zu nahe gekommen und musste dafür sterben. Die Sonne symbolisiert für den Täter Tiziana. Niemand hat das Recht, sich ihr zu nähern.«

»Niemand außer ihm selbst«, spann Clara den Gedanken weiter.

»Serge war Tanzlehrer. Er wurde von einem Pfeil getroffen, genauso wie Cheiron, der Menschenfreund und Lehrer einiger griechischer Helden«, sagte Caspari leise.

»Phaeton hätte besser die Finger von dem Sonnenwagen lassen sollen«, stellte Clara fest. »Der Ritt auf dem Sonnenwagen war etwas, das er weder beherrschte, noch stand es ihm zu, die Pferde zu führen. Was in Zeus' Augen eine Tragödie war, ist für euren Mörder eine zwingende Konsequenz.«

»Chapeau, Frau Pfarrer«, meinte Caspari anerkennend.

»Nach diesem Glanzstück habe ich natürlich auch eine Reihe von Wünschen«, entgegnete sie. »Sozusagen als Entlohnung. Da wäre zuerst eine gemeinsame Dusche. Dann das volle Verwöhnprogramm!«

»Als da wäre?«, fragte er schmunzelnd.

»Ein schöner Rotwein auf dem Nachttisch, eine angenehme Massage im Kerzenschein von einem Mann mit großen Händen.«

»Und was folgt darauf?«

»Ein tiefer, erholsamer Schlaf, mein Lieber!«, antwortete sie mit dem strengen Gesichtsausdruck einer alten Oberschullehrerin.

Caspari versuchte, seine Enttäuschung zu verbergen. Doch es gelang ihm nur mittelprächtig. Clara lachte und gab ihm einen Klaps auf die Schulter.

»Na ja, wer weiß. Vielleicht macht mich deine Massage ja erst so richtig munter.«

Kapitel 5

Die Polizisten im Wagen vor der Tür dösten. Lautlos kletterte der Schatten auf die Mülltonne und öffnete das gekippte Toilettenfenster im Erdgeschoss. Bevor er sich hinein schwang, sah er sich noch einmal nach allen Seiten um. Es war tiefe Nacht und er war allein. Nicht ganz allein, korrigierte er sich. Die Person, um die sein Denken, Fühlen und Handeln kreiste, und ihr Begleiter waren hier. Und dieser Begleiter musste endlich weg. Lange genug hatte er sich vor sie gedrängt. Der Schatten konnte ihn nicht länger dulden. Die Gegenwart dieses Toni störte die Reinheit und die Wahrheit der Verbindung zwischen Tiziana und ihm, dem sie vollkommen gehören sollte.

Ruhig und ohne Hast schüttelte er ein paar Mal die Sprühflasche, bevor er seine Nachricht auf der weißen Tapete im Flur hinterließ. Dann ging er zielstrebig in den ersten Stock zu ihrem Schlafzimmer. Er kannte sich ausgezeichnet in diesem Haus aus. Sie lag angezogen auf dem Bett und schlief einen Schlaf, den er ihr geschenkt hatte. Den Schlaf ohne Traum, den Schlaf des Vergessens. Der muskulöse Leibwächter lang auf dem Sofa im Wohnzimmer. Der Schlaf, den der Schatten ihm gegeben hatte, war unruhiger, beweglicher. Er hauchte ihm ins Ohr, er müsste aufstehen. Mit wässrigen Augen und hängenden Mundwinkeln blickte Toni auf. Das Gift tat seine Wirkung. Der Schatten ermunterte ihn flüsternd aufs Neue, sich zu erheben. Toni stand taumelnd auf und ließ sich wie ein kleines Kind von ihm führen. Zielstrebig dirigierte er den Leibwächter die Treppe in den zweiten Stock hinauf in das Gästezimmer. Lautlos öffnete der Schatten die Tür und schob ihn auf den Balkon. Er wollte ihn nur noch ein wenig nach links drängen, als er plötzlich die Lichtkegel von zwei Taschenlampen sah, die von der Vorderseite des

Hauses kamen und sich schnell zum Seiteneingang im Garten vorarbeiteten. Leise fluchte der Schatten. Er wollte die Verwandlung des Bewachers auf vollkommene Weise durchführen. Doch die nahenden Polizisten würden das nicht zulassen. Was hatte sie aus ihrem Wagen gelockt? Was hatte ihre Aufmerksamkeit geweckt? Es blieb ihm nicht viel Zeit, darüber nachzudenken und noch weniger, sein Vorhaben auszuführen. Was er tun wollte, musste er jetzt tun, oder für immer lassen! Er gab dem benommenen Mann einen heftigen Stoß. Toni torkelte rückwärts und fiel mit dem Kopf voraus über das Geländer auf die zwei Stockwerke tiefer liegende Terrasse. Der Schatten drehte sich blitzschnell um und tauchte im dunklen Zimmer ab, damit ihn die Scheinwerfer nicht streifen konnten. Flink huschte er die Treppen hinunter und schlüpfte aus der Haustür. Keiner der beiden Beamten bemerkte ihn. Sie waren wohl mit dem Gestürzten vollauf beschäftigt. Dann tauchte der Schatten in die Dunkelheit der Nacht ein und war verschwunden.

Caspari schlenderte Hand in Hand mit Clara durch die Gassen von Siena. Über der Tür einer Metzgerei in der Nähe des Doms hing ein ausgestopfter Wildscheinkopf, dem man eine Sonnenbrille verpasst hatte. Sie gingen hinein und kauften Ciabatta-Brötchen, die mit köstlichem Wildschweinschinken belegt waren. Während er bezahlte, klingelte das Telefon des Metzgers. Caspari sah, wie Clara heißhungrig in ihr Brötchen biss. Er selbst wollte damit warten, bis sie den Laden verlassen hatten. Doch als er sich zum Ausgang wandte, rief der Metzger ihm nach.

»Signore, eine Gespräch für Sie.«

Die Bilder des Traumes erloschen wie eine abgebrannte Kerze. Das Klingeln drang trotzdem an Casparis Ohr. Er schreckte auf und tastete schlaftrunken nach dem Mobiltelefon auf dem Nachttisch. Unbeholfen klappte er es auf, drückte auf die Taste und hielt es sich ans Ohr.

»Maja Reimann vom Personenschutz. Morgen Doktor Caspari«, meldete sich eine junge Frauenstimme.

Caspari brummte einen verschlafenen Gruß, während er aus dem Schlafzimmer ging, um Clara nicht zu wecken.

»Tut mir leid, dass ich Sie so früh aus den Federn holen muss«, entschuldigte sich die Polizistin. »Es hat einen weiteren Mordversuch gegeben.«

Er war endlich wach genug, um zu realisieren, dass er mit einem Mitglied des Polizeischutzes für Tiziana sprach.

»Wen hat es denn diesmal getroffen?«, fragte er besorgt.

»Den Leibwächter der Rapperin. Er wurde vom Balkon im zweiten Stock herunter gestoßen.«

»Was? Wie kann denn so etwas passieren?«

»Wir können uns keinen Reim darauf machen. Der Notarzt ist gerade an Ort und Stelle. Tiziana und dieser Toni werden gleich ins Krankenhaus abtransportiert. Die Spurensicherung fängt im Augenblick mit ihrer Arbeit an.«

»Tiziana haben Sie gesagt? Ich dachte, der Anschlag galt ihrem Leibwächter?«, fragte Caspari entsetzt.

»Das ist richtig. Allerdings war sie bisher nicht ansprechbar. Vielleicht wurde sie narkotisiert.«

»Was soll denn das heißen?«, fuhr Caspari aus der Haut. »Sie sollten die beiden bewachen. Wie konnte Tiziana narkotisiert werden, ohne dass Sie es gemerkt haben?«

»Ich habe keine Ahnung, ehrlich«, antwortete sie mit zitternder Stimme.

Caspari tat sein Ausbruch leid. Er hörte sie schlucken und war sich sicher, dass sie gegen Tränen kämpfte.

»In Ordnung. Jetzt dürfen wir nicht die Nerven verlieren. Sie veranlassen, dass den beiden Blut abgenommen und sofort in unser Wiesbadener Labor gebracht wird. Klären Sie mit den Kollegen vor Ort, dass Tiziana und Toni im Krankenhaus rund um die Uhr bewacht werden. Niemand darf dort die Zimmer betreten, wenn er sich nicht als Mitarbeiter der Klinik ausweisen kann. Der Arztkittel allein reicht nicht. Sie und Ihr Kollege bleiben auf alle Fälle vor Ort, bis ich da bin. Wie geht es den beiden überhaupt?«

»Der Arzt wollte keine voreilige Diagnose stellen. Allerdings vermutete er, die Verletzungen des Leibwächters seien nicht lebensgefährlich. Die beiden seien zwar mit Drogen vollgepumpt, aber nicht so, dass man mit schweren Vergiftungserscheinungen rechnen müsse. Er betonte aber immer wieder, dass er nur eine Vermutung äußern und keine Diagnose stellen würde.«

Caspari beendete erleichtert das Gespräch und ging leise ins Bad, um sich dort anzuziehen. Während die Kaffeemaschine lief, schrieb er schnell ein paar Zeilen an Clara. Um viertel nach vier Uhr verließ er den Hof. Während der Fahrt weckte er Mario und Tina mit einem Telefonanruf.

Eine gute halbe Stunde später fuhr er in die Amselstraße in der Hohen Tanne. Dieser Stadtteil Hanaus lag am Waldrand und wurde hauptsächlich von gut situierten Leuten bewohnt. Einen entsprechend gepflegten Eindruck machten auch die Häuser und Gärten. Tiziana hatte dort vor einigen Jahren ein Haus gekauft. Der gut erhaltene Altbau stammte aus einer Zeit, in der man die Satteldächer tief nach unten zog. Die Stirnseite zeigte zur Straße. Rechts neben dem Haus stand die Garage, dazwischen befand sich eine hohe, verputzte Mauer mit einem schmiedeeisernen Tor, das offen stand.

Caspari wies sich aus und wurde von dem Uniformierten an der Absperrung durchgelassen. Vor dem Haus entdeckte er zwei blonde Strubbelköpfe. Hauptkommissarin Metzler und Kommissarin Reimann standen dort zusammen in ein Gespräch vertieft. Bei ihnen stand Henrik Naujoks, ein schlaksiger Mann Mitte dreißig, dessen tiefe Augenringe Caspari auffielen. Die drei bemerkten ihn erst, als er vor ihnen stand. Müde schüttelten sie sich die Hände. Bevor er fragen konnte, sprudelte die Schilderung der Ereignisse aus Maja Reinmann nur so heraus.

»Uns war ein Audi aufgefallen, der zwanzig Meter hinter uns geparkt hatte. Der Fahrer blieb zunächst einige Zeit im Wagen sitzen. Und das um drei Uhr morgens. Um diese Zeit sieht doch jeder normale Mensch zu, dass er ins Bett kommt. Als wir ausstiegen, um ihn zu überprüfen, war er nicht mehr da. Er war von einem Moment auf den nächsten wie vom Erdboden verschluckt. Na ja, wir haben ja keine Nachtsichtgeräte. Wir wollten uns sofort beim Haus umsehen. Dabei fiel uns das offene Gartentor auf.«

Sie führte Caspari durch das Tor in den Garten. Hinter der Mauer standen die Mülltonnen auf gepflastertem Boden an der Hauswand. Maja Reinmann wies auf das Tor.

»Um Mitternacht war es noch verschlossen gewesen. Wir hatten es nämlich kontrolliert, nachdem wir mit Tiziana und Toni vom Bauernhof zurückgekommen waren. Das Fenster über den Mülltonnen ist das Toilettenfenster. Eine der Tonnen war direkt darunter geschoben und das Fenster geöffnet worden. Wir wollten gerade Alarm geben, als wir Krach von der Rückseite des Hauses hörten. Wir rannten hin und sahen Toni auf dem zertrümmerten Gartentisch liegen. Seinen Sturz haben die ausgefahrene Markise und der Tisch abgefangen.«

Caspari betrachtete sich die Stelle. Die Arme der Markise waren verbogen. Eine der Stoffbahnen war abgerissen und hing auf dem Teakholztisch, dessen Beine seitlich weggeknickt waren.

»Er atmete noch, dann stöhnte er. Ansprechbar war er allerdings nicht«, fuhr die Personenschützerin fort. »Wir verständigten die Kollegen. Da Tiziana noch schutzlos im Haus sein musste, beschlossen wir, ihn liegen zu lassen und gingen ins Haus, das wir gründlich absuchten. Wir fanden Tiziana noch vollkommen angezogen und nicht ansprechbar auf ihrem Bett.«

Caspari ging mit den drei Kollegen durch die Terrassentür ins Haus. Auf dem Wohnzimmertisch stand ein halbvolles Glas Rotwein, an dessen Rand er Lippenstift erkennen konnte. Daneben standen ein leeres Whiskeyglas und eine offene Flasche Scotch. Er zog sich Vinylhandschuhe über, nahm die Flasche am obersten Ende des Halses zwischen Daumen und Zeigefinger und hielt sie in das Sonnenlicht, das sich gerade anschickte, das Zimmer zu durchfluten.

»Laphroaig«, raunte er.

»Bitte?«, fragte Haupkommissarin Metzler irritiert.

»Ein teurer schottischer Single Malt Whisky«, erklärte er.

»Die Flasche und die Gläser müssen sofort in unser Labor.«

Caspari sah sich um. Irgendwo musste die Küche sein. Durch eine offene Tür sah er einen Kühlschrank. Er ging in die großzügig eingerichtete Küche und begann sich umzusehen.

»Wonach suchen Sie?«, fragte die Hanauer Kollegin interessiert.

»Nach der angebrochenen Weinflasche, aus der der Inhalt des Glases stammt. Hoffentlich ist sie noch nicht leer getrunken.«

In einem Flaschenkorb, der unter dem kleinen Esstisch stand, wurde er fündig. ›Nero d'Avola‹, ein trockener sizilianischer Rotwein mit wunderbarem Aroma. Er hielt sie Metzler und den beiden Personenschützern hin.

»Ich gehe davon aus, dass Tiziana den Rotwein aus der Heimat ihrer Mutter getrunken hat. Der Whisky dürfte sich in Tonis Blutbahn befinden. Ich nehme an, dass Alkohol nicht das einzige Rauschmittel ist, das sich in beiden Flaschen befindet.«

»Sie meinen, der Täter hat sie mit einer Droge so benommen gemacht, dass sie ihm hilflos ausgeliefert waren?«, fragte Naujoks, dessen Gesicht langsam wieder etwas Farbe bekam.

»Davon gehe ich aus«, meinte Caspari.

»Das bedeutet dann aber auch, dass er genau wusste, was sie trinken würden. Oder er hat das Narkotikum in jedes Getränk getan, das er in der Küche finden konnte.«

Caspari sah ihn einen Moment lang schweigend an und dachte nach. Wenn der Täter mit großer Sicherheit sagen konnte, was die beiden trinken würden, dann konnte das nur eines bedeuten.

»Ich nehme an, das Haus ist total verwanzt. Vielleicht hat er hier sogar versteckte Kameras installiert.«

Caspari rief die Kriminaltechniker zusammen. Er erzählte ihnen von seinem Verdacht und wies sie an, die Wohnung auch nach Abhörmikrofonen und Minikameras abzusuchen. Während die Kollegen das Haus durchkämmten, ließ er sich von Maja Reimann den Teil des Flures zeigen, in dem sich die Nachricht befand. Ein mit roter Farbe aufgesprühtes ε.

»Eines ist klar«, meinte die Hanauer Kollegin. »Es ist derselbe Täter, der uns verschaukelt. Verdammter Mist! Aus diesen Botschaften wird doch kein Schwein schlau!«

Caspari bedeutete ihnen, ihm in den Garten zu folgen. Er wollte vermeiden, dass der Mörder durch die vermuteten Abhöranlagen erfuhr, dass sie seinen Code geknackt hatten. Als sie auf dem Rasen beieinander standen, preschte Hauptkommissarin Metzler los: »Wieder ein Buchstabe, von dem wir nicht wissen, was er bedeutet.«

»Das würde ich so nicht sagen«, meinte Caspari mit einem knappen Lächeln.

»Soll das heißen, Sie haben den Schlüssel, um die geheimen Botschaften zu knacken?«, fragte sie.

»Ich bin mir ziemlich sicher«, antwortete er. »Ich werde Ihnen alles auf dem Polizeirevier bei Kaffee und Frühstück erzählen. Allerdings sollten meine Mitarbeiter und der Kollege Ludwig aus Frankfurt dabei sein. Die sind nämlich auch noch nicht auf dem neuesten Stand.«

Ein Uniformierter kam auf sie zu. In seiner Hand hielt er einen Notizzettel, den er Hauptkommissarin Metzler überreichte.

»Das Frühstück wird wohl warten müssen, befürchte ich«, sagte sie. »Anhand der Autonummer, die uns die Kollegin Reinmann vorhin gegeben hat, konnten wir den Halter ermitteln. Ein gewisser Stavros Soulakis.«

»Das könnte unser Mann sein«, meinte Caspari. »Dem Namen nach ist er griechischer Abstammung. Das passt ins Bild. Wo finden wir ihn?«

»Er wohnt in Wächtersbach, in der Salmünsterer Straße.«

»Ortsteil Neudorf, wenn ich mich nicht irre«, sagte er und spürte, wie ihm das Adrenalin ins Blut schoss. »Ich fahre gleich los. Wenn wir ihn haben, halten wir eine gemeinsame Konferenz im Gelnhäuser Polizeirevier ab. Kümmern Sie sich um die Rapperin und ihren Leibwächter! Wir brauchen von der zentralen Passbehörde dringend ein Foto von diesem

Soukalis. Verteilen Sie es an die Beamten in Frankfurt und Hanau. Die sollen damit die Runde in den Blumenläden fortsetzen!«

Dann wandte er sich den beiden Personenschützern zu.

»Sie beide fahren zum LKA und liefern die Gläser und Flaschen im Labor ab. Dann gehen Sie nach Hause, wo Sie sich ordentlich ausschlafen. Danach schreiben Sie Ihre Berichte. Aber erst schlafen, ist das klar!«

Die beiden nickten müde und dankbar zugleich. Caspari hob die Hand zum Abschied und ging schnellen Schrittes zu seinem Volvo. Während er fuhr, telefonierte er über die Freisprechanlage mit Mario und Tina, die schon das Offenbacher Kreuz hinter sich hatten.

»Wir haben einen Verdächtigen«, eröffnete er ihnen, nachdem er kurz die Ereignisse der Nacht geschildert hatte. »Die Kollegen Reinmann und Naujoks konnten das Kennzeichen erkennen und ließen es überprüfen. Es handelt sich um einen Deutschen mit griechischer Abstammung, der in einem Ortsteil von Wächtersbach wohnt.«

»Das passt zu den griechischen Buchstaben«, stimmte Mario zu.

Tina, die den Wagen fuhr, war skeptisch.

»Ich habe meine Zweifel, ob ein derart präzise arbeitender Mörder einen Fehler wie diesen begeht. Die Geschichte mit dem Wagen, der in der Nähe der Polizisten parkt, passt nicht zu seinem bisherigen Vorgehen.«

»Mag sein. Allerdings war er beim Mordanschlag in Mainz auch nicht so präzise wie bei den Tötungen zuvor. Ich denke, er ist mittlerweile durch seinen Erfolg unvorsichtig geworden. Möglicherweise wird sein analytisches und strukturiertes Denken durch ein Allmachtsgefühl gestört. Das wäre jedenfalls nichts Außergewöhnliches«, gab Caspari zu bedenken. »Genaueres werden wir ohnehin erst wissen, wenn wir diesen Soulakis befragt haben.«

Sie verabredeten, sich auf dem Gelnhäuser Polizeirevier zu treffen und beendeten das Gespräch.

Caspari gähnte ausgiebig, bevor er die Nummer von Bertram wählte. Mit dem Leiter des Gelnhäuser Polizeireviers verband ihn eine lange, gemeinsame Geschichte. Der bärbeißige Mittfünfziger war der Vater seiner geschiedenen Frau. Bertram war das Kunststück gelungen, sein großes Bedauern über das Zerbrechen der Ehe mit Elke zum Ausdruck zu bringen und dabei neutral zu bleiben. So konnten sich sowohl Caspari als auch sein Nebenbuhler Jürgen Jungmann ernst genommen fühlen. Nur gelegentlich war er aus der Haut gefahren, wenn sein verflossener und sein frischgebackener Schwiegersohn sich gegenseitig das Leben schwer machten. Seiner Donnerstimme hatte sich selbst Caspari gebeugt, den ansonsten nichts so schnell beeindruckte.

»Ich höre!«, knurrte eine missgelaunte Stimme durch den Lautsprecher.

»Guten Morgen, Brummbär«, antwortete Caspari grinsend.

»Ah, Christoph, bleib bitte dran. Ich muss hier nur noch schnell etwas klären«, sagte Bertram deutlich freundlicher. Caspari hörte, wie er sich eine andere Person vorknöpfte.

»Für wie blöd hältst du uns. Der Rucksack aus der Kinzig ist eindeutig deiner. Weil der randvoll mit Haschisch war, bist du stiften gegangen, als die Kollegen dich kontrollieren wollten und hast ihn dann von der Brücke in den Fluss geworfen. Und jetzt besitzt du die Frechheit, uns wegen Nötigung verklagen zu wollen. Lass dir etwas Besseres einfallen, wenn du deinen Kopf aus der Schlinge ziehen willst. Guck mich nicht an wie ein Gnu! Ab mit ihm in die Zelle. Wir reden weiter, wenn sein Anwalt eingetroffen ist!«

Caspari hörte, wie der Telefonhörer vom Schreibtisch wieder hochgehoben wurde. Bertram atmete tief ein, als er sich wieder meldete.

»Entschuldige! Die Rotznasen werden immer dreister. Kaum sechzehn Jahre alt und schon als Dealer bekannt. Die Kollegen beobachten ihn schon die ganze Woche. Nachdem er sich mit seinem Lieferanten getroffen hat, wollen sie ihn hochnehmen. Er haut mit seinem Mountain-Bike ab und wirft den Rucksack mit dem Stoff in die Kinzig. Anschließend droht er, die Beamten wegen Nötigung anzuzeigen. Hast du da noch Töne? Also, wenn das mein Sohn wäre, würde ich dem ordentlich den Frack schrubben, bis er auf andere Gedanken kommt.«

»Na, da bin ich aber froh, dass du nur wohlerzogene Töchter hast«, meinte Caspari ironisch.

»Das sagst du«, erwiderte Bertram. »Weswegen rufst du so früh am Morgen an?«

»Ich muss deine Leute auf die Piste schicken«, erklärte er. »Die Kollegen müssen einen gewissen Stavros Soulakis observieren. Der wohnt in der Salmünsterer Straße in Wächtersbach. Die müsste im Ortsteil Neudorf sein, wenn ich mich nicht irre.«

»Was hat er denn angestellt?«, fragte Bertram ungerührt.

»Wir haben den Verdacht, dass er etwas mit den Morden im Umfeld der Rapperin Tiziana zu tun hat.«

»Junge, Junge! Schon wieder ein Serientäter aus dem Kinzigtal? Mir steckt noch der Fall vom vergangenen Jahr in den Knochen.«

»Noch weiß ich nicht, ob er der Täter ist. Aber er ist verdächtig. Er muss observiert werden, ohne dass er etwas davon merkt. Bei einer günstigen Gelegenheit wird der Zugriff erfolgen. Falls er der Serientäter ist, wird das brandgefährlich werden. Der Mörder ging bisher eiskalt und ausgesprochen brutal vor. Ich fordere das Sondereinsatzkommando des Landeskriminalamtes an.«

»In Ordnung. Ich schicke Jürgen und Gerhard.«

Den Namen seines ehemaligen Freundes und Kollegen in Verbindung mit einer Observation zu hören, weckte in Caspari alte Erinnerungen. Als junge Kripo-Beamte observierten sie Drogenhändler bei einem Deal. Als sich Lieferanten und Kunden trennten und die Verstärkung für Caspari und Jungmann noch nicht eingetroffen war, ergriff Jungmann die Initiative. Caspari verhinderte, dass sein Freund angeschossen wurde und kassierte dafür selbst eine Kugel, die sein Schienbein zerschmetterte und eine, die ihn zwischen Herz und Lunge traf. Bertram schien zu ahnen, was ihm durch den Kopf ging.

»Keine Sorge! Das sind die beiden mit der größten Routine beim Beschatten.«

»Ist schon in Ordnung!«, gab Caspari zur Antwort. »Ich werde außerdem deine Gastfreundschaft wieder in Anspruch nehmen müssen. Wir brauchen eine Zelle, einen Verhörraum, ein Konferenzzimmer und zuerst ein Frühstück. Mario und Tina sind auch auf dem Weg zu dir. Die Kollegen Metzler aus Hanau und Ludwig aus Frankfurt werden ebenfalls in Kürze eintreffen. Beide sind in die Ermittlungsarbeit involviert und müssen auf den neuesten Stand gebracht werden.«

»Das Frühstück aus dem Sheraton oder doch lieber aus dem Hilton?«

»Kein Umstände. Hauptsache, wir werden satt. Von uns hat noch niemand etwas gefrühstückt«, sagte er. »Danke im Voraus, Heinz.«

»Nur langsam! Noch hast du nichts zwischen den Kiemen«, brummte Bertram am anderen Ende.

Bevor Caspari Gelnhausen erreichte, hatte er das Sondereinsatzkommando angefordert. Jetzt blieb ihnen nur noch abzuwarten, bis die Gelegenheit eines Zugriffs günstig war. Als er sich auf dem Parkplatz des Gelnhäuser Polizeireviers aus dem Wagen schälte, hielt der Passat Kombi von Tina und Mario neben ihm.

»Wenn ich etwas hasse, dann sind es diese Einsätze mitten in der Nacht«, beschwerte sich Mario.

»Die Nacht ist nicht allein zum Schlafen da! – Kennen Sie nicht dieses alte Lied?«, antwortete Caspari schmunzelnd. »Ich habe ein ordentliches Frühstück bei Bertram bestellt. Der Kaffee fällt hier zwar nicht unter das Rauschmittelgesetz wie der bei den Mainzer Ethnologen, aber er ist recht kräftig. Damit müssten Sie munter werden.«

Gemeinsam betraten sie das Revier, wo sie von zwei früheren Kollegen Casparis herzlich begrüßt und in den Frühstücksraum gebracht wurden. Das lang gezogene Zimmer war mit einer kompletten Einbauküche ausgestattet. Eine lange Reihe Tische, um die Stühle gestellt waren, stand darin.

Der Kaffeekocher verströmte einen betörenden Duft. Bertram deckte persönlich den Tisch, als sie den Raum betraten. Sein mit Grautönen durchsetzter Bart gab ein Grinsen frei, als er auf sie zukam und sie begrüßte.

Sie gossen sich Kaffee ein und setzten sich mit Bertram, während vier Kriminalbeamte hinzukamen, die sie im vergangenen Jahr kennen gelernt hatten. Auf den Tischen lagen Fotokopien der Personaldaten von Soulakis. Caspari warf einen Blick auf die Uhr. Es war tatsächlich erst halb acht. Er entschuldigte sich, ging in den Flur und rief bei sich zu Hause an. Lukas meldete sich mit vollem Mund.

»Hallo! Hier ist Lukas Caspari«, schmatzte er durch den Hörer.

»Guten Morgen, mein Lieber«, antwortete sein Vater. »Hast du es wieder so eilig, an das Telefon zu gehen, dass du vorher nicht den Mund leer essen kannst?«

»Papa, wo bist du?«

»Bei Opa Heinz auf dem Revier. Gibst du mir bitte mal Clara?«

»Was machst du beim Opa Heinz?«

»Ich arbeite, du Naseweiß. Und jetzt überlass bitte der Clara den Hörer!«

»Na gut. Aber nur, wenn du dem Opa einen Gruß von mir sagst.«

»In Ordnung!«

Der Hörer wurde weitergereicht, wobei er auf die Tischplatte fiel. Das Krachen schmerzte in Casparis Ohr. Lausbub, dachte er bei sich.

»Hallo Großer«, meldete sich Clara.

Ihre Stimme hatte einen warmen Klang, der seinen Körper zu durchdringen schien und ihn nichts sehnlicher wünschen ließ, als vor ihr zu stehen und sie in die Arme zu schließen.

»Danke für den schönen Abend. Danke auch, dass du mich nicht geweckt hast. Obwohl ich es natürlich vorziehe, mit dir aufzuwachen«, sagte sie.

»Mir geht es genauso«, sagte er halblaut, während er sich noch weiter von der Tür des Frühstücksraumes entfernte.

»Hat er wieder zugeschlagen?«, fragte Clara.

»Ja, allerdings hat das Opfer auch dieses Mal überlebt.«

»Gott sei Dank«, meinte sie. »Wen hat es denn getroffen?«

»Den Leibwächter. Und so wie es aussieht, haben wir die erste heiße Spur. Ich weiß daher nicht, wann ich heute Abend zurückkomme.«

»Habe ich Lukas vorhin richtig verstanden? Du bist in Gelnhausen?«

»Ja, der Verdächtige kommt aus dem Kinzigtal.«

»Wie im letzten Jahr«, entgegnete sie.

Caspari glaubte, einen ängstlichen Unterton in ihrer Stimme hören zu können. Er konnte es gut verstehen!

»Mein Vater wird dich sicher zum Pfarrhaus bringen, wenn er Lukas zum Kindergarten fährt«, wechselte er schnell das Thema.

»Mach dir keine Sorgen darum. Du hast mir ja alles auf den Zettel geschrieben. Mit deinem Vater ist das schon abgesprochen.«

»Ich … hm«, setzte er an und brach sofort ab, als ein Streifenbeamter an ihm vorbei ging.

»Ich liebe dich auch, Großer!«, antwortete sie. Ein bisschen zu nüchtern, fand er.

Als er wieder den Frühstücksraum betrat, hatten sich Ludwig und Metzler bereits zu den anderen gesellt. Nachdem er sie begrüßt hatte, trank er einen großen Schluck Kaffee.

»Danke, dass Sie alle gekommen sind«, begann er.

Ausführlich schilderte er, unterstützt von Tina, Mario, Ludwig und Metzler, die bisherigen Morde und Mordversuche und beschrieb seine Vermutung über die Motivation des Täters.

»Wesentlich für die Ermittlung ist folgendes: Erstens, der Täter hinterlässt griechische Buchstaben als Botschaften an den Tatorten. Zweitens, diese Buchstaben sind ein Hinweis auf Figuren aus der griechischen Mythologie und die Art und Weise, wie sie gestorben sind.«

Mario und Tina starrten ihn mit offenem Mund an.

»Wie sind Sie denn darauf gekommen, Chef?«, frage Tina.

»Mit Hilfe einer Fachfrau für antikes Griechisch, die sich obendrein recht gut in den antiken Sagen auskennt.«

Marios Mund verzog sich zu einem Grinsen. Als Caspari ihnen die Zusammenhänge erklärte, wurde er wieder ernst.

»Bleibt nur noch herauszufinden, was das ε bedeutet«, meinte Bertram.

»Und den Verdächtigen festzunehmen und zu verhören«, fuhr Caspari fort.

»Laut unseren Unterlagen ist dieser Stavros Soulakis deutscher Staatsbürger, fünfunddreißig Jahre alt, ledig, hat bisher ein unauffälliges Leben geführt und gegen kein Gesetz oder eine Verordnung verstoßen. Er ist Systemmathematiker und spezialisiert auf Softwarelösungen für Firmen mit großen Netzwerken. Seit drei Jahren ist er selbstständig, lebt und arbeitet in dem Haus in Neudorf, das er vor einem Jahr gekauft hat. Als Heimarbeiter ist er zurzeit immer da. Die Kollegen, die observieren, haben ihn im Blick«, referierte Bertram.

Caspari nahm sich Zeit, das Passfoto noch einmal sehr genau anzusehen. Dann stutzte er. »Ich kenne den Mann. Er ist Mitglied im ›Get Fit‹. Ein ziemlich starker Kerl, wenn ihr mich fragt. Das SEK ist jedenfalls unterwegs. Sobald es da ist, nehmen wir ihn fest. Wir benötigen auf dem schnellsten Weg einen Durchsuchungsbefehl. Für das erste Verhör brauche ich ein paar Anhaltspunkte, Indizien, irgendeine Argumentationsgrundlage. Allein aufgrund der Tatsache, dass er in der vergangenen Nacht vor Tizianas Haus geparkt hat, können wir ihn nicht lange festhalten.«

»Wegen des Durchsuchungsbefehls rede ich mit dem Richter im Bereitschaftsdienst«, sagte Bertram.

Ein uniformierter Beamter kam herein und gab ihm ein Zeichen.

»Staatssekretär Carstens ist unten und möchte Sie sprechen«, sagte er.

»Nicht schon wieder der«, brummte Bertram ungehalten. »Schick ihn weg. Ich habe jetzt keine Zeit. Vor heute Nachmittag braucht er gar nicht wieder aufzukreuzen!«

Der Polizeibeamte nickte und ging.

»Ich mache einen Sekt auf, wenn der Hessentag vorbei ist und ich den Kerl nicht mehr sehen muss. Andauernd fällt dem etwas Neues ein. Dieser Carstens vergisst ganz, dass wir neben allen Sicherheitsvorkehrungen auch noch unser Tagesgeschäft zu erledigen haben.«

»Und dann kommen wir noch mit einem mutmaßlichen Serienmörder dazu«, meinte Caspari und klopfte ihm auf die Schulter.

Stimmen drangen aus dem Flur zu ihnen herein. Ein Mann in einem schwarzen Overall betrat in Begleitung des Streifenbeamten, der Carstens abwimmeln sollte, den Raum.

»Darf ich vorstellen: der Leiter des SEK«, sagte Caspari und stand auf. Der Mann, ein drahtiger Mittfünfziger reichte ihm die Hand und begrüßte dann die anderen Kriminalbeamten.

»Einige von Ihnen kennen Herrn Wenzel schon vom vergangenen Jahr«, erklärte Caspari und gab dem SEK-Mann einen kurzen Überblick über den Stand der Ermittlungen.

»Meine Männer sind einsatzbereit und warten unten«, meinte er. »Bevor wir anfangen, brauchen wir einen Ortsplan und die Beschreibung des Hauses und des Grundstückes.«

»Haben wir schon organisiert«, meinte Bertram und gab dem Uniformierten einen Wink. Der kam wenig später mit einem Funkgerät und dem Wächtersbacher Stadtplan. Bertram faltete ihn auseinander und zeigte auf eine Stelle darauf.

»Das Haus des Verdächtigen ist das letzte in der Straße. Danach beginnt gleich der Wald, an den das Gartengrundstück zu zwei Seiten grenzt.«

»Ideale Voraussetzungen«, meinte Wenzel. »Können wir einen Lagebericht der Kollegen vor Ort bekommen?«

Bertram nickte, stellte das Sprechfunkgerät ein und funkte Jungmann an.

»Jürgen, wir brauchen einen kurzen Bericht.«

»Was wir sehen können ist, dass er aufgestanden ist, das Bad bereits verlassen hat und sich gerade Frühstück macht.«

»Fragen Sie ihn nach der Haustür«, bat Wenzel. »Aus welchem Material sie ist, und wie robust sie aussieht.«

Bertram gab die Fragen weiter.

»Die Tür ist genauso wie der Außenputz älteren Datums. Holz mit Glaseinsatz. Einem Rammbock dürfte die wenig entgegensetzen.«

»Sind noch weitere Personen im Haus?«, fragte Bertram.

»Wir haben bisher nur ihn sehen können«, knisterte es aus dem Sprechfunkgerät.

»In Ordnung. Das sollte als Information erst einmal genügen«, entschied der SEK-Leiter. »Wir fahren hin. Ein Teil meiner Männer wird damit beginnen, sich durch den Wald an die Rückseite des Grundstücks heranzuarbeiten.«

Das Arbeitsfrühstück war beendet. Schnell stellten sie das Geschirr zusammen und fuhren los.

Das Kind erwachte. An seinem Bett saß sein Vater. Tränen liefen ihm über das Gesicht. Das Zimmer, in dem das Bett stand, kam ihm fremd vor. Seine Spielsachen fehlten. Stattdessen waren fremde, lustige Figuren an der Tapete, Bilderbücher lagen auf dem Nachttisch neben einer Schnabeltasse.

»Wo ist Mama?«

»Sie ist nach Hause gefahren und hat sich schlafen gelegt. Die ganze Nacht hat sie an deinem Bett gesessen.«

»Was ist denn passiert?«, fragte der Junge.

»Du bist im Flur vor deinem Zimmer zusammengebrochen«, antwortete sein Vater und strich ihm liebevoll über den Kopf.

Das Kind begann sich zu erinnern. Den Streit seiner Eltern hörte es aufs Neue. Die Stimmen fraßen sich durch sein Gehirn. Es hielt sich den Kopf, presste beide Fäuste auf die Schläfen und wimmerte. Bevor es wieder dunkel wurde, hörte es seinen Vater nach der Schwester rufen.

Die Straße war an ihrer Einmündung abgeriegelt. Caspari stand mit den anderen Kriminalbeamten im Schatten, den ein Holunderbusch im Vorgarten eines Hauses spendete. Die Temperaturen bewegten sich auf hochsommerliche Werte zu, obwohl es erst neun Uhr war. Einige der SEK-Beamten arbeiteten sich unsichtbar durch den Wald auf das Grundstück zu. Die anderen warteten in der Deckung ihrer Autos vor dem Haus auf ein Zeichen, um loszustürmen und mit dem Rammbock die Haustür einzuschlagen. Caspari hingegen versuchte sich verzweifelt daran zu erinnern, was er die Kollegin Metzler schon beim Frühstück hatte fragen wollen.

»Ihre Eingebung mit den Wanzen und den Überwachungskameras war göttlich. Das wollte ich Ihnen eigentlich schon den ganzen Morgen sagen«, sagte sie.

»Das war Gedankenübertragung. Danach wollte ich Sie nämlich gerade eben fragen«, log er.

»Es gab außer dem Keller keinen Raum, der frei davon war«, fuhr sie fort. »Der Kerl wusste praktisch über alles Bescheid. Von der Farbe der Unterwäsche bis zu der Gewohnheit, vor dem Zubettgehen einen Absacker zu trinken.«

»Können die Kollegen die Position des Empfängers ermitteln?«, fragte er.

»Leider nicht. Das sieht nach einer modernen Anlage aus. Wahrscheinlich gehörte sie irgendeinem Geheimdienst im Ostblock und wurde auf dem Schwarzmarkt verkauft. Mehr lässt sich nicht ermitteln. Noch nicht!«

Der Leiter des SEK kam auf sie zu.

»Meine Männer sind in Position. Die Zielperson sitzt in ihrem Arbeitszimmer am Schreibtisch. Die Terrassentür steht offen. Die Gelegenheit wäre zum jetzigen Zeitpunkt günstig.«

»In Ordnung. Dann wird der Zugriff jetzt erfolgen«, bestimmte Caspari.

Wenzel raunte einen Befehl in das Mikrophon seines Headsets. Die Männer in den schwarzen Overalls verließen ihre Deckung hinter den Autos und stürmten zur Haustür. Mit einem lauten Krachen gab die Tür dem wuchtigen Stoß des Rammbocks nach. Wie eine zähe, schwarze Flüssigkeit ergossen sich die SEK-Männer in den Hausflur und verschwanden aus dem Blickfeld. Von drinnen hörte man

Schreie und Kampfgeräusche. Kurz darauf hielt Wenzel seine Hand an den Kopfhörer und nickte.

»Die Zielperson leistete Widerstand. Meine Männer haben sie überwältigt und gefesselt«, erklärte er.

»Na dann ab mit ihm zum Polizeirevier und Bühne frei für die Kriminaltechnik«, ordnete Caspari an. »Haben wir den Durchsuchungsbefehl?«

»Der wurde vor fünf Minuten unterschrieben, sagt Heinz«, rief Jungmann, der gerade sein Mobiltelefon abschaltete.

Caspari blickte auf, als die SEK-Beamten einen Mann mit schmerzverzerrter Miene aus dem Haus schleiften. Die Hände waren ihm mit Kabelbindern auf dem Rücken zusammengebunden. Sein rechtes Auge wirkte verquollen, aus der Nase lief Blut.

»Wie gesagt, er leistete heftigen Widerstand«, wiederholte Wenzel.

Caspari wandte sich an einen der Uniformierten.

»Fahren Sie den Kollegen voraus und besorgen Sie einen Arzt, der zum Revier kommt.«

Der Mann nickte und verschwand.

In weißen Anzügen und mit Vinylhandschuhen betraten sie das Haus. Es machte auf Caspari einen äußerst sauberen Eindruck. Alles war akkurat an seinem Platz, nirgendwo stand eine benutzte Kaffeetasse oder lag eine alte Zeitung. Dieses Haus wirkte auf ihn wie ein Ausstellungsstück. Während die Kollegen dafür sorgten, dass dieser Eindruck nachhaltig beeinträchtigt wurde, betrachtete er sich sehr genau die Bücherregale. Nach einiger Zeit wurde er fündig. ›Sagen der Antike‹ lautete der Titel, den er auf einem Buchrücken las. Bedächtig nahm er das Buch heraus und begann darin zu blättern. Manche Kapitel waren mit einem Lesezeichen gekennzeichnet. Er schlug sie auf und atmete geräuschvoll aus. Es waren die Sagen von Phaeton, Narcissos, Ikaros und Cheiron. Das konnte kein Zufall sein. Einen Helden, dessen Namen mit E anfing, konnte er darin allerdings nicht entdecken. Leise klappte er das Buch zu und legte es auf den Wohnzimmertisch. Danach durchforstete er weiter das Regal. Lang brauchte er nicht zu suchen. In unmittelbarer Nähe zu den Sagen standen die homerischen Werke, die Ilias und die Odyssee. Als er beide Bücher herausnahm, fiel ihm ein weiteres Lesezeichen auf. Es kennzeichnete eine Seite der Odyssee, der Erzählung des blinden Dichters Homer über die tragische Heimkehr des Helden Odysseus nach dem Fall von Troja. Caspari erinnerte sich an die Geschichte, die er als Jugendlicher in der Schule hatte lesen müssen. Das Lesezeichen lag am Ende des zehnten Gesanges, wo der Held von seinem Abschied von der göttlichen Zauberin Kirke erzählt. Als er die Seite gelesen hatte, rief er Mario und Tina. Beide blickten neugierig durch die Tür. Er winkte sie zu sich. »Hören Sie sich das mal an:

Einzeln trat ich zu jedem und sagte mit schmeichelnden Worten:
Jetzt wird nicht mehr geschnarcht und geschlafen in süßestem Schlummer;
Gehen wir! Es hat mir die erhabene Kirke so geraten!
Trotzig war ihr Gemüt bei den Worten, doch folgte es willig.
Aber ich brachte auch hier die Gefährten nicht leidlos von hinnen.
War da Elpenor, mein Jüngster; er ließ reichlich im Kriege
Fehlen an kräftiger Wehr, seinem Denken fehlte die Ordnung.
Der nun trank zu viel Wein und legte sich im heiligen Hause
Kirkes hin zum Schlaf, woanders, als sonst die Gefährten.
Kühlung hat er gesucht. Beim Getöse und Lärm der Gefährten
Stürmte er plötzlich auf, und sein Denken ließ ihn vergessen,
Erst noch lang die Stiege zu gehen, um herunterzusteigen.
Ihr gegenüber fiel er vom Dach, die Wirbel im Nacken
Brachen entzwei; seine Seele doch ging zum Hades.«

»Elpenor – damit war Toni gemeint«, sprudelte es aus Mario heraus.

»Kein schmeichelhafter Vergleich«, meinte Tina. »Allzu helle war der Junge nach Odysseus' Beschreibung nun wirklich nicht.«

»Toni ist als Leibwächter am dichtesten an Tiziana dran«,

überlegte Caspari. »Kein Wunder, dass Soulakis ihn durch den Versuch, ihn auf diese Weise umzubringen, mit Spott überzieht. Das ist zugleich seine Rache an seinem gefährlichsten Widersacher. Das Material dürfte wohl für einen Haftbefehl genügen.«

»Das ist noch nicht alles«, meinte Tina und reichte ihm eine Ausgabe des ›National Geographics‹, in der Kai-Uwe Peters über die Forschungsreise zu den südamerikanischen Urwaldbewohnern berichtete.

»Ich habe mir seine CD-Sammlung angesehen«, sagte Mario, der auch noch etwas beisteuern wollte. »Wenn ich es recht überblicke, besitzt Soulakis alle Alben von Tiziana.«

Schneider, der graue Gelnhäuser Kriminaltechniker, kam ins Wohnzimmer.

»Ich sitze schon eine ganze Weile am Computer. Das ist das reinste Schlachtschiff. Dieser Soulakis hatte keine Gelegenheit mehr, ihn abzuschalten. Private Dateien lassen sich darauf nicht finden. Daneben steht ein Notebook auf dem Schreibtisch. Vielleicht sind darauf Hinweise auf sein krankhaftes Verhältnis zur Rapperin. Das müsste sich allerdings ein Spezialist vom LKA ansehen. Ich bin an dem Passwort gescheitert.«

»Den Computer eines Systemanalytikers sprechen zu lassen, dürfte alles andere als leicht werden«, dachte Caspari laut. »Dazu braucht es einen ausgebufften Hacker.«

»Schmidtchen Schleicher!«, schaltete sich Mario ein. »Der macht doch schon seit Monaten die Computer von verdächtigen Islamisten über das Internet links, ohne dass die was merken.«

»In Ordnung. Wenn Sie beide heute Abend wieder nach Wiesbaden fahren, bringen Sie den Computer diesem Einsiedler im LKA vorbei«, beauftragte Caspari Mario.

Sie blieben noch so lange in dem Haus, bis Schneider alle Fingerabdrücke von den beiden Büchern und dem ›National Geographics‹ genommen hatte.

»Ich denke es ist Zeit, unseren Verdächtigen in die Zange zu nehmen«, brummte Caspari entschlossen.

Clara war froh, die Beerdigungspredigt hinter sich gebracht zu haben. Die Alkoholsucht des Toten hatte sie mit Worten umschrieben, von denen sie hoffte, dass die Ehefrau und der älteste Sohn damit einverstanden sein konnten.

»Menschen können an Schicksalsschlägen zerbrechen. Sie, liebe Angehörige, konnten es bei dem Verstorbenen erleben, ohne dass es eine erkennbare Möglichkeit gab, ihm zu helfen. Sein Leben entglitt ihm langsam und unaufhaltsam, so dass wir heute voller Trauer hier stehen.«

Besser konnte sie es nicht formulieren. Nun stand Clara am Grab und warf dreimal Erde auf den Sarg.

»Erde zu Erde, Asche zu Asche, Staub zum Staube. Wir vertrauen ihn der Barmherzigkeit Gottes an. Er gebe ihm Frieden.«

Nach dem Schluss-Segen sah sie zur Witwe und ihren Kindern. Die Frau und ihr ältester Sohn standen mit versteinerten Mienen da. Der jüngere Sohn und die Tochter nickten ihr zu.

Nachdenklich ging sie zur Friedhofskapelle, nachdem die Angehörigen Erde und Blumen ins Grab geworfen hatten. Mit gemischten Gefühlen zog sie ihren Talar aus und legte ihn in die Tasche. Bevor sie vor die Tür trat, atmete sie noch einmal tief durch. Hoffentlich konnte sie den Friedhof verlassen, ohne ein Gespräch führen zu müssen.

»Frau Frank!«

Dieser Wunsch blieb ihr offensichtlich verwehrt. Sie blickte in die Richtung, aus der die Stimme kam. Die Tochter des Verstorbenen erwartete sie.

»Ich finde keine Worte. Sie haben es mit Ihrer Predigt genau getroffen. Jetzt kann ich wieder aufrechten Hauptes durch Gelnhausen gehen.«

»Wie geht es Ihrer Mutter und Ihrem Bruder?«, fragte Clara.

»Ich glaube, sie verstehen ganz langsam, dass bei einer Beerdigung auch jene Dinge angesprochen werden müssen, die einem Verstorbenen das Leben schwer gemacht haben. Und der Familie. Vielen Dank.«

Clara verabschiedete sich von der jungen Frau und schlenderte zu ihrem Pfarrhaus.

Als sie den Schlüssel in das Schloss der Eingangstür steckte, hörte sie eine Stimme hinter sich, die ihr im Augenblick gar nicht willkommen war. Langsam drehte sie sich herum.

»Herr Dauner, was gibt es denn?«

»Was gibt es, was gibt es? Das wissen Sie doch. Da gehen Leute in meinem Haus ein und aus, und Sie fragen mich, was es gibt!«, rief er erregt.

»Herr Dauner, ich weiß, es geht Ihnen schlecht. Aber ich habe eine Beerdigung hinter mir und habe zurzeit nicht die Kraft, mit Ihnen ein Gespräch zu führen.«

»Frau Pfarrer, es brennt sozusagen. Das wird immer schlimmer.«

»Herr Dauner, wir drehen uns immer wieder im Kreis. Ich glaube Ihnen, dass Sie das erleben, wovon Sie erzählen. Allerdings halte ich diese Erfahrungen für ein inneres Erleben.«

»Sie halten mich auch für verrückt.«

»Nein. Ich glaube, Sie sind in einer schwierigen Lebenssituation, die Sie nicht allein meistern können. Dazu brauchen Sie die Hilfe Ihres Arztes.«

»Wie gehen Sie mit Schülern um, die Sie fertig machen wollen?«

»Herr Dauner, ich führe jetzt kein Gespräch mit Ihnen!«

»Reden Sie mit meinem Sohn, dass er wieder zurückkommt!«

»Es tut mir leid. Ich bin im Augenblick nicht aufnahmefähig. Auf Wiedersehen, Herr Dauner.«

»Mein Arzt hat mich als geheilt entlassen.«

»Guten Tag.«

Clara schloss mit einem schlechten Gewissen die Tür hinter sich und ließ den Mann davor stehen. In ihrem Büro hängte sie gerade den Talar auf den Bügel, als sie das Lämpchen des Anrufbeantworters blinken sah. Sie drückte die Wiedergabetaste.

»Hallo Clara. Hier ist Oliver. Ich habe heute Nachmittag

ein bisschen Luft. Wenn du Zeit hast, können wir uns auf einen Kaffee treffen.«

Ohne darüber nachzudenken, wählte sie seine Nummer. In nüchterem Tonfall meldete er sich.

»Carstens.«

»Grüß dich. Hier ist Clara.«

Seine Stimme bekam augenblicklich einen heiteren Klang.

»Schön, dass du zurückrufst. Ich hatte gar nicht mehr damit gerechnet. Wie sieht es aus, treffen wir uns beim Italiener?«

»Ich komme gerade von einer schwierigen Beerdigung und fühle mich ausgelaugt. Mir ist jetzt nicht danach, ins Eiscafé zu gehen. Komm doch einfach auf einen Kaffee zu mir. Ich habe eine sehr schöne Terrasse.«

»In Ordnung. Trotzdem möchte ich auf Eis nicht verzichten. Ich mache einfach einen Umweg und bringe uns etwas mit. In einer viertel Stunde bin ich bei dir.«

Clara überlegte, ob sie ihn bitten sollte, erst in einer halben Stunde zu kommen. Eigentlich brauchte sie eine Verschnaufpause ganz für sich. Irgendetwas hielt sie jedoch davon ab. Sie legte auf und ging die Treppe hinauf in ihre Wohnung. Vor dem Spiegel im Bad blickte ihr ein abgespannt wirkendes Gesicht entgegen. Was war eigentlich so anstrengend an dieser Beerdigung gewesen? Während sie ihre verschwitzte Bluse auszog wurde ihr klar, dass es die Ungewissheit darüber war, welche Wirkung ihre Worte auf die Angehörigen und die Trauergemeinde haben würden. Es war ein enormer psychischer Druck, der auf ihr gelastet hatte und nun allmählich abfiel. Sie duschte schnell und schlüpfte in ein Polo-Shirt und eine legere kurze Hose. Während der Kaffee in der Maschine durch den Filter lief, klingelte es schon an der Tür. Sie drückte auf den Türöffner und stellte sich auf den Treppenabsatz. Schwungvoll kam Carstens die Treppe hinauf, in den Händen ein Paket aus der Eisdiele.

»Schön, dass es doch noch klappt. Als ich vorhin meine Nachricht auf deinen Anrufbeantworter gesprochen habe, hatte ich wenig Hoffnung, dass du heute Zeit hast.«

»Eigentlich ist mein Schreibtisch übervoll. Aber ich brauche erst einmal eine Pause, bevor ich weiterarbeite. Deshalb kam mir dein Anruf ganz gelegen«, antwortete sie, während sie ihn in ihre Wohnung führte.

»So wohnt man also, wenn man dem geistlichen Stand angehört«, meinte er grinsend, nachdem sie ihm alle Räume gezeigt hatte. »Eine sehr schöne Wohnung in einem herrlichen alten Haus!«

»Warte ab, bis du die Terrasse und den Garten siehst. Das ist im Sommer mein Refugium, wenn ich eine Teepause mache.«

Sie trug das Tablett die Treppe hinunter. Carstens ging voraus und öffnete ihr die Tür zur Waschküche, durch die man auf die Terrasse gelangte. Als er im Freien stand, seufzte er.

»Was für ein paradiesisches Fleckchen!«

Clara deckte den Tisch und sah ihm dabei zu, wie er durch den Garten schlenderte.

Unter dem Schatten der beiden alten Bäume, die am Haus standen, genossen sie schweigend das italienische Eis. Carstens blickte sie eine Weile an und lächelte.

»Ich freue mich, dass wir uns nach all den Jahren wieder über den Weg gelaufen sind.«

Clara lächelte zurück. Sie unterhielt sich mit einem gut aussehenden, sympathischen Mann, der sie sicher nicht nur der guten alten Zeiten wegen besuchte. Den Stuhl, auf dem er saß, hatte Christoph ihr geschenkt.

Stavros Soulakis saß mit verquollenem Gesicht im Verhörraum des Gelnhäuser Polizeireviers. Caspari und Tina saßen ihm gegenüber, Mario stand an der Wand und betreute den Camcorder, mit dem das Verhör aufgezeichnet wurde. Hinter einem verspiegelten Fenster verfolgten Bertram und die Kollegen Ludwig und Metzler den Verlauf des Gespräches.

»Beschreiben Sie uns Ihr Verhältnis zur Rapperin Tiziana«, forderte Caspari den Verdächtigen auf.

»Ich habe kein Verhältnis zu ihr«, entgegnete Soulakis.

»Es spricht aber alles dafür, dass Sie gern eines hätten«, sagte Tina in einem Ton, der keinen Widerspruch zu dulden schien.

»Soweit ich weiß, ist das nicht strafbar.«

»Das ist richtig. Aber nur, solange Ihre Schwärmerei Sie nicht zu Nötigung, Körperverletzung oder gar Mord verleitet«, konterte Caspari sachlich.

»Ich habe nichts dergleichen getan!«

»Das sehen wir anders«, widersprach Tina. »Sie haben versucht, die Sängerin mit Blumengeschenken zu beeindrucken. Die Hanauer Kollegen haben den Blumenladen ausfindig gemacht, den Sie mit der Zustellung der Sträuße beauftragt haben. Die Floristin konnte sich sehr gut an Sie erinnern.«

»Blumen tun niemandem weh!«

»Auch das ist richtig«, bestätigte Caspari. »Wir gehen jedoch davon aus, dass Ihnen sehr bald klar wurde, dass Sie Tiziana auf diese Weise nicht näher kommen können. Es gab zu viele Männer, die sie abschirmten. Um in Tizianas Nähe zu kommen, mussten Sie diese, wie soll ich sagen, ›menschlichen Hindernisse‹ beiseite räumen. Das taten Sie dann auch mit einem grausamen Einfallsreichtum.«

»Sie meinen, die Morde sind eines Systemmathematikers würdig?«, fragte Soulakis ironisch. »Ich bitte Sie! Wenn ich Bestätigung für meine Intelligenz und meine Fähigkeiten bräuchte, könnte ich sie problemlos in meinem Beruf finden.«

»Das stimmt. Sie sind sehr erfolgreich, soweit wir das bis jetzt überblicken können«, gab Tina zu. »Aber offensichtlich reichte Ihnen das nicht. Sie mussten einen genialen Plan entwerfen, wie Sie auf spektakuläre Weise die Männer aus dem Weg räumen und die Polizei dabei vorführen konnten. Das perfekte Verbrechen gibt es allerdings nicht. Jeder macht Fehler, und seien sie noch so klein. Ihr Fehler war, uns zu unterschätzen. Eigentlich hätten Sie sich denken können, dass wir über Ihre Blumensträuße eine Verbindung zwischen Ihnen und den Morden herstellen würden. Ihre griechische

Abstammung und die griechischen Buchstaben passen so gut zusammen, dass man nur schwerlich an einen Zufall glauben mag. Sie sind dann letzte Nacht unvorsichtig geworden. Ihnen hätte klar sein müssen, dass den Kollegen Ihr Auto auffällt.«

»Wäre ich es gewesen, der den armen Kerl vom Balkon gestoßen hat, hätte ich wohl kaum meinen Wagen in die Nähe des Hauses gestellt«, widersprach Soulakis.

»Ich bin auf Ihre Version der Ereignisse in der Hohen Tanne gespannt«, meinte Caspari, wobei er sich zurücklehnte und die Arme vor der Brust verschränkte.

»Ich war zur falschen Zeit am falschen Ort. Seit einiger Zeit verfolge ich die Morde im Umfeld von Tiziana. Ja, ich himmle diese Frau an, verdammt noch mal! Deshalb würde ich auch alles tun, um Schaden von ihr abzuwenden. Ich bin doch kein Stalker oder so etwas. Ich stehe mitten im Leben und habe noch alle Tassen im Schrank.«

»Zurück zur letzten Nacht«, mahnte Caspari.

»Ich fuhr dorthin, weil ich dachte, ich könnte dort etwas finden, das mir einen Hinweis auf den Täter gibt. Seine Masche hatte ich mittlerweile durchschaut. Als ich zum Haus ging, sah ich das offene Gartentor. Ich schielte hindurch und entdeckte das offen stehende Fenster. In diesem Moment traf ich eine Fehlentscheidung, das gebe ich zu. Eigentlich hätte ich die Polizei verständigen müssen. Stattdessen schlich ich weiter an der Hauswand entlang. Durch ein Fenster konnte ich in das Wohnzimmer und in den Flur sehen. Der Leibwächter folgte wie ein Schlafwandler einem Schatten, der ihn zur Treppe führte. Die beiden gingen an einem ε vorbei, das knallrot an die Wand gesprüht worden war. Als Systemmathematiker ist man mit solchen Situationen nicht vertraut und reagiert sicherlich nicht angemessen. Also verpasste ich wieder den Zeitpunkt, Ihre Kollegen zu verständigen. Ich hörte, wie auf der Rückseite des Hauses eine Tür geöffnet wurde. Als ich um die Ecke blickte, sah ich, wie der Schatten den Mann in Richtung des Geländers manövrierte. Ich wollte laut rufen, um diesen Irrsinn zu stoppen. Doch in diesem

Augenblick kamen Ihre Kollegen. Ich war in Panik. Deshalb schlug ich mich in die Büsche und nutzte die nächst beste Möglichkeit, mich zu verdrücken.«

»Na prima! Ein Systemmathematiker, der Detektiv spielt und so ganz nebenbei dem Mörder auf die Schliche kommt«, schnauzte Caspari ihn an. »Für wie bescheuert halten Sie uns? Sie sind die Bestie!«

»Nein, das bin ich nicht!«

»Wo waren Sie vorgestern Abend?«

»Daheim. Am Nachmittag war ich im im ›Get Fit‹. Gegen fünf Uhr bin ich dort weggefahren. So um zehn nach fünf war ich wieder in meinem Haus. Den Rest des Tages und die halbe Nacht habe ich am Computer verbracht. Ein neuer Auftrag von der Deutschen Bank.«

»Kann das irgendjemand bestätigen?«

»Die Nachbarn müssten gesehen haben, wie ich mein Auto in die Garage stellte. Außerdem hatte ich ja die ganze Zeit Licht im Haus an.«

»Das ist ein zu wackeliges Alibi. Mit solch einfachen Mitteln kann man seine Anwesenheit auch vortäuschen.«

»Was erwarten Sie? Ich lebe allein. Meine Eltern sind vor zwei Jahren wieder nach Griechenland zurückgegangen. Die Familie meines Bruders lebt in Gelnhausen. Mein Beruf lässt mir kaum Spielraum für Freundschaften. Wer soll mir nun ein Alibi geben können?«

»Was ist mit Sonntag vergangener Woche?«, fragte Tina.

»An diesem Tag habe ich vormittags eine Motorrad-Tour unternommen, nachmittags besuchte ich einen griechisch-orthodoxen Gottesdienst in Frankfurt.«

»Wohin sind Sie mit dem Motorrad gefahren?«, fragte Tina weiter.

»Quer durch den Vogelsberg.«

»Kann das jemand bestätigen?«

»Es wimmelte an diesem Tag nur so von Motorradfahrern im Vogelsberg. Das Wetter war fantastisch. Ich bin allein unterwegs gewesen. Unwahrscheinlich, dass ich jemandem besonders aufgefallen bin.«

Sie gingen die Zeiten durch, zu denen Hagen Sauter und Norman Kling ermordet wurden. Zu keinem Zeitpunkt konnte Soulakis ein hieb- und stichfestes Alibi vorweisen.

»Sie haben ein echtes Problem, Mann!«, kommentierte Mario die Situation. »Sie sind so was von verdächtig, verdächtiger geht es schon gar nicht mehr. Ich denke, wir sollten die Märchenstunde jetzt beenden. Wie wäre es zur Abwechselung mit der Wahrheit?«

»Ich sehe ja ein, dass Sie mich für den Mörder halten müssen. Aber ich bin es nicht!«, rief Soulakis verzweifelt. Caspari war davon nicht zu beeindrucken. Er hatte schon so manches schauspielerische Feuerwerk im Verhörraum erlebt. Doch dieser Mann beleidigte seine Intelligenz. Er hielt ihn offensichtlich für zu blöd, die Scharaden zu durchschauen. Glaubte er wirklich, damit Erfolg zu haben? Mit Schwung warf er die in Plastiktüten eingepackten Bücher und das Magazin, das sie in Soulakis' Haus sichergestellt hatten, auf den Tisch.

»Erklären Sie uns, wie es kommt, dass wir den Schlüssel zu den Nachrichten an den Tatorten bei Ihnen gefunden haben«, forderte er Soulakis in gereiztem Ton auf.

»Das ist einfach zu erklären. Ich habe den Code geknackt. Mit einer mathematisch-wissenschaftlichen Herangehensweise war das gar nicht so schwer, zumal ich die griechischen Sagen aus meiner Kindheit und Jugend kenne.«

»Wenn Sie ein so genialer Kopf sind und Ihnen das Wohl von Tiziana am Herzen liegt, warum haben Sie sich nicht gleich mit uns in Verbindung gesetzt?«, fragte Mario aus dem Hintergrund.

»Falsche Frage!«, erwiderte Soulakis. »Sie hätten fragen müssen, wie ich an die Buchstaben gekommen bin.«

»Also gut! Wie sind Sie an die Buchstaben gekommen?«, fragte Mario gelangweilt.

»Ich habe mich in das Intranet des Landeskriminalamtes eingehackt.«

Eine Schrecksekunde lang starrten sich Mario, Tina und Caspari gegenseitig an.

»Unmöglich«, raunte Tina.

»Sie meinen, Ihr Schmidtchen Schleicher wäre der Einzige, der sich aufs Hacken versteht?«, entgegnete Soulakis trocken. »Er spielt ohne Zweifel in der ersten Liga. Ich aber auch! Sagen Sie ihm, er soll die E-Mails von Doktor Casparis privatem Anschluss an Herrn Schlüter kontrollieren. In einer von ihnen bin ich als blinder Passagier mitgereist und kann seither die gesamte Korrespondenz und alle Berichte lesen.«

Soulakis trank einen großen Schluck aus dem Wasserglas, das vor ihm auf dem Tisch stand. Langsam setzte er es wieder ab.

»So, und jetzt sagen Sie mir, was Sie mit mir gemacht hätten, wenn ich zu Ihnen gekommen wäre und Ihnen das alles erzählt hätte.«

»Wir hätten Ihre Informationen dankbar angenommen und Sie dann dem Haftrichter vorgeführt«, entgegnete Caspari.

»Richtig. Deshalb habe ich mich nicht gerührt und nach einem Weg gesucht, Sie über die Bedeutung der Botschaften zu informieren, ohne mich dabei selbst zu belasten.«

Caspari schwieg einen Augenblick lang. Er brauchte Zeit, um sich darüber klar zu werden, ob er auf dem besten Wege war, einem genialen Schwindler auf den Leim zu gehen, oder ob der Mann die Wahrheit sagte. Er fand keine zufriedenstellende Antwort.

»Wissen Sie was«, sagte er schließlich. »Ich glaube Ihnen nicht. Natürlich können Sie sich in unser Intranet eingehackt haben. Aber auch das kann ein Täuschungsmanöver sein für den Fall, dass wir Sie erwischen. Wir führen Sie jetzt dem Haftrichter vor. Bei der Beweislage und den Indizien dürfte es nicht schwer sein, ihn davon zu überzeugen, dass er Sie in Untersuchungshaft stecken muss.«

Soulakis wurde blass.

»Das können Sie nicht machen!«

»Und ob ich das kann.«

»Sie machen einen Fehler. Ich bin der falsche Mann!«

»Mag sein«, sagte Caspari hart. »Aber das Risiko, dass Sie der Täter sind, ist mir zu groß. Falls Sie unschuldig sind, finden wir es heraus. Ihre Zeit im Untersuchungsgefängnis können Sie sich dann auf Ihre Strafe für den Hackerangriff auf das LKA anrechnen lassen.«

Soulakis wurde von zwei Beamten abgeführt. Mario schaltete den Camcorder und das Aufnahmegerät ab. Bertram, Metzler und Ludwig kamen zur Tür herein. Jeder der drei nahm sich einen der Stühle, die an der Wand standen. Gemeinsam saßen sie eine Weile schweigend am Tisch. Tina stand auf und öffnete ein Fenster, aus dem die stickig-heiße Luft entwich. Eine angenehme Sommerbrise wehte herein und bewegte die Gardinen. Hauptkommissarin Metzler durchbrach als erste die Stille.

»Und wenn er die Wahrheit gesagt hat?«

»Viel wesentlicher ist die Frage, was ist, wenn er unser Mann ist«, entgegnete Caspari. »Wir haben keinerlei Empfangs- und Aufzeichnungstechnik für die Überwachungsgeräte in Tizianas Wohnung gefunden. Außerdem fehlt von Kai-Uwe Peters jede Spur. Vieles spricht für Soulakis als Täter. Für die Vorbereitung seiner Morde müsste er allerdings eine Art Lager haben, eine verlassene Hütte, einen vergessenen Bunker im Wald, eine unter falschem Namen gemietete Wohnung, irgendetwas in der Art.«

»Ich meine trotzdem, wir sollten auch weiterhin nach allen Seiten offen sein. So recht bin ich nicht überzeugt, dass er der Serienmörder ist. Seine Argumente waren überzeugend.«

»Was nicht ungewöhnlich ist«, erklärte Caspari. »Bedenken Sie, dass er hochintelligent ist. Ein Mann, der solche Morde begeht, sorgt für den Fall seiner Verhaftung vor. Ich bin mir sicher, dass wir seine Spuren im Intranet des LKA finden werden. Auch auf seinem Notebook wird Schmidtchen Schleicher eine Datei finden, die belegt, wie er angeblich die Botschaften an den Tatorten entschlüsselt hat. Seine Antworten sind mir zu plausibel und zu glatt. Die Gefahr ist zu groß, dass wir genau das machen, was er will, nämlich einer Geschichte glauben, die vor Logik nur so strotzt. Am Ende stellt sich dann heraus, dass sie eine geniale Verknüpfung von konstruierten Realitäten ist.«

»Ich glaube, ich weiß, was Sie meinen«, meinte Hauptkommissarin Metzler.

»Wie willst du nun weiter verfahren?«, fragte Bertram.

»Zunächst stelle ich ihn dem Haftrichter vor. Nur für den Fall, dass wir einige Tage brauchen, um ein Geständnis von ihm zu bekommen. Außerdem ist er in der Untersuchungshaft unter wachsamen Augen. Sobald wir diesen Termin hinter uns haben, setzen wir das Verhör fort. Ich nehme aber auch Ihre Einwände ernst. Wir überprüfen die Terminangaben, die der Computer bei jeder Arbeitssitzung abspeichert. Ich möchte dich bitten, Heinz, dass du überprüfen lässt, ob Soulakis nicht doch irgendwo am vergangenen Sonntagvormittag mit seiner Maschine gesehen wurde. Außerdem muss ich alles über ihn wissen, von seinem Werdegang bis zur Farbe seiner Unterhosen. Einfach alles! Mario, Sie fahren zum LKA und bringen das Notebook dorthin. Machen Sie unserem Hackermeister Schmidt Beine. Ich hole bei Schlüter die Genehmigung dafür ein. Die bösen Buben aus der Islamistenszene müssen für die nächsten Stunden oder Tage einmal unbeobachtet bleiben. Fahren Sie bei sich vorbei und packen Sie ein paar Sachen ein. Es kann sein, dass Sie und Tina einige Tage in Gelnhausen bleiben müssen. Außerdem müssen die Kollegen aus der Abteilung Wirtschaftskriminalität mithelfen. Die sollen überprüfen, ob Soulakis unter dem Namen seiner Firma oder unter seinem Namen Räume, Häuser oder ähnliches angemietet hat. Die sollen jedem Hinweis nachgehen, selbst wenn es ein Klohäuschen auf Helgoland ist! Sie, Tina, führen das Verhör gemeinsam mit Frau Metzler und Herrn Ludwig weiter. Sie sind zu dritt, Soulakis allein. Vielleicht kommt uns der Faktor Ermüdung entgegen und Soulakis beschreibt nicht länger irgendwelche Fantasiewelten. Ich werde die griechischen Sagen noch einmal gründlich lesen. Vielleicht findet sich darin ein Hinweis, mit dem wir ihn festnageln können. Heinz …«

»Ja, ich weiß. Ihr braucht wieder einmal Räumlichkeiten. Ein Büro steht wie immer für solche Fälle leer, zwei Kollegen sind zudem im Urlaub. Deren Büros könnt ihr mitbenutzen«, brummte Bertram.

»Wunderbar. Dann ran an die Arbeit.«

Während er mit seinem Volvo dem Streifenwagen hinterher fuhr, in dem Soulakis zum Haftrichter in Hanau gefahren wurde, wählte er Schlüters Nummer. Angela Baumann, die Sekretärin, meldete sich.

»Tut mir leid, Doktor Caspari. Der Herr Präsident ist in einem Meeting und wünscht, nicht gestört zu werden.«

»Sagen Sie ihm einfach, dieser Anglizismus sei mir fremd, weshalb ich darauf bestünde, ihn zu sprechen.«

Am anderen Ende vernahm er ein schallendes Lachen.

»Mein lieber Mann, Sie sind mir ja einer. Wie Sie den Chef in letzter Zeit aus der Fassung bringen, das hat schon was. Treiben Sie es bloß nicht zu toll. Es wäre schade, wenn er Sie suspendieren würde.«

Caspari wurde weitergeleitet. Während er darauf wartete, dass Schlüter das Gespräch annahm, quälte ihn die Telefonanlage mit der klassischen Kaufhausmusik.

»Ich hoffe, Sie haben einen guten Grund, mich aus dem Meeting zu holen, Doktor Caspari«, raunzte ihn Schlüter durch das Telefon an.

»Bedaure, dass ich Sie in einer Konferenz störe«, antwortete er gelassen. »Es gibt wichtige Neuigkeiten.«

Ausführlich informierte er den Leiter des Landeskriminalamtes über die Ereignisse der vergangen Stunden.

»Wir brauchen den Kollegen Schmidt als Computerexperten.«

»Unmöglich«, entgegnete Schlüter. »Der ist mit der Terroristenfahndung voll und ganz ausgelastet.«

»Nun gut. Wenn Sie damit leben können, dass sich der Verdächtige Zugang zu unserem Intranet verschafft hat, sollten Sie Schmidt bei den Islamisten belassen.«

»Was sagen Sie?«, rief Schlüter mit hysterischer Stimme.

»Soulakis behauptet, ihm als Computerspezialisten der Oberklasse sei es möglich gewesen, in unsere Kommunikationsplattform einzudringen und jeden Bericht zu lesen, der ihn interessierte. Er kannte sogar den Spitznamen des Kollegen Schmidt.«

»Der blufft doch nur!«

»Immerhin schreibt er Programme, unter anderem für die Deutsche Bank, die vor Hackerangriffen schützen.«

»Wissen Sie, was das bedeutet? Wenn das bekannt wird …«

»Können wir uns warm anziehen«, führte Caspari den Gedankengang fort. »Ich fürchte, Sie haben keine andere Wahl, als Schmidt von den Terroristen loszueisen.«

»Es widerstrebt mir zwar, aber ich sehe zurzeit auch keine andere Möglichkeit. Also gut. Wann reden wir mit der Presse?«

»Zunächst gar nicht«, antwortete Caspari. Er hielt nicht viel von Schlüters Auftritten vor laufender Kamera, jedenfalls im Moment noch nicht. »Wir brauchen noch mehr Details.«

»Aber Doktor Caspari, die Verhaftung dieses Serienmörders würde Ihnen sehr viel Ruhm einbringen.«

»Und ein gehöriges Maß an Schelte, wenn ich den Falschen erwischt habe.«

»Also gut. Bis Montag haben Sie Zeit. Liefern Sie mir brauchbare Ergebnisse. Drehen Sie den Kerl meinetwegen durch die Mangel. Hauptsache, er redet!«

Der Termin beim Haftrichter verlief genau so, wie Caspari es sich vorgestellt hatte. Es dauerte nicht lange, und Soulakis war ein Untersuchungshäftling.

Während Soulakis zum Verhör nach Gelnhausen zurückgebracht wurde, fuhr Caspari zum St. Vincenz-Krankenhaus, in dem Tiziana und Toni behandelt wurden. Es dauerte eine Weile, bis er den zuständigen Arzt fand, den er nach dem Zustand der beiden befragen konnte.

»Wie geht es Frau Huber und ihrem Leibwächter?«

»Den Umständen entsprechend gut, würde ich sagen«, sagte der übernächtigt wirkende Mediziner. Caspari hatte Mitleid mit ihm. Er hielt nicht sehr viel von dem deutschen Gesundheitssystem, das den Ärzten Schichten von vierundzwanzig und sechsunddreißig Stunden Arbeit am Stück bescherte.

»Können Sie schon etwas über die Art der Vergiftung, beziehungsweise der Verletzungen sagen?«, wollte er wissen.

»Beide standen unter einem starken Drogeneinfluss, als sie hier eingeliefert wurden. Um welche Substanzen es sich handelt, kann ich nicht sagen. Sie sind stark, aber nicht lebensbedrohlich. Ansprechbar sind beide immer noch nicht. Mit einem Gespräch werden Sie bis morgen warten müssen. Der Mann hat darüber hinaus ziemliches Glück gehabt. Wie man diesen Sturz vom Balkon im Drogenrausch relativ unbeschadet überstehen kann, ist mir schleierhaft. Er hat zwei angebrochene Rippen und eine Gehirnerschütterung, die ordentlich auskuriert werden muss. Das heißt mindestens eine Woche Bettruhe!«

Caspari bedankte sich und sah noch nach den Personenschützern vor den Türen der Krankenzimmer, in denen die beiden lagen. Dann fuhr er zurück nach Gelnhausen. Bevor er auf dem Polizeirevier erzählen konnte, was er im Krankenhaus in Erfahrung gebracht hatte, hielt Tina ihm ein Fax unter die Nase.

»Schönen Gruß von Doktor Michel aus der Gruft. Der Toxikologe hat wieder einmal gezaubert, sagt er. Im Scotch befand sich eine Opiumdosis, die einen Elefanten hätte umhauen können. Gerechnet auf die Menge in einem Glas macht sie einen ausgewachsenen Mann so benommen, dass er nicht mehr Herr seiner Sinne ist. In der Weinflasche befand sich Valium in ähnlich hoher Dosis. Auch hier muss der Täter die Wirkung der Menge in einem Glas genau berechnet haben. Tiziana hatte gerade so viel davon abbekommen, dass sie bewusstlos wurde, aber nicht daran starb.

Caspari überflog das Fax, nickte und gab es Tina zurück. Bevor das Verhör fortgesetzt wurde, rief er Bertram, Ludwig, Metzler und Tina zu einer Besprechung zusammen. Jürgen Jungmann kam dazu.

Nachdem Caspari von Tizianas und Tonis Zustand berichtet hatte, übergab er an Tina, die noch einmal den toxikologischen Befund referierte. Danach ergriff Jungmann das Wort.

»Ich habe einiges über Soulakis herausgefunden. Stavros Soulakis ist der mittlere von drei Söhnen einer griechischen Gastarbeiterfamilie. Ein helles Köpfchen, das in Deutschland schnell Anschluss findet, die deutsche Sprache schon früh beherrscht und sich in der Schule als Klassenprimus hervortut. Abitur auf dem Grimmelshausen-Gymnasium in Gelnhausen mit eins Komma zwei. Es folgt der Zivildienst als Sanitäter beim Roten Kreuz in Frankfurt. Danach studiert er Mathematik und Informatik. Während des Studiums arbeitet er nebenher in einer Firma, die EDV-Software entwickelt. Nach seinem Diplom bleibt er dort und macht sich selbständig, als der Betrieb von einem Großunternehmen aufgekauft wird. Seit drei Jahren ist er ein erfolgreiches Ein-Mann-Unternehmen. Im vergangenen Jahr kauft er das Haus in Neudorf, das Wohnhaus und Firmensitz in einem ist.«

»Sanitäter«, dachte Caspari laut nach. »Das könnte seine anatomischen und toxikologischen Kenntnisse erklären.

»Wo sollen wir nun zuerst den Bohrer ansetzen?«, fragte Tina ungeduldig.

»Bei Kai-Uwe Peters. Ich glaube, dass er noch lebt. Er wurde aus einem ganz bestimmten Grund entführt. Für irgendetwas braucht ihn der Täter noch. Vielleicht hat es mit seiner Ausbildung als Fotograf in Verbindung mit seiner Bekanntschaft zu Tiziana zu tun«, antwortete Caspari nachdenklich. »Wir müssen Peters finden. Wer weiß, in welchem Loch er steckt und wie lange er es darin noch aushalten kann?«

»Und wenn er bereits tot ist?«, fragte Hauptkommissarin Metzler zögernd.

»Dann haben wir uns wenigstens in diesem Punkt nichts vorwerfen«, sagte Caspari. Er wollte den Gedanken nicht akzeptieren, dass der junge Ethnologe ebenfalls den kruden Fantasien eines wahnsinnigen Gehirns zum Opfer gefallen sein könnte.

»Nehmen Sie ihn in die Mangel. Gönnen Sie ihm keine Pause. Auch eine Intelligenzbestie macht irgendwann einen Fehler. Wir brauchen sehr schnell Ergebnisse. Der Präsident will so bald wie möglich eine Pressekonferenz geben, auf der er Soulakis als Täter präsentieren kann. Wir haben nur bis Montag Zeit herauszufinden, ob er es auch tatsächlich ist. Es ist jetzt drei Uhr. Um halb neun ziehen wir in diesem Besprechungszimmer wieder eine Zwischenbilanz. Werden Sie das durchhalten?«

Die drei nickten.

»Sie sind sich also doch nicht sicher, dass er der Täter ist«, konstatierte Ludwig.

»Ein kleiner Zweifel muss immer bleiben. Ich halte nichts davon, sich auf eine Spur zu fixieren und alle anderen Möglichkeiten aus den Augen zu verlieren.«

Es irritierte Caspari ein wenig, dass ein absolut präzise arbeitender und vorausplanender Mörder plötzlich einige Kardinalfehler beging. Aber er behielt diesen Gedanken für sich.

Gähnend stieg in er seinen Volvo. Eigentlich wollte er nach Hause fahren, um dort die Sagen zu studieren. Doch fast mechanisch lenkte er das Auto in die Braugasse zu Claras Pfarrhaus. Als er ausstieg, hörte er sie lachen. Leise mischte sich dazu die Stimme eines Mannes. Zögernd ging Caspari zur Gartentür und spähte zischen den Ästen eines Busches hindurch. Auf der Terrasse saß Clara mit einem Mann. Beide unterhielten sich angeregt. Es machte auf ihn nicht den Eindruck, dass es sich um etwas Dienstliches handelte. Den Mann konnte er nur im Profil sehen. Aber das genügte schon. Eine gut aussehende Magermilchausgabe, einer dieser Beckhams, nur schwarzhaarig. Eifersucht und Zweifel wollten in ihm aufsteigen, doch er unterdrückte diese Gefühle. Er hatte sich vor einem halben Jahr in einer ähnlichen Situation wie ein Trottel benommen. Das sollte sich nicht wiederholen. Bestimmt war das Treffen, das er beobachtete, von harmloser Natur. Trotzdem gesellte er sich nicht dazu. Lieber wäre es ihm gewesen, mit Clara allein zu sein, ihr von den Ereignissen des Tages zu erzählen. Vielleicht ließ sich das am späten Abend noch nachholen. Caspari drehte sich um und ging.

In einer Buchhandlung in der Wächtersbacher Altstadt

kaufte er sich kommentierte Ausgaben der griechischen Sagen und der homerischen Werke. Dann fuhr er die Straße hinauf nach Wittgenborn und hörte dabei die Hebriden-Overtüre von Felix Mendelsohn-Bartholdy in voller Lautstärke. Die Musik beschwor Bilder von Wellen hervor, die sich an schroffen schottischen Steilwänden brachen.

Auf dem Hof erwartete ihn eine Überraschung. Elke war wieder dort. Sie stand neben seiner Mutter und betrachtete Lukas, der sich mit einem Kindergartenfreund wilde Verfolgungsspiele auf dem Fahrrad leistete und dabei vor Vergnügen laut lachte.

Als Caspari ausstieg, kam sie auf ihn zu. Für einen Moment sah er wieder die zierliche junge Frau Anfang zwanzig, die mit ihren Sachen angefahren kam, um bei ihm einzuziehen. Die Nachmittagssonne umhüllte ihre Gestalt mit einem warmen Glanz und ließ ihr blondes Haar leuchten. Ein knirschendes Geräusch riss ihn aus der Vergangenheit. Lukas war auf ihn zugefahren und hatte kurz vor seinen Füßen gebremst.

»Hallo Papa!«, rief er.

Caspari riss sich zusammen. Er klopfte Lukas auf den Fahrradhelm und gab ihm einen Kuss.

»Na, du Rabauke. Wie ich sehe, hast du viel Spaß.«

»Klar! Der Nico ist doch mein bester Freund. Mit dem kann man toll Verfolgung spielen!«

Nico hielt neben Lukas und grinste Caspari an, wobei er den Blick auf eine Zahnlücke preisgab. Caspari war überrascht.

»Verlierst du jetzt schon deine Milchzähne?«

»Nee, das ist passiert, als ich mit meinem Fahrrad nicht mehr bremsen konnte und hingeflogen bin«, antwortete der Kleine.

»Dann treibt es hier nicht so toll, damit nicht weitere Zahnlücken entstehen!«

Die Anweisung war in den Wind gesprochen. Die beiden drehten um und machten den Kopfstein gepflasterten Innenhof wieder zu ihrer Piste. Caspari blieb keine Zeit mehr, sich innerlich auf ein Gespräch mit Elke vorzubereiten. Nachdem die zwei Jungen wieder davon gerauscht waren, stand sie schon vor ihm.

»Hallo Christoph.«

»Schön, dich zu sehen«, sagte er unsicher.

»Es ist schon ein komisches Gefühl, auf den Hof zu kommen, der einige Jahr mein Zuhause war. Alte Erinnerungen werden wieder wach.«

»O ja«, seufzte er. »Wunderschöne und sehr schmerzliche.«

Schweigend sahen sie sich einen Augenblick lang an. Ein Schmerzensschrei zerriss das Band, das ihre Blicke gewebt hatten.

»Papa!«

Lukas lag auf dem Pflaster und hielt sich das linke Knie. Caspari und Elke liefen zu ihm hin.

»Ich wollte dem Nico ausweichen und bin hingefallen«, jammerte Lukas. Sein Knie war aufgeschürft und blutete ein wenig.

Caspari hob ihn hoch.

»Ich glaube, jetzt ist Rennpause angesagt. Ich verarzte dich erst einmal, dann bekommt ihr beide etwas zu trinken und ein Eis. Das dürfte eine gute Rennfahrerverpflegung sein.«

Lukas vergaß für einen Augenblick, seinem Gesicht einen schmerzverzerrten Ausdruck zu verleihen und nickte lächelnd.

Während er den Kleinen verarztete und für beide Rennfahrer Getränke und das Eis zurechtmachte, spürte er Elkes Blick auf sich ruhen. Als Lukas und sein Freund schleckend auf der Terrasse saßen, brach sie ihr Schweigen.

»Er hängt an dir.«

»Wie meinst du das?«, fragte er, nur um irgendetwas darauf zu sagen.

»Wir beide waren da, als er fiel. Deine Mutter war auch in Rufweite. Er hat aber bei dir nach Trost und Hilfe gesucht. Ihr beide gehört zusammen.«

»Warum sagst du mir das?«

»Weil ich möchte, dass du weißt, dass ich ihn dir nicht wegnehmen will. Ich möchte nur ein normales, unverkrampftes Verhältnis und regelmäßigen Kontakt zu ihm. Er ist auch mein Sohn. Ich habe ihm das Leben geschenkt.«

»Ja, ich weiß«, antwortete er mit belegter Stimme, wobei er zur Terrasse hin sah. »Ich gebe mir ja auch Mühe, meinen Teil dazu beizutragen.«

»Das weiß ich. Glaub mir, ich bin dir für deine Mithilfe sehr dankbar. Aber denk bloß nicht, ich würde nicht spüren, wie viel Angst du dabei hast. Oberflächlich betrachtet hast du dich gestern so verhalten, als wäre dieses erste Treffen auf dem Hof die normalste Sache der Welt. Aber ich kenne dich. Ich weiß, wie es in dir aussieht. Mir kannst du nichts vormachen. Und Clara wahrscheinlich ebenso wenig.«

Caspari holte tief Luft, ohne den Blick von den Kindern auf der Terrasse abzuwenden.

»Was soll ich tun? Ich bin auch nur ein Mensch. Natürlich versuche ich, rational an die Sache heranzugehen, mir immer wieder klarzumachen, dass du ihn ja nicht zurückerobern willst, sondern ein positives Mutter-Kind-Verhältnis suchst. Aber meine Gefühle scheren sich einen feuchten Kehricht um die Vernunft. Diese verdammte Angst macht mir zu schaffen.«

»Hast du schon einmal daran gedacht, mit einem Therapeuten darüber zu sprechen?«

»Bisher hatte ich keine Zeit, mir zu diesem Thema Gedanken zu machen. Ich war immer der Meinung, dass ich mich der Angst einfach stellen müsste, indem ich sie aushalte, während ich eure Treffen unterstütze.«

»Und du glaubst, dass reicht aus?«, fragte sie skeptisch. »Meinst du, der Junge merkt nicht, dass du dich quälst? Wird er sich nicht irgendwann von dem ›Versöhnungsprojekt‹ zurückziehen, weil er es in Verbindung mit deinen Ängsten sieht?«

Sie legte ihre Hand auf seine Schulter. Caspari schloss die Augen und fühlte sich wieder zehn Jahre zurückversetzt. Wie sehr hatte er Berührungen wie diese geliebt! Doch ein anderes Bild schaffte sich Raum in seinem Kopf. Clara, die mit ihren Händen durch seinen Bart fuhr und ihn mit ihren grünblauen Augen ansah. Schwerfällig riss er sich von seinen widerstreitenden Gedanken los.

»Wenn ich den Eindruck habe, ich schaffe es nicht ohne professionelle Hilfe, werde ich zu einem Therapeuten gehen.«

»Bist du sicher?«

»Falls ich auf dem Schlauch stehen sollte, wird Clara mir schon Beine machen.«

»Das hört sich gut an.«

Elke klang erleichtert. Doch sie schien noch mehr auf dem Herzen zu haben.

»Ich möchte Lukas gern morgen Vormittag abholen und mit ihm und den Mädchen den Tag bei meiner Mutter verbringen.«

»Hast du mit ihm schon darüber gesprochen?«, fragte Caspari ausweichend.

»Ja, und er hat zugestimmt.«

»Dann habe ich auch keine Einwände«, sagte er, während ihm das Herz bis zum Hals klopfte.

»Es tut gut, dass wir beide wieder so gut miteinander zurechtkommen – nach allem, was passiert ist, meine ich«, antwortete sie verlegen.

In Caspari stiegen die Erinnerungen an die dunklen Stunden ohne Elke und Lukas wieder auf. Wenn er damals nicht seinen Beruf gehabt hätte, wäre er vor die Hunde gegangen.

»Ja.«

Mehr konnte er nicht sagen.

»Ich hole ihn ab, sagen wir halb zehn? Du wirst wohl im Dienst sein. Jürgen deutete so etwas an. Ich werde bei deinen Eltern klingeln. Mit deiner Mutter ist schon alles besprochen – vorbehaltlich deiner Zustimmung, versteht sich.«

»Geht klar«, brummte er.

Sie umarmte ihn und gab ihm einen Kuss auf die Wange.

»Ich kann nur hoffen, dass Clara weiß, was sie an dir hat«, flüsterte sie. Dann drehte sie sich rasch um und ging auf die

Terrasse, um sich von Lukas zu verabschieden. Nach einer lebhaften Unterhaltung mit viel Gekicher ging sie zur Haustür. Auf dem Absatz drehte sie sich noch einmal um.

»Es ist mir damals sehr schwer gefallen, von hier wegzugehen und dich zu verlassen, glaub mir! In den ersten Monaten habe ich mich oft gefragt, ob es die richtige Entscheidung war, mit Jürgen ein neues Leben anzufangen. Jedes Mal, wenn das Telefon klingelte, hatte ich Angst, jemand würde mir mitteilen, dass du dir etwas angetan hast. Ich wollte nur, dass du das weißt.«

Caspari verschränkte die Arme vor der Brust und nickte stumm. Dann war sie fort. Er nahm sich ein Glas aus dem Schrank, füllte Leitungswasser hinein und trank es in einem Zug leer. Lukas und sein Freund kamen mit leeren Schalen und verschmierten Mäulern herein. Er schickte sie ins Bad und gab ihnen danach noch einmal Wasser zu trinken. Als sie wieder auf dem Hof Fahrrad fuhren, setzte Caspari sich auf die Bank unter der Linde und begann, die griechischen Sagen zu lesen. Wie ein Fährtensucher durchstöberte er die uralten Mythen nach Hinweisen, die er bisher vielleicht übersehen hatte. So sehr er jedes Detail wieder und wieder überprüfte, so wenige Unstimmigkeiten konnte er finden. Er unternahm einen weiteren Anlauf. Als er die Texte wieder zu Hälfte durchgelesen hatte, wuchs in ihm das unbestimmte Gefühl, zum wiederholten Mal einen Abschnitt gelesen zu haben, in dem ein Detail sich nicht mit den Morden deckte. War nur der Wunsch der Vater des Gedankens, oder hatte er tatsächlich etwas entdeckt? Um welche Sage handelte es sich nur? Worin war der Täter von der Erzählung abgewichen? Er setzte sich aufrecht, richtete seinen Blick ins Leere, atmete tief und kontrolliert und versuchte, alle Gedanken loszulassen. Nach einer Weile sah er vor seinem inneren Auge einen dunklen Raum, dessen Tür sich einen Spalt öffnete. Durch den Spalt drang Licht. Er ging darauf zu und wollte die Tür ganz öffnen. Als er mit der Hand die Klinke umschloss, riss ihn eine Hupe aus seiner Meditation. Es war halb sieben. Nicos Vater war mit dem Auto gekommen, um seinen Sprössling samt Fahrrad abzuholen. Caspari brummte unwillig ob der Störung. Dann entschloss er sich allerdings, die Anwesenheit des Mannes als willkommene Unterbrechung anzunehmen und bot ihm ein Bier an. Gemütlich saßen sie auf der Bank, tranken und unterhielten sich über die Streiche ihrer Zöglinge, während diese sich ihre letzte Verfolgungsjagd leisteten.

Nachdem Caspari seinen verschwitzten Sohn geduscht und mit ihm Abendbrot gegessen hatte, las er ihm noch eine Geschichte vom Hasen Felix vor. Als Lukas schlief, schlich er auf leisen Sohlen durch die Verbindungstür in den Wohnbereich seiner Eltern.

»Hast du heute Abend frei, Junge?«, fragte sein Vater.

»Leider nicht. Wir haben einen Verdächtigen festgenommen. Tina dreht ihn gerade zusammen mit den anderen Kollegen durch die Mangel. Ich muss jetzt zu einer Lagebesprechung nach Gelnhausen.«

»Schade! Iris und Benny kommen heute Abend. Wäre schön gewesen, wenn Clara und du auch hättet kommen können.«

»Ja, das ist wirklich schade«, meinte Caspari und stellte das Babyphon auf den Küchentisch. »Nur für alle Fälle! Normalerweise schläft er ja ohne Probleme.«

»Ist schon in Ordnung«, meinte seine Mutter und nickte.

Müde kam Clara aus ihrem Amtszimmer. Sie hatte die Predigt für die Trauung am folgenden Nachmittag geschrieben, nachdem Oliver gegangen war. Die Eindrücke, die sie vor einer Woche beim Traugespräch gesammelt hatte, waren noch sehr lebendig. Das Brautpaar hatte sie als sehr freundlich und offen in Erinnerung. Beide kamen bereits aus einer gescheiterten Ehe, was sie allerdings nicht zu entmutigen schien.

»Wir wissen, worauf wir uns einlassen«, hatte die Braut gesagt.

»Die Fehler, die dazu führen, dass eine Beziehung scheitert, kennen wir zu gut, um sie ein zweites Mal zu begehen«, war der Kommentar ihres zukünftigen Mannes gewesen.

Clara dachte noch eine Weile über dieses Gespräch nach. Daneben tauchten Eindrücke von der Beerdigung wieder auf. Es war an der Zeit, den Kopf frei zu bekommen! Sie sehnte sich nach Bewegung. Gern wäre sie jetzt gejoggt, doch es dämmerte bereits. Für das Fitnesscenter vom alten Seydel war es mittlerweile auch schon zu spät. Sie hätte erst ihre Trainingssachen zusammensuchen und nach Wächtersbach fahren müssen. Dann wäre ihr nur noch eine dreiviertel Stunde geblieben, um zu trainieren. Als sie an der Tür ihres Gästezimmers vorbeiging, fiel ihr der schwere, alte Sandsack wieder ein, der dort hing. In den vergangenen Tagen hatte sie ihn vernachlässigt.

Schnell schlüpfte sie in ihre Sportkleidung und streifte sich die leichten Boxhandschuhe über, die speziell für das Sandsacktraining verwendet wurden. Als aus ihrem CD-Spieler die Musik von Buena Vista Social Club ertönte, begann sie lokker gegen den schweren Sack zu boxen, bis sich ihre Muskeln aufgewärmt hatten. Dann steigerte sie das Tempo, schlug verschiedene Kombinationen und versuchte dabei, an die Beinarbeit zu denken. Beides hatte sie in dem hartem Training unermüdlich geübt, das sie während ihrer Kindheit und als Jugendliche in Buenos Aires gemeinsam mit ihren beiden älteren Brüdern absolviert hatte. Paolo, ein Exilkubaner und Besitzer des Boxclubs, hatte sie damals unter seine Fittiche genommen und ihr so viel beigebracht, dass sie damit sogar noch Jahre später beim Boxen im Universitätssport beeindrucken konnte. Die kubanische Musik, die ihr Keuchen übertönte, erinnerte sie an den dunkelhäutigen, freundlichen Trainer mit seinem verschmitzten Lächeln.

Eine halbe Stunde lang bearbeitete sie den Sandsack. Danach war sie vollkommen ausgepumpt. Nach einer kalten Dusche fühlte sie sich wie neugeboren. Sie nahm den Telefonhörer, um Caspari anzurufen. Doch bevor sie die Nummer wählen konnte, klingelte es an der Tür. Verwundert meldete sie sich an der Gegensprechanlage. Zu ihrer Überraschung war es Oliver Carstens, der antwortete. Sie drückte den Türöffner und erwartet ihn am Treppenabsatz.

Mit einem einnehmenden Lächeln kam er zu ihr hinauf.

»Bitte halt mich nicht für aufdringlich. Eine Sitzung war schneller beendet als erwartet. In dieser fremden Stadt wollte ich am Freitagabend nicht allein irgendwo herumsitzen oder in meinem Hotelzimmer fernsehen. Ich dachte, du hättest vielleicht Lust zu einem Glas Wein im ›Cafe Art‹.«

Clara war sich nicht sicher, ob sie mit ihm gehen sollte. Eigentlich wäre jetzt Caspari an der Reihe gewesen, wenn auch nur telefonisch. Carstens schien ihre Zweifel zu spüren.

»Ich möchte dich natürlich nicht in Schwierigkeiten bringen. Wenn du Bedenken wegen deines Freundes hast, ist das vollkommen in Ordnung.«

Clara gab sich einen Ruck. Caspari hatte nach der Festnahme eines verdächtigen Serientäters ohnehin keine Zeit, selbst für ein Telefonat nicht.

»Der steckt bis über beide Ohren in Arbeit. Außerdem glaube ich nicht, dass er etwas dagegen hätte«, antwortete Clara. ›… Solange ich weiß, wo die Grenze ist‹, fügte sie in Gedanken hinzu.

Caspari hatte Sehnsucht nach Clara. Wenigstens sehen wollte er sie, wenn er auch keine Zeit mehr hatte, sich länger mit ihr zu unterhalten. Auf seinem Weg zum Polizeirevier hielt er auf einem freien Parkplatz gegenüber dem Pfarrhaus. Er läutete an der Tür, doch nichts tat sich. Er probierte es noch einmal. Vielleicht hatte sie die Klingel beim ersten Mal einfach nicht gehört. Doch auch dieser Versuch blieb erfolglos.

›Vielleicht bringt sie gerade eine Ausschusssitzung hinter sich oder ist nach Wächtersbach ins ›Get Fit‹ gefahren‹, sagte er zu sich selbst, um seine Unruhe zu unterdrücken. Doch als er seinen Wagen aufschloss, hörte er sie lachen. Dann vernahm er die Stimme eines Mannes, der sich mit ihr angeregt zu unterhalten schien. Caspari versteckte sich schnell hinter einer Hausecke und betrachtete Clara, wie sie mit einem Mann den Vorhof zur Marienkirche verließ und in die Gasse abbog, die zum Obermarkt führte. Sie hatte sich bei ihrem

Gesprächspartner eingehakt. Mit Hummeln im Bauch wartete Caspari, bis die beiden auf dem Kopfsteinpflaster zwischen den alten Fachwerkhäusern liefen. Dann stieg er in seinen Wagen und fuhr einen Umweg zum Polizeirevier. Er wollte es vermeiden, von den beiden gesehen zu werden. Doch als er die Fahrertür öffnete, war ihm, als spürte er Claras Blick in seinem Nacken.

Wer war nur dieser Mann, mit dem zusammen er Clara nun schon wieder gesehen hatte? Wenn es eine harmlose Begegnung war, warum hatte sie Caspari noch nicht von ihm erzählt? War Clara empfänglich für Avancen, die andere Männer ihr machten? Schließlich war sie eine attraktive Frau, und er hatte in den zurückliegenden Monaten wenig Zeit für sie gehabt – zu wenig, wenn man es recht besah.

Übellaunig stieg er vor dem Revier aus. Er blieb eine Weile auf dem Parkplatz stehen, um die finsteren Gedanken beiseite zu schieben. Die anderen hatten wahrscheinlich hart gearbeitet, seitdem er weggefahren war. Es stand ihm nicht zu, jetzt seinen Ärger an ihnen auszulassen. Entsprechend seiner Gewohnheit war er schon zehn Minuten vor halb neun auf dem Flur. Aus dem Frühstücksraum hörte er gedämpfte Stimmen. Tina, Mario, Metzler und Ludwig saßen dort und unterhielten sich leise. Sie machten einen erschöpften Eindruck. Auf Ludwigs Hemd dominierten die Schweißflecken, Tinas Gesicht glänzte und Metzlers Frisur wirkte strubbeliger denn je. Das sah nicht nach einem Verhör mit greifbaren Resultaten aus.

»Eine finnische Sauna ist nichts im Vergleich zu diesem Verhörraum«, maulte Ludwig, als er Caspari erblickte.

Er zwang sich zu einem Grinsen.

»Wie mir scheint, sind Sie nicht weitergekommen«, stellte er fest.

»Nicht einen Millimeter«, stöhnte Tina. »Entweder weiß er wirklich nichts, oder er ist ein genialer Schauspieler und die Festnahme samt dem Verhör gehören zu seinem Plan.«

»An diese Möglichkeit hatte ich noch gar nicht gedacht«, gestand Caspari.

»Er behauptet, Peters nicht zu kennen. Nur die Dokumentation im Magazin und im CD-Booklet habe er gelesen. Mehr ist nicht aus ihm herauszubekommen.«

Jungmann kam ins Zimmer und legte ein Fotoalbum auf dem Tisch. Er schlug eine Seite auf, die mit einem Lesezeichen markiert war.

»Ich habe noch einmal in den privaten Dingen von Soulakis herumgestöbert«, sagte er. »Dabei bin ich auf etwas Interessantes gestoßen.«

Er deutete auf eine Fotografie, die Soulakis und eine hübsche Frau mit dunklem Teint und schwarzen Haaren zeigte. Beide lagen sich in den Armen.

»Zuerst verblüffte mich das Foto. Auf den ersten Blick sah die Frau wie diese Rapperin aus. Doch bei näherem Hinsehen entdeckte ich, dass es eine andere Person ist. Dem Untertitel des Bildes konnte ich entnehmen, dass es sich um eine Alexa handelt. Soulakis war wohl mit ihr verlobt. Die Fotos stammen zumindest von einer Verlobungsfeier. Danach findet sich kein weiteres Bild in dem Album. Es ist nur halb voll. Als wäre ihm die Lust vergangen, weiterhin Fotos einzukleben und Untertitel zu schreiben.«

»Hast du herausfinden können, was mit ihr geschah?«, fragte Caspari.

»Leider nein. Es fehlt der Nachname. Ohne den ist es fast unmöglich.«

»Dann werde ich ihn das selbst fragen«, sagte Caspari entschlossen.

»Da wäre noch etwas«, fuhr Jungmann fort. »In der Hektik vorhin habe ich vergessen, dir zu sagen, dass er in Darmstadt und Mainz studiert hat.«

»So dass die Möglichkeit besteht, dass er Peters dort getroffen hat«, führte Mario den Gedanken fort. »Merkwürdig! Alle Fäden scheinen dort zusammenzulaufen. Ist nicht auch Tiziana an der Mainzer Universität in Germanistik eingeschrieben?«

Caspari bedankte sich für den Hinweis und gab Mario einen Wink, ihm zu folgen. Im Verhörraum saß Soulakis und starrte an die Wand. Als Caspari und Mario den Raum betraten, wandte er sich ihnen zu.

»Wie lange halten Sie mich hier noch fest? Sie haben doch nichts gegen mich in der Hand!«

»Wir haben einen Haftbefehl. Haben Sie das schon vergessen?«, konterte Caspari. »Sie werden noch eine ganze Weile mit uns zu tun haben.«

»Ich möchte meinen Anwalt sprechen!«, verlangte Soulakis.

»Hat man Ihnen das noch nicht ermöglicht?«, fragte Caspari skeptisch.

»Doch, aber bisher war er telefonisch nicht zu erreichen. Ich hinterließ eine Nachricht auf dem Anrufbeantworter, allerdings hat er sich noch nicht gemeldet. Jetzt möchte ich es mit der Nummer seines Mobiltelefons probieren.«

»Sie werden gleich Gelegenheit dazu bekommen, wenn Sie mir noch ein paar Fragen beantwortet haben.«

Caspari legte das Fotoalbum sachte auf dem Tisch. Er konnte sehen, wie sich sein Gegenüber verkrampfte. Hoffentlich konnte Mario diese Reaktion mit dem Aufnahmegerät gut einfangen. Mit großer Sorgfalt, als hätte er es mit einem kostbaren Buch zu tun, schlug Caspari die betreffende Seite auf. Langsam drehte er das Album herum und schob es in Soulakis' Richtung.

»Wer ist diese Frau?«

Sein Gegenüber schauderte beim Anblick der Bilder. Dann traten ihm Tränen in die Augen. Caspari ließ ihm Zeit, sich wieder zu fangen. Mit heiserer Stimme antwortete ihm Soulakis: »Das ist – das war Alexa Konstantinopoulos, meine Verlobte.«

»Die Verlobung wurde gelöst?«

»So kann man es auch nennen.«

»Was kam dazwischen?«

»Nicht was, sondern wer! Der Tod! Sie starb zwei Wochen vor unserer Hochzeit bei einem Verkehrsunfall.«

Caspari hatte Mühe, seine Betroffenheit zu verbergen. Er wusste nur zu gut, wie es sich anfühlte, einen geliebten Menschen zu verlieren. Wenn auch auf andere Weise.

»Das tut mir leid«, sagte er aufrichtig.

»Ja.«

Er gewährte dem einsetzenden Schweigen eine Weile Raum. Dann unternahm er einen Versuch, das Gespräch fortzusetzen.

»Uns ist aufgefallen, dass Alexa Tiziana sehr ähnlich sieht.«

»Als ich vor zwei Jahren zufällig eine Reportage über sie in einer Zeitschrift las, dachte ich, es zieht mir den Boden unter den Füßen weg. Alexa war gerade ein Jahr tot, und nun sah ich sie in Gestalt von Tiziana in der Illustrierten wieder. Können Sie sich vorstellen, wie sich so etwas anfühlt?«

»Nein, das kann ich nicht.«

»Ich kaufte mir alle Platten von ihr und ging zu ihren Konzerten, bei denen ich mir manchmal wie ein Gruftie vorkam.«

Caspari runzelte die Stirn und sah ihn verständnislos an.

»Na ja, ich habe den Altersdurchschnitt ziemlich in die Höhe getrieben. Mit meinen dreiunddreißig Jahren gehörte ich zu den ältesten Fans.«

»Dabei ist es aber nicht geblieben. Sie entwickelten sich zum Rosenkavalier.«

»Wenn Sie das so sagen … Es war, als würde ich mich wieder aufs Neue um Alexa bemühen. Im Grunde ging es mir um sie, weniger um Tiziana.«

»Und weil Sie ihre Alexa wieder ganz für sich haben wollten, fingen Sie an, alle möglichen Konkurrenten aus dem Weg zu räumen, indem Sie Männer aus ihrem Umfeld töteten«, meldete sich Mario zu Wort.

»Wir drehen uns im Kreis. Den ganzen Tag versuche ich Ihnen klar zu machen, dass ich mit den Morden nichts zu tun habe. Ich werde mich nicht auf eine weitere Runde zu diesem Thema einlassen.«

»In Ordnung«, antwortete Caspari nüchtern. »Dann lassen Sie uns über Kai-Uwe Peters reden. Sie haben unter anderem in Mainz studiert. Es besteht die Möglichkeit, dass Sie ihn dort kennengelernt haben.«

»Haben Sie schon mal etwas von Wahrscheinlichkeitsrechnung gehört? Als Akademiker müssten Sie doch selbst wissen, wie viele Studenten sich auf dem Campus tummeln. Wie groß, meinen Sie, ist die Wahrscheinlichkeit, dass ich den Studenten eines anderen Fachbereiches kennenlerne und ihn einige Jahre später verschleppe?«

»Wir werden im Fachbereich Ihr Bild herumzeigen. Dann wird sich herausstellen, wie hoch diese Wahrscheinlichkeit ist«, entgegnete Caspari gelassen.

»Tun Sie sich keinen Zwang an. Wenn Sie mich fragen, ist das vergeudete Zeit. Sie sind auf der falschen Fährte. Ich bin nicht der, den Sie suchen.«

»Es fällt mir zurzeit schwer, dass zu glauben.«

»Hören Sie, ich bin griechischer Abstammung. Ich kenne die Sagen meiner Heimat sehr genau. Wenn ich der Mörder wäre, würde mir bei einem meiner Rituale kein inhaltlicher Fehler unterlaufen.«

»Wie darf ich das verstehen?«

»Ich sage jetzt gar nichts mehr. Bitte, lassen Sie mich mit meinem Anwalt telefonieren. Außerdem möchte ich endlich schlafen. Es war ein ausgesprochen langer Tag.«

Caspari unternahm noch zwei Versuche, von Soulakis zu erfahren, was er mit ›inhaltlichen Fehlern‹ gemeint hatte. Der schwieg aber beharrlich, so dass er das Verhör beendete und anwies, ihn in das Untersuchungsgefängnis nach Hanau zu fahren.

Nachdenklich ging er wieder in den Aufenthaltsraum, wo die Kollegen ihn neugierig empfingen.

»Wie ist es gelaufen?«, fragte Tina.

»Ich bin genauso weit wie Sie. Mittlerweile habe ich allerdings meine Zweifel, dass Soulakis tatsächlich unser Mann ist.«

»So, wie Sie ihn eben in die Mangel genommen haben, konnte man allerdings einen völlig anderen Eindruck bekommen«, kommentierte Mario.

»Es muss für mich klar und einleuchtend sein, dass wir auf dem Holzweg sind. Erst dann behandle ich einen Verdächtigen wie einen Zeugen.«

»Woraus speisen sich ihre Zweifel?«, wollte Metzler wissen.

»Er sprach von einem inhaltlichen Fehler bei der Übertragung der Sagen auf die Rituale. Das wäre ihm als Griechen nicht passiert, meinte er.«

»Das kann ein ganz geschickter Schachzug sein, um uns zu verunsichern«, hielt Ludwig entgegen.

»Mag sein. Allerdings hatte ich beim Durcharbeiten der griechischen Mythologie ebenfalls den Eindruck, dass sich ein kleines Detail nicht mit den Ritualen deckt.«

»Welches Detail meinen Sie?«, fragte Mario.

»Ich habe es noch nicht finden können. Dazu bräuchte ich noch einmal einen Tag intensiver Recherche. Aber ich bin mir sicher, dass eines der Rituale – wie soll ich sagen? – unscharf in der Umsetzung der Sage ist.«

»Vielleicht konnten die Sagen nicht eins zu eins übertragen werden, weil die örtlichen Gegebenheiten es nicht zuließen«, warf Tina ein.

Die örtlichen Gegebenheiten! Das war es, was Caspari entdeckt hatte und doch nicht hatte greifen können.

»Das ist es!«, rief er aus, sprang auf und gab der völlig verdutzten Tina einen Kuss auf die Stirn. Auch Mario blickte ihn entgeistert an. Sein Nimbus als genialer Schüchterling war kurz ins Wanken geraten.

»Tina, Sie sind ein Engel! Die örtlichen Gegebenheiten – natürlich! Narcissos vergeht vor Liebeskummer und wird in eine Narzisse verwandelt. Norman Kling lag jedoch mit durchgeschnittener Kehle in einem Krokusbeet. Einem Täter, der es mit der Umsetzung der griechischen Sagen so genau nimmt, hätte dieser Lapsus nicht passieren dürfen.«

»Das beweist noch gar nichts«, widersprach Metzler.

»Abwarten«, meinte Caspari. »Allerdings sind wir in der Entführungssache Peters noch keinen Schritt weitergekommen. Die Zeit läuft uns davon, und damit auch ihm.«

»Chef, es ist mittlerweile viertel nach neun. Wir können alle nicht mehr. Wenn ich noch länger als fünf Minuten auf diesem Revier zubringe, weiß ich nicht mehr, wie ich heiße«, beklagte sich Tina.

Caspari sah ein, dass sie recht hatte. Peters konnten sie nur ausgeruht und mit einem klaren Kopf finden.

»Also gut. Dann nichts wie nach Hause.«

Metzler und Ludwig waren wie Tina und Mario für diese Entscheidung dankbar und machten sich auf den Weg nach Hanau und Frankfurt. Seine beiden Mitarbeiter nahm Caspari samt ihrem Gepäck in seinem Volvo mit. Es war viertel vor zehn, als sie im Innenhof des Anwesens der Familie Caspari ausstiegen. Seine Eltern hatten zwei Ferienwohnungen in einem Trakt des Gutshofes, die sie an Feriengäste oder an Vertreter vermieteten, die zur Wächtersbacher Messe anreisten. Er drückte Mario den Appartementschlüssel in die Hand und wollte Tina und ihn auf ein Bier zu sich einladen, als die Haustür seiner Eltern aufging. Benny stand unter dem Hoflicht und begrüßte sie auf gut hessisch: »Ei gude! Na das ist ja eine Überraschung, dass du die beiden mitgebracht hast, Christoph. Kommt doch rein! Wir haben was zu feiern. Zwei Kasten Kilkennys steht gut gekühlt im Keller. Mit den besten Grüßen vom Wirt des ›McDaids‹.«

Caspari sah etwas Zögerndes in Tinas Blick. Dann schien sie sich aber einen Ruck zu geben.

»Wir sind zwar völlig alle, aber was solls. Ein Bier und ein bisschen Abwechslung können nach so einem Tag bestimmt nicht schaden. Gib uns aber eine viertel Stunde zum Duschen. Wir sind total durchgeschwitzt.«

»Geht klar«, meinte Benny lachend. »Mein Schwager sieht auch aus, als hätte er eine Dusche nötig.«

»Wer?«, fraget Caspari und sah sich irritiert um.

»Na du, du alter Esel.«

»Aber wieso Schwager? Wir sind befreundet und sehr weit entfernt verwandt. Was soll denn der Schwager …«

Mitten im Satz brach Caspari ab. Langsam dämmerte ihm, was Tina und Mario schon längst begriffen zu haben schienen.

»Du meinst, Iris und du … Ich meine, ihr wollte doch nicht etwa heiraten?«

»Kaum zu glauben, nicht wahr. Wer hätte das nach so vielen Jahren ›wilder Ehe‹ gedacht?«

Caspari war sprachlos. Er ging auf Benny zu und wollte ihn umarmen.

»Mensch, Benny!«

»Weiche von mir, Satan!«, rief der und sprang demonstrativ zurück. »Bevor du nicht geduscht hast, brauchst du mir nicht näher zu kommen.«

Während er duschte, fragte Caspari sich, ob es ihm jemals gelänge, Clara zu heiraten, oder ob ihre Beziehung nur ein Geschenk auf Zeit war. Einem inneren Impuls folgend wählte er Claras Mobilfunknummer. Nach viermaligem Klingeln nahm sie ab. Den Hintergrundgeräuschen entnahm er, dass sie in einem Straßenrestaurant sitzen musste. Sein Anruf schien sie zu irritieren.

»Christoph? Ist etwas passiert, dass du mich jetzt noch anrufst?«

»Du bist zu Hause nicht zu erreichen. Ich dachte, ich versuche es über das Funknetz.«

»Aha.«

»Tina und Mario übernachten auf dem Hof. Sie sind aus dienstlichen Gründen wieder einmal in Gelnhausen. Benny und Iris haben sich mit zwei Kästen Kilkennys ebenfalls eingefunden. Es gibt etwas zu feiern: Die beiden haben sich endlich entschlossen, in den Stand der Ehe zu treten.«

»Wie schön! Das freut mich. Allerdings bin ich heute Abend unterwegs, wie du schon bemerkt hast. Ich habe einen alten Bekannten getroffen, den ich eine Ewigkeit lang nicht mehr gesehen habe. Er ist wegen des Hessentages in Gelnhausen, so dass wir uns hier über den Weg gelaufen sind.«

»Aha«, antwortete diesmal Caspari. Obwohl er versucht hatte, es zu vermeiden, war sein Tonfall ein klein wenig zu ironisch geraten.

»Sag mal, kann es sein, dass ich dich vorhin gesehen habe?«, fragte sie, das Thema wechselnd.

»Kommt darauf an, wo und wann«, antwortete er ausweichend.

»So kurz nach acht auf dem Parkplatz gegenüber dem Pfarrhaus.«

»Schon möglich. Ich war um diese Zeit bei dir, konnte dich allerdings nicht antreffen.«

»Kann es sein, dass du verärgert bist?«

»Ich? Verärgert? Wie kommst du denn darauf? Nein, ich finde es sehr kommod, dass ich allein in einer Runde von lauter Paaren sitze, während meine Sozialpartnerin den ganzen Tag mit einem alten Spezi auf Achse ist«, rief er aufgebracht in das Telefon.

»Ich muss jetzt Schluss machen. Wir reden morgen darüber«, erwiderte sie und schien es plötzlich eilig zu haben, das Gespräch zu beenden.

»Keine Ahnung, ob *ich* dann Zeit habe«, erwiderte er eingeschnappt und legte auf.

Während er zum Wohntrakt seiner Eltern ging, fragte er sich, was ihn wohl geritten hatte, so unsachlich und gekränkt zu reagieren. Mit einem Anflug von schlechtem Gewissen betrat er die große Terrasse, auf der bereits alle versammelt waren. Tina und Mario sahen nach der Dusche ein wenig erholter aus. Benny stellte ihm eine Flasche des naturtrüben irischen Bieres aus ihrer Stammpinte in Gelnhausen hin. Mit großem Genuss trank er davon. Iris, seine jüngste Schwester, erzählte ausgiebig von Bennys Heiratsantrag, den er ihr auf ungewöhnliche Weise gemacht hatte. Als Fallschirmspringer war er aus einem der Sportflugzeuge des Aeroclubs abgesprungen und hatte ein Banner an seinem Rucksack flattern lassen, auf dem er Iris gebeten hatte, ihn zu heiraten.

»Ich wusste gar nicht, dass du zu solch romantischen Aktionen in der Lage bist«, meinte Caspari Senior scherzend zu Benny.

Casparis Gedanken wanderten wieder zu seiner Mörderjagd, als er von Bennys Fallschirmsprung hörte. Er erinnerte ihn an daran, wie der Täter bei Hagen Sauters Ermordung den abgestürzten Ikaros nachgestellt hatte. Caspari tat sich schwer mit der Vorstellung, dass der akribisch planende Serienmörder sich ausgerechnet bei der Auswahl der Blumensorte vertan haben könnte. Vielleicht war es gar kein Fehler, dass Norman Kling in einem Krokusbeet lag. Wenn ihm dabei jemand weiterhelfen konnte, dann war es sein Vater. Caspari Senior war Gymnasiallehrer für Geschichte und Latein gewesen. Der pensionierte Oberstudienrat war in seiner aktiven Zeit für seine humanistische Bildung bekannt und von Schülern gefürchtet. Er gab ihm mit einem Wink zu verstehen, dass er etwas auf dem Herzen hatte. Ohne dass die anderen davon Notiz nahmen, gingen beide in die Küche.

»Was hast du denn auf dem Herzen, mein Junge?«, fragte der Alte.

»Ich kaue an einem Problem, das mit den Sagen aus der Antike zusammenhängt. Wir haben es mit einem Serientäter zu tun, der bei seinen Morden den Tod einiger Figuren aus den griechischen Sagen nachstellt. Den ersten Toten ließ er in einem Blumenbeet liegen. Damit wollte er auf Narcissos anspielen. Allerdings handelte es sich bei den Pflanzen nicht um Narzissen, sondern um eine weiße Krokuszüchtung. Ich tue mich schwer mit dem Gedanken, dass diesem präzise vorgehenden Täter ein derartiger Lapsus unterlaufen ist.«

»Du hast vollkommen Recht«, bestätigte sein Vater. »Es handelt sich keineswegs um einen Lapsus, zumindest nicht von Seiten des Lesers. Den Lapsus beging vielmehr der Autor. Ovid war einer der ganz großen Schriftsteller zur Zeit des Kaisers Augustus. Er verarbeitete den gesamten Mythos der griechischen Antike in seinem lateinischen Werk ›Metamorphosen‹.«

»Ich erinnere mich dunkel. ›Verwandlungen‹ heißt das auf deutsch.«

»Ich sehe, meine Bemühungen, meinen Kindern humanistische Bildung angedeihen zu lassen, waren nicht vergebens. Ovid beschreibt die Verwandlungen der Helden. Im Fall des Narcissos in eine Blume. Allerdings nahm er den Krokus und nicht die Narzisse. Vielleicht war es Absicht, oder es handelt sich einfach um einen Übersetzungsfehler vom Griechischen ins Lateinische.«

»Du glaubst gar nicht, wie sehr du mir gerade geholfen hast«, sagte er und klopfte seinem Vater dankbar auf die Schulter. »Und nicht nur mir, sondern auch einem Verdächtigen, den wir morgen getrost aus der Untersuchungshaft entlassen können.«

»Wie kommt das?«, fragte sein Vater überrascht.

»Ein Grieche nimmt wohl nicht Ovids Werk zur Hand, um die Sagen seiner Heimat zu lesen. Vielmehr wird er sich die originalen Texte ansehen. Erst recht, wenn er gedenkt, nach ihrem Vorbild zu töten.«

Clara klappte ihr Mobiltelefon gerade zusammen, als Oliver Carstens von der Toilette zurückkam. Was war bloß in Christoph gefahren. Dieser sonst so behutsame und schüchterne Mann war ihr gegenüber noch nie aus der Haut gefahren. Wie kam er darauf, dass sie den ganzen Tag mit ›ihrem Spezi auf Achse‹ war? Wusste er etwa davon, dass sie mit Carstens gemeinsam Eis gegessen hatte?

»Stimmt etwas nicht?«, fragte Carstens, als er sich setzte. »Du siehst so nachdenklich aus.«

»Ich muss leider unser Treffen beschließen«, sagte sie mit bedauerndem Tonfall.

»Der Anruf eben?«, fragte er.

Clara nickte.

»Bist du immer im Dienst?«

»Nicht immer, aber sehr oft. Der Anruf war allerdings privater Natur«, antwortete sie und winkte der Bedienung.

Sie wollte bezahlen, doch Carstens winkte ab.

»Nein, kommt gar nicht infrage! Ich übernehme das!«

Clara war es unangenehm, ausgehalten zu werden, aber sie ließ sich breitschlagen. Carstens begleitete sie bis zu ihrer Haustür.

»Tut mir leid, dass du meinetwegen Ärger mit deinem Freund hast«, sagte er mit unschuldiger Miene.

»Aber nein, es hat nichts mit dir zu tun«, log sie. »Vielen Dank für diesen schönen Abend.« Sie umarmte ihn freundschaftlich, wobei sie einen gehauchten Kuss auf ihrer Wange spürte. Clara konnte nicht umhin sich einzugestehen, dass es ihr gefiel. Carstens winkte ihr noch einmal, bevor er in die Braugasse abbog.

In ihrer Wohnung warf sie ein paar Kleidungsstücke in ihre Reisetasche, die für ihre Aufenthalte auf dem Hof der Casparis neben ihrem Bett bereitstand. Dann fuhr sie mit einer Mischung aus Wut und Sorge los.

Als sie Casparis Wohnungstrakt betrat, blickte sie auf die Küchenuhr. Halb elf. Eigentlich zu spät, um noch ein Gespräch über gegenseitiges Vertrauen und Freiräume in ihrer Beziehung zu führen. Sie stellte ihre Tasche im Flur ab und ging durch die Verbindungstür in den Wohnbereich der alten Casparis. Von der Terrasse her hörte sie Stimmen und Gelächter. Iris zuckte zusammen, als sie Clara bemerkte.

»Mensch, Clara, hast du mir einen Schreck eingejagt. Ich hörte dich gar nicht kommen.«

Clara entschuldigte sich grinsend, warf einen Gruß in die Runde und gab Caspari einen Kuss.

»Na, du alter Stinkstiefel«, flüsterte sie ihm ins Ohr. »Hast du dich wieder beruhigt?«

Es bereitete ihr Genugtuung dabei zuzusehen, wie er rot wurde. Doch bevor er Gelegenheit hatte, ihr darauf zu antworten, stand Benny neben ihr und legte seine große Hand auf ihre Schulter.

»Liebe Clara, wir haben einen Anschlag auf dich vor. Wir möchten dich fragen, ob du dich traust, uns zu trauen?«

Clara sah ihn völlig überrascht an. Sie begriff die Bitte als Ausdruck von Zuneigung, die Iris und Benny ihr entgegenbrachten.

»Ich freue mich riesig, dass ihr an mich gedacht habt. Natürlich mache ich das gern. Allerdings ist die Marienkirche sehr stark mit Hochzeiten frequentiert. Ob ihr schnell einen Termin findet, kann ich euch nicht versprechen.«

»Eure Gemeindesekretärin hat schon vor einiger Zeit die Marienkirche für unsere Hochzeit reserviert«, erläuterte Iris. »Ich bat sie, das vor dir geheim zu halten, weil wir dich damit überraschen wollten.«

»Das ist euch auch voll und ganz gelungen! Ich bin, wie soll ich sagen …«

»Wie wäre es mit ›sprachlos‹?«, warf Mario ein.

»Wenn einem nichts einfällt, ist es Zeit für ein gutes Bier«, meinte Benny und drückte ihr eine Flasche Kilkennys in die Hand.

Clara stieß mit beiden an, trank einen herzhaften Schluck und setzte sich dann auf Casparis Schoß. Er lächelte sie an. In seinen Augen sah sie dieselbe Erschöpfung wie in denen von Tina und Mario.

Nach einer Stunde war das meiste Bier getrunken und alle waren auf dem Weg in ihre Betten. Benny grinste selig, als Iris ihn die Treppe hinauf in ihr ehemaliges Kinderzimmer führte. Caspari hingegen wirkte noch recht nüchtern. Als sie gemeinsam im Bett lagen, ergriff Clara die Initiative. Sie wusste, dass er ausgelaugt war, aber ohne ein Gespräch wollte sie ihn nicht in Morpheus' Reich entlassen.

»Sag mal, mein Großer, was war denn das für eine Nummer vorhin am Telefon?«

»Eine unangemessene Reaktion meinerseits«, antwortete er ruhig.

»Das sehe ich genauso. Was hat dich denn da bloß geritten?«

»Ich war sauer, dass ich heute kein einziges Wort mit dir allein reden konnte. Ständig war dieser Kerl bei dir.«

»Spionierst du mir etwa nach?«

»Das wäre das letzte, was ich tun würde!«, erwiderte er entrüstet. »Heute Nachmittag nahm ich den ersten Anlauf, mit dir zu reden. Als ich vor deinem Gartentor stand, sah ich dich dort mit dem Mann sitzen.«

»Warum bist du alter Esel nicht hereingekommen, hast dich vorgestellt und zu uns gesetzt?«, fragte sie empört.

»Weil ich dir von der Entwicklung in unserem Fall erzählen wollte, bei dem du mir entscheidend geholfen hast. Das geht niemand sonst etwas an.«

»Das ist richtig. Trotzdem hättest du dich zeigen können. Dann wäre es für dich auch klar gewesen, mit wem ich da sitze.«

»Wenn ich richtig kombiniere, kam der ›alte Kamerad‹ nicht erst heute rein zufällig auf deine Terrasse. Den hast du bestimmt schon in den vergangenen Tagen in Gelnhausen getroffen.«

»Ja, das stimmt.«

»Warum erzählst du mir so etwas nicht. Ich finde es problematisch, dass du mir solche Dinge verheimlichst!«

»Es tut mir leid«, gab Clara kleinlaut bei. »Ich denke, ich wollte dich einfach nicht beunruhigen.«

»Ich werde nicht unruhig, wenn es keinen Anlass dazu gibt«, brummte er.

»Das habe ich erlebt, als du dich aus dem Staub gemacht hast, weil du meinen Bruder für einen Nebenbuhler gehalten hast.«

»Das zählt nicht! Der Beginn einer Beziehung ist immer ein Ausnahmezustand. Und außerdem könnte ich genauso deine Reaktion ins Feld führen, als ich Elke in den Arm genommen hatte, weil sie weinte.«

»Na gut! Ich würde sagen, wir haben eine Patt-Situation«, meinte Clara versöhnlich. »Aber auf einer Entschädigung für den zerrissenen Abend muss ich schon bestehen!«

»Woran hast du dabei gedacht?«, fragte Caspari gähnend.

Sie fuhr ihm mit dem Zeigefinger über die Brust bis zum Nabel und grinste.

»O nein!«, antwortete er auf diese Geste. »Das schaffe ich nicht mehr. Dazu bin ich viel zu müde. Außerdem tut das Bier sein Übriges.«

»Tut mir leid! Darauf muss ich bestehen. Streng dich halt ein bisschen an«, erwiderte sie lachend.

Sie waren wieder da. Axel Dauner hörte die Geräusche. Das Stimmengwirr war zu leise, als dass es jemand außer ihm hätte hören können. Verstehen konnte er es selbst nicht. Diese im Widerstreit liegenden Stimmen machten sich in seinem Leben breit, ohne dass er sich wehren konnte. Er suchte seine Medikamente. Sie lagen in der Wochendosette, die ihm der Apotheker immer vorbereitete, damit er die Woche über besser mit der Einnahme zurecht kam. Die Dosette lag auf seinem Nachttisch. Wie um alles in der Welt war sie dorthin gekommen? Er war sich absolut sicher, dass er sie zuletzt in den Medizinschrank im Bad gelegt hatte.

Die Stimmen waren ihm gefolgt. Selbst nachdem er vom Wohnzimmer in sein Schlafzimmer gegangen war, schienen sie durch die Luft hinter ihm her geschwebt zu sein. Oder saßen sie vielleicht hinter der Tapete im Mauerwerk? Dauners Finger zitterten, als er eine Tablette aus dem Behältnis nahm und sie mit einem großen Schluck Wasser hinunterwürgte. Doktor Gesenius hatte die Dosis in der vergangenen Woche erhöht.

»Damit die Seele die Stimmen aussperren kann«, hatte er gesagt.

Aber die Stimmen ließen sich von einer fahlen weißen Tablette nicht vertreiben.

»Wenn es nicht hilft, müssen Sie wieder in die Klinik!« hatte der Arzt gesagt. »Diese Belastung kann kaum ein Mensch ertragen. Ich jedenfalls würde aus dem Fenster springen, wenn ich ständig Stimmen hören oder denken würde, dass meine Sachen durchstöbert wurden.«

In Dauner reifte die Einsicht, dass er keine Reserven mehr hatte, diesen Terror noch lange durchzuhalten. Aber aufgeben konnte er nicht, noch nicht. So schnell würde er nicht das Feld räumen. Er legte die Arzneischachtel wieder auf den Nachttisch zurück. Zu helfen schienen diese pharmazeutischen Wunderwerke ja doch nicht. Er würde nichts mehr davon schlucken, wenigstens heute Abend nicht. Erschöpft kauerte er sich auf sein Bett. Die Stimmen glitten plötzlich aus dem Zimmer, so als schwebten sie die Treppe des kleinen Hauses unterhalb des Gelnhäuser Stadtgartens hinunter. Axel Dauner fiel in einen unruhigen Schlaf.

Verschlafen sah Caspari sie an, als sie ihm durch das Haar fuhr.

»Dein Sohn steht vor der Schlafzimmertür und lässt fragen, ob er auf seinem CD-Spieler die Piratengeschichten hören darf.«

»Nur in Zimmerlautstärke«, rief Caspari, den Kopf zur offenen Tür gewandt, durch die Lukas lugte. »Falls du wieder vergessen sollest, wie laut das ist, verschwindet der Brüllwürfel für die nächsten zwei Tage.«

»Alles klar, Papa!«, antwortete Lukas pflichtbewusst.

Clara legte ihren Kopf auf seinen muskulösen Oberarm.

»Du bist aber ganz schön streng«, flüsterte sie ihm ins Ohr.

Er brummte und öffnete wieder die Augen.

»Gelegentlich muss ich hart durchgreifen, sonst können selbst die Kinder in Wittgenborn noch die Geschichten von Lukas' CDs hören.«

Sie hauchte ihm einen Kuss auf das Ohr.

»Weißt du, wozu ich jetzt Lust habe?«

»Vergiss es. Ich bin noch fix und fertig von heute Nacht.«

»Warum trinkst du auch so viel Bier, wenn du noch etwas vorhast?«, erwiderte sie spöttisch.

»Zum einen war zu Beginn meines Biergenusses von der Frau Pfarrer weit und breit nichts zu sehen. Zum anderen habe ich gar nicht so viel getrunken. Ich war einfach hundemüde und ausgelaugt.«

»Und in diese Gemengelage platzt die liebe Clara und stellt auch noch Ansprüche. Was hast du doch für eine böse Freundin, du armer Tropf«, säuselte sie mit einer honigsüßen Stimme.

»Sag mal, kennst du Hessi-James?«, entgegnete er, wobei er die Augen wieder schloss.

»Nein, wieso?«

»Das ist eine Figur aus einem Sketch vom Badesalz-Theater«, erklärte er. »Der Kerl babbelt so lang, bis seinem Gegenüber Blut aus dem Ohr läuft.«

Clara betrachtete ihn mit hochgezogener Braue. Er hatte soeben den Fehdehandschuh geworfen. Nun würde er sehen, was er davon hatte. Mit Schwung rollte sie sich auf ihn und zupfte an seinem Bart.

»Na warte. Das war eine Kriegserklärung«, raunte sie.

Caspari war sichtlich unbeeindruckt von ihrer Attacke. Seine beiden Arme schlossen sich um sie und hielten sie wie ein Schraubstock fest. Clara biss ihm vorsichtig in die Brust. Er hinderte sie, damit fortzufahren, indem er sie küsste. Clara erwiderte seine Zärtlichkeiten. Bevor sie dort weitermachten, wo sie in der Nacht aufgehört hatten, sprang Caspari behände auf und schloss die Schlafzimmertür. Dass sich die Piraten in Lukas' Zimmer in ohrenbetäubender Lautstärke Seeschlachten lieferten, war den beiden diesmal ausnahmsweise recht.

Wie durch einen Schleier sah der Junge seine Mutter. Sie saß an seinem Bett und las konzentriert irgendwelche Unterlagen.

»Mami!«

Mit einem besorgten Lächeln blickte sie ihn an und schob die Papiere in eine Tasche.

»Mein Liebling«, sagte sie und streichelte sein Gesicht. »Was machst du bloß für Sachen? Wir machen uns solche Sorgen um dich.«

»Ihr habt miteinander geschimpft.«

»Ja, ich weiß. Es tut dem Papa und mir auch unendlich leid, dass du so darunter leidest. Das soll nicht wieder vorkommen.«

»Vertragt ihr euch wieder?«

»Ja, aber anders als früher. Papa und ich werden für eine bestimmte Zeit nicht mehr zusammen wohnen. Wir hoffen, dass wir uns auf diese Weise wieder so gut vertragen, dass wir uns auch wieder lieb haben können.«

»Wo soll ich dann hin?«, jammerte der Junge.

»Wohin du willst. Du kannst zu mir oder zu Papa. Oder zu uns beiden. Ich ziehe jetzt in das Haus der Uroma, eine Straße weiter. Du kannst es dir einrichten wie du willst.«

Dem Jungen war, als schnitte ihm ein scharfes Messer mitten durch den Bauch. Tränen rannen über sein Gesicht. Als ihn seine Mutter in den Arm nahm, krallte er sich an sie.

Sie frühstückten unter der großen alten Linde im Hof. Die alten Casparis hatten ein paar Tische dort aufgestellt und einen reich gedeckten Frühstückstisch bereitet. Lukas saß zwischen seinen beiden Paten, Benny und Iris, die noch reichlich zerzaust aussahen, während Clara, Caspari, Tina und Mario schon die Morgentoilette hinter sich hatten.

»Der Gedanke daran, dass wir in einer dreiviertel Stunde mit dem Verhör in diesem stickigen Raum weitermachen müssen, verdirbt einem fast das herrliche Frühstück«, maulte Tina.

»Das Verhör fortzusetzen wäre das kleinste unserer Probleme«, erwiderte Caspari. Er hatte Tina und Mario nicht den wohlverdienten Feierabend verderben wollen und deshalb noch nichts von dem Gespräch mit seinem Vater erzählt. Nun war es an der Zeit, sie mit seinem neuesten Kenntnisstand zu konfrontieren.

»Unser Problem ist vielmehr, dass wir mit unserer Tätersuche von vorne beginnen müssen!«

Tina ließ das Honigbrötchen, das sie gerade zum Mund führte, wieder sinken.

»Warum denn das?«, fragte sie entgeistert.

»Weil Soulakis nicht unser Mann ist.«

»Imposibile!«, rief Mario aus. »Alles spricht gegen ihn. Alles! Wieso um alles in der Welt soll er nun unschuldig sein?«

»Weil er griechischer Abstammung ist.«

Caspari genoss Marios und Tinas konsternierte Blicke.

»Cheffe, ich will Ihnen ja nicht zu nahe treten. Aber kann es sein, dass Sie dringend Urlaub brauchen?«

»Genauso dringend wie Sie beide. Aber das hat damit nichts zu tun.«

Caspari nahm einen großen Schluck Kaffee, während er die beiden betrachtete.

»Die Geschichte mit der falschen Blumensorte rührt daher, dass der römische Schriftsteller Ovid zur Zeit des Kaisers Augustus die griechischen Sagen in einem großen poetischen Werk in lateinischer Sprache verarbeitet hat. Darin wird Narcissos in einen Krokus verwandelt, nicht, wie im griechischen Original, in eine Narzisse. Soulakis, der fließend Griechisch spricht, wird wohl kaum Ovid gelesen haben, sondern vielmehr die Sagen in seiner Muttersprache oder in einer deutschen Übersetzung.«

»Das leuchtet ein«, gab Mario zu.

»Und wirft gleichzeitig neue Fragen auf«, ergänzte Tina. »Nämlich, warum bedient sich der Täter des lateinischen Werkes statt der griechischen Sagen …«

»Und weshalb hinterlässt er an den Tatorten griechische Buchstaben?«, fiel ihr Mario ins Wort.

Caspari nickte. Seine Mitarbeiter waren auf dem richtigen Weg. Diese Fragen hatten ihn seit dem Aufwachen ebenfalls beschäftigt. Nun ja, nicht ganz seit dem Aufwachen.

»Ovid nannte sein Werk ›Metamorphosen‹. Das bedeutet ›Verwandlungen‹. Die Helden in seinem Werk werden in andere Daseinsformen verwandelt, wobei die meisten ihr Leben verlieren.«

»Unser Täter meint also, er verwandle seine Opfer in einen anderen Aggregatzustand?«, fragte Mario.

»Als Konsequenz ihres Handelns oder einfach ihrer Gegenwart in Tizianas Umfeld. Er sieht sich in der Position und im Recht, auf ihre Nähe zur Rapperin genauso zu reagieren, wie die Götter auf die tragischen Helden der Mythologie.«

»Er glaubt, über dem Gesetz und den Regeln menschlichen Zusammenlebens zu stehen«, dachte Tina laut.

»Mehr noch. Er stellt die Regeln auf. In seinem System nimmt er die Stelle einer Gottheit ein, meinetwegen die von Zeus. Er hat die Macht, über das Leben und Sterben der Menschen zu entscheiden. Er ist derjenige, der ihre Verwandlung beschließt.«

»Der ist ja größenwahnsinnig!«, rief Benny mit belegter Stimme und verkatertem Blick.

»Schlimmer noch. Er ist gemeingefährlich, weil er sich an keine Regeln hält. Er stellt sie neu auf. Er ist die Gottheit, und wir alle sind seine Spielfiguren. Gerade so, wie es in sein System passt«, antwortete Caspari.

»Deshalb wohl auch die Verwendung der griechischen Buchstaben«, schlussfolgerte Mario. »Der Mistkerl spielt mit uns. Er will uns dirigieren und in die Irre laufen lassen.«

»Seine Arroganz wird der Stein sein, über den er am Ende stolpert und uns in die Arme fällt«, meinte Caspari.

Tina setzte zu einer Frage an, als sich Casparis Mobiltelefon mit einem schrillen Klingelton meldete. Mario verzog sein Gesicht.

»Santa Maria. Können Sie nicht einen gefälligeren Klingelton einstellen. Dieses Gebimmel am frühen Morgen durchbohrt mein Hirn wie einen Schweizer Käse.«

Caspari grinste und nahm das Gespräch an.

»Morgen Christoph, hier ist Jürgen«, meldete sich Jungmann. »Ich habe eine schlechte Nachricht für dich. Soulakis liegt auf der Intensivstation.«

»Wie bitte?«, rief er erschrocken. Sofort erstarben alle Gespräche am Tisch.

»Ja«, fuhr Jungmann fort. »Er hat sein Bettlaken in Streifen gerissen und zum Strick geflochten. Den befestigte er am Fenstergitter, stellte sich mit dem Rücken zur Wand und ließ sich nach vorn fallen. Mensch, was für eine Energie der für seinen Selbstmordversuch aufgebracht hat. Na ja, wie dem auch sei, die Sparmaßnahmen der hessischen Justiz retteten ihm das Leben. Auf dem Laken muss schon König Salomon selbst gelegen haben. Der Stoff war alt und hätte spätestens die übernächste Reinigung nicht mehr überstanden. Auf jeden Fall riss der Strick, als Soulakis das Bewusstsein verloren hatte und mit seinem ganzen Gewicht daran hing. Der Junge fiel auf die Knie und dann ungebremst mit der Stirn auf den Boden. Schädeltrauma, aber nicht lebensgefährlich, sagen die Ärzte. Er hängt an Maschinen und ist immer noch ohne Bewusstsein.«

»Teufel noch mal«, fluchte Caspari. »Heute wollte ich ihn wieder laufen lassen. Ein paar Fragen an ihn hätte ich aber schon noch gehabt.«

»Du lässt den Hauptverdächtigen wieder frei?«, fragte Jungmann irritiert.

»Ich erkläre es dir später. Hast du den Kollegen Ludwig und Metzler schon Bescheid gesagt?«

»Klar, die haben ja die weitesten Anfahrtswege. Allerdings

saßen die schon im Auto und meinten, wir sollten trotz allem ein Meeting abhalten.«

»Was willst du abhalten?«, fragte Caspari mit spöttischem Unterton.

»Ein Meeting, zu deutsch ›Besprechung‹«, erwiderte Jungmann genervt.

»Warum sagst du es dann nicht?«

»Was?«

»Na, Besprechung. Ein gutes, deutsches Wort, das keiner englischen Verschlimmbesserung bedarf. Denn jeder weiß, was damit gemeint ist.«

»Christoph, hat dir schon mal jemand gesagt, dass du ein Korinthenkacker bist?«

Caspari begann zu lachen.

»Nicht direkt, nein.«

Jungmann hatte noch etwas auf dem Herzen.

»Ich habe gestern Abend zwei Kollegen zu Soulakis' Bruder geschickt. Der bestätigte die Geschichte mit der Verlobten, die beim Verkehrsunfall umgekommen ist. Vorhin rief ich ihn an, um ihn über den Zustand seines Bruders zu informieren. Der hat am Telefon getobt. Sein Bruder hätte sich allmählich von dem Verlust seiner Braut erholt, meinte er. Wir hätten ihn nun so fertig gemacht, dass er jetzt wieder ganz unten wäre. Polizeiwillkür hat er das genannt.«

»Ich muss einen Serientäter fassen, bevor noch mehr Menschen sterben. Wenn sich jemand so verdächtig verhält wie Soulakis, muss ich ihn in die Mangel nehmen, um die Serie beenden zu können«, brummte Caspari.

»Mir brauchst du das nicht zu sagen. Ich sehe das genauso«, entgegnete Jungmann.

Caspari beendete das Gespräch und tippte auf die Uhr, während er zu seinen beiden Mitarbeitern blickte.

»Es könnte so schön sein. Wir sitzen im Hof der Casparis und genießen während unseres Urlaubs bei traumhaft schönem Wetter das Frühstück in großer Runde«, jammerte Tina. »Stattdessen ruft schon wieder der Dienst.«

»Sie können gern das Wochenende hier verbringen«, tröstete Caspari Senior. »Zurzeit sind die Appartements frei. Wir haben für den Sommer noch keine Buchungsanfragen.«

»Mal sehen, ob der ›Ovid-Leser‹ uns lässt«, entgegnete Tina.

Eine dreiviertel Stunde später saßen sie im Gelnhäuser Polizeirevier. Caspari hatte gerade sein Referat über den Mörder, dessen Lektüre und Weltsystem beendet. Metzler und Ludwig rührten frustriert in ihren Kaffeetassen.

»Ich habe neulich einen interessanten Bericht in der Zeitung über eine Frau aus Wirtheim gelesen«, meinte Caspari und unterdrückte ein Grinsen.

»Ja und?«, fragte Ludwig.

»In dem Artikel wurde über ihren ungewöhnlichen Tod berichtet. Sie rührte so lange im Kaffee, bis sie tot umfiel.«

Metzler brach ihre Bewegungen abrupt ab und begann lauthals zu lachen. Ludwig bemühte sich zunächst noch wakker, fiel aber in das hemmungslose Gelächter aller Anwesenden mit ein. Als er seine Lachtränen wieder getrocknet hatte, bedankte er sich bei Caspari.

»Wussten Sie, dass Sie den Ruf des nüchternen Intellektuellen haben? Schön, dass Ihr Humor nicht darunter leidet.«

»Lachen macht den Kopf frei«, meinte Caspari und goss sich ein Glas Wasser ein. »Einen klaren Kopf brauchen wir jetzt am dringendsten. Wir müssen noch einmal alles von Anfang an durchkauen. Das sind wir auch Kai-Uwe Peters schuldig.«

Er stand auf und ging an die große Dokumentationswand, die sie am vorigen Tag erstellt hatten.

»Alles lief für unseren Mann perfekt, bis zu dem Mordversuch an dem angehenden Priester. An diesem Punkt hat er sich und seine Macht zum ersten Mal überschätzt. Er hätte wissen müssen, dass es riskant ist, jemanden auf diese Weise in einer belebten Fußgängerzone umzubringen. Dass jemand den jungen Mann beherzt wegreißt, hätte er einkalkulieren können. Wenn man sich allerdings einem Gott gleichsetzt, kommt es früher oder später zu einer Kollision mit der Realität. Das ist seine Schwäche! Unser Mann kommt aus seinem Weltbild nicht mehr heraus. Auch ein oder zwei missglückte Mordversuche werden ihn nicht dazu bringen, seine Sicht kritisch zu hinterfragen. Das macht ihn angreifbar. Es ist seine Achillesferse.«

»Nicht allein das!«, warf Mario ein. »Wenn er für Kritik oder Störungen seines Systems nicht empfänglich ist, so heißt das doch auch, dass er die Ermordung weiterer Personen im Umfeld Tizianas plant. Er muss sein Ziel erreichen.«

»Mich irritiert die Tatsache, dass zwischen dem Mord an Kling und dem an Sauter drei Monate vergingen. Die übrigen Morde ereigneten sich im Abstand von nur wenigen Tagen. Die beiden letzten Mordversuche liegen nur einen Tag auseinander. Es ist, als stünde er enorm unter Druck. Was drängt ihn?«, fragte Tina.

»Der Hessentag!«, rief Mario.

Caspari starrte eine Weile aus dem Fenster und ließ diesen Gedanken in seinem Kopf kreisen. Der Hessentag. Das konnte der Schlüssel sein.

»Wahrscheinlich hat Mario recht«, sagte er schließlich. »Tizianas Plattenfirma bläst ihre neue Platte zu einer großen Comeback-Nummer auf. Nach der Vorstellung vor einem Fachpublikum in Hanau wird das erste große Konzert das auf dem Hessentag sein. Es ist der Tourneeauftakt, dem dann eine zweimonatige Konzertreise durch ganz Deutschland folgt. Unser Mann muss verhindern, dass es zu diesem ersten Konzert mit zigtausend Menschen kommt. Eine Musikerin, die fast jeden Tag in einer anderen Stadt spielt, kann man schwerer kontrollieren und in seine Gewalt bringen als im überschaubaren Main-Kinzig-Kreis. Das heißt, er muss noch vor dem Konzert auf dem Hessentag ihrer habhaft werden. Deshalb steigert er so sehr das Tempo.«

»Also weiterhin Polizeischutz rund um die Uhr. Wir sollten ihn am besten personell aufstocken lassen«, meinte Metzler.

»So viele Polizeibeamte werden wir nicht zur Verfügung gestellt bekommen, auch wenn ein Mitglied der Band der Sohn des Innenministers ist«, gab Tina zu bedenken.

»Das sehe ich genauso«, sagte Caspari, in dessen Kopf gerade eine Idee zum Leben erwachte. »Wir werden alle Mitglieder der Kapelle zusammen mit Tiziana und Toni an einen geheimen Ort bringen, sobald die beiden das Krankenhaus verlassen können. Dazu braucht es weniger Beamte und der Schutz ist effektiver.«

»Beschützen ist die eine Sache, den Mörder fassen die andere«, wandte Metzler ein.

»Oder auch nicht«, erwiderte Caspari. »Wir setzen unseren Mann damit so unter Druck, dass er sich vielleicht zu weiteren Arroganzfehlern hinreißen lässt und wir ihn zu fassen kriegen.«

Ludwig stand auf und stellte sich vor die Dokumentationswand.

»Dank Ihres Profilentwurfs bekommen die Täterpsyche und das Motiv scharfe Konturen. Aber mal abgesehen von der Psyche – mit wem haben wir es zu tun? Lassen Sie uns das noch einmal festhalten.«

»Nach Lage der Dinge ist er schätzungsweise Mitte dreißig. Er besuchte ein humanistisches Gymnasium, wo er Ovids ›Metamorphosen‹ gelesen und auch das klassische Griechisch zumindest in Grundzügen gelernt haben muss. Danach wird er studiert haben und heute irgendwo unauffällig in einem akademischen Beruf arbeiten. Er verfügt über Detailkenntnisse im pharmazeutischen Bereich und kennt sich mit Elektrotechnik aus. Zudem ist er körperlich gut trainiert, vielleicht sogar in einer Kampfsportdisziplin. Ansonsten wären ihm die meisten Morde gar nicht möglich gewesen. Sein Einkommen liegt im höheren Bereich. Er ist finanziell unabhängig und verfügt über genug Kapital, seine Taten so zu finanzieren, dass niemandem ein Geldschwund auffällt. Außerdem gehe ich davon aus, dass er sich irgendwo zwischen Hanau und Schlüchtern aufhält«, dozierte Caspari.

»Er muss Tiziana nahe sein und sehr schnell reagieren können«, führte Ludwig die Ausführungen fort.

»Außerdem hat er Kontakte zum FSB«, informierte Metzler.

Mario pfiff leise durch die Zähne.

»Der russische Geheimdienst. Mein lieber Mann, jetzt wird es spannend. Organisiertes Verbrechen mischt sich mit einem krankhaften Welt- und Selbstverständnis. Ein gefährlicher Cocktail, den unser Mörder verkörpert.«

»Woher haben Sie Ihre Informationen?«, fragte Caspari seine Hanauer Kollegin.

»Als wir mit unseren Recherchen zu den Überwachungsgeräten nicht weiterkamen, haben wir sie zum Bundeskriminalamt geschickt. Bevor ich heute Morgen losfuhr, bekam ich einen Anruf. Die dortige Kollegin informierte mich darüber, dass dieses Zeug zur Grundausstattung des FSB gehört. Feinste Spitzentechnik. Als Empfänger braucht man nur ein Notebook und die entsprechende Software. Vielleicht noch eine externe Festplatte. Das war es dann auch schon. Unauffälliger geht es kaum noch.«

»Das war es, was ich meinte, als ich sagte, der Kerl ist finanziell unabhängig. Für seine Ausrüstung wird er einen ordentlichen Betrag locker gemacht haben«, meinte Caspari.

»Ein verdammt harter Brocken«, konstatierte Mario.

»Ein verdammt harter Brocken!«, bestätigte er.

Tiziana drehte langsam den Kopf. Ihr ganzer Körper fühlte sich wund an, in den Schläfen hämmerte es unentwegt. Sie blickte zu Toni, der in dem Bett lag, neben dem sie saß. Er schien ihren Blick bemerkt zu haben. Langsam öffnete er die Augen und drehte seinen Kopf in ihre Richtung.

»Mein Gott, Toni. Es tut mir leid«, stammelte sie.

»Nein, Tiziana, das muss es nicht«, widersprach er mit heiserer Stimme. »Meine Aufgabe ist es, dich zu beschützen. Der Sturz gehört zum Berufsrisiko.«

Er nahm ihre Hand und versuchte zu lächeln.

»Hast du starke Schmerzen?«, fragte sie besorgt.

»Die Kugel, die ich in Afghanistan abbekommen habe, tat mehr weh. Angenehm ist mein Befinden zurzeit allerdings auch nicht.«

Es klopfte an der Tür. Tiziana sah Toni ängstlich an. Er drückte ihre Hand und antwortete. Der hünenhafte Polizist kam mit seinen beiden Mitarbeitern herein. Seine Gegenwart ließ Tiziana ruhiger werden.

»Wie geht es Ihnen?«, fragte die rothaarige Polizistin.

»Wir leben noch. Das ist mehr, als man in der gegenwärtigen Situation erwarten kann«, antwortete Toni ironisch.

»Haben Sie den Mann endlich gefasst?«, fragte Tiziana. Als sie den nachdenklichen Gesichtsausdruck des Hünen sah, wusste sie bereits die Antwort, noch bevor er etwas gesagt hatte.

»Wir konnten den Mann ausfindig machen, der Ihnen die Blumen geschickt hat. Er ist allerdings nicht der Täter.«

»Sie tappen immer noch im Dunkeln?«, fragte Toni.

»Nicht ganz. Wir kennen mittlerweile das System des Mörders und konnten seine Botschaften entschlüsseln.«

Die drei Beamten nahmen sich viel Zeit, Tiziana und Toni alles zu erklären. Toni fragte bei einigen Details genauer nach. Als ehemaliger KSK-Soldat wusste er über Abhöranlagen und elektronische Todesfallen sehr genau Bescheid.

»Kameras und Mikrophone aus den Beständen des FSB. Mein lieber Mann. Der Kerl ist nicht gerade ein kleiner Vorstadtkrimineller.«

»Fällt Ihnen irgendetwas ein, das im Zusammenhang mit der griechischen Mythologie stehen könnte?«, fragte der südländisch aussehende Polizist.

Tiziana schüttelte den Kopf.

»Tut mir leid. Die Literatur der Antike gehört nicht unbedingt zu meinen Stärken. Ich kenne auch niemanden, der sich dafür interessiert.«

»Trotzdem ist es möglich, dass Sie dem Täter irgendwann einmal begegnet sind«, erwiderte der Hüne. »Das braucht nur ein kurzes Aufeinandertreffen gewesen sein, das für Sie bedeutungslos war, für ihn aber ein einschneidendes Erlebnis. Fällt Ihnen eine Begegnung ein, die Ihnen im Nachhinein vielleicht etwas – wie soll ich sagen? – ›sonderbar‹ vorkam?«

Einen Moment lang überlegte sie. Ihre hämmernden Kopfschmerzen ließen einen Gang durch die Erinnerungen nur ansatzweise zu.

»Ich kann mich nicht erinnern«, gestand sie.

»Behalten Sie diese Frage in Ihrem Kopf und denken Sie immer wieder darüber nach«, bat der Hüne. »Vielleicht liegt der Schlüssel für seine Obsession in Ihren Erinnerungen verborgen.«

Kälte durchflutete Tiziana, als sie sich noch einmal die Worte durch den Kopf gehen ließ, mit denen Caspari die kranke Weltsicht des Täters beschrieben hatte. Dieser Wahnsinn, der durch nichts gestoppt werden konnte, machte ihr Angst. Sie begann trotz der sommerlichen Temperaturen zu zittern. Die Polizistin stellte sich hinter sie und legte ihr die Hände auf die Schultern.

»Was soll jetzt werden?«, fragte sie.

»Sobald Sie beide das Krankenhaus verlassen können, bringen wir Sie zusammen mit den Mitgliedern Ihrer Kapelle in ein Versteck und stellen Sie unter starken Schutz. Auf diese Weise kommt er nicht mehr an Sie heran«, erklärte Caspari.

»Wenn Sie Recht damit haben, dass er den Tourneeauftakt verhindern will, ist das sicher die einzige Möglichkeit«, entgegnete Toni. »Was ist aber nach dem Hessentag? Die Polizei kann doch nicht alle Freunde und Verwandte über einen so langen Zeitraum bewachen.«

»Wir haben bis zu dem Konzert auf dem Hessentag Zeit, ihn zu fassen. Unter Druck unterlaufen selbst dem größten Profi kleine Fehler.«

Tiziana fühlte die Wärme in ihren Körper zurückkehren. Die Gegenwart von Toni und dem Hünen gaben ihr das zerbrechlich dünne Gefühl von Sicherheit. Allerdings nahm sie wieder die Distanz wahr, die der Polizist ihr gegenüber zu haben schien.

Die Glocken der Marienkirche läuteten, als Clara mit dem Brautpaar nach dem Hochzeitsgottesdienst aus der Kirche kam. Die beiden frisch Vermählten strahlten vor Freude und Glück. Clara lächelte still in sich hinein. Sie genoss Augenblicke wie diese. Ihr Beruf bot ihr Gelegenheit, sie immer wieder erleben zu können. Nach einem Sektempfang, den Freunde des Paares im Hof der Kirche vorbereitet hatten, verabschiedete sie sich und ging zu ihrem Pfarrhaus. Kaum hatte sie ihren Talar aufgehängt, klingelte es an ihrer Tür. Eigentlich wollte sie ein paar Minuten Ruhe, bevor sie die Sonntagspredigt für den kommenden Tag fertigstellte. Widerwillig öffnete sie. Vor ihr stand ein Mann, den sie auf sechzig bis fünfundsechzig Jahre schätzte. Seine großen, schwieligen Hände fielen ihr auf.

»Ist der Herr Pfarrer da?«, fragte er, nachdem er gegrüßt hatte.

»Ich bin Pfarrerin Frank«, antwortete sie, wobei sie sich zu einem freundlichen Tonfall zwang. Warum erwarteten die meisten Menschen, die am Pfarrhaus klingelten, einen Mann? Hatten die Leute die vergangenen vierzig Jahre verschlafen? Mittlerweile wurde das Pfarramt zu vierzig Prozent von Frauen bekleidet. ›Der Nimbus des autoritären Mannes im Lutherrock und mit strengem Blick wird unserer Berufsgruppe wohl noch eine halbe Ewigkeit anhängen‹, dachte sie, während sie den Mann betrachtete. Er trug leicht ausgebleichte aber saubere Kleidung, hatte ein schmales Gesicht mit einer schlanken, leicht gebogenen Nase und schütteres Haar. In seinen Händen hielt er eine Baskenkappe.

»Was kann ich für Sie tun?«, fragte Clara ihn.

»Ich bin auf der Walz. Altgeselle im Schreinerhandwerk. In letzter Zeit habe ich keine Anstellung bekommen. Die nehmen am liebsten junge Leute, wissen Sie. Na ja, auf jeden Fall ist mein Fahrrad kaputt. Ich muss heute noch nach Aufenau. Dort ist ein Sägewerk, wo ich bisher immer Arbeit gefunden habe. Mit den Leuten dort habe ich schon telefoniert. Ich darf jedes Mal in einer kleinen Kammer neben den Büroräumen schlafen. Bei der Gelegenheit mache ich gleich den Posten als Nachtwächter mit. Können Sie mir etwas Geld geben? Im Gewerbegebiet ist ein Fahrradgeschäft, das auch Samstagnachmittag auf hat. Da kann ich mir die nötigen Teile besorgen.«

Er zeigte zur Seite. Clara blickte in die selbe Richtung auf ein altes aber gepflegtes Tourenrad, dessen Hinterrad beschädigt war. Als sie den Mann wieder ansah, fiel ihr eine lange Narbe auf, die sich vom Handrücken den ganzen Unterarm hinaufzog. Auf der braungebrannten Haut wirkte sie wie eine dünne, weiße Furche. Der Alte bemerkte ihren Blick.

»Arbeitsunfall«, sagte er fast entschuldigend.

Clara nickte stumm. Dann bat sie den Mann, einen Moment zu warten, ging in das Amtszimmer und kam mit einer Visitenkarte zurück.

»Gehen Sie in den Laden und zeigen Sie dort meine Karte. Ich rufe jetzt gleich dort an und sage Bescheid, dass die Teile auf die Rechnung unserer Kirchengemeinde gehen.«

»Vielen Dank«, sagte er mit freudigem Blick. »Gottes Segen für Sie!«

»Und auch für Sie«, antwortete sie und schüttelte die große Hand des Mannes.

Als er sein Fahrrad um die Ecke geschoben hatte, ging sie ins Amtszimmer und rief das Fahrradgeschäft an. Gerade hatte sie das Büro wieder verlassen, als das Telefon klingelte. Bevor sie abheben konnte, sprang der Anrufbeantworter an. Nach ihrer Ansage hörte sie Olivers Stimme. Sie war versucht, das Gespräch doch noch anzunehmen, ließ es aber bleiben. Während Carstens seine Nachricht auf das Band sprach, ging sie die Treppe zu ihrer Wohnung hinauf. Sie musste den Kontakt zu ihm wohl dosieren – wegen Christoph, aber auch um ihretwillen.

Schlüter hatte auf stur geschaltet. Caspari versuchte nun schon seit einer halben Stunde, dem Präsidenten begreiflich zu machen, dass Soulakis nicht der von ihnen gesuchte Serientäter war.

»Aber Doktor Caspari, jetzt machen Sie sich doch nicht Ihren Fahndungserfolg kaputt. Die Indizien sind eindeutig!«, argumentierte Schlüter. »Ihre Theorie mit den Blumen und den griechischen Buchstaben ist ja ganz interessant. Aber hier zählen nur die Fakten. Und die weisen eindeutig auf diesen Griechen hin.«

»Wir haben nichts, außer der Tatsache, dass er am letzten Tatort war und dass er sich in unsere Kommunikationsplattform eingeschlichen hat«, entgegnete Caspari. »Außerdem konnten die Kollegen von der Wirtschaftskriminalität kein Objekt finden, das er angemietet oder gekauft hat.«

»Das hat nichts zu bedeuten. Er wird es unter falschem Namen getan haben. Gehen Sie noch einmal in das Haus! Machen Sie alles links! Ich bin sicher, dass sich irgendwo der Hinweis auf den Ort befindet, wo er sein Lager hat. Dort finden Sie bestimmt auch diesen Ethnologen, tot oder lebendig.«

»Sie vergessen die Überwachungsanlage, die wahrscheinlich aus Beständen des russischen Geheimdienstes stammt. Ich halte es für unwahrscheinlich, dass Soulakis Kontakte zum FSB hat.«

»Er könnte einen Mittelsmann haben«, widersprach Schlüter. »Sie wissen doch selbst, durch welche verwinkelten Kanäle dieses Zeug in die Hände von Kriminellen kommt.«

»Lassen Sie uns wenigstens den Polizeischutz für die Rapperin aufrecht erhalten«, forderte Caspari.

»Kommt nicht in Frage! Morgen werden die Kollegen abgezogen. Und Sie geben am Montag eine Pressekonferenz! Bereiten Sie sich darauf vor. Ich will unsere Arbeit gut dargestellt sehen. Sie werden Soulakis als Hauptverdächtigen präsentieren!«

»Wie Sie wünschen«, brummte Caspari. Es hatte keinen Sinn, weiter Überzeugungsarbeit zu leisten. Schlüter blieb bei seiner Sicht der Dinge. Vielleicht hatte er ja auch nicht unrecht. Vielleicht hatte Caspari sich in eine hoch komplizierte Theorie verrannt und war nicht mehr in der Lage, die simplen Fakten zu einem Gesamtbild zu ordnen. Eine Weile saß er an dem fremden Schreibtisch im Gelnhäuser Polizeirevier, in dem Büro, das ihm zur Verfügung gestellt worden war. Immer wieder ging der die Argumente durch, die für und die gegen Soulakis als Täter sprachen. So vertieft in seine Gedanken, nahm er nicht wahr, dass Tina und Mario ihn durch die offene Bürotür vom Flur aus beobachteten. Als Tina leise an den Türrahmen klopfte, tauchte er wieder aus der Tiefe seiner Grübeleien auf.

»Scheint nicht gerade ein Telefonat gewesen zu sein, dass in Ihrem Sinne verlief?«, fragte Tina vorsichtig.

»Sagen Sie beide mir offen und ehrlich Ihre Meinung!«, forderte er Tina und Mario auf, nachdem er sie hereingebeten hatte. »Denke ich zu kompliziert? Erkenne ich das Zusammenspiel der Fakten nicht mehr?«

»Glaubt Schlüter etwa, dass Soulakis unser Mann ist?«, fragte Mario erstaunt.

»Er meint, ich würde den Fall verkomplizieren. Es läge klar auf der Hand, dass wir den Serientäter gefasst haben.«

»Die Geschichte mit den Krokussen und den griechischen Buchstaben mag ein wenig übertrieben erscheinen, aber nur für Leute, die nicht in die Fahndung involviert sind. Wir sind Ihrer Meinung, die Kollegen Ludwig und Metzler sind es auch. Lassen Sie sich nicht verrückt machen, Christoph. Wenn sich einer in dieses kranke Hirn hineindenken kann, dann sind Sie es!« sagte Tina mit dem Brustton der Überzeugung.

»Wenn Sie beide mir recht geben, dann haben wir ein Problem. Schlüter will den Polizeischutz abziehen.«

»Damit liefert er Tiziana ans Messer«, rief Mario erregt. »Ab wann sind Toni und sie unbewacht?«

»Ab morgen früh.«

»Mario und ich werden auf die beiden aufpassen«, schlug Tina vor.

»Kommt nicht in Frage!«, widersprach Caspari. »Ich brauche Ihre volle Energie für die Suche nach dem wahren Täter. Ich werde mit Reinhard, dem Abteilungsleiter des Personenschutzes telefonieren und das inoffiziell regeln. Bei ihm habe ich noch etwas gut.«

»Und was machen wir solange?«, fragte Mario.

»Wir tun, was unser großer Häuptling von uns verlangt. Wir nehmen das Haus von Soulakis auseinander.«

»Glauben Sie denn wirklich, das bringt etwas?«, fragte Mario kritisch.

»Wenn wir nach Hinweisen darauf suchen, dass Soulakis der Täter ist, dann nicht. Aber vielleicht hat er etwas entdeckt, was uns auf die Spur des Mörders bringen könnte, und weiß es selbst gar nicht.«

Schweigend saßen sie am Tisch und tranken Kaffee. Der Junge sah verstört seine Eltern an. Sie fixierten sich wie zwei Raubtiere, die jeden Moment aufeinander losgehen würden. Seit zwei Monaten wohnte er nun mit seiner Mutter im Haus seiner Uroma. Doch zu Hause war er hier nicht. Sein Leben war eine einzige Pendelbewegung geworden. Fast täglich ging er zu seinem Vater, spielte im vertrauten Garten oder betrachtete Bilderbücher in seinem Zimmer, das Wärme und Geborgenheit ausstrahlte.

»Wann kommst du wieder zurück?«, fragte der Vater.

»Ich brauche noch Zeit«, antwortete die Mutter.

Der Junge sah den Ausdruck von Verzweiflung, gemischt mit Zorn im Gesicht seines Vaters. Der knetete die Hände und starrte auf das blütenweiße Tischtuch.

»Wie lange noch? Wann werden wir endlich wieder eine Familie?«, stammelte er.

»Ich weiß es nicht«, antwortete sie ruhig. »Manche Wunden brauchen zur Heilung mehr Zeit als andere.«

Der Mann vergrub das Gesicht in seinen Händen und schluchzte. Der Junge sah seinen Vater zum ersten Mal weinen.

»Die Suche nach der Nadel im Heuhaufen hätten wir uns schenken können!«, beschwerte sich Mario, als sie zum Abendessen in Casparis Küche saßen. »Da ist nichts, und deshalb finden wir dort auch nichts.«

»Wie verfahren wir jetzt weiter?«, fragte Tina.

»Nachdem Sie beide sich vorhin schon im Weiher erfrischt haben, schlage ich heute Abend einen Disco-Besuch vor«, meinte Caspari.

»Wie bitte?«

»Kai-Uwe Peters' Bruder ist der Inhaber einer großen Diskothek in Gründau-Lieblos, dem ›Agostea‹. Wir fahren dorthin, um mit ihm zu reden. Vielleicht erwähnte Peters ihm gegenüber etwas, das uns weiterbringt.«

»In Ordnung. Aber danach muss ich ins Bett«, meinte Mario gähnend. »Die Woche war enorm anstrengend und der gestrige Abend tat sein Übriges.«

»Haben Sie etwas beim Personenschutz erreicht?«, fragte Tina.

Caspari nickte. Während die beiden im Wasser geturtelt hatten, hatte er mit dem Abteilungsleiter des Personenschutzes telefoniert. Sie waren sich einig gewesen, dass Schlüter die Wache für Tiziana und Toni zu voreilig abziehen wollte.

»Er versucht, den Schutz für die beiden so lange wie möglich hinter Schlüters Rücken aufrecht zu erhalten.«

Die Türglocke schellte Sturm. Caspari stand nervös auf und ging zur Tür. Er hatte den Gedanken daran, dass Lukas diesen Tag gemeinsam mit Elke bei deren Eltern verbrachte, während der Arbeit konsequent verdrängt. Bevor er die Tür öffnete, hatte er das Gefühl, sich räuspern zu müssen. Lukas sprang an ihm hoch und gab ihm einen Kuss auf die Wange.

»Hallo Papa«, rief er aufgedreht. »Die Oma Anna hat mir ein ›Firewheel‹ geschenkt. «

»Bitte was hat sie dir geschenkt?«

»O Papa, bist du aber dumm! Das ist ein Rennauto.«

Lukas hielt seinem Vater ein Spielzeugauto unter die Nase. Caspari betrachtete es von allen Seiten und nickte anerkennend.

»Mein lieber Mann. Das ist natürlich ein außergewöhnliches Rennauto.«

»Das schnellste auf der ganzen Welt!«

Hinter Lukas stand Elke, die die Szene amüsiert verfolgte. Caspari machte Platz und ließ Lukas und sie eintreten.

»Wie lief es?«, fragte er leise, nachdem Lukas in die Küche gerannt war, um dort Tina und Mario sein Spielzeugauto zu zeigen.

»Es war ein wunderschöner Tag«, sagte sie. »Meine Eltern

haben sich viel Mühe gegeben, mit ihm gemeinsam die vergangenen Jahre zu überbrücken. Unsere beiden Mädels hatten auch einen riesigen Spaß mit ihrem großen Bruder. Lukas hat es natürlich genossen, ganz im Mittelpunkt zu stehen. Ich bin dir unendlich dankbar, dass du es möglich gemacht hast.«

Sie gab ihm einen Kuss auf die Wange und lächelte ihn an, wobei sich ihre Augen mit Tränen füllten. Dann lief Elke in die Küche, begrüßte Casparis Mitarbeiter und verabschiedete sich von ihrem Sohn. Bald darauf ging sie, ohne ihn noch einmal anzusehen. Caspari glaubte, eine Träne auf ihrer Wange gesehen zu haben.

Nach dem Abendessen brachte er Lukas ins Bett. Die ganze Zeit über hatte der Kleine in der Küche von seinem Tag mit der Familie seiner Mutter erzählt. Nun lag er unter der Bettdecke und kuschelte sich an seinen Vater, der ihm vor dem Einschlafen noch eine Piratengeschichte vorlas.

»Du bist der allerliebste Papa der Welt«, sagte Lukas nach dem Nachtgebet und drückte sich fest an ihn. Caspari streichelte ihm über das rotblonde Haar und sagte den Hummeln in seinem Bauch, dass sie Ruhe geben sollten. Der Kontakt zu Elkes Familie tat Lukas ganz offensichtlich gut und war weit davon entfernt, die enge Bindung zwischen ihnen beiden zu gefährden.

Gemeinsam mit Tina und Mario räumte er das Geschirr ab und wartete, bis sein Sohn eingeschlafen war. Leise brachte er das Babyphon zu seinen Eltern und stieg mit seinen Mitarbeitern in den Volvo.

Die Diskothek im Gewerbegebiet von Gründau-Lieblos machte schon von weitem durch eine Lasershow auf sich aufmerksam. Sie brauchten eine Weile, bis sie eine Lücke auf dem großen Parkplatz gefunden hatten. Der Laden schien gut zu gehen. Eine lange Schlange vor dem Eingang bestätigte den Eindruck des vollen Parkplatzes. Sie gingen an den Wartenden vorbei auf die Türsteher zu. Einige in der Menge maulten und riefen ihnen zu, sie sollten sich hinten anstellen. Der Meinung waren auch die Türsteher. Caspari zeigte seinen Dienstausweis und stellte sich und seine Mitarbeiter vor.

»Das ist natürlich etwas anderes«, meinte derjenige, den Caspari als Vorarbeiter ausgemacht hatte. »Dieser Ausweis ist besser als eine goldene Kreditkarte.«

»Wir suchen Herrn Peters, den Inhaber.«

»Am besten gehen Sie um das Haus herum. Auf der Rückseite ist eine Außentreppe, die zu einer Stahltür führt. Dahinter ist sein Büro. Ich melde Herrn Peters über das Funkgerät, dass Sie ihn sprechen möchten.«

Lärm drang vom Parkplatz her. Caspari, Tina und Mario drehten sich herum. Eine Gruppe Skinheads kam in ihrer uniformen Aufmachung auf den Eingang zugelaufen.

»Tanzen wollen die hier bestimmt nicht«, meinte Mario.

»Nee, die sind hier nur zum Stunk machen. Die suchen nach Möglichkeiten, sich abzureagieren. Seit vier Wochen tauchen diese Gestalten jedes Wochenende auf und versuchen, Schlägereien zu provozieren.«

»Wenn Sie uns brauchen, wissen Sie ja, wo Sie uns finden«, meinte Caspari.

»Die Polizei, dein Freund und Helfer, was? Danke für das Angebot. Falls es eskaliert, melden wir uns«, antwortete der Chef-Türsteher.

Sie gingen um das Gebäude herum, stiegen die beschriebene Außentreppe hinauf und klopften an die Stahltür. Eine asiatisch aussehende Frau öffnete ihnen. Caspari schätzte sie auf Ende zwanzig. Sie sah atemberaubend aus. Das glatte, schwarze Haar ging ihr bis zu den Hüften. Das hautenge, silberfarbene Kleid hob ihre Proportionen deutlich hervor. Caspari spürte, wie sich langsam wieder jener Frosch im Hals breit machte, der sich immer dann meldete, wenn er auf attraktive Frauen traf, die er nicht kannte. Meistens gelang es ihm, sich auf seine Arbeit zu konzentrieren und auf diese Weise das Froschwachstum, sowie einen erhöhten Pulsschlag in Verbindung mit einem roten Kopf zu verhindern. Manchmal jedoch, wenn die Konfrontation mit der ›femme fatale‹ zu unvorbereitet kam, setzten die Symptome seiner Schüchternheit ein. Tina schien die Irritation instinktiv zu spüren. Schnell sprang sie ein und übernahm das Reden.

»Das ist Doktor Caspari, leitender Hauptkommissar beim Landeskriminalamt. Mein Name ist Hergenrath, das ist Herr Bartoldi, ebenfalls vom LKA.«

»Wir wurden schon vorgewarnt«, sagte die mandeläugige Nymphe und ließ sie eintreten.

Sie führte sie in ein großes Büro, in dessen Mitte ein riesiger Schreibtisch stand. Dort saß ein Mann und arbeitete an einem Computer. Er hatte dichtes, blondes Haar und große Ähnlichkeit mit Kai-Uwe Peters.

»Die Leute von der Polizei«, teilte die Dame im engen Silberkleid ihm mit.

Müde sah er zu ihnen auf.

»Was kann ich für Sie tun?«

»Wir sind wegen des Verschwindens ihres Bruders hier.«

»Gibt es eine heiße Spur?«, fragte der junge Mann erregt.

»Noch nicht. Aber wir sind kurz davor und brauchen einige Informationen«, mogelte Caspari.

»Ich habe Ihrer Kollegin von der Hanauer Kripo schon alles gesagt, was ich weiß.«

»Vielleicht ist Ihnen mittlerweile noch etwas eingefallen«, entgegnete Caspari. »Jedes noch so unbedeutende Detail kann wichtig sein.«

»Was soll ich Ihnen sagen? Ich wohne nicht mehr zu Hause. Susan und ich haben ein Häuschen in Freigericht gekauft. Meinen Bruder sehe ich vielleicht einmal in der Woche oder seltener. Dass er von Mainz nicht zurückkam, fiel mir deshalb gar nicht auf. Meine Mutter rief mich völlig aufgelöst an und erzählte mir, was passiert ist.«

»Wir glauben, dass der Täter Ihren Bruder schon eine Weile beobachtet haben muss. Hat Kai-Uwe Ihnen gegenüber vielleicht einmal geäußert, dass er sich verfolgt fühlte?«, fragte Mario.

»Nein, mit keiner Silbe.«

»Erwähnte er einen anthrazitfarbenen Audi-Kombi?«, hakte Tina nach, die sich an Soulakis' Wagen erinnerte.

»Nein, davon sprach er nicht. Aber wo Sie das gerade ansprechen, fällt mir etwas ein. Er fragte mich kurz vor seinem Verschwinden, ob ich jemanden kennen würde, der einen silbermetallicfarbenen BMW aus der Fünferklasse fährt.«

»Warum fragte er Sie danach?«

»Das wollte ich auch von ihm wissen. Aber er winkte nur ab und meinte, es sei nicht so wichtig.«

»Konnte er das Autokennzeichen erkennen?«

»Nicht genau. Er sagte, es sei ein Frankfurter Kennzeichen gewesen.«

»Erwähnte Ihr Bruder vor seinem Verschwinden sonst noch etwas, das ihm aufgefallen war?«, fragte Caspari.

»Nein. Mit der Frage nach dem BMW war dieses Thema abgehakt und wir sprachen über andere Dinge.«

»Na gut. Wenn Ihnen noch etwas einfällt, rufen Sie mich bitte gleich an«, bat Caspari und gab dem Diskobesitzer seine Visitenkarte.

»Glauben Sie, mein Bruder lebt noch?«, fragte Peters mit besorgter Miene. »Ich kann kaum schlafen, weil ich immer an ihn denken muss. Wir sind nur ein Jahr auseinander, wissen Sie.«

»Die zwei haben ein enges Verhältnis zueinander«, schaltete sich die Schönheit ein.

»Ich bin davon überzeugt, dass er noch lebt«, meinte Caspari. »Wenn mir auch noch nicht ganz klar ist, warum er verschleppt wurde.«

»Aber eine Idee müssen Sie doch haben«, insistierte der Bruder des Verschwundenen.

»Die Entführung steht aller Wahrscheinlichkeit nach in Verbindung mit den Morden im Umfeld der Rapperin Tiziana.«

»Mit der hat Kai-Uwe doch zusammengearbeitet.«

»Hat er mit Ihnen darüber gesprochen?«, fragte Mario.

»Selbstverständlich. Er war sehr stolz darauf, dass er seine Arbeit in ein künstlerisches Projekt einbringen konnte.«

»Erzählte er auch von der Zusammenarbeit?«

»Er empfand sie als sehr angenehm. Tiziana muss wohl eine sehr nette Frau sein. Nach dem Projekt hatte er allerdings keinen Kontakt mehr zu den Musikern oder zu ihr.«

Caspari schoss ein Gedanke durch den Kopf.

»Hat ihr Bruder die Zusammenarbeit fotografisch dokumentiert?«

»Ja, es existieren digitale Bilder. Als ich ihn einmal besuchte, sahen wir sie uns an. Sie sind auf seinem Computer abgespeichert.«

Caspari bedankte sich und wollte wieder in Richtung Stahltür gehen.

»Darf ich Sie auf einen Cocktail einladen? Auch alkoholfrei, wenn Sie wünschen?«, fragte Frank Peters.

»Warum eigentlich nicht«, antwortete Tina, bevor Caspari Luft geholt hatte, um abzulehnen. »Ich denke, den haben wir uns nach diesem Tag redlich verdient, nicht wahr Christoph?«

Caspari ergab sich in sein Schicksal und nickte stumm. Peters und seine asiatische Begleiterin führten sie zu einer Tür, durch die gedämpft das Hämmern der Basslautsprecher drang. Tina sah Caspari an und grinste.

»Da müssen Sie jetzt durch, mein Lieber.«

Caspari rollte die Augen und machte ein missmutiges Gesicht. Diese Computer generierte Art der Musik, die seiner Meinung nach nur den Effekt hatte, die Diskobesucher in Trance zu versetzen, konnte er nur schwer ertragen. Sie bereitete ihm körperliches Unbehagen. Er zog den Hörgenuss klassischer Musik, Jazz oder gelegentlich auch Irish Folk vor.

»Immer schön locker bleiben!«, meinte Tina grinsend, die sich offensichtlich an seinem Unbehagen weidete.

Sie stiegen eine Treppe hinunter und gelangten durch eine Tür hinter die große Theke, an der vier Barkeeper bedienten. Peters gab einem von ihnen einen Wink. Als er kam, flüsterte er ihm etwas ins Ohr und zeigte auf einen kleinen Tisch in einer Nische. Caspari fragte sich, wie der Barkeeper bei dem Krach überhaupt etwas von dem verstehen konnte, was sein Chef ihm sagte.

»Den Tisch halten wir immer für uns und unsere privaten Gäste reserviert«, erklärte Peters. »Nehmen Sie dort Platz. Die Cocktails werden Ihnen dorthin gebracht.«

Er lotste sie zum Tisch, dann verabschiedete er sich von

ihnen. Wenig später standen die Cocktails vor ihnen. Caspari hatte sich vorgenommen, sein Getränk schnell zu leeren, um dem Krach zu entkommen. Beim ersten Schluck bemerkte er allerdings, dass dieses köstliche Gemisch viel zu schade war, um es einfach abzukippen. So konzentrierte er sich auf seine Geschmacksnerven und versuchte gleichzeitig, sein Bewusstsein von der akustischen Folter abzuschotten. Tina und Mario hingegen ließen sich von der sogenannten Musik bestens unterhalten. Nach einer halben Stunde schienen sie allerdings übereingekommen zu sein, dass sie ihren Abteilungsleiter lange genug der Marter ausgesetzt hatten. Sie tranken aus und bewegten sich durch eine große Menschenmenge zum Ausgang. Dort trafen sie den Chef der Türsteher wieder, der mittlerweile über Funk alle Kollegen dorthin beordert hatte. Sechs bullige Männer bewachten nun die Tür. Die Warteschlange vor dem Eingang zeigte etliche Lücken. Einige der Diskobesucher hatten sich aus Angst vor den Skinheads zurückgezogen. Die kahlköpfigen Männer lieferten sich mit den Türstehern Wortgefechte, wobei sie auf Einlass bestanden. Als sie Mario im Gefolge von Caspari herauskommen sahen, schrie einer von ihnen los: »Aufrechte Deutsche lasst Ihr draußen stehen. Diese Zecke lasst Ihr rein!«

Caspari sah, wie sich Marios Hals rot färbte. Tina legte ihrem Freund die Hand auf die Schulter.

»Ruhig bleiben. Das ist nicht unser Niveau.«

»Ich an deiner Stelle wäre vorsichtig mit dem, was ich sage«, rief einer der Türsteher. »Die drei sind Polizisten.«

Der Wortführer ließ sich davon nicht beeindrucken: »Sieh dir die Rothaarige an. Die gibt sich mit so einem ab. Rassenschande! Willst du es mal mit einem deutschen Mann probieren?«

Caspari hielt Mario fest, der auf den kahlköpfigen Mann losstürmen wollte.

»Nicht! Darauf wartet der doch bloß.«

»Hey, Zeckenfreund. Lass ihn doch. Der kann sich gleich eine Packung abholen«, provozierte der Mann weiter.

»V'affanculo!«, knurrte Mario.

»Was hat die Zecke gesagt?«

Das Maß war nun doch voll. Caspari strebte nach den Idealen der klassischen Kampfkünste, deren Ziel die Überwindung von Gewalt war. Seitdem er das ›Dojo‹ von Seydel zum ersten Mal betreten hatte, versuchte er, Konflikte friedlich zu lösen und sich selbst nicht zum Maß aller Dinge zu machen. Er hätte versuchen können, mit Tina und Mario an den Neonazis vorbei zu kommen. Andererseits betrachtete er es als seine Pflicht, solche Leute nicht einfach gewähren zu lassen. Der nächste, den sie als ihr Opfer ausdeuten würden, hätte deutlich weniger Chancen als er. Außerdem war er nicht länger bereit es hinzunehmen, dass dieser Neandertaler Mario ungestraft beleidigte. Er musterte den Mann. Seinen Körperbau konnte man nicht nur als breitschultrig bezeichnen. Er erinnerte ihn an ein auf dem Kopf stehendes Dreieck. Caspari besaß selbst einen muskulösen Körper. Gegen diesen Kleiderschrank wirkte er allerdings wie ein Waisenknabe. Das Poloshirt des Skinheads war bis zum Zerreißen gespannt, die Konturen der Muskeln zeichneten sich darunter deutlich ab. Die Bewegungen des Mannes wirkten jedoch steif und ungelenk. Die einzelnen Muskelgruppen waren so stark entwickelt, dass sie sich gegenseitig behinderten.

»Die ›Zecke‹ zitierte gerade den ›Götz von Berlichingen‹ auf italienisch«, antwortete Caspari. »Und ich nehme Sie jetzt wegen mehrfacher Beamtenbeleidigung fest.«

Der Muskel bepackte Wortführer sah ihn verständnislos an.

»Willst du mich verarschen?«, brüllte der Mann erregt. »Ihr seid zu dritt. Mit den Pappfiguren am Eingang seid ihr neun. Wir sind zwanzig. Du kriegst eins in die Fresse, wenn du herkommst!«

Caspari musste über die Selbstüberschätzung des Mannes grinsen. Er stieg die Eingangsstufen herunter und ging auf ihn zu. Mario, Tina und einige der Türsteher begleiteten ihn.

»Du machst mir Angst, Locke«, meinte er trocken.

Mit einem Urschrei stürzte der Skinhead sich auf ihn und versuchte, ihn mit einem Schwinger zu treffen. Caspari tauchte unter dem Schlag ab und glitt seitlich an ihm vorbei, wobei er ihm einen kurzen, harten Faustistoß in den Schritt rammte. Dann richtete er sich blitzschnell wieder auf und rammte dem Mann, der sich vor Schmerzen nach vorn gebeugt hatte, das Knie in die Magengrube und stieß ihm gleichzeitig den Ellenbogen in die Nierengegend. Stumm kippte der Koloss zur Seite weg. Die übrige Horde kahl geschorener Männer stand wie angewurzelt da und sah fassungslos auf den nach Luft ringenden Kameraden auf dem Boden.

»Was ist?«, keuchte der auf dem Boden der Wirklichkeit liegende Möchtegern-Arier.

Von einem Moment auf den anderen hatten Caspari, Mario, Tina und die Türsteher alle Hände voll zu tun. Die Skinheads wachten aus ihrem Dornröschenschlaf auf und gingen auf sie los. Caspari sah aus den Augenwinkeln, dass sich seine Mitarbeiter trotz des Trainingsdefizits der letzten Monate wacker schlugen.

Ein hagerer Mann drängte sich vor ihn und zog einen Trommelrevolver, den er auf ihn richten wollte. Doch dazu kam er nicht. Caspari legte seine Hand auf den Lauf und drehte ihn herum, so dass die Mündung nun auf den Mann selbst zeigte. Gleichzeitig ließ er seine Faust in das Gesicht des Skinheads krachen. Der Mann fiel nach hinten. Caspari hielt den Revolverlauf fest umklammert, als zwei Männer mit Baseballschlägern auf ihn zukamen. Zum Ausholen gab er ihnen keine Gelegenheit. Mit dem Revolvergriff schlug er auf sie ein, bis sie zusammensanken. Schnell schob er sich die Waffe in den Hosenbund. Danach führte er den Messerarm eines weiteren Angreifers an sich vorbei, drehte dann das Handgelenk des Mannes nach außen und führte den Unterarm in die rückwärtige Richtung. Mit einem lauten Krachen brach das Ellenbogengelenk, begleitet vom Aufheulen des Messerkämpfers.

Nach einer Weile, von der Caspari nicht hätte sagen können, wie lange sie gedauert hatte, war es vorbei. Die kahl geschorenen Männer lagen allesamt auf dem Boden. Die meisten stöhnten. Vor dem Koloss, den Caspari zuerst ausgeschaltet hatte, traf er sich mit Tina und Mario. Das Muskelpaket lag zusammengekauert da und stöhnte immer noch.

»Coglione«, sagte Mario höhnisch.

Tina beugte sich zu dem Koloss herunter.

»Das hast du wahrscheinlich auch nicht verstanden. Auf deutsch heißt das ›Weichei‹.«

»Was den gegenwärtigen Zustand deiner Kronjuwelen wohl am besten beschreibt, Locke«, meinte Caspari mit ironischem Unterton in der Stimme.

Dann besah er sich seine Mitarbeiter. Tina hatte ein Feilchen auf dem rechten Jochbein, Mario blutete über dem Auge. Caspari reichte ihm ein Papiertaschentuch und nahm sein Mobiltelefon aus dem Jackett. Auswendig tippte er die Nummer des Gelnhäuser Reviers. Eine bekannte Stimme meldete sich.

»Hier ist Hauptkommissar Caspari«, sagte er. »Ecki, bist du das?«

»Hallo Christoph, ja, höchstpersönlich. Was gibt es denn?«

»Eine Schlägerei mit Skinheads. Schick mir ein paar Wagen runter zum ›Agostea‹ im Liebloser Industriegebiet. Ein paar Krankenwagen und ein Notarzt wären auch nicht schlecht.«

»Haben die wieder Streit mit den Türken angefangen?«

»Nein, mit mir. Die werden alle durch die Bank weg festgenommen und, sofern sie stehen können, morgen dem Haftrichter vorgeführt.«

»Weswegen willst du die denn ins Untersuchungsgefängnis stecken?«

»Beamtenbeleidigung, Nötigung, Widerstand gegen die Staatsgewalt, versuchte Körperverletzung, Körperverletzung und versuchter Totschlag. Reicht das?«

»Ich denke, das müsste gehen. Ich schicke die Kollegen gleich los. Hast du auch etwas abgekriegt?«

»Ich bin ohne Schrammen davongekommen. Meine beiden Kollegen müsste sich allerdings mal ein Arzt ansehen.«

»Kein Mensch ist frei von Schuld. Das ist eine der zentralen Aussagen der Bibel. In unserer Zeit reiben sich die Menschen zunehmend an diesem Punkt. Sie befürchten, das Christentum wolle den Menschen klein machen, wolle ihm ein schlechtes Gewissen einpflanzen, damit er leicht beeinflussbar ist und auf moralischen Druck hin reagiert und funktioniert. So wird der Begriff von Schuld und Sünde allerdings völlig missverstanden.«

Clara blickte, während sie ihre Predigt hielt, immer die Gottesdienstbesucher an. Sie wollte keinen Vortrag halten, der über die Köpfe der Menschen hinweg ging. Die persönliche Ansprache war ihr wichtig. Heute hatte sie eigentlich Caspari und Lukas im Gottesdienst erwartet. Aber so sehr sie auch die beiden rotblonden Haarschöpfe in der Kirche suchte, sie konnte Vater und Sohn nicht entdecken. Was sie wohl von dem Gottesdienstbesuch abgehalten haben mochte? Sie würde es später erfahren. Nun musste ihre ganze Aufmerksamkeit der Predigt und der Liturgie gelten.

»Um den Menschen wieder die Umkehr zu ermöglichen, bot und bietet Gott uns allen Vergebung statt Wiedergutmachung an. Vergebung, die uns den Weg zu einem Leben ermöglicht, in dem wir im Frieden mit Gott, mit unseren Mitmenschen und mit uns selbst leben können. Dass er es ernst meint mit der Vergebung, hat Gott durch seinen Sohn Jesus Christus gezeigt, durch dessen Worte und durch dessen Handeln. Wir hören auf die wohl bekannteste Vergebungsgeschichte, das Gleichnis vom verlorenen Sohn.«

Am Haupttor der Marienkirche verabschiedete Clara die Besucher nach dem Gottesdienst. Als sie Oliver Carstens in der Reihe erblickte, spührte sie eine merkwürdige Mischung aus Angst und dem Wunsch nach Nähe. Ihr wurde wieder einmal bewusst, dass sie ihn sehr attraktiv und charmant fand und für seine erotische Ausstrahlung empfänglich war. Konnte sie Christoph lieben und gleichzeitig dieses Prickeln spüren, ohne ihm eigentlich untreu zu werden? Sie glaubte, diese Frage für sich selbst bejahen zu können.

Carstens stand nun vor ihr.

»Hallo Clara. Das war eine interessante Predigt«, meinte er und fügte nachdenklich hinzu: »Die Frage bleibt allerdings offen, was mit denen geschieht, die von ihrer Sünde profitieren und gar nicht umkehren wollen, so wie der Königsmörder im Hamlet, den du zitiertest.«

»Das ist tatsächlich eine spannende Frage, die sich allerdings nicht in zwei Sätzen beantworten lässt«, sagte Clara.

»Dem könnten wir heute Mittag im Restaurant nachgehen, wenn du Zeit hast«, schlug Carstens vor.

»Ich habe heute leider schon diverse Verpflichtungen«, sagte Clara. ›Und führe uns nicht in Versuchung‹, ging es ihr durch den Kopf. Sie war froh darüber, dass sie mit Caspari verabredet hatte, den Rest des Sonntags auf dem Hof zu verbringen.

»Schade!«, antwortete er. »Ich melde mich einfach die nächsten Tage noch einmal.«

»Ja, das wäre schön!«

Nachdem sie ihre Sonntagskleidung gegen eine sportliche Variante eingetauscht hatte, griff sie nach der Reisetasche, die schon fertig gepackt bereit stand und fuhr zum Hof. Das herrliche Sommerwetter und die grüne Pracht, in der sich die Spielberger Platte präsentierte, konnten ihr nicht die leise Enttäuschung darüber nehmen, dass Caspari und sein Sohn sie im Gottesdienst versetzt hatten.

Als sie im Hof parkte, kamen Mario und Tina über das Kopfsteinpflaster geschlurft. Über Marios Auge klebte ein großes Pflaster, über dessen Ränder hinaus sich ein grünblauer Bluterguss ausgebreitet hatte. Tinas linke Wange sah verquollen aus und war ebenfalls mit einem Hämatom verziert.

»Um Himmels willen, wie seht ihr denn aus?«, rief Clara erschrocken.

»Ein kleiner Zusammenstoß mit einer Gruppe Skinheads«, brummte Mario.

»Um die sollte man am besten einen großen Bogen machen«, meinte sie.

»Im Prinzip schon, es sei denn, sie stehen mitten im Weg und suchen sich einen südländischen Typen als Opfer aus«, erwiderte Tina.

»Sieht Christoph etwa genauso mitgenommen aus wie ihr?«, fragte Clara besorgt.

»Der doch nicht«, antwortete Mario. »Der große Meister beendet solche Auseinandersetzungen immer ohne eigene Blessuren.«

»Darf ich fragen, wie dieses – wie soll ich sagen? – dieses ›Match‹ ausging?«

»Die gegnerische Mannschaft hat verloren. Klarer Sieg für uns durch mehrfachen K.O.!«, erklärte Tina, wobei sie zu grinsen versuchte.

Gemeinsam gingen sie in Casparis Wohnung. Der stand im Flur und stellte das schnurlose Telefon in die Ladestation.

»Das war eben Reinhard, der Abteilungsleiter des Personenschutzes. Bis Dienstag früh kann er Beamte für Tiziana und Toni abstellen ohne dass der große Häuptling etwas merkt, meint er. Bis dahin müssen wir entweder den wahren Täter gefasst oder Schlüter zumindest davon überzeugt haben, dass Soulakis unschuldig ist. Die Nachtschicht übernehmen nachher wieder Reimann und Naujoks. Ich hoffe, die stellen sich dieses Mal ein bisschen cleverer an, als in der Hohen Tanne.«

Tina wollte gerade etwas anmerken, als das Telefon klingelte. Caspari rollte die Augen und nahm das Gespräch an. Nachdem er sich gemeldet hatte, hielt er die Sprechmuschel zu und flüsterte.

»Der Staatsanwalt!«

Caspari drücke auf einen Knopf an der Station, so dass sie das gesamte Gespräch über den Lautsprecher mitverfolgen konnten.

»Sagen Sie mal, Doktor Caspari, richten Sie die Leute immer so übel zu, von denen Sie angegriffen werden?«

»Ich vermeide generell solche Situationen«, antwortete er sachlich. »Allerdings kommt es vor, dass sich ein Konflikt nicht mit friedlichen Mitteln lösen lässt. Dann setze ich mich angemessen zur Wehr.«

»Angemessen? Zwei Männern haben Sie mit dem Revolvergriff derart bearbeitet, dass sie mehrere Platzwunden im Gesicht, Jochbein- und Nasenbeinbrüche, sowie ausgeschlagene Zähne haben.«

»Die beiden gingen gleichzeitig mit Baseballschlägern auf mich los«, unterbrach ihn Caspari. »Meine Abwehr lag im Rahmen der Verhältnismäßigkeit!«

»Dann hätten wir da noch eine starke Hoden- und Nierenprellung und einen gebrochenen Ellenbogen.«

»Letzteres passierte bei der Abwehr eines Messerangriffes«, erklärte Caspari. »Es ist durchaus nicht so, dass es mir große Freude bereitet, anderen Menschen wehzutun. Da ich weiß, wie schwer man andere verletzen kann, vermeide ich jegliche körperliche Auseinandersetzung und halte mich auch bei Wortgefechten meistens zurück. Allerdings gibt es auch so etwas wie eine Schmerzgrenze, das Ende der Zumutbarkeit. Wenn ich gezwungen bin, mich zu verteidigen, dann tue ich das mit allen mir zur Verfügung stehenden Mitteln, wohl wissend, dass es ein Zeichen menschlicher Schwäche ist, nicht ohne Gewalt auszukommen.«

»Verstehen Sie mich nicht falsch, Doktor Caspari. Ich bin der Auffassung, dass die Kerle das bekamen, was sie verdient haben. Seit längerer Zeit schon terrorisieren sie Jugendgruppen und junge Erwachsene, ohne dass wir einen Ansatz für eine Anklage gehabt hätten. Der gestrige Abend könnte dafür mehr hergeben. Allerdings könnten uns die Anwälte der Männer bei der Verhandlung aus dem vorausgehenden Wortgefecht und den massiven Verletzungen ihrer Klienten einen Strick drehen.«

»Auf die Beleidigungen musste ich reagieren. Ich bin nicht bereit, solches Verhalten gegenüber Polizisten zu dulden. Mir blieb keine andere Wahl, als den Wortführer festzunehmen.«

»Ich habe Ihren Berichten das hohe Aggressionspotential der Skinheads entnehmen können. Ihre Einschätzung deckt sich auch mit den Aussagen der Türsteher. Nun gut, wir sehen, was wir machen können. Die Haftanträge werden wir wohl für jeden von ihnen durchbekommen. Ob es dann zu einer Verurteilung reicht, werden wir dann sehen.«

»Wenigsten können diese Leute auf dem Hessentag keinen Ärger mehr machen«, meinte Caspari.

Als er das Gespräch beendet hatte, holte Clara tief Luft.

»Wenn ich das Telefonat richtig deute, habt ihr euch wie pubertierende Jugendliche benommen!«

»Nun mal langsam! Das ist eine sehr einseitige Sichtweise!«, beschwerte sich Mario.

Clara forderte sie auf, sich an den Küchentisch zu setzen und ihr alles zu erzählen. Ausführlich berichteten die drei von den Ereignissen des vergangenen Abends. Clara war erschrocken über die Gewaltbereitschaft der kahl geschorenen jungen Männer.

»Mario und Tina wurden im Gelnhäuser Krankenhaus noch geröntgt und ärztlich versorgt. Dann fuhren wir hierher und schrieben gleich unsere Berichte über die Ereignisse vor der Disko. Vor dem Schlafengehen saßen wir noch auf der Terrasse und haben uns etwas von dem hervorragenden Haselnussschnaps gegönnt, den du mir zum Geburtstag geschenkt hast«, schloss Caspari den Bericht. »Du wirst Lukas und mich wahrscheinlich heute Morgen im Gottesdienst vermisst haben. Mit dem vielen Adrenalin im Blut war bei mir vor drei Uhr nicht an Schlafen zu denken. Deshalb kam ich auch nicht rechtzeitig aus dem Bett. Lukas war noch so erschöpft von dem gestrigen Tag mit Elkes Familie, dass er bis halb zehn geschlafen hat. Tut mir leid«

»Ist schon in Ordnung«, sagte Clara. »Dafür habe ich Verständnis, obwohl ich zugeben muss, dass ich dich lieber im Gottesdienst sehe, als in eine Schlägerei verwickelt.«

Sie gab Caspari einen Kuss und legte ihm die Hand auf die Schulter. Ein heftiges Poltern an die Fensterscheibe ließ sie zusammenzucken. Lukas klopfte ans Fenster.

»Papa! Ihr sollt nach draußen kommen und die Tische hinstellen. Oma und Opa wollen mit dem Mittagessen anfangen.«

»Deine Eltern sind mit Geld nicht zu bezahlen«, meinte Tina zu Caspari.

Clara überlegte einen Moment, warum sie Tinas Bemerkung so irritierte. Rasch dämmerte es ihr. ›Deine Eltern‹ hatte sie gesagt.

»Seit wann seid ihr denn zum ›du‹ übergegangen?«, fragte sie überrascht.

»Seit gestern Abend«, erklärte Caspari. »Uns ist klar geworden, dass die förmliche Anrede nicht zu unserem engen freundschaftlichen Verhältnis passt.«

»Wir glauben, dass es keinen Einfluss auf unsere Arbeit hat«, ergänzte Tina.

»Wo findet man noch einen Freund, der sich so engagiert vor einen stellt, wenn es eng wird«, meinte Mario.

»Es war tatsächlich an der Zeit, dass ihr die Anrede eurem Verhältnis anpasst«, kommentierte Clara.

Im Hof stellten sie die Tische zusammen und die Stühle darum herum. Als sie mit dem Decken fertig waren, kamen Benny und Iris auf den Hof gefahren. Casparis Eltern trugen das Essen auf.

»Für unsere müden Recken«, meinte Caspari Senior grinsend. »Selbstverständlich auch für unsere Walküre.«

Dieser Sonntag war einer von jenen Tagen, an denen man die Seele baumeln lassen konnte, fand Clara. Den ganzen Tag über ging es fröhlich zu. Sie schwamm mit Lukas, der wieder ins Wasser gehen durfte, um die Wette, führte angenehme Gespräche und lag mit Caspari in der Sonne. Nach dem gemeinsamen, verspäteten Abendessen zogen sich alle in ihre Räumlichkeiten zurück. Frisch geduscht lag Clara auf dem Bett und ließ sich von Caspari massieren. Kraftvoll und zugleich zärtlich waren seine Hände, die ihre Muskeln an Rücken und Schultern lockerten. Bei ihm erlebte sie eine Sinnlichkeit, die sie bei keinem ihrer früheren Liebhaber erfahren hatte. Seine ruhige Ausstrahlung und seine Kraft im Kontrast zu seiner Schüchternheit wogen mehr als alles erotische Kribbeln, das sie in der Gegenwart von Oliver Carstens spürte. Dass Carstens um sie warb, wurde ihr unter den massierenden Händen Casparis immer deutlicher bewusst. Der Gedanke, von einem so attraktiven Mann begehrt zu werden, gefiel ihr. Er schmeichelte ihrem Ego. Aber was wog das schon gegen die Liebe und Sinnlichkeit, die sie bei Caspari empfand?

Kapitel 6

CASPARI FÜHLTE SICH AUSGESCHLAFEN, als sein Mobiltelefon ihn um sechs Uhr dreißig weckte. Doch je mehr er bei der Suche nach dem Quälgeist dem Labyrinth der Träume entstieg, desto mehr Panik mischte sich in das körperliche Wohlbefinden. Das Adrenalin schoss wie ein heißer Lavastrom durch seine Adern. Als er endlich das Telefon aufgeklappt hatte, hörte er die aufgeregte Stimme der Kollegin Metzler aus Hanau.

»Doktor Caspari, Sie müssen sofort ins Sankt-Vincenz-Krankenhaus kommen!«

»Ist etwas mit Tiziana oder Toni?«, fragte er.

»Nein», klang die aufgeregte Stimme durch den Hörer. »Den beiden geht es gut. Das kann man allerdings vom Kollegen Naujoks nicht behaupten. Der ist niedergeschlagen und in den Waschraum der Station geschleift worden, wo ihn die Nachtschwester kurz vor Schichtwechsel vorhin fand. Die Kollegin Reimann ist spurlos verschwunden. Wir haben das gesamte Krankenhaus mit einem Großaufgebot von Polizisten durchkämmt. Ohne Ergebnis. Sie ist nicht mehr hier. Auf dem Boden sind eindeutige Spuren von ihren Absätzen zu erkennen. Sie muss zu einem leeren Krankenbett geschleift worden sein. Wir vermuten, dass der Täter sich als Arzt verkleidet, sie betäubt und in einem Bett aus dem Krankenhaus geschafft hat. Wie das möglich war, ohne dass er dabei gesehen wurde, wissen wir noch nicht.«

»Sie müssen sofort eine Großfahndung auslösen!«, sagte er.

»Die läuft schon. Allerdings habe ich die Befürchtung, dass es dafür schon zu spät ist. Wer auch immer das getan hat, der ist sicher schon längst über alle Berge.«

Caspari wollte erst gar nicht über die Konsequenzen nachdenken, falls die Hanauer Kollegin recht haben sollte.

»Wir sind in einer guten halben Stunde da«, sagte er schnell und beendete das Gespräch, bevor sie die Gedanken an den schlimmstmöglichen Fall noch weiterspinnen konnte.

Hastig tippte er die Nummer von Tinas Handy. Verschlafen meldete sie sich.

»Sofort raus aus den Federn! In zehn Minuten fahren wir los! Unser Mann hat wieder zugeschlagen. Reimann und Naujoks hat es dieses Mal erwischt«, rief er hektisch in sein Telefon.

»Um Gottes Willen!«, hörte er Tina antworten. »Wir sind gleich am Auto.«

Clara sah ihn verschlafen an.

»Was ist denn los? Warum verbreitest du so eine Hektik?«

»Unser Täter hat wieder zugeschlagen. Wahrscheinlich hat es eine Kollegin vom Personenschutz erwischt.«

Hastig zog er sich an und rannte ins Bad, um wenigstens ein Minimum an Morgentoilette zu absolvieren. Danach rannte er wieder ins Schlafzimmer und streifte sich ein Hemd über. Als er sich auf das Bett setzte, um die Socken anzuziehen, spürte er, wie Claras Arme seine Taille umschlangen.

»Christoph, ich bitte dich, pass auf dich auf!«

»Keine Sorge«, antwortete er. »An mir beißt er sich die Zähne aus.«

Er hob an, ihr noch etwas zu sagen.

»Ja, ich weiß. Ich liebe dich auch«, entgegnete sie. »Außerdem werde ich deinen Sohn in den Kindergarten bringen.«

Was für eine fantastische Frau. Manchmal fragte er sich, welche Fee ihm das Glück einer solchen Partnerin beschert hatte. Er küsste sie kurz und rannte dann aus dem Zimmer. Aus dem verschlossenen Schrank im Flur holte er das Schulterholster, das er mit flinken Bewegungen anzog, danach seine Dienstwaffe und Reservemagazine. Zum Schluss zog er die kugelsichere Weste aus dem Schrank. Zeitgleich mit ihm kamen Tina und Mario auf den Hof gerannt.

»Zum Sankt-Vincenz-Krankenhaus«, rief er. »Wir fahren getrennt!«

Er setzte das Blaulicht auf das Autodach und sah im Rückspiegel, dass Mario dasselbe tat. Danach trat er das Gaspedal durch. Der Motor heulte auf und der Wagen fuhr mit quietschenden Reifen vom Hof. Unterweg schaltete er das Martinshorn an, dessen Töne sich mit denen des nachfolgenden Autos mischten. In halsbrecherischem Tempo fuhren sie durch Wittgenborn und dann den Berg hinunter. Etliche Pendler machten ihnen Platz, indem sie in angrenzende Waldwege fuhren. Als sie endlich auf der Autobahn 66 waren, beschleunigte er, soweit es der Berufsverkehr zuließ.

Kurz nach acht Uhr hielten sie auf dem Krankenhausparkplatz und rannten in das Gebäude. Wenige Minuten später standen sie vor der düster dreinblickenden Hauptkommissarin Metzler.

»Naujoks liegt im Koma. Dem hat einer ordentlich den Schädel demoliert. Es sieht nicht gut aus. Ob er durchkommt, wird sich im Laufe des Tages zeigen.«

»Merda!«, fluchte Mario.

»Haben Sie neue Erkenntnisse?«, fragte Tina, die sich von Caspari während der Fahrt über Funk auf den aktuellen Stand der Dinge hatte bringen lassen.

»Nein, nichts«, antwortete Metzler resigniert. »Es ist, als wäre die Kollegin vom Erdboden verschluckt worden.«

Ein junger Beamter kam auf sie zugelaufen und winkte.

»Frau Metzler, das müssen Sie sich einmal ansehen!«

»Den Kollegen Fritsch habe ich mit der Durchsicht der Videos aus den Überwachungskameras beauftragt«, erklärt sie.

Eilig liefen sie in seine Richtung. Er führte sie schweigend in einen kleinen Raum im Untergeschoss. Dort standen mehrere Bildschirme in einer großen Schrankwand und zeigten Bilder der verschiedenen Eingänge und des Foyers des Krankenhauses. Ein Mann mittleren Alters saß hinter einem Schreibtisch und betrachtete die Übertragungen.

»Das ist Herr Mai, der Sicherheitsbeauftragte dieses Krankenhauses«, stellte der junge Beamte vor. »Wir haben auf der gemeinsamen Suche nach Hinweisen etwas entdeckt.«

Mai betätigte die Computertastatur. Plötzlich war auf allen Bildschirmen ein und dieselbe Einstellung zu sehen. Vor dem Lieferanteneingang stand der Kleinlaster eines Schlachthofes. Ein Mann mit weißem Kittel schob eine zugedeckte große Plastikwanne auf einem Rollwagen die Rampe entlang. Sein Gesicht war mit einer OP-Haube und einem Mundschutz verdeckt. Man hätte ihn ohne Probleme für einen Arzt halten können. Er schob den Rollwagen zu dem Kleinlaster, dessen hintere Türen geöffnet waren. Dann kippte er die Plastikwanne auf die Ladefläche, ließ den Rollwagen stehen und sprang von der Rampe. Ohne Hast stieg er ins Führerhaus, ließ den Motor an und fuhr ein Stück vorwärts. Dann sprang er wieder aus dem Wagen und schloss die Hecktüren. Schließlich fuhr er weg.

Mehrmals sahen sie sich die Szene an und versuchten, wichtige Details genauer zu sehen. Auf dem Bildschirm war die Uhrzeit des Geschehens eingeblendet. Halb zwei. Es war noch stockdunkel, an der Rampe leuchtete nur ein schwaches Licht. Auf dem Laster konnten sie den Schriftzug ›Schlachthof Wetterau‹ erkennen. Metzler beauftragte ihren jungen Kollegen, dem sofort nachzugehen. Der junge Mann lief eilig aus dem Raum, während der Sicherheitsbeauftragte auf Casparis Bitte hin den Film noch einmal ablaufen ließ.

»Wir können uns die Sequenz noch tausendmal ansehen. Es gibt nichts mehr zu entdecken«, sagte er schließlich und bat den Mann, den Film auf eine CD-Rom zu brennen. Während sie auf die Kopie warteten, starrten sie betreten ins Leere. Caspari kämpfte gegen die schlimmsten Dämonen, die aus seinem Innersten aufzusteigen versuchten. Als er aufblikkte, meinte er, denselben inneren Kampf aus den Gesichtern der anderen ablesen zu können. Mit der CD-Rom in der Tasche seines Jacketts verließ er mit der Kollegin Metzler, Tina und Mario das Krankenhaus. In den Räumen der Hanauer Kriminalpolizei trafen sie sich wieder. Caspari bat die Kollegin, mit Schlüter telefonieren zu dürfen. Nachdem er die Nummer gewählt hatte, stellte er den Lautsprecher an. Die anderen drei saßen um ihn herum. Caspari ließ sich von der Sekretärin mit dem Präsidenten verbinden. Mit rauer Stimme beschrieb er ihm, was vorgefallen war.

»Wie zum Teufel kommen Naujoks und Reimann in dieses Krankenhaus?«, blaffte der. »Sagen Sie mal, Caspari, sind Sie wahnsinnig? Ich hatte doch klare Anweisungen gegeben.«

»Die ebenso eindeutig wie falsch waren«, konterte Caspari gereizt. »Ich sagte Ihnen vorgestern noch, dass Soulakis nicht unser Mann ist. Hätte ich Ihrer Anweisung Folge geleistet, dann wäre jetzt wohl die Rapperin verschwunden. Das hätten Sie dann dem Innenminister und seinem Staatssekretär klar machen müssen.«

»Also gut. Das war eine Fehlentscheidung von mir«, gab Schlüter widerwillig zu. »Was schlagen Sie vor? Wie sollen wir jetzt vorgehen?«

»Tiziana und ihre Kapelle werden versteckt. Ein Trupp, bestehend aus dreißig erfahrenen Bereitschaftspolizisten, unterstützt von unserem SEK, bewacht sie in drei Schichten. Das nimmt dem Täter jede Möglichkeit, an sie oder ihre Leute heranzukommen.«

»Was ist mit den übrigen Freunden und Bekannten?«

»Deren Bewachung ändern wir vorerst nicht. Ich glaube, unser Mann will zum inneren Kern von Tizianas musikalischem Umfeld vorstoßen. Die Musik hindert sie in seinen Augen am meisten daran, allein für ihn da zu sein. Durch diese Schutzmaßnahmen bringen wir ihn unter Druck. Er muss darauf reagieren. Ein Gott behält das Heft des Handelns in der Hand. Dabei wird er Fehler machen. Anders kommen wir nicht an ihn heran. Es könnte im Grunde jeder sein, der mit Tiziana auch nur zehn Minuten gesprochen hat. Davon gibt es allerdings mehr Leute, als wir je überprüfen können.«

»In Ordnung. Ich organisiere das. Wo soll sie versteckt werden?«

»Ein Bekannter von mir besitzt zwei Häuser in der Feriensiedlung in Biebergemünd-Kassel. Das ist weit ab vom Schuss und gut zu bewachen.«

»Gut, Sie bereiten das vor«, bestimmte Schlüter, dessen Stimme allmählich belegt klang. »Wie wollen Sie im Fall der Entführung der Kollegin weiter verfahren?«

»Wir mailen zurzeit der Kriminaltechnik in unserem Haus den betreffenden Film zu. Vielleicht können die Kollegen noch etwas sichtbar machen, was wir ohne Bearbeitung nicht erkennen konnten. Ansonsten müssen sie sich für eine eventuelle Spurensicherung bereithalten.«

»Das heißt, Sie gehen davon aus, dass wir Frau Reimann nur noch tot auffinden werden?«, fragte Schlüter mit rauer Stimme.

»Ich würde alles tun, um sie lebend wiederzufinden. Aber unser Mann wird das nicht zulassen«, sagte Caspari. »Sie versperrte ihm den Weg zu seinem Leben mit Tiziana. Dafür wird er sie verwandeln, so wie die griechischen Götter die Menschen verwandelt haben. Und unser Mann praktiziert nur tödliche Verwandlungen.«

»Mein Gott, wie schrecklich!«, stöhnte Schlüter. »Ich lasse Ihnen freie Hand. Bringen Sie den Dreckskerl zur Strecke!«

»Wir alle geben unser Bestes«, antwortete Caspari und beendete das Gespräch.

Als er zu Tina hinüber blickte, sah er, wie ihr Tränen über die Wangen liefen. Mario nahm sie in den Arm. Während er sie hielt, schluchzte sie hemmungslos. Caspari war tief betroffen. Er hatte sie noch nie so aufgelöst gesehen. Er selbst rang um Fassung und atmete mehrmals tief durch, bis er sich wieder gefangen hatte. Tina trocknete ihre Tränen und putzte sich geräuschvoll die Nase.

»Eigentlich müsste ich jetzt in dem Kleinlaster liegen und Mario mit eingeschlagenem Schädel auf der Intensivstation. Aber du hattest uns die Bewachung nicht erlaubt.«

»Ja, ich weiß.«

Mehr brachte Caspari nicht heraus.

Der junge Polizeibeamte kam in Metzlers Büro gelaufen. Als er die gedrückte Stimmung wahrnahm, blieb er unsicher vor dem Schreibtisch stehen.

»Wenn Sie etwas Wichtiges haben, rücken Sie raus mit der Sprache«, forderte ihn Metzler auf.

»Das Wetterauer Schlachthaus steht in Büdingen. Die Kollegen vor Ort ermitteln gegen einen Unbekannten, der den Laster geraubt hat. Das Ganze muss eine sehr spektakuläre Aktion gewesen sein. Der Fahrer des Lasters war am Freitag in aller Frühe unterwegs, um Kuhhäute in eine Gerberei zu fahren. Er fuhr allein auf einer kleinen Landstraße, bis plötzlich ein Wagen hinter ihm auftauchte. Der setzte um Überholen an, drängte ihn dann aber immer weiter von der Straße ab. Bis der Mann vom Schlachthof anhielt, um nicht im Graben zu landen. Aus dem anderen Wagen sprang ein maskierter Mann mit gezogener Pistole und zwang ihn zum Aussteigen. Er drückte dem Fahrer einen mit Chloroform getränkten Lappen auf Mund und Nase. Das nächste, woran sich der Mann erinnerte, war, dass er im angrenzenden Maisfeld wieder aufwachte. Über den Räuber konnte er keine Angaben machen, abgesehen davon, dass er eine Sturmmaske und Handschuhe trug. Der Täter bedeutete ihm nur mit der Pistole, was er wollte. Ansonsten sprach er kein Wort, so dass eine Identifizierung über die Stimme ausscheidet.«

»Was will der denn mit Kuhfellen?«, fragte Hauptkommissarin Metzler irritiert.

»Keine Ahnung«, antwortete Caspari. »Das können uns nur die alten Griechen sagen.«

»Ich glaube, ich verstehe Sie nicht.«

»Besitzen Sie vielleicht eine Ausgabe der griechischen Sagen?«, fragte Caspari.

»Nein, weder hier noch zu Hause«, gestand die Hanauer Kollegin.

»Dann müssen wir mit Hilfe einer Suchmaschine im Internet versuchen herauszufinden, in was er die Kollegin Reimann verwandeln will. Das ist unsere einzige Chance.«

»Sie können an meinem Computer arbeiten«, bot Metzler an.

Caspari gab die Begriffe ›griechische Götter‹ und ›Kuh‹ ein. Mehrere Seiten voll Internet-Adressen gab die Suchmaschine an. Mühsam kämpfte er sich durch die Adressen der ersten Seite. Auf keiner fand er einen brauchbaren Hinweis. Während er die erste Adresse auf der zweiten Seite anklickte, klingelte sein Mobiltelefon. Unwillig nahm er das Gespräch an. Bertram meldete sich mit der Nachricht, die er befürchtet hatte.

»Schlechte Neuigkeiten, Christoph, ganz schlechte!«, begann er nach einem kurzen Gruß. »Die Bad Orber Kollegen riefen mich gerade an und baten um Verstärkung. Im Ruheforst hinter Lohrhaupten wurde vor eine halben Stunde die Leiche einer jungen Frau entdeckt. Ein älteres Ehepaar, das sich die Begräbnisstätte ansehen wollte, entdeckte die Frau, die in eine Kuhhaut eingeschnürt ist. Das Bündel ist an einen Ast gebunden und hängt über einem Lagerfeuer, das wohl immer noch brennt. Du weißt ja, wie nasses Leder reagiert, wenn es getrocknet wird.«

»Es zieht sich zusammen«, antwortete Caspari entsetzt.

»Richtig. Die Kollegen meinen, sie könnte erstickt sein, als sich das Leder so weit zusammengezogen hatte, dass sich weder Bauch noch Brustkorb mehr zur Atmung ausdehnen konnten.«

»Dieses Schwein!«, schrie er auf. Danach bemühte er sich um Fassung.

»Es geht noch weiter«, fuhr Bertram fort. »Auf dem Baumstamm, zu dem der Ast gehört, ist ein großer roter Buchstabe aufgesprüht. Ein ι, sagen die Bad Orber.

»Hör zu, Heinz, ruf die Kollegen an. Sag ihnen, sie sollen nur das Gelände absichern, sonst nichts. Die Frau kommt aller Wahrscheinlichkeit nach aus unserem Stall. Die gesamte Kriminaltechnik des LKA und unser Gerichtsmediziner machen sich gleich auf den Weg.«

»War das dein Serientäter?«

»Es sieht ganz danach aus.«

»Verdammt! Ich rufe sofort in Bad Orb an.«

Caspari klappte sein Mobiltelefon zusammen und holte tief Luft. Dann erzählte er seinen drei Mitstreitern, welche Nachricht Bertram ihm überbracht hatte. Tiefes Schweigen breitete sich aus. Schließlich brach er es, indem er auf Metzlers Telefonapparat die Wahlwiederholungstaste drückte und sich ein weiteres Mal mit Schlüter verbinden ließ. Mehrmals musste er unterbrechen und schlucken, als er seinem Vorgesetzten von den neuesten Entwicklungen erzählte.

»Schicken Sie mir die gesamte Kriminaltechnik und Doktor Michel. Ich will alle hier haben. Irgendeine Spur muss dieser Drecksack doch hinterlassen haben. Die müssen wir finden.«

»Die Leute sind schon so gut wie unterwegs«, versicherte Schlüter.

Nachdem Caspari das Gespräch beendet hatte, betrachtete er mit Sorge seine Freunde. Mario wirkte sehr betroffen, Tina war ein Häufchen Elend. Die Blutergüsse verstärkten diesen Eindruck nur noch.

»Fahrt zu unserem Hof, packt eure Sachen und fahrt dann zurück nach Wiesbaden. Ich will euch nicht zumuten, Reimann so zu sehen.«

»Kommt nicht infrage«, protestierte Tina, die trotz der Sommerwärme Gänsehaut auf den Armen hatte. »Sie ist den Tod gestorben, der eigentlich mir gegolten hätte. Ich bin es ihr schuldig, mir anzusehen, wie sie umgebracht wurde.«

Caspari schüttelte den Kopf. Er wusste, dass er Tina nicht davon abbringen konnte, zum Tatort zu fahren. Er bat Metzler um einen Kaffee für sich und die anderen. Metzler nickte, stand auf und verschwand. Schweigend starrten sie vor sich hin, bis sie mit einem Tablett beladen mit dampfenden Tassen wiederkam.

Fast widerwillig flößten sie sich den Kaffee ein. Dann fuhren sie nach Lohrhaupten. Der kleine Ort im Spessart lag malerisch in einem kleinen Tal, umgeben von bewaldeten Hügeln und grünen Wiesen. ›Viel zu schön für einen derart grausamen Mord‹, ging es Caspari durch den Kopf. Um seinen rasenden Herzschlag unter Kontrolle zu bringen, hatte er die CD mit dem Titel ›Morimur‹ eingelegt. Das Hilliard-Ensemble sang Bachkantaten im Stil der Rennaicancegesänge.

Auf meinen lieben Gott
Trau ich in Angst und Not;
Der kann mich allzeit retten
Aus Trübsal, Angst und Nöten,
Mein Unglück kann er wenden,
Steht alls in seinen Händen.

Während er auf den Parkplatz des Ruheforstes fuhr, klang die letzte Strophe aus. Caspari hoffte, dass ihm die gesungenen Gebete genug Kraft geben würden, um das vor ihm Liegende zu ertragen. Mit bleischweren Gliedern stieg er aus. Ein uniformierter Beamter kam auf ihn zu. Caspari wies sich aus und stellte Tina und Mario vor, die neben seinem Volvo geparkt hatten. Der Polizist wies auf den Kleinlaster, der zwanzig Meter vor ihnen auf dem Parkplatz stand. Caspari ging mit Tina und Mario durch das Gestrüpp neben dem gemulchten Waldweg vom Parkplatz zu den Gräbern. Sie wollten keine möglichen Spuren vernichten. Je näher sie dem Grabesgelände kamen, desto mehr stieg ihnen der Geruch von Lagerfeuer vermischt mit verkohltem Fleisch in die Nase. Sie standen inmitten eines Buchenwaldes. An einigen der Bäume waren dezent Messingplaketten angebracht, auf denen stand, wer an dieser Stelle beerdigt worden war. Einige Bäume trugen einen ganzen Ring dieser Plaketten. Caspari sah sie verwundert an.

»Das sind alles Urnengräber, rings um den Baum herum«, sagte Bertram, der plötzlich vor ihnen auftauchte. »Die Urnen sind aus kompostierbarem Material gefertigt. Die Asche mischt sich somit recht schnell mit dem Waldboden. Diese Form der Bestattung erfreut sich zunehmender Beliebtheit. Die Grabpflege entfällt und der Verstorbene ruht mitten in der Natur. Vielmehr, was von ihm nach einem Besuch im Krematorium noch übrig ist. Das wäre nicht mein Ding. Ich ziehe die traditionelle Form der Beisetzung vor. Andachten und Trauerfeiern werden dort drüben abgehalten.«

Er wies auf ein großes Holzkreuz, das aus einem Sockel von aufgeschichteten Natursteinen ragte.

»Die Tote findet ihr weiter vorn«, fügte er heiser hinzu.

Caspari folgte der Bewegung seines Armes und sah in fünfzig Metern Entfernung etwas Unförmiges an einem Ast baumeln. Darunter qualmten Holzscheite. Die Bad Orber Polizei hatte das Feuer bereits gelöscht. Caspari ging mit weichen Knien und einem flauen Gefühl im Bauch auf den Tatort zu. Irgendwo in der Nähe rief ein Eichelhäher. Dieser Ort war viel zu friedlich und zu schön, als dass er durch eine derart grauenvolle Ermordung geschändet werden durfte, fand er. Hinter ihnen vernahm er plötzlich viele Schritte. Er blickte sich um und sah die Kriminaltechniker des Landeskriminalamtes und Doktor Michel in weißen Anzügen auf sich zulaufen. Gemeinsam mit Tina und Mario wartete er, bis ihre Kollegen sie eingeholt hatten. Stumm nickten sie sich zu. Dann gingen sie zu dem Baum, an dem Ilka Reimann den Tod gefunden hatte. Die junge Frau war in Embryonalhaltung eingeschnürt worden. Nur das Gesicht sah aus dem Fell heraus. Der Mund war zu einem stummen Schrei geöffnet. Er erinnerte Caspari an das erschütternde Bild ›Der Schrei‹ von Edvard Munch. Die Augen waren geschlossen, die Lider wirkten jedoch verkrampft zugepresst, so als hätte die junge Polizistin vor ihrem Tod unter furchtbaren Qualen gelitten. Das Kuhfell war an der Stelle, wo es am meisten der Hitze des Feuers ausgesetzt war, verkohlt. Der Geruch von verbranntem Fleisch war hier unerträglich. Tina begann zu würgen, wandte sich ab und lief zur Umzäunung des Ruheforstes, wo sie sich übergab. Mario stand neben ihr und stützte sie.

»Durch Ihre Serientäter bekomme ich ja einiges zu sehen«, sagte der Gerichtsmediziner. »Aber das hier ist selbst für meinen Magen eine arge Belastungsprobe.«

Caspari wusste, dass Doktor Michel soeben auf seine ganz eigene Weise tiefe Betroffenheit ausgedrückt hatte. Die Kriminaltechniker standen wie erstarrt vor der hingerichteten Kollegin.

»Wir alle sind zutiefst erschüttert über diesen feigen Mord an Ilka Reimann. Aber wir werden ihr nicht gerecht, wenn wir unsere Professionalität vergessen. Sie drehen jetzt jedes

Blatt auf diesem Gräberfeld herum und untersuchen es. Ich will bis heute Abend Ergebnisse sehen!«

Die Männer und Frauen nickten und begannen mit ihrer Arbeit. Nachdem die Tote von allen Seiten fotografiert worden war, wurde das Bündel vom Ast abgeschnitten. Als sie auf dem Boden lag, schnitt Caspari mit seinem Taschenmesser die Stricke durch und befreite den Leichnam aus seinem Gefängnis. Doktor Michel begann sofort mit seinen Untersuchungen.

»Die Tote muss auf meinen Sektionstisch. Hier komme ich nicht weiter. Den Todeszeitpunkt kann ich vorerst nicht genau ermitteln. Durch die Hitze des Feuers war die Körpertemperatur auch nach dem Exitus noch recht hoch.«

Auf seinen Wink hin kamen zwei Leichenbestatter, die die Tote in einen Zinksarg legten und wegtrugen.

»Ich werde so schnell arbeiten, wie ich es verantworten kann«, sagte Michel zu Caspari. »Zumindest die ersten Ergebnisse werde ich bis zur Besprechung heute Abend parat haben.«

Caspari sah sich nach seinen beiden Mitarbeitern um. Sie standen etwas abseits. Tina schien sich wieder gefangen zu haben. Er winkte sie zu sich.

»Geht es wieder?«, fragte er besorgt.

Sie nickte stumm.

»In Ordnung. Wir werden uns jetzt dem roten Buchstaben widmen«, bestimmte er. »Mehr können wir hier sowieso nicht tun, ohne der Kriminaltechnik im Weg zu stehen.«

Mario zog seine kleine Digitalkamera aus der Jackentasche und machte Bilder von dem Baum, an dem Ilka Reimann den Tod gefunden hatte. Gemeinsam betrachteten sie die Stelle, an der das ›Iota‹ in roter Farbe aufgesprüht war.

»Es handelt sich eindeutig um Sprühfarbe«, sagte eine Stimme hinter ihnen.

Caspari drehte sich herum und sah den Kollegen an, zu dem die Stimme gehörte.

»Nehmen Sie bitte Proben davon. Die müssen mit denen der anderen Buchstaben verglichen werden«, wies er ihn an.

Der Mann nickte und begann, mit einer kleinen Spachtel Farbpartikel abzukratzen, die er in ein Plastikröhrchen füllte.

Eine Weile sah Caspari dem Kollegen noch zu, bevor er gemeinsam mit Tina und Mario zum Parkplatz ging. Dort standen Bertram und zwei Kriminalbeamte der Bad Orber Polizei.

»Die Kollegin wurde heute früh um halb zwei aus dem Sankt-Vincenz-Krankenhaus in Hanau verschleppt. Ich will wissen, ob irgendjemand zwischen Biebergemünd, Bad Orb und Lohrhaupten den Kleinlaster gesehen hat, und um welche Uhrzeit das war.«

»Am besten setzen wir einen Zeugenaufruf in die Zeitung«, schlug einer der Beamten vor.

»Der wird nicht von allen Einwohnern gelesen. Schicken Sie alle Beamten, die Sie entbehren können, von Haus zu Haus. Es geht ja nur um die Durchgangsstraßen der Orte. Auf anderen Wegen wird der Täter sicher nicht gefahren sein. Dazu hatte er keine Zeit. Außerdem will ich wissen, wie er wieder von hier fortgekommen ist. Ich gehe davon aus, dass er hier in der Nähe einen weiteren Wagen geparkt hatte, wahrscheinlich auch wieder einen gestohlenen.«

»Er kann auch als Wanderer getarnt unterwegs sein«, gab Bertram zu bedenken.

»Auch das ist möglich«, antwortete Caspari, der für den Hinweis dankbar war. »Dürfen wir noch einmal den Besprechungsraum des Gelnhäuser Polizeireviers in Anspruch nehmen, so gegen sechs Uhr heute Abend?«

»Selbstverständlich. Ich gehe außerdem davon aus, dass ihr auch die Büros bis auf weiteres braucht.«

»Das wäre ausgesprochen hilfreich. So wie es aussieht, wird sich in der nächsten Zeit die Fahndung auf den Bereich Kinzigtal konzentrieren.«

Er verabschiedete sich und trottete zusammen mit Tina und Mario zu den Autos. Bevor sie einstiegen, standen sie noch einmal zusammen.

»Ihr beiden müsst für ein paar Stunden hier raus. Fahrt erst zu unserem Hof, holt eure Wäsche, und macht euch dann auf nach Wiesbaden in eure Wohnung. Heute Abend kommt ihr erst zur Besprechung im Gelnhäuser Polizeirevier wieder. Packt zu Hause reichlich Kleidung ein. Ich gehe davon aus, dass wir in der nächsten Zeit im schönen Kinzigtal auf Mörderjagd gehen werden.«

Sie umarmten sich. Dann fuhren die beiden los. Caspari wartete, bis ihr Wagen auf die Straße abgebogen und außer Sichtweite war. Dann fuhr er auf einen benachbarten Parkplatz, der von Wanderern genutzt wurde. Er stellte den Motor ab und starrte geistesabwesend zur Windschutzscheibe hinaus, bis er soweit war, den Tränen freien Lauf zu lassen. Seit dem Anruf der Kollegin Metzler hatte er stark sein müssen, um alles Notwendige in die Wege zu leiten. Nun brachen auch bei ihm die Dämme, und er ließ dem Schmerz über diesen grausamen Tod einer jungen Frau, die ihr ganzes Leben noch vor sich gehabt hätte, freien Lauf. Als er keine Tränen mehr hatte, wischte er sich mit einem Taschentuch das Gesicht ab und lenkte den Wagen wieder auf die Straße. Nach einer viertel Stunde gestattete er sich, den CD-Spieler wieder einzuschalten. Das Hilliard-Ensemble sang das von Johann Sebastian Bach bearbeitete Osterlied Martin Luthers, ›Christ lag in Todesbanden‹. Die zweite Strophe drehte er lauter.

Den Tod niemand zwingen konnt
Bei allen Menschenkindern;
Das macht alles unsre Sünd,
Kein Unschuld war zu finden.
Davon kam der Tod so bald
Und nahm über uns Gewalt,
Hielt uns in seim Reich gefangen.
Halleluja.

Den Tod konnte er nicht bezwingen, weiß Gott. Aber den Mörder, der den Tod dieser freundlichen jungen Kollegin auf dem Gewissen hatte, würde er zur Strecke bringen. Und dazu war ihm seit ein paar Stunden jedes Mittel recht.

Clara saß an ihrem Schreibtisch. Vor ihr breitete sich eine unüberschaubare Menge an aufgeschlagenen Büchern und Notizzetteln aus. Nachdem sie wieder in ihrem Pfarrhaus angekommen war, hatte sie mit den Vorbereitungen für ihre Ansprache begonnen, die sie zur Eröffnung des ›Parcours der Zehn Gebote‹ am kommenden Samstag halten musste. Fünf Tage blieben ihr noch bis dahin. Sie studierte die Lektüre noch einmal, die sie mit den Schülern durchgenommen hatte. Sie versuchte, spontane Ideen zu sammeln. Allerdings fiel es ihr schwer, sich zu konzentrieren. Immer wieder hatte sie Casparis entsetztes Gesicht vor Augen, nachdem er den Anruf am frühen Morgen entgegengenommen hatte. Dieses Mal musste dieser Serientäter besonders schlimm zugeschlagen haben. Sie widerstand dem inneren Drang, Caspari anzurufen. Bestimmt war er im Moment am Tatort oder in einer Besprechung und ihr Anruf kam ungelegen. Clara nahm sich vor, gegen Abend mit ihm zu telefonieren. Um ihre Gedanken wieder auf die Vorbereitung der Rede richten zu können, griff sie nach dem Buch, in dem die Dramen von William Shakespeare gesammelt waren und suchte nach einer bestimmten Stelle. Nach einer Weile hatte sie die Seite gefunden. Wieder und wieder las sie die Szene. Hamlet, der Prinz von Dänemark, belauscht seinen Onkel, der Hamlets Vater, den alten König, mit Gift ermordet hatte, um an die Krone und Hamlets Mutter heranzukommen. Der Onkel ist von widerstreitenden Gefühlen übermannt. Das schlechte Gewissen, gepaart mit seinem Schuldbewusstsein kämpft gegen den Machthunger und die Zufriedenheit, die er darin findet, dass er nun endlich König und Gatte der schönen Witwe seines Bruders ist.

Oh, meine Tat ist faul, sie stinkt zum Himmel,
Sie trägt den ersten, ältesten der Flüche,
Mord eines Bruders! – Beten kann ich nicht,
Ist gleich die Neigung dringend wie der Wille:
Die stärkre Schuld besiegt den starken Vorsatz,
Und wie ein Mann, dem zwei Geschäft' obliegen,

Steh' ich in Zweifel, was ich erst soll tun,
Und lasse beides. Wie? Wär' diese Hand
Auch um und um in Bruderblut getaucht:
Gibt es nicht Regen g'nug im milden Himmel,
Sie weiß wie Schnee zu waschen? Wozu dient
Die Gnad', als vor der Sünde Stirn zu treten?
Und hat Gebet nicht die zwiefache Kraft,
Dem Falle vorzubeugen, und Verzeihung
Gefallnen auszuwirken?
Gut, ich will Emporschaun:
mein Verbrechen ist geschehn.
Doch oh, welch eine Wendung des Gebets
Ziemt meinem Fall? »Vergib mir meinen schnöden Mord?«
Dies kann nicht sein;
mir bleibt ja stets noch alles,
Was mich zum Mord getrieben: meine Krone,
Mein eigner Ehrgeiz, meine Königin.
Wird da verziehn, wo Missetat besteht?

›Er versucht zu beten, zu bereuen, aber es gelingt ihm nicht. Er bleibt in seiner Schuld verhaftet, weil er nicht bereit ist, das wieder aufzugeben, was er durch sein Verbrechen gewonnen hat‹, ging es Clara durch den Kopf. Hatte nicht Oliver gestern nach dem Gottesdienst die Frage gestellt, was mit denen geschieht, die von ihrer Sünde so sehr profitieren, dass sie gar nicht daran denken, umzukehren? Das Läuten ihrer Türglocke riss sie aus ihren Gedanken. Unwillig erhob sie sich von ihrem Schreibtisch und öffnete die Haustür. Vor ihr standen die Nachbarn von Herrn Dauner.

»Guten Tag, Frau Frank«, begrüßte sie der Mann. »Wir wollten Ihnen nur Bescheid sagen, dass wir in zwei Stunden in den Urlaub fahren. In den nächsten zwei Wochen können wir deshalb nicht nach Herrn Dauner sehen.«

»Sie fahren weg, während der Hessentag in Gelnhausen stattfindet?«, fragte Clara erstaunt.

»Wir mögen den ganzen Trubel nicht, wissen Sie«, erklärte die Frau. »Von den Besuchermassen, die bei solchen Anlässen durch die Altstadt pilgern, fühlen wir uns eher belästigt. Wir haben es lieber ein wenig ruhiger und beschaulicher.«

»Wo wollen Sie denn Ihren Urlaub verbringen?«, fragte Clara der Höflichkeit halber.

»Auf Teneriffa«, antwortete der Mann. »Dort ist ein kleines Hotel, in das wir schon seit vielen Jahren gehen. Werden Sie nach Herrn Dauner sehen, oder zumindest jemanden hinschicken?«

»Ich kümmere mich darum«, versprach Clara halbherzig. Im Grunde hatte sie so kurz vor dem Hessentag kaum Zeit für die zusätzliche Betreuung dieses psychisch kranken Mannes. Sie würde den Sozialarbeiter, der im diakonischen Werk nebenan für die Seniorenberatung zuständig war, bitten, mit ihr zusammen Dauner aufzusuchen.

Die Nachbarn verabschiedeten sich erleichtert. Clara wünschte ihnen einen schönen Urlaub.

Tiziana packte die Koffer für sich und Toni, dem die angebrochenen Rippen bei jeder Bewegung Schmerzen bereiteten. Der große Polizist hatte sie beide vor einer Stunde aus dem Krankenhaus geholt. Tiefer Schmerz hatte sich in sein Gesicht gegraben. Hatte das etwas mit den vielen Polizisten zu tun, die am frühen Morgen auf dem Flur unterwegs gewesen waren? Niemand hatte sie über die Ursache informiert. Genau genommen wollte sie es auch nicht wissen. Diese Mordanschläge waren mehr als sie ertragen konnte. Weitere Hiobsbotschaften wollte sie zurzeit nicht hören. Der Hüne hatte ihr und Toni erklärt, was er mit ihnen vorhatte. In einem Versteck sollten sie zusammen mit ihrer Kapelle bewacht werden. ›Kapelle!‹ Über seinen altmodischen Ausdruck für die Band musste sie in sich hinein lachen. Sie packte für zwei Wochen. Das hatte er ihnen geraten. Bevor sie die Koffer schloss, legte sie noch einige ihrer Lieblingsbücher hinein. Zu guter Letzt steckte sie ihr Handy samt Netzkabel in die Handtasche.

Toni und sie wurden in einem nachtblauen VW-Bus mit

abgedunkelten Scheiben zum Versteck gefahren. Der Hüne fuhr mit seinem Kombi hinter ihrem Wagen her. Um nicht ins Grübeln zu verfallen, blickte sie zum Fenster hinaus. Sie fuhren die Autobahn 66 in Richtung Fulda, verließen sie dann auf der Abfahrt Wächtersbach und fuhren durch Orte, deren Namen sie noch nie gehört hatte. Wirtheim und Kassel, Ortsteile einer Gemeinde namens Biebergemünd. In Kassel kamen sie auf eine schmale Straße, die immer tiefer in eine Wald- und Wiesenlandschaft führte. In einer Siedlung kleiner Häuser hielten sie vor dem ersten Gebäude. Es hatte einen großen Garten, der im Schatten dreier Bäume lag. Der vierte lag umgestürzt auf dem Rasen. Ein uniformierter Polizist trug ihre Koffer und Taschen ins Haus, während sie und Toni in der kleinen Hofeinfahrt standen und sich umsahen. Tiziana zuckte zusammen, als der große Polizist plötzlich neben ihr stand.

»Das ist die so genannte Wochenendsiedlung des Ortes Kassel. Wir teilen Sie und Ihre Musiker auf die ersten beiden Häuser auf. Es ist hier zwar nicht das Ritz, aber es ist der sicherste Ort für Sie alle. Wenn der Täter hier versucht, an Sie heranzukommen, wird er sich eine blutige Nase holen.«

Tiziana erinnerte sich an das, was er über die drei Schichten mit dem großen Aufgebot an Polizisten erzählt hatte. Allerdings behagte es ihr nicht, dass in jeder Schicht ein bis zwei Hunde dabei sein sollten. In der Nähe dieser abgerichteten Tiere fühlte sie sich nicht wohl.

»Ich gratuliere Ihnen zu der Wahl dieses Versteckes. Das haben Sie taktisch günstig gewählt«, lobte Toni. »Von der Landstraße her kann man sich nur schwer durch die Wiesen schleichen, ohne bemerkt zu werden. Zwischen uns und dem Wald auf der anderen Seite befinden sich weitere eingezäunte Grundstücke. Das sind ebenfalls gute Hindernisse.«

»Es gibt nur eine Straße, die hierher führt. Das ist ebenfalls ein wichtiger Punkt, der für diesen Ort sprach«, ergänzte der Polizist.

»Sagen Sie mal, Doktor Caspari, wann werden denn die Musiker gebracht«, fragte Toni.

»Nach und nach im Laufe des Tages. Wir wollen so wenig Aufsehen verursachen wie nur möglich. Die Instrumente werden übrigens ebenfalls mitgeliefert, allerdings nur mit einer Miniaturausgabe ihrer gewohnten Verstärkeranlage. Sie müssen erst einmal ohne dieses Zeug proben«, meinte er.

Er führte sie in das Haus und zeigte ihnen die Räumlichkeiten.

»Ich bedauere, Ihnen das zumuten zu müssen«, sagte Caspari und zeigte im Schlafzimmer auf das Doppelbett. »Aber eine andere Möglichkeit kann ich Ihnen zurzeit nicht anbieten.«

»Das ist schon in Ordnung«, erwiderte Tiziana. »Ich bin schließlich mit zwei Brüdern aufgewachsen. Außerdem fühle ich mich nicht ganz so verlassen, wenn Toni neben mir schläft. Haben wir auch einen Probenraum?«

»Man mag es bei einem Ferienhaus nicht vermuten, aber das Gebäude ist unterkellert«, antwortete er. »Neben dem Raum für die Heizanlage besteht der Keller noch aus einem weiteren großen Raum, der Ihnen hoffentlich ausreicht. Das Essen wird Ihnen übrigens geliefert – vom Frühstück bis zum Abendessen. Getränke jeder Art wurden bereits hierher gebracht.«

Tiziana und Toni wurden von ihm auf die Terrasse geführt, wo er ihnen Kaffee und Kuchen servierte. Während sie schweigend diese Wohltat genoss, zählte die junge Frau zehn Polizeibeamte, die schwer bewaffnet um das Gelände herum patrouillierten.

Nach und nach trafen die Jungs von der ›Kapelle‹ in ebenfalls nachtblauen Kleinbussen ein. Sie sah Caspari dabei zu, wie er sie auf die beiden Häuser verteilte und instruierte. Nachdem sie ihr Quartier bezogen hatten, kamen die Jungs auf die Terrasse. Maik hielt Tiziana die aktuelle Ausgabe der ›Bildzeitung‹ unter die Nase. ›Hip-Hop-Queen im Fadenkreuz eines Serienmörders‹, stand in großen Lettern auf der Titelseite. Sie las den gut recherchierten Artikel, der mit der reißerischen Frage schloss, ob sie nun aus Angst um ihr Leben ihre Karriere beenden würde. Caspari sah sie gelassen an.

»Sie werden auf dem Hessentag Ihr Konzert geben und damit Ihre Tournee starten. Verlassen Sie sich darauf! Wir fassen den Dreckskerl. Er hat uns den Krieg erklärt. Das war sein größter Fehler.«

»Wie meinen Sie das?«, fragte Tiziana.

»Ich erkläre es Ihnen ein anderes Mal. Jetzt muss ich mich sputen, damit ich rechtzeitig zu einer wichtigen Besprechung komme«, antwortete er ausweichend und verabschiedete sich.

Doktor Michel und Hauptkommissar Hölzer, der Leiter der Kriminaltechnik des Landeskriminalamtes, waren eigens zur Besprechung von Wiesbaden nach Gelnhausen angereist. Hauptkommissarin Metzler und ihr Kollege Ludwig aus Frankfurt saßen ebenfalls in der großen Runde. Caspari stellte erleichtert fest, dass Tina und Mario deutlich besser aussahen als am Vormittag. Bertram und Jungmann waren ebenso anwesend wie der Leiter der Polizeiwache in Bad Orb.

»Nach den ersten vorläufigen Erkenntnissen haben wir auf dem Gebiet des Ruheforstes kaum verwertbares Genmaterial gefunden. Auch was Fußabdrücke betrifft, können wir nicht wirklich von einer heißen Spur berichten. Seit einer Woche hat es kaum geregnet. Der Waldboden ist trocken. Der Rindenmulch taugt auch nicht als Boden, der Fußabdrücke konserviert. Alles, was wir sagen können, ist, dass der Mann die Kollegin wie einen Sack auf der Schulter vom Parkplatz bis zum Baum getragen haben muss. Denn Schleifspuren, die man selbst auf dem gemulchten Weg hätte sehen müssen, gab es nicht. Anhand der Stofffasern am Tatort können wir davon ausgehen, dass er eine schwarze Jeans einer handelsüblichen Marke und dicke schwarze Lederhandschuhe getragen hat. Partikel davon fanden wir am Strick. Im Kleinlaster waren eindeutige DNA-Spuren der Kollegin Reimann nachzuweisen. Im Führerhaus fand sich etliches Material, dass wir noch auswerten müssen, darunter ein dunkles Haar von einer Augenbraue. Der Fahrer des Schlachthofes hingegen ist blond. Dieses Haar könnte eine Spur sein. Allerdings bezweifle ich, dass die DNA des Täters bereits in unserer Kartei abgespeichert ist. Den Tathergang brauche ich Ihnen nicht noch einmal zu schildern. Den kennen Sie bereits zur Genüge.«

»Dann schließe ich meinen Bericht an«, meinte der Gerichtsmediziner. »Wir können zweifelsfrei nachweisen, dass die Kollegin mit Chloroform narkotisiert wurde, bevor der Täter sie in den Laster warf. Hämatome an den Armen, im Bereich des Brustbeins und am Hals lassen darauf schließen, dass sie die Betäubung nicht widerstandslos hingenommen hat. Es muss einen Kampf zwischen ihr und dem Täter gegeben haben, in dessen Verlauf er sie mit einem Tritt in den Solarplexus auf den Boden beförderte. Danach setzte er sich auf sie und presste ihr einen Lappen, der mit dem Betäubungsmittel getränkt war, auf das Gesicht, wobei er mit der freien linken Hand den Hals umklammerte.«

»Ein Rechtshänder also«, stellte Mario fest.

»Davon können Sie ausgehen«, meinte Doktor Michel.

»Die Kollegen vom Personenschutz sind besser als die meisten anderen Polizisten in Ju-Jutsu ausgebildet und müssen regelmäßig trainieren«, warf Caspari ein.

Er selbst hatte zu Beginn seiner Polizeiausbildung diese Selbstverteidigungstechnik der Polizei erlernen müssen, die eine Kombination aus Aikido, Judo und Karate war. Ihm war es damals nicht schwer gefallen, da er zu dieser Zeit bereits den zweiten ›Dan‹ in Aikido innehatte. Allerdings hatte er Ju-Jutsu nie mit derselben Leidenschaft betrieben wie Aikido. Das System der Polizei vermittelte in erster Linie die Techniken zur Selbstverteidigung, während die klassischen Kampfkünste Wege waren, sich zu einer reifen Persönlichkeit zu entwickeln, die sich nicht zum Maß aller Dinge macht, den Respekt den Mitmenschen gegenüber in den Vordergrund stellt und Gewalt zu überwinden versucht. Außerdem führte das Training in den alten Kampfkünsten über das Erlernen der Techniken hinaus zu einer Meditation in Bewegung.

»Wir beide haben gelegentlich mit ihr trainiert«, meinte Mario. »Meiner Einschätzung nach war Ilka Reimann wirklich fit!«

»Das heißt, der Täter ist nicht nur deshalb gefährlich, weil er eiskalt und berechnend seine Taten ausführt, sondern weil er wahrscheinlich ein gut austrainierter Kampfsportler ist«, resümierte Jürgen Jungmann.

»Das bewahrte ihn allerdings nicht davor, von Frau Reimann ordentlich gekratzt zu werden«, erwiderte Michel. »Unter ihren Fingernägeln fanden sich Hautpartikel, von denen wir zurzeit die DNA analysieren. Wahrscheinlich wird sie sich mit der des Augenbrauenhaares decken.«

Er machte eine Pause.

»Ich komme zu der Art, wie sie gestorben ist. Sie erstickte ganz kläglich, weil sich das Leder durch die Hitze zusammenzog und ihrem Körper keinen Raum zum Atmen mehr gab. Ich würde jetzt gern etwas Tröstliches sagen, wie ›sie hat davon nichts gemerkt‹. Aber ich muss davon ausgehen, dass sie aus der Narkose erwachte, während sich das Leder zusammenzog. Die Konzentration des Chloroforms im Blut war zu schwach, als dass ein nahtloser Übergang von der Bewusstlosigkeit in den Tod möglich gewesen wäre. Der gequälte Gesichtsausdruck spricht allein schon für sich. Der untere Rückenbereich, das Gesäß und die Unterseite der Oberschenkel wiesen zudem Verbrennungen zweiten bis dritten Grades auf.«

»Dieses Arschloch begnügte sich nicht damit, sie einfach zu töten. Er wollte sie leiden sehen!«, rief Mario zornig und schlug mit der Faust auf den Tisch.

Caspari rang um Fassung. Heißer Zorn stieg in ihm auf und suchte nach einem Ventil. Bevor er sich diesem Gefühl auslieferte, unterbrach er die Sitzung.

»Das müssen wir alle erst einmal verdauen. Wir machen eine Pause. In zehn Minuten geht es weiter.«

Schnell lief er aus dem Raum, ging die Treppe hinunter und stellte sich auf den Parkplatz. Tief sog er die Nachtluft ein. Er versuchte, sich wieder zu beruhigen, indem er seinen Atmen kontrollierte. Allmählich kühlte die Hitze des Zorns ab. Würde er sich seiner Wut ausliefern, wären sein analytischer Verstand und sein Spürsinn blockiert. Beide brauchte er, um diese Bestie zu fassen.

Langsam ging er in den Besprechungsraum zurück. Als sich alle wieder eingefunden hatten, ergriff der Kollege aus Bad Orb das Wort.

»Wir haben gemeinsam mit den Gelnhäuser Kollegen den ganzen Tag Anwohner befragt. Dabei bekamen wir zwei wichtige Zeugenaussagen. Eine Frau aus Pfaffenhausen berichtete, sie wäre um viertel nach zwei auf die Toilette gegangen. Auf dem Weg dorthin hörte sie einen aufheulenden Motor und quietschende Reifen. Vom Flurfenster aus sah sie einen Kleinlaster, der aus Lettgenbrunn kommend in Richtung Lohrhaupten abbog. Er fuhr mit sehr hoher Geschwindigkeit, so dass es den Laster fast aus der Kurve hinausgetragen hätte, sagt sie. Der zweite Zeuge ist ein Jäger, der um halb sieben Uhr morgens einen Wanderer hinter Kempfenbrunn auf einem Waldweg aus Richtung Lohrhaupten kommen sah. Der Mann sei auf einen der Wanderparkplätze gegangen und in einen silbernen BMW gestiegen. Der Zeuge saß auf einem Hochsitz und konnte den Mann nicht gut sehen. Er trug einen breitkrempigen Hut und Wanderkleidung. Der Jäger glaubt, der Wagen habe ein Frankfurter Kennzeichen gehabt. Mehr konnte er nicht sagen.«

»Ein silberner BMW mit Frankfurter Kennzeichen war auch Kai-Uwe Peters aufgefallen, bevor er verschwand«, erinnerte sich Tina.

»Lassen Sie uns überlegen, wie der Täter vorgegangen sein könnte«, sagte Caspari. »Vor ein paar Tagen fuhr er mit dem Auto auf den Waldparkplatz und stellt es ab. Dann lief er zu Fuß nach Kempfenbrunn und fuhr mit dem Bus nach Bieber oder Gelnhausen, von wo aus er dann weiter operierte. Er stahl einen Sprinter …«

»Der einem Kurierdienst aus Gelnhausen gehört«, unterbrach ihn Jürgen Jungmann.

»Danke für die Information! Dann drängte er mit diesem Wagen den Kleinlaster des Schlachthofes ab und überwältigte den Fahrer. Er versteckte den Wagen und benutzte ihn samt Inhalt, um die Kollegin Reimann darin aus dem Krankenhaus zu entführen und sie auf barbarische Weise im Ruheforst zu ermorden. Anschließend ging er als Wanderer getarnt zu seinem Wagen, den er einige Kilometer entfernt auf jenem Waldparkplatz abgestellt hatte und fuhr wieder zurück.«

»Vom Standpunkt des Pathologen aus betrachtet, bedeutet das, dass er nicht den Eintritt des Todes von Frau Reimann abgewartet hat, sondern schon früher den Ort des Geschehens verlassen haben muss. Da er ein exakter Planer ist, muss er die Menge des Holzes und die Feuchtigkeit der Kuhhaut genau berechnet haben, damit Reimann auf jeden Fall stirbt, bevor man sie findet.«

»Aus der Sicht des Kriminalbeamten heißt das außerdem, dass er die Gegebenheiten im Sankt-Vincenz-Krankenhaus genau gekannt haben und sich schon längere Zeit auf diesen Mord vorbereitet haben muss«, sagte Caspari. »Als Tiziana den Nervenzusammenbruch bekam, musste sie im Krankenhaus behandelt werden. Damals wird er seinen teuflischen Plan entworfen haben. Reimann stand wahrscheinlich schon recht schnell als Opfer fest.«

»Wie kommst du zu dieser Theorie?«, fragte ihn Tina.

»Sie war die einzige Frau in der Gruppe von Tizianas Personenschützern. Ich habe mir heute Mittag die ›Metamorphosen‹ von Ovid in der Buchhandlung gekauft und hinten im Namensregister nachgesehen. Unter dem Buchstaben ι findet sich die Göttin Io. Zeus, der bei den Römern Jupiter hieß, überredet sie zum Schäferstündchen. Hera, auf lateinisch Juno, seine eifersüchtige Frau, ertappt ihn jedoch dabei. Um seinen Seitensprung zu vertuschen, verwandelt er die schöne junge Frau in eine Kuh. Juno, die allerdings die Schliche ihres Gatten genau kennt, verlangt diese Kuh von Jupiter als Geschenk und lässt sie von Argus bewachen. Io leidet muhend in dieser Gestalt. Jupiter ist untröstlich und schickt Hermes, auf lateinisch Mercurius, der Argus tötet. Dadurch entkommt Io aber immer noch nicht dem Zorn Junos. Die schlägt sie mit Wahnsinn und jagt sie quer durch das Erdenrund. Nach vielem guten Zureden ihres Göttergatten gibt sie dann doch noch nach. Io wird in Ägypten wieder in ihre schöne Menschengestalt zurückverwandelt und zur Göttin Isis erhoben.«

»Eine Metamorphose mit Happy End, was man von unserem Fall nicht behaupten kann«, meinte Michel.

»Aber es zeigt hervorragend, wie dieser Täter tickt«, entgegnete Mario. »Er ist die Gottheit. Es ist unerheblich für ihn, ob er dabei die Rolle des Zeus oder der Hera einnimmt. Hauptsache, er hat die Macht, andere zu verwandeln, in was und wie er will.«

»Nun haben wir ihm allerdings einen Strich durch die Rechnung gemacht, indem wir Tiziana samt Kapelle in ein Versteck gebracht haben«, meinte Caspari. »Ich bin gespannt, wie er darauf reagiert. Bis er sich wieder rührt, konzentrieren wir uns zunächst auf den BMW, das DNA-Material und auf einsame Wanderer im Flörsbachtal.«

Clara saß während des Treffens aller am Hessentag beteiligten Vereine und Einrichtungen neben Oliver Carstens. Der große Saal des Romanischen Hauses war bis auf den letzten Platz gefüllt. Bei dem Anblick aller Vertreter der Vereine, der Rettungsdienste, der Polizei, der Notfallseelsorge und natürlich auch der beiden Kirchengemeinden wurde ihr erst richtig bewusst, wie umfangreich das Programm für dieses Großereignis war. Hinter ihr saßen die Programmdirektoren der Rundfunkstationen.

Erhard Karlstein, der Bürgermeister, beendete gerade sein Schlusswort, als Carstens sich zu ihr herüberbeugte.

»Gehen wir nachher noch etwas trinken?«

»Der Gewölbekeller des Romanischen Hauses hat anschließend geöffnet. Wer sich noch keine Blasen am Hintern gesessen hat, trifft sich dort noch mit den anderen. Dekan Kern wird gleich dazu einladen«, antwortete sie flüsternd.

»Mir wäre ein kleinerer Rahmen für einen Absacker ehrlich gesagt lieber«, entgegnete Carstens missmutig.

»Tut mir leid«, sagte Clara. »Es macht keinen guten Eindruck, wenn ich mich als Pfarrerin der gastgebenden

Gemeinde mit einem alten Kumpel in ein Lokal nebenan verziehe.«

»Stimmt. Also gut, trinken wir zugunsten der Gemeindekasse in eurem Gewölbe.«

Nachdem Dekan Kern die Teilnehmer auf den anschließenden Ausschank hingewiesen hatte, löste sich die Versammlung auf. Die Menschen strömten dem Ausgang zu, gingen dann ein kurzes Stück über den Kirchplatz um das Romanische Haus herum und nahmen dann die Treppe, die entlang des alten Gebäudes zum Untermarkt führte. Clara nahm mit Carstens die Innentreppe, die in das unter dem Saal gelegene Stockwerk führte.

»Ein imposantes Gebäude!«, stellte er fest.

»Man baute es so hoch, dass man durch den Gewölbekeller den Untermarkt und durch den oberen Ausgang die Marienkirche und den Obermarkt schnell und unkompliziert erreichen konnte.«

Clara ging durch den Flur, der in eine Wendeltreppe mündete, die direkt nach unten in den Keller führte. Gemeinsam stiegen sie hinab und suchten sich einen freien Tisch. Carstens ging zur Theke und kam mit zwei Gläsern Rotwein wieder zurück. Von ihrem Platz aus konnte sie durch die Glastüren das bunte Treiben beobachten, das auf dem Untermarkt zu vorgerückter Abendstunde immer noch herrschte. Die Menschen zog die laue Abendluft ins Freie und zu den Lokalen, die auf dem Platz ihre Tische und Stühle aufgestellt hatten. Carstens saß ihr gegenüber und stieß mit ihr an.

»Lass uns darauf trinken, dass wir uns wiedergetroffen haben.«

Obwohl sie die Nähe dieses Mannes als sehr angenehm empfand, suchte Clara nach einem unverfänglicheren Thema.

»Ich bin in einem anderen Zusammenhang noch einmal auf deine Frage gestoßen, was mit denen geschieht, die keine Reue über ihre Schuld empfinden.«

»Ah«, sagte er überrascht. »Ein interessantes Thema!«

»Es gibt in der Theologie keine abschließende Antwort darauf, nur unterschiedliche Ansätze, von denen aus diese

Frage betrachtet wird. Man kann mit dem ›Tun-Ergehen-Zusammenhang‹ argumentieren. Einem bösen Menschen, der seine Taten nicht bereut, wird es schlecht ergehen. Wenn nicht schon in diesem Leben, so dann spätestens, wenn er am Jüngsten Tag vor dem Weltenrichter steht. In der Bibel ist von der ewigen Verdammnis die Rede, in die solche Menschen gemeinsam mit dem Teufel und seiner Gefolgschaft fallen. Einer der bekanntesten Vertreter einer anderen Richtung ist einer der wichtigsten protestantischen Theologen des zwanzigsten Jahrhunderts, Karl Barth. Er geht davon aus, dass Gottes Liebe und Heilswille am Ende dann doch alle und alles versöhnt und auch die Bösen durch Vergebung so verwandelt, dass sie ebenfalls Eingang in das neue Reich Gottes finden.«

»Und die Hölle wird ein kalter und verlassener Ort, an dem alle Feuer erloschen sind«, meinte Oliver mit ironischem Unterton.

Clara wollte darauf antworten und ihm ihren Standpunkt in dieser Frage schildern, als sie die Silhouette eines Hünen an der Glastür zum Untermarkt sah. Ihr war es, als hätte ein Augenpaar sie gestreift. Dann war die Erscheinung verschwunden.

»Entschuldige bitte. Ich habe gerade einen Wink bekommen. Man braucht mich draußen«, log sie. »Es kann einen Moment dauern.«

Eilig ging sie die Tür hinaus und suchte auf dem Untermarkt nach Caspari. Schnell hatte sie ihn im Licht der Straßenlaternen ausfindig gemacht. Er stand vor seinem Auto auf einer Parkfläche und war gerade im Begriff einzusteigen.

»Christoph, warte!«, rief sie im Laufen.

Er hielt inne und sah zu ihr.

»Warum machst du dich jedes Mal aus dem Staub, wenn du mich mit einem anderen Mann reden siehst?«

»Vielleicht, weil es immer derselbe Mann ist«, brummte er.

Er war tatsächlich eifersüchtig. Sie hatte es fertig gebracht, diesen in sich ruhenden Riesen aus der Fassung zu bringen.

Clara schmunzelte, doch dann sah sie seine müden Augen, in denen sie Trauer und Verzweiflung lesen konnte.

»Das ist doch nicht der einzige Grund«, stellte sie fest. »So deprimiert habe ich dich noch nie gesehen.«

Er schüttelte stumm den Kopf und führte sie zu einer Bank neben einem Blumenbeet. Sie setzten sich.

»Heute früh hat unser Täter wieder zugeschlagen. Diesmal hat es eine Kollegin erwischt, die als Personenschützerin Tiziana bewachte.«

»Willst du es mir erzählen?«

»Es wäre mir ein Bedürfnis. Den ganzen Tag musste ich stark sein, damit die anderen sich nicht von ihrer Betroffenheit ablenken lassen, sondern nun erst recht mit vollem Engagement nach dieser Bestie suchen. Allerdings bin ich mir nicht sicher, ob du das verkraftest, was ich mir von der Seele reden will. Es ist übel, ganz übel!«

»Ich kann gut auf mich selbst aufpassen«, antwortete sie. »Wenn ich merke, dass ich es nicht ertragen kann, breche ich ab. In Ordnung?«

Er nickte und begann, ihr eine der furchtbarsten Geschichten zu erzählen, die sie jemals gehört hatte.

»Vielleicht verstehst du nun, warum mir nicht nach guter Laune und netter Konversation zumute ist.«

Sie nickte und streichelte ihm über den Rücken. Er atmete noch einmal tief durch. Dann schlug er sich auf die Schenkel und erhob sich.

»Genug für heute. Ich fahre jetzt nach Hause und versuche zu schlafen.«

»Willst du heute Nacht nicht lieber bei mir schlafen?«, fragte sie besorgt. Sie hatte Angst um diesen sonst so starken Mann. Wie viel konnte er ertragen, bevor er unter der Last zusammenbrach?

»Ich würde mich über deine Nähe sehr freuen. Aber ich möchte morgen früh da sein, wenn Lukas aufwacht. Ich habe ja kaum noch Zeit für ihn. Wenn das so weitergeht, zieht er wieder zu seiner Mutter. Geh du wieder zu deinem Troubadour.«

»Und du bist doch eifersüchtig!«, stellte sie fest und knuffte ihn. Ein Lächeln breitete sich über sein erschöpftes Gesicht aus. Sie gab ihm einen innigen Kuss und winkte ihm nach, als er davonfuhr. Widerwillig ging sie zurück zum Gewölbekeller. Nach allem, was sie in der vergangenen viertel Stunde gehört hatte, war ihr die Lust nach unbeschwerter Konversation vergangen.

Caspari fühlte sich wie gerädert, als er nach einem tiefen, traumlosen Schlaf von Lukas geweckt wurde, der zu ihm ins Bett kletterte und sich auf ihn legte.

»Hallo Papa!«

»Guten Morgen, du Schlingel. Wie hast du geschlafen?«

»Gut. Aber ich konnte nicht einschlafen, weil du wieder mal nicht da warst. Warum bist du dauernd weg. Das ist so blöd. Früher hattest du mehr Zeit.«

Lukas Worte waren wie heiße Nadeln, die Caspari empfindlich trafen. Er war sich im Klaren darüber, dass er seinen Sohn im vergangenen halben Jahr vernachlässigt hatte. Irgendwann, so fürchtete er, würde sich das rächen.

»Es dauert nicht mehr lang, dann habe ich wieder mehr Zeit für dich, versprochen«, sagte er. »Weißt du, manchmal müssen die Erwachsenen halt eben mehr arbeiten als sonst. Ich kann verstehen, dass Kinder das blöd finden. Aber das gehört leider nun mal eben zum Beruf.«

»Dann ist der Beruf dumm!«, befand Lukas.

Gemeinsam balgten sie eine Weile im Bett, bis der Wecker auf dem Nachttisch mit seinem durchdringenden Piepsen vermeldete, dass es an der Zeit war, aufzustehen.

Tina und Mario gaben ein Bild des Elends ab, als sie am Frühstückstisch in Casparis Küche saßen.

»Wir haben beide kaum ein Auge zubekommen. Die ganze Nacht kreisten unsere Gedanken um diesen furchtbaren Anblick«, erzählte Tina, als Lukas in den Keller gegangen war, um Mineralwasser zu holen.

»Ich kann das gut verstehen. Aber es hilft keinem, wenn ihr beide in Schuldgefühlen und ohnmächtiger Wut verharrt.

Das Einzige, was ihr jetzt noch für Ilka Reimann tun könnt, ist die konzentrierte Suche nach dieser Bestie!«, sagte Caspari ruhig.

»Natürlich. Aber es ist so verdammt schwer, damit fertig zu werden, dass sie an meiner Stelle gestorben ist«, erwiderte sie.

»Sie war nicht deine Stellvertreterin. Ilka Reimann erfüllte die Aufgabe, für die sie ausgebildet war und die sie mit Leidenschaft versah. Dabei kam sie ums Leben. Weder ihr noch irgendein Mitarbeiter des Landeskriminalamtes könnt etwas dafür, und niemand hätte das verhindern können.«

»Wir hätten den Kerl früher fassen müssen«, meinte Mario frustriert.

»Wir sind nur Menschen, nicht der liebe Gott. Mehr als das, was wir bisher herausgefunden haben, kann keiner ermitteln«, sagte Caspari mit dem Brustton der Überzeugung.

Lukas kam gleich mit drei Wasserflaschen aus dem Keller zurück. Caspari grinste und strich ihm über den Kopf.

Nach dem Frühstück brachte er seinen Sohn noch in den Kindergarten, während Tina und Mario schon zum Polizeirevier fuhren. Es fiel ihm schwer, sich von Lukas zu trennen. Lange umarmten sie sich, bis Lukas von einem Freund gerufen wurde und wie ein geölter Blitz zu ihm rannte.

Kaum hatte Caspari sein provisorisches Büro im Revier betreten, kam Tina in sein Büro und brachte Neuigkeiten.

»Der Kollege aus Mainz rief vor fünf Minuten an. Der Theologiestudent sei aufgewacht und über dem Berg. Wir könnten uns mit ihm unterhalten, haben die Ärzte gesagt.«

»Das ist doch endlich mal eine gute Nachricht«, antwortete Caspari. »Na, dann auf nach Mainz.«

Während der Fahrt hörten sie die Oper ›Idomeneo‹ von Mozart. Tina protestierte ausnahmsweise nicht gegen Casparis Musikgeschmack. Mario überraschte ihn mit seinen Kenntnissen über klassische Musik.

»Das ist doch ›Idomeneo‹«, stellte er fest. »Hat es einen bestimmten Grund, warum du ausgerechnet diese Oper ausgewählt hast?«

»Ja«, antwortete Caspari. »Die Geschichte, um die es darin geht, stammt auch aus dem griechischen Sagenschatz. Idomeneus, König von Kreta und einer der Helden des Trojanischen Krieges, kommt auf der Heimreise in Seenot und muss dem Meeresgott Neptun versprechen, ihm den ersten Menschen zu opfern, der ihm begegnet, wenn er Heimatboden betritt. Dummerweise ist dies sein Sohn Idamantes. Mit allen Mitteln versucht Idomeneus, sein Gelübde zu umgehen. Der Meeresgott lässt darauf ein furchtbares Ungeheuer den Fluten entsteigen, das auf der Insel wütet. Während Idomeneus nun bereit ist, sich selbst zu opfern, tötet sein Sohn das Ungeheuer. Durch ein Orakel erfahren sie, dass es Wunsch der Götter sei, dass Idomeneus dem Thron entsagt und Idamantes König wird. Der Schwur und die Opferung sind hinfällig.«

»Der Meeresgott bekam nicht, was er verlangte, weil die Menschen sich gegen seinen Einfluss auf ihr Schicksal gewehrt haben«, resümierte Tina.

»Diese Botschaft ist mir für unseren Kampf gegen den Serientäter zum festen Grundsatz geworden. Wir müssen uns mit allen Mitteln gegen das von ihm verordnete Schicksal zur Wehr setzen, dann werden wir Erfolg haben«, erklärte Caspari.

In der Universitätsklinik in Mainz empfing sie ein erholt wirkender junger Mann, der in seinem Krankenbett saß. Caspari stellte sich und seine beiden Mitarbeiter vor. Detailliert gingen sie den Abend, an dem der junge Mann von dem Stromschlag fast getötet worden war, noch einmal durch. Wesentlich Neues hatte er nicht zu erzählen. Allein an den Mann vor der Pizzeria, der ihn fixiert hatte, bevor er an die Tür griff, konnte sich der Seminarist noch dunkel erinnern.

Als sie schon wieder ins Auto gestiegen waren, kam Caspari eine Idee.

»Wir fahren zur Universität«, sagte er zu Tina und Mario. »Vielleicht hat Kai-Uwe Peters sich die Nummer des silberfarbenen BMW aufgeschrieben und der Zettel liegt irgendwo in seinem Assistentenzimmer.«

Professor Friedhard Weber kam gerade aus einer Vorlesung, als sie ihn auf dem Weg zu seinem Büro trafen. Ausführlich fragte er nach dem Stand der Ermittlungen. Caspari gab ihm einen kurzen Einblick in die Geschehnisse der vergangenen Tage.

»Unsere Fahndung konzentriert sich zurzeit auf einen silbermetallicfarbenen BMW aus der Fünferreihe. Hat Peters dir gegenüber einen solchen Wagen einmal erwähnt?«

»Ja. Warum habe ich nicht früher daran gedacht? Er fragte mich, ob ich jemanden kennen würde, der einen solchen Wagen mit Frankfurter Kennzeichen fährt. Ich verneinte.«

»Ich halte es für möglich, dass er sich die Autonummer auf einem Zettel notierte. Kannst du uns bitte noch einmal in sein Zimmer führen?«, bat Caspari.

Professor Weber legte seine Aktenmappe auf den Schreibtisch, griff einen Schlüsselbund, der an einem Nagel an der Wand neben der Tür hing und ging ihnen voraus. Ein weiteres Mal betraten sie die Räumlichkeiten des Verschwundenen. Wieder sahen sie überall nach, dieses Mal noch zielgerichteter als vorher. Ihre Suche blieb erfolglos.

»Merda«, fluchte Mario, doch Caspari gab noch nicht auf.

»Weißt du, wo sein Auto steht?«,fragte er den Professor.

»Es sollte eigentlich auf dem Mitarbeiterparkplatz hinter dem Gebäude stehen. Aber dort ist es nicht. Die Mainzer Polizei fragte auch schon danach.«

Caspari bedankte sich. Er musste Weber versprechen, ihn noch in diesem Jahr zum Aikido-Training einzuladen. Nachdenklich ging er zum Wagen.

»Ich bin mir sicher, dass Peters sich die Nummer notiert hat«, sagte er. »Der Mann war mehrmals im Urwald. Der fällt nicht tollpatschig und tumb durch das Leben. Wahrscheinlich liegt dieser Zettel in seiner Wohnung in Niederrodenbach oder in seinem Wagen. Mario, du rufst die Kollegin Metzler an und erfragst das Kennzeichen und den Fahrzeugtyp. Dann lässt du über das Landeskriminalamt eine Großfahndung nach Peters' Wagen auslösen. Mindestens landesweit, am besten bundesweit. Tina, du telefonierst mit den Eltern von Peters. Bitte die beiden, in seiner Wohnung nach einem Zettel mit einer Autonummer zu suchen. Sie sollen überall nachsehen, sogar in der Dunstabzugshaube. Ich fahre uns währenddessen auf dem schnellsten Weg zu Tiziana.«

Die Proben waren seit langem nicht mehr so effektiv gewesen wie in diesem muffigen Kellerraum. Tiziana saß zufrieden mit Toni und den Jungs auf der Terrasse und genoss eine Apfelschorle in der Nachmittagssonne, als sie Casparis anthrazitfarbenen Volvo kommen sah. Der Hüne stieg mit seiner Mannschaft, der Rothaarigen und dem Südländer, aus und wechselte ein paar Sätze mit ihren Bewachern. Dann kam er geradewegs auf sie zu.

»Ich habe gute Neuigkeiten für Sie«, sagte er. »Ihr Bekannter, der Seminarist, ist über das Schlimmste hinweg und auf dem Weg der Besserung.«

Tränen traten ihr in die Augen.

»Sam! O Gott, ist das schön. Wenigstens ein Hoffnungsschimmer in dieser furchtbaren Zeit. Kann ich mit ihm telefonieren?«

»Er bittet darum. Ich habe Ihnen seine Nummer mitgebracht«, sagte Caspari mit einem kleinen Lächeln. Er gab ihr eine Informationsbroschüre des Universitätsklinikums Mainz, auf die Sam seine Telefonnummer geschrieben hatte. Tiziana nahm glücklich das Heft in Empfang und wollte gleich damit zu ihrem Mobiltelefon gehen, das auf ihrem Bett lag. Doch daraus wurde erst einmal nichts.

»Ich habe Verständnis dafür, dass Sie ihn sprechen wollen«, meinte der Polizist. »Wir stehen allerdings unter einem enormen Zeitdruck und brauchen dringend einige Informationen von Ihnen und Ihren Musikern.«

»Muss das wirklich jetzt sein?«, fragte sie protestierend.

»Ich fürchte, ja! Ist jemandem von Ihnen in letzter Zeit ein silbermetallicfarbener BMW der Fünferserie mit Frankfurter Kennzeichen aufgefallen?«

»Wenn ich es recht bedenke, habe ich einen solchen Wagen öfter in unserer Gegend gesehen. Allerdings dachte ich mir nichts dabei. Die Hohe Tanne ist ein Stadtteil, in dem zum Teil sehr betuchte Geschäftsleute und Banker wohnen. Ich hielt das Auto für den Geschäftswagen eines Anwohners«, meinte Toni.

Von den Jungs war keinem dieser BMW aufgefallen. Tiziana konnte es ihnen nicht verdenken. Wer rechnete auch schon damit, verfolgt zu werden?

»Kann ich jetzt gehen?«, fragte Tiziana mit einem flehenden Ton in der Stimme.

Caspari nickte. Als sie das Wohnzimmer betrat, sah sie im Spiegelbild der Scheibe, wie Toni ihn beiseite nahm. Sie stellte sich dicht an die Wand, um zu hören, was die beiden zu besprechen hatten.

»Wann sagen Sie ihr, was mit den beiden Polizisten geschehen ist?«

»Ich halte sie zurzeit für nicht stabil genug, das zu verkraften«, hörte sie Caspari antworten. »Die Ereignisse waren für uns selbst kaum zu ertragen, obwohl wir ständig mit solchen schrecklichen Dingen zu tun haben.«

Tiziana biss sich auf die Faust, um nicht laut aufzuschreien. Was auch immer mit dieser sympathischen Personenschützerin und ihrem Kollegen geschehen war – es musste furchtbar sein. Caspari hatte recht! Die ganze Wahrheit würde sie im Moment nicht verkraften können. Sie konzentrierte sich auf das Telefonat mit Sam. Ihn musste sie sofort anrufen. Er war die Kerze in der Finsternis, die über sie hereingebrochen war.

Clara wählte die Telefonnummer von Kathrins Eltern. Conni hatte ihr heute Morgen im Religionsunterricht erzählt, dass sie Kathrin die weitere Teilnahme an der Gruppe verboten hatten. Ohne mit ihnen darüber gesprochen zu haben, wollte sie diese Entscheidung nicht so einfach hinnehmen. Clara hörte die strenge Stimme eines Mannes am anderen Ende der Leitung.

»Remmler.«

»Guten Tag. Hier ist Pfarrerin Frank. Ich bin die Religionslehrerin Ihrer Tochter. Eine Schülerin unterrichtete mich in der Religionsstunde darüber, dass Sie Kathrin eine weitere Teilnahme am Unterricht nicht erlauben.«

»Das ist richtig«, antwortete der Vater einsilbig.

»Darf ich fragen, warum?«

»Unsere Tochter ist zurzeit in einer ausgesprochen schwierigen Phase. Ihre Abnabelung von uns als Eltern lebt sie in einer extremen Form der Ablehnung aus. Eltern im Allgemeinen behandeln ihrer Meinung nach ihre Kinder schlecht. Wir im Speziellen sind die Bösen, die ihr Unrecht antun. Ich weiß, dass die Pubertät ein schwieriges Entwicklungsstadium ist. Allerdings möchte ich ihr mit diesem Parcours auf dem Hessentag keine Plattform geben, uns und andere Eltern zu diskreditieren.«

»Ich bin mir nicht sicher, ob das der richtige Weg ist«, gab Clara zu bedenken. »Ich denke, eine Familien- oder Einzeltherapie wäre eher hilfreich.«

»Ich denke, wir als Erziehungsberechtigte haben das zu entscheiden«, entgegnete Remmler reserviert.

»Entschuldigen Sie, wenn ich das so sage, aber das ist nicht ganz richtig. Ihre Tochter ist seit ihrem vierzehnten Lebensjahr religionsmündig. Sie kann mit oder ohne Einverständnis ihrer Eltern den Religionsunterricht besuchen.«

»Ich habe Ihnen meinen Standpunkt dargelegt. Mehr gibt es dazu nicht zu sagen«, antwortete Remmler. »Auf Wiederhören.«

Er hatte den Dialog verweigert und einfach aufgelegt. Was hatte Mario zu dem Skinhead gesagt? V'affanculo! Sie nahm sich vor, Conni gezielt über die Familienverhältnisse auszufragen, in denen Kathrin lebte. Außerdem musste Conni Kathrin dazu bewegen, ihr alle Unterlagen für die Präsentation zu geben.

Clara machte sich gerade für den Besuch anlässlich des neunzigsten Geburtstages eines Gemeindegliedes fertig, als es an der Haustür klingelte. Sie lief zur Gegensprechanlage in ihrem Flur, während sie ihre Bluse zuknöpfte. Durch den Lautsprecher hörte sie die Stimme eines Mannes, für den sie im Augenblick weder Zeit noch Energie hatte.

»Hier ist Dauner. Ich muss Sie sprechen.«

»Herr Dauner, ich bin auf dem Weg zu einem Geburtstagsbesuch. Ich kann mich jetzt nicht mit Ihnen unterhalten.«

Das Einzige, was Clara nach ihrer Antwort hörte, war das Zwitschern der Vögel. Dauner musste weggegangen sein. Mit welchen Leuten hatte sie es heute nur zu tun? Der eine brach ein Telefonat ab, der nächste das Gespräch über die Gegensprechanlage. Clara nahm das Geburtstagsgeschenk, ein Buch mit besinnlichen Texten und traumhaft schönen Landschaftsaufnahmen, und ging die Treppe hinunter zur Haustür. Als sie hinaus auf die Straße trat, ließ sie das Buch vor Schreck fast fallen. An die Hauswand gelehnt stand Dauner, der sie ansprach, als sie durch die Tür kam.

»Ich begleite Sie und rede auf dem Weg mit Ihnen.«

»Nein!«, erwiderte sie, zornig über den Schreck, den er ihr eingejagt hatte.

»Frau Pfarrer, ich brauche Ihre Hilfe.«

»Das ist nicht wahr. Sie suchen jemanden, der Sie in ihrer Wahrnehmung unterstützt, statt Ihnen aus dieser falschen Realität herauszuhelfen. Dafür bin ich allerdings nicht da!«

Es war an der Zeit, Klartext mit dem Mann zu reden. Es brachte ihn nicht weiter, wenn er Sie für Gespräche missbrauchte, in denen er ausschließlich um seine Verfolgungsangst kreiste und sich gleichzeitig als beratungsresistent erwies, indem er jede sinnvolle Hilfe ausschlug. Als hätte er ihre Antwort nicht gehört, begann er wieder von seinen Verfolgern zu erzählen, wobei er dazwischen sprunghaft und ohne jeden erkennbaren Zusammenhang das Thema wechselte. Er tat Clara leid. Gleichzeitig wuchs in ihr das schlechte Gewissen wegen ihrer deutlichen Worte. Sie versuchte sich damit zu beruhigen, dass sie ihm keine Hilfe war, wenn sie sich auf seine Gesprächsstruktur einließ. Bevor sie vor dem Haus der Jubilarin auf die Klingel drückte, wandte sie sich

Dauner zu. Es kostete sie einige Mühe, ihn dazu zu bringen, dass er ihr zuhörte.

»Herr Dauner, ich gehe jetzt in dieses Haus. Bitte gehen Sie nach Hause. In den kommenden Tagen werde ich Sie mit einem Mann vom diakonischen Werk besuchen.«

»Der kann mir auch nicht helfen.«

»Das werden wir sehen. Ich rufe Sie vorher an. Bitte gehen Sie jetzt.«

Entschlossen starrte sie auf die Haustür und drückte die Klingel. Dauner holte Luft, um noch etwas zu sagen, doch sie schüttelte stumm den Kopf. Erleichtert trat sie ein, als ihr die Tochter der Jubilarin öffnete.

Caspari nahm sich an diesem späten Nachmittag viel Zeit für seinen Sohn. Nach dem Schwimmen im Weiher spielten sie zusammen mit Tina und Mario viele Runden ›Uno‹. Seinen beiden Freunden schien Lukas' Fröhlichkeit über den tiefen Abgrund hinweg zu helfen, vor dem sie zu stehen meinten. Tina wurde die Ehre zuteil, Lukas einen Streich von Astrid Lindgrens Michel aus Lönneberga vorzulesen. Danach betete Caspari mit ihm und gab ihm einen Gute-Nacht-Kuss. In der Küche setzten sie sich zusammen und brüteten über der Frage, wie sie dem Täter Fallstricke legen konnten. Weit kamen sie nicht.

»Es hat keinen Zweck, wir müssen noch einmal mit Tiziana reden«, meinte Caspari. »Die Lösung liegt im Labyrinth ihrer Erinnerungen vergraben.«

»Das haben wir doch schon x-Mal getan«, widersprach Mario.

»Das war vielleicht noch nicht oft genug. Wir müssen es wiederholen, bis sie sich erinnert.«

»Wann sollen wir das neben all der anderen Ermittlungsarbeit noch tun?«, fragte Tina erschöpft.

»Jetzt!«, antwortete Caspari spontan. Er blickte in zwei gleichzeitig müde und entsetzte Gesichter.

»Wo das Bier steht, wisst ihr mittlerweile. Der Fernseher steht zu eurer Verfügung. Es ist jetzt halb neun. Ich bin für ungefähr zwei Stunden weg. Falls ich noch nicht zurück sein sollte, bevor ihr zu Bett geht, nehmt bitte das Babyphon mit in euer Appartement.«

Er spürte ihre verdutzten Blicke auf seinem Rücken, als er aufstand, seine Sportschuhe anzog, sich das Pistolenholster umhängte und das Haus verließ.

Eine knappe halbe Stunde später parkte er seinen Wagen vor dem Grundstück der Ferienhaussiedlung. Die Bereitschaftspolizisten beäugten ihn zunächst argwöhnisch, als er in Jeans und Poloshirt bekleidet und mit einer Pistole bewaffnet auf sie zukam. Er wies sich aus und wurde vorbeigelassen. Er erschrak, als zwei Hundeführer mit ihren Schäferhunden plötzlich aus einem Seitenweg auftauchten. Auch Ihnen gegenüber musste er sich ausweisen. So hatte er sich die Sicherheitsmaßnahmen vorgestellt.

Er ging auf die Terrasse, auf der Toni in einem Gartensessel saß und ein Bier trank. Aus dem Wohnzimmer hörte er die rhythmischen Klänge eines Bongos, dazu den Sprechgesang von Tiziana.

»Sie probt wie eine Besessene«, sagte Toni leise. »Das hilft ihr wohl, damit fertig zu werden.«

»Wie geht es Ihren Rippen und der Gehirnerschütterung?«, fragte Caspari.

»Es ist erträglich. Danke der Nachfrage«, erwiderte Toni. »Warum sind Sie hier?«

»Weil ich dringend die Erinnerungen Ihres Schützlings brauche.«

»Sie wird nicht mehr lange proben, nehme ich an«, meinte der Leibwächter. »Sagen Sie, stimmt es, dass diese hübsche Polizistin in einem Kuhfell erstickt wurde?«

»Sie wollen wirklich die Details wissen?«, fragte Caspari. »Das ist schlimmer als der schlimmste Alptraum, das können Sie mir glauben.«

»Was ich als KSK-Soldat in Afghanistan gesehen habe, reicht für mehr als nur ein Leben. Erzählen Sie schon!«

Caspari erzählte ausführlich, was sich in der vorletzten Nacht und am darauf folgenden Morgen zugetragen hatte.

Toni schüttelte den Kopf und setzte gerade zu einem Kommentar an, als Tiziana auf die Terrasse trat.

»Sie sind wieder hier?«, fragte sie überrascht.

»Ich muss so lange in Ihren Erinnerungen graben, bis ich den Kerl gefunden habe, zu dem der BMW und die Morde passen.«

»Ich habe Ihnen doch schon alles gesagt.«

»Ich bin überzeugt, dass Sie das glauben. Aber diese Einschätzung ist nicht korrekt.«

»Was soll ich denn noch machen.«

Caspari begann, langsam der Geduldsfaden zu reißen.

»Sie sollen aus Ihrer Opferrolle herauskommen und sich anstrengen. Oder haben Sie große Lust, Ihr ganzes Leben von diesem Dreckskerl gequält zu werden?«

»Sie mögen mich nicht. Das spüre ich schon die ganze Zeit«, entgegnete sie.

»Das ist doch ausgemachter Blödsinn«, konterte er aufgebracht. »Ich kann nur Ihren Sprechgesang nicht leiden.«

»Aha! Warum?«

»Weil das für mich nichts mit Musik zu tun hat.«

»Sie sind aber ganz schön intolerant!«

»Nein, nur offen.«

»Was stört Sie denn an unserer Musik?«

»Untergangsmusik war es, im Rom der letzten Kaiser musste es ähnliche Musik gegeben haben. Natürlich war sie, mit Bach und Mozart und wirklicher Musik verglichen, eine Schweinerei!«

»Hermann Hesse, ›Der Steppenwolf‹, meinte sie.

»Respekt«, antwortete Caspari. Er hatte sie nicht ernst genommen, weil er ihre Form der Musik ablehnte. Damit hatte er ihr Unrecht getan.

»Lassen Sie uns über Ihre Begegnungen in den vergangenen – sagen wir – drei Jahren sprechen«, kam er wieder auf das eigentliche Thema zurück. »Es muss eine Begegnung gegeben haben, die Ihnen ein wenig merkwürdig oder irritierend oder unangemessen vorkam. Selbst wenn sie nur einmalig und von nur ganz kurzer Dauer war, kann sie relevant sein.«

Er beobachtete sie, wie sie intensiv in ihren Erinnerungen forschte. Sie machte dabei ein Gesicht wie jemand, der gerade seinen Dachboden aufräumte.

»Vor drei Jahren war es. Unsere erste Platte begann in den Hitparaden auf die obersten Ränge zu klettern. Ich versuchte, mein Leben als Studentin noch aufrecht zu erhalten. Eines Tages, ich saß allein am Tisch in der Mensa, fragte mich ein gut aussehender Mann, ob er sich zu mir setzen dürfe. Er versuchte fast schon krampfhaft, mit mir ins Gespräch zu kommen. Am nächsten Tag setzte er sich wieder zu mir. Als er am dritten Tag wieder an meinen Tisch kam, beschloss ich, die Mensa die kommenden zwei Wochen zu meiden. Das Einzige, was er von sich erzählte, war, dass er Gastdozent an der Universität sei und seine Vorlesungsreihe in zwei Wochen enden würde. Danach habe ich ihn nie wieder gesehen.«

»Was hat Sie am meisten an ihm gestört?«, fragte Caspari nach.

»Zum Einen strahlte er ein großes Bedürfnis nach Nähe aus, zum Anderen schien er kaum in der Lage, solche Nähe auch wirklich selbst zuzulassen. Er erzählte nur von seiner Gastprofessur. Von ihm als Mensch erfuhr ich nichts. Noch nicht einmal seinen Namen.«

Sie stockte einen Moment. Caspari hoffte, ein Geistesblitz würde in diesem Augenblick ihren Kopf durchzucken. Er wurde nicht enttäuscht.

»Da fällt mir noch ein: Einmal fuhr er an mir vorbei. In einem großen silbermetallicfarbenen BMW.«

»Heureka«, rief Caspari. »Das ist der Hinweis, auf den wir seit Wochen warten. Mein Besuch hat sich doch noch gelohnt.« Am liebsten hätte er Tiziana in den Arm genommen. Doch dann wurde alles anders. In diesem Augenblick schlugen die Hunde an.

Kapitel 7

Der Schatten beobachtete die Polizisten, die um die beiden Häuser patrouillierten. An ihnen vorbeizukommen, wäre für ihn kein Problem gewesen. Er hatte die Fähigkeit, an anderen unbemerkt wie ein Geist vorbei zu gleiten. Mit den Hunden hingegen hätte er auf andere Weise fertig werden müssen. Durch Verwandlung. Doch es war nicht seine Absicht, in eines der Häuser einzudringen. Er war hier, um seine Macht zu beweisen und den Titanen zu zerstören, der seiner Herrschaft im Weg stand.

Lautlos glitt er durch die Dunkelheit zu dem anthrazitfarbenen Kombi, der am weitesten von den Häusern entfernt stand. Neben dem Einfüllstutzen des Benzintanks kauerte er eine Weile, dann legte er ohne Hast seinen Rucksack ab. Der schwierigste Teil seines Planes war das Öffnen des Reißverschlusses. Die Hunde konnten dieses Geräusch mühelos wahrnehmen. Langsam zog er den Rucksack auf und blickte dann vorsichtig über die Motorhaube. Er war noch nicht bemerkt worden. Aus dem vorderen Fach zog er ein kleines Gerät. Als er auf einen Knopf drückte, löste sich die Zentralverriegelung mit einem sanften Klicken. Erneut wartete er und hörte, ob die Hunde reagierten. Wieder hatte er Glück gehabt. Aus dem Hauptfach des Rucksacks zog er einen Gegenstand, der wie eine dünne weiße Wurst mit einem metallischen Kopf aussah. Das Semtex, das im Allgemeinen auch als Plastiksprengstoff bezeichnet wurde, hatte ihm sein Kontaktmann beim FSB genauso besorgt wie den Zünder und die öl- und benzinresistente Folie, in die der Sprengstoff eingeschweißt war. Auch Götter brauchten gelegentlich Helfer!

Er öffnete den Tankdeckel des Volvo und schob den

Sprengstoff durch den Einfüllstutzen in den Tank. Hier konnte kein Spürhund die tödliche Ladung riechen. Sachte drückte er den Tankdeckel wieder zu und zog sich den Rucksack auf. Erneut drückte er die Taste des kleinen Gerätes, woraufhin die Zentralverriegelung zuschnappte. Dieses Mal hatten die Hunde das Klicken gehört. Wie rasend schlugen sie an. Laute Stimmen riefen vom Haus her Befehle. Der Schatten war darauf vorbereitet. Schnell schob er das Gerät in die Hosentasche und tauchte in die dunkle Wiese ein. Geduckt lief er über den Pfad, auf dem er zuvor gekommen war. Das Gras war noch nicht gemäht und stand sehr hoch, so dass er nicht zu sehen war. In einem Feldweg nahe der Landstraße stand der gestohlene Wagen, mit dem er gekommen war. Flink stieg er ein und fuhr ohne Hast davon.

Adrenalin schoss in Casparis Adern, als die Hunde anschlugen. Er beeilte sich, dem wegen seiner Verletzung schwerfälligen Leibwächter Tizianas in das Wohnzimmer zu helfen. Dann rannte er zur Haustür, zog seine Waffe und stieß mit dem Einsatzleiter zusammen, der auf dem Weg zu ihm war.

»Jemand war hier und hat uns beobachtet.«

»Haben nur die Hunde ihn gespürt, oder ist er auch von einem Ihrer Leute gesehen worden?« fragte Caspari.

»Leider war er nicht zu sehen. Aber wir wissen, wo er sich versteckt hatte. Hinter Ihrem Auto.«

Caspari fluchte. Er hatte den Volvo an einer Stelle geparkt, an der er zwar keinen anderen Fahrer behinderte. Aber hinter ihm konnte man auch alles gut beobachten, ohne selbst bemerkt zu werden.

Der Einsatzleiter führte ihn zu seinem Volvo und hielt den Strahl der Taschenlampe auf den Boden.

»Zunächst muss er in Höhe der hinteren Reifen gekniet haben. Wahrscheinlich versuchte er, durch die beiden Scheiben durchzusehen. Die Sicht war von hier aus wahrscheinlich unbefriedigend, weshalb er sich zur Motorhaube vorgearbeitet hat.«

Im Licht der Lampe sah Caspari niedergedrücktes Gras an beiden Stellen.

»Er ist zu dem schmalen Weg zwischen den beiden Wiesen gerannt«, erklärte der Einsatzleiter. »Die Kollegen sind hinter ihm her.«

»Wie groß, schätzen Sie, ist sein Vorsprung?«, fragte Caspari.

»Ungefähr zweihundert oder zweihundertfünfzig Meter.«

»Geben Sie den Kollegen über Funk Anweisung, die Hunde loszulassen. Sonst geht uns der Kerl durch die Lappen!«, rief er.

Der Einsatzleiter griff zu seinem Funkgerät, doch Caspari hielt seinen Arm fest. Aus der Ferne war zu hören, wie ein Motor angelassen wurde.

»Zu spät für die Hunde! Teufel noch mal!«, rief er und griff seine Wagenschlüssel aus der Hosentasche, öffnete die Tür und stieg ein. Hastig ließ er den Motor an.

»Ich versuche, ihn einzuholen«, sagte er, bevor die Fahrertür zuschlug.

»Der fährt Richtung Gelnhausen, sagen die Kollegen«, brüllte der Einsatzleiter hinterher.

Die Fahrt auf dem schmalen Weg war eine Geduldsprobe. Eigentlich fuhr er schon schneller, als er verantworten konnte. Aber das war immer noch zu langsam, als dass er eine reelle Chance gehabt hätte, den Fluchtwagen einzuholen. Er musste es wenigstens versuchen. Die Polizisten standen am Wiesenrand, um ihm Platz zu machen. Vor ihm tauchte das geteerte Stück Feldweg auf, das auf die Straße führte. Er übersah eine Bodenwelle. Heftig wurde Caspari durchgeschaukelt. Ein Geräusch von Metall, das über Asphalt schleift, war nicht zu überhören, als der Wagen aufsetzte. Caspari fluchte und gab Gas, als er nach einer Zeit, die ihm wie eine Ewigkeit vorgekommen war, auf die Landstraße fuhr. Während er beschleunigte, begann der Auspuff wie ein in die Jahre gekommener, asthmatischer Hirschbulle zu röhren. Mit überhöhter Geschwindigkeit fuhr er nach Wirtheim und musste vor einem Kreisel scharf bremsen. Weit und breit war nichts von einem anderen Auto zu sehen. Zwei Ausfahrten boten sich im Kreisverkehr an. Entweder war der Mann nach links Richtung Höchst gefahren oder nach rechts Richtung Wächtersbach. Enttäuscht fuhr Caspari durch den Kreisel, um dann zur Ferienhaussiedlung nach Kassel auf den regulären Straßen zurückzufahren. Der Täter hatte direkt vor ihrer Nase gekniet und sie in aller Ruhe beobachtet. Diese Dreistigkeit machte Caspari ebenso wütend, wie die Tatsache, dass er bei der Verfolgung den Auspuff seines Wagens ruiniert hatte.

»Was nun?«, fragte Toni, als Caspari das Wohnzimmer betrat. »Nun weiß er, wo Sie uns versteckt haben.«

»Ich bringe Sie in ein neues Versteck«, antwortete Caspari. »So lange bleiben Sie hier. Mit diesem großen Polizeiaufgebot sind Sie alle in diesen beiden Häusern sehr gut beschützt. Näher als zwanzig Meter ist er nicht an Sie herangekommen. Außerdem bin ich mir sicher, dass er heute Nacht nicht mehr kommen wird.«

»Woher wusste er, dass wir hier sind?«, fragte Sven, einer der Musiker.

»Hat jemand von Ihnen gegen die Absprache verstoßen und bei einem Telefonat Ihren Aufenthaltsort erwähnt?«, fragte Caspari, der inständig hoffte, dass dem so war.

Diese Hoffnung sollte sich jedoch nicht erfüllen. Alle schüttelten den Kopf.

»Dann muss er uns die ganze Zeit beobachtet haben«, schlussfolgerte er.

Nachdem Caspari Tiziana und die anderen davon überzeugt hatte, dass sie in dieser Nacht ohne Angst so sicher ruhen konnten wie in Abrahams Schoß, verabschiedete er sich und suchte nach dem Einsatzleiter.

»Die Zahl der Hunde in jeder Schicht muss verdoppelt werden. Fordern sie zwei weitere Hundeführer für jede Einsatzgruppe an.«

Der Mann stimmte ihm zu und machte sich gleich daran, ein entsprechendes Telefonat zu führen.

Müde und gleichzeitig aufgedreht fuhr Caspari heim. Im

Grunde war er über den lauten Auspuff froh. Er verhinderte, dass er während der Fahrt einschlief.

Beim Frühstück am nächsten Morgen erzählte er Mario und Tina von den Ereignissen der vergangenen Nacht.

»Wir haben sein Spiel empfindlich gestört«, kommentierte Tina. »Er beginnt, sein gut durchgeplantes System zu verlassen.«

»Er bestimmt nicht mehr das Spiel. Wir agieren jetzt und ihm bleibt nichts anders übrig, als zu reagieren«, bestätigte Mario.

»Dann dürfen wir gespannt sein, was er als nächstes tun wird. Jetzt wo er weiß, dass er nicht mehr vor dem Konzert auf dem Hessentag an Tiziana herankommen kann«, überlegte Caspari.

»Viel Zeit bleibt ihm dazu nicht mehr«, stellte Mario fest. »Heute ist Mittwoch. Am Samstagabend rappt Tiziana auf der Müllerwiese vor mindestens zehntausend Menschen. Er hat noch dreieinhalb Tage.«

»Für diese Zeit müssen wir trotz der starken Bewachung ein neues Versteck für Tiziana und ihre Leute suchen«, gab Caspari zu bedenken. »Sie weiter in der Ferienhaussiedlung zu lassen, ist ein unnötig hohes Risiko.«

Er brachte Lukas zum Kindergarten, während Tina und Mario mit ihrem Passat schon zum Gelnhäuser Polizeirevier vorausfuhren. Der Lärm, den der beschädigte Auspuff verursachte, schien mit jedem Kilometer schlimmer zu werden. Er musste den Wagen auf dem schnellsten Weg in eine Werkstatt bringen.

Kurz vor Gelnhausen meldete sich sein Mobiltelefon. Zu Casparis Überraschung war es Johann Fuhr, der stellvertretende Präsident des Bundeskriminalamtes, der am anderen Ende sprach.

»Guten Morgen, Doktor Caspari. Ich wollte einmal hören, ob Ihr Entscheidungsprozess hinsichtlich meines Angebotes abgeschlossen ist?«

»Im Grunde genommen schon«, antwortete er. »Meine Bewerbungsunterlagen habe ich zusammengetragen. Allerdings warte ich noch auf ein Votum meiner beiden Mitarbeiter, die ich informiert habe. Bisher hatten wir kaum Zeit, Ihr Angebot in Ruhe noch einmal durchzusprechen.«

»Ich habe schon von Ihrem Serientäter gehört, der sich Ovid zur Vorlage genommen hat. Eine harte Nuss, nach allem, was man hört.«

»Das kann man wohl sagen. Aber wir sind ihm dicht auf den Fersen, auch wenn unser Stil nicht bei allen gut ankommt.«

»Auch das ist mir zu Ohren gekommen. Lassen Sie sich nicht irre machen. Sie haben die besten Referenzen.«

»Gibt es im LKA etwa einen Maulwurf des Bundeskriminalamtes?«, fragte Caspari lachend.

»So etwas in der Art«, meinte Fuhr. »Daher bin ich auch darüber informiert, dass sich dieser Carstens aus dem Innenministerium sehr stark in Ihre Ermittlungen einmischt.«

»Bis jetzt habe ich kaum etwas von ihm mitbekommen.«

»Das wird sich sehr schnell ändern. Lassen Sie sich von dem bloß nicht in die Suppe spucken. Dieser Emporkömmling hat keine Ahnung von der Materie.«

»Danke für den Rat.«

»Beeilen Sie sich mit Ihrer Bewerbung und bringen Sie Hergenrath und Bartoldi unbedingt mit!«

Caspari versprach, bei seinem nächsten Aufenthalt in Wiesbaden die Bewerbung abzuschicken.

Als er im Polizeirevier eintraf, hatte sich die Neuigkeit schon herumgesprochen. Caspari traf Ecki, den er noch aus seiner Zeit bei der Gelnhäuser Polizei gut kannte, im Flur.

»Morgen Eckehard«, grüßte er brummend. »Sag mal, kennst du die Volvo-Niederlassung in Gelnhausen?«

»Ja, ich hatte doch auch mal eines von diesen Schlachtschiffen. Mit dieser Werkstatt habe ich gute Erfahrungen gemacht. Warum fragst du?«

»Ich glaube, ich habe gestern bei der Verfolgung meinen Auspuff gehimmelt«, antwortete Caspari. »Jetzt suche ich eine Werkstatt, die das gut und schnell repariert.«

»Ich rufe gleich mal bei denen an«, bot der Kollege an.

»Das wäre furchtbar nett. Frag bitte, wann ich den Wagen bringen kann.«

»Das musst du nicht. Die holen deine Kiste. Das gehört zum Service.«

»Wenigstens ein kleines Trostpflaster an diesem Tag.«

Mit Bertram und Jungmann trafen sie sich im Besprechungszimmer. Caspari erzählte die Ereignisse der Nacht noch einmal ausführlich.

»Woher weiß der Bursche, wo ihr euch befindet?«, fragte Bertram.

»Er beobachtet uns. Vier nachtblaue VW-Busse mit abgedunkelten Scheiben, die ins Grüne fahren, sind auch nicht gerade unauffällig«, antwortete Caspari.

»Da hast du nicht ganz unrecht.«

»Heinz, wir brauchen ein neues Versteck, das groß genug für alle betreffenden Personen ist. Fällt dir spontan eines ein?«

»In Hain-Gründau steht das alte Forsthaus zum Verkauf. Es liegt strategisch günstig. Rundherum ist Wiesengelände. Die einzige Schwachstelle ist der Wald, der hinter dem Haus beginnt. Wenn du willst, kümmere ich mich darum, dass deine Schützlinge dort unterkommen können.«

»In welchem Zustand ist das Haus?«, fragte Caspari.

»Es steht erst seit kurzem leer. Das Hilton ist es zwar nicht, aber für drei Tage wird es den Musikern reichen.«

»Veranlass doch bitte, dass eine Putzkolonne vorher die Zimmer sauber macht. Außerdem brauchen wir das Nötigste an Mobiliar, Geschirr und so weiter. Eine Campingausrüstung langt völlig.«

»Ich beauftrage unser Organisationstalent Ecki damit. Wenn einer das binnen eines Tages bewerkstelligen kann, dann er«, meinte Bertram.

»Tiziana erinnert sich an einige Begegnungen mit einem merkwürdigen Gastdozenten in der Mensa der Mainzer Universität vor drei Jahren. Das könnte eine Spur sein. Wir brauchen eine Liste all derer, die in dieser Zeit Vorträge, Vorlesungen, Pro- oder Hauptseminare als externe Fachleute gehalten haben. Mario, kümmere dich bitte darum!«

»Geht klar.«

»Haben die Eltern von Kai-Uwe Peters einen Notizzettel mit einem Autokennzeichen gefunden, Tina?«

»Sie sagen, sie hätten die komplette Wohnung auf den Kopf gestellt. Doch gefunden haben sie leider nichts.«

Caspari zuckte mit den Schultern. Im Grunde hatte er nichts anderes erwartet.

»Gut, dann hoffen wir, dass Peters' Wagen bald gefunden wird, und dass darin wenigstens eine Notiz liegt. Tina, fahr du zu Tiziana und bereite sie und ihre Leute auf den Umzug vor. Die müssen alles zusammenpacken. Geh behutsam vor, wenn du ihnen erklärst, dass die neue Bleibe deutlich weniger Luxus hat als ihre jetzige.«

»Wann soll ich wieder hier sein?«

»Zum Mittagessen. Danach werten wir gemeinsam die Liste der Gastdozenten aus«, bestimmte Caspari.

Er selbst würde bis dahin einen Bericht über den Vorfall am Vorabend verfassen und Schlüter via Mail zuschicken. Danach stand die weitere Lektüre von Ovids ›Metamorphosen‹ an. Caspari hatte das ungute Gefühl, dass er bald wieder darauf würde zurückgreifen müssen.

Nachdem er die Mail verschickt hatte, gönnte er sich einen Kaffee. Mario kam herein und hielt einen dicken Stapel Papier in der Hand.

»Das ist der Ausdruck aller Gastvorlesungen, Seminare et cetera. Die haben mir Auszüge aus den Vorlesungsverzeichnissen der vergangenen fünf Jahre geschickt. Weiter konnte es die Dekanatssekretärin nicht eingrenzen. Das ist eine verfluchte Erbsenzählerei. Man muss sich durch Art und Titel der Veranstaltung durchwühlen, dann ist man bei dem betreffenden Gastdozenten, dessen Adresse natürlich nicht dabei steht. Ich muss die Namen sammeln und die Adressen ermitteln.«

»Tina und ich werden dich nachher tatkräftig unterstützen«, tröstete ihn Caspari.

Als sein Mobiltelefon klingelte, winkte Mario und trottete wieder in sein Büro. Caspari freute sich, Claras Stimme zu hören.

»Hallo Großer! Wie ist die Lage?«

»Ich stehe mitten im Dschungel und weiß nicht, wo der Ausgang ist«, antwortete er.

»Hast du heute Mittag Zeit? Ich könnte uns einen Salat machen.«

»Das hört sich wirklich gut an. Allerdings wollen Tina und Mario mit mir essen gehen.«

»Bring die beiden doch mit. Einen zweiten Kopf Salat und ein paar Tomaten mehr bekomme ich schon noch hin. Dazu gibt es italienisches Weißbrot.«

»Das hört sich gut an. Wir kommen gegen halb eins.«

Caspari hörte, wie Clara einen Kuss durch das Telefon hauchte. Er selbst traute sich nicht, weil gerade jemand an der offenen Tür seines Büros vorbei ging. »Dito!«, flüsterte er und legte auf.

An diesem Morgen kam er nur langsam durch den schweren Text des römischen Dichters. Vielleicht lag es an seiner Müdigkeit, die er mit Sprudelwasser und dem Kauen eines Kaugummis zu bekämpfen versuchte. Als Tina gegen zwölf Uhr in sein Büro kam, war er dankbar. Nun hatte er einen Grund, das Buch zur Seite zu legen.

»Tiziana und die Musiker sind zwar nicht besonders begeistert, in ein provisorisch eingerichtetes Haus einzuziehen, fügen sich aber in ihr Schicksal. Das sei besser, als umgebracht zu werden, meinte einer von ihnen. Ich glaube, er hieß Maik.«

»Wie geht es Tiziana nach dem Vorfall gestern?«, fragte Caspari.

»Ich hatte den Eindruck, sie kommt gut damit zurecht. In ihr scheint der Trotz erwacht zu sein. Sie will sich diesem Monster nicht beugen, meinte sie vorhin zu mir.«

»Wunderbar, das sind die besten Voraussetzungen, um bis zum Konzert durchzuhalten.«

»Sie telefonierte in meinem Beisein mit der Plattenfirma und dem Konzertveranstalter. Es gibt drei Interviewtermine, die sie morgen wahrnehmen muss. Außerdem muss die gesamte Band zum Soundcheck schon drei Stunden vor dem Konzert vor Ort sein.«

Caspari schnitt eine Grimasse.

»Entschuldige, ich vergaß mich gerade und erging mich in Anglizismen«, reagiert Tina und rollte die Augen. »Ich meinte natürlich, die Kapelle muss zur Ton- und Klangregelung vorher auf der Bühne sein.«

Caspari grinste.

»Na also, es geht doch! Was das Mittagessen betrifft – Clara lädt uns zu sich nach Hause ein. Es gibt Salat und Weißbrot.«

»Das ist bei der Hitze dort draußen das richtige Essen«, befand Mario.

Caspari schaltete sein Notebook aus und wollte gerade mit Tina und Mario das Büro verlassen, da kam Ecki über den Flur gelaufen. Er wirkte hochkonzentriert, so wie jemand, der tausend Fäden in den Händen hielt und dabei versuchte, keinen davon zu verlieren.

»Ich habe mit der Werkstatt vereinbart, dass die um zwei Uhr jemanden vorbeischicken, um deinen Elch abzuholen. Ich hoffe, das ist in deinem Sinne.«

Caspari nickte und bedankte sich. Gemeinsam fuhren sie mit dem Passat zu Clara, die auf der Terrasse schon für das Mittagessen deckte. Caspari beobachtete sie, während sie durch den kleinen Gartenweg auf sie zugingen. Ihr offenes, brünettes Haar wehte in der Sommerbrise. Caspari hätte dieses Bild noch lange betrachten können, so schön und so sehr der Welt entrückt wirkte es auf ihn. Doch Clara verließ die Stelle, an der sie eben noch gestanden hatte und ging auf sie zu. Der Zauber des Augenblicks war verflogen.

Im Schatten, den die alten Bäume auf die Terrasse warfen, aßen sie. Sie schwiegen dabei, fast als hätten sie Angst, die wunderbare Ruhe, die sich auf diesen Garten gelegt zu haben schien, zu stören. Manchmal atmete einer von ihnen tief durch und lehnte sich dann im Gartenstuhl zurück.

Clara, die mit einem Tablett kam, auf dem Kaffee stand, führte sie behutsam aus der Oase der Stille heraus.

»Ihr habt Ruhe nötig, wie es scheint«, stellte sie fest.

Caspari nickte und erzählte ihr von der vergangenen Nacht.

»Ich bekomme Gänsehaut, wenn ich das höre«, sagte sie. »Die Vorstellung, dass mir jemand derartig im Nacken sitzt und auch noch in der Lage ist, mich immer wieder aufzuspüren, würde mich mürbe machen.«

»Weit davon entfernt ist Tiziana auch nicht mehr«, meinte Tina. »Ich glaube, das Einzige, was sie daran hindert, durchzudrehen, ist das Konzert am Samstag, mit dem sie ihrem Verfolger zeigen kann, dass er sie nicht so leicht kleinkriegt.«

Caspari wollte in der verbleibenden Zeit ihrer Mittagspause über andere Dinge reden. Der Serienmörder nahm ohnehin schon den meisten Raum ein.

»Was macht denn dein ›Sorgenkind‹?«, fragte er Clara und wechselte das Thema.

»Es geht ihm zunehmend schlechter«, erzählte sie. »Seine Unruhe und seine Angst steigern sich immer mehr. Morgen werde ich mit einem Sozialarbeiter des Diakonischen Werks zu ihm gehen. Vielleicht schaffen wir es gemeinsam, ihn dazu zu überreden, sich einweisen zu lassen. Aber dieser Mann mit seiner Paranoia ist nicht mein einziges Sorgenkind. Da ist noch eine Schülerin, deren Eltern ihr den Besuch des Religionsunterrichts und damit auch die Teilnahme am ›Zehn-Gebote-Parcours‹ verboten haben.«

Caspari, Tina und Mario hörten Clara aufmerksam zu.

»Da steckt mehr dahinter als nur eine extreme Form pubertären Verhaltens«, äußerte sich Tina.

»Die Reaktion des Vaters ist mir nicht ganz geheuer. Man müsste abklären, ob sexueller Missbrauch im Spiel ist«, fügte Mario hinzu.

»Ich halte das für wahrscheinlich. Mit siebzehn Jahren ist das Mädchen alt genug, eine Form von Widerstand dagegen aufzubauen. Der Vater sieht seine Felle davonschwimmen. Er befürchtet, dass die Tochter durch ihre Teilnahme an eurem Projekt so viel Bestätigung erfährt, dass sie endlich den Mut fasst, ihn anzuzeigen. Deshalb schottet er sie ab. Er versucht, sie in seinem System zu halten, in dem er sie kontrollieren kann. Doch irgendwann wird sie daraus ausbrechen, es sei denn, er hindert sie mit Gewalt daran«, meinte Caspari.

»Als Pfarrerin hat man oft mit schweren Schicksalen zu tun«, stellte Tina fest.

»Ja, aber nicht nur. Das Leben besteht ja nicht nur aus Leid. Es ergeben sich auch schöne und fröhliche Gesprächsthemen. Oder man begegnet einem Menschen, der es zwar nicht leicht hat, der aber trotzdem sein Leben meistert. Wie zum Beispiel am Samstag. Ein Wohnsitzloser klingelte an meiner Tür. Sein Fahrrad war kaputt und er brauchte Geld, um es reparieren zu lassen. Er wollte unbedingt noch nach Aufenau, wo er in einem Sägewerk Arbeit und Unterkunft bekommen würde. Er sagte, er sei ein Altgeselle im Schreinerhandwerk und auf der Walz. Seine großen, schwieligen Hände und eine auffällig große Narbe am Unterarm bestätigten seine Geschichte. Ich glaube, er ist einer von den Gestrandeten, die irgendwann die Möglichkeit verpasst haben, wieder sesshaft zu werden. Dieser Mann machte jedoch keine Trauermiene. Er strahlte eine innere Ruhe und Fröhlichkeit aus.«

»Hast du es ihm gegeben?«, fragte Mario.

»Was meinst du?«, fragte Clara zurück.

»Na, das Geld.«

»Nein, ich habe mit dem Besitzer des Fahrradgeschäfts telefoniert, zu dem er gehen wollte. Ich kenne den Mann und bat ihn, sich des Alten anzunehmen und die Rechnung zu mir zu schicken. Wenigstens bei diesem Durchreisenden hatte ich einmal das Gefühl, jemandem wirklich geholfen zu haben.«

»Bei den anderen wirst du auch schon noch weiterkommen«, meinte Tina.

Caspari sah auf die Uhr. Es war höchste Zeit, zu gehen. Zum Abschied gab er Clara einen Kuss, was ihm angesichts der Gegenwart von Tina und Mario eine leichte Röte ins Gesicht trieb. Clara, die das sofort bemerkte, grinste und zwinkerte ihm zu.

Im Polizeirevier begannen sie, gemeinsam die Liste der Gastvorträge der Universität Mainz durchzugehen und die Adressen der Dozenten herauszusuchen. Ein Klopfen am Türrahmen unterbrach ihre Sisyphosarbeit. Ecki winkte Caspari zu.

»Unten steht der Mechaniker vor deinem Wagen und wartet auf dich.«

Caspari nahm den Schlüssel und die Fahrzeugpapiere und sputete sich, die Treppe hinunterzulaufen. Auf dem Parkplatz stand ein Mann, dessen Arbeitskleidung etliche Flecken von Öl und Wagenschmiere aufwies.

»Ich habe schon mal unter das Auto gesehen. Der Auspufftopf sieht ziemlich mitgenommen aus. Mal sehen, ob da noch was zu schweißen ist, oder ob das Teil komplett ausgetauscht werden muss.«

»Wie lange wird das dauern?«, fragte Caspari.

»Wenn wir alle Teile auf Lager haben, ist der Wagen heute Abend fertig. Falls wir etwas bestellen müssen, wird es morgen Nachmittag werden.«

Caspari seufzte.

»Falls Sie Wertsachen im Wagen haben, sollten Sie die herausholen. Dasselbe gilt auch für einen CD-Wechsler«, riet der Automechaniker.

»Warum denn das?«, fragte Caspari entgeistert.

»Falls der Wagen über Nacht auf dem Hof stehen bleiben muss, ist das sinnvoll. Unser Gelände ist zwar eingezäunt. Aber wir haben immer wieder aufgebrochene Autos. Die Gegend im Gewerbegebiet ist nachts einfach nicht sicher.«

Caspari dankte für den Hinweis und holte seinen CD-Wechsler aus dem Kofferraum. Es würde ihn treffen, wenn man ihm seine dreißig Platten stehlen würde. Dann gab er dem Mann die Fahrzeugpapiere und die Schlüssel und ging wieder an die Arbeit.

Der Schatten konnte das ehemalige Kasernengelände, auf dem sich das Revier, Behörden und verschiedene Firmen einquartiert hatten, gut überblicken. Sein Beobachtungsposten war klug gewählt. Allein, dass der Parkplatz hinter dem Polizeigebäude lag, war ein Malus. Alles andere lag jedoch in seinem Blickfeld.

Den ganzen Vormittag über war der Schatten mit anderen Dingen beschäftigt gewesen. Erst jetzt konnte er sich dem

Titan widmen. Nun schien der mit seinem Wagen wegzufahren. Der Schatten versicherte sich mit einem Blick durch das kleine Fernglas, dass es das richtige Fahrzeug war. Ein anthrazitfarbener Volvo V70. Den Fahrer konnte er nicht erkennen – die Sonne schien direkt auf die Windschutzscheibe des Wagens. Wer anders als der Titan sollte es aber sein? Nachdem der Wagen ungefähr hundert Meter vom Polizeirevier entfernt war, schien dem Schatten die Zeit reif, sich seiner zu entledigen. Er zog das kleine Gerät aus der Jackentasche, schaltete es ein und legte den Kippschalter um.

Unwillig ging Caspari wieder in sein Büro. Das Durchwühlen der Vorlesungsverzeichnisse war nicht gerade die angenehmste aller Ermittlungsarbeiten. Unterwegs lief ihm wieder Ecki über den Weg.

»Ach, Christoph. Gut, dass ich dich sehe. Wegen der Vorbereitungen für den Umzug deiner Schützlinge habe ich völlig vergessen, dir diesen Brief zu geben.«

Caspari sah ihn überrascht an.

»Ein Brief für mich?«

»Du stehst jedenfalls als Empfänger drauf.«

Wer mochte ihm hierher einen Brief schicken? Das Gelnhäuser Polizeirevier war nicht sein Arbeitsplatz, sondern das Landeskriminalamt. Er legte den CD-Wechsler neben sich auf den Fußboden, öffnete den Umschlag und zog ein weißes Blatt heraus. Es war mit einem einzigen Buchstaben beschriftet. Mit einem roten σ. ›Das Auto‹, schoss es ihm durch den Kopf. Der nächtliche Besucher hatte hinter dem Volvo gekniet. Was, wenn er es nicht nur zu dem Zweck getan hatte, dahinter Deckung zu suchen? Caspari musste den Automechaniker aus dem Volvo holen, und zwar sofort. Mit dem Brief in der Hand rannte er zum Ausgang. Als er die Tür aufriss, hörte er einen ohrenbetäubenden Knall. Zu spät! Der Mann war verloren. Die Druckwelle, die an den Fenstern rüttelte, fühlte sich an wie eine Faust in der Magengrube.

Caspari war starr vor Schreck. Wie versteinert stand er da, während um ihn herum alles in hellem Aufruhr war. Tina und

Mario, die zu ihm gerannt kamen, nahm er nicht wahr. Auch bemerkte er nicht, dass das Blatt seiner Hand entglitt.

Clara stand in der Marienkirche und betrachtete den Parcours, den sie mit ihren Schülern aufgebaut hatte. Zufrieden ging sie die Stationen noch einmal ab. Bei Kathrins und Connis Dokumentation hielt sie inne. Das Telefonat mit Kathrins Vater ging ihr noch einmal durch den Kopf. Sie nahm sich vor, Kathrin am nächsten Tag in der Schule anzusprechen.

Der Parcours sollte im Gottesdienst am Sonntag offiziell vorgestellt werden. Einzeln übten die Schüler, ihre Texte am Mikrophon zu lesen. Nachdem alle zu Claras Zufriedenheit ihre Sprechprobe absolviert hatten, kamen sie zu einer Schlussrunde zusammen. Clara hatte gerade die Blätter ausgeteilt, auf denen aufgeführt war, welche Schüler zu welchen Terminen als Ansprechpartner für Fragen von Besuchern anwesend sein sollten, als sie Tina durch das Hauptportal der Kirche kommen sah. Je näher sie kam, umso mehr fiel Clara auf, wie ernst und blass sie wirkte.

Clara beendete das Treffen mit den Schülern und wünschte ihnen noch einen schönen Nachmittag. Dann ging sie durch den steinernen Lettner in den Chor der alten Kirche, die den romanischen und gotischen Baustil in sich vereinte. Tina folgte ihr und kam gleich zur Sache, als Clara stehen blieb.

»Hast du die Detonation vor einer halben Stunde gehört?«

Clara verneinte die Frage.

»Es war Christophs Wagen, den unser Serientäter in die Luft gejagt hat.«

Clara spürte, wie ihr die Knie wegsackten. Sie hielt sich am Chorgestühl fest und setzte sich. »Um Gottes Willen. Willst du damit sagen, dass Christoph …«

»Nein, ihm ist nichts passiert. Den Wagen fuhr ein Automechaniker, der ihn zur Reparatur abgeholt hat. Der Mann ist tot. Christoph steht unter Schock. Er sitzt völlig apathisch in seinem Büro und sagt kein Wort. Ihm geht es wie mir bei dem Mord an der Kollegin Reimann, nur dass es der Täter diesmal ganz gezielt auf ihn abgesehen hatte. Es wäre das Beste, wenn du mit mir kommst, ihn nach Hause fährst und bei ihm bleibst. Kannst du dir das einrichten?«

Clara nickte. Sie ging mit Tina zu ihrem Pfarrhaus, packte schnell ein paar Sachen in ihre Reisetasche und legte Unterlagen dazu, von denen sie allerdings wusste, dass sie sie mit großer Wahrscheinlichkeit nicht lesen würde. Dann stieg sie in ihren Wagen und fuhr hinter Tina her. Sie fuhren den Herzbachweg am Krankenhaus vorbei und gelangten zur Rückseite des Polizeireviers. Tina hielt an einer Absperrung an und redete mit dem Beamten, der dort Wache hielt. Dann fuhr sie langsam weiter. Der Polizist winkte auch Clara durch. Als sie das abschüssige Gelände zum Polizeirevier hinunterfuhr, sah sie die Szenerie, die sich weiter unterhalb abspielte. Clara fühlte sich an Nachrichtensendungen von Kriegsschauplätzen erinnert. Ein ausgebranntes Autowrack stand nur rund hundert Meter vom Gebäude entfernt. Einsatzfahrzeuge der Feuerwehr parkten davor. Feuerwehrleute und Polizisten standen um das noch immer qualmende Wrack herum. Durch die Lüftung ihres Wagens stieg ein beißender Gestank in Claras Nase. Es roch nach verbranntem Gummi und altem Öl.

Tina lotste sie auf den Parkplatz vor dem Revier und ging mit ihr hinein. Hektisches Treiben herrschte darin. Clara sah Gesichter, die von Entsetzen gezeichnet waren. In einem Büro im ersten Stock saß Caspari hinter einem Schreibtisch, den Kopf auf die Hände gestützt und starrte apathisch ins Leere.

»Christoph!«

»Der Anschlag galt mir. Dieses Dreckschwein wollte mich umbringen. Stattdessen sitzt die verkohlte Leiche eines Unbeteiligten in meinem Wagen«, sagte er wie in Trance und fuhr sich mit den Händen über das Gesicht.

»Christoph«, sprach ihn Clara noch einmal an, während sie sich neben ihn stellte und sanft mit ihren Fingern durch sein Haar fuhr. »Komm, lass uns nach Hause fahren!«

In Caspari kam langsam wieder Leben. Er schüttelte den Kopf und sah sie an.

»Ich kann nicht! Ich stehe auf seiner Liste. Wo ich auch bin, er wird wieder versuchen, mich zu töten.«

»Dafür bleibt ihm keine Zeit mehr«, widersprach Mario. »Bis zu Tizianas Konzert sind es nur noch ein paar Tage. Er kann dich nicht ermorden und gleichzeitig Tiziana in seine Gewalt bringen. Sein Hauptinteresse gilt ihr.«

»Du bekommst natürlich Polizeischutz von uns«, sagte Bertram mit leiser Stimme. »Allerdings gebe ich Mario recht. Der Kerl muss seine Kräfte auf sein Hauptprojekt richten.«

Caspari nickte langsam.

»Also gut.«

Ohne ein weiteres Wort stand er auf, nahm Claras Hand und ging mit ihr aus dem Büro, ohne sich zu verabschieden. Clara ging besorgt neben ihm her. Sie konnte nur ahnen, wie schwer ein Mensch traumatisiert sein musste, auf den ein Mordanschlag verübt worden war.

Auf dem Weg nach draußen gab ihr einer der Beamten eine Metallbox. Fragend sah sie ihn an.

»Der CD-Wechsler. Er hatte ihn aus dem Wagen genommen, bevor der Mechaniker damit fort fuhr.«

Clara nahm ihn und zuckte mit den Schultern. Es kam ihr wie ein schlechter Scherz des Schicksals vor, dass ausgerechnet Casparis Klassik-CDs den Anschlag unbeschadet überstanden hatten.

Sie beobachtete ihn, wie er neben ihr mehr schlich als ging. Um sie herum hatte die Welt einen anderen Rhythmus angenommen, hektisch und ruhelos. Jeder schien irgendwie in Bewegung zu sein, auch wenn er nur dastand. Caspari wirkte dagegen in seinen Bewegungen und mit seinem starren Gesicht wie aus der Zeit genommen.

Während der ganzen Fahrt zum Hof sprach er kein Wort. Hier und da legte sie ihre Hand auf seine. Dabei schloss er die Augen. Als der Weiher in Sichtweite kam, wurde ihr bewusst, dass seine Eltern wahrscheinlich noch nichts ahnten.

»Wer sagt es deinen Eltern?«, fragte sie.

»Ich kann es nicht«, antwortete er mit rauer Stimme.

»Also gut. Dann übernehme ich das. Allerdings wirst du dich solange um Lukas kümmern müssen. Für seine Ohren ist diese Nachricht sicher nicht geeignet.«

Caspari nickte und raunte einen Dank.

Lukas planschte mit seinem Freund Nico im Weiher, die alten Casparis saßen im Schatten einer alten Eiche und sahen den Kindern beim Spielen zu. Nachdem sie Caspari mit einem Glas Wasser versorgt und im Wohnzimmer zurückgelassen hatte, ging Clara über die Terrasse zu dem unbeschwerten Treiben. Casparis Eltern waren gleichermaßen erfreut und überrascht, sie zu sehen.

»Ich habe Christoph hierher gefahren.«

»Hat er ein Problem mit seinem Wagen?«, fragte Caspari Senior, der wusste, dass sein Sohn sich nur ungern in den für ihn recht kleinen Polo von Clara setzte.

»Das kann man so sagen«, antwortete sie und hoffte dabei, dass sie keine Neugier bei den Kindern weckte.

»Wo ist Christoph eigentlich?«, fragte seine Mutter.

»Er sitzt im Wohnzimmer. Es geht ihm nicht gut.«

»Hier ist doch etwas im Busch«, mutmaßte Caspari Senior, der Lunte gerochen hatte.

»Kann ich einen von euch beiden sprechen?«, fragte Clara, die die Gelegenheit nutzen wollte, bevor die ins Spiel vertieften Kinder sie bemerkten.

Caspari Senior sah seine Frau an und gab ihr einen Wink.

»Geh du nur. Ich passe so lange auf die beiden Bengel auf.«

Auf der Wiese zwischen dem Haus und dem Steg erzählte Clara, was sie wusste. Casparis Mutter wurde aschfahl und begann zu zittern. Das Entsetzen stand ihr ins Gesicht geschrieben.

»Um Himmels Willen, Clara! Jahrelang habe ich mir nie Gedanken über die Menschen gemacht, die Christoph hinter Schloss und Riegel bringt. Wenn ich mir klarmache, welches Untier er jagt, wird mir Angst um meinen Sohn.«

»Mir geht es genauso«, meinte Clara zustimmend.

»Allerdings versuche ich mir immer klarzumachen, dass solche Täter die absolute Ausnahme in Christophs Berufsalltag sind.«

»Und doch hätte es dieser ›Ausnahmemörder‹ fast geschafft, ihn umzubringen«, entgegnete Casparis Mutter. »Ich darf gar nicht weiter darüber nachdenken, was passiert wäre, wenn Christoph selbst am Steuer seines Wagens gesessen hätte. Mein Gott, der arme Mechaniker. Der Mann hat doch bestimmt auch Menschen, die zu Hause auf ihn warten. Wenn ich mir vorstelle, nicht ihr beiden wärt gekommen, sondern zwei Polizisten mit einem deiner Kollegen aus der Notfallseelsorge, die uns die Nachricht seines Todes gebracht hätten … Eine Katastrophe wäre das gewesen, besonders für Lukas. Der Junge hängt doch so an seinem Vater.«

Aus dem Wohnzimmer drang durch die offene Terrassentür eine anrührende Musik. Clara war bei weitem nicht so firm wie Caspari in klassischer Musik. Doch sie wusste, dass es das ›Ave verum‹ von Mozart war, in dem er Trost suchte. Gefolgt von seiner Mutter betrat sie das Wohnzimmer. Reglos saß er im Sessel. Er schien sie nicht wahrzunehmen. Stumme Tränen liefen über seine Wangen.

»Mein Junge!«, sagte seine Mutter, mit einem Schmerz in der Stimme, der Clara erschütterte. »Was hat er dir angetan!«

»Ich lebe, Mama. Und doch ist es, als hätte er mit der Bombe meine Seele zerrissen.«

Der große Mann erhob sich und nahm seine Mutter in den Arm. Nach einer Weile löste er sich wieder von ihr, wandte sich Clara zu und streichelte ihr über die Wange. Sie sah ihm in die Augen und las darin tiefe Verzweiflung. Daneben spürte sie deutlich ein Gefühl, das sie an ihm nicht kannte. Angst. Clara hatte in Caspari immer den Felsen gesehen, der in sich ruhte und unglaublich viel Kraft besaß, weswegen er jeder Brandung standhielt. Dieser Fels war durch die Explosion gebrochen. Würde er jemals wieder den Stürmen des Lebens trotzen können?

»Geht nur zu den Kindern und lasst mich eine Weile allein«, bat er.

»Was hast du vor?«, fragte seine Mutter mit ängstlicher Stimme.

»Ich will versuchen, mich wieder in den Griff zu bekommen. So soll Lukas mich nicht sehen.«

Seine Mutter nickte, fuhr ihm mit der Hand über den Arm und ging. Clara wollte sich allerdings nicht so einfach wegschicken lassen.

»Darf ich bei dir bleiben?«, fragte sie leise.

Er nickte, worauf sie in die Küche ging und Kaffee aufsetzte. Als sie mit dem Tablett zurückkam, klingelte das Telefon. Clara sah Caspari fragend an. Er bedeutete ihr, das Gespräch anzunehmen.

»Guten Tag«, meldete sich die Stimme eines nicht mehr jungen Mannes. »Hier ist Schlüter, der Präsident des Landeskriminalamtes. Ist Doktor Caspari zu sprechen?«

Caspari, der über den Telefonlautsprecher das Gespräch mit anhörte, schüttelte den Kopf.

»Es tut mir leid!«, antwortete sie. »Er steht noch unter Schock und ist im Augenblick nicht in der Lage, Gespräche zu führen.«

»Nun ja, unter den gegebenen Umständen ist das ja nur allzu gut zu verstehen. Sagen Sie ihm bitte, dass ich angerufen habe. Er möge mich bitte zurückrufen, wenn es ihm wieder etwas besser geht.«

Clara versprach der Höflichkeit halber, Caspari darüber zu informieren und bedankte sich für den Anruf.

»Schlüter soll mich bloß in Ruhe lassen. Er hat lang genug zugesehen, wie wir unterbesetzt an die Grenzen unserer Belastbarkeit gegangen sind. Jetzt, wo sich zeigt, dass wir für schnellere Ermittlungserfolge mehr gut ausgebildetes Personal bräuchten, geht ihm der Hintern auf Grundeis«, brummte Caspari.

Clara war froh über diese Äußerung. Sie ließ darauf hoffen, dass er nicht gänzlich in Trauer und Leid versank, sondern seinen Lebenswillen wach hielt.

Zwei Stunden vergingen, die Clara vorkamen, wie eine halbe Ewigkeit. Caspari saß schweigend auf der Terrasse und blickte meistens auf den Weiher. Nur gelegentlich sah er sie an und bedankte sich immer wieder, dass sie bei ihm blieb. Sie atmete erleichtert auf, als sie Lukas mit seinen Freund kommen sah. Der Junge würde dafür sorgen, dass Caspari bei aller Trauer und Angst dem Leben zugewandt blieb.

»Hallo Papa«, rief der Kleine schon von weitem fröhlich.

So sehr Caspari auch seinen Sohn liebte, so sah Clara doch, wie sehr er sich um sein erstes Lächeln nach dem Sprengstoffanschlag bemühen musste.

»Na, du alte Wasserratte«, begrüßte der Vater den Sohn. »War es schön im Weiher?«

»Super. Jetzt muss ich auch nicht mehr auf meine Ohren Acht geben. Da können wir richtig toben.«

»Welcher Programmpunkt folgt als nächstes?«

»Du musst uns Eis aus der Gefriertruhe holen!«, legte Lukas fest.

»Vorher hüpft ihr beide aber erst einmal unter die Dusche, so verschmiert, wie ihr seid«, bestimmte seine Großmutter.

»Der Nico und ich haben eine Schlammschlacht gemacht«, erzählte Lukas seinem Vater grinsend.

»Man kann es nicht übersehen!«

Mitten im Gehen hielt Lukas inne.

»Papa, der Opa hat gesagt, unser Auto ist kaputt. Brauchen wir jetzt ein neues?«

»Ja, mein Kleiner«, antwortete Caspari mit belegter Stimme.

»Aber mein Kindersitz – ist der auch futsch?«

»Ich fürchte, ja.«

»Aber den habe ich mir doch ausgesucht. So einen mit Rennfahrern gibt es bestimmt nicht mehr«, jammerte Lukas.

»Keine Angst. Ich werde dir wieder einen kaufen, dessen Bezug dir gefällt. Und wenn es wieder einer mit Rennfahrern sein muss, dann finden wir einen.«

»Ist gut, Papa«, meinte Lukas beruhigt und trottete seiner Oma hinterher.

Als die beiden Kinder mit Duschen beschäftigt waren, kamen Tina und Mario. Tina nahm Clara gleich zur Seite.

»Zwei Kollegen und zwei Pfarrer der Notfallseelsorge sind zur Familie des Automechanikers gefahren. Er hinterlässt eine Frau und zwei Kinder im Grundschulalter. Es muss furchtbar gewesen sein. Die Beamten sind noch völlig neben der Spur. Deine ›Brüder im Amt‹ sind noch immer bei den Angehörigen und betreuen sie. Erzähl aber bitte Christoph nichts davon. Der ist ohnehin am Ende seiner seelischen Kräfte.«

»Ja, das stimmt. Allerdings scheint Lukas ihn daran zu hindern, völlig in Verzweiflung zu versinken«, meinte Clara.

»Ich gebe den Fall ab«, hörte Clara Caspari plötzlich sagen, der mit Eis aus dem Keller kam.

»Wie bitte? Das kannst du nicht machen!«, intervenierte Mario.

»Doch. Ich bin offensichtlich unfähig, diesem Dreckskerl das Handwerk zu legen. Dass er nicht nur hinter meinem Wagen kniet, um das Versteck von dort aus besser beobachten zu können, hätte ich wissen müssen. Dazu ist er viel zu gerissen. Ich bin schuld am Tod dieses freundlichen Mechanikers. Wenn es mich erwischt hätte, stünde mein Junge jetzt ohne seinen Vater da.«

»Rede dir das nicht ein, Christoph!«, widersprach Tina. »Die Hunde, die gestern Abend mit ihren Führern in der Schicht unterwegs waren, sind durchweg auch als Sprengstoffspürhunde ausgebildet. Keiner von ihnen hat etwas gerochen, obwohl sie alles um deinen Wagen herum intensiv nach Spuren abgesucht haben. Das muss ein derart hochwertiges Teufelszeug sein, dass er damit selbst die Hunde ausgetrickst hat. Die Kriminaltechnik aus unserem Haus war da und hat Rückstände des Sprengstoffes mitgenommen, um sie zu analysieren. Die gehen aber schon jetzt davon aus, dass der Kerl das Zeug irgendwie in deinen Benzintank geschmuggelt hat.«

»Tina, versteh doch!«, entgegnete Caspari. »Der Kerl lässt uns gnadenlos draufgehen. Wir haben nicht die Mittel, ihm das Handwerk zu legen. Ich kann nicht länger die Verantwortung übernehmen, dass dir oder einer anderen

Kollegin dasselbe passiert wie Ilka Reimann. Und ich habe eine Verantwortung gegenüber meinem Kind und meiner Lebensgefährtin.«

Clara brauchte einen Moment, bis ihr klar wurde, dass er sie damit gemeint hatte. Es war eine Form der Liebeserklärung, dass er sie als die Gefährtin auf seinem Lebensweg bezeichnete. Ausgerechnet in dieser schweren Situation bekannte er sich zu ihr. Sie nahm es wie eine Rose, die man in einer kargen Landschaft findet.

»Du bist der Beste, Christoph. Selbst das BKA will dich anwerben. Keiner ist besser bei der Jagd nach Serientätern als du. Mach dich nicht verrückt. Wir können gut auf uns selbst aufpassen. So etwas wie heute passiert kein zweites Mal, das weißt du!«, sagte Mario.

»Nein, das weiß ich nicht. Und dafür gibt es auch keine Garantie. Wir haben in den vergangenen Jahren in einem Wolkenkuckucksheim gearbeitet. Jetzt sind wir in der Realität angekommen. Ich beende das Spiel, bevor es euch oder mir das Leben kostet«, sagte Caspari ruhig.

Clara spürte, dass Tina und Mario auf diese Weise bei Caspari nicht weiterkamen. Sie stießen mit ihren Argumenten gegen eine Mauer, die sie nicht durchdringen konnten; eine Mauer, die sich in den Stunden nach der Explosion vor seinem Geist aufgetürmt hatte: die Angst.

Während Tina und Mario frustriert Kaffee tranken, suchte Clara fieberhaft nach einem Weg, wie dieser Mann, den sie liebte, seine Angst in den Griff bekommen konnte. War nicht der Umgang mit der Angst ein wichtiges Moment im Studium der Kampfkünste? Spontan kam ihr die Idee, mit dem alten Seydel zu sprechen. Sie entschuldigte sich rasch, griff nach Casparis schnurlosem Telefon und ging damit in das Schlafzimmer, um ungestört telefonieren zu können. Gott sei Dank war Seydel gleich selbst am Apparat. Clara schilderte ihm ausführlich, was vorgefallen war und wie Caspari darauf reagierte. Seydel versprach, sofort zu kommen.

Eine viertel Stunde später klingelte es an der Tür. Caspari, der immer noch mit Tina und Mario über seinen Ausstieg diskutierte, war überrascht, als Seydel plötzlich vor ihm stand.

»Ich habe gehört, was geschehen ist«, sagte der alte Aikido-Meister.

Caspari sah Clara fragend an. Sie hielt seinem Blick stand und nickte.

»Ich habe ihn angerufen, Christoph. Du hast die Möglichkeit, dich mit ihm zu unterhalten, oder dich die nächsten Stunden, Tage oder vielleicht sogar Jahre mit deinen Schuldgefühlen und deiner Angst im Kreis zu drehen«, erklärte sie.

»Wir reden!«, bestimmte Seydel. »Von Meister zu Schüler.«

Dann führte er Caspari in den Garten, durch den sie lange Zeit streiften. Clara beobachtete von der Terrassentür aus ihr Gespräch.

Als sie wieder in das Wohnzimmer kamen, hatte sich Casparis Gesichtsausdruck verändert. Zwar war die Trauer noch deutlich darin zu lesen, aber die Angst war aus seinem Blick gewichen.

»Danke, mein Schatz!«, sagte er und gab ihr einen Kuss.

Schon wieder eine Liebeserklärung. Clara hätte sie am liebsten in einem Schmuckkästchen für die Zeiten aufgehoben, in denen sie diesem sonst so schüchternen Menschen nicht über die Lippen kamen. Außerdem hätte sie Seydel gern gefragt, womit er ihm die Angst genommen hatte.

Seydel verabschiedete sich. Er musste an diesem Tag noch zwei Aikido-Gruppen unterrichten und sich deshalb wieder auf den Weg machen. Gemeinsam mit Caspari begleitete sie ihn an die Tür. Caspari bedankte sich bei seinem alten Meister.

»Ich bin stolz auf dich. Dich und Benny«, antwortete Seydel und ging.

Clara spürt, wie Caspari ihre Hand nahm, als sie wieder zurück ins Wohnzimmer gingen.

»Na, dann an die Arbeit«, hörte sie ihn mit einer Stimme sagen, die wieder die alte Kraft ausstrahlte. Tina rebellierte.

»Einen Moment! Bevor ich wieder ans Werk gehe, will ich wissen, wie er das gemacht hat!«

»Was?«, fragte Caspari.

»Wie Seydel dich aus deinem Loch herausgeholt hat. Wir reden auf dich ein wie auf ein krankes Pferd und kommen keinen Millimeter weiter. Dann kommt er hereingeschneit und redet mit dir eine halbe Stunde. Danach bist du wieder der Alte.«

»Ich bin noch nicht ganz wieder der Alte«, widersprach Caspari. »Die Explosion und der Tod dieses freundlichen Mannes an meiner Statt haben eine tiefe Wunde gerissen. Ich bin weder herzlos, noch so abgestumpft, dass ich diese Last einfach abschütteln kann.«

»So habe ich das nicht gemeint«, wehrte sich Tina.

»Ich weiß«, antwortete er. »Seydel erinnerte mich an das, was er uns im Aikido beigebracht hat. Seitdem ich zum ersten Mal das ›Dojo‹ betrat, haben wir uns immer mit dem Umgang mit der eigenen Angst beschäftigt. Im Grunde ist sie ein guter Freund, der einen davon abhält, Dinge zu tun, die zu riskant oder zu gefährlich sind. Seydel half mir, mich meiner Angst zu stellen, sie zuzulassen und genau hinzusehen, wo ihre Wurzeln liegen. Dabei erkannte ich, dass mich meine Angst nur davor warnt, dem Täter Angriffsfläche zu bieten. Nachdem ich das verstanden hatte, verlor die Angst ihre Schreckensgestalt und bekam wieder die Funktion, die ihr zugedacht ist. Richtig betrachtet ist sie nichts weiter als so eine Art individuelles Frühwarnsystem.«

»Wie willst du weiter vorgehen?«, fragte Mario.

»Ich muss mich noch mehr als bisher in ihn hineindenken. Von dem großen Karate-Meister Tsutomu Oshima stammt der Spruch: ›Um zu siegen, musst du in die Haut deines Gegners schlüpfen. Wenn du dich nicht selbst kennst, wirst du immer verlieren. Wenn du dich selbst kennst, wirst du die Hälfte deiner Kämpfe gewinnen. Wenn du dich und deinen Gegner kennst, wirst du immer siegen.‹«

»Wir wissen doch mittlerweile, nach welchem System er vorgeht und wie er sich seine Realität selbst konstruiert. Wie können wir noch mehr in ihn hineinschlüpfen?«, fragte Tina.

»Ihr müsst im Voraus wissen, was er als nächstes tun wird«, mischte sich Clara ein.

Sie spürte Casparis Blick auf sich ruhen.

»Clara hat recht!«, meinte er. »Wir haben bisher nur erklären können, warum er den jeweiligen Mordanschlag verübt hat und was er mit seinen Botschaften sagen wollte. Ab jetzt geht es allerdings darum, seine nächsten Schritte zu erahnen, um sie zu vereiteln.«

»Dann fangen wir mit der Botschaft an, die er in Verbindung mit dem Sprengstoffanschlag geschickt hat«, schlug Mario vor und legte das in Klarsichtfolie eingepackte Blatt mit dem roten σ auf den Tisch.

Clara trat näher, um es besser betrachten zu können.

»Das ›Sigma‹«, meinte sie.

»Lasst uns nachsehen, wessen Tod er nachstellen wollte«, bestimmte Caspari.

Clara war froh, dass niemand Einwände gegen ihre Mitwirkung hatte. Vielmehr bezogen die drei sie in die Rätselaufgabe mit ein.

»Woran erinnert der Knall einer Explosion und das Feuer?«, warf Tina in den Raum.

»An Donner und Blitz«, schoss es aus Mario hervor.

»Dafür war Zeus im Götterpantheon zuständig. Die Zyklopen schmiedeten für ihn Donnerkeile, mit denen er die Blitze vom Olymp aus schleudern konnte«, sagte Clara aufgeregt.

»Wen außer Phaeton traf Zeus noch mit seinen Blitzen?«, leitete Caspari zur nächsten Frage über.

»Da gibt es einige. Aber ich finde keinen, dessen Name mit ›σ‹ beginnt«, entgegnete Mario, der in dem Buch der griechischen Sagen blätterte.

»Die Römer machten sich die griechische Sagenwelt doch zu eigen. Sie versahen die Götter und die Helden mit lateinischen Namen. Du blätterst aber im griechischen Original. Damit wirst du sicher nicht weiterkommen«, meinte Tina.

Mario griff nach den ›Metamorphosen‹ von Ovid und begann dort im Namensregister zu blättern.

»Hier ist auch nichts zu finden«, sagte er schließlich.

»Einen Moment!«, intervenierte Tina. »Ich glaube, Christoph kämpft in der Welt unseres Mörders in der gleichen Liga wie er selbst. Er hat unserem Serientäter bisher so viel Stress gemacht, wie keiner der Helden dem Göttervater. Lasst uns doch einmal fragen, gegen wen sich Zeus regelrecht zur Wehr setzen musste?«

»Gegen Kronos, seinen Vater«, sprudelte es aus Clara heraus. »Der war als Weltherrscher ein Tyrann. Von seiner Gemahlin Rhea verlangte er immer die Säuglinge, die er selbst gezeugt hatte und verschlang sie aus Angst, einer von ihnen könnte ihn entthronen. Rhea versteckte Zeus bei den Bergnymphen in einer Höhle auf Kreta und gab Kronos einen in Windeln gewickelten Stein, den der verschlang. Als Erwachsener erzwang Zeus die Herausgabe seiner Geschwister und führte mit ihnen einen Krieg gegen Kronos, in dessen Verlauf er mit den Donnerkeilen Blitze auf seinen Vater schleuderte.«

»Die Römer gaben Kronos den Namen Saturnius«, meinte Caspari. »Womit wir jetzt die Bedeutung des σ entschlüsselt hätten.«

»Er hält dich für einen gefährlichen Gegner«, schlussfolgerte Mario. »Das bedeutet, dass wir ihm dicht auf den Fersen sind und ihn mächtig unter Druck setzen.«

Das Kind wurde vom Lärm aus dem Wohnzimmer geweckt. Laute Stimmen hörte es, Erwachsene, die sich anschrien. Ängstlich rief der Junge nach seiner Mutter, doch sie hörte ihn nicht. Zitternd stand er auf und ging leise die Treppe hinunter. Durch die offene Wohnzimmertür sah er sie, wie sie mit seinem Vater stritt. Neben ihnen stand der Mann, den er manchmal aus dem roten Mercedes vor ihrem Haus hatte aussteigen sehen, wenn Papa nicht da war. Er machte beschwichtigende Bewegungen, so als wolle er den Vater beruhigen. Der Junge wollte eben seinen Vater ansprechen, da dröhnte es in seinen Ohren. Der Mann wurde bleich und fasste sich an die Brust, wo sich das Hemd rot zu färben begann. Erst jetzt sah der Junge, dass sein Vater die alte Wehrmachtspistole des Großvaters in den Händen hielt.

Abwehrend hob die Mutter die Hände, doch während der Fremde in sich zusammensackte, zuckte sie unter den beiden Schüssen, die sie trafen. Der Junge schrie auf und rief nach seiner Mutter. Sie blickte ihn mit einem Ausdruck großen Entsetzens und tiefen Bedauerns an. Dann fiel sie tot zu Boden.

Der Vater drehte sich zu ihm herum. Sein Gesicht war von Raserei verzerrt. Er richtete die Waffe auf das Kind, doch plötzlich begann der Arm zu zittern. Als würde er aus einem bösen Traum aufwachen, starrte der Vater den Jungen plötzlich ungläubig an und ließ die Pistole sinken. Er sah auf die am Boden liegenden Toten und dann wieder auf seinen Sohn. Der Junge verfolgte starr vor Schreck, wie sein Vater sich den Pistolenlauf in den Mund schob und dann abdrückte. Und wieder wurde es Nacht.

Kapitel 8

DIESMAL WAREN DIE STIMMEN DEUTLICHER, drängender und bedrohlicher, als Axel Dauner sie jemals zuvor gehört hatte. Er presste sich die Handballen an die Schläfen, schlug mit den Fäusten auf den Tisch, bis ihm die Haut aufplatzte, doch die Dämonen ließen sich nicht vertreiben. Sie alle hatten Unrecht, die Pfarrerin, sein Arzt, die Nachbarn. Eben alle, die ihm weismachen wollten, dass seine eigene Seele es selber war, die diese Stimmen erschuf. Sie waren hier, in diesem Raum, in diesem Haus, nicht in ihm drin! Er lief in den Garten und versuchte, dort Ruhe vor ihnen zu finden. Doch auch hier verfolgten, umzingelten sie ihn. Ihr Rufen und Drohen, ihr Flüstern und Zischeln fraß sich durch seine Gehörgänge in sein Hirn.

»Du bist unser! Du bist unser! Du bist unser!«

Sie ließen nicht ab von ihrer Litanei, die für Dauner nicht mehr auszuhalten war. Er hetzte durch das Haus zur Tür hinaus. Dass er sie offen stehen ließ, beachtete er nicht, ebenso wenig, dass er barfuß die steile Treppe zum Stadtgarten hinaufrannte. Im Halbmond zerschnitt er sich die linke Fußsohle an einer Scherbe. Aber er bemerkte es nicht. Die Stimmen waren zu Schritten geworden, die ihn verfolgten. Schnell und leise kamen sie immer näher. Dauner fand in der Dunkelheit das kleine Tor zum Stadtgarten nicht mehr. Er war im Halbmond gefangen. Hastig kletterte er die schmale Treppe hinauf und stand vor der viel zu niedrigen Brüstung. Die Lichter, die vom Kinzigtal zu ihm hinaufschienen, nahm er nicht wahr, nur das Zischeln, das sich mit den Schritten vermischte, die sich unaufhaltsam näherten.

»Du bist unser! Du bist unser! Du bist unser!«

Dauner spürte eine kalte Hand, die nach seinem Fußknöchel griff. Er war verloren! In Panik stieg er auf die schmale, steinerne Brüstung und versuchte darauf zu gehen. Bevor er in die Tiefe stürzte, fühlte er den Druck der Hand, die ihm einen Stoß versetzte.

Caspari sah an diesem Tag gefasster aus, fand Clara. Sie hatte ihm eine ordentliche Dosis Baldrian vor dem Schlafengehen verabreicht, was ihm zwar nicht die Alpträume genommen hatte, die ihn dreimal durchgeschwitzt hatten auffahren lassen. Aber er wirkte wenigstens ausgeruht genug für die Jagd nach dem Mörder ohne Gesicht.

Gemeinsam brachten sie Lukas in den Kindergarten. Clara lachte still in sich hinein, als sie beobachtete, wie Caspari sich in ihren Kleinwagen zwängte. Mit Tina und Mario waren sie vor dem Pfarrhaus verabredet. Caspari wollte von dort aus mit den beiden zum Polizeirevier weiterfahren. Doch daraus wurde zunächst nichts. Als sie durch die Obere Haitzer Gasse fuhren, fielen ihnen die vielen Polizeifahrzeuge auf. Hastig parkte Clara ihren Wagen hinter dem Haus. Unruhe stieg in ihr auf. Die kleine Gasse ›Am steinernen Brunnen‹ war abgesperrt. Dort wohnte Dauner, den sie heute mit dem Sozialarbeiter besuchen wollte. Hoffentlich galt das Polizeiaufgebot nicht ihm! Sie lief eilig über die Straße zur Absperrung. Caspari hatte Mühe, ihr zu folgen.

»Was ist passiert?«, fragte sie den Polizeibeamten, der Wache hielt.

»Ein Anwohner ist letzte Nacht im Pyjama auf den Halbmond hinaufgeklettert und gesprungen«, antwortete er, nachdem Caspari ihm seinen Dienstausweis gezeigt hatte.

»Axel Dauner?«, fragte sie mit einem flauen Gefühl im Magen.

»Ja, genau der. Kannten Sie ihn?«

»Ich habe ihn betreut, so gut es ging. Er ist – er war psychisch krank«, erklärte Clara betroffen.

Aus dem kleinen Backsteinhaus unterhalb des Stadtgartens kam Bertram heraus. Als er sie erblickte, rief er sie zu sich. Gemeinsam mit Tina und Mario, die zu ihnen gelaufen waren, gingen sie auf ihn zu.

»Eigentlich dürften Sie gar nicht dabei sein, Frau Frank«, meinte Bertram verlegen.

»Betrachte sie als Zeugin. Sie hat den Toten seelsorgerisch betreut«, erwiderte Caspari.

»Nun gut«, brummte Bertram. »Zuerst hielten wir es für einen klaren Selbstmord. Doch schnell entdeckten wir Spuren, die auf etwas anderes hindeuten. Kommt bitte mit!«

Er führte sie die Treppe zum Stadtgarten hinauf. Als sie im Halbmond standen, zeigte er auf das kleine schmiedeeiserne Tor. Eine Kette mit einem großen Schloss hing daran.

»Seht euch das mal an. Jemand wollte verhindern, dass er in den Garten flüchtet. Aber das ist noch nicht alles!«

Er wies auf Blutflecken auf dem Boden und den kleinen Treppenstufen, die zur Brüstung führten. Auf einem der Flecken war der Teilabdruck einer Schuhsohle zu sehen.

»Dauner ist barfuß hierher gelaufen. Die Scherbe, an der er sich den Fuß aufgeschnitten hat, haben wir sichergestellt. Jemand ist ihm gefolgt, das belegt dieser Abdruck eindeutig. Aber das ist noch nicht alles!«

Er deutete auf die Brüstung.

»Dort hat jemand mit roter Farbe ein Zeichen hingesprüht. Ich glaube, es ist ein Alpha.«

Zuerst kletterten Tina und Mario hinauf und betrachteten die Stelle. Als sie wieder zu den anderen hinab gestiegen waren, nickte Mario vielsagend.

»Das ist seine Handschrift«, raunte er.

Clara folgte Caspari die Treppe hinauf. Gemeinsam besahen sie sich das Zeichen. Ein rotes, gut erkennbares α.

Er sah sie an.

»Auch ein griechischer Buchstabe.«

»Tatsächlich, ein Alpha«, stimmte Clara zu.

Sie war innerlich vollkommen aufgewühlt. Warum hatte sie Dauner nicht geglaubt, als er ihr von den Stimmen erzählt hatte, die ihn verfolgten?

»Du hättest es nicht verhindern können«, sagte Caspari leise zu ihr. »Sein Krankheitsbild war so eindeutig, dass kein Mensch mit einer tatsächlichen Bedrohung hatte rechnen können.«

»Und doch bleibt da ein Schuldgefühl, dass sich nicht so einfach beruhigen lässt.«

»Ich kann dich gut verstehen, weiß Gott!«

Nacheinander stiegen sie die Treppe wieder hinunter.

»Es ist eindeutig ein griechischer Buchstabe«, erzählte Caspari. »Er hat im griechischen Alphabet dieselbe Bedeutung wie das ›a‹ in unserem.

»Wir dürfen nun wieder auf die Suche gehen, wen oder was er damit meint«, knurrte Mario unwillig.

»Viel interessanter ist die Frage, was der Tote mit Tiziana zu tun hat«, warf Caspari ein. »Heinz, wir müssen uns das Haus ansehen. Stehen wir der Kriminaltechnik im Weg oder sind die Kollegen schon fertig?«

»Noch nicht ganz. Aber ihr könnt hineingehen.«

Da niemand sie wegschickte, ging Clara mit in Dauners Haus. Für einen psychisch kranken, verwitweten Mann war er ein sehr ordentlicher Mensch gewesen. Die Zimmer wirkten auch nach der Arbeit der Spurensicherung noch sauber und aufgeräumt. Caspari fuhr mit dem Handschuh über die obere Kante des Garderobenschranks. Kein einziges Staubkorn lag dort. Auf einem kleinen Schreibtisch im Wohnzimmer stand ein Computer, der an einer neu aussehenden Telefonanlage angeschlossen war. In einem Vitrinenschrank entdeckte Clara etliche gerahmte Bilder, die in den glücklichen Jahren, die Dauner erlebt hatte, aufgenommen worden waren. Neben Hochzeitsbildern sah sie Einzelportraits seiner Frau und seines Sohnes.

›Wie sehr wird er sich seine Familie zurückgewünscht haben‹, ging es ihr durch den Kopf.

»Das gibt es doch nicht. Dieser ausgebuffte Hund!«, rief Mario. »Kommt mal her!«

Dicht gedrängt standen sie um den Schreibtisch. Mario fuhr mit dem Zeigefinder vom ISDN-Kasten an der Wand das auf dem Putz liegende Telefonkabel entlang bis zu einem weiteren Kästchen, das so aussah, als sei es ein Bestandteil der Anlage.

»Diese Dose gehört nicht hierher. Die hat eine andere

Funktion. Außerdem fehlt das Symbol des Telefonanbieters darauf.«

Vorsichtig schraubte er den Deckel von der Dose, legte ihn beiseite und sah sich das Innenleben des Kästchens genauer an. Dann pfiff er durch die Zähne.

»Wenn es das ist, wofür ich es halte, dann kann ich verstehen, warum der Tote immer Stimmen gehört hat, wie Clara erzählte.«

»Mach es nicht so spannend, und sag uns endlich, worum es sich handelt!«, brummte Bertram.

»Um einen Lautsprecher, klein, aber fein. Ich vermute, dass wir noch an anderen Stellen in diesem Haus solche Kästchen finden. Der Mann hat sich im ganzen Haus Anschlüsse legen lassen. Vielleicht hatte er Bedenken wegen der Strahlung, die von schnurlosen Telefonen ausgeht.«

Bertram wies seine Leute an, nach weiteren versteckten Lautsprechern zu suchen. Schnell wurden sie fündig.

»Bleibt nur noch die Frage offen, wie euer Täter die Stimmen und Geräusche in die Boxen bekommen hat«, gab Bertram zu bedenken.

»Ich nehme an, das war ihm über den Internet-Anschluss dieses Computers möglich«, meinte Mario.

»Ist so etwas technisch überhaupt möglich?«

»Du kannst heutzutage schon Handys als Abhörgeräte benutzen, ohne dass die jeweiligen Besitzer etwas davon merken. Selbst wenn das Gerät abgeschaltete ist, funktioniert das noch. Auch ist es für einen Computerspezialisten ein Leichtes, den Computer eines anderen Nutzers zu durchstöbern, ohne dass der es merkt. Dieses Telefonkabel als Leitung für Geisterstimmen zu missbrauchen, ist eine Kleinigkeit für jemanden, der Ahnung davon hat.«

»Big brother is watching you!«, sagte einer der Kriminaltechniker, der hinter ihnen stand.

»Wie bitte?«, fragte Bertram.

»Ein Zitat aus George Orwells Roman ›1984‹«, erklärte Tina.

Clara wollte gerade gehen, da fielen ihr weiße Dosierungsschachteln für Medikamente auf, die neben der Spüle auf der Arbeitsplatte lagen. Ihrer Neugier folgend ging sie dorthin. Sie wollte wissen, wie viel ein schizophrener Mensch an Psychopharmaka einnehmen musste. Caspari folgte ihr und sah ihr über die Schulter. Sie spürte seinen warmen Atem in ihrem Haar. Seine Nähe tröstete sie über ihre Selbstvorwürfe ein wenig hinweg.

»Seine Medikamente nahm er jedenfalls bis zum Schluss«, sagte er und deutete auf die Wochentage, die über den einzelnen Vertiefungen aufgedruckt waren. Die Abteilungen von Montag bis Mittwoch waren leer.

Caspari sah zum Fenster hinaus. Plötzlich drehte er den Kopf und rief nach Bertram.

»Heinz, frag doch bitte deine Leute, ob irgendwer Medikamentenschachteln im Haus gefunden hat, die zu den Tabletten in der Wochendosette passen.«

Bertram brummte und kam nach einer Weile in die Küche.

»Außer Tabletten gegen Kopfschmerzen konnten wir nichts finden. Allerdings habe ich hier eine Quittung aus der Barbarossa-Apotheke. Wahrscheinlich bezog er seine Medikamente von dort. Ich lasse das nachher überprüfen.«

»Die Medikamente nehme ich mit und bringe sie zu unserer Gerichtsmedizin. Der Toxikologe wird sich freuen, wieder Detektiv spielen zu können«, meinte Caspari. »Kannst du veranlassen, dass die Leiche in den Sektionssaal des LKA kommt, Heinz?«

»Der Tote ist schon dorthin unterwegs. Als ich diesen roten Buchstaben sah, war mir klar, dass Dauner zu euch gebracht werden muss.«

Clara blickte auf ihre Uhr.

»Meine Güte, ich habe ganz meinen Religionsunterricht vergessen. In einer viertel Stunde muss ich im Gymnasium sein.«

Caspari sah ebenfalls auf die Uhr.

»Es ist auch für uns allerhöchste Zeit. Im Landeskriminalamt erwartet man uns.«

Schnell liefen sie zu Claras Pfarrhaus. Es fühlte sich für sie an wie eine Flucht. Als sie sich von Caspari verabschiedete, fuhr er ihr mit den Fingern durch das Haar.

»Ich weiß, wie du dich jetzt fühlst«, sagte er mit einfühlsamer Stimme. »Aber du trägst keine Schuld. Niemand hätte ihm helfen können. Nicht mit dieser Bestie zum Feind.«

Claras irisches Temperament brach durch ihre düstere Stimmung hindurch.

»Tu mir einen Gefallen. Fang diesen miesen Kerl, bring ihn zur Strecke!«, sagte sie energisch.

Caspari ließ Marios Musikgeschmack über sich ergehen. Wahrscheinlich fühlten sich die beiden genauso, wenn sie bei ihm im Auto saßen.

Während sie über die Autobahn fuhren, sprachen sie über den Mord an Dauner.

»Wie kommt dieser einsame, psychisch kranke Mann ins Spiel?«, fragte Tina ratlos.

»Wir sind ihm dicht auf den Fersen, wir stehen ihm sogar auf den Füßen, und er zieht seinen Plan trotzdem noch durch«, bemerkte Mario.

»Ich frage mich die ganze Zeit, wie er an Leute herankommt, die ihm eine Spionageausrüstung der absoluten Spitzenklasse verkaufen«, sinnierte Caspari. »Er muss eine Position innehaben, in der er käufliche FSB-Agenten oder ehemaliger Geheimdienstler kennenlernt.«

Als sie in ihre Büroräume kamen, rief Caspari gleich im Vorzimmer des LKA-Präsidenten an. Die Sekretärin begrüßte ihn in besorgtem Ton.

»Doktor Caspari, ich bin tief erschüttert über die Ermordung von Frau Reimann und den Sprengstoffanschlag, der Ihnen galt. Meine Güte, in welcher Welt leben wir nur?«

»In einer, die sich immer mehr aus ihren Angeln hebt«, antwortete er.

»Wie geht es Ihnen? Das muss doch ein furchtbarer Schock gewesen sein.«

»Sagen wir es mal so: Ich habe schon bessere Tage erlebt.«

»Hoffentlich kriegen Sie diesen gemeinen Kerl.«

»Wir setzen alles daran«, erwiderte er.

»Sie wollen bestimmt den Chef sprechen«, sagte sie schließlich.

»Ob ich das will, weiß ich noch nicht genau. Aber es wird sich wohl nicht verhindern lassen. Ist er wieder in einer dieser Sitzungen, die man mit englischen Vokabeln belegt?«

»Na, wenigstens haben Sie Ihren Humor nicht verloren. Ja, er hat eine Sitzung des Ausschusses, der die Überwachung von Islamisten durch die verschiedenen Behörden koordiniert.«

»Wunderbar! Sagen Sie ihm bitte, dass ich im Haus bin. Nur für den Fall, dass er mich zu sprechen wünscht.«

Nachdem das Gespräch beendet war, wollte er die Dosierschachtel vom Aktenschrank nehmen, auf den er sie gelegt hatte. Doktor Michel und seine Leute mussten sie sich ansehen. Irgendwas sagte ihm, dass damit etwas nicht stimmte. Es war nicht ungewöhnlich, dass schizophrene Menschen Panikattacken bekamen. Allerdings waren diese selten so schlimm, dass die Patienten wie ein gehetztes Wild flohen. Natürlich hätten die Geräusche aus den versteckten Lautsprechern an sich schon genügt, Dauner in den Wahnsinn zu treiben. Doch der Mörder war ein Perfektionist, den die erfolglosen Anschläge wahrscheinlich genug gewurmt hatten.

Die Schachtel lag nicht auf ihrem Platz. Mario war Caspari zuvorgekommen und hielt sie hoch.

»Die Medikamente bringe ich in die Gruft, wenn das in Ordnung ist. Du hast gleich einen Termin mit unserem ›mobilen Müller.«

»Mit wem?«, fragte Caspari überrascht.

»Na, mit dem Kollegen, der für unseren Fuhrpark zuständig ist. Der heißt Roland Müller. Sein Spitzname ist der ›mobile Müller‹.«, klärte ihn Tina auf.

»Was will der von mir?«, fragte Caspari, der sich an keinen Termin mit diesem Mann erinnern konnte.

»Er will dir ein neues Auto vermachen«, antwortete Mario. »Gestern Nachmittag, während du mit Seydel im Garten warst, habe ich mit ihm telefoniert. Ich glaube, er hat einen passenden Wagen für dich.«

Caspari musste grinsen. Marios und Tinas Fürsorge machten ihn verlegen.

So unauffällig es ging, schlich er durch die Flure der Behörde. Er wollte nicht von jedem Kollegen auf den Sprengstoffanschlag angesprochen und mit Beileidsbekundungen überhäuft werden. Ungeschoren kam er zu Müller, der ihn schon erwartete.

»Morgen, Doktor Caspari. Üble Sache, das mit dem Wagen!«

Mehr sagte Müller nicht zu diesem Thema. Caspari empfand es als wohltuend, dass er es dabei beließ.

»Ich hätte da einen Wagen, der Ihnen gefallen könnte. Der gehörte bis vor zwei Monaten einem Deutschen, der zusammen mit zwei Ukrainern einen Menschenhändlerring aufgebaut hatte. Das BKA hat ihn hochgenommen. War nicht gerade zimperlich, der Bursche, was man so hört. Hat wohl nicht nur Mädchen verschleppt und zur Prostitution gezwungen. Es existieren zwei Videos, auf denen zu sehen ist, wie er mit anderen Männern zwei dieser bedauernswerten Geschöpfe vergewaltigt und zum Schluss ermordet. Ich frage mich, was in den Köpfen solcher Männer vorgeht.«

»Das ist ein weites Feld«, antwortete Caspari, der kein sonderliches Interesse daran hatte, das Thema zu vertiefen.

Müller schien das zu merken.

»Jedenfalls hatte der Knabe genug Kohle, um sich ein feines Auto zu kaufen. Und nun ist er es los. Bis der wieder aus dem Gefängnis kommt, ist der Wagen ein Oldtimer.«

»Was hat denn unser Bösewicht unter einem ›feinen Auto‹ verstanden?«, fragte Caspari neugierig.

»Jedenfalls keinen BMW, Mercedes oder Audi. Ich glaube, der wollte einfach nicht so viel Aufmerksamkeit auf sich lenken. Wollte eher nach außen hin wie ein Geschäftsmann wirken. Hat sich einen Volvo gekauft. Einen XC 70, die Allradvariante zu ihrem ausgebrannten Wagen. Sieht genauso aus wie der V 70, verbraucht als Diesel genauso wenig wie Ihr alter Wagen und ist geländetauglich.«

Er führte Caspari auf den Parkplatz, wo der Wagen stand. ›Anthrazit‹, durchfuhr es ihn, ›dieselbe Farbe wie mein alter Wagen, der dem Mechaniker zum Grab geworden ist‹. Gab es denn keine andere ansprechende Farbe?

»Der wurde erst zwanzigtausend Kilometer gefahren, hat 185 PS, Lederausstattung, Freisprechanlage, Klimaanlage, Navigationssystem und sogar einen CD-Wechsler. Mir wurde zugetragen, dass Sie gern Musik während der Fahrt hören.«

Caspari dachte daran, dass der freundliche Mechaniker ihm angeraten hatte, den Wechsler aus dem Wagen zu nehmen. Was für eine Ironie! Seine Platten, die ihm lieb und teuer waren, überlebten die Explosion, während ein Mensch in dem Auto starb. Er wusste nicht, ob er jemals wieder unbeschwert Musik beim Fahren hören konnte.

»Ich habe schon ein Martinshorn eingebaut und ein Blaulicht installiert, das im Handschuhfach liegt und im Bedarfsfall auf das Wagendach gesetzt werden kann.«

»Was sagt der große Häuptling dazu, dass ich diesen Wagen bekomme, und er nicht bei der nächsten öffentlichen Auktion angeboten wird?«

»Nichts! Was der nicht weiß, macht den nicht heiß. Ich sehe das so: Sie haben Ihren Wagen im Dienst in die Luft gejagt bekommen. Da ist es nur recht und billig, dass Sie einen adäquaten Ersatz bekommen. Was Sie vor zwei Jahren für ihren alten bezahlt haben, rechne ich Ihnen deshalb auch in voller Höhe auf diesen hier an. Wenn wir nicht zusammenhalten, dann haben die bösen Buben da draußen ein leichtes Spiel, oder!«

Caspari ließ sich die Fahrzeugpapiere aushändigen und blickte durch das Fahrerfenster in das Wageninnere. Gern hätte er sich einmal hineingesetzt. Das musste jedoch warten. Andere Dinge waren im Augenblick wichtiger. Er bedankte sich bei dem ›mobilen Müller‹ und beeilte sich, in die kriminaltechnische Abteilung zu kommen.

Der Abteilungsleiter begrüßte ihn etwas linkisch. Er tat sich schwer, sein Bedauern über den Vorfall am Tag zuvor in Worte zu fassen.

»Ist schon gut«, meinte Caspari. »Hab Dank. Lass uns über den Sprengstoff reden.«

»Unser Experte ist sich sicher, dass es sich hier um Semtex handelt, einen in Kunststoffkomponenten eingebrachten Sprengstoff. Wir fanden tatsächlich einen winzigen Fetzen Folie und die Reste des Zünders. Die Folie wird weder von Säure noch von Treibstoffen angegriffen. Schließt man den Sprengstoff luftdicht darin ein, ist er im Tank selbst für den besten Spürhund nicht zu riechen. Der Zünder reagiert auf ein Signal, das von außerhalb gesandt wird. Er ist sehr sensibel, so dass er es selbst durch die dicken Tankwände empfängt.«

»Wie bekam unser Mann das Zeug in meinen Tank?«, fragte Caspari.

»Die Russen haben ein Gerät entwickelt, dass jede Zentralverriegelung knackt und wieder aktiviert.«

»Die Kontakte unseres Mannes zu Kreisen des FSB müssen wirklich außergewöhnlich gut sein«, überlegte Caspari.

»Wenn du dort den richtigen Mann kennst, bekommst du von denen alles gegen Eurowährung. Die beliefern sogar die Oberliga des organisierten Verbrechens in der EU.«

Caspari bedankte sich bei dem Kollegen. Der Abteilungsleiter der Kriminaltechnik wusste gar nicht, wie sehr er ihm geholfen hatte. Die Selbstvorwürfe, nicht gründlich genug bei dem Überraschungsbesuch des Täters im Kasseler Ferienhausgebiet gewesen zu sein, begannen zu schrumpfen. Das dumpfe Gefühl im Magen ließ nach. Er verspürte Erleichterung, als er Mario und Tina bei seiner Rückkehr im Büro von den Erkenntnissen der Kriminaltechniker erzählte. Lange diskutierten sie noch einmal das psychologische Profil des Täters, der mit seinen präzise geplanten Morden so ganz und gar anders war, als jene, die einem Trieb folgten, den sie nicht unter Kontrolle bringen konnten.

Tina zuckte plötzlich zusammen.

»O Gott, ich habe ja völlig vergessen, dir zu sagen, dass du um halb zwölf bei Schlüter sein sollst.«

Caspari sah auf seine Uhr. Ihm blieben noch fünf

Minuten, um in das geräumige Büro des Präsidenten zu gelangen. Er überprüfte mit einem Blick in den Spiegel, ob seine Krawatte saß. Dann beeilte er sich, in das oberste Stockwerk zu kommen. Zum ersten Mal empfand er so etwas wie Dankbarkeit für die Klimaanlage, die das Arbeiten in dieser Behörde bei dem schwülwarmen Sommerwetter erträglich machte und verhinderte, dass er bei seinem strammen Gang in Schweiß ausbrach. Angela Baumann, die Sekretärin, empfing ihn und bat ihn, einen Augenblick zu warten. Dann klopfte sie an der schweren, dunkelbraun gebeizten Verbindungstür zum Büro und verschwand dahinter. Kurz darauf kam sie wieder heraus und nickte ihm zu.

»Der Präsident erwartet sie«, sagte sie mit dem Ausdruck des Unbehagens auf ihrem Gesicht.

Als Caspari an ihr vorbei zur Tür ging, flüsterte sie ihm zu: »Vorsicht!«

Schlüter saß am Besprechungstisch. Ihm gegenüber, Caspari mit dem Rücken zugewandt, saß ein Mann, dessen Hinterkopf ihm bekannt vorkam. Schlüter stand auf und kam auf ihn zu.

»Ah, Doktor Caspari. Ich freue mich, dass Sie sich von diesem furchtbaren Schock wieder einigermaßen erholt haben. Darf ich Ihnen Doktor Carstens vorstellen. Er ist Staatssekretär im hessischen Innenministerium und für die Sicherheit auf dem Hessentag verantwortlich.«

Bei der Erwähnung des Großereignisses in Gelnhausen wusste Caspari plötzlich, woher er diesen Mann kannte. Er hatte ihn auf Claras Terrasse sitzen sehen, ebenso im Kellergewölbe des Romanischen Hauses. Er war es gewesen, bei dem sich Clara untergehakt hatte, als sie zum Obermarkt gelaufen war.

Caspari grüßte ihn, wobei er sich zwingen musste, nicht allzu reserviert zu klingen.

»Wie ist der gegenwärtige Ermittlungsstand?«, fragte Schlüter unverfänglich.

Caspari berichtete über die Erkenntnisse der Kriminaltechnik bezüglich der Bombe, die Ermordung des schizophrenen Mannes und die Entdeckung der verdeckten Lautsprecher. Auch über den BMW, den sie suchten, unterrichtete er sie. Die Großfahndung nach Kai-Uwe Peters' Wagen und die Tatsache, dass sie Tiziana in ein neues Versteck gebracht hatten, behielt er für sich. Dieser Staatssekretär musste nicht alles wissen. Seine Erscheinung störte Caspari. Er hatte ein schlankes Gesicht und eine sportliche Figur. Sein Lächeln sollte einnehmend wirken, machte auf Caspari allerdings einen aufgesetzten Eindruck. Das Grübchen am Kinn war sicher ein Blickfang für Frauen. Das war also Claras Bekannter aus der Studentenzeit. Wirklich nur ein Bekannter?

»Tja, Doktor Caspari. Alles in allem sind Sie noch nicht wirklich weiter gekommen«, resümierte Carstens.

»Finden Sie?«, erwiderte er kühl.

»Bei allem Respekt für Ihre bisherigen, beachtlichen Fahndungserfolge komme ich nicht umhin festzustellen, dass der Kerl eine Kragenweite zu groß für Sie ist. Er spielt mit Ihnen und Sie haben Ihre Last, ihm hinterherzukommen.«

»Waren Sie schon einmal in Ermittlungsarbeit eingebunden?«, fragte Caspari mit ruhiger Stimme.

»Ich habe in meiner Position bisher viel davon mitbekommen.«

»Also nicht!«, stellte Caspari fest. »Dann will ich Ihnen mal etwas sagen. Wir haben es hier mit einer absoluten Ausnahmeerscheinung zu tun. Ich weiß nicht, ob wir ihn schneller fassen würden, wenn wir einen größeren Personalstamm in meiner Abteilung hätten. Aber hilfreich wäre es auf alle Fälle. Das Innenministerium fördert eine absolute Überversorgung im Bereich der Terroristenfahndung. Wir bleiben unterbesetzt. Und Sie haben die Stirn, sich hierhin zu setzen und mir zu erzählen, meine Ermittlungsergebnisse seien gelinde gesagt mittelmäßig. Ich bin dem Serientäter dicht auf den Fersen. Zurzeit kommt er nicht an Tiziana heran. Das ist zunächst das Wichtigste. Sie wird ihr Konzert auf dem Hessentag geben. Damit ist sein Plan erst einmal durchkreuzt. In der nächsten Woche schnappen die Handschellen zu, da bin ich mir sicher.«

»Das reicht uns nicht!«, entgegnete Carstens. »Wir erwarten schnellere und bessere Ergebnisse.«

»Sie haben nicht den blassesten Schimmer, wovon Sie reden«, antwortete Caspari scharf.

»Doktor Caspari, ich muss doch sehr bitten!«, fiel ihm Schlüter ins Wort.

»Wer soll denn an meiner Stelle die Ermittlungen leiten?«, fragte er mit bissigem Tonfall.

»Wertheim aus Hannover«, antwortete Carstens. »Der niedersächsische Innenminister sagte es mir heute Morgen am Telefon zu.«

»Wertheim? Guter Mann. Aber bis Sie den eingearbeitet haben, liegt die Rapperin auf Doktor Michels Sektionstisch.«

»Darf ich Ihrer Reaktion entnehmen, dass Sie nicht bereit sind, den Fall abzugeben?«

»Das sehen Sie völlig richtig. Gehen Sie wieder zu Ihrer Sicherheitskoordination für den Hessentag, und lassen Sie mich und meine Mitarbeiter unsere Arbeit tun. Alles andere behindert die Ermittlungen, statt sie zu beschleunigen.«

»Doktor Caspari, Sie sind nicht in der Position, die Abgabe des Falls an ein anderes Team zu boykottieren. Kooperieren Sie, oder ich werde Ihre Suspendierung veranlassen«, sagte Schlüter laut.

Caspari holte tief Luft.

»Die Suspendierung können Sie sich sparen. Ich kündige hiermit. Schriftlich finden Sie die Unterlagen morgen in der Hauspost. Guten Tag!«

Er stand auf, und ging zum Ausgang.

»Caspari!«, rief Schlüter ihm hinterher. »Was haben Sie eigentlich nach dem Bobenanschlag erwartet?«

»Einen Dienstvorgesetzten mit Rückgrat!«

Angela Baumann stand dicht neben der Tür, als er erhobenen Hauptes hinausging.

»Toller Abgang«, kommentierte sie das Gespräch, nachdem sie die Tür geschlossen hatte.

»Sagen Sie, Sie sind nicht zufällig der Maulwurf des Bundeskriminalamtes hier im LKA?«, fragte er flüsternd.

»Johann Fuhr ist mit meiner Schwester verheiratet.«
Caspari grinste und ging in sein Büro.

»Wie ist es gelaufen?«, fragte Tina, deren Besorgnis ihrem Gesicht abzulesen war.

»Ich habe gekündigt!«, antwortete er, während er damit begann, seinen CD-Spieler und seine CDs vom kleinen Aktenschrank abzuräumen. In seine Tasche steckte er die gerahmten Bilder von Lukas und Clara. Dann nahm er seine Bewerbung für das BKA aus der Schublade heraus und frankierte den Umschlag. Schließlich legte er seine Kündigung, die er zeitgleich mit der Bewerbung geschrieben hatte, in das Fach für die Hauspost. Morgen würde sie auf Schlüters Schreibtisch liegen.

Währenddessen nahm er Tinas und Marios verstörte Blicke wahr, ohne dass er in der Lage gewesen wäre, darauf einzugehen. Hier war nicht der Ort und jetzt war nicht die Zeit dafür.

»Wir sehen uns«, sagte er und ging.

Clara saß in der ›Ansprechbar‹, dem einladend eingerichteten Raum der Schulseelsorge, und wartete. Conni hatte sie nach dem Religionsunterricht angesprochen und um ein Gespräch gebeten. Sie hatten sich für die Pause hier verabredet. Unsicher blickte die Schülerin durch die Tür. Clara versuchte, sie mit einem Lächeln zu ermutigen, näher zu kommen.

»Ich weiß gar nicht, ob ich das alles erzählen darf«, begann Conni.

»Wenn es wichtig für dich ist, behandle ich das, was du sagst, als Beichtgeheimnis«, bot Clara an.

»Es ist wegen Kathrin. Vorgestern gab sie mir ihre gesamten Unterlagen für diesen ›Zehn-Gebote-Parcours‹. Da war sie schon ziemlich krass drauf. Sie sagte, sie wolle sich von Ihrem Vater nicht mehr alles gefallen lassen. Er hätte sie jahrelang behandelt wie seinen Besitz. Sie wolle endlich ein normales Leben führen. Gestern war sie nicht in der Schule.

Herr Wulff, unser Klassenlehrer, sagte, sie sei die Treppe hinunter gestürzt und liege jetzt im Krankenhaus.«

Clara fielen Casparis Worte wieder ein: ›Er versucht, sie in seinem System zu halten, in dem er sie kontrollieren kann. Doch irgendwann wird sie daraus ausbrechen, es sei denn, er hindert sie mit Gewalt daran.‹

»Du glaubst nicht so recht an einen Treppensturz, nicht wahr«, fragte Clara die Jugendliche.

»Das ist doch schon sehr komisch: Erst verbietet der Vater ihr, sich an unserem Projekt zu beteiligen, dann schmuggelt sie ihre Unterlagen an ihm vorbei in die Schule und wenig später stürzt sie die Treppe hinunter. Kathrin spielt Handball. Ich meine, sie ist durchtrainiert und sportlich gut drauf. Da fällt man doch nicht so einfach eine Treppe hinunter.«

Clara musste ihr zustimmen. Dieser ›Unfall‹ war auch ihr suspekt. Vorsichtig tastete sie sich vor.

»Sag mal, du kennst sie doch sehr gut. Warst du auch schon einmal bei ihr zu Hause?«

»Ja, ein paar Mal. Aber ich gehe nicht gern dahin. Ihr Vater ist irgendwie komisch drauf.«

»Wie meinst du das?«

»Der ist so streng und kontrolliert sie ständig. Sie darf abends nicht lange weg. Übernachten durfte Kathrin auch noch nicht bei mir. Dabei sind wir beide doch keine Kinder mehr. Wir sind siebzehn Jahre alt. Auch mit Freunden war bei Kathrin bisher noch nichts.«

»Gab es keinen Jungen, der verliebt in sie war?«, fragte Clara.

»Daran hat es weiß Gott nicht gelegen. Das hat eher damit zu tun, dass ihr Vater der Meinung war, sie solle sich auf die Schule und ein gutes Abitur konzentrieren. Das andere könne warten.«

Clara wurde direkter.

»Was ist Kathrin deiner Meinung nach zugestoßen?«

Conni blickte stumm zu Boden und zuckte mit den Schultern.

»Alles, was du erzählst, lässt den Schluss zu, dass Kathrins Sturz in Wahrheit kein Unfall war.«

Das Mädchen nickte.

»Ich nehme an, du gehst davon aus, dass Kathrins Vater zumindest nachgeholfen hat. Liege ich damit richtig?«

Wieder nickte Conni.

»Und du hast mich mit einer bestimmten Absicht angesprochen. Du wolltest nicht nur über deine Sorge um deine Freundin reden, sondern willst ihr auch helfen. Aber du weiß nicht, wie.«

»Ich glaube, Kathrin braucht dringend Hilfe, sonst macht sie ihr Vater fertig.«

»Wie soll ich mit diesem Gespräch umgehen? Wenn du es willst, liegt das Beichtsiegel darauf. Das heißt, ich werde niemandem davon erzählen. Nur fürchte ich, dass das deiner Freundin auch nicht weiterhilft. Ich kenne ein paar Leute von der Gelnhäuser Polizei. Mit denen könnte ich über Kathrin und ihre Probleme sprechen, ohne deinen Namen zu nennen. Die werden sich dann um den Treppensturz kümmern oder zumindest einen Rat geben können. Welche der beiden Varianten wäre für dich in Ordnung?«

»Dass Sie mit den Polizisten reden.«

Nach dem Ende ihrer Unterrichtsstunden bei einer rebellischen sechsten Klasse ließ Clara sich im Schulsekretariat die Adresse und Telefonnummer von Kathrins Familie geben und unterhielt sich mit dem Klassenlehrer über die Schülerin.

»Glaubt man den Statistiken, wird jedes dritte bis vierte Kind sexuell missbraucht«, sagte Wulff. »Wenn man sich in jeder Klasse, die man unterrichtet, fragt, welches der Kinder eines dieser gequälten Kreaturen sein könnte, ist man bald nicht mehr in der Lage, diesen Beruf auszuüben. Die Familie Remmler ist schon ein wenig merkwürdig. Der Vater gehört auf jeden Fall in die Kategorie der Kotzbrocken.«

Dann fuhr Clara nach Hause. Sie war so sehr in Gedanken versunken, dass sie die bunten Wimpel nicht wahrnahm, die mittlerweile zwischen die Häuser in den Gassen der Altstadt gespannt worden waren. Auch den Aufbauarbeiten für das mittelalterliche Spektakel auf dem Ober- und Untermarkt schenkte sie kein Interesse.

Als sie ihren Wagen geparkt hatte, beeilte sie sich, in ihr Amtszimmer zu kommen. Rasch wählte sie die Nummer des Gelnhäuser Polizeireviers und ließ sich mit Heinz Bertram verbinden, den sie seit dem Herbst des vorangegangenen Jahres kannte.

»Was haben Sie denn auf dem Herzen, Frau Pfarrerin?«, fragte er freundlich. »Geht es um den Fall Dauner?«

»Nein, es geht um eine Schülerin von mir, die angeblich zu Hause die Treppenstufe hinuntergestürzt ist, was denjenigen, die sie näher kennen, etwas suspekt erscheint.«

»Erlauben Sie, dass ich Sie an Jürgen weiterreiche. Ich glaube, er bearbeitet den Fall.«

Clara hörte, wie Bertram den Hörer weitereichte. Jungmanns Stimme meldete sich.

»Hallo, Frau Frank, worum geht es?«

Clara schilderte ihm die Ereignisse und Connis Einschätzung sowie die des Klassenlehrers.

»Unsere Vermutungen gehen auch in diese Richtung. Der Stationsarzt, der die Schülerin behandelt, verständigte uns. Das Mädchen hat eine Jochbeinprellung und ein geschwollenes Auge, das sind atypische Verletzungen für einen Treppensturz. Wir haben daraufhin eine Ermittlung eingeleitet und sowohl den Vater als auch die Mutter befragt. Die Frau machte auf mich einen ängstlichen Eindruck. Das Mädchen schweigt bisher wie ein Grab. Doch ohne eine Aussage, die den Vater belastet, kommen wir nicht weiter. Auf jeden Fall haben wir das Jugendamt eingeschaltet.«

»Ich glaube nicht, dass Kathrin sich jemandem öffnet, den sie nicht kennt«, gab Clara zu bedenken.

»Wie wäre es, wenn Sie versuchen, mit ihr zu reden?«, fragte Jungmann. »Als Pfarrerin hat man einen Vertrauensvorschuss bei den Menschen, von dem wir Polizisten nur träumen.«

Sie vereinbarten, dass Clara am Nachmittag des kommenden Tages zuerst mit der Schülerin reden sollte, während Jungmann auf dem Flur des Krankenhauses wartete. Falls Kathrin sich überzeugen ließ, die wahren Hintergründe ihres

›Treppensturzes‹ zu erzählen, würde Clara den Polizisten hereinholen.

Kaum hatte Clara den Hörer aufgelegt, klingelte ihr Telefon. Als sie abhob, meldete sich ihr Kollege aus Aufenau.

»Hallo, hier ist Arnold Schneider. Sag mal, erinnerst du dich an so einen hageren, älteren Mann mit markanten Gesichtszügen? Ein Wohnsitzloser, der von sich selbst behauptete, immer noch als Altgeselle durch das Land zu ziehen?«

Clara brauchte nicht lange zu überlegen.

»Natürlich. Sein Hinterrad war kaputt. Ich habe dafür gesorgt, dass er es rasch repariert bekam, damit er rechtzeitig in Aufenau sein konnte, wo er in einem Sägewerk arbeiten wollte.«

»Der kam auch immer zu mir, wenn er in Aufenau war. Am Sonntag stand er nach dem Gottesdienst auch wieder vor meiner Haustür und hat mir die Geschichte von der netten Pfarrerin aus Gelnhausen erzählt. Ich rufe dich an, um dir zu sagen, dass der alte Knabe leider vorgestern gestorben ist. Vielleicht hast du die Todesanzeige gelesen, die die Belegschaft in die Zeitung gesetzt hat. Muss wohl ein Herzinfarkt gewesen sein. Die Besitzer des Sägewerks fanden ihn tot im Bett in der Kammer, die sie ihm immer zur Verfügung gestellt hatten. Die Beerdigung ist am Samstag um elf Uhr. Falls du Zeit hast, wäre es schön, wenn du kommen könntest. Dann sind die Sägewerksinhaber und die wenigen Angestellten, die kommen, wenigstens nicht die Einzigen, die ihm die letzte Ehre erweisen.«

»Mein Terminkalender ist sehr voll, ich kann dir nichts versprechen«, erwiderte Clara. »Ich weiß nicht, ob ich das packe. Aber versuchen will ich es.«

»Danke.«

Clara legte betroffen auf. Gestern erst hatte sie Christoph, Tina und Mario von diesem Mann und seiner Lebensfreude erzählt. Und nun war er tot. Lange konnte sie diesem Gedanken nicht nachhängen, denn kurz nach dem Anruf des Kollegen klingelte das Telefon aufs Neue. Clara überwand sich, den Anruf anzunehmen.

»Hallo, Clara, Oliver hier!«

»Oliver, wie gehts?«

»Der Hessentag steht unmittelbar vor der Tür. Was soll ich dir sagen? Heute Nachmittag ist so etwas wie das tiefe Luftholen vor dem großen Ansturm. Da ich ab morgen praktisch keine Zeit für andere Dinge als die Koordination der Sicherheit auf dem Hessentag habe, wollte ich dich fragen, ob wir heute noch einmal einen Kaffee miteinander trinken wollen?«

»Gern«, antwortete Clara, der die Vorstellung, ein letztes Mal etwas Zeit mit diesem charmanten Mann zu verbringen, gefiel.

»Können wir das bei mir machen? Meine halbe Gefriertruhe ist voll von Kuchen, der mir nach Beerdigungskaffees mitgegeben wurde.«

»Na, da bin ich aber mal gespannt«, meinte Carstens. »Ich bin gegen halb vier bei dir.«

Casparis wohlgeordnetes Leben war in Turbulenzen geraten. Seine Stelle beim Landeskriminalamt hatte er gekündigt, seine beiden Freunde und Mitarbeiter vollkommen überfahren und irritiert und im hessischen Innenministerium hatte er sich nicht gerade Freunde gemacht. Außerdem ließ er mit seiner Kündigung Tiziana im Stich. Noch nie hatte er Menschen, die seine Hilfe brauchten, so einfach und so egoistisch verlassen. War er im LKA wirklich an einem Punkt angekommen, an dem er nicht mehr weiterarbeiten wollte? Oder war seine Reaktion auf Carstens nichts weiter als der Ausdruck seiner Eifersucht? Immer wieder hörte er in sich hinein und stellte sich diese Fragen, bis er entschied, dass seine Reaktion eine Mischung aus beidem war. Nachdem er sich über zwei Stunden auf der Besucherterrasse des Frankfurter Flughafens aufgehalten hatte, befand er, dass es Zeit war, mit Clara über alles zu sprechen. In einem der Terminals kaufte er einen Sommerblumenstrauß für sie, in dem große Sonnenblumen dominierten. Dann ging er zu seinem neuen Wagen. Still betrachtete er den Kindersitz für

Lukas, den er in Wiesbaden gekauft hatte. Der Bezug war in einem leuchtenden Blau gehalten, auf dem farbenfrohe Rennautos abgebildet waren. Während er auf den Platz sah, den Lukas in seinem neuen Auto einnehmen würde, wurde ihm klar, dass sein Absprung von dieser Behörde die richtige Entscheidung gewesen war.

Mühsam schlängelte er sich durch den Feierabendverkehr über die Autobahn. Sein Bedarf an zähfließendem Verkehr war gedeckt, als er hinter Claras Polo parkte. Mit dem Blumenstrauß in der Hand ging er durch den Garten zum Hintereingang neben der Terrasse. Aufgeregt suchte er den Schlüsselbund in seiner Hosentasche. Wie würde sie reagieren, wenn sie von seiner Kündigung und Bewerbung erfuhr? Würde sie ihn einen Kindskopf nennen, der aus einer Kurzschlussreaktion heraus alles über den Haufen geworfen hatte? Oder würde sie froh über die Perspektive sein, zukünftig mehr Zeit mit ihm verbringen zu können?

Als er den Schlüssel in das Türschloss stecken wollte, hörte er Stimmen im Flur. Die vordere Eingangstür fiel zu. Clara unterhielt sich gerade lachend mit einem Mann, dessen Stimme er an diesem Ort nicht hören wollte. Caspari klebte plötzlich die Zunge am Gaumen. Trotz der Hitze war ihm eiskalt. Hastig rannte er die kleine Treppe hinauf zur Terrasse. Durch die verglaste Tür blickte er in den Waschraum. Clara hatte die Verbindungstür zum Flur wie immer offen gelassen, so dass er in das Treppenhaus sehen konnte. Dort drehte sich Clara gerade zu Carstens um und blickte ihn vielsagend an. Dann küsste er sie. Caspari fühlte sich, als wollte ihm jemand das Herz durchbohren. Sein Mund öffnete sich zu einem stummen Schrei. Dann wandte er sich ab und ging. Die Blumen legte er auf den Stuhl, den er Clara geschenkt hatte. Die kleine Gartentür klemmte wieder einmal. Wie oft hatte er Clara versprochen, sie zu ölen und zu richten. Jetzt konnte sie ja Carstens reparieren. Bei dem Gedanken an seinen Nebenbuhler packte ihn eine ungeheure Wut. Er packte die Jägerzauntür, riss sie aus den Angeln und schleuderte sie auf die Wiese.

Clara drückte Carstens sanft von sich weg. Er musste ihre freundschaftliche Zuwendung missverstanden haben und hatte sie mit dem Kuss völlig überrumpelt. Es gefiel ihr zwar, von diesem männlichen Blickfang begehrt zu werden. Doch sie wusste, wo ihre Herz zu Hause war.

»Entschuldige, wenn ich zu forsch war«, meinte Carstens mit der Miene des Bedauerns.

Clara zwang sich zu einem Lächeln.

»Ist schon in Ordnung. Lass uns nach oben gehen. Ich habe für das Kaffeetrinken auf der Terrasse schon alles vorbereitet. Du musst mir beim Tragen des Tabletts helfen.«

Während sie die Treppe hinauf gingen, versuchte sie, ein unverfängliches Gespräch zu beginnen.

»Wie war dein Tag?«

»Etwas merkwürdig«, erzählte er. »Ich war im Landeskriminalamt wegen einer Sicherheitsfrage für den Hessentag. Es geht um die Morde im Umfeld der Rapperin Tiziana. Du hast vielleicht schon darüber in der Zeitung gelesen. Der zuständige Ermittler weigerte sich, meinen Anweisungen und denen des LKA-Präsidenten Folge zu leisten. Stattdessen kündigte er und ging ohne ein weiteres Wort der Erklärung.«

Clara hatte Mühe, das Kuchentablett, das sie gerade vom Küchentisch genommen hatte, nicht wieder fallen zu lassen.

»Wie sah er denn aus?«, fragte sie, obwohl sie die Antwort bereits kannte.

»Wieso willst du das wissen?«

»Ich glaube, ich kenn ihn.«

»Er ist ein rotblonder Hüne mit Vollbart.«

»Mein Gott!«, entfuhr es Clara.

Carstens sah sie leicht amüsiert an.

»Jetzt sag bloß nicht, dass du den kennst. Du verschaukelst mich gerade, oder?«

»Nein«, sagte Clara ernst.

Carstens Miene verlor den Ausdruck der Heiterkeit.

Er wollte etwas erwidern, doch das aufdringliche Klingeln der Türglocke am Hintereingang schnitt ihm das Wort ab. Clara dankte im Stillen für die Unterbrechung, entschuldigte sich und lief die Treppe hinunter. Als sie die Tür öffnete, blickte sie in die ernsten Gesichter von Tina und Mario.

»Ist Christoph vielleicht hier?«, fragte Tina mit sorgenvoller Miene.

»Nein«, antwortete Clara überrascht.

»Clara, ist alles in Ordnung?«, rief Carstens von oben herab.

Clara hätte ihn erwürgen können. Dies war der ungünstigste Zeitpunkt, in Erscheinung zu treten.

»Das erklärt wohl einiges«, sagte Mario und hielt ihr einen großen Blumenstrauß hin.

»Der lag auf dem Stuhl auf deiner Terrasse. Außerdem scheint jemand mit deiner Jägerzauntür Weitwurf gespielt zu haben.«

Einer inneren Eingebung folgend blickte Clara zur Flurtür, die zum Waschraum führte. Als sie sah, dass diese offen stand, stieg Übelkeit in ihr auf.

»Christoph muss etwas gesehen haben, was er vollkommen missverstanden hat.«

»Ich will mich nicht in eure Beziehungskiste einmischen, aber es muss jetzt etwas passieren, und zwar schnell«, sagte Tina energisch.

»Christoph hat heute im LKA gekündigt und dem Präsidenten gesagt, was er von ihm hält. Anschließend sprach er kein Wort mit uns, während er ein paar seiner privaten Dinge eingepackt und mitgenommen hat. Das ist allerdings nicht so schlimm. Schlimm ist vielmehr, dass er seinen Wagen auf dem Hof abgestellt hat, wortlos an seinen Eltern vorbei Richtung Weiher gegangen und seither verschwunden ist. Benny und Iris sind sehr in Sorge. Lukas ist zurzeit bei ihnen. Sie versuchen wie wir, Christoph zu erreichen. Aber er hat sein Handy abgeschaltet.«

»Was ist denn los?«, fragte Carstens, der die Treppe herunter gekommen war.

»Wir haben hier einen Notfall. Es tut mir leid, ich muss sofort weg. Ich erkläre es dir später.«

Carstens sah Clara irritiert an.

»Bitte!«, flehte Clara.

Nachdem er gegangen war, verzog Mario verächtlich den Mund.

»Es ist nicht so, wie ihr denkt. Ehrlich!«, versuchte Clara sich zu rechtfertigen.

»Das spielt jetzt keine Rolle«, erwiderte Tina. »Wichtig ist zurzeit nur, was Christoph denkt. Wir müssen ihn finden, bevor er Dummheiten macht.«

»Ich komme mit!«, rief Clara, griff nach ihrem Schlüssel und rannte mit den beiden zu deren Wagen.

Mario setzte das Blaulicht auf das Autodach und gab Gas. Tina telefonierte mit Iris. Als sie aufgelegt hatte, wandte sie sich Clara zu, die auf dem Rücksitz saß.

»Benny ist bereits unterwegs zum Hof. Wir versuchen, ihn einzuholen.«

Kurz vor dem Anwesen der Casparis sahen sie Benny in seinem roten Audi vor ihnen herfahren. Als sie neben Casparis Volvo anhielten, kamen dessen Eltern aus dem Haus gelaufen.

»Habt ihr Neuigkeiten?«, fragten die Mutter aufgeregt.

Sie schüttelten die Köpfe.

»Clara, was ist denn in meinen Sohn gefahren?«, fragte Frau Caspari, den Tränen nahe.

»Mehr, als ein Mensch wegstecken kann.«

Benny ergriff die Initiative.

»Ihr beiden bleibt hier. Falls er vor uns zurückkommt, ruft ihr mich auf meinem Handy an.«

Sie rannten den Weg zum Weiher entlang. Am Ufer bleib Benny stehen.

»Wir müssen den Weiher umrunden. Wie ich Christoph kenne, sitzt der in einer dieser winzigen Buchten, die von Schilf und Sträuchern umgeben und deshalb nur schwer einsehbar sind. Wir müssen gründlich nachsehen.«

Am gegenüberliegenden Ufer begannen sie mit ihrer Suche, wobei sie einige FKK-Jünger aufschreckten. Wenn Caspari seinem Leben ein Ende setzen wollte, war ihre Suche ein Wettlauf gegen die Zeit. Ständig riefen sie seinen Namen, ohne eine Antwort zu bekommen. Clara blieb mit ihrem Schuh an einem Stein hängen und fiel hin. Als sie sich wieder aufrichtete, sah sie etwas Weißes durch die Zweige eines Strauches nahe dem Ufer schimmern. Sie pfiff durch die Finger und gab den anderen Zeichen. Dann bahnte sie sich den Weg durch das dichte Gestrüpp. Hinter den Sträuchern und dem Schilf lag eine kleine Fläche, die zum Wasser hin ebenfalls durch Schilf geschützt war. Ein weißes Hemd hing in einem Strauch. Caspari saß, ihr den Rücken zugewandt, auf dem Boden und starrte regungslos auf das Wasser. Sein Unterhemd hatte Schweißflecken, in der rechten Hand hielt er seine Dienstwaffe.

»Geh, bitte!«, hörte sie ihn mit ruhiger, fester Stimme sagen.

Tina, Benny und Mario hatten zu Clara aufgeschlossen und sahen ihn nervös an.

»Christoph, das kannst du doch nicht tun!«, redete Tina auf ihn ein.

»Ich kann nicht mehr, und ich will nicht mehr!«, entgegnete er. »Eine Bestie bringt eine Mitarbeiterin auf grauenvolle Weise um, ich wäre beinahe auch draufgegangen. Ein Wichtigtuer vom Innenministerium versucht, mich fertig zu machen und spannt mir anschließend meine Freundin aus. Mein Sohn kennt mich nur noch von Fotos, weil ich so selten zu Hause bin. Tolle Lebensbilanz! Meine Kräfte sind aufgebraucht, ich bin am Ende. Lasst mich in Ruhe! Sucht euch jemand anderen als Freund, nicht so eine verkrachte Existenz wie mich.«

»Denk doch an Lukas«, mahnte ihn Benny.

»Das habe ich bereits. Der bekommt von euch beiden mehr Zeit und Aufmerksamkeit als von mir. Wegen meines Berufs.«

»Red nicht so einen Blödsinn. Du bist sein Vater, dich liebt er abgöttisch«, widersprach Benny, ohne dass er damit einen Eindruck auf Caspari machte.

»Was ist mit uns«, fragte Clara, der sein kalter Tonfall Angst machte.

»Die Frage hast du dir selbst beantwortet, als du dich von diesem Kerl hast küssen lassen«, antwortete er, ihnen immer noch den Rücken zugewandt.

»Das war nicht so!«, rief sie. »Ich wollte das nicht. Ich liebe dich!«

»Nein, nur im Märchenreiche schmilzt des verschämten Prinzen Hässlichkeit, wenn ihn der Liebe Sonnenwort befreit …«

Irritiert sah sie zu Benny, der einen Ast in der Hand hielt.

»Cyrano von Bergerac«, raunte er. »Den hat er früher oft zitiert.«

»Bitte geht jetzt!«, sagte Caspari, ohne sie anzusehen und hob die Hand, in der er die Pistole hielt.

Blitzschnell schlug Benny zu. Der Ast erwies sich zwar als morsch, denn er brach, als er Casparis Kopf traf. Doch er brachte die gewünschte Wirkung. Caspari lag bewusstlos im Gras.

Der erste Sonnenschein tauchte die Landschaft in goldenes Licht. Nebel stieg aus dem Wasser auf. Caspari stand schweigend am Weiher und genoss den Anblick. Ein sanfter Wind wehte Strähnen von Claras Haar an seinen Hals. Er liebte diese Berührung. Sie lehnte ihren Kopf an seine Schulter. Die Traurigkeit, mit der sie sprach, passte nicht in diesen tiefen Frieden, der sich über diese Landschaft gelegt hatte.

»Christoph, warum?«

Caspari spürte, wie sie seinen Arm drückte. Er streckte seine Hand aus, um ihr tröstend durch das Haar zu fahren. Doch er griff ins Leere. Er versuchte es wieder, aber auch dieses Mal konnte er sie nicht erreichen. Was war die Ursache dafür, dass er unfähig war, sie zu berühren? Ärger über sich selbst stieg in ihm auf. Mit diesem Gefühl kam eine Woge unglaublichen Schmerzes. In seinem Kopf hämmerte und dröhnte es, als ob eine alte Dampflokomotive durchfahren würde. Der Schmerz verdrängte den Frieden des frühen Morgens. Das Traumbild wich, doch das Gefühl von Claras

Nähe blieb. Er griff sich an den Kopf und versuchte, die Augen aufzuschlagen. Zuerst sah er nur verschwommen, dann wurden die Konturen schärfer. Vor ihm kniete Clara, daneben standen Mario und Tina. Im Hintergrund erkannte er Benny, der ein abgebrochenes Stück Ast in der Hand hielt. Vorsichtig befühlte er die Beule auf seinem Hinterkopf, die heftig pochte.

»Benny, du Hornochse, musstest du mir so eine überbraten?«, brummte er ungehalten. »Mir dröhnt der ganze Schädel.«

Die anderen begannen zu grinsen.

»Besser, dein Schädel dröhnt, als dass du dir dein Hirn wegbläst!«, konterte Benny.

»Ich wollte mir die Pistole doch nicht in den Mund stecken. Ich war gerade im Begriff, sie wieder zu sichern.«

»Tut mir leid. Ich hatte leider kein Drehbuch vorliegen, in dem das drinstand«, erwiderte Benny ungerührt. »Außerdem war der Ast morsch. So schlimm kann es nicht sein. Ich habe dich schon härtere Schläge einstecken sehen. So, und jetzt hör auf, herumzujammern und steh endlich auf. Zu Hause warten ein paar schöne Eisbeutel auf deine Beule.«

Clara und Mario halfen ihm auf. Tina fischte sein Hemd und seine Krawatte aus dem Baum, und Benny nahm die Pistole und das Schulterholster an sich, nachdem er endlich den Prügel fortgeworfen hatte.

»Ich dachte wirklich, du wolltest dich erschießen!«, sagte Clara zu ihm, nachdem sie eine Weile Hand in Hand zum Schotterweg gelaufen waren.

»Das hatte ich auch vor – zumindest am Anfang. Aber bis ihr kamt, rang ich mit mir selbst. Auf der einen Seite bin ich seelisch völlig erschöpft und sehne mich nach Ruhe. Ich kann nicht mehr, kann nichts mehr ertragen, habe Problemen nichts mehr entgegenzusetzen, bin einfach nur noch müde. Auf der anderen Seite wehre ich mich dagegen, mich fertig machen zu lassen. Wenn ich einem Kampf nicht mehr ausweichen kann, muss er bis zum Ende ausgetragen werden. Das Bild von dir, als er dich geküsst hat, tauchte immer wieder auf. Es war wie ein Gewicht, dass die eine Waagschale nach unten drückt. Als ihr kamt, war der Wunsch, dem allen ein Ende zu bereiten, deutlich im Vorteil.«

»Warum glaubst du nicht, dass ich dich liebe?«, fragte sie mit heiserer Stimme. »Hast du so wenig Vertrauen zu mir?«

»Ich sehe dich an, dann blicke ich in den Spiegel. Darin finde ich die Antwort. Ich vertraue meinen eigenen Möglichkeiten nicht.«

»Aber du bist nicht Cyrano. Du bist nicht hässlich, nur weil du einem Schönheitsideal nicht entsprichst, das du dir selbst zum Maßstab gewählt hast. Du hast Ausstrahlung, Intellekt, bist großherzig und stark. Das ist mehr, als die meisten Männer zu bieten haben. Außerdem erkannte Roxane ja, dass sie Cyrano liebte, nachdem sie erfuhr, dass er ihr die Liebespoesie geschrieben hatte, von der sie immer geglaubt hatte, sie sei von einem anderen.«

Er blieb stehen und sah ihr tief in die Augen. Was er darin zu erkennen glaubte, konnte er nur mit dem Wort ›Wahrhaftigkeit‹ ausdrücken. Zärtlich fuhr er ihr durch das offene Haar.

»Ich habe mich wohl wie ein Idiot benommen?«

»Im Prinzip schon!« sagte sie und knuffte ihn in die Seite. »Aber angesichts des Drucks, dem du seit Wochen ausgesetzt bist, kann ich deine Reaktion ein klein wenig verstehen.«

Caspari spürte den Schmerz, der von der Beule ausging, kaum noch. Ihm war, als würde er durch die Luft getragen, ohne die Last der Erde jemals wieder spüren zu müssen.

»Heirate mich!«, platze es aus ihm heraus.

Clara sah ihn völlig verdutzt an.

»Wie bitte?«

»Lukas und du, ihr seid das Beste, was mir je passiert ist.«

»Das hast du eben aber nicht gesagt. Das war etwas anderes!«, entgegnete sie mit einem schelmischen Grinsen.

»Willst du mich heiraten?«, fragte er und spürte, wie sein Herz bis zum Hals klopfte.

»Aber nur, wenn du mir versprichst, nicht wieder so einen Unfug zu treiben.«

»Versprochen!«

Ohne Vorwarnung sprang Clara an ihm hoch, umklammerte seinen Hals mit den Armen und seine Hüften mit den Beinen und gab ihm einen Kuss. Caspari verlor das Gleichgewicht und fiel auf die Wiese. Der Schmerz der Beule meldete sich wieder mit voller Heftigkeit. Doch er verkniff sich einen Aufschrei und grinste.

»Ja, ich will!« flüsterte sie.

Im Hof empfingen sie die alten Casparis. Seine Mutter fasste sich an die Brust.

»Junge, was machst du denn. Warum jagst du uns einen solchen Schrecken ein?«

Schuldbewusst blickte er zu Boden.

»Es tut mir leid. In den letzten beiden Tagen ist mehr passiert, als ich ertragen kann. Ich konnte vorhin einfach nicht mehr. Im Schilf habe ich mir einen Platz zum Verkriechen gesucht.«

Er drehte sich um und blickte Benny scharf an. Sein Freund war leider manchmal schneller mit der Zunge als ihm lieb war. Casparis Eltern brauchten nichts von seinem Ringen zu wissen.

Benny hatte die Pistole hinter seinen Rücken in den Hosenbund geschoben und das Schulterholster lässig über die Schulter geworfen, so dass es nicht die Aufmerksamkeit der alten Casparis weckte.

»Alles wieder im grünen Bereich«, stimmte er zu. »Oder soll ich vielleicht sagen: alles bestens. Clara und Christoph haben sich gerade spontan verlobt.«

Casparis und Claras Blicke trafen sich, dann wandten sich ihre beiden Augenpaare Benny zu.

»Benny!«

»Strafe muss sein!«, rief der grinsend.

»Ich glaube, jetzt verstehe ich gar nichts mehr«, meinte Caspari Senior.

Seine Frau schüttelte ungläubig den Kopf.

»Was für ein Tag. Erst hat mein Sohn einen kleinen Nervenzusammenbruch und verzieht sich ins Gebüsch, dann verlobt er sich mal eben so.«

»Das müssen wir feiern«, fiel ihr Caspari Senior ins Wort.

»Tut mir leid, wenn ich die Spielverderberin sein muss, aber ich fürchte, daraus wird nichts«, intervenierte Tina. »Wir haben jede Menge Arbeit. Und dafür brauchen wir Christoph.«

»Ich denke, der hat gekündigt und wechselt zum BKA«, meinte Benny irritiert.

»Das stimmt wohl, aber auch bei Beamten gilt die dreimonatige Kündigungsfrist«, entgegnete Mario. »Unser großer Indianer persönlich bat uns, Christoph dazu zu bewegen, den Fall abzuschließen.«

»Ich dachte, der Kollege aus Hannover übernimmt meine Arbeit«, meinte Caspari.

»Offensichtlich hat unser Staatssekretär den Mund etwas zu voll genommen. Wertheim ist frühestens Ende nächster Woche abkömmlich«, erklärte Tina. »Die Zeit arbeitet für uns. Wir müssen sie nur nutzen. So leid es mir tut, Clara, wir brauchen deinen Verlobten.«

»Ich überlasse ihn euch nur ungern«, meinte Clara und sah ihn dabei lächelnd an. »Deshalb bleibe ich dabei und helfe euch ein bisschen, wenn ihr mich lasst.«

»Ich komme später mit Iris und Lukas. Wenn der Kleine im Bett liegt, werde ich allerdings auf eine Pause bestehen, in der wir wenigstens einmal anstoßen können«, sagte Benny, der Caspari Pistole und Holster in die Hand drückte. Dessen Eltern umarmten Clara.

Caspari öffnete schnell die Fahrertür seines Wagens und legte seine Sachen auf den Sitz unter sein Jackett. Dann ging er zu seinen Eltern, die auch ihm gratulierten.

»Eine eigenartige Form der Verlobung«, sagte er zu Clara, als sie in seinen Wohntrakt gingen. »Als ich dich bat, mich zu heiraten, hatte ich es eigentlich gar nicht so offiziell machen wollen.«

»Dein lieber Freund Benny wusste ganz genau, was er tat, als er es herausposaunte«, sagte sie schmunzelnd. »Er mimt zwar immer den Tumben, aber das ist nur Fassade. Der versteht mehr vom Leben, als man ihm auf den ersten Blick zutraut.«

»Wie meinst du das?«, fragte er mit gerunzelter Stirn.

»Nun können wir beide unsere Absicht zu heiraten, nicht mehr relativieren. Wir können nicht so tun, als hätten wir es nur im Affekt nach einem emotional belasteten Erlebnis gesagt. Wir haben jetzt nicht mehr nur ein Verhältnis miteinander, sondern sind Lebensgefährten.«

»Das fühlt sich gut an«, meinte er.

»Ja, das fühlt sich gut an!«, erwiderte sie und gab ihm einen langen Kuss.

Caspari duschte schnell und kam in frischer Kleidung in die Küche, wo Tina, Mario und Clara bereits saßen.

»Es tut mir leid, dass ich vorhin nicht mit euch reden konnte«, begann Caspari, Tina und Mario zugewandt. »Ich musste erst einmal selbst verdauen, was kurz vorher geschehen war.«

»Das geht schon klar!«, meinte Mario. »Schlüters Sekretärin holte uns persönlich zu einem darauf folgenden Gespräch ab und erzählte uns auf dem Weg zum Präsidenten, was sie mitbekommen hatte. Als wir zu ihm kamen, war Carstens schon weg und Schlüter hatte gerade erfahren, dass der Kollege aus Hannover sich nicht so schnell auf den Weg nach Wiesbaden machen kann. Er wollte von uns wissen, ob wir den Fall ohne dich lösen können. Wir haben natürlich verneint und ihm auch gleich klargemacht, dass wir weder ohne noch gegen dich zu arbeiten bereit sind.«

»Schlüter tobte regelrecht und fragte, ob dass hieße, wir würden auch kündigen«, fuhr Tina fort. »Wir brauchten uns nur einen kurzen Moment anzusehen, dann war es für uns klar. Wir gehen mit dir zum Bundeskriminalamt. Schlüter wurde leichenblass. Ich dachte schon, der bekommt einen Herzinfarkt. Er sagte so etwas wie ›dieser gottverdammte Fuhr!‹ Dann bat er uns, diesen Fall noch zu lösen.«

»Das sind wir Tiziana auch schuldig!«, meinte Caspari, der sich freute, dass seine beiden Freunde mit ihm die Behörde wechseln würden. »Na, dann ran an die Arbeit!«

Gemeinsam gingen sie die Liste der Gastdozenten der Universität Mainz weiter durch.

Währenddessen klingelte Casparis Mobiltelefon. Doktor Michel meldete sich.

»Caspari, sagten Sie nicht, der Mann habe an einer Schizophrenie gelitten?«

Caspari bejahte die Frage.

»Dann hat er das absolut falsche Medikament genommen. Ein schizophrener Mensch leidet meistens an einem zu hohen Dopaminspiegel in bestimmten Hirnarealen.«

»Aha«, antwortete Caspari.

»Dopamin ist ein wichtiger Neurotransmitter. Wie der im Hirn arbeitet, erkläre ich Ihnen nicht. Das kapieren Sie sowieso nicht. Jedenfalls verschreibt der Psychiater deshalb normalerweise ein Medikament, das den Wirkstoff Risperidon enthält. Risperidon verhindert ein Überangebot von Dopamin im Hirn. Die Tabletten, die ihr Toter genommen hat, enthalten allerdings nicht diesen Wirkstoff, sondern Dopamin. Hätte er an Morbus Parkinson gelitten oder am Restless-Legs-Syndrom, dann wäre das die korrekte Medikamentierung gewesen. Diesen Patienten fehlt das Dopamin. Für einen Schizophrenen ist die Einnahme dieses Stoffes allerdings Gift. Das heißt, seine Schizophrenie wurde durch die Tabletten noch viel schlimmer als ohne.«

Caspari, der den Lautsprecher des Telefons angestellt hatte, dachte einen Augenblick nach.

»Wieso ist dem Mann nicht aufgefallen, dass er die falschen Medikamente einnahm?«

»Diese Tabletten sind ›Marke Eigenbau‹, sehr geschickt gemacht. In Größe, Aussehen und Gewicht entsprechen sie exakt dem Aussehen der Risperidontabletten. So etwas bekommt nur ein Profi hin. Man muss schon bis zum Examen Pharmazie oder Chemie studiert haben, um solche Trojaner-Tabletten herzustellen, meint der Toxikologe.«

Nach dem Gespräch bestimmte Caspari, dass sie am kommenden Tag dem Apotheker einen Besuch abstatten sollten, von dem Dauner die Wochendosette bekommen hatte.

»Ihr glaubt nicht, wen ich gefunden habe«, rief Tina plötzlich. »Oliver Carstens hielt in den vergangenen drei Jahren immer wieder Gastvorträge im Fachbereich Jura, einmal zum Thema ›Der gläserne Bürger. Verbrechensbekämpfung versus Datenschutz‹.«

»Das belegt seinen Ehrgeiz, die Karriereleiter weiter nach oben zu steigen«, meinte Caspari. »Aber als Jurist fällt er aus dem Raster heraus. Wir brauchen einen Pharmazeuten oder Chemiker. Ein Laie kann weder so professionell mit Curare hantieren, noch Pillen drehen.«

Nachdem sie die Liste durchgearbeitet hatten, rieb sich Mario erschöpft die Augen.

»Wir schaffen es nie, alle infrage kommenden Gastdozenten bis Samstag zu überprüfen. Morgen ist schon Freitag.«

»Dabei haben wir die Suche auf die Fachleute für Chemie und Pharmazie eingeschränkt.«

»Wir brauchen ein Raster, mit dessen Hilfe wir noch einmal selektieren können«, brummte Caspari genervt.

»Wir müssten sie in Altersgruppen einteilen. Aber leider fehlen die Geburtsdaten bei den Angaben«, stellte Clara fest.

Caspari trommelte mit den Fingern auf die Tischplatte. Es war halb acht. Jeden Moment würde Lukas von Iris und Benny gebracht werden. Dann wäre Ihre Arbeit erst einmal unterbrochen. Schließlich wollten seine Eltern mit ihnen auf die Verlobung anstoßen. Wie sollte er alle diese berechtigten Erwartungen an ihn unter einen Hut bringen? Der Klang seines Mobiltelefons riss ihn aus den Grübeleien. Hauptkommissar Ludwig aus Frankfurt wollte ihn sprechen.

»Hallo, lieber Kollege! Ich habe eine gute Neuigkeit für Sie«, begann er. »Wir haben den Wagen von Kai-Uwe Peters gefunden. Er steht im Parkhaus des Frankfurter Flughafens. Ihre Kriminaltechniker sind bereits informiert und unterwegs.«

Caspari fühlte sich, als hätte er einen verloren geglaubten Lottoschein wieder gefunden und nun die Hoffnung, sechs Richtige darauf zu finden. Er bedankte sich bei Ludwig und legte auf. In Tinas und Marios Augen sah er jenes Jagdfieber, das sie befiel, wenn sie nahe daran waren, einen Fall zu lösen.

»Beten wir, dass Peters so schlau war, sich die Nummer

des BMW zu notieren«, sagte er, um ihren Optimismus nicht ins Kraut schießen zu lassen.

»Trotzdem können wir jetzt getrost und ohne unsere Arbeit zu vernachlässigen eure Verlobung feiern«, erwiderte Mario. »Mit der Liste der Gastdozenten kommen wir heute Abend nicht mehr weiter und mit dem Anruf aus der Kriminaltechnik wird es so bald auch nichts werden. Denen purzeln die Spuren ja auch nicht gerade in den Schoß.«

Caspari hörte das Motorengeräusch eines Wagens im Hof. Er schaute aus dem Fenster und sah Iris, Lukas und Benny aussteigen. Sofort ging er zur Haustür und empfing seinen Sohn, der ihm in die Arme sprang.

»Papa!«, rief der Kleine und drückte seinen Vater innig. »Benny hat gesagt, dass die Clara und du … dass ihr euch versprochen habt, dass ihr heiraten wollt!«

»So, hat er das gesagt?«, erwiderte Caspari schmunzelnd. »Ja, da hat er recht!«

Lukas strahlte über das ganze Gesicht.

»Dann wohnt die Clara ja auch bei uns«, kombinierte er.

»Ja, aber noch nicht heute und nicht morgen. Es wird noch ein bisschen dauern«, sagte Clara, die hinter ihnen im Flur stand.

»Ich will aber nicht mehr warten!«, sagte Lukas trotzig.

»Schöne Dinge brauchen ihre Zeit. Man muss sie so sehr erwarten, dass man es kaum noch aushalten kann. Erst dann sind sie besonders wertvoll für uns«, hörte Caspari Clara sagen.

Gemeinsam brachten die beiden Lukas ins Bett und hatten ihre Mühe, das aufgedrehte Kind zur Ruhe zu bringen.

Als sie endlich wieder die Küche betraten, saßen Tina, Mario, Benny, Iris und die alten Casparis schon um den Tisch. Vor ihnen standen Sektgläser, die Unterlagen waren weggeräumt. Benny ging zum Kühlschrank, holte zwei Sektflaschen heraus und ließ die Korken knallen. Caspari hatte seine Eltern seit Jahren nicht mehr so heiter erlebt, wie an diesem Abend. Sie schienen froh darüber zu sein, dass sich eine Frau ihres Sorgenkindes erbarmte.

»Ab Sonntag bekommen Tina und Mario übrigens Gesellschaft im Gästetrakt«, erzählte Casparis Mutter nach einer Weile. »Eine Frau mit leichtem englischem Akzent rief vorhin bei uns an und buchte das freie Appartement für die Zeit des Hessentags für sich und ihren Mann. Sie heißt sogar Frank, wie du, Clara.«

»Meine Mutter!«, stöhnte Clara. »Immer kommt sie, bevor man soweit ist, sie einzuladen. Kann sie nicht ein einziges Mal warten?«

Am nächsten Morgen wachte Clara völlig übermüdet auf. Der Sturm klingelnde Wecker hatte nicht nur sie aus dem Schlaf gerissen. Gähnend schlug Caspari die Augen auf und sah sie verträumt an. Zärtlich fuhr er ihr mit den Fingern über das Gesicht und ihren Bauch. Sie tat sich schwer, sich von dieser Berührung loszureißen, der sie sich unendlich viel lieber hingegeben hätte, als aufzustehen.

Schlaftrunken klaubten sie beide ihre Kleider vom Boden auf, die sie sich in der Hitze der Nacht gegenseitig ausgezogen hatten.

Der Einzige, der beim Frühstück ausgeschlafen wirkte, war Lukas. Fröhlich erzählte er von den mittelalterlichen Hütten und Ständen auf dem Ober- und dem Untermarkt, bei deren Aufbau er mit Iris zugesehen hatte.

»Ab heute sind da echte Ritter«, sagte er mit glänzenden Augen. »Papa, ich will zu denen. Wann gehen wir hin?«

»Der Hessentag geht über eine ganze Woche. Du wirst schon einige Male die Ritter sehen können«, antwortete Caspari und strich seinem Sohn über den Kopf.

»O Mann, Papa, nun sag schon, wann!«, protestierte der Kleine.

»Also gut! Sonntag gehen wir gemeinsam hin.«

»Wann ist Sonntag?«

»Noch zweimal schlafen. Einverstanden?«

»Nur noch zweimal schlafen? Ja, prima!«, rief Lukas.

Caspari hatte Mühe, ihn daran zu hindern, mit dem Marmeladenbrot in der Hand aufzuspringen und in der Küche herumzuhüpfen. Clara konnte sich ein Grinsen nicht verkneifen.

Das Klingeln von Casparis Mobiltelefon unterbrach den kindlichen Derwisch beim Tanzen. Clara winkte Lukas wieder auf seinen Platz. Caspari stand auf und ging zum Telefonieren in den Flur. Nach einer Weile kam er zurück.

»Das war die Kriminaltechnik. Sie haben tatsächlich einen kleinen Notizblock in Peters' Wagen gefunden. Es fehlen allerdings eine ganze Menge Zettel. Die Kollegen hatten deshalb Schwierigkeiten, das sichtbar zu machen, was sich beim Schreiben auf die unteren Blätter durchgedrückt hat. Mehr als ›F-G‹ war nicht mehr lesbar zu machen.«

»Und wie geht es jetzt weiter?«, fragte Mario.

»Ich werde gleich mit Ludwig telefonieren. Der soll bei der Zulassungsstelle alle silberfarbenen BMW der Fünferserie abfragen und dann jeden verfügbaren Beamten zur Überprüfung zu den Fahrzeughaltern schicken. Einer von den Besitzern muss unser Mann sein oder weiß zumindest, wer es ist.«

»Wir sollten parallel dazu die Liste der Gastdozenten mit Tiziana und den anderen durchgehen. Vielleicht erinnern sie sich an einen der Namen«, schlug Tina vor.

»Gute Idee«, lobte Caspari. »Ihr beide fahrt voraus. Ich suche zuerst die Barbarossa-Apotheke auf, dann komme ich nach.«

Dann verschwand er wieder im Flur, um dort mit dem Kollegen aus Frankfurt zu telefonieren.

Clara ergriff währenddessen die Initiative und begann den Tisch abzuräumen.

Als sie wenig später in Casparis Auto saß, blickte sie in den Rückspiegel. Sie beobachtete Lukas, der voller Stolz seinen neuen Kindersitz betrachtete. Dieser kleine Wirbelwind war im zurückliegenden halben Jahr zu einem wichtigen Menschen in ihrem Leben geworden. Mit seiner kindlichen Freude und seinem unglaublichen Charme hatte er einen Hechtsprung mitten in ihr Herz gemacht. Noch konnte sie es gar nicht fassen, dass Caspari ihr am vorigen Nachmittag einen Heiratsantrag gemacht hatte. Was hatte ihn zu diesem Schritt bewogen, der so gar nicht zu seiner Schüchternheit passte? Hatte er begriffen, dass sie den Irrgarten seiner Seele kannte und im Begriff war, ihn dort herauszuführen? Konnte er deshalb das Vertrauen zu ihr aufbringen, dass er brauchte, um sie zu fragen, ob sie ihn heiraten wollte? Andererseits spielte es keine große Rolle, was es letzten Endes gewesen war, das ihn zu diesem Schritt ermutigt hatte. Der Gedanke daran, dass er es getan hatte, ließ Schmetterlinge in ihrem Bauch fliegen.

Es fiel ihr schwer, vor ihrem Pfarrhaus aus dem Wagen zu steigen. Gern hätte sie ihn lange geküsst. Allerdings hatte sie Scheu davor. Als Pfarrerin war man eine Person des öffentlichen Interesses. Daran ließ sich nichts ändern. Es gab in jedem Pfarrbezirk immer auch Menschen, die aus Wohlwollen, Neugierde oder Missgunst den Pfarrer ganz genau beobachteten. Das galt im besonderen Maße für unverheiratete junge Frauen im Amt.

In ihrem Büro klingelte das Telefon. Als sie abhob, meldete sich Klaus Dauner, der Sohn des Ermordeten.

»Guten Tag, Pfarrerin Frank. Ich habe vor drei Stunden die Nachricht vom Tod meines Vaters erhalten.«

Clara konnte die Stimme nur schlecht verstehen. Ein starkes Rauschen im Hintergrund beeinträchtigte das Gespräch.

»Es tut mir leid, die Verbindung ist sehr schlecht«, entschuldigte sich Dauner Junior. »Ich bin zurzeit mit einer Gruppe von Wissenschaftlern in China. Wir untersuchen unterirdische Kohlebrände und ihre Auswirkungen auf die Erdatmosphäre. Wir sind hier in der tiefsten Provinz. Außerdem stehen wir kurz vor dem Abschluss unserer Untersuchungen. Es mag für Sie vielleicht herzlos klingen, aber ich kann hier nicht alles stehen und liegen lassen. Zwei bis drei Tage wird es dauern, bis ich nach Peking zum Flughafen komme. Vor Dienstag bin ich auf keinen Fall in Gelnhausen.«

Die Leitung war unterbrochen. Clara starrte ins Leere und dachte darüber nach, ob sie Axel Dauners Sohn nun herzlos finden sollte oder nicht. Er war in die Ferne gezogen, weil er den unaufhaltsamen psychischen Verfall seines Vaters nicht mehr mit ansehen konnte. Wahrscheinlich hatte er sich mit der Konzentration auf seine Arbeit abgelenkt. Nun würde er die Auseinandersetzung mit dem Leben, das sein Vater geführt hatte, nicht mehr beiseiteschieben und verdrängen können. Ob man ihn auch darüber informiert hatte, wie sein Vater zu Tode gekommen war?

»Die Wochendosette stammt von mir«, bestätigte der Apotheker, dem Caspari einen der Medikamenten-Portionierer auf die Theke gelegt hatte.

»Wir fanden keine Medikamentenverpackung bei Herrn Dauner, nur diese Dosette«, hakte Caspari nach.

»Herr Dauner klagte vor einiger Zeit, dass er mit der Einnahme seiner Medikamente nicht zurecht käme. Manchmal wüsste er nicht, ob er die Tabletten korrekt nach der Verordnung eingenommen habe oder nicht. Ich bot ihm an, die Medikamente in die Wochendosetten zu legen, damit er sich bei der Einnahme nicht mehr vertun könne.«

»Tun Sie das für alle Kunden?«, fragte Caspari.

»Nur für diejenigen, die solche Probleme haben wie Herr Dauner«, antwortete der Apotheker. »Ich kenne, Entschuldigung, ich kannte Herrn Dauner schon sehr lange. Früher holte er bei mir die Medikamente für seine krebskranke Frau und später dann für sich selbst. Ich fühlte mich verpflichtet, ihm zu helfen. Dieser Mann tat mir leid!«

Caspari sah auf den Notizzettel, den er sich geschrieben hatte.

»Laut dem Psychiater sollte Herr Dauner ein Medikament mit dem Wirkstoff Risperidon einnehmen. Ein entsprechendes Medikament verschrieb er jedenfalls. Die Tabletten in der noch unbenutzten Wochendosette enthielten allerdings Levodopamin, das im Hirn den Neurotransmitter Dopamin freisetzt.«

»Das kann nicht sein!«, rief der Apotheker erregt. »Die beiden Tabletten haben keinerlei Ähnlichkeit miteinander.

Das können Ihnen die Hersteller bestätigen. Herrn Dauners Tabletten waren rund. Das andere Medikament wird in einer ovalen Tablette verabreicht.«

»Sie verstehen mich falsch«, unterbrach ihn Caspari. »Die Levodopamin-Tabletten waren ein Eigenbau. Jemand wollte, dass der Tote sie für seine Tabletten hält.«

»Das ist unverantwortlich«, sagte der Apotheker mit entsetztem Gesichtausdruck. »Damit steigerte er die Schizophrenie doch noch.«

»Das ist nicht nur unverantwortlich«, erwiderte Caspari. »Das ist Mord!«

»Meine Güte, wer sollte denn diesem armen Mann so etwas Grausames antun?«

»Wir finden es heraus, verlassen Sie sich darauf!«

Im Gehen hielt er inne.

»Ich brauche eine Liste von allen Ihren Mitarbeitern.«

»Glauben Sie, dass die falschen Tabletten in dieser Apotheke hergestellt wurden?«, fragte der Inhaber pikiert.

»Ich muss jede Möglichkeit überprüfen. Das ist reine Routine«, erklärte Caspari und ging.

Während er seinen Wagen durch das bunt und festlich geschmückte Gelnhausen lenkte, überlegte er, ob er eine Hausdurchsuchung für die Apotheke beantragen und neben den Kriminaltechnikern den Toxikologen aus Doktor Michels Mannschaft zur Apotheke schicken sollte. Einerseits glaubte er zwar nicht, dass ihr Inhaber etwas mit der Ermordung Dauners zu tun hatte. Andererseits konnte man nie wissen. Caspari war sich darüber im Klaren, dass er den Ruf der Apotheke auf Jahre hin schädigen würde, wenn er eine Hausdurchsuchung beantragte. Eine Überprüfung der Angestellten und des Inhabers würde ausreichen, sagte er sich.

Vor dem alten Forsthaus in Hain-Gründau parkten drei nachtblaue VW-Busse. Daneben standen etliche Streifenfahrzeuge und der Wagen von Tina und Mario. Nachdem er einige gründliche Kontrollen über sich hatte ergehen lassen müssen, ging er zufrieden ins Haus.

Tina und Mario saßen mit Tiziana über die Vorlesungslisten gebeugt. Vielleicht würde die Rapperin sich ja doch an einen Vornamen der Gastdozenten, die sie sondiert hatten, erinnern.

Caspari wollte sie nicht stören und suchte Toni. Der saß auf einem bequemen Gartenstuhl, den wahrscheinlich Ecki organisiert hatte, und döste.

»Was machen die Schmerzen?«, fragte Caspari.

»Die Medikamente machen sie erträglich«, antwortete der Leibwächter. »Wie kommen Sie mit den Ermittlungen voran?«

»Der Kerl ist ein ganz harter Brocken«, gestand Caspari. »Ein Alptraum für jeden Polizisten.«

»Ich hörte, wie unsere Beschützer sich über die Geschichte mit der Autobombe unterhielten. Da sind Sie dem Tod gerade noch von der Schippe gesprungen.«

»Dafür musste ein Unbeteiligter sterben«, entgegnete Caspari bitter. »Weiß Ihr Schützling davon?«

»Nein. Und ich bin der Letzte, der es Tiziana sagen wird. Sie baut auf Sie und Ihre Leute und vertraut darauf, dass Sie das Schwein schnappen. Caspari, Sie hindern sie daran, in Angst und tiefe Verzweiflung zu fallen. Ich möchte Tizianas Vertrauen in eine Zukunft ohne diese Bestie nicht zerstören. Bleiben Sie am Leben und bringen sie den Kerl zur Strecke!«

Caspari war sich nicht bewusst gewesen, dass er der Strohhalm war, an dem die Rapperin sich festhielt. Diese Erkenntnis ließ ihn die Last der Verantwortung noch deutlicher spüren als bisher. Wenn er den Täter nicht stoppen konnte, war diese junge Frau verloren.

»Wie geht es jetzt weiter? Das Konzert findet morgen statt!«, insistierte Toni.

»Wir gehen zurzeit einer ganz heißen Spur nach«, antwortete Caspari. »Mehr kann ich dazu nicht sagen. Es ist durchaus möglich, dass wir die Handschellen vor dem Konzert zuschnappen lassen können. Genauso möglich ist es allerdings auch, dass wir ihn erst ein, zwei Tage später zu fassen kriegen. Erwischen werden wir ihn aber mit absoluter Sicherheit.«

»Was macht Sie da so sicher?«, fragte Toni.

»Unser Täter ist ein akribischer Planer und ein Perfektionist in der Ausführung seiner Morde. Allerdings gibt es das perfekte Verbrechen nicht. Jeder hinterlässt irgendwann einmal Spuren, und seien sie noch so unscheinbar. Dank der neuesten wissenschaftlichen Methoden der Kriminaltechnik und der Gerichtsmedizin werden diese Spuren für uns so gut lesbar sein wie eine Tageszeitung.«

Tiziana kam mit Tina und Mario im Gefolge auf die Terrasse.

»Ich kann mit keinem der Namen etwas anfangen«, gestand sie.

»Das habe ich einkalkuliert«, erwiderte er. »Aber einen Versuch war es wert. Ich weiß zwar, dass die Begegnungen in der Mensa nunmehr drei Jahre zurück liegen. Das Gesicht ist wahrscheinlich in Ihrer Erinnerung schon stark verblasst. Ich möchte trotzdem, dass Sie sich mit dem Polizeizeichner vom Landeskriminalamt zusammensetzen. Er ist auf dem Weg hierher. Dieser Mann ist ein Meister, wenn es darum geht, den Erinnerungen auf die Sprünge zu helfen.«

»Wir müssen unbedingt noch proben«, maulte Tiziana. »Ich brauche jede Minute für die Vorbereitung auf morgen.«

»Wenn Sie wieder frei und ohne ständigen Schutz leben wollen, nehmen Sie sich für den Zeichner Zeit«, entgegnete Caspari ernst. »Proben Sie konzentrierter, dann brauchen Sie weniger Zeit.«

»Er hat recht, Tiziana!«, meinte Toni.

Sie nickte resigniert und willigte ein.

Caspari sah die Enttäuschung über den vergeblichen Versuch, den Täter unter den Namen in den Vorlesungsverzeichnissen zu finden, in den Gesichtern seiner Mitarbeiter. Er verabschiedete sich und gab ihnen einen Wink. Gemeinsam verließen sie das Forsthaus und standen vor ihren Autos.

»Ich hoffe nur, dass die Fahndung nach dem silbernen BMW erfolgreicher ist. Langsam geht mir die Puste aus«, meinte Mario.

»Das Bild bekommt allmählich Konturen. Nicht mehr lange, und es wird sich uns offenbaren«, tröstete Caspari ihn.

»Ich hoffe, du behältst recht! Santa Maria, ich hoffe es!«

Clara hatte dem Gottesdienst den letzten Schliff gegeben. So konnte sie ihn am Sonntag halten. Die Integration des ›Zehn-Gebote-Parcours‹ fand sie selbst gelungen. Der Drucker spie leise die Blätter ihres Entwurfes aus, als das Telefon klingelte. Jungmann meldete sich.

»Hallo, Frau Frank. Der Arzt hat angerufen. Ihre Schülerin liegt nicht mehr auf der Intensivstation. Kathrin ist ansprechbar. Es geht ihr nach Aussage des Arztes den Umständen entsprechend recht gut. Sie können gegen drei Uhr mit ihr reden.«

»In Ordnung«, stimmte Clara zu. »Ich bräuchte allerdings jemanden, der mir so lange den Vater vom Hals hält.«

»Der ist bisher noch kein einziges Mal im Krankenhaus aufgetaucht. Aber keine Sorge. Ich komme auch dorthin und bleibe vor der Tür stehen, bis Sie mich hereinrufen.«

«So könnte es gehen«, meinte Clara.

Sie ließ sich die Nummer des Krankenzimmers geben und legte auf. Dann schaltete sie Computer und Drucker aus und reckte sich auf ihrem Bürostuhl. Ihre Muskeln fühlten sich verspannt an. Jetzt hätte sie Casparis Massage gut gebrauchen können. Die würde allerdings noch eine Weile auf sich warten lassen. Gähnend blickte sie auf ihren Bürowecker. Es war ein Uhr. Sie hatte noch zwei Stunden Zeit, bis sie mit Kathrin reden würde. Irgendetwas musste sie tun, um der aufsteigenden Müdigkeit und den Verspannungen Herr zu werden. Sport war im Augenblick die beste Medizin dagegen. Mit dem Joggen konnte sie sich allerdings nicht anfreunden. Das Laufen in der prallen Mittagssonne bei dreißig Grad war eher kontraproduktiv. Seydels Fitnesscenter hatte über die Mittagszeit geschlossen. Als letzte Möglichkeit blieb ihr der Sandsack. Nicht die schlechteste aller Varianten, fand sie. Schnell lief sie die Treppe zu ihrer Wohnung hinauf, zog sich um, streifte die Faustschützer über und begann zu den

Klängen von heißer Salza-Musik zu boxen. Sie konzentrierte sich auf Kombinationen, die mit kurzen Haken in die Körpermitte und auf Kinnhöhe endeten. Wie ein riesiges Pendel schwang der schwere Ledersack hin und her. Nach einer halben Stunde war sie klatschnass geschwitzt. Selbst das alte Haus mit seinen dicken Mauern gab der Sommerhitze allmählich nach.

Nach einer kleinen Mittagspause machte Clara sich auf den Weg ins Krankenhaus. Punkt drei Uhr stand sie vor dem Zimmer, in dem Kathrin lag. Allerdings war von Jungmann weit und breit nichts zu sehen. Als er nach fünf Minuten immer noch nicht da war, gab sie ihrem Temperament nach und klopfte an der Tür. Ein leises ›Herein‹ kam als Antwort. Vorsichtig öffnete sie die Tür. Kathrin saß halb aufrecht im Bett. Ihr linker Arm lag in einer Gipsschiene. Der Kopf war bandagiert, ein grün-blauer Bluterguss erstreckte sich fast über die gesamte rechte Gesichtshälfte. Neben ihrem Bett saß eine eingefallen wirkende Frau mittleren Alters. Clara nahm an, dass es Kathrins Mutter war. Ihre Augen schauten sie ängstlich an.

»Hallo, Frau Frank«, grüßte Kathrin leise, sehr darauf bedacht, die Lippen so wenig wie möglich zu bewegen.

»Hallo, Kathrin«, erwiderte Clara den Gruß.

»Mama, das ist Pfarrerin Frank, bei der ich Reli-Unterricht habe«, erklärte Kathrin der Frau an ihrem Bett.

»Ich freue mich, dass ich dich wach und ansprechbar antreffe«, begann Clara sehr vorsichtig. »Das muss ein schlimmer Sturz gewesen sein!«

»Sturz!«, wiederholte Kathrin mit verächtlichem Tonfall.

»Meine Tochter trat ins Leere, wie man so sagt, und fiel die Treppe vom ersten Stock bis in das Erdgeschoss hinunter«, erklärte ihre Mutter.

»Schwer vorstellbar bei einer sportlich durchtrainierten Jugendlichen«, entgegnete Clara nüchtern.

»Was soll das heißen? Was erlauben Sie …«

»Ihr Mann ist für diese Verletzungen verantwortlich. Der Stationsarzt weiß es, die Pflegekräfte wissen es und die

Polizei weiß es auch. Ich denke, es ist an der Zeit, endlich Position zu beziehen und Ihrer Tochter zu helfen.«

Die Augen der Frau begannen sich angstvoll zu weiten. Clara war gewarnt. Sie spürte die Präsenz einer weiteren Person in dem Zimmer. Mit einer fließenden Bewegung ging sie einen Schritt zur Seite und drehte sich dann um. Wenige Meter von ihr entfernt stand Herr Remmler, Kathrins Vater. In seinem dunkelblauen Anzug, den er trotz der Hitze mit Jackett trug, und der akkuraten Frisur wirkte er wie ein durchschnittlicher Managertyp, der es bis auf die mittlere Ebene geschafft hatte. Clara schätzte ihn auf Anfang fünfzig. ›So sieht also ein Mann aus, der die eigene Tochter misshandelt und wahrscheinlich auch missbraucht‹, ging es Clara durch den Kopf.

»Sie verlassen sofort das Zimmer«, fuhr er Clara mit eiskalter Stimme an.

»Ich denke nicht, dass ich das tun werde«, sagte Clara und hoffte, dass ihre Stimme fest und überzeugend genug klang.

»Das ist Hausfriedensbruch!«

»Da liegen Sie falsch. Ich bin hier auf ausdrücklicher Bitte der Polizei. Mit dem Treppensturz haben Sie den Bogen überspannt, Herr Remmler. Man hat Sie im Visier. Aus der Nummer kommen Sie nicht heraus, indem Sie mich vor die Tür setzen.«

»Genug!«, blaffte Remmler und ging auf Clara los. Die tauchte unter seinen Armen seitlich ab und schlug ihm einen kurzen Haken auf die Rippen. Remmler gab überrascht einen Schmerzenslaut von sich. Doch Clara war noch nicht fertig. Sie hatte ihn gereizt und würde bitter dafür bezahlen müssen, wenn sie den Kampf nicht zu Ende brachte. Schnell setzte sie eine Gerade nach, die auf sein Kinn krachte. Der Kopf des Mannes flog nach hinten, der Körper bog sich zurück. Das waren die idealen Voraussetzungen für einen kurzen Haken in die Magengrube, den Clara dann auch prompt schlug. Nach Luft ringend ging Remmler zu Boden, wo er keuchend liegen blieb. Im Stillen danke sie ihrem Schöpfer für das Sandsacktraining, bei dem sie eben jene Kombination geübt hatte.

Die Tür flog auf und Jungmann kam mit gezogener Dienstwaffe hereingestürmt. Als er Remmler am Boden liegen sah, schob er sie grinsend in das Holster zurück.

»Sie sind die einzige Pfarrerin, von der ich weiß, dass sie innerhalb eines halben Jahres zwei ausgewachsene Männer ausgeschaltet hat. Sind sie auf irgendeine Weise mit Don Camillo verwandt?«

Clara wischte sich schnaufend eine Strähne aus dem Gesicht.

»So etwas in der Art sagte Christoph auch schon einmal.«

Dann wurde sie ernst.

»Falls Frau Remmler immer noch schweigt und Kathrin sich nicht traut, gegen diesen Macho auszusagen, tue ich es. Ich zeige ihn an wegen Tätlichkeiten und versuchter Körperverletzung.«

Sie atmete noch einmal tief durch, dann fiel ihr wieder ein, dass Jungmann erst nach der Schlägerei gekommen war.

»Wo, zum Henker, kommen Sie eigentlich her? Wir hatten drei Uhr vereinbart. Wären Sie nicht so spät gekommen, hätte ich nicht Ihre Arbeit machen müssen!«

»Bevor ich das Revier verlassen konnte, musste ich einen Einsatz koordinieren. Das hat leider etwas länger gedauert, als abzusehen war. Aber wenn ich mir diese jammernde Klobürste auf dem Boden so betrachte, musste ich mir nicht wirklich Sorgen um Sie machen.«

Jungmann legte Remmler Handschellen an und rief mit seinem Mobiltelefon auf dem Revier an, um einen Streifenwagen anzufordern, der den Mann in seinem nicht mehr ganz so knitterfreien Anzug abholen sollte.

Als Remmler auf dem Weg zum Revier war, setzten sich Clara und Jungmann auf zwei Besucherstühle und begannen mit Kathrin und ihrer Mutter ein Gespräch, das bereits vor vielen Jahren hätte geführt werden müssen.

»Endlich hat mein Vater eine ordentliche Abreibung bekommen«, sagte Kathrin, die wie von einem Druck befreit schien.

»Hat er dich immer verprügelt, wenn du nicht so funktioniertest, wie er sich das vorstellte?«, fragte Jungmann.

»Geschlagen hat er sie selten«, sagte Kathrins Mutter. »Seine Aggressionen hat er viel lieber an mir abreagiert. Stattdessen hat er mein Kind geschändet. Jahrelang habe ich ihr Wimmern mit anhören müssen, wenn er bei ihr war. Nie konnte ich ihr helfen. Wenn ich es versuchte, schlug er mich zusammen und war dann erst recht erregt, wenn er sich über sie hermachte. O, er war sehr geschickt. Er wusste genau, wie man zuschlagen muss, damit die Blutergüsse am nächsten Tag von der Bluse verdeckt waren.«

Kathrins Gesicht war starr wie eine Maske. Tränen rannen ihr über das Gesicht. Clara spürte Genugtuung darüber, diesen Dreckskerl von einem Vater zusammengeschlagen zu haben. Sie nahm das Mädchen in den Arm. Kathrin begann laut zu schluchzen. Das lange erduldete Leid entlud sich endlich nach den vielen Jahren, in denen sie versucht hatte, es zu verstecken.

Nach drei Stunden, in denen Tochter und Mutter abwechselnd über ihren Leidensweg berichtet hatten, stellte Clara ihren Wagen auf dem Parkplatz hinter ihrem Haus ab. Müde und mit einem Kopf, der vom vielen Reden brummte, ging sie durch den Hintereingang hinein. Von Pflichtbewusstsein getrieben blickte sie auf ihren Anrufbeantworter im Amtszimmer. Sie war erleichtert, dass niemand angerufen hatte. Erschöpft setzte sie sich in das halbdunkle Büro und starrte durch die Gardinen auf die Gasse. Passagen des Gespräches, das Jungmann mit einem Aufnahmegerät aufgezeichnet hatte, gingen ihr immer wieder durch den Kopf. ›Eltern sind da, um ihre Kinder lieb zu haben. Zu so etwas hat der liebe Gott sie nicht bestimmt‹, ging es ihr durch den Kopf.

Fast hätte sie Oliver Carstens übersehen, der die Obere Haitzer Gasse entlanggelaufen kam. Bei seinem Anblick wurde ihr peinlich bewusst, dass sie vergessen hatte, mit ihm noch einmal zu reden. Ein sang- und klangloser Abgang war im Grunde nicht ihre Art. Doch Carstens schien gar nicht zu ihr gehen zu wollen. Schnellen Schrittes bog er in die kleine Gasse ›Zum steinernen Brunnen‹ ab und ging geradewegs auf die Treppe zu, die zum Halbmond führte.

Clara stand auf, nahm ihren Schlüsselbund und lief ihm hinterher. Als sie die Haustür öffnete, sah sie ihn nicht mehr. Eilig ging sie in die Gasse, in der Carstens verschwunden war. Als sie an Dauners Haus vorbeikam, das unterhalb des Halbmondes stand, fiel ihr auf, dass die Polizeisiegel auf der Haustür und dem Hoftor beschädigt waren. Neugierig spähte sie über das Gartentor, das mit einer rostroten Farbe gestrichen war. Das erste, was sie sah, war ein großer Lorbeerbusch, in dessen Schatten ein junger Mann saß, den sie nie zuvor gesehen hatte. Sein hellblondes Haar hing ihm ins Gesicht. Clara winkte ihm und versuchte, ihn anzusprechen. Wortlos blickte der Mann zu ihr. Seine Augen wirkten ausdruckslos und leer. Dann sah er wieder geradeaus. Clara wollte gerade einen neuen Anlauf unternehmen, als sie einen harten Stoß von hinten spürte, der sie nach vorne schleuderte. Mit Wucht prallte sie gegen das Tor, das nicht verriegelt war. Es gab nach, so dass sie in voller Länge auf die Einfahrt fiel. Keuchend vor Schmerzen hörte sie, wie das Tor wieder geschlossen wurde. Dann spürte sie ein Tuch auf Mund und Nase. Es roch so stark nach Chloroform, dass sie sich fast übergeben hätte. Sie wehrte sich mit aller Kraft gegen die Bewusstlosigkeit. Doch tiefe Schwärze umschlang sie immer mehr, bis es völlig dunkel wurde.

Kapitel 9

Caspari stellte den Lautsprecher seines Mobiltelefons an, als Ludwig aus Frankfurt anrief.

»Das ist die Suche nach der Nadel im Heuhaufen, Herr Kollege«, beschwerte der sich. »Wir haben alle Fahrzeughalter silbergrauer BMWs aus der Fünferserie mit den entsprechenden Kennzeichen aufgesucht. Überall Fehlanzeige. Einer steht allerdings noch auf der Liste. Das ist eine etwas merkwürdige Geschichte.«

»Wie dürfen wir das verstehen?«, fragte Caspari.

»Der Wagen gehört zum Fuhrpark einer Firma. Gessler-Bau. Ein großes Tiefbauunternehmen, das sich auf Autobahnen spezialisiert hat, alter Familienbetrieb. Der für den Fuhrpark und die Maschinen zuständige Angestellte liegt zurzeit wegen eines Herzinfarktes im Krankenhaus. Seine Vertretung hatte keine Ahnung. Der junge Mann wusste gar nichts von der Existenz dieses Autos. Er meinte, sämtliche Firmenwagen wären dunkelblau lackiert und trügen das Firmenemblem auf Fahrer- und Beifahrertür. Ein rotes G, stilisiert in der Form eines Senkbleis.«

»Ich hoffe, Sie haben es mit diesen Auskünften nicht auf sich beruhen lassen«, meinte Caspari.

»Natürlich nicht. Wir sind in der Chefetage vorstellig geworden. Doch wie es der Zufall so will, ist der Inhaber, Konrad Gessler, auf einem Segeltörn in der Ägäis und über das Handy nicht zu erreichen. Da ich vermute, dass dieser BMW von einem Familienmitglied genutzt wird, blieb ich hartnäckig. Die Sekretärin arrangierte ein Telefonat mit dem stellvertretenden Geschäftsführer, der wegen einer Geschäftsverhandlung derzeit in Köln weilt. Der sagte mir zu, mit Gessler über Funk zu sprechen und mir bis heute Abend Bescheid zu geben, von wem dieser Wagen gefahren wird.«

»Wenn überhaupt einer der BMWs, die Sie überprüft haben, der Wagen ist, mit dem Peters verfolgt wurde, dann dieser Firmenwagen!«, sagte Caspari zuversichtlich. »Sie müssen unbedingt dran bleiben. Falls der Mann bis heute Abend nicht angerufen hat, müssen Sie ihm auf den Wecker gehen!«

»Schon klar! Ich weiß, wie man das macht. Ein klein wenig Übung habe ich schon in meinem Beruf«, erwiderte Ludwig mit leicht genervten Unterton.

Caspari wurde bewusst, dass er den älteren Kollegen wie einen Anfänger behandelt hatte.

»Tut mir leid! So habe ich das nicht gemeint. Wir stehen alle unter einem enormen Druck.«

Mario lachte.

»Mamma mia. Nörgel nicht so rum, Ludwig.«

»Was will denn diese Sparausgabe von einem Italiener im Hintergrund?«, scherzte der Frankfurter Kollege.

Caspari sah auf seine Uhr. Fünf Uhr am Nachmittag. Die Zeit lief ihnen davon! In fünfundzwanzig Stunden würde Tiziana ihr Konzert auf dem Hessentag geben. Und sie traten so kurz vor dem Ziel auf der Stelle. Seit Stunden hatten sie mit Kollegen aus dem gesamten Bundesgebiet telefoniert, die die Alibis aller Pharmazeuten und Chemiker im Vorlesungsverzeichnis überprüft hatten. Diese Arbeit erwies sich als Sackgasse. Entweder war der Gastdozent, der Tiziana in der Mensa angesprochen hatte, nicht der richtige Mann, oder das Raster, nach dem sie aussortiert hatten, war fehlerhaft. Caspari hielt mehr von der zweiten Möglichkeit.

»Er steckt in diesen Vorlesungsverzeichnissen! Warum haben wir ihn übersehen? Was haben wir nicht bedacht?«

»Lasst uns einmal fantasieren«, begann Mario. »Nehmen wir einmal an, der Mann hat zwar Pharmazie studiert und vielleicht auch darin sein Examen gemacht. Dann belegte er aber noch ein Zweitstudium, das ihm viel besser gefiel und worin er so gut war, dass er später als Gastdozent auftrat.«

»Du hast recht!«, sagte Tina. »Das ist ein Punkt, den wir nicht berücksichtigen konnten.«

»Also sind alle aus dem Vorlesungsverzeichnis wieder mögliche Kandidaten.«

»Außer denen, deren Alibis bereits überprüft wurden«, ergänzte Caspari. »Allerdings können wir diese Liste am Wochenende nicht mehr abarbeiten. Das müssen die Kollegen aus dem LKA erledigen. Wir müssen uns auf Tizianas Schutz und auf den BMW konzentrieren.«

Jungmann kam mit einem schelmischen Grinsen in den Raum.

»Hallöchen, Christoph. Deine Sozialpartnerin hat wieder einmal zugeschlagen, im wahrsten Sinne des Wortes!«

Caspari sah ihn völlig verständnislos an. Was redete Jungmann da?

»Ich verstehe nur Bahnhof«, gab er zu.

»Deine Pfarrerin hatte mit mir verabredet, einer Schülerin Mut zu machen, gegen ihren Vater auszusagen, der sie missbraucht. Ich hatte mich verspätet, also fing sie ohne ›Rückendeckung‹ an. Als der Mann auftauchte und handgreiflich werden wollte, hat sie ihn in die Mangel genommen.«

»Wie geht es Clara?«, fragte Caspari besorgt.

»Ihr geht es bestens. Anders als dem Mann. Mein lieber Scholli, sieht der mitgenommen aus!«

»Das irische Temperament lässt grüßen«, kommentierte Tina und begann zu lachen. Selbst Caspari ließ sich davon anstecken und lachte herzhaft mit. Bertram schaute in das Büro hinein und ging dann mit einem Kopfschütteln weiter.

Das Klingeln von Casparis Mobiltelefon unterbrach ihren Anfall von Heiterkeit. Der Phantomzeichner meldete sich.

»Wir sind fertig, Doktor Caspari. Können Sie vorbei kommen und Ihr Urteil abgeben, ob das Phantombild für eine Fahndung ausreicht? Ich muss mich in einer Stunde wieder auf den Weg nach Wiesbaden machen und möchte meine Arbeit vorher zum Abschluss bringen.«

Caspari sagte zu und beendete das Gespräch.

»Wir fahren zum Forsthaus nach Hain-Gründau. Mal sehen, was der Zeichner aus Tizianas Erinnerungen gemacht hat«, sagte er zu Tina und Mario.

Tiziana war nervös und elektrisiert, wenn sie an das große Konzert am kommenden Tag dachte. Der Konzertmanager hatte am Telefon von mehr als fünfzehntausend Fans gesprochen, mit denen der Hessische Rundfunk rechnete. Endlich konnte sie wieder mit den Menschen kommunizieren. Ihre Musik war das Medium, das sie miteinander verband und zu einer Gemeinschaft auf Zeit machte. Vor ihrem geistigen Auge sah sie die abertausend Arme, die sich in die Luft rekkten und im Takt hin und her wogten. Sie spürte wieder den Stolz in sich, den sie bei ihrer letzten Tournee empfunden hatte, als alle ihre Texte mit rappten. Und doch lag ein Schatten auf ihrer Vorfreude. Ein Wesen, das alles zerstören wollte, was ihr Leben ausmachte. Unruhig stand sie auf der Terrasse und blickte zum Wald hinüber. Wann würde der große Polizist diesen grausamen Schatten endlich von ihr genommen haben? Sie hörte seine Stimme im Haus. Er unterhielt sich mit dem Zeichner, der fast ein Hypnotiseur hätte sein können. Seine ruhige Stimme hatte sie in eine Art Trance versetzt. Mit seinen tiefen, dunklen Augen hatte er sie zu ihren Erinnerungen geschickt, bis sie fast glaubte, wieder in der Mensa am Tisch mit jenem Mann zu sitzen, den Caspari nun suchte.

Tiziana verließ die Terrasse und ging auf die Stimmen zu. Der Italiener, seine rothaarige Freundin und der Hüne standen vor dem Notebook des Zeichners und starrten auf die Bildfläche.

»Ein sehr detailliertes Bild«, meinte die Rothaarige schließlich und blickte auf.

»Sehr gut!«, lobte auch der Hüne. »An irgendwen erinnert es mich. Es will mir allerdings nicht einfallen, wer das sein könnte.«

»Bekannt kommt mir der Knabe nicht vor«, meinte der Südländer. »Wobei ich gestehe, dass ich keinen Wert auf solche Bekanntschaften lege.«

Der Phantomzeichner reichte dem Hünen eine CD-Rom.

»Hierauf finden Sie das Bild. Ich habe es bereits via E-Mail zum LKA geschickt.«

»Wenn wir wieder zurück im Revier sind, werden wir es gleich ausdrucken und einen Aufruf an die Bevölkerung zur Mithilfe an die Zeitungen geben. Falls der Mann sich im Kinzigtal herumtreibt, wovon ich ausgehe, wird ihn vielleicht jemand erkennen.«

In Tizianas Magengegend verkrampfte sich alles. Ihr Person gewordener Alptraum hielt sich also noch in der Nähe auf. Die ganze Zeit über hatte sie diese Möglichkeit verdrängt.

»Wird er eine Bedrohung für mein Konzert und meine Fans sein?«, fragte sie ängstlich.

»Nein!«, antwortete Caspari mit Bestimmtheit. »Wenn Sie auf der Bühne stehen, hat er verloren – zumindest fürs erste. Ihr Sprechgesang und die Ekstase Ihrer Fans werden von ihm nicht behelligt werden.«

»Immer noch nicht gut auf meine Musik zu sprechen?«, fragte Tiziana, die über seine konservative Einstellung sogar ein wenig schmunzeln musste.

»Sie ist kalt und ohne jede Schönheit. Ihre Sprache ist der Kauderwelsch eines seelenlosen, technokratischen Lebens. Manche Ihrer Kollegen verherrlichen Gewalt in ihren Texten. Sie verwenden Gewalt als eine Kunstform, sagen sie. Angesichts dessen, dass die meisten Fans das nicht verstehen, sind solche Aussagen nichts weiter als geistiger Durchfall.«

»Die Texte der Volkslieder des Mittelalters und des Barock waren auch nicht ganz ohne«, konterte sie.

»Sie hatten bei alledem aber noch viel Witz und Tiefsinn, was man von den Texten aus dem Rappermilieu nicht gerade behaupten kann. Schauen Sie sich nur einige der Lieder Mozarts an. Die Texte sind außerordentlich deftig. Aber sie stellen niemanden bloß. Sie verleiten zum Lachen.«

»Ich weiß«, entgegnete sie. »Ich kenne sogar einen Kanon, der einen recht herzhaften Text hat.«

»Sie überraschen mich schon wieder. Mir wurde zugetragen, dass die meisten Rapper sich damit brüsten, weder singen noch eine Note lesen zu können.«

»Nur weil ich rappe, bin ich nicht ein kulturloses, dummes Ding ohne Bildung«, hielt sie dagegen. »Ich habe Sopran im

Chor der Karl-Rehbein-Schule gesungen. Zur Abiturfeier erlaubte sich unser Musiklehrer den Spaß, mit uns einen Kanon Mozarts zu singen, der den Gästen in Erinnerung blieb.«

»Haben Sie ihn noch im Gedächtnis?«, fragte der Hüne. Neugier blitzte in seinen Augen auf.

»Es ist schon ein paar Jahre her, aber ich versuche es«, sagte Tiziana und sang:

»Bona nox, bista rechta Ox;
Bona notte, liebe Lotte,
Bonne nuit, pfui, pfui,
Good night, good night, heut müss ma
Non weit,
Gute Nacht, gute Nacht, scheiß ins Bett,
Dass' kracht,
Gute Nacht, schlaff fei gesund und reck'
Den Arsch zum Mund.«

Zu ihrer großen Überraschung stimmte Caspari in den Kanon ein. Lachend beendeten sie das Lied, während die anderen laut applaudierten.

»Sie kennen das auch?«, fragte sie.

»Ich war auch im Schulchor. Mittelmäßiger Bariton. Auch unser Musiklehrer hatte einen ausgeprägten Sinn für Humor. Ich frage mich, warum eine Frau mit einer so schönen Stimme rappt?«

Wie konnte sie ihm klar machen, was ihr der Hip-Hop und der Rap bedeuteten? Seine Vorstellungen von Musik waren fest gefügt und sehr eng gefasst.

»Weil es für mich die beste Form ist, mich auszudrücken und anderen Menschen mitzuteilen, was mir wichtig ist und was mich bewegt. Das heißt nicht, dass ich andere Stilrichtungen der Musik ablehne. Ganz im Gegenteil. Ich mag Mozart sehr.«

Der Große nickte und sah sie freundlich an.

»In Ordnung, das kann ich so stehen lassen, auch wenn ich mit Ihrer Musik nicht warm werde.«

Tiziana wollte etwas erwidern, doch das Bellen eines der Hunde, die mit ihren Führern Streife um das Haus liefen, hielt sie davon ab. Das Tier stand zum Wald gerichtet und stellte die Nackenhaare auf.

»Was ist …?«, fragte sie.

Ein hohes, leise pfeifendes Geräusch drang an ihr Ohr. Im selben Moment bohrte sich ein Pfeil in eine der Holzschindeln, mit denen das Haus verkleidet war.

»Ins Haus! Sofort!«, rief Caspari in scharfem Kommandoton.

Während Toni sie hineinschob, sah sie, wie die Polizisten ihre Pistolen zogen und in die Hocke gingen. Sie wurde sanft auf den Boden gedrückt. Wieder war das pfeifende Geräusch zu hören, danach ein dumpfes Klatschen an der Außenwand. Einer nach dem anderen kamen die drei LKA-Polizisten durch die Terrassentür hineingerobbt, drehten sich um und richteten ihre Waffen in Richtung des Waldes. Noch drei weitere Pfeile bohrten sich in das Holz, während die uniformierten Beamten draußen das Feuer eröffneten und in die Richtung schossen, in der sie den Bogenschützen vermuteten. Dann war der Angriff vorbei. Sie lagen noch eine Weile auf dem Boden, während die Hundeführer und andere Polizisten in den Wald liefen. Nach einer Weile, die sich anfühlte wie die Ewigkeit, richtete Caspari sich wieder auf. Alle anderen taten es ihm gleich. Tiziana zitterte am ganzen Leib. Sie wurde hochgehoben und auf einen Stuhl gesetzt. Mit zitternden Fingern griff sie nach ihrem Mobiltelefon.

»Ich sage das Konzert morgen ab. Ich kann nicht mehr. Er wollte mich mürbe machen, er hat es geschafft. Das geht über meine Kräfte!«

Die Rothaarige hielt sie davon ab.

»Tun Sie das nicht. Er darf sein Ziel nicht erreichen. Wenn Sie morgen auftreten, hat er verloren.«

»Wenn ich nur wüsste, wie er immer wieder herausbekommt, wo wir sie verstecken«, hörte sie den Südländer zu seinem Chef sagen.

»Denk doch mal an die unter Strom gesetzte Klingel im

Priesterseminar, oder die versteckten Lautsprecher. Nicht zu vergessen die hochmoderne Autobombe. Langsam bekomme ich den Verdacht, dass er uns abhört. Nur wo und wann hat er Wanzen versteckt?«

Wie von der Tarantel gebissen, drehte sich der Südländer herum und kam auf sie zu.

»Darf ich mal?«, fragte er und streckte seine Hand aus.

Sie sah ihn irritiert an.

»Ihr Telefonino, bitte!«

Völlig überrumpelt gab sie es ihm. Er machte sich sofort an der Rückseite zu schaffen und öffnete den Deckel. Vorsichtig holte er den Akku heraus und betrachtete ihn gründlich von allen Seiten.

»Ist Ihnen in letzter Zeit aufgefallen, dass sich der Akku schneller entleert?«

»Ja, ich dachte, das wäre eine Verschleißerscheinung und wollte mir demnächst einen neuen bestellen.«

»Am Verschleiß liegt es nicht«, widersprach der Südländer. »Der Akku ist kein Originalteil. Das ist eine Batterie mit einem eingebauten Mikrofon. Ihr Verfolger hört jedes Wort und jedes Geräusch. Er weiß, wo Sie sind, zu jeder Zeit und an jedem Ort, egal, ob Sie Ihr Telefonino an- oder ausgeschaltete haben. Er kann sie mit GPS sogar genau orten.«

»Teufel nochmal!«, fluchte der Hüne.

»Wie kommt das Ding in mein Handy?«, fragte sie schockiert.

»Er war oft dichter an Ihnen dran, als Sie denken«, meinte Caspari mit finsterer Miene.

Sie fröstelte bei dem Gedanken, dass ein kalter Todeshauch sie gestreift hatte, ohne dass sie es hatte wahrnehmen können. Tiziana fühlte sich nackt und bloß einem Dämon ausgeliefert, vor dem es kein Entrinnen gab. Konnte dieser Hüne ihn wirklich aufhalten? Caspari schien ihre Ängste zu erahnen.

»Sie treten morgen auf! Da gibt es keine Debatte! Dass er mit Pfeilen aus dem Wald heraus schießt, ist ein letzter Versuch, Sie einzuschüchtern. Er kommt an Sie und die

Menschen aus Ihrem Umfeld nicht mehr heran. Betrachten sie das Indianerspiel als Akt der Verzweiflung.«

Er ging mit seinem Gesicht dicht an den Akku heran, den sein Mitarbeiter immer noch in der Hand hielt.

»Ich hoffe, du hast das gehört. Dein Spiel ist zu Ende. Du hast verloren! Und bald habe ich dich am Wickel!«, sagte er mit verbissener Miene.

»Heute Nacht haben Sie Ruhe vor ihm. Der kommt nicht wieder. Morgen nach dem Konzert ist sein Plan gescheitert. Dann kriegen wir ihn.«

Caspari und seine Mitarbeiter verließen das Haus. Als sie den dreien nachsah, spürte Tiziana Tonis Hand auf ihrer Schulter. Sie war nicht allein.

»Das Ding muss so schnell wie möglich zu Hölzer ins LKA«, sagte Caspari, während er in den ›Metamorphosen‹ blätterte.

Mario stellte eine kleine Dose auf den Tisch, nahm das technische Teufelsding, legte es hinein und verschloss den Behälter.

»Die Dose ist mit Blei verkleidet«, erklärte er. »Das Ding hat mir der Kriminaltechniker vom hiesigen Revier geliehen. Jetzt kann unser Täter nichts mehr hören.«

Caspari blickte von seiner Lektüre auf. Er hatte die Verbindung zwischen Dauners Tod und den Metamorphosen gefunden.

»Der Mörder hat Dauner regelrecht zu Tode gehetzt. Er spielt dabei die Geschichte des tragischen Helden Actaeon nach. Der sieht Diana, die Göttin der Jagd, versehentlich nackt beim Baden. Diana verwandelt ihn daraufhin in einen Hirsch, damit er nicht darüber sprechen kann. So wird der arme Kerl von seinen eigenen Hunden gehetzt und dann auch zerfleischt.«

Mario schüttelte den Kopf.

»Das ist krank. Aus diesen Morden spricht der blanke Wahnsinn!«

Caspari sah müde auf die Uhr. Es kam ihm vor, als ob die

Zeit schneller voranschritt, je näher das Konzert rückte, vor dem er den Täter eigentlich gefasst haben wollte. Mittlerweile war es acht Uhr. Die Eröffnungsfeierlichkeiten des Hessentages begannen in diesem Augenblick. In den kommenden acht Tagen würde die Stadt sich im Ausnahmezustand befinden. Einen Augenblick lang überlegte er, ob er Clara anrufen und ihr zum gelungenen K.O. gratulieren sollte. Doch er ließ diesen Gedanken fallen. Sie war bestimmt in die Feierlichkeiten eingebunden und hatte weder Zeit noch Gelegenheit, mit ihm zu telefonieren. Stattdessen sah er sich das Phantombild auf seinem Notebook noch einmal an. Warum kam ihm das Bild bekannt vor? Mit wem brachte er dieses Gesicht in Verbindung? Mit einem Ruck stand er auf und ging unruhig durch das kleine Büro. Ein Klopfen am Türrahmen riss ihn aus seinen Grübeleien. Bertram kam mit Neuigkeiten zu ihm.

»Ich konnte im Laufe des Tages den Zuständigen bei der Telekom erreichen. Die Telefonanlage bei Dauner installierte eine Zweimann-Firma im Auftrag der Telekom. Ich bin zur Firma gefahren und habe dort erfahren, dass der Auftrag für Dauners Haus dort nie angekommen ist. Allerdings war vor drei Monaten einer ihrer Montagewagen für zwei Tage verschwunden und wurde dann ein paar Straßen weiter wieder gefunden.«

»Dieselbe Masche wie bei den Mainzer Stadtwerken«, bemerkte Caspari. »Allerdings gehe ich davon aus, dass er vorher erst einmal bei Dauner vorstellig geworden ist und ihn von der Anschaffung einer neuen Telefonanlage überzeugt hat.«

»Dann muss er Dauner gekannt haben, seine Lebensgewohnheiten, seine Krankheit.«

Caspari stand eine Weile still und überlegte, während er zum Fenster hinaussah. Dann rief er durch seine Tür in den Flur hinaus.

»Mario, kannst du herausfinden, wo Dauners Sohn Geologie studiert hat?«

»Klar, Maestro, kein Problem. Wird pronto erledigt.«

»Na, da bin ich aber gespannt«, kommentierte Bertram. »Lass uns so lange in die Gemeinschaftsküche gehen und eine Kleinigkeit essen. Ich habe einen riesigen Hunger.«

Caspari trottete hinter ihm her. Den leeren Magen zu beschäftigen war allemal besser, als mit Unruhe in den Gliedern im Zimmer auf und ab zu gehen.

Er hatte sich gerade ein Brötchen mit Käse belegt, als Mario mit einem Siegerlächeln in die Küche kam.

»Hatte ich nicht ›pronto‹ gesagt? Also, da bin ich! Und nun ratet mal, wo Dauner Junior studiert hat!«

»In Mainz«, sagte Caspari sachlich.

Mario fiel wie eine Marionette in sich zusammen, deren Fäden man durchtrennt.

»Warum lässt du mich eigentlich recherchieren, wenn du es ohnehin schon weißt?«

»Ich weiß gar nichts, ich vermute nur«, antwortete er. »Dich setzte ich auf solche Fragen an, weil aus der Vermutung eine Gewissheit werden soll. Meine These, dass alle Fäden in Mainz zusammenlaufen, wird mit jedem weiteren Detail untermauert.«

»Du meinst, unser Täter kennt Dauner Junior durch das Studium. Mit dem Sohn lernt er dann zwangsläufig auch den Vater kennen.«

»Ja, so sehe ich das. Als Gastdozent kehrt er dann wieder nach Mainz zurück, wo er sich auf Kai-Uwe Peters konzentriert.«

Caspari wollte gerade in eine Brötchenhälfte beißen, als sein Mobiltelefon klingelte. Er fluchte, legte das Brötchen beiseite und nahm das Gespräch an. Als er Ludwigs Stimme hörte, schaltete er den Lautsprecher ein.

»Caspari, entschuldigen Sie. Ich habe ein bisschen auf mich warten lassen. Ich weiß nicht, warum man in Chefetagen Ewigkeiten verhandelt, ohne zwischendurch einmal eine Pause zu machen. Jedenfalls habe ich nach langem Hin und Her den stellvertretenden Geschäftsführer endlich an die Strippe gekriegt. Der hatte vorher mit Herrn Gessler selbst telefoniert und konnte mir endlich Auskunft über das Auto geben. Der Wagen gehört der Mutter des derzeitigen Inhabers. Martha Gessler, 88 Jahre alt. Wiewohl sie seit Jahren schon selbst nicht mehr fährt, besteht sie auf dieses standesgemäße Auto. Meistens muss sie der Chauffeur ihres Sohnes kutschieren. Ansonsten steht der Wagen nur in der Garage ihres Anwesens in Wiesbaden. Ich habe schon versucht, die alte Dame zu erreichen. Allerdings teilte mir das sehr resolute Hausmädchen mit, dass die ›gnädige Frau‹ sich heute Abend unwohl fühle und deswegen schon ruhe. Ich solle morgen noch einmal vorstellig werden.«

»Das übernehme ich«, rief Tina. »Mit alten Damen kann ich besonders gut.«

Ludwig war dankbar, dass sie ihm diesen Gang abnahm. Caspari hatte auch nichts dagegen einzuwenden. Mario war der Einzige, der sie fragend ansah.

»Ich mache mich heute Abend noch auf den Weg«, erklärte sie. »Das ist eine einmalige Gelegenheit, zu kontrollieren, ob deine Mutter die Zimmerpflanzen ausreichend gegossen hat. Außerdem will ich Christophs Mutter nicht dauernd mit unserer Wäsche zur Last fallen. Vor dem Schlafengehen werde ich in Wiesbaden einiges an Hausarbeit erledigen und nach dem Gespräch mit Frau Gessler mit einem Stapel frischer Wäsche zurückzukommen. Wer weiß, wie lange wir noch auf der Spielberger Platte die Gastfreundschaft unseres großen Meisters und seiner Familie in Anspruch nehmen müssen?«

Caspari rieb sich das Kinn und dachte nach.

»Ich halte es für sinnvoll, parallel noch eine große Pressekonferenz einzuberufen.«

»Ausgerechnet am Hessentag?«, fragte Bertram kritisch.

»Ja, genau am Hessentag«, erwiderte er. »Überleg doch mal: In diesen Tagen ist ein Großaufgebot an Presse, Funk und Fernsehen hier. Denen ist es ein Leichtes, ein paar Leute für den Pressetermin in das Polizeirevier abzustellen.«

»Was erhoffst du dir davon?«, fragte Mario.

»Unser Mann hat uns vorhin mit der Robin-Hood-Nummer zeigen wollen, dass er Tiziana zu jeder Zeit und an jedem Ort finden kann. Das war ein Versuch, sie und uns so unter Druck zu setzen, dass das Konzert abgeblasen wird. Nun drehen wir den Spieß um. Ich gehe davon aus, dass er sich in Gelnhausen oder in der unmittelbaren Umgebung aufhält. Wenn das Phantombild auch nur annähernd eine Ähnlichkeit mit ihm hat, kann er sich nicht ohne Maskerade auf der Straße zeigen. Die Gefahr, erkannt zu werden, ist zu groß. Das schränkt seine Bewegungsfreiheit erheblich ein.«

»Das entbehrt nicht einer gewissen Logik!«, gestand ihm Bertram zu. »Ich werde dich dabei allerdings nicht unterstützen können. Der ›nette Herr Staatssekretär‹ hat mich und andere Kollegen aus seinem ›Koordinationsteam Sicherheit‹ für morgen früh zu einer Besprechung abkommandiert.«

Gemeinsam formulierten sie die Einladung zur Pressekonferenz, die Ecki an alle Zeitungen, Rundfunk- und Fernsehredaktionen mailte. Danach überlegten sie, ob sie noch etwas vor dem Gespräch mit Martha Gessler tun konnten. Rasch befanden sie, dass es sinnvoller sei, am kommenden Tag ausgeschlafen und frisch ans Werk zu gehen, als die Zeit müde und ausgelaugt auf dem Revier zu verbringen.

Auf dem Hof packte Tina den Wagen mit Wäsche voll und verabschiedete sich von Mario.

›Formvollendet italienisch!‹, dachte Caspari und lächelte still. Dann waren beide Männer allein. Mario nutzte die Gelegenheit und fragte ihn nach einer Zigarre. Es hatte etwas Verschwörerisches, wie Mario die Bolivar in der Hand hielt, ausgiebig an ihr schnupperte und sie dicht am Ohr zwischen den Fingern rollte. Zufrieden nahm er wahr, dass die Tabakblätter leicht knisterten und die Zigarre die ideale Dichte besaß. Caspari sah ihm schmunzelnd zu. Genüsslich schmauchten sie die kunstfertig hergestellten, dunkelbraunen Robustos und leerten dabei eine Flasche tiefroten italienischen Weins, den Mario beigesteuert hatte.

Als er im Bett lag, dachte Caspari daran, dass er es heute nicht geschafft hatte, Clara anzurufen. Morgen würde der Anruf das erste sein, was er unternahm. Im Halbschlaf nahm er wahr, dass Lukas zu ihm gekrochen kam und sich an ihn kuschelte. Dann breitete Morpheus seine Arme über ihn aus.

Am kommenden Morgen war es Lukas, der aussprach, was Caspari und Mario empfanden. Tina und Clara fehlten! So schön der Herrenabend mit Zigarren und Wein gewesen war, so öde war der Morgen ohne den Menschen, mit dem man sein Leben teilte.

»Papa, warum sind Clara und Tina nicht hier?«

»Tina ist in Wiesbaden und muss dort etwas für uns erledigen. Clara wird wahrscheinlich auf dem Hessentag stark eingespannt sein. Ich ereiche sie jedenfalls nicht. Sie geht weder an das Mobiltelefon, noch an den Dienst- und den Privatanschluss.«

»Das ist blöd! Die beiden sollen morgen wieder da sein!«

»Ja, Piccolino«, sagte Mario und streichelte ihm den Kopf.

Als sie abräumten, klingelte das Telefon. Caspari beeilte sich, den Apparat zu erreichen. Das musste endlich Clara sein! Als er Elkes Stimme vernahm, war er enttäuscht.

»Hallo, Christoph. Meine Tochter nervt mich schon seit zwei Tagen. Sie will ihren großen Bruder wiedersehen. Können wir heute zu euch zum Schwimmen kommen?«

»Ich habe nichts dagegen. Allerdings muss ich gleich aus dem Haus. Ruf doch bei meinen Eltern an und frag sie.«

»Das habe ich bereits getan. Sie sind einverstanden«, antwortete Casparis Ex-Frau.

»Also gut, dann kommt nachher auf den Hof«, sagte er.

Als er mit Mario im Auto saß und die üppige Natur im hellen Sommerlicht bewunderte, atmete er tief durch.

»Was für ein schöner Anblick!«

»Das erinnert an ein seltenes Gut, nämlich Urlaub«, antwortet Mario.

Caspari spürte eine Weile den Blick seines Freundes auf sich ruhen.

»So ganz bin ich mit dem Donnerstagnachmittag noch nicht fertig. Was ging in dir vor, als du mit der Dienstwaffe in der Hand am Ufer des Weiher gesessen hast?«

»Das ist schwer zu erklären. Es war ein ständiges Abwägen

zwischen dem Wunsch, endlich Schluss zu machen und den Argumenten, die für ein Weiterleben sprachen.«

»Ich kenne dich nun schon etliche Jahre. Allerdings hätte ich nie vermutet, dass du Clara fragst, ob sie dich heiratet, nachdem wir dich gerade eben vom Selbstmord abgebracht hatten.«

»Das waren die berühmten Schuppen vor den Augen, die einem plötzlich herunterfallen. Mir war von einem Augenblick auf den nächsten klar, dass niemand außer Elke mir bisher so tief ins Herz geblickt hat, wie Clara. Und dass sie mich auch mit meinen Schwachstellen liebt. Ich wäre ein totaler Trottel, wenn ich sie ziehen ließe.«

Mario nickte.

»Das kann ich gut verstehen. So ähnlich geht es mir mit Tina.«

Caspari fuhr nicht, wie es sonst seine Gewohnheit war, nur über Landstraßen nach Gelnhausen, sondern wegen des Hessentages über die Autobahn. Aber auch dort begann der Verkehr sich zu stauen. Der Hessentag lockte ungeheure Besucherströme an. Die Zeit war ihm zu schade, um sie auf der Straße zu verbringen. Sei mussten einen Serientäter finden und unschädlich machen. Für Staupartys war keine Zeit. Er setzte das Blaulicht aufs Dach, schaltete die Sirene ein und schlängelte sich durch den Verkehr.

Im Revier machte er sich daran, sein Referat für die Pressekonferenz zu schreiben. Als er die Liste der Anschläge des Täters auf dem Computerbildschirm sah, wurde ihm deutlich, wie lang und tief die Blutspur war, die diese Bestie durch Tizianas und sein Leben gezogen hatte. Sechs Morde und zwei Mordversuche gingen mittlerweile auf sein Konto.

Mario saß noch an den Merkblättern für die Journalisten, als Ecki einen Stapel Fotokopien vom Phantombild auf den Schreibtisch legte.

»Ihr werdet ein volles Haus bekommen. Es stehen sich schon etliche Journalisten vor dem Eingang die Füße platt, nur um einen besonders guten Platz im Presseraum zu ergattern«, meinte er grinsend. Caspari warf einen Blick aus seinem Fenster. Es war noch eine gute halbe Stunde bis zur

Konferenz, doch schon jetzt zählte er fünfzehn Pressevertreter. Weiter hinten parkten gerade zwei Übertragungswagen des Fernsehens. Die Mordanschläge auf Tizianas Freunde waren gerade im Vorfeld ihres Comebacks von großem Interesse.

Caspari überlegte, ob er die verbleibende Zeit nutzen sollte, um Clara anzurufen. Doch er verwarf den Gedanken. Er hatte es oft genug probiert, sie zu erreichen. Nun war sie an der Reihe. Intensiv ging er sein Konzept durch, zog trotz der Sommerhitze sein Jackett an, kontrollierte den Krawattenknoten und ging in den Presseraum. Als er die Tür öffnete, huschte ihm ein zufriedenes Lächeln über das Gesicht. Sein Kalkül war aufgegangen. Die große Journalistenmeute auf dem Hessentag hatte sich auf den Brocken gestürzt, den er ihnen hingeworfen hatte. Der Raum war überfüllt!

Eineinhalb Stunden später war die Konferenz beendet. Caspari hatte auf eine endlose Zahl an Fragen Antworten geben müssen. Viele davon waren ihm nicht leicht gefallen. Warum er den Mann noch nicht gefasst habe, wollte ein Pressevertreter wissen.

»Weil dieser Mann nicht im Affekt oder einem Trieb folgend handelt«, hatte er geantwortet. »Er hat jedes Verbrechen schon lange im Voraus akribisch geplant und eiskalt mit viel emotionaler Distanz ausgeführt. Dabei hat er auf hoch entwickelte Spionage- und Waffentechnik zurückgegriffen, an die er wahrscheinlich durch Geheimdienstkontakte herangekommen ist. Er ist sozusagen die Mischung aus ›Jack the Ripper‹ und einem bestens ausgerüsteten Auftragskiller.«

»Gibt es so etwas wirklich?«, fragte eine junge rothaarige Journalistin mit Sommersprossen.

»Solche Serientäter sind die absolute Ausnahmeerscheinung, glauben Sie mir!«, antwortete er. »Aber auch solche Leute machen Fehler und hinterlassen versehentlich Spuren.«

Zurück in seinem Büro blickte er auf die Uhr. Halb zwölf. In wenigen Stunden würde Tiziana ihr Konzert geben. Wo blieb nur Tina?

Sein Mobiltelefon, das er während der Konferenz in der Aktentasche im Büro gelassen hatte, klingelte einmal kurz. Eine SMS war gerade angekommen. Caspari sah Claras Nummer auf der Anzeige. Er forderte die Wiedergabe des Textes an. Es erschienen nur drei Zeichen, ›o + e‹. Zwei Buchstaben, die alles sagten. Ihm war sofort klar: Es ging um ihn selbst und um Clara. Sie war in Lebensgefahr, wenn sie überhaupt noch lebte. Das Herz pochte ihm bis zum Hals. Kalter Schweiß rann ihm den Rücken hinunter. Mario sah ihn entgeistert an.

»O nein, nicht sie«, stammelte Caspari. Zu mehr war er nicht in der Lage.

Mario ließ sich von ihm das Mobiltelefon geben und las die Nachricht.

»Wo hast du den Ovid und die griechischen Sagen?«, fragte er mit sorgenvollem Gesicht.

Caspari deutete auf die Aktentasche.

»Darin«, antwortete er, noch völlig neben sich stehend.

Mario zog die Bücher heraus und packte ihn am Arm.

»Reiß dich zusammen. Clara braucht dich jetzt mit einem klaren Kopf!«

Er hatte recht. Er musste die Möglichkeit beiseite schieben, dass sie bereits tot war. Wenn es überhaupt noch eine Chance gab, sie lebend aus den Fängen der Bestie zu befreien, dann nur mit Hilfe eines klaren Verstandes, den weder Angst noch Trauer blockierten. Er atmete tief durch, nickte Mario zu und lief eilig mit ihm zum Wachraum des Reviers.

»Wir brauchen eine GPS-Ortung und zwar sofort«, rief Mario mit einer Stimme, die keinen Widerspruch duldete. Ecki schien den Ernst der Lage sofort zu erfassen. Er ließ sich von Mario Claras Mobilfunknummer geben und machte sich gleich daran, die Stelle orten zu lassen, von der aus die Nachricht versandt wurde.

Caspari folgte Mario in sein kleines Büro. Der warf die ›Metamorphosen‹ auf den Tisch.

»Sieh du im Namensregister nach, ich tue dasselbe im Anhang der griechischen Sagen.«

Caspari war froh, dass diesmal sein Freund die Initiative übernahm. Er würde noch einen Augenblick bauchen, bis er sich wieder gefangen hatte. Fieberhaft ging er das Namensregister durch, bis er auf den gesuchten Namen stieß.

»Ich habe es!«, rief er. »Eurydike, die Frau des Orpheus. Die Geschichte kenne ich. Sie stirbt durch einen Schlangenbiss. Er ist ein begnadeter Sänger und Leierspieler, der selbst Steine zum Weinen bringt. In seinem Schmerz steigt er in die Unterwelt und rührt die Götter dort so sehr mit seinem Gesang, dass sie ihm erlauben, Eurydike wieder ins Land der Lebenden zurückzuholen. Nur eine Bedingung muss er erfüllen: Er darf sich auf dem Weg aus dem Totenreich nicht zu ihr umdrehen. Unglücklicherweise verstößt er gegen dieses Verbot, so dass sie bei den Toten bleiben muss.«

»Du könntest Clara retten, doch du wirst es nicht schaffen. Das ist seine Botschaft. Bastardo!«, fluchte Mario.

Caspari packte die Wut über die Überheblichkeit dieses Mörders. So einfach ließ er sich nicht wie ein dummer Schuljunge behandeln.

»Lass uns überlegen, wo er sie hingebracht haben könnte. Was steht für das Totenreich?«

»Die Erde. Darin werden Menschen schließlich auch begraben«, dachte Mario laut.

»Du hast das Stichwort geliefert. Sie irgendwo einzubuddeln, wäre zu banal für ihn. Er liebt es, seine Morde regelrecht zu inszenieren. Ein Friedhof wäre der adäquate Ort für seine Inszenierung.«

»Davon gibt es hier im Kinzigtal wahrscheinlich viele. Falls wir die Suche nicht genauer eingrenzen können, wird es tatsächlich verdammt knapp für Clara«, meinte Mario besorgt.

Ecki kam eilig in das Büro gelaufen.

»Die Ortung war nicht möglich«, meinte er. »Das Mobiltelefon wurde sofort nach dem Versenden der SMS ausgeschaltet.«

»Teufel noch mal!«, fluchte Caspari und schlug mit der Faust auf den Tisch.

»Tut mir leid!«, entschuldigte sich Ecki. »Falls ihr mich

nicht braucht, mache ich mich gleich los. Da draußen treibt eine Leiche in der Kinzig.«

»Wo?«, fragten Caspari und Mario wie aus einem Mund.

»Ungefähr Höhe Neuwirtheim. Ist in den Ästen hängen geblieben. Hat das was mit eurem Serienmörder zu tun?«

»Kann sein«, sagte Caspari rasch.

Schnell folgten sie Ecki und fuhren hinter seinem Streifenwagen her. Weitere Polizeiwagen folgten ihnen. In Wirtheim bogen sie auf einen Feldweg ab, der sie an Wiesen vorbei direkt zur Kinzig führte. Ein Mann winkte ihnen zu und deutete auf eine Stelle im Fluss. Sein Hund saß angeleint neben ihm.

»August Tiefenbach mein Name«, sagte er, als sie auf ihn zukamen. »Ich habe Sie angerufen. Jeden Tag gehe ich durch die Kinzigauen mit Bruno spazieren. Als wir vorhin an den Fluss kamen, sahen wir das.«

Er deutete auf eine Stelle im Wasser, in der etwas Weißes deutlich zu erkennen war. Caspari konnte seine Unruhe nicht mehr zügeln.

»Haben Sie erkennen können, ob es sich bei der Leiche um einen Mann oder eine Frau handelt?«

»Nein, sie liegt auf dem Bauch im Wasser. Ich konnte nur so viel feststellen, dass es sich bei dem weißen Ding um so etwas wie ein langes Nachthemd handelt.«

Caspari und Mario ließen sich zu der Stelle führen, von der aus der Zeuge den toten Körper entdeckt hatte. Je näher sie kamen, umso besser konnte man die Konturen eines Menschen erkennen, der mit einem weiten Gewand begekleidet war. Caspari vergaß alle Vorschriften, die für das Betreten eines Fundortes galten und ging so dicht ans Ufer, wie er es verantworten konnte. Er brauchte die Gewissheit, ob diese Leiche Clara war. Er konnte kaum etwas erkennen, außer, dass die oder der Tote mit dem Hemdsärmel am dicken Ast eines Baumes hängen geblieben war, der in das Wasser hineinragte. Mario, der neben ihm stand, machte die Kollegen auf Fußspuren im feuchten Ufergrund aufmerksam. Die Leiche war nicht zufällig in dem Astgewirr der Bäume hängen geblieben. Jemand hatte sie absichtlich dort verkeilt. Schnell sicherten die Kriminaltechniker die Stelle.

Eine Sirene ließ ihn aufblicken. Die Polizeitaucher waren eingetroffen und begannen sofort, sich umzuziehen. Es kam Caspari wie eine Ewigkeit vor, bis sie in Neoprenanzügen vor ihm standen und warteten, bis die Gelnhäuser Kollegen etliche Fotos geschossen hatten. Dann stiegen sie vorsichtig in den Fluss und arbeiteten sich zu der Stelle vor, an der die Leiche festhing. Vorsichtig lösten die Taucher sie von den Ästen. Dann drehten sie den leblosen Körper herum und brachten ihn an das Ufer.

›Es ist nicht Clara‹, tönte es in Casparis Schädel, als er das Gesicht des Toten sah. Er wischte sich den Schweiß von der Stirn, der ihm seit seinem Eintreffen am Fluss in die Augen gelaufen war.

»Der Friede Gottes sei mit euch allen. Geschaffen zum Leben, sind wir von der Erde genommen und kehren zur Erde zurück. Unsere Zeit steht in Gottes Händen. Erde zu Erde, Asche zu Asche, Staub zum Staube.«

Clara hörte diese Worte nur schwach aus der Ferne an ihr Ohr dringen. Träumte sie, oder war sie tatsächlich bei einer Beerdigung? Das nächste, was sie hörte, war ein dreimaliges dumpfes Klatschen, begleitet von einem rieselnden Geräusch. Nach einer Weile wiederholten sich das Klatschen und das Rieseln. Dann wieder und wieder. Clara hätte nicht vermocht zu sagen, wie oft es wiederkehrte. Sie schlug die Augen auf. Doch das machte keinen Unterschied. Auch jetzt war es stockfinster. Ihre Glieder und ihr Rücken schmerzten. Sie versuchte sich zu bewegen, aber es war ihr nicht möglich. Man hatte sie zusammengeschnürt wie ein Bündel Zeitungen.

Die Stimme kam wieder, diesmal deutlicher.

»Lasst uns nun beten, wie uns Jesus Christus selbst gelehrt hat: Vater unser …«

Zu der Stimme gesellten sich nun weitere hinzu. Clara wurde mit einem Mal klar, dass sie tatsächlich auf einer

Beerdigung war: ihrer eigenen! Sie lag in einem Sarg, unfähig, sich zu rühren. Panik ergriff sie. Verzweifelt versuchte sie zu schreien, um die Trauergemeinde vor dem Grab auf sich aufmerksam zu machen. Aber aus ihrem Mund kam kein Laut. Dafür musste sie würgen, weil der große Knebel, der in ihrem Mund steckte, sich weiter nach hinten geschoben hatte. Die Stimme sprach den Schlusssegen, dann wurde es wieder still.

›Nein, ihr dürft nicht gehen und mich allein lassen!‹, tobten die Gedanken in ihrem Kopf. Sie versuchte, sich in ihrem hölzernen Gefängnis hin und her zu werfen, aber auch das half nichts. Die Seiten waren mit einem Polster verkleidet, das jeden Aufprall schluckte. Heiße Tränen der Verzweiflung rannen ihr über das Gesicht. Dann vernahm sie wieder Stimmen.

»Lass uns das Loch zumachen. Dann ist endlich Feierabend«, sagte ein Mann.

»Ich hole den kleinen Bagger«, meinte ein anderer.

Claras Herz schlug heftig, Schweiß rann ihr über den Körper. Wenn das Grab zugeschüttet würde, wäre sie verloren! Doch statt der Motorengeräusche eines Baggers hörte sie nur lautes Fluchen.

»Ich hab dem Knallkopp schon vorgestern gesagt, dass die Batterie im Eimer ist. Da muss eine neue rein. Das hat der natürlich vergessen.«

»Heißt das, er springt nicht an?«

»Der rührt sich nicht. Nix zu machen. Das Grab müssen wir per Hand zumachen.«

»So ein Mist! Das darf doch net wahr sein! Also gut, ich hole die Schippen und dann legen wir los. Ich will heim.«

Clara betete inständig, dass der Mann die Schippen nicht finden würde. Je mehr Zeit verging, bevor die Erde über ihr aufgefüllt würde, umso mehr wuchs die winzige Chance, dass man sie doch noch befreien konnte. Doch als das unbarmherzige, klatschende Geräusch und das Rieseln wieder einsetzten, wusste sie, dass sie verloren war. Falls man sie finden würde, wäre sie schon längst tot, erstickt.

»Was zum Henker ist denn hier los?« donnerte eine Stimme vom Feldweg her. Caspari blickte in ihre Richtung. Bertram kam auf sie zugelaufen.

»Dieser Carstens beschwätzt uns bis elf Uhr, dann muss man sich noch durch die Meute der Hessentagsbesucher kämpfen, um schließlich erst auf dem Revier zu erfahren, dass eine Leiche in der Kinzig treibt«, machte er seinem Unmut Luft. »Was macht ihr beide eigentlich hier? Hat das etwas mit dem Serientäter zu tun?«

»Der Dreckskerl hat Clara in seiner Gewalt. Christoph erhielt nach der Pressekonferenz eine SMS«, erklärte Mario und erzählte Bertram und den anderen Polizisten endlich, was geschehen war.

Caspari betrachtet sich derweil den im Gras liegenden Toten genauer. Nachdem er sich Handschuhe angezogen hatte, schob er das Gewand hoch, drehte ihn vorsichtig zur Seite und deutete auf die blaugrüne Verfärbung des Rückens.

»Der Mann war schon eine ganze Weile tot, als er in die Kinzig gelegt wurde«, sagte er. »Zum Todeszeitpunkt und danach muss er auf dem Rücken gelegen haben. Die Leichenflecken sind deutlich zu erkennen.«

»Das Gewand, das er an hat, sieht wie ein Leichenhemd aus«, bemerkte Bertram.

»Was schließen wir daraus?«, fragte Caspari.

»Dass man ihn aus seinem Sarg geworfen hat«, antwortete Ecki.

»Um Clara an seiner Stelle hineinzulegen«, fügte Mario hinzu.

»Ich veranlasse sofort ein Großaufgebot. Wir klappern jeden Friedhof im Kinzigtal ab. Jedes frische Grab wird ausgebuddelt. Die Feuerwehr soll mithelfen. Wir finden die Pfarrerin, verdammt noch mal!«

Der rechte Hemdsärmel hatte bei der Arbeit der Taucher mehrere lange Risse bekommen. Caspari betrachtete sich den Unterarm, über den sich eine lange Narbe zog. Irgendwo hatte er schon einmal von dieser Narbe gehört. Sein Erinnerungsvermögen ließ ihn nicht im Stich.

»Den Großeinsatz kannst du dir sparen, Heinz. Ich weiß, wo der Tote begraben werden sollte. Das ist der Altgeselle auf der Walz, von dem Clara mir erzählte. Wir müssen zum Friedhof nach Aufenau.«

Bertram teilte seine Leute in zwei Gruppen ein. Eine sollte sich um die Leiche kümmern, die andere mit ihnen zum Friedhof des Wächtersbacher Stadtteils fahren. Ecki wurde beauftragt, einen Rettungswagen und einen Notarzt anzufordern.

Mit Blaulicht und Martinshorn rasten sie durch Wirtheim über die Landstraße nach Aufenau. Der Lärm ließ zwei Friedhofsgärtner innehalten, die gerade dabei waren, ein Grab zuzuschaufeln.

Caspari sprang aus seinem Wagen und rannte auf sie zu.

»Aufhören! Sofort aufhören!«, rief er.

Die Arbeiter sahen ihn verwundert an.

»Warum denn das? Das Grab muss heute noch geschlossen werden«, meinte der eine.

»Das erkläre ich Ihnen später. Helfen Sie mir, den Sarg herauszuholen. Ich muss ihn öffnen.«

»Haben Sie dafür überhaupt eine Erlaubnis?«, fragte der andere Arbeiter.

»Die braucht er bei Gefahr in Verzug nicht«, schnauzte ihn Bertram an.

Der Mann trat zur Seite. Caspari ließ sich in das Grab gleiten und begann, die großen Schrauben des Sargdeckels aufzudrehen. Mario stieg ebenfalls in das Erdloch und half ihm dabei. Dann hoben sie vorsichtig den Deckel hoch und gaben ihn den Friedhofsgärtnern, die ihn fast zärtlich auf die Seite legten.

Mit Herzklopfen sah Caspari in den offenen Sarg. Clara lag darin, mit einer Wäscheleine straff zusammengeschnürt und geknebelt. Sie blinzelte, als ihre Augen das helle Sonnenlicht sahen. Tränen liefen ihr die Schläfen entlang. Caspari spürte einen Stich in seiner Herzgegend. Unendliches Bedauern, gepaart mit unbändiger Wut stieg in ihm auf. Wer auch immer Clara das angetan hatte, er würde dafür büßen.

Er fragte nach einem Messer. Einer der Arbeiter reichte ihm ein Taschenmesser, mit dem er Clara befreite. Als er den Knoten des Tuches geöffnet und den Knebel entfernt hatte, begann sie zu husten. Dann verdrehte sie die Augen und wurde bewusstlos. Caspari hob sie hoch und überließ sie den Sanitätern und dem Notarzt.

Tief atmete er einige Male durch, bevor er wieder aus dem Grab herauskletterte. Mario legte ihm die Hand auf die Schulter.

»Das ist ja gerade noch einmal gut gegangen.«

»Danke!«

Mehr brachte Caspari nicht heraus.

»Du hättest für mich dasselbe getan.«

Gemeinsam gingen sie zum Rettungswagen, dessen Heckklappe einer der Sanitäter gerade schließen wollte. Caspari gebot ihm Einhalt.

»Wie geht es ihr?«, fragte er den Arzt.

»Ich kann noch nicht viel sagen. Aber ich denke, sie wird das überstehen, sofern sie keine inneren Verletzungen hat. Dass sie aufgrund des Psycho-Stresses das Bewusstsein verliert, ist normal. Alles weitere wird sich weisen, wenn sie im Krankenhaus gründlich untersucht worden ist.«

Caspari nickte und trat vom Wagen zurück, so dass der Fahrer die Tür schließen konnte.

»Lass uns zum Revier zurückfahren und hoffen, dass Tina endlich eingetroffen ist«, meinte er zu Mario.

»Willst du nicht ins Krankenhaus, damit du da bist, wenn sie aufwacht?«

»Nichts lieber als das. Aber ich glaube, Clara wird richtig sauer, wenn sie hört, dass ich denjenigen durch die Lappen habe gehen lassen, der ihr das angetan hat.«

Mario grinste.

»Da kannst du recht haben.«

Der Soundcheck war zu Tizianas vollster Zufriedenheit verlaufen. Die Jungs hatten sich von ihrer besten Seite gezeigt, der Mann am Mischpult war ausgesprochen kooperativ. Aufgeputscht von der Stimmung unter den Musikern, der großzügigen Bühne mit Laufsteg und der weitläufigen, in der Sonne liegenden Müllerwiese, ging sie hinter die Bühne, wo sie die uniformierten Beamten erwarteten. Bei einem Trupp stand ein Mann in einem schwarzen Kampfanzug.

»Der Kollege kommt vom Sondereinsatzkommando«, erklärte ihr der Gruppenleiter. »Er hat uns gerade die neue Anordnung von Doktor Caspari überbracht. Jeder Einzelne von Ihnen wird vom SEK separat über unterschiedliche Routen zu einem neuen Versteck gefahren. Dort treffen Sie sich alle wieder. Caspari hält diese spontane Änderung angesichts der Gefahrenlage für erforderlich.«

Tiziana willigte trotz Tonis Protesten ein und folgte dem blonden SEK-Beamten, der ihr irgendwie bekannt vorkam. Caspari war ihr Fels in der Brandung. Sie hatte gelernt, auf sein Wort zu vertrauen.

Der Beamte öffnete die hintere Tür eines nachtblauen VW-Busses mit Wiesbadener Kenzeichen und ließ sie einsteigen. Als er losfuhr, stieg auf einmal ein Gefühl des Zweifels in ihr auf. War diese Maßnahme tatsächlich dazu geeignet, den Täter zu irritieren?

»Ihr neues Versteck liegt direkt in der Gelnhäuser Altstadt«, erklärte der Polizist.

Der VW-Bus parkte in einer kleinen, sehr steilen Straße, die Kapellenweg hieß. Der Mann ließ sie aussteigen und führte sie durch den Stadtgarten. Zielstrebig lotste er sie in den Innenraum eines Gebäudes, dass aussah wie die Hälfte eines Wehrturmes.

»Der Gelnhäuser Halbmond«, sagte er. Dann stieg er eine steinerne Treppe hinunter. Er zog einen Schlüssel hervor und öffnete die Tür eines Hauses, das besonders dicht an der Stadtmauer und dem darüber befindlichen Halbmond stand. Tiziana folgte ihm in den Flur. Als er die Kellertür öffnete und die Treppe hinab stieg, fühlte sie ein tiefes Unbehagen. Warum hielt Caspari es für geboten, sie im Keller zu verstekken? Der Beamte schien ihre Bedenken zu spüren. Er drehte sich zu ihr herum.

»Bitte folgen Sie mir! Es ist zu Ihrer eigenen Sicherheit. Bald ist alles vorbei«, sagte er freundlich.

Sie gab sich einen Ruck und stieg die Treppe hinab. Die Hitze des Tages war in diesen Räumen nicht angekommen. Tiziana fröstelte. Als sie in einem kleinen Raum standen, schaltete er das Licht an und schloss die Tür. Tiziana meinte, sie würde zusammenbrechen, als sie einen jungen Mann mit zerzausten blonden Locken sah, der auf einem der Feldbetten zusammengekauert lag. Seine Augen blinzelten, als das Licht anging. Sein Körper zuckte und zitterte, sein Blick war leer, unendlich leer. Vor ihr lag Kai-Uwe Peters. Erschrocken drehte sie sich herum. Der Mann hinter ihr nahm seine blonde Perücke ab und sah sie mit einem zufriedenen Lächeln an. Sie war ihrem Jäger in die Falle gegangen.

»Wie geht es Clara?«, fragte Tina, als Caspari und Mario in den Frühstücksraum des Reviers kamen.

»So, wie es aussieht, ganz gut – zumindest körperlich«, antwortete Caspari und erzählte ihr, was sich zugetragen hatte, seitdem ihm die SMS zugesandt worden war.

Mario reichte ihm einen Kaffee, den er in Ruhe zu trinken versuchte. Aber er konnte nicht lange stillsitzen. Er war innerlich immer noch zu sehr aufgewühlt. Unruhig ging er in dem großen Raum umher.

»Lass mal hören, was du in Erfahrung gebracht hast, Tina.«

»Ich bringe ein Sensation mit!«, begann sie. »Frau Gessler wohnt in einer Villa mit einem wunderschönen Garten. Eine Hausangestellte versorgt sie. Wenn die ihren freien Tag hat, sieht eine Studentin nach ihr, die eine kleine Mansardenwohnung im Haus bewohnt. Die alte Dame ist den BMW jedenfalls nicht gefahren, so viel kann ich euch vorab schon verraten. Ich wollte nicht gleich mit der Tür ins Haus fallen und ging sachte vor. Wir würden mehrere Fahrzeuge des Typs mit ähnlichem Kennzeichen überprüfen, sagte ich. Es sei reine Routine. Ich musste mit ihr frühstücken und zwischen Croissants und Konfitüre meine Fragen stellen. Dabei erzählte sie mir die komplette Familiengeschichte. Ihr Mann habe die Firma als Drei-Mann-Betrieb von seinem Vater übernommen und mit harter Arbeit und viel Geschick aufgebaut und vergrößert. Dass er sich auf Tief- und Straßenbau spezialisierte, hätte der Firma eine sichere Auftraglage seit Jahrzehnten beschert. Die alten Gesslers hatten einen Sohn und eine Tochter. Die war schon während ihrer Abiturzeit mit dem Sprössling einer uralten Wiesbadener Apothekerdynastie liiert. Seinetwillen studierte sie Pharmazie. Nach dem Studium heirateten sie, und die junge Frau stieg mit ihrem Mann in die Führung der Apotheke ein. Die Gesslers galten bei den angesehenen Wiesbadener Familien allerdings als Neureiche. Die junge Frau hatte einen schweren Stand bei ihren Schwiegereltern und dem Rest der Familie ihres Mannes. Der muss auch ein ziemliches Muttersöhnchen gewesen sein. Das Einzige, was er zustande gebracht hat, war, sich mit der Hochzeit gegen seine Mutter durchzusetzen, sagt Frau Gessler.«

»Nun sag uns doch endlich den Namen des BMW-Fahrers!«, maulte Mario.

»Geduld, mio bello!«, entgegnete Tina. »Ohne die Vorgeschichte kannst du nicht begreifen, was da gleich kommen wird. Der junge Apotheker war jedenfalls ein enormes Coglione, ein Weichei. Er schaffte es nicht, sich vor seine Frau zu stellen. Als sie schwanger wurde, war die Dynastie nicht mehr ganz so abweisend und kalt ihr gegenüber. Die alter Dame meinte, ihrer Tochter habe die Funktion zugestanden, den ›Thronfolger‹ zu gebären. Als es dann tatsächlich ein Junge war, der das Licht der Welt erblickte, war alles eitel Sonnenschein. Das hielt aber nicht lange. Die Spannungen stiegen, weil die junge Frau mit dem Kind auch ihre Eltern besuchte. Der Kontakt des ›Thronerben‹ zu den nicht standesgemäßen Gesslers war nicht erwünscht. So zog sich die Tochter von Frau Gessler aus der Apotheke zurück und widmete sich ganz ihrem Sohn. Daneben begann sie, sich in der Politik zu engagieren. Sie schaffte es sogar in die Wiesbadener SPD-Fraktion. Das war natürlich Öl in das

Feuer der erzkonservativen Schwiegerfamilie. Ihr Mann muss in dieser Zeit wie ein Fähnchen im Wind hin und her geflattert sein. Jedenfalls zog sich seine Frau enttäuscht von ihm zurück und ließ sich auf zwei oder drei Affären mit Parteinfreunden ein. Beide begannen, sich zunehmend heftiger zu streiten, was der kleine Sohn leider mitbekam. Er reagiert sogar einmal mit einem totalen Zusammenbruch und musste ins Krankenhaus. Der junge Apotheker bat seine Frau um Versöhnung. Sie bestand auf eine Trennung auf Zeit und zog mit dem Kind zu ihrer Großmutter eine Straße weiter. Die Tete á tetes mit den Parteifreunden waren zu dieser Zeit wohl beendet. Allerdings brauchte sie Zeit, um sich darüber klarzuwerden, ob sie mit der Familie ihres Mannes weiterhin zu tun haben wollte und konnte. Dem Apotheker dauerte das offensichtlich zu lange und er drängte sie, doch wieder zu ihm zurückzukommen. Eines Tages sah er den Wagen von einem der früheren Liebhaber seiner Frau vor deren Haus stehen und dachte, sie würde wieder fremdgehen. Plötzlich stand der Apotheker mit einer alten Armeepistole vor den beiden und erschoss sie vor den Augen des Kindes. Dann steckte er sich den Lauf in den Mund und tötete sich selbst. Der Kleine verbrachte danach ein halbes Jahr in der Kinderpsychiatrie. Als er entlassen wurde, verfügte das Familiengericht, dass er zu der Schwester seines Vaters kommen solle, die inzwischen die Apotheke übernommen hatte. In deren Familie wuchs er dann auf, ohne dass er Kontakt zu Gesslers gehabt hätte.«

Tina machte eine Pause und gönnte sich einen kleinen Schluck Kaffee.

»Nach dem Abitur hat der Junge dann gemäß der Familientradition Pharmazie in Mainz studiert. Doch schon während des Studiums kamen ihm Zweifel, ob diese Richtung auch wirklich das ist, was er tun wollte. Irgendwie schaffte er es, neben dem umfangreichen naturwissenschaftlichen Studium noch Jura zu studieren. In dieser Zeit suchte er auch den Kontakt zur Familie seiner Mutter. Die alte Frau Gessler unterstützte ihn dabei, einen Beruf zu ergreifen, der seinen Talenten und Wüschen entsprach. Das Pharmazie-Examen legte der junge Mann zwar ab. Doch danach widmete er sich mit aller Energie dem Jurastudium, das er mit Bravour abschloss. Danach folgte die Promotion, die er mit einem ›summa cum laude‹ hinlegte.«

»Ein kleines Genie«, bemerkte Caspari.

»Der Meinung ist auch die alte Frau Gessler. Außerdem, so erzählte sie mir, sei er in der Lage, verschiedene Vorgänge und Sachverhalte gleichzeitig zu betrachten und zu steuern.«

»Systemisches Denken oder auch Kybernetik«, erläuterte Caspari.

»Jedenfalls gab und gibt Frau Gessler ihrem Enkel sehr gern ihren Wagen, damit der nicht nur in der Garage herumsteht. Sie selbst traut sich nicht mehr hinter das Steuer, sondern nur noch auf den Rücksitz. Dann wird sie von dem Chauffeur ihres Sohnes gefahren oder von der Studentin, die in ihrem Haus lebt.«

»Also ist der Enkel dieser frühstückenden Dame unser Bösewicht«, resümierte Mario. »Nun rück endlich mit dem Namen heraus!«

»Oliver Carstens!«

Caspari war sprachlos. Er saß einen Moment lang völlig regungslos auf seinem Stuhl und starrte ins Leere. Dann schlug er sich mit der flachen Hand an die Stirn.

»Natürlich! Das Phantombild erinnerte mich an jemanden, ohne dass ich gewusst hätte, an wen. Es war Carstens. Alle Puzzleteile passen zusammen: Er beherrscht die Fähigkeit, systemisch zu denken. Er kann Abläufe so gründlich planen und ausführen, wie kaum ein anderer. Dabei behält er mehrere Fronten ohne Schwierigkeiten im Blick und kann spontan auf Änderungen reagieren, ohne das Ziel in Gefahr zu bringen. Seine Kindheitserlebnisse haben aus ihm einen Mann gemacht, der ein schwer gestörtes Verhältnis zu Frauen hat. Ich gehe von einer extrem engen Mutter-Kind-Beziehung aus. Die Frau wird bei ihrem Kind Trost und Schutz vor den Sticheleien der Familie gesucht haben. Sie braucht ihn, um ihr Leben zu meistern. Für ihn ist diese Bindung ein Hort der Geborgenheit. Doch sie erlaubt es dem Kind nicht, eine eigenständige Persönlichkeit zu entwickeln. Es erlebt sich nur in emotionaler Abhängigkeit von der Mutter. Man stelle sich ein Kind vor, das in der Lage ist, selbständig zu essen und zu trinken, und trotzdem noch an der Nabelschnur der Mutter hängt.«

Caspari dachte kurz nach, bevor er fortfuhr.

»Es waren dann die Liebhaber seiner Mutter, die aus Sicht des Kindes die enge Bindung bedrohten. Sie stellten sich zwischen seine Mutter und den Kleinen. Ich gehe davon aus, dass er von den Eskapaden seiner Mutter einiges mitbekommen hat. Die Streitigkeiten der Eltern wird der ohnehin labile Junge regelrecht als existenzbedrohend empfunden haben. Letzten Endes war es dann auch ein Mann, nämlich der eigene Vater, der ihm die Mutter raubte. Ich gehe davon aus, dass Carstens als Erwachsener keine dauerhafte Beziehung führen konnte. Entweder wird er unnatürlich eifersüchtig aufgetreten sein oder eine Nähe zu der jeweiligen Frau gesucht haben, die ihr unangenehm, ja sogar unnatürlich war. Außerdem kennt er sich als Pharmazeut mit Giften und deren Wirkung bestens aus!«

»Das alles passt. Aber es geht noch weiter!«, unterbrach ihn Tina. »Die Studentin in Frau Gesslers Haus kam durch die Vermittlung von Oliver Carstens dorthin. Irina Jelnikov, russische Staatsbürgerin, Besitzerin eines Porsche Cayenne. Ich habe über sie nach dem Gespräch Erkundigungen eingezogen. Den Kollegen vom Bundeskriminalamt klingeln die Ohren, wenn die den Namen Jelnikov hören. Irinas Vater, Alexej, ist ein hohes Tier beim FSB, dem russischen Geheimdienst. Das BKA und der Bundesnachrichtendienst haben ihn schon lange in Verdacht, Spionage-Software und Waffentechnologie unter der Hand zu verkaufen. Es konnte ihm allerdings bisher nichts nachgewiesen werden. Außerdem besitzt er einen Diplomatenpass.«

»Jetzt wissen wir auch, woher Carstens die Abhöranlangen, die versteckten Lautsprecher und den Sprengstoff hatte.«

»Ach ja, das hatte ich vergessen zu erwähnen«, schaltete

sich Tina noch einmal ein. »Carstens besitzt Immunität. Die muss erst durch den hessischen Landtagspräsidenten aufgehoben werden. Vorher können wir nicht gegen ihn vorgehen.«

»Dafür haben wir keine Zeit! Wir müssen ihn so schnell wie möglich festnehmen. Wenn er systemisches Denken so perfekt beherrscht, hat er wahrscheinlich auch einen Plan für den Fall, dass er auffliegt, bevor er Tiziana erwischt.«

»Schlüter lief mir vorhin über den Weg, als ich im LKA war, um zu recherchieren. Ich legte ihm alle Fakten auf den Tisch. Der Gute wurde kalkweiß und versprach, sich augenblicklich persönlich um die Aufhebung der Immunität zu bemühen.«

»Womit habe ich nur so gute Mitarbeiter verdient?«, meinte Caspari grinsend.

Tina war im Begriff, eine nicht ernst gemeinte Erwiderung zu geben, als Jungmann hereingestürzt kam.

»Schlechte Neuigkeiten, verdammt schlechte Neuigkeiten! Tiziana ist weg!«

Clara spürte, wie ihr jemand sanft über das Haar strich. Sie zwang sich, die Augen zu öffnen. Langsam und unendlich schwer ließen sich die Lider heben. Zunächst sah sie nur verschwommene Umrisse. Doch die genügten, um zu erkennen, dass Caspari an ihrem Bett saß.

»Wie geht es dir?«, fragte er leise.

»Ich fühle mich so unendlich müde«, antwortete sie. »Und doch habe ich Angst zu schlafen. Irgendein dummer Gedanke will mir einreden, dass ich dann plötzlich wieder im Sarg aufwache.«

»Dieser Dreckskerl! Dafür wird er bezahlen. Niemals wieder wird dir jemand so etwas antun. Das verspreche ich dir!«, sagte er mit unterdrücktem Zorn.

»Das war Oliver.«

»Ich weiß. Wie konnte er das schaffen? Du hast einen ausgewachsenen Mann umgehauen, bevor du verschwunden bist.«

»Ich bin wie eine Maus in seine Falle getappt. Außerdem komme ich gegen ihn nicht an. Seine Freundin Ira, meine Zimmernachbarin in der WG in Mainz, gab gern ein bisschen an, dass er nicht nur an der Universität Karate trainierte und den schwarzen Gürtel besaß, sondern dass er auch noch deutscher Studentenmeister war.«

»Nicht nur ein krankes Superhirn, sondern auch noch ein Krieger. Gefährliche Mischung!«

Caspari hielt ihre Hand und streichelte sie.

»Der Arzt sagt, dass du keine Verletzungen oder Schädigungen hast. Carstens scheint dir allerdings ein starkes Beruhigungsmittel gegeben zu haben, von dessen Wirkung du dich noch erholen musst.«

»Das ist gut!«

»Clara, ich muss wissen, wo du ihm in die Falle gegangen bist.«

»Ich sah vom Fenster meines Amtzimmers aus, wie er in die Richtung von Dauners Haus ging. Weil ich mir nicht erklären konnte, was er dort zu suchen hatte, bin ich ihm gefolgt. Dabei warf ich einen Blick in Dauners Garten. Dort saß ein junger blonder Mann mit üppigen Locken völlig apathisch im Schatten eines großen Lorbeerbusches. Ich wollte wissen, warum ein Fremder in diesem Garten sitzt, als mir Oliver einen übel riechenden Lappen auf Mund und Nase drückte.«

»Tiziana ist verschwunden. Fällt dir etwas zu dem Buchstaben ›Delta‹ ein? An der Seitenwand der Bühne fanden die Kollegen ein rotes δ.«

Clara bemühte sich, ihr träges Gehirn zur Arbeit zu bewegen. Der Lorbeerbusch stand plötzlich wieder deutlich vor ihren Augen. Schlürfenden Schrittes näherte sich der Gedanke, auf den sie gewartet hatte.

»Daphne! Ja, das muss Daphne sein.«

Er sah sie neugierig und fragend zugleich an.

»Der Lorbeerbusch in Dauners Garten! Daphne war eine Waldnymphe, in die sich Apollon verliebt hatte. Als er sich ihr näherte, floh sie und lief durch den Wald ihres Vaters, einer Waldgottheit. Als sie merkte, dass sie Apoll nicht abschütteln konnte, bat sie ihren Vater um Hilfe. Er verwandelte sie in einen Lorbeerbusch, um die Annäherungsversuche des Gottes unmöglich zu machen. Ab da ehrte Apoll den Lorbeer als Ausdruck seiner Liebe zu Daphne, die nie verlosch. Die Siegerkränze aus Lorbeer weisen auch darauf hin.«

»Er wird Tiziana töten und unter dem Lorbeer vergraben«, brummte Caspari.

»Du musst ihn aufhalten. Er ist ein eiskalter Mörder! Für seine Taten empfindet er keine Reue«, sagte sie erregt. Ihre Gedanken hatten plötzlich an Tempo gewonnen.

»Woher weißt du das?«

»Shakespeare. Wir diskutierten über Hamlet, als er mich fragte, was mit denen geschähe, die keine Reue für ihre Taten empfänden.«

»Ruh dich aus. Vielleicht kann ich dich morgen abholen und mit zum Hof nehmen«, sagte er und gab ihr einen Kuss auf die Stirn.

»Morgen? O Gott, der Gottesdienst!«, sagte sie erschrokken.

»Den kann Dekan Kern zur Not für dich übernehmen.«

»Nein, der ›Zehn-Gebote-Parcours‹ wird im Beisein von Presse, Funk und Fernsehen im Gottesdienst eröffnet. Ich habe alles vorbereitet. Ich muss den Gottesdienst halten!«

»Wenn die Ärzte anderer Meinung sind, musst du gar nichts tun«, sagte er mit sanftem Nachdruck.

»Geh, und fang Oliver, diesen Mistkerl. Alles weitere klären wir dann!«

Als er gegangen war, spürte sie die Müdigkeit plötzlich nicht mehr. Der Drang, wach zu bleiben und aufzustehen war stärker.

Tiziana lag auf einer großen Matratze neben dem Feldbett. Ihr Entführer hatte sie mit seiner Pistole gezwungen, sich auszuziehen. Sie erkannte in ihm den Gastdozenten von damals wieder. Neben ihrem Lager kniete Peters wie eine willenlose Marionette und machte unablässig Fotos von der bizarren Szenerie.

Der Mann zog sein T-Shirt aus. Unter anderen Umständen hätte Tiziana ihn vielleicht attraktiv gefunden. Im Augenblick packte sie nur die nackte Angst. Verzweifelt suchte sie nach einer Möglichkeit, ihn von seinem Vorhaben, sie zu vergewaltigen, abzubringen.

»Was haben Sie mit Kai-Uwe gemacht?«, fragte sie, einer spontanen Eingebung folgend.

»Ein wenig mit Curare experimentiert«, antwortete er. »Die Substanzen anderer südamerikanischen Pflanzensäfte hinzu gegeben und ihn in eine Trance versenkt, in der er nur meine Stimme hören kann und ihr folgt.«

»Was haben Sie mit mir vor?«

»Wir sind füreinander geschaffen. Als ich dich zum ersten Mal sah, wusste ich es gleich. Aber immer wieder bist du vor mir geflohen. Nie konnte ich dir nahe kommen. Wie Daphne und Apoll. Aber jetzt bist du hier. Was Apoll nicht gelang, habe ich erreicht. Wir werden eins sein. Der Blonde wird es fotografieren. So ist dieser Augenblick mir immer nahe, auch wenn du nicht mehr aus Fleisch und Blut bei mir bist.«

»Wo werde ich dann sein?«

»Immer bei mir, in meiner Seele. Eine ewige Liebe verbindet uns beide. So wie Apoll Daphne ewig liebte. Niemand kann dich mir dann je wieder wegnehmen.«

»Was machen Sie mit mir?«, fragte sie, um ihn abzulenken.

Es half nichts. Er fuhr ihr mit seiner heißen Hand über die Brüste und streichelte sie mit einer Zärtlichkeit, die Tiziana nur mit Abscheu ertrug.

»Daphne wurde in einen Lorbeer verwandelt, um Apolls Werben zu entgehen. Ich sorge dafür, dass du mit dem Lorbeer eins wirst, damit mir niemand mehr deine Liebe wegnehmen kann.«

»Aber ich liebe Sie doch gar nicht!«, erwiderte Tiziana verzweifelt, während er ihr über den Bauch fuhr.

»Du wirst, glaub mir! Jetzt, wenn wir uns vereinen, oder als Lorbeer. Ewig bist du mein.«

Tiziana wollte den Wahnsinn stoppen. Irgendetwas musste ihr doch einfallen, was ihn aufhalten oder ihr zumindest ein klein wenig mehr Zeit verschaffen könnte.

»Wie werden Sie mich töten?«

»Der weiße australische Skorpion hilft mir dabei. Ich werde dich erst betäuben, dann bekommst du das Gift dieses Tieres in einer hohen Dosis. Unter dem Lorbeer wirst du schlafen.«

Er griff an seine Gürtelschnalle. In diesem Augenblick flog oben die Haustür krachend auf. Der Mann blickte sich erschrocken um.

»Dieser tumbe Trottel!«, fluchte er und griff schnell sein T-Shirt.

»Carstens, komm her! Ich reiß dir den Arsch auf!«, donnerte eine Stimme von oben, die sie als Casparis erkannte.

»Das ist noch nicht das Ende!«, sagte er zu ihr, fuhr ihr noch einmal über die Brüste und lief dann in den Nachbarraum.

Oben hörte sie laute Rufe, dann Schüsse. Plötzlich stand Caspari in der Tür. Sie wurde sich ihrer Nacktheit bewusst und versuchte, sich mit ihren Händen zu bedecken. Er bückte sich und warf ihr die Kleider zu, die als Bündel auf dem Boden lagen.

»Hat er Sie …?«

Sie schüttelte den Kopf. Er machte einen erleichterten Gesichtsausdruck.

»Wo ist er hinausgeklettert?«, fragte er und schien dabei durch sie hindurch zu sehen.

»Er rannte in den Nachbarkeller«, sagte sie mit belegter Stimme.

»Beeilen Sie sich mit dem Anziehen. Die Kollegen sind jeden Moment hier.«

Dann war er fort.

Caspari zwängte sich durch einen Kellerausstieg, der in den Garten führte.

»Wo ist er?«, brüllte er.

Ein uniformierter Beamter, der bei dem Schusswechsel mit Carstens einen Streifschuss am Oberarm abbekommen hatte, deutete in Richtung Marienkirche.

»Mario, Ecki und fünf Mann kommen mit mir. Tina, du kümmerst dich um Tiziana. Ich glaube, die Gegenwart einer Frau ist jetzt das Beste für sie.«

Tina nickte, einige der Polizisten blieben im Erdgeschoss des Hauses stehen. Der Rest rannte mit Caspari zur Marienkirche. Vom Untermarkt unterhalb des romanisch-gotischen Gebäudes drang fröhlicher Lärm.

Caspari rief seine Begleiter und lief von ihnen gefolgt die Treppe neben dem Romanischen Haus zum Untermarkt hinunter. Es war, als würde er in eine andere Zeit abtauchen. Holzbuden und Zelte boten den Händlern Schutz vor der Sonne. Gaukler tanzten durch die Menschenmassen und trieben ihren Schabernack mit den Besuchern. Bettler schrieen nach Almosen und rempelten die Leute mit ihren Holzschalen an, in die man tunlichst einen ›Kreuzer, oder wenns beliebt auch einen Dukaten‹ hineinwerfen sollte. Der Duft von frischem Brot, Braten, Met und Bier stieg Caspari in die Nase. Er stand mit den anderen Polizisten auf dem Gehsteig vor den alten Geschäftshäusern, der etwas erhöht über dem Platz lag. Von hier hatten sie einen guten Blick über den gesamten Untermarkt. Eine Gruppe Dudelsackspieler mäanderte durch die Besucherreihen und trieb ihre Späße zwischen den Musikstücken. Sie schienen den Mann noch nicht bemerkt zu haben, der sich mit gezogener Pistole einen Weg durch die Besuchermassen bahnte. Carstens rannte auf die Langgasse zu. Caspari zeigte auf ihn und lief auf dem gepflasterten Gehweg hinterher. Das Stechen in seinem Unterschenkel, das ihn seit seiner Schussverletzung immer dann quälte, wenn er rannte, ignorierte er. Dieser Mistkerl hatte ihm und den Menschen, die ihm wichtig waren, zu viel angetan, als dass er ihn wegen seines lädierten Schienbeines entkommen lassen wollte.

Mehrmals feuerte Carstens im Laufen auf Caspari und seine Männer, die ihm dicht auf den Versen waren. Doch die

Kugeln verfingen sich im Fachwerk der alten Häuser, an denen sie vorbeirannten. Caspari dachte an Carstens' kybernetische Fähigkeiten. Seine Arroganz hatte ihm ein Bein gestellt. Die Möglichkeit, am Ende doch noch erwischt zu werden, hatte er nicht ernst genug genommen. Die Flucht war schlecht vorbereitet, die Schüsse dilettantisch. ›Er ist halt auch nur ein Mensch, keiner der antiken Götter‹, sagte Caspari zu sich selbst.

Carstens feuerte erneut auf sie. Caspari und seine Männer trauten sich nicht, zurückzuschießen. Die Gefahr, einen unbeteiligten Besucher in der Menschenmenge zu treffen, war zu groß. An der leicht ansteigenden Einmündung der Langgasse waren der Bürgersteig und die Straße wieder auf einer Höhe. Sie sahen Carstens jetzt wesentlich schlechter, wie er sich durch die Massen drängte. Auch hier ging es mittelalterlich zu. Die bunten Wimpel flatterten im warmen Sommerwind über den Köpfen der Menschen. Von Carstens war plötzlich nichts mehr zu sehen. Fluchend drängte Caspari sich vor und erspähte einen Mann im schwarzen Dress der SEK-Beamten, der rechts in die Reusengasse abbog. Er rief nach Mario und deutete in die Richtung.

»Er will auf den Obermarkt!«, schrie er.

Als sie in die Langgasse einbogen, überholten sie drei kostümierte Männer. Einer ging, in Lumpen gekleidet an Ketten, die beiden anderen stellten Mitglieder der mittelalterlichen Stadtwache von Gelnhausen dar, die, mit Hellebarden bewaffnet, ihren Gefangenen zum Kerker brachten. Als Caspari der Linkskurve der Gasse folgte, sah er Carstens am Stand eines Bogenmachers, ungefähr zehn Meter entfernt. Er hatte einen Pfeil auf einen Langbogen gelegt, spannte schnell und schoss. Caspari schrie eine Warnung und drückte sich selbst an die Innenwand der Kurve. Der Pfeil zischte an ihnen vorbei und schlug gegen die Mauer eines der Häuser. Mit der Pistole im Anschlag lugte er nach vorn. Er konnte nicht schießen. Wenn die Kugel Carstens nicht traf, konnte sie als Querschläger für andere Menschen gefährlich werden. Als Carstens den nächsten Pfeil abschoss, drückte er sich sofort wieder gegen die Wand. Die Schauspielgruppe stand dicht hinter ihnen und sah vollkommen fassungslos dem Geschehen zu.

»Warum schießt der mit Pfeilen?«, fragte Mario.

»Er hat wahrscheinlich sein Magazin leer geschossen«, antwortete Caspari. Sein Blick streifte dabei die Waffen der Stadtwache. Einen Schuss konnte er nicht abfeuern. Aber eine der Hellbarden würde er werfen können. Das Risiko, dabei jemand anderen zu treffen, war deutlich geringer. Er riss einem der Darsteller die Waffe aus der Hand und blickte wieder zum Obermarkt, worauf ein weiterer Pfeil flog. Bevor Carstens Zeit hatte, das nächste Geschoss aufzulegen, sprang Caspari vor, rannte auf Carstens zu und schleuderte dabei mit einem Urschrei die Hellebarde auf ihn. Carstens sah mit Verwunderung und Entsetzen die große Waffe auf sich zukommen. Starr vor Schreck war er unfähig, auszuweichen. Obwohl die Hellebarde nicht scharf geschliffen war, trieb die Wucht, mit der Caspari sie geworfen hatte, die lange Klinge in Carstens' Brust. Ungläubig sah der Getroffene auf die Waffe, die sich in ihn gebohrt hatte. Dann sackten seine Knie weg und er fiel nach hinten um.

Mario, Caspari und die anderen Polizisten rannten zum Bogenschießstand und betrachteten den Sterbenden.

»Mein Gott, das ist doch ein Polizist!« rief der Bogenmacher und zeigte auf die Kleidung, die Carstens trug.

»Nein, das war ein Teufel!«, entgegnete Caspari.

Tiziana spürte nichts als tiefe Erleichterung, als Caspari und Mario ihnen die Nachricht überbrachten, dass Carstens tot sei. Toni nahm sie in den Arm. Sie hielt ihn fest und begann zu weinen. Was sie in den letzten Wochen durchgemacht hatte, wünschte sie nicht einmal ihrem ärgsten Feind. Noch einmal spürte sie Carstens' heiße, gierige Hände auf ihrem Körper und empfand Ekel. Sie hielt sich noch stärker an Toni fest. Wenn es etwas gab, das sie das Gefühl des Ausgeliefertseins vergessen lassen konnte, dann war es seine Nähe.

Hand in Hand ging sie schweigend mit ihm auf dem Grundstück des alten Forsthauses auf und ab. Sie brauchte eine Weile, um einen wichtigen Entschluss zu fassen. Dann rief sie die Jungs.

»Dieser Mann wollte verhindern, dass wir auftreten. Ich möchte nicht, dass er über seinen Tod hinaus das bekommt, was er haben wollte. Lasst uns nach Gelnhausen fahren und den Fans das geben, was sie von uns erwarten!«

Als sie auf die Bühne lief und dem Meer von Fans, das sich über die Müllerwiese ergoss, zuwinkte, sah sie noch einmal zurück. Toni stand da, wie immer. Er würde immer hinter ihr stehen.

Caspari blätterte in einer zwanzig Jahre alten Ausgabe der ›Metamorphosen‹. Aufmerksam las er die Randbemerkungen, die der damalige Gymnasiast Oliver Carstens in das Buch geschrieben hatte.

»Er begann schon im elften Schuljahr bei der Lektüre von Ovid, sich mit Apoll zu identifizieren. Der griechische Gott und er hatten die Frau verloren, die ihnen am meisten bedeutete. Apoll die Nymphe Daphne und Carstens seine Mutter. Die Randbemerkungen zeigen einen Jugendlichen, der mit seiner Sexualität nicht recht umzugehen weiß. Noch weniger mit den eindeutigen Anträgen des anderen Geschlechtes. Er war auf der Suche nach einer Daphne, die sich ihm nicht entziehen konnte.«

»So trifft er nach einer Reihe von gescheiterten Beziehungen als Gastdozent in der Mensa auf Tiziana«, ergänzte Tina. »Aber warum ausgerechnet sie?«

»Das werden wir nun nicht mehr erfahren.«

»Seht euch das nur einmal an!«, sagte Mario.

Vor ihm auf dem Schreibtisch lag Carstens' Notebook, das die Kriminaltechniker aus seinem Zimmer im Hotel mitgebracht hatten. Caspari blickte ihm neugierig über die Schulter.

»Der Kerl hatte Nerven! Weißt du, was sein Passwort war? ›Ovid‹«, sprudelte es aus Mario heraus.

Auf dem Rechner fanden sie alle Antworten auf die noch offenen Fragen. Carstens hatte alles akribisch geplant und in Tagebuchform in den Computer getippt. Jedes noch so kleine Detail hatte er notiert.

»Er kannte den alten Dauner, weil er mit dessen Sohn während des Studiums in Mainz eng befreundet war«, stellte Tina fest. »Er wusste auch, dass sich in dessen Garten ein Lorbeerbusch befindet. Die Lage des Hauses und der Garten boten die idealen Voraussetzungen für sein Vorhaben.«

»Er kannte auch jeden einzelnen von uns recht gut«, brummte Caspari, den es störte, dass Carstens so tief in sein Privatleben eingedrungen war.

»Er kannte dein Emotionschaos«, stellte Tina lächelnd fest. »Es brauchte nicht viel, um dich zu verunsichern und deine Gedanken von den Ermittlungen abzulenken. Er brauchte bloß vor deinen Augen Clara anzubaggern.«

»Beinahe hätte er es geschafft. Aber er hat die Rechnung ohne sie und euch gemacht.«

»Mich erstaunt, dass er alle möglichen Situationen vorausplante, vom frühen Erfolg bis zum Sieg erst ganz zum Schluss«, meinte Mario. »Die Sache mit der Beerdigung bei lebendigem Leib hatte er tatsächlich noch im Hut für den Fall, dass er mit seinem Versuch, Clara dir auszuspannen, scheitern würde. Dieses systemische Denken muss er tatsächlich perfektioniert haben. Wochenlang waren wir die Marionetten und er der Spieler.«

»Aber auch er hat Fehler gemacht. Kein Mensch ist perfekt!«, warf Caspari ein. »Außerdem glaube ich, dass wir als eingespielte Mannschaft so gut sind, dass sich selbst ein systemischer Denker an uns die Zähne ausbeißt.«

»Wie geht es Kai-Uwe Peters?«, fragte Tina.

»Er lebt! Das ist erst einmal die Hauptsache«, antwortete Caspari. »Er liegt zur Entgiftung im Krankenhaus. Den Drogenmix, den Carstens ihm verabreichte, muss sein Körper ausscheiden und sich davon erholen. Seine Familie ist bei ihm. Die sind überglücklich, ihn lebendig wiederzuhaben.«

Clara war erleichtert, Caspari gesund und munter wiederzusehen. Als er mit einer Tasche voll Kleidung und einem Toilettenbeutel für ihren Krankenhausaufenthalt in ihrem Zimmer auftauchte, erklärte sie ihm, dass sie gedenke, mit ihm nach Hause zu fahren.

»Was sagt der Arzt dazu?«, fragte er und schüttelte den Kopf.

»Der gab mir seine Zustimmung, nachdem ich ihm erklärt habe, dass ich nicht in der Lage bin, in den nächsten Monaten allein im Bett zu schlafen. Wer einmal in einem Sarg gelegen und auf seine Beerdigung gewartet hat, der braucht die Nähe seines Partners, wenn er Schlaf finden will!«

Caspari lachte und nahm sie in den Arm. Dann erzählte er ihr, was geschehen war, seit er sie im Krankenhaus zurückgelassen hatte. Geduldig wartete er auf sie, während sie sich duschte. Clara hatte das Gefühl, sich den Geruch des Todes abwaschen zu müssen, den sie im Sarg angenommen hatte.

Nachdem sie im Pfarrhaus ihre Reisetasche gepackt hatte, fuhren sie zum Hof.

»Du hast deinen Talar und deine Liturgiemappe mitgenommen. Gehe ich recht in der Annahme, dass du den Gottesdienst morgen hältst?«, fragte Caspari.

»Selbstverständlich!«

»Du bist ein Stehaufmännchen!«

»Wohl eher ein Stehaufweibchen.«

Auf dem Hof wurde Clara stürmisch von Lukas empfangen.

»Clara, wann gehen wir zu den Rittern?«

»Morgen, mein Lieber. Nach dem Gottesdienst.«

Während des Abends und beim Zubettbringen betrachtete sie den Kleinen still. Oliver Carstens' furchtbare Kindheit ging ihr nicht aus dem Kopf.

»Eltern wissen gar nicht, was sie ihren Kindern antun, wenn sie so Ich-fixiert leben«, sagte sie, als sie mit Caspari, Tina und Mario zusammen auf der Terrasse beim Wein saß. »Carstens' Eltern haben die Seele ihres Kindes zerstört und einen Menschen zurückgelassen, der wie eine Furie alle töten wollte, die zwischen ihm und Tiziana standen.«

»Ich glaube, viele Eltern sind sich gar nicht so recht der Verantwortung bewusst, die sie gegenüber ihren Kindern tragen«, meinte Tina.

Caspari hörte schweigend zu.

»Was ist mit dir?«, fragte Clara und fuhr ihm zärtlich über den Arm.

»Ich frage mich die ganze Zeit, ob ich meinem Kind gerecht werde.«

»Zerbrich dir nicht den Kopf! Du bist ein guter Vater! Wenn ihr drei demnächst beim Bundeskriminalamt arbeitet, dann hast du auch mehr Zeit für uns«, beruhigte Clara ihn.

»Und für meine zukünftige Schwiegermutter. Denn die steht ab morgen auf der Matte«, erwiderte Caspari lächelnd.

»Der Herr bewahre!«, jammerte Clara. »Ich hoffe, die Heimsuchung wird nicht ganz so schlimm, wie ich befürchte.«

»Nach dem, was mir in den vergangenen Wochen widerfahren ist, kann mich so leicht nichts mehr schrecken«, tröstete er sie.

Der Mensch hat keine Macht, den Wind aufzuhalten,
und hat keine Macht über den Tag des Todes,
und keiner bleibt verschont im Krieg,
und das gottlose Treiben rettet den Gottlosen nicht.
(Prediger Salomo 8,8)

Dieses Buch ist ein Roman. Personen, Ämter und Berufe der Zeitgeschichte kommen darin vor, haben aber nichts mit der eigentlichen Handlung des Romans zu tun. Etwaige Übereinstimmungen wären rein zufällig und sind nicht beabsichtigt.

Die dargestellten Charaktere der Protagonisten sind ebenso wie die Handlung frei erfunden.

Anhang

Literatur:

Albrecht, Andreas: Dôjôkun. Die Ethik des Karatedô. – Lauda 2004.

Carstensen, Richard: Griechische Sagen. – München 1994.

Die Bibel nach der Übersetzung Martin Luthers. – Stuttgart 1985.

Dörner, Klaus; Plog, Ursula: Irren ist menschlich. Lehrbuch der Psychiatrie und Psychotherapie. – Bonn 1992.

Düring, Jonathan: Der Gewalt begegnen. Selbstverteidigung mit der Bergpredigt. – Münsterschwarzach 2005.

Habersetzer, Roland: Bubishi. An der Quelle des Karatedô. – Chemnitz 2004.

Habersetzer, Roland: Koshiki Kata. Die klassische Kata des Karatedô. – Chemnitz 2005.

Habersetzer, Roland: Self-Défense. Techniques de défense à main nue pour tous. – Paris 1997.

Harbort, Stephan: Das Hannibal-Syndrom. Phänomen Serienmord. – Leipzig 2001.

Hassler, Harald (Red.): Musiklexikon. – Stuttgart 2005.

Homer: Odysee und Homerische Hymnen. Übersetzt von Anton Weiher. – München 1990

Hyams, Joe: Der Weg der leeren Hand. Zen in der Kunst des Kampfes. – Darmstadt 2005.

Lessing, Erich: Griechische Sagen. – München 1990.

Ovid: Metamorphosen. Übersetzt von Erich Rösch – München 1990.

Pschyrembel: Klinisches Wörterbuch. – Hamburg 1994.

Rostand, Edmond: Cyrano von Bergerac. – Stuttgart/Ditzingen 1991.

Wermke. Dr. Matthias (Red.): Die Zeit. Das Lexikon in 20 Bänden. – Hamburg 2005.

Danke!
Als Autor ist man auf die Unterstützung von netten Menschen angewiesen, die einem Einblick in ihren Fachbereich gewähren oder einfach die Arbeit durch Hilfe und Ratschläge unterstützen.

Meine Frau Marion brachte in den zurückliegenden Monaten sehr viel Verständnis und Nachsicht auf, in denen meine Abendgestaltung fast ausschließlich dem Schreiben dieses Buches galt.

Der Psychiater Andreas Koch beriet mich in Fragen über Psychopharmaka, der Internist Thomas Schröder entschlüsselte mir das Fachchinesisch der medizinischen Abhandlungen über Skorpiongift.

Mein Hausarzt Doktor Carl Nickel gab mir Einblicke in die Gerichtsmedizin und in die Elektrotechnik, sein persönliches Steckenpferd.

Der Veterinär Doktor Tobias Eisenberg eröffnete mir die Welt der Baumsteigerfrösche.

Mein Trainingskamerad Mario Piccolo erweiterte meinen kleinen italienischen Sprachschatz um einige ›interessante‹ Ausdrücke.

POK Andrea Zuckrigl beriet mich in Fragen der Polizeiarbeit.

Andrea Euler las und kommentierte auch dieses Mal das Manuskript, das ich ihr häppchenweise zukommen ließ. Natascha Becker lektorierte den Text und bestärkte mich darin, gelegentliche ›schriftstellerische Atempausen‹ einzulegen.

Für einen Autor ist es ein Glücksfall, wenn ein Verleger an ihn glaubt und ihn fördert. Bernhard Naumann hat das von dem Moment an getan, als er das Manuskript meines ersten Buches las.

Vielen Dank euch und Ihnen allen für diese fantastische Unterstützung!

Matthias Fischer

Der erste Fall von
Dr. Christoph Caspari und Pfarrerin Clara Frank

Die Farben des Zorns

Drei Ärzte sind einem psychopatischen Serienkiller in Frankfurt am Main, Gießen und Hanau bereits zum Opfer gefallen, als ein weiterer Mord im Fratzenstein, dem Hexenturm in Gelnhausen, entdeckt wird.
Die Gelnhäuser Pfarrerin Clara Frank, nebenbei Notfallseelsorgerin, wird zur Betreuung einer Gruppe angefordert, die auf einer Altstadtführung in Gelnhausen einen zu Tode gefolterten Mann aufgefunden hat. Wieder ein Arzt nachdem ein Dozent der Frankfurter Universitätsklinik, ein Professor des Universitätsklinikums Gießen sowie ein Chefarzt des Stadtkrankenhauses in Hanau diesem Serientäter bereits zum Opfer gefallen waren.

LKA-Hauptkommissar Dr. Christoph Caspari, körperlich ein Hüne, leitet die Ermittlungen. Er kommt dem Serientäter, den die Polizei ›Chirurg‹ nennt, sehr nahe und sieht, da er auch privat im Main-Kinzig-Kreis wohnt, plötzlich sich und sein Umfeld direkt bedroht.
Caspari, der einem weiteren geplanten Verbrechen am Rande des Main-Kinzig-Kreises auf die Spur kommt, versucht mit der Gelnhäuser Pfarrerin Clara Frank, von der er nicht nur beruflich stark beeindruckt ist, einen weiteren Mord in Fulda zu verhindern.

Aus wechselnder Erzählperspektive der drei Protagonisten – Caspari, Clara sowie der Dämonenjägerin Inge –, schildert Fischer die immer wieder überraschende Handlung.
Indem manche Begebenheiten aus zweierlei Sicht erzählt werden, offenbaren sich dem Leser die Erkenntnisdefizite der einzelnen Personen, so dass er dem jeweiligen Gegenpart für kurze Zeit eine Nasenlänge im Wissen voraus ist.

Dieses Erzählprinzip macht den intelligenten und mit tiefgründiger Psychologie angelegten Handlungsablauf zu einem äußerst spannenden Buch.
Matthias Fischer, ist ein Kriminalroman mit starkem Bezug zu seiner hessischen Heimat gelungen – und zu seinem Beruf: Als evangelischer Pfarrer weiß er, wie der Alltag eines Gemeindepfarrers aussieht und wie Notfallseelsorger und Polizei zusammenarbeiten.
Und auch aus den Aufgaben eines Pfarrers können sich bedrohliche Situationen ergeben – wie Clara Frank am eigenen Leibe zu spüren bekommt.

340 Seiten, gebunden, 18,00 €,
ISBN 978-3-936622-78-2

Matthias Fischer

Schlafender Drache

Casparis dritter Fall

Kaum hat Dr. Christoph Caspari seine neue Arbeitsstelle im Bundeskriminalamt Wiesbaden angetreten, wird in Bad Orb der Geschäftsführer eines Weltkonzerns ermordet. Und zu allem Überfluss findet die Spurensicherung Fußabdrücke von Casparis Freundin Clara am Tatort. Ist die junge Pfarrerin in den Fall verwickelt?

Viel Zeit zum Nachdenken bleibt Caspari nicht, denn schon geschieht ein weiterer Mord, und bald ist klar: Es war nicht der letzte, sollte es Caspari und seinem Team nicht bald gelingen, den Mörder zu fassen. Doch lange Zeit tappen die Ermittler im Dunkeln. Wurde den Opfern ihre Mitgliedschaft in einem Geheimbund zum Verhängnis? Oder ist das Motiv des Killers im fernen China zu suchen? Ein alter, ungelöster Fall bringt Casparis Privatleben schließlich endgültig ins Wanken, und auch hier hat Clara ihre Finger im Spiel.

Ein dritter, spannender Fall für den beliebten Ermittler und seine kluge Freundin.

288 Seiten, gebunden mit Schutzumschlag, 19,90 €,
ISBN 978-3-940168-38-2

Ein Krimi aus Südhessen

FRITZ DEPPERT

Buttmei

Philipp Buttmei ein pensionierter Kriminalkommissar und Junggeselle, genießt mit seinem Hund Theo die neu gewonnene Freiheit vom Berufsleben. Obwohl er sich geschworen hatte, nie wieder kriminalistisch tätig zu werden, muss er im Odenwald das Verbrechen an einem Freund aufzuklären, nachdem die Polizei nur einen Unfall in den Akten vermerkt hatte.

Zurück im heimischen Darmstadt hat er ein Déjavu-Erlebnis. Wieder ein nur scheinbarer Unfall, wieder zögern Beamte bei den Ermittlungen und wieder muss Buttmei ermitteln. Diesmal hat er sich aber nicht mit ›Bauernschläue‹ auseinander zusetzen, sondern mit jeder Menge, handfester krimineller Energie.

In bester Erzähltradition läßt Fritz Deppert seinen Buttmei mit stoischer Gelassenheit in der beschaulichen Gegend Südhessens agieren.

200 Seiten, gebunden, 14,00 €,

ISBN 978-3-940168-04-7